KB036545

신
햄
릿

다자이 오사무 전집 4

新ハムレット

신햄릿

다자이 오사무 지음 — 정수윤 옮김

도서출판 b

| 일러두기 |

1. 이 전집은 저본으로서『太宰治全集』(ちくま文庫^{치쿠마문고}, 1994, 全10卷)과『決定版 太宰治全集』(筑摩書房^{치쿠마서방}, 1999, 全13卷)을 기초로 하고, 新潮文庫^{신초문고}, 岩波文庫^{이와나미문고} 등 가장 널리 읽히는 판본을 참조하여 번역했으며, 전 10권으로 구성했다.
2. 이 전집은 다자이 오사무의 모든 소설 작품을 발표 시기 순서에 따라 수록했다. 단, 에세이는 마지막 권에 따로 수록했다.
3. 모든 윗주와 각주는 역자에 의한 것이며, 원본에 실린 것은 따로 표기했다.

|차례|

신햄릿

きりぎりす

太宰治

「귀뚜라미」

1940년 11월, 잡지 『신조新潮』에 발표됐다.

❝「귀뚜라미」는 1940년 가을에 썼다. 이즈음 조금씩 수입이 생겼다. 천 엔 가까운 돈이 한꺼번에 들어왔던 것 같다. 그런 경험은 처음이었기 때문에 몹시 불안했다. 결국 그 돈은 금세 다 써버렸지만, 나도 이렇게 '원고 상인'이 되어 버리는 건 아닌가 하는 걱정이 들어서, 스스로를 경계하는 의미에서 이런 소설을 써 보았다. ❞

– (창작집 『완구』^{1946년} 저자 후기에서)

다자이 문체의 특징 가운데 하나는 쉼표가 많다는 것인데, 이는 띄어쓰기가 없는 대신 쉼표를 다소 많이 사용하는 일본인들이 읽기에도 답답할 정도였다. 특히 조곤조곤 말을 해나가는 여성독백체에서 쉼표가 두드러지게 많았다. 아내가 남편에게 헤어짐을 고하는 「귀뚜라미」도 그런 경우인데, 쉼표의 리듬에 맞춰 글을 읽다보면 조금은 수줍어하면서도 찬찬하게 자신의 생각을 풀어나가는 아내의 숨결이 전해진다. 그런 의미에서 이번 작품은 가능한 한 원문 속 쉼표를 살려서 번역하고자 했다.

우리, 헤어져요. 당신은, 거짓말만 하셨습니다. 제게도 잘못이, 있을지도 모르죠. 하지만 저는, 제가 뭘 그렇게 잘못했는지, 도무지 알 수가 없어요. 제 나이도 이제, 스물넷입니다. 이 나이에, 어디가 잘못됐다는 말을 들어도, 이제는 고칠 수가 없어요. 한 번 죽었다가, 예수님처럼 부활이라도 하지 않는 한, 못 고칩니다. 스스로 목숨을 끊는 것은, 세상 무엇보다 나쁜 짓 같으니, 당신과 헤어지고 나서, 제가 생각하는 올바른 삶의 방식으로, 어떻게든 살아보겠어요. 저는, 당신이, 무섭습니다. 어쩌면 이 세상에서는, 당신처럼 사는 것이 옳은지도 모르죠. 하지만 저는, 도저히 그렇게는, 살 수가 없어요. 당신과 함께한 지도, 벌써 오 년이 흘렀습니다. 열아홉 봄에 선을 보고, 곧바로 저는, 거의 빈손으로, 당신이 계신 곳으로 왔습니다. 이제 와서 드리는 말씀이지만, 아버지 어머니는, 이 결혼을 몹시 반대하셨습니다. 대학에 갓 들어간 남동생도, 누나, 괜찮겠어? 하고 제법 어른스럽게, 불편한 마음을 드러냈습니다. 당신이 싫어하실 것 같아서, 지금까지 말하지 않고 있었는데, 사실 그때, 당신 말고도 혼담이 오간 분이, 두 사람 더, 있었습니다. 이제는 기억도 잘 나지 않지만, 한 분은, 제대[1] 법대를 갓 졸업한 도련님으로, 외교관

지망생이라고 들었습니다. 사진도 봤어요. 낙천적이고 밝은 얼굴이었습니다. 이케부쿠로에 사시는 큰언니가 추천해주셨습니다. 다른 한 분은, 자기 아버지 회사에서 일하는, 서른 살가량의 기술자였습니다. 오 년도 더 된 일이라 또렷이 기억나지는 않지만, 꽤 부유한 집안 상속자로, 인물도 훤하다고 들었습니다. 아버지가 그분을 마음에 들어 하셔서, 어머니 아버지 모두 열성적으로, 그분을 지지하셨습니다. 사진은, 보지 못했던 것 같습니다. 그런 것들이야 아무래도 상관없지만, 당신이 또 저를, 흥 하고 비웃는 것도 견디기 힘들어서, 기억하고 있는 것만을, 분명하게 말씀드렸습니다. 지금 이런 말씀을 드리는 것은, 결코 당신을 놀리기 위한 것이 아닙니다. 그것만은, 믿어주세요. 저는, 당혹스럽습니다. 다른 훌륭한 집안 며느리가 되었더라면 좋았을 거라는, 불결하고, 바보 같은 생각은, 결코 하지 않았습니다. 당신 외에 다른 남자는, 생각해본 적도 없어요. 언제나처럼 이번에도 웃어넘기신다면, 정말 곤란해요. 진심으로 드리는 말씀입니다. 끝까지 들어주세요. 그때나 지금이나 저는, 당신 외에 다른 사람과 결혼할 마음은, 조금도 없습니다. 그것만은, 분명해요. 저는 어렸을 때부터, 우유부단한 것이 제일 싫었습니다. 당시 아버지 어머니나 이케부쿠로 큰언니도, 일단 한번 만나보기만 하라고, 이런저런 조언을 해주셨지만, 저는 선은 곧 혼례나 다름없다고 여기고 있었기 때문에, 쉽사리 대답을 할 수가 없었습니다. 그런 분들과 결혼할 생각은, 추호도 없었으니까요. 다들 말씀하시는 것처럼, 그토록 흠잡을 데 없이 훌륭한 분들이라면, 굳이 제가 아니더라도, 다른 좋은 신붓감을 얼마든지 찾을 수 있을 테니, 어쩐지 의욕이 생기지 않았다고나 할까요.

. . . .
1_ 帝大. 옛 제국대학帝國大學의 준말로, 오늘날 도쿄대, 교토대 등 당시 최고등 교육기관.

이 세상에서(이런 말을 하면, 당신은 금세 웃으십니다) 제가 아니면 장가도 못 갈 것 같은, 그런 분께 시집을 가고 싶다고, 어렴풋이 생각하고 있었습니다. 마침 그때, 당신에게서 혼담이 들어왔습니다. 꽤 막무가내로 들어온 이야기라, 아버지 어머니도 처음부터 언짢아하셨어요. 그도 그럴 것이, 골동품 가게의 다지마 씨가 아버지 회사에 그림을 팔러 와서는, 언제나처럼 수다를 떨던 끝에, 이 그림을 그린 화가는 조금 있으면 분명 큰 인물이 될 겁니다. 어떻습니까, 따님하고 한번? 하는 식의 불경스러운 농담을 꺼내셨고, 아버지는 대충 들어 넘기신 뒤에, 그림을 사서 회사 응접실 벽에 걸어두셨는데, 이삼일 후 다지마란 사람이 또 와서, 이번에는 진심으로 혼담을 넣겠다고 하는 것이었습니다. 제멋대로지요. 심부름꾼인 다지마 씨도 다지마 씨지만, 그렇게 중요한 일을 다지마 씨에게 부탁하는 남자도 남자라며, 아버지 어머니 모두 기가 막혀 하셨습니다. 하지만 나중에 슬쩍 당신에게 물어보니, 당신은 전혀 모르는 일이었고, 모두 다지마 씨의 충성스런 마음에서 비롯되었다는 것을 알게 되었습니다. 다지마 씨께는, 신세를 많이 졌어요. 지금, 당신이 출세를 하신 것도, 다 다지마 씨 덕분입니다. 정말이지, 그분은 당신을 위해서, 사업을 떠나 무엇이든 최선을 다해주셨어요. 당신에게 큰 기대를 걸고 계셨던 거죠. 앞으로도, 다지마 씨의 은혜를 잊으시면 안 됩니다. 저는 그때, 다지마 씨께서 무모하게 혼담을 들이미셨다는 말을 듣고, 조금은 놀랐지만, 문득 당신을 만나보고 싶었습니다. 어쩐지, 무척 기뻤어요. 어느 날 저는, 몰래 아버지 회사로, 당신 그림을 보러 갔습니다. 제가 그때 일을, 말씀드렸던가요? 저는 아버지께 볼일이 있는 척하고 응접실로 들어가서, 혼자서 찬찬히, 당신 그림을 들여다보았습니다. 몹시 추운 날이었어요. 온기라고는 없는, 넓은 응접실 한구석에서, 오늘 오늘 떨면서, 당신 그림을 보았습니다. 그것은, 작은 뜰과, 해가 잘 드는 툇마루를 그린 것이었어요. 툇마루에는, 아무도 없었지만, 하얀 방석 하나가, 놓여 있었습니다. 파랑과 노랑, 하양으로만 된 그림이었어요. 보고 있자니, 점차 몸이 떨려 와서, 서 있을 수도 없을 지경이 되었습니다. 제가 아니면, 아무도 이 그림을 알아보지 못할 거라는 생각이 들었습니다. 진지하게 말씀드리고 있으니, 웃지 마세요. 그림을 본 뒤 이삼일 동안, 밤낮으로 주체할 수 없이, 온몸이 떨려 왔습니다. 무슨 수를 써서든, 당신한테 시집을 가야겠다고 마음먹었습니다. 숙녀답지 못한 행동이라, 몸이 타오를 듯 부끄러웠지만, 저는 어머니께 부탁을 드렸어요. 어머니는, 대단히, 불쾌한 표정을 지으셨습니다. 하지만 그쯤은 각오하고 있었기에, 포기하지 않고, 이번에는 제가 직접, 다지마 씨께 답변을 드렸습니다. 다지마 씨는 큰 소리로, 잘 생각했어요! 하고 외치며 일어나셨는데, 그만 의자에 발이 걸려 넘어지셨습니다. 그때는, 저나 다지마 씨나, 조금도 웃지 않았습니다. 뒷일은, 당신도 잘 알고 계실 테지요. 우리 집에서는, 날이 가면 갈수록, 당신을 점점 더 나쁘게 말했습니다. 당신이, 세토 내해[2] 인근에 있는 고향에서 도쿄로 무단가출을 한 후, 부모님은 물론, 친지 분들마저도, 당신에게 정나미가 떨어져서 등을 돌리고 있다는 것, 술을 좋아한다는 것, 전람회에 그림을 출품한 적이 한 번도 없다는 것, 좌익 성향의 분위기를 풍긴다는 것, 미술학교를 졸업했는지 어쨌는지도 의심스럽다는 것, 그밖에도 당신에 대한 각종 사실들을, 아버지 어머니는, 어디서 그렇게 다 조사해 오셨는지, 제게 들려주시며 혼을 내셨습니다. 하지만 다지마 씨의 열성적인 중재로,

....
2_ 瀬戸内海. 혼슈 남단과 규슈 사이, 시코쿠를 둘러싸고 있는 바다.

그럭저럭 선을 볼 수 있게 되었어요. 장소는 센비키야[3] 2층이었는데, 어머니와 함께 그곳으로 향했습니다. 당신은, 제가 생각했던, 바로 그런 분이었습니다. 와이셔츠 소매가 청결한 데는, 감탄을 했지요. 제가 홍차 찻잔을 들어 올리는데, 하필이면 몸이 덜덜 떨려서, 찻잔 위에서 스푼이 달그락거리는 바람에, 정말 난처했습니다. 집으로 돌아오신 어머니는, 한층 더, 당신 험담을 늘어놓으셨어요. 무엇보다, 당신이 담배만 피우고, 어머니하고는 제대로 말씀도 하지 않으셨던 것이, 마음에 들지 않으셨던 가 봐요. 인상이 좋지 않다는 말도, 끊임없이 하셨습니다. 전망이 없다고도 하셨어요. 하지만 저는, 당신께 시집을 가기로, 결심을 굳혔습니다. 한 달을 졸라, 겨우 제가 이겼지요. 요도바시 아파트[4]에서 살았던 이 년간만큼, 제게 즐거웠던 나날은, 없었습니다. 하루하루, 내일에 대한 계획으로, 가슴이 벅차올랐어요. 당신은, 전시회나, 대가로서의 명예 같은 것에는, 조금도 관심이 없으셨고, 언제나 그리고 싶은 그림만 그리셨습니다. 저는, 가난해지면 가난해질수록, 이상하게 마음이 점점 더 들떠서, 전당포나 헌책방 같은 곳에서, 아련한 추억이 깃든 고향의 포근함을 느꼈습니다. 돈이 완전히 바닥났을 때는, 최선을 다해 제 실력을 펼쳐 보일 수 있다는 데에, 큰 보람을 느꼈어요. 돈이 없을 때 먹는 밥만큼, 즐겁고 맛있는 것은 없습니다. 왜 전에는 제가, 맛있는 음식을 계속해서 발명해냈잖아요? 지금은, 못해요. 뭐든 사고 싶은 걸 다 살 수 있으면, 아무것도 상상할 수 없게 되니까. 저는 이제 시장에 나가도, 허무합니다. 다른 아주머니들이 사가는 것을, 똑같이 사들고

3_ 1834년 개점한 이래 오늘날까지 이어져오는 긴자의 고급 과일가게 겸 레스토랑.
4_ 옛 신주쿠 구 일대 아파트. 일본의 아파트는 2~3층 높이의 서민적인 다세대주택을 일컬으며, 오늘날 한국의 아파트처럼 비교적 호화로운 대규모 주택단지는 맨션이라 부른다.

올 뿐이에요. 당신이 갑자기 유명해져서, 요도바시 아파트를 떠나, 이곳 미타카에서 살면서부터는, 즐거운 일이, 모조리 사라지고 말았습니다. 제 솜씨를 뽐낼 일도 없어졌어요. 당신은, 갑자기 말투까지 다정해져서는, 저를 아껴주셨지만, 저는 어쩐지 길들여진 고양이가 된 것 같아서, 가슴이 답답하기만 했습니다. 저는, 설마 당신이, 이리도 널리 세상에 이름을 알리게 될 줄은, 꿈에도 몰랐어요. 죽을 때까지 가난뱅이로, 기분 내키는 대로 그리고 싶은 그림이나 그리면서, 세상 사람들에게 조롱을 당해도, 뻔뻔한 얼굴로 누구에게도 고개를 숙이지 않고, 가끔은 좋아하는 술이나 홀짝이는 인생, 한평생 세속에 더럽혀지지 않고 살아가는, 그런 분일 거라고만 생각했어요. 제가 바보였던 걸까요? 그래도 이 세상에 딱 한 분 정도는, 그런 아름다운 분이 계실 거라고, 예나 지금이나 믿고 있습니다. 그런 분의 이마에 씌워진 월계관은, 다른 사람에게는 보이지 않고, 바보 취급만 당할 테죠. 그런 분께 시집을 가서 고생을 자처하는 여인은 아무도 없을 테니, 제가 한평생 돌봐주며 살아야겠다고 다짐했습니다. 저는, 당신이야말로, 그런 천사 같은 분이라고 믿었어요. 저 말고는, 아무도 몰라줄 거라고 생각했습니다. 그런데, 세상에, 어떻게 된 걸까요? 갑자기, 이다지도, 잘난 분이 되어버리시다니. 저는, 어쩐지, 부끄러워서 몸 둘 바를 모르겠습니다.

당신의 출세를 원망하는 것은, 아닙니다. 당신의, 신비로울 정도로 쓸쓸한 그림이, 나날이 더 많은 사람들에게 사랑받게 되었다는 이야기를 듣고, 매일 밤 신께 감사의 기도를 드렸습니다. 눈물이 날 정도로 기뻤어요. 당신이 요도바시 아파트에서 사는 이 년 동안, 마음 내키는 대로, 아파트 뒤뜰이나, 한밤의 신주쿠 거리를 그리느라 돈을 탈탈 다 써버렸을 때는, 다지마 씨가 오셔서, 그림 두세 장 값으로 충분한 돈을 놓고 가셨습니다. 하지만 그즈음 당신은, 다지마 씨가 그림을 가져가셔서 쓸쓸해하셨을 뿐, 돈 따위에는 조금도 신경을 쓰지 않으셨어요. 다지마 씨는, 오실 때마다 저를 몰래 복도로 불러내셔서, 여기요, 잘 부탁드립니다, 라고 하시면서 언제나처럼 진지하게, 하얀 각봉투를, 제 허리띠에 꽂아주셨습니다. 당신은, 늘 모른 척하셨고, 저도, 받자마자 그 봉투 속 물건을 뒤져보는 저속한 짓은, 하지 못했어요. 없으면 없는 대로, 꾸려나가야겠다고 마음먹고 있었으니까요. 얼마를 받았다는 말을, 당신한테 전한 적도 없었습니다. 당신을 더럽히고 싶지 않았어요. 정말로, 당신한테, 돈이 필요해요, 어서 유명해지세요, 그런 부탁을 한 적도 없었습니다. 당신처럼, 말주변 없고, 제멋대로인 분은, (미안해요.) 돈을 벌지도 못 할 뿐더러, 유명해지는 일은 결코 없을 거라고, 생각하고 있었거든요. 그런데, 그건, 그저 보여주기 위한 것에 불과했던 거였군요. 왜 그랬어요, 왜.

다지마 씨가 당신의 개인전 문제를 상의하러 오신 이후, 당신은 어쩐지, 멋을 내기 시작하셨어요. 우선, 치과에 다니시기 시작했습니다. 당신은 충치가 많아서, 웃으면 할아버지 같아 보였는데, 그래도 당신은 개의치 않으셨고, 제가 치과에 다녀오시라고 해도, 됐어, 이가 다 빠지면 새로 해 넣으면 돼, 금니 번쩍이며 여자들한테 인기 좀 끌어봤자 될 일도 안 돼, 하고 농담만 하시면서, 이에는 손도 대지 않으시더니, 요즘에는 무슨 바람이 불었는지, 일하다 짬이 나는 중간 중간에, 슬쩍슬쩍, 한 개씩 두 개씩, 금니를 번쩍이며 집으로 돌아오시고는 하였습니다. 제가, 어디 한번 웃어 보세요, 해도, 당신은, 수염 가득한 얼굴을 붉히며, 다지마 녀석이 하도 시끄럽게 굴기에 다녀왔어, 하고 전에 없이 기어들어가는 목소리로 변명을 하셨습니다. 개인전은, 제가 요도바시에 온 지이 년째 되던 해 가을에, 열렸습니다. 저는, 기뻤습니다. 당신 그림이, 한 사람이라도 더 많은 분들에게 사랑을 받게 되었는데, 어째서 기쁘지 않았겠어요. 저한테, 선견지명이 있었나 봐요. 하지만, 신문에서도 그렇게 칭찬을 받고, 출품한 그림이, 전부 다 팔리고, 유명한 대가들에게서 편지가 오고, 당신이 너무나 큰 사랑을 받게 되자, 저는 두려워졌습니다. 전시회를 보러 오라고, 당신과, 다지마 씨가, 몇 번이나 말씀하셨지만, 저는, 몸을 떨면서, 방안에서 뜨개질만 했습니다. 당신의 그림들이, 스무 장, 서른 장, 죽 걸려 있고, 수많은 사람들이, 그것을 보고 있는 모습을, 상상하는 것만으로도, 눈물이 날 것 같았습니다. 이렇게, 좋은 일이, 이렇게 빨리 이루어진 것은, 분명, 뭔가 나쁜 일이 일어날 징조라는 생각까지 들었습니다. 저는, 매일 밤, 신께 빌었습니다. 부디, 제발, 행복은, 이것으로 충분하니, 앞으로, 그 사람이 병에 걸리거나 하는 일 없이, 나쁜 일이 일어나지 않도록, 지켜주세요. 당신은 밤마다, 다지마 씨의 주선으로, 여기저기 유명한 화가들에게 인사를 다니셨습니다. 이튿날 아침이 되어서야 집에 오시는 날도, 있었습니다. 저는 별 생각도 없었는데, 당신은, 굳이 밤새 있었던 일을 제게 자세히 설명해주시면서, 아무개 선생은, 어떻더라, 누구는 멍청하더라, 하고 평소 말이 없던 당신답지 않게, 꽤나 지루한 수다를 떠셨습니다. 저는, 두 해 넘게 당신과 살면서, 당신이 누구 험담을 하는 것을 들어본 적이 없었습니다. 아무개 선생이야 어찌되었건, 당신은 유아독존이라며, 남의 생활에는 관심도 없던 분이 아니시던가요. 더욱이, 그런 이야기를 늘어놓으면서도, 전날 밤, 결코 나쁜 짓을 하지 않았다는 것을, 제게 납득시키려고 애쓰셨지요. 그렇게 빙빙 에둘러 말하지 않으셔도, 설마 당신이, 지금껏 아무것도 모른 채 살아오신 것도 아닐 테고, 분명하게 말씀해주시는 편이, 하루

정도는 괴롭겠지만, 그 뒤로는 오히려 제 마음이 편합니다. 어차피 저는, 아내니까요. 애초에 그런 쪽으로는, 남자들을 믿지도 않고, 그렇다고, 함부로 의심하지도 않습니다. 그런 일이라면 저는, 조금도 걱정하지 않고, 또, 웃어넘길 수도 있겠지만, 그보다, 훨씬 더, 고통스러운 일이 있습니다.

우리는, 갑자기 부자가 되었습니다. 당신도, 눈코 뜰 새 없이 바빠졌지요. 니카회[5]의 초청으로, 회원이 되셨습니다. 그러더니 당신은, 자그마한 아파트 방을, 부끄러워하시더군요. 다지마 씨도, 하루 빨리 이사를 가라고 부추기셨습니다. 이런 아파트에 사는 건, 사람들 보기에도 그렇고, 우선은 그림 값부터가 영영 오르지 않을 거라면서, 조금 더 힘을 써서 한 단계 큰 집을 빌리라고, 무슨 비책이라도 되는 양, 몹쓸 충고를 하기도 하셨습니다. 당신까지, 그건 그렇지, 이런 아파트에 살면, 사람들한테 바보취급만 당해, 하고 품위 없는 말들을, 당당하게 입에 담으셨어요. 저는 어쩐지, 가슴이 철렁 내려앉는 것이, 몹시 외로웠습니다. 다지마 씨는 미타카 주변을 자전거로 빙빙 돈 끝에, 이 집을 찾아주셨습니다. 한 해가 저물어갈 무렵, 저희는 간단한 살림살이만 챙겨들고, 너무 커서 횅한, 이 집으로 이사를 오게 되었습니다. 당신은, 저도 모르는 사이에 백화점에 가셔서, 이것저것 고급스러운 물건들을, 한 아름 사가지고 오셨습니다. 그러고 나서도, 백화점에서 계속 소포가 배달되었습니다. 저는 가슴이 죄여들면서, 점점 더 서글퍼졌습니다. 이 주변에 가득한, 그렇고 그런 갑부들과, 조금도 다를 바가 없었으니까요. 그래도 저는, 당신보기가 민망해서, 일부러 기쁜 척, 소란을 피웠습니다. 언제부터인

<hr />

5_ 二科會. 해외유학파를 중심으로 혁신적인 서양미술을 소개하던 유력 사설 미술단체.

가 저는, 어디서나 볼 수 있는, 못 말리는 '사모님'이 되어 있었습니다. 당신은 하녀까지 두자고 하셨지만, 그것만은 저도 물러설 수가 없어서, 강력하게 반대했습니다. 저는, 사람을 쓰는 것이, 불가능한 사람입니다. 이사 오고 얼마 지나지 않아 당신은, 삼백 장 정도 되는 이사통지 겸 연하장을 찍어내셨습니다. 삼백 장. 언제 그렇게, 많은 지인들이 생기셨 나요? 제가 보기에는 당신이, 너무 위험한 줄타기를 시작하신 것 같아서, 불안해 죽을 지경이었습니다. 얼마 안 가 분명, 나쁜 일이 생길 거야. 그런 속물 같은 교제로 성공하실 분이, 절대 아니야. 그렇게 생각했던 저는, 이제나 저제나 하며, 불안한 나날을 보내고 있었는데, 당신은 주춤하기는커녕, 승승장구, 좋은 일만 생겼습니다. 제가, 틀렸던 걸까요? 어머니께서도 가끔씩, 우리 집에 들르게 되셨고, 그때마다, 옷이나 저금 통장 같은 것을 들고 오셨는데, 몹시 기분이 좋아 보이셨어요. 아버지께 서도 처음에는, 응접실에 있던 그림이, 꼴도 보기 싫어서 창고에 치워두 셨던 모양이지만, 이제는, 그걸 집에까지 들고 오셔서, 액자도 좋은 걸로 바꾸시고, 서재에 걸어두셨다고 합니다. 이케부쿠로의 큰언니도, 단단히 챙겨라, 라는 내용의 편지를 보내셨습니다. 손님들도, 꽤 많이 오셨습니다. 응접실이, 손님으로 가득 찰 때도 있었어요. 그럴 때면, 당신의 명랑한 웃음소리가, 부엌까지 들려왔습니다. 당신은 정말이지, 수다쟁이가 되셨습니다. 예전에 당신은, 그렇게도 말이 없던 분이셨는 데, 저는, 아아, 이분은 뭐든 다 알고 계시면서, 그냥 모든 게 다 시시해서, 이토록 말이 없으신 거라고, 그렇게만 생각했는데, 그렇지도 않은 모양 이에요. 당신은, 손님들 앞에서, 무척 지루한 이야기를 꺼내 놓으셨습니 다. 바로 전날, 어느 손님에게서 들은 그림에 대한 평을, 다음날 다른 손님에게, 당신의 의견인 양 사뭇 진지한 표정으로 늘어놓으시기도 하고, 혹은, 제가 소설을 읽고 느낀 점을 당신께 살짝 말씀드리면, 다음날 점잔을 빼시며 다른 손님에게, 모파상은 말이야, 역시 신앙을 두려워했어, 하고 제 아둔한 의견을 그대로 전하기까지 하셔서, 저는 차를 들고 응접실로 들어서다가, 그 말을 듣고 너무 부끄러워서, 그 자리에 꼼짝 않고 서서, 울어버린 적도 있었습니다. 당신은 예전부터, 아무것도 몰랐던 거예요. 미안해요. 저라고 뭐든, 다 아는 것은 아니지만, 적어도 저만의 언어는, 가지고 있는데, 당신은, 완전히, 말이 없든가, 그렇지 않으면, 남의 말을 흉내 낼 뿐이었습니다. 참 신기한 일도 다 있지요. 그런데도 당신은, 성공하셨습니다. 그해 니카회에 낸 그림은, 신문사에서 상까지 받았고, 그 신문에는, 창피해서 입에도 담을 수 없는 최고의 칭찬들이 줄줄이 실려 있었습니다. 고고孤高, 청빈, 사색, 우수憂愁, 간절함, 샤반느,[6] 그밖에도 온갖 말들이 있었어요. 당신은 나중에 손님과 함께 그 기사 이야기를 하시면서, 대체로 다 맞는 말이더군, 하고 아무렇지도 않게 말씀하셨습니다. 세상에, 대체 무슨 소릴 하시는 거예요? 우리는 청빈이 아닙니다. 통장을 보여드릴까요? 이 집에 이사 온 후로 당신은, 완전히 다른 사람이 된 것처럼, 돈에 대한 이야기를 하기 시작하셨습니다. 손님에게 그림을 부탁받으면, 당신은 꼭, 얼굴도 붉히지 않으시고, 가격에 대한 이야기를, 제일 먼저 꺼내셨습니다. 분명히 해두는 것이, 나중에 이런저런 말이 나오지 않고, 서로 좋을 거라고 하셨지만, 그걸 몰래 엿들은 저는, 말할 수 없이 불쾌했습니다. 왜 저렇게, 돈에 집착하시는 걸까? 좋은 그림만 그린다면, 살아가는 일은, 자연스레 어떻게든,

---

6_ Pierre Puvis de Chavannes(1824~1898). 프랑스 화가. 자연 속에서 자연과 조화를 이루며 살아가는 군상을 그렸는데, 이와 비슷한 방향을 추구하던 문예잡지 『시라카바白樺』를 통해 일찍이 일본에 알려졌다.

되리라고 믿습니다. 성실하게 일을 마치고, 아무도 모르게 가난하고 검소한 삶을 살아가는 것만큼, 즐거운 일이 또 있을까요? 저는, 돈도 무엇도, 원하지 않습니다. 마음속에, 크고 아득한 프라이드를 품고, 조용히 살아가고 싶습니다. 당신은, 제 지갑을 확인하셨습니다. 돈이 들어있을 때면, 제 작은 지갑에 든 돈을, 당신의 큰 지갑으로, 나누어 넣으셨습니다. 당신 지갑에는 큰 지폐 다섯 장, 제 지갑에는 큰 지폐 한 장을 네 번 접어서 넣어 두셨지요. 남은 돈은, 우체국과 은행에 맡기십니다. 저는 그 모습을, 그저 옆에서 지켜볼 뿐입니다. 언젠가 제가, 통장을 넣어둔 책상 서랍에, 자물쇠 잠그는 것을 잊어버렸더니, 당신께서 그걸 아시고, 진심으로 불쾌한 표정으로, 이러면 곤란한데, 하시기에, 저는 의기소침해졌습니다. 화랑에 돈을 받으러 가시는 날이면, 사흘은 지나야 돌아오셨는데, 그럴 때면, 밤이 깊어서야 술에 취해 현관문을 덜컹이며 열고 들어오셔서는, 어이, 삼백 엔 남겨왔어, 확인해 봐, 같은 슬픈 말들을 꺼내십니다. 당신 돈인데요, 얼마를 쓰건 무슨 상관이겠어요. 가끔은 기분 좋게, 돈을 써 보고도 싶으시겠지요. 다 써버린다 한들, 제가 울적해 하기라도 할 것 같으세요? 저라고, 돈의 고마움을 왜 모르겠습니까마는, 그렇다고, 그것만 생각하며 사는 것은, 아닙니다. 삼백 엔 남겨오니 의기양양하다는 표정으로 귀가하시는 당신의 마음이, 저를 못 견디게 외롭게 합니다. 저는, 돈 따위, 조금도 원하지 않습니다. 뭘 사고 싶다, 뭘 먹고 싶다, 뭘 보고 싶다, 그런 생각도 들지 않습니다. 집안 살림살이들도, 대부분 재활용 물건들로 임시변통해서 쓰고 있고, 옷도 다시 물들이거나 꿰매면 되니, 한 벌도 사지 않고 지낼 수 있어요. 어떻게든, 저는, 해낼 수 있습니다. 행주 하나도, 새로 사는 건, 싫습니다. 쓸데없는 짓인걸요. 당신은 가끔씩, 저를 시내로 데리고 나가서는, 값비싼 중국요리 같은 것을 사주셨지만, 하나도 맛있지 않았습니다. 어쩐지 마음이 놓이질 않고, 무섭고 불안한 마음에, 도리어 아깝고, 헛되다는 생각만 들었습니다. 삼백 엔보다도, 중국요리보다도, 당신이, 우리 집 정원에 수세미가 자랄 선반을 만들어주신다면, 얼마나 기쁠까요? 다다미 여덟 장 크기의 툇마루에, 저렇게도 석양이 강하게 내리쬐니, 수세미 선반을 만들어주신다면, 딱 좋을 거라고 생각했어요. 당신은, 제가 이것저것 부탁을 해도, 정원사를 부르면 된다고 하시면서, 직접 만들어주지는 않으셨습니다. 정원사를 부르라니, 그런 부자들 흉내, 저는 싫어요. 당신이 만들어주시면 좋으련만, 당신은, 그래, 좋아, 내년엔 해주지, 하고 말만 하시고, 여태껏 만들어주지 않으셨습니다. 당신은, 자기 일에는 쓸데없이 많은 시간을 허비하시면서, 남의 일은 늘 모르는 척하십니다. 언제였던가요, 친구 분인 아마미야 씨가, 부인이 병을 얻어 고생을 하고 있다며 의논을 하러 오셨는데, 당신은 일부러 저를 응접실로 부르시더니, 집에 지금 돈 좀 있나? 하고, 진지한 표정으로 물으셨습니다. 저는 그 상황이 수상쩍기도 하고, 바보 같기도 해서, 어찌할 바를 몰랐어요. 제가 얼굴을 붉히며, 우물쭈물하고 있으려니, 숨기지 마, 저쪽을 뒤지면, 한 이십 엔 정도는 나올 거야, 하고 저를 놀리듯 말씀하시기에, 저는 깜짝 놀랐습니다. 아니, 이십 엔이라니요. 저는, 당신의 얼굴을 다시 들여다보았습니다. 당신은, 제 시선을 한손으로 뿌리치시면서, 됐으니까 나한테 좀 빌려줘, 구두쇠처럼 그러지 말고, 라고 하시더니, 아마미야 씨 쪽을 향해서, 자네나 나나, 이럴 때는 가난뱅이가 참 살기 힘들어, 하고 웃으며 말씀하셨습니다. 저는 하도 어이가 없어서, 아무 말도 하기 싫어졌습니다. 당신은 청빈도 뭣도, 아닙니다. 우수에 젖는다니, 지금 당신의 어디에, 그런 아름다운 그림자가 있겠습니까? 당신은, 그 반대로, 제멋대로 사는 낙천주의자입니다. 매일 아침 세면장에서, 그래 그런 거야~ 하고, 그토록 큰 소리로 노래를 부르던 분이 아니시던가요? 이웃 사람들 보기가 민망합니다. 간절함, 샤반느, 당신에게는 아까운 말입니다. 고고하다니요. 당신은 지금, 아첨하는 사람들의 알랑거림 속에서 살고 있다는 것을 모르시겠어요? 집에 오는 손님들이 다들 당신을 선생님이라고 부르고, 당신은, 다른 사람들 그림을, 야금야금 비난하면서, 당신과 같은 길을 걷는 사람은 누구도 없을 거라는 투로 말씀하시지만, 만약 정말로 그리 생각하신다면, 그렇게 함부로 남들 욕을 하면서, 손님들 동의를 구할 필요는 없겠지요. 당신은 손님들이, 그 자리에서만이라도 당신의 의견에 찬성한다는 말을, 듣고 싶은 것입니다. 그것이 어째서 고고한 생활입니까? 꼭 그런 식으로, 오가는 사람들을 모조리 탄복시켜야 하나요? 당신은, 진짜 거짓말쟁이입니다. 작년에, 니카회를 탈퇴하고 나서, 신낭만파인지 뭔지 하는 단체를 만드셨을 때도, 저 혼자서, 얼마나 참담한 기분이 들었는지 모릅니다. 당신이 뒤에서 그렇게 욕하던, 바로 그분들을 모아놓고, 무슨 단체를 만드셨으니 말이에요. 당신은, 자기만의 분명한 의견이, 아예 없는 분입니다. 이 세상은 역시, 당신처럼 사는 것이 옳은 것일까요? 가사이 씨가 오셨을 때는, 두 분이서 아마미야 씨 흉을 보면서 분개하고 비웃으시더니, 아마미야 씨가 오셨을 때는, 아마미야 씨에게 무척이나 친절하게 대해주시면서, 이번에는 또 가사이 씨의 태도를, 비난하기 시작하셨습니다. 이 세상에서 성공한 사람들은, 모두, 당신처럼 사는 것인지요? 그러면서 잘도 망하지 않고 산다는 생각에, 저는, 두렵기도 하고, 신기하기도 합니다. 분명, 나쁜 일이 생길 거야. 생기는 게 나아. 당신을 위해서라도, 신의 존재를 증명하기 위해서라도, 뭐든

한 가지 나쁜 일이 일어나기를, 마음 한구석으로 빌 정도였습니다.
하지만, 나쁜 일은 일어나지 않았어요. 하나도, 일어나지 않았습니다.
여전히, 좋은 일만 계속되었습니다. 당신이 결성한 단체의 첫 전시회는,
평판이 무척 좋은 것 같더군요. 당신이 그린 국화꽃 그림은, 사념이
없고 청명해서, 고결한 애정의 향기가 그윽하게 풍겨난다는 소문을,
손님들에게서 전해 들었습니다. 어째서 그런 것일까요? 정말 이상한
일입니다. 올 설에 당신은, 당신 그림을 누구보다도 정열적으로 사랑하
는 지지자이신, 유명한 오카이 선생 댁에, 설맞이 인사 차, 처음으로
저를 데리고 가셨습니다. 선생은, 저명한 대가이신데도, 그런데도, 우리
집보다, 작은 집에 살고 계셨습니다. 그것만으로도, 이분은 진짜라는
생각이 들었습니다. 뚱뚱하게 살이 찌셔서, 지렛대로도 움직일 수 없을
것 같은 몸으로, 책상다리를 하고 앉아서, 안경 너머로, 흘끗흘끗 저를
보시던 그 큰 눈도, 진정 고고한 분의 눈빛이었습니다. 저는, 아버지의
싸늘한 응접실에서 처음으로 당신 그림을 보았을 때처럼, 가볍게, 몸이
떨려오는 것을 느꼈습니다. 선생은, 실로 단순한 것만을, 어떤 것에도
구애받지 않으시고, 말씀하셨습니다. 저를 보고, 오오, 훌륭한 부인이시
네요, 무사의 집안에서 자라신 것 같습니다, 하고 농담을 건네셨는데,
당신께서 진지한 얼굴로, 네, 이 사람 어머니는 선비의 자손인데, 어쩌고
하면서 어찌나 자랑을 하시던지, 식은땀이 다 났습니다. 언제 우리
어머니가 선비 집안 출신이었나요? 아버지 어머니 모두, 뿌리부터 평민
입니다. 그런 식으로 가다가는, 사람들 부추김에 휩쓸려서, 이 사람
어머니가 귀족 출신이라느니 하면서, 떠벌리고 다니시겠어요. 정말
두려운 일입니다. 선생 같은 분도, 당신의 속임수를 눈치채지 못하시다
니, 이상할 따름입니다. 세상이란, 정말, 그런 곳인가요? 선생께서는,

당신과 비슷한 시절에 겪었던 일을 말씀해주시면서, 얼마나 고생이 많겠느냐며, 정성스럽게 친절한 위로의 말씀을 해주셨는데, 저는, 그래 그런 거야~ 하고 아침마다 노래를 부르던 당신 모습이 떠올라, 뭐가 뭔지 알 수가 없고, 주체할 수 없이 우스워서, 웃음이 터져 나올 것만 같았습니다. 선생의 집을 나온 당신이, 백 미터도 채 못 가 자갈을 차면서, 쳇! 여자한테는 잘도 해주더니만, 하고 말씀하시기에, 깜짝 놀랐습니다. 당신은, 비열합니다. 조금 전까지만 해도, 그 훌륭한 선생 앞에서 굽실굽실 절을 했으면서, 나오자마자 그런 험담을 하다니, 당신은 미쳤어요. 그때부터, 저는, 당신과, 헤어지겠다고 마음먹었습니다. 더 이상, 견딜 수가 없습니다. 당신은, 정상이 아니에요. 재앙이 닥치면 좋겠다고, 생각했습니다. 하지만, 여전히, 나쁜 일은 일어나지 않았습니다. 당신은 옛날 다지마 씨께 입었던 은혜마저 잊어버리시고, 다지마 그 멍청한 자식, 또 왔어, 하고 다른 친구 분께 말씀하셨고, 다지마 씨도, 어느 틈에 그걸 아시고는, 스스로, 다지마 그 멍청한 자식이 또 왔습니다, 하고 태연하게 웃으며 부엌문으로 걸어 들어오셨습니다. 이제 더 이상, 당신들 일은 하나도 모르겠습니다. 인간으로서의 자긍심은, 대체, 어디로 사라졌나요? 헤어지고 싶습니다. 당신들 모두 한통속이 되어서, 저를 놀리고 있다는 생각마저 듭니다. 얼마 전 당신이, 라디오 방송에서, 신낭만파의 시대적 의미인지 뭔지에 대해 말씀하시는 것을, 들었습니다. 거실에서 석간을 읽고 있는데, 문득 당신 이름이 흘러나왔고, 이어서 당신의 목소리가. 다른 사람인 줄 알았습니다. 얼마나 불결하고 탁한 목소리였는지요. 불쾌한 사람이다, 싶었습니다. 당신이란 남자를, 또렷이, 먼발치에서, 비판적으로 볼 수 있었습니다. 당신은, 그저 보통사람입니다. 앞으로도, 척척, 멋들어지게, 출세를 하시겠지요. 시시해. "저의, 오늘이 있기까지는," 이라는 대목에서, 스위치를 껐습니다. 대체 당신이, 뭐가 됐다고 생각하세요? 부끄러운 줄 아세요. "오늘이 있기까지는," 이라는 무섭도록 무지한 언어는, 두 번 다시, 쓰지 마세요. 아아, 당신이란 사람, 빨리 망했으면 좋겠어. 저는, 그날 밤, 서둘러 잠자리에 들었습니다. 불을 끄고, 혼자 천정을 보고 누워 있으려니, 등줄기 아래서, 귀뚜라미가 열심히 울어대고 있었습니다. 툇마루 밑에서 울고 있었지만, 그게, 마침 제 등줄기 바로 아래쪽이었던지라, 어쩐지 제 등뼈 속에 작은 귀뚜라미가 들어와 울고 있는 것만 같은 기분이 들었습니다. 이 작고, 미미한 소리를, 평생 잊지 않고, 등뼈에 담아 살아가자고 생각했습니다. 이 세상에서는, 분명, 당신이 옳고, 저야말로 어딘가 잘못된 것이겠지만, 저는, 제 어디가, 얼마나 잘못됐는지, 도무지, 모르겠습니다.

ろまん燈籠

낭만 등롱

太宰治

「낭만 등롱」

1940년 12월부터 이듬해 6월까지, 여섯 번에 걸쳐 잡지 『부인화보 婦人画報』에 연재됐다. 전년도 발표작 「사랑과 미에 대하여」와 같은 형태로, 고故 이리에 신노스케 자녀들의 연작 이야기로 구성된 작품이다.

당시 일본 사회에는 도쿄 도심부에 '사치는 적이다!'라는 간판이 내걸릴 정도로 국민들에게 전쟁 협력을 강요하는 국가 통제령이 선포되어 있었는데, 「낭만 등롱」은 전쟁과 무관한 오리지널 로맨스 연작으로 일희일비하는 이리에 가家의 자유로운 분위기를 지지하고 묘사했다는 점에서, 정복과 쟁취라는 패러다임에 빠져있던 제국주의 시대 흐름에서 벗어나 로맨티시즘에 다가가려 했던 다자이를 발견할 수 있는 작품이다.

1

    팔 년 전 세상을 떠난 유명한 서양화가, 이리에 신노스케 씨의 유가족
들은 다들 어딘가 조금씩 이상한 것 같다. 아니 그보다는, 어쩌면 의외로
그렇게 사는 것이 옳고, 우리 같은 일반 가정이 더 이상한 것인지도
모르겠으나, 어쨌든 이리에 가의 분위기는 보통 집들과 조금 다른 듯하
다. 꽤 오래전에 이 가정에서 착상을 얻어, 단편소설 한 편을 쓴 적이
있다. 무명작가다 보니 써낸 작품들을 바로바로 잡지에 실을 수도 없고
해서, 그 단편소설도 오랫동안 내 책상 서랍 구석에 잠들어 있었다.
내게는 그밖에도 서너 편쯤 미발표된 상태로, 말하자면 상자 속 깊숙이
비밀스럽게 숨겨놓은 작품이 있었는데, 재작년 초봄, 돌연 그것들을
하나로 묶어 단행본으로 출간했다.[1] 미흡한 창작집이기는 했지만, 지금
도 나는 그 책에 다소 애착을 느끼고 있다. 왜냐하면 그 창작집 작품들은
하나같이 어설픈 데다, 아무런 야심도 없이 그저 즐겁게 써내려간 것이기

1_ 다자이의 네 번째 창작집 『사랑과 미에 대하여』(1939).

때문이다. 소위 말하는 역작^{力作}은 어딘지 어색하고 매끄럽지가 못해서, 나중에 작가 본인이 다시 읽어 보면 기분이 영 나빠지기도 하는데, 홀가분하고 발랄한 소곡들은 그럴 일이 없다. 그런 까닭에 그 창작집도 그다지 많이 팔리지는 않았지만, 아쉽다는 생각은 별로 들지 않는다. 팔리지 않아서 오히려 잘됐다는 생각도 든다. 애착은 있지만, 그 작품집 수준이 최고라고 여겨지지는 않기 때문이다. 냉엄한 감상을 견뎌낼 수 있는, 그런 작품은 아니었다. 말하자면 허점이 많은 작품들이 대부분 이었다. 그래도 작자의 애착이란 차원이 다른 것인지라, 가끔씩 혼자서 그 말랑말랑한 창작집을 남몰래 책상 위에 펼쳐놓고 읽을 때가 있다. 그 창작집에서 다른 어떤 소설보다도 경박하고, 그럼에도 불구하고 저자에게 가장 큰 사랑을 받았던 작품은, 바로 앞서 말한 이리에 신노스케 씨의 유가족에게서 아이디어를 얻어 쓴 단편소설이었다. 애초에 가볍고 두서없는 소설이기는 했지만, 어쩐지 나는 그 소설을 잊을 수가 없다.

——다섯 남매가 있었는데, 모두 로맨스를 좋아했다.

장남은 스물아홉 살. 법학사^{法學士}다. 사람을 대할 때 약간 거만을 떠는 나쁜 버릇이 있지만, 그것은 자신의 유약한 속내를 들키지 않으려는 방패막이로, 실은 마음이 여리고 무척 상냥하다. 동생들과 영화를 보러 가서, 졸작이라느니 형편없다느니 중얼거리다가도, 영화 속 사무라이들 의 의리와 인정에 푹 빠져서 제일 먼저 울음을 터뜨렸다. 늘 그랬다. 영화관을 나와서는 갑자기 기분이 언짢아진 듯 거만하게 입을 꾹 다물고 서, 집으로 가는 길에 한마디도 하지 않았다. 살면서 한 번도 거짓말이란 것을 해본 적이 없다고 거리낌 없이 말하고 다녔다. 정말 그럴까 싶기는 해도 강직하고 결백한 면이 있는 것은 분명하다. 학교 성적은 그다지 좋지 않았다. 졸업하고 나서는 아무 일도 하지 않고 꿋꿋이 집안을 지키고 있다. 입센을 연구 중이다. 최근에 『인형의 집』을 다시 읽고는, 중대한 발견을 했다며 몹시 흥분해 있다. 그때 노라는 사랑에 빠져 있었다. 의사 랭크를 사랑했다. 그것을 발견했다는 것이다. 동생들을 불러 모아 그 점을 지적하면서, 큰 소리로 질타도 해보고, 설명을 해보려고도 했지만 허사였다. 동생들은 고개를 갸웃거리며 히죽히죽 웃기만 할 뿐, 놀라는 기색이 전혀 없었다. 애초에 동생들은 형을 대수롭지 않게 여기고 있었다. 얕잡아 보는 듯하다.

장녀는 스물여섯 살. 시집도 안 가고 철도성에서 근무하고 있다. 프랑스어를 꽤 잘했다. 키는 다섯 자 세 치[160cm]. 몸은 깡말랐다. 동생들이 말이라고 놀리기도 했다. 짧은 머리에 로이드안경[2]을 썼다. 성격이 쾌활해서 누구하고든 금세 친구가 됐지만, 헌신적으로 잘해주다가 버림받는다. 그게 취미다. 남몰래 우수에 찬 적막감을 즐겼다. 그래도 같은 부서에 근무하던 젊은 관리에게 푹 빠졌다가 언제나처럼 버림받았을 때, 그때만은 정말 의기소침했었다. 그 일로 회사에 나가기가 겸연쩍어서, 폐가 안 좋아졌다고 거짓말을 하고 일주일 내내 잠만 자다가, 목에 붕대를 감고 기침을 해대며 병원에 가서 뢴트겐 정밀 조사를 받았는데, 의사는 흔히 볼 수 없는 강한 폐와 심장을 가졌다며 칭찬을 했다. 문학 감상은 본격적으로 하는 편이었다. 정말 많이 읽었다. 동서양을 가리지 않았다. 힘이 넘쳐서 몰래 직접 글을 쓰기도 했다. 그것을 오른쪽 책장 서랍 속에 감춰 두었다. '서거 이 년 후에 발표할 것'이라고 적힌 쪽지가, 쌓아둔 작품 맨 위에 떡하니 놓여 있다. 이 년 후를 십 년 후나 두

2_ 테가 두껍고 둥근 안경. 미국의 희극 배우 로이드가 쓴 것에서 유래했다.

달 후로 고쳐 적거나, 때로는 백 년 후로 해두기도 했다.

차남은 스물네 살. 속물이다. 제대 의대에 재학 중이다. 하지만 학교는 거의 가지 않았다. 몸이 허약했다. 병자에 가까웠다. 얼굴은 놀랄 만큼 아름다웠다. 인색한 성격이었다. 큰형이 사람들에게 속아서, 별다를 것 없는 오래된 라켓을 몽테뉴가 쓰던 라켓이라며, 깎아서 오십 엔에 사왔다고 의기양양해 하면, 차남은 형의 등 뒤에서 혼자 분통을 터트리며 열을 냈다. 그 열 때문에 결국 위장이 망가졌다. 사람을 우선 멸시하고 깔보는 경향이 있었다. 누가 뭐라고 말을 하면, 크홋 하고 기괴한 까마귀 괴물 울음소리처럼 불쾌하기 그지없는 웃음소리를 냈다. 괴테에 푹 **빠져** 있었다. 그것도 괴테의 소박한 시 정신에 감명을 받았다고 하기보다는, 그의 높은 지위에 더욱 매력을 느끼는 것 같았다. 수상쩍은 놈이었다. 하지만 남매가 다 같이 즉흥시 짓기 대회를 할 때는 언제나 일등이었다. 무척 잘했다. 속물인 만큼 정열을 객관적으로 풀어낼 줄 알았다. 마음만 먹으면 이류 작가 정도는 될 수 있을지도 몰랐다. 이 집에서 일하는, 다리가 불편한 열일곱 살짜리 하녀가 그에게 푹 **빠져** 있다.

차녀는 스물한 살. 나르키소스다. 어느 신문사가 미스 재팬을 모집했을 때, 자기가 자기를 추천해볼까 하고 사흘 밤을 고민했다. 목청껏 떠들고 다니고 싶었다. 하지만 사흘 밤을 고민한 끝에, 자기 키가 규정에 못 미친다는 사실을 알고 단념했다. 남매들 가운데 눈에 띄게 키가 작았다. 넉 자 다섯 치¹³⁶ᶜᵐ였다. 그래도 못 봐줄 정도는 아니었다. 썩 귀여웠다. 깊은 밤, 알몸으로 거울 앞에 서서 귀엽게 생긋 미소를 지어 보거나, 포동포동한 두 다리를 수세미코롱으로 씻은 뒤 발끝에 살짝 입을 맞추고는, 멍하니 눈을 감아보기도 했다. 코끝에 바늘로 찌른 것처럼 작은 뾰루지가 났을 때는, 너무 우울해서 자살을 시도하기도 했다. 책을 고르는 기준도 독특했다. 메이지 초기 작품인 『가인의 기우』[3]나 『경국미담』[4] 같은 책을 헌책방에서 찾아와서는, 혼자서 키득키득 웃어가며 읽었다. 구로이와 루이코黒岩涙香나 모리타 시켄森田思軒의 번역물도 즐겨 읽었다. 어디서 구해 오는지, 이름도 없는 잡지를 가득 모아 와서는 재밌네~, 잘 쓴다~ 하고 진지하게 중얼거리며, 구석구석 꼼꼼하게 읽었다. 사실 속으로는 교카이즈미 교카를 제일 좋아했다.

막내 남동생은 열여덟 살. 올해 1고 이과 갑류[5]에 막 들어간 참이다. 고등학교에 들어가면서부터 그의 태도가 돌변했다. 형 누나들은 그게 우스워서 죽을 지경이었다. 그래도 막내는 무척 진지했다. 집안에 사소한 분쟁이라도 생기면, 누가 부탁한 것도 아닌데 슬쩍 끼어들어서 심각한 표정으로 판정을 내렸다. 그런 막내에게는 어머니를 포함한 가족 모두가 두 손 두 발 다 들었다. 가족들은 기세등등한 막내를 꺼려했다. 막내는 그것이 불만이었다. 장녀는 한껏 뾰로통해 있는 막내를 보다 못해, '자기는 어른이 됐다고 생각하는데도, 아무도 어른으로 대해주지 않는 슬픔이여.'라는 시를 한 수 지어서 막내에게 주면서, 초야에 묻힌 인재의 무료함을 달래 주었다. 아기 곰을 닮은 얼굴이 귀여워서, 형제들이 오냐오냐 해주다 보니, 다소 경망스러운 데가 있었다. 탐정소설을 좋아했다. 가끔 혼자 방에 틀어박혀서 변장을 해보기도 했다. 어학 공부를 한다면서, 원문에 일본어 번역이 달린 도일코난 도일 소설을 사 와서는,

3_ 『佳人之奇遇』(1885~1897). 세계사에서 나라 잃은 설움을 극복하고 주권을 회복하려 노력했던 사람들의 이야기를 엮은 것으로, 강대국에 의존해서는 민족해방이 어려우며 소국의 국민일수록 힘을 길러야 한다는 내용을 다뤘다.
4_ 『經國美談』(1883~1884). 고대 그리스를 배경으로, 스파르타의 강압에 저항하며 자국의 독립과 자유 민권을 위해 투쟁한 테베의 투사들을 그린 정치소설.
5_ 1고一高는 제1고등학교의 준말로, 현 도쿄대학교 교양학부에 해당하는 당시 도쿄 최고의 고등학교. 갑류甲類는 제1외국어로 영어를 이수하는 반이었다.

일본어 부분만 읽고 있다. 형제 중에 집안 걱정을 하는 건 자기뿐이라고, 남몰래 비장함에 차있다.――

　이상이 그 단편소설 서두에 나오는 문장으로, 이어서 자잘한 사건들이 조금씩 전개되는 식이었는데, 애초에 별 볼 일 없는 작품이었다는 건 앞서 말한 대로다. 내가 품고 있었던 애착은, 작품 자체에 대한 것이라기보다는 작중 가족들을 향한 마음이 더 컸다. 나는 그 가족 모두를 좋아했다. 분명 실제 존재하는 가정이었다. 즉, 고인故人 이리에 신노스케 씨 유가족의 스케치였다. 그렇다고는 해도, 꼭 사실을 있는 그대로 쓴 것은 아니었다. 나도 적잖이 당황스럽지만, 부풀려서 말하자면 시詩와 진실 이외에 나머지는 적당히 정리해서 썼다고 할 수 있다. 곳곳에 거짓말도 꽤 섞여 있다. 하지만 대체로는 이리에 가족의 모습을 그대로 묘사했다. 소소한 부분에 차이는 있지만 대부분은 실제 이야기다. 사실 나는 그 단편소설에서 다섯 남매와 따뜻하고 현명한 어머니에 대해서만 썼지, 작품 구성상 할아버지 할머니에 대해서는 무례하게도 과감히 생략했었다. 이것은 확실히 부당한 처사였다. 이리에 집안을 이야기하면서 그들의 할아버지 할머니를 제외하는 것은 아무래도 불완전해 보였다. 이번에는 그 두 분에 대해서도 언급할 생각인데, 그러기 전에 한 가지 분명히 해둬야 할 것이 있다. 그것은 이제부터 내가 쓰려고 하는 모든 것이 현재 이리에 가의 모습이 아니라, 사 년 전 내가 아무도 모르게 단편소설을 쓰기 시작했던 때의 분위기라는 점이다. 지금 이리에 가는 약간 달라졌다. 결혼한 사람도 있다. 돌아가신 분도 있다. 사 년 전에 비해 조금 어두워진 느낌이다. 그리고 요즘은 나도 옛날처럼 마음 편히 이리에 가에 놀러 갈 수가 없게 되었다. 다섯 남매나 나나 모두들 조금씩 어른이 되었기 때문에 서로 예의를 차리게 되었고, 그저 서먹서먹한 '사회인'이 되어 버렸기 때문에, 이제는 가끔씩 만나도 재미가 없다. 솔직히 말해서 나는 요즘 이리에 가에 별 흥미를 느끼지 못하고 있다. 쓴다면 사 년 전 이리에 가의 모습을 쓰고 싶다. 그런 까닭에 내가 지금부터 서술하려는 것도 사 년 전 이리에 가의 모습이다. 지금은 약간 달라졌다. 이것만은 분명히 해두고, 자, 그 시절 할아버지로 말할 것 같으면, ……매일 아무것도 하지 않고 놀고 있다. 만약 이리에 일가에 비범한 낭만의 피가 흐르고 있다면, 그것은 이 할아버지에게서 시작된 것이 아닌가 싶다. 할아버지는 이미 팔순이 넘었다. 매일 같이 무슨 용무가 있다는 듯 고지마치에 위치한 자택 뒷문으로 황급히 빠져나간다. 참으로 재빠르다. 이 할아버지는 젊었을 때 요코하마에서 꽤 큰 무역상을 운영했다. 아드님이었던 고 신노스케 씨가 미술학교에 입학했을 때도, 반대하기는커녕 오히려 주변 사람들에게 자랑하고 다녔을 만큼 호걸이 었다. 나이가 들어서 은거생활을 하면서도, 좀처럼 집에 가만히 있지를 않았다. 가족들 눈을 피해 재빨리 몸을 날려 뒷문으로 탈출했다. 성큼성 큼 이삼백 미터 걷다가 뒤를 돌아보고 가족들이 아무도 따라오지 않는다 는 것을 확인하고는, 품속에서 헌팅캡을 꺼내 뒤로 젖혀 썼다. 화려한 격자무늬 헌팅캡이었는데 무척 낡은 것이었다. 그래도 그걸 쓰지 않으면 산책할 기분이 나지 않았다. 사십 년 동안 애용하고 있다. 이것을 쓰고 긴자로 나간다. 시세이도[6]에 들어가 쇼콜라라는 것을 주문한다. 쇼콜라 한 잔을 시켜놓고, 한 시간이고 두 시간이고 앉아 있다. 여기저기 두리번거리다가 함께 사업을 하던 옛 동료가 젊은 게이샤를 데리고

6_ 약국으로 시작해 화장품 기업으로 성장했는데, 긴자 매장에 카페와 레스토랑도 겸하고 있다.

나타나기라도 하면, 서둘러 큰 소리로 불러서는 놓아주지 않는다. 억지로 자기 테이블에 앉혀서 야금야금 약을 올린다. 이것이 큰 기쁨이었다. 집으로 오면서 누군가를 위해 작은 선물 하나를 꼭 사간다. 아무래도 신경이 쓰였던 것이다. 요즘 들어 눈에 띄게 가족들 눈치를 봤다. 훈장을 발명했다. 멕시코 은화에 구멍을 뚫어 붉은 명주실로 이은 것이었는데, 일주일 동안 가장 큰 공을 세운 가족에게 수여하기로 했다. 아무도 그것을 갖고 싶어 하지 않았다. 일단 훈장을 받고 나면 일주일 내내 목에 늘어뜨리고 다녀야 했기 때문에 가족들 모두 난처해했다. 효부였던 어머니는 감사하다는 표정으로 그것을 받아서, 되도록 눈에 띄지 않게 허리에 늘어뜨리고 다녔다. 어머니가 할아버지께 반주로 맥주 한 병을 더 드렸을 때는, 어머니의 의지와는 별개로 그 자리에서 훈장이 수여됐다. 성실한 장남도 가끔 할아버지가 벌여놓은 판의 표적이 되어 멍하니 있다가 상을 받게 될 때도 있었는데, 주눅 드는 법 없이 일주일 내내 그것을 목에 걸고 다녔다. 장녀와 차남은 도망을 다녔다. 장녀는 상을 받을 자격이 없다고 정중히 사양하는 교묘한 수법으로 피해갔다. 특히 차남은 그 훈장을 자기 서랍에 집어넣어 놓고는 잃어버렸다고 거짓말까지 했다. 할아버지는 곧 차남의 거짓말을 꿰뚫어 보고, 차녀에게 차남의 방을 조사하게 했다. 차녀가 운 나쁘게 메달을 발견해서, 이번에는 차녀가 훈장을 받았다. 할아버지는 차녀를 편애하는 듯했다. 차녀는 식구들 중에서 가장 거만했는데, 아무 공로도 없으면서 툭하면 메달을 받았다. 차녀는 훈장을 받으면 대체로 자기 지갑 속에 챙겨 넣었다. 할아버지도 차녀에게만은 특별히 예외를 허용했다. 가슴에 달지 않아도 됐다. 가족 중에 조금이라도 그 훈장을 탐내는 사람은 막내였다. 막내도 마찬가지로 집안에서 훈장을 늘 가슴에 차고 다녀야 하는 것이 부끄럽고 불편했지만, 누군가 다른 사람이 그것을 받으면 어쩐지 서운했다. 차녀가 없으면 몰래 누나 방으로 들어가 지갑을 찾아내서, 그 안에 있는 메달을 부러운 듯 들여다볼 때도 있었다. 할머니는 한 번도 훈장을 받은 적이 없었다. 처음부터 완강히 거부했다. 무척 분명한 사람이었다. 훈장 수여 같은 것은 멍청한 짓이라고 했다. 할머니는 막내를 눈에 넣어도 안 아플 정도로 사랑했다. 하루는 막내가 최면술 연구를 시작했는데, 할아버지, 어머니, 형제자매 모두에게 걸어보았지만 누구 하나 걸리지 않았다. 다들 눈만 껌벅껌벅 했다. 큰 웃음거리가 됐다. 막내가 혼자 울상이 돼서 진땀을 흘리다가 마지막에 할머니에게 걸어보면 금세 걸렸다. 할머니는 의자에 앉아 꾸벅꾸벅 졸면서, 최면술사의 엄숙한 물음에 무심히 답했다.

"할머니, 이 꽃이 보이시죠?"

"그래, 예쁘구나."

"무슨 꽃인가요?"

"연꽃이네."

"할머니, 할머니가 제일 좋아하는 것은 무엇이죠?"

"너지."

최면술사는 약간 흥이 깨진다.

"너라니, 그게 누구예요?"

"누구긴 누구냐, 가즈오(막내 이름)지."

옆에서 보고 있던 가족이 크큭 하고 웃음을 터뜨리는 바람에 할머니도 눈치를 챘다. 그래도 일단 최면술사는 체면을 차렸다. 어찌 되었든 할머니는 최면에 걸렸으니까. 나중에 매사에 진지한 큰형이 걱정스럽게 물었다. "할머니, 정말 최면에 걸리신 겁니까?" 할머니는 후훗 하고 웃으며 속삭였다. "걸릴 리가 있겠느냐."

이상이 이리에 가족의 일상을 솔직하게 묘사한 것이다. 더 자세히 소개하고 싶지만, 지금은 그것보다도, 이 가족들이 연작으로 지어낸 꽤 긴 '소설' 한 편을 소개하고 싶다. 앞서 말했듯이 이리에 가의 남매들은 다들 문학을 좋아했다. 그들은 때때로 연작 이야기를 짓곤 했다. 구름 가득 낀 일요일 같은 날, 다섯 남매가 사랑방에 모여 있다가 못 견디게 지루해지면, 큰형이 이야기 짓기를 제안했다. 한 명이 생각나는 대로 아무렇게나 인물을 등장시키면, 그 다음부터 순서대로 인물들의 운명이나 사건들을 지어내서, 한편의 이야기를 완성시키는 놀이였다. 간단히 끝날 것 같으면 그 자리에서 줄줄 읊으면서 끝내버렸지만, 발단부터 무척 재미있을 것 같을 때는 각별히 신중을 기해서 차례로 원고지에 써서 돌렸다. 그들 다섯 남매의 합작 '소설'이 벌써 네다섯 편은 됐다. 이따금 할아버지, 할머니, 어머니도 합세했다. 요전에 꽤 긴 이야기를 만들었을 때도 할아버지, 할머니, 어머니의 도움이 있었다.

2

막내는 잘 하지도 못하면서 가장 먼저 이야기를 시작했다. 그래서 늘 실패다. 그래도 막내는 절망하지 않았다. 이번에야말로 잘 할 수 있다면서 의지를 불태웠다. 설 연휴 닷새 동안 약간 지루해진 그들은, 언제나처럼 이야기 놀이를 시작했다. 저요, 저, 제가 먼저 할게요. 이번에도 막내가 선두를 자원했다. 매번 있는 일이라 남매는 웃으며 허락해주었다. 새해 첫날이고 하니, 제대로 원고지에 글을 써서 순서대로 돌리기로 했다. 마감은 이튿날 아침. 각자 하루 종일 충분히 생각해서 쓸 수 있었다. 닷새째 밤인가 엿새째 아침에 이야기 한 편이 완성되었다. 닷새 동안 그들 다섯 남매는 다소 긴장했고, 희미하게나마 삶의 보람 같은 것을 느꼈다.

막내는 언제나처럼 서두를 쓰고 싶다고 했고, 그것이 받아들여져서 발단을 풀어나가야 했는데, 막상 쓰려고 보니 생각해둔 것이 없었다. 슬럼프인지도 몰랐다. 떠맡지 말 걸 그랬다는 생각도 들었다. 설이라 다른 형 누나들은 제각각 밖으로 놀러 나가버렸고, 할아버지도 늘 그렇듯 아침 일찍 연미복을 차려입고 자취를 감췄다. 집에 남아있는 사람이라고 는 할머니와 어머니뿐이었다. 막내는 자기 공부방에서 연필을 깎고 있었다. 울고 싶어졌다. 사면초가에 빠져 결국 나쁜 짓을 저질렀다. 표절이었다. 이것 말고는 다른 길이 없다고 생각했다. 조마조마한 마음 으로 안데르센 동화집, 그림형제 이야기, 셜록 홈즈의 모험 같은 책들을 뒤졌다. 여기저기서 베껴 내어, 대충 정리가 되었다.

──옛날 어느 북부의 숲속에, 무시무시한 마법사 노파가 살고 있었습 니다. 참으로 사악하고 못생긴 노파였지만 외동딸 라푼젤한테만은 다정 해서, 매일같이 금으로 된 빗으로 머리를 빗겨 주며 귀여워했습니다. 라푼젤은 아름다운 소녀였습니다. 그리고 무척 활발한 아이였습니다. 열네 살이 되자 더 이상 노파의 말을 듣지 않았습니다. 가끔은 거꾸로 라푼젤이 노파를 꾸짖기도 했습니다. 그래도 노파는 라푼젤이 너무 귀여워서, 웃으며 져주곤 하였습니다. 숲속 나무들이 하루가 다르게 바싹 말라가며 속살을 드러내고, 마법사 집에서도 슬슬 겨울맞이 채비를 하기 시작했을 무렵, 훌륭한 먹잇감이 마법의 숲에서 길을 잃고 헤매고

있었습니다. 말을 탄 아름다운 왕자가 황량한 숲속을 헤매고 있었던 것입니다. 그는 열여섯 살 된 그 나라 왕자였습니다. 정신없이 사냥을 하다가 신하 일행을 놓쳐서 돌아갈 길을 찾지 못하고 있었던 것입니다. 금으로 된 왕자의 갑옷이 어스름한 숲속에서 횃불처럼 빛났습니다. 노파가 이 기회를 그냥 넘길 리가 없습니다. 바람처럼 집밖으로 뛰쳐나가, 쏜살같이 왕자를 말에서 끌어내어 떨어뜨려버렸습니다.

"요 도련님은 포동포동 살이 쪘구먼. 이 하얀 살결은 또 어떻고. 호두열매로 살을 찌운 게야!" 노파가 군침을 삼키며 말했습니다. 노파는 길고 억센 수염을 기르고 있었고, 눈 바로 위까지 덥수룩한 눈썹으로 뒤덮여 있었습니다. "살찐 양처럼 생겼어. 자, 그렇다면 과연 맛은 어떨까? 겨울 양식으로 이 녀석의 소금 절임이 좋겠군." 히죽히죽 웃으며 단도를 꺼내 왕자의 하얀 목을 찌르려는 순간,

"아악!" 하고 노파가 소리를 질렀습니다. 딸 라푼젤이 노파의 귀를 깨물어 버렸기 때문입니다. 라푼젤은 노파의 등 위로 날아올라, 노파의 왼쪽 귓불을 죽어라 꽉 깨물고는 놓아주지 않았습니다.

"라푼젤아, 용서해다오." 노파는 딸을 귀여워하며 응석을 다 받아주었기 때문에, 화도 내지 않고 억지로 미소를 지으며 용서를 빌었습니다. 라푼젤은 노파의 등을 뒤흔들며,

"이 아이는 나하고 놀 거야. 이 예쁜 아이를 나에게 줘." 하고 떼를 썼습니다. 귀여움만 받으며 제멋대로 자라온 아이라 얼마나 고집이 센지, 한 번 꺼낸 말은 절대로 물리는 일이 없었습니다. 노파는 왕자를 죽여서 소금 절임으로 만드는 것을 하룻밤만 참자고 생각했습니다.

"오냐, 오냐. 너에게 주마. 오늘밤은 네 손님에게 제대로 된 대접을 해주자꾸나. 대신 내일은 내게 돌려다오."

라푼젤은 고개를 끄덕였습니다. 그날 밤, 왕자는 마법의 집에서 대단히 융숭한 대접을 받았지만, 얼굴이 새파랗게 질려서 아무것도 먹을 수 없었습니다. 그날 저녁 식사는 개구리 꼬치구이, 어린 아이의 손가락을 채워 넣은 살모사 껍질, 광대버섯과 생쥐의 축축한 코와 푸른 곤충의 내장으로 만든 샐러드에, 마실 것은 늪에 사는 여자가 만든 푸르스름한 술과 무덤 구멍에서 나는 질산 술이었습니다. 녹슨 못과 교회 유리창은 식후 과자였습니다. 왕자는 보기만 해도 속이 매스꺼워서 아무것도 손을 댈 수가 없었지만, 노파와 라푼젤은 맛있네, 맛있어 하며 먹고 마셨습니다. 전부 이 집의 명물 요리였습니다. 식사를 마친 후 라푼젤은 왕자의 손을 잡고 자기 방으로 데려갔습니다. 라푼젤의 키는 왕자와 비슷했습니다. 방으로 들어가서 왕자의 어깨를 토닥거리더니, 왕자의 얼굴을 들여다보며 작은 목소리로 말했습니다.

"네가 나를 싫어하지 않을 때까지는, 아무도 너를 죽이지 못하게 할 거야. 너, 왕자님이지?"

라푼젤의 머리칼은 매일 같이 노파가 빗겨준 덕분에 마치 황금에서 뽑아낸 듯 아름답게 빛났고, 다리 부근까지 길게 자라 있었습니다. 얼굴은 천사처럼 오동통한 것이 마치 노란 장미 같았습니다. 작은 입술은 딸기처럼 새빨갰습니다. 까맣게 반짝이는 맑은 눈가에는 어딘가 슬픔이 서려 있었습니다. 왕자는 이렇게 아름다운 소녀는 처음 본다고 생각했습니다.

"응." 왕자는 조용히 대답하더니, 약간 마음이 놓여 눈물을 뚝뚝 흘렸습니다.

라푼젤은 영롱하게 빛나는 까만 눈동자로 가만히 왕자를 들여다보고는 살짝 고개를 끄덕이면서,

"네가 날 싫어하게 되더라도, 아무도 널 죽이지 못하게 할 거야. 그런 사람이 있으면 내가 다 죽여줄게." 하고는 자기도 울어버렸습니다. 그러더니 갑자기 큰 소리로 웃으며 손등으로 눈물을 닦은 뒤 왕자의 눈가도 똑같이 닦아주며, "자, 오늘밤에는 나와 함께 내 작은 동물들이 있는 곳에서 자자꾸나." 하고 힘차게 말하면서 왕자를 옆방 침실로 안내하였습니다. 거기에는 볏짚과 담요가 깔려 있었습니다. 왕자가 고개를 들어 위를 올려다보니, 대들보와 홰에 백 마리쯤 되는 까마귀가 앉아 있었습니다. 모두 잠들어 있는 듯 보였지만, 두 사람이 다가서자 조금씩 몸을 움직였습니다.

"여기 있는 건 모두 내 거야." 라푼젤은 그렇게 말하더니 재빨리 가장 가까이 있는 까마귀를 낚아채 발목을 잡고 흔들었습니다. 놀란 까마귀가 날개를 푸드득거렸습니다. "키스해드리럼!" 라푼젤은 날카로운 목소리로 소리치며 그 까마귀로 왕자의 볼을 쳤습니다.

"저쪽에 있는 까마귀는 숲속의 깡패들이야." 라푼젤은 턱으로 방구석에 있는 커다란 대나무 바구니를 가리켰습니다. "열 마리 있는데 다들 깡패 같은 까마귀라, 뚜껑을 제대로 닫아두지 않으면 금세 날아가버려. 그리고 여기는 내 오랜 친구 베에야." 그러면서 구석에서 사슴뿔을 잡아끌고 왔습니다. 사슴의 목에는 동으로 만든 목줄이 걸려 있었고, 거기에 철로 된 굵은 쇠사슬이 연결되어 있었습니다. "이 녀석도 사슬로 제대로 묶어두지 않으면 여기서 도망칠 거야. 왜 다들 우리 곁을 떠나는지 모르겠어. 뭐, 어쨌거나 상관없어. 나는 매일 밤 칼로 베에의 목을 간질이지. 그러면 녀석이 어찌나 겁을 먹는지 버둥버둥한다니까." 그러더니 벽 틈에서 번쩍이는 긴 칼을 꺼내어 사슴의 목을 어루만지기 시작했습니다. 가여운 사슴은 괴로움에 몸을 꼬며 비지땀을 흘렸습니다. 라푼젤은 그 모습을 보고 큰 소리로 웃었습니다.

"넌 잘 때도 그 칼을 옆에 두고 자니?" 왕자가 약간 무서워서 슬쩍 물었습니다.

"그럼. 언제나 칼을 껴안고 자." 라푼젤은 태연한 표정으로 대답했습니다. "무슨 일이 생길지 모르니까. 그런 건 됐고, 자, 이제 그만 눕자. 어쩌다가 이 숲에서 헤매게 되었는지, 그 이야기나 좀 해봐." 둘은 짚 위에 나란히 누웠습니다. 왕자는 숲에서 길을 잃고 헤매던 오늘 일을 더듬더듬 이야기했습니다.

"너, 신하들과 헤어져서 외로워?"

"응, 외롭고말고."

"성으로 돌아가고 싶어?"

"아아, 돌아가고 싶어."

"그렇게 울상 짓는 거 싫어!" 라푼젤이 갑자기 벌떡 일어나더니, "당연히 기쁜 표정을 지어야 하는 거 아니야? 여기 빵 두 조각과 햄 한 조각이 있으니, 도중에 배가 고프면 먹도록 해. 뭘 꾸물거리고 있어." 하고 소리쳤습니다.

왕자는 너무 기뻐 당장 일어났습니다. 라푼젤은 마치 어머니처럼 차분하게 말했습니다.

"자, 이 털 장화를 신도록 해. 너에게 줄게. 가는 길에 분명 추워질 테니까. 너를 춥게 내버려두고 싶진 않아. 이건 노파의 커다란 벙어리장갑. 자, 끼어 봐. 어머, 손만 보면 지저분한 우리 노파랑 똑같네."

왕자는 너무 고마워서 눈물을 흘렸습니다. 라푼젤은 사슴을 끌고 나오더니, 쇠사슬을 풀어주었습니다.

"베에야, 나는 되도록 오래오래 너를 칼로 어루만져 주고 싶었어.

너무 재밌었거든. 하지만 이제 괜찮아. 널 놓아줄게. 이 녀석을 성까지 데려가 줘. 녀석이 성으로 돌아가고 싶대. 이제 난 상관없어. 우리 노파보다 빨리 달릴 수 있는 건 너밖에 없으니까. 잘 부탁한다."

왕자는 사슴 등에 올라탔습니다.

"고마워, 라푼젤. 널 잊지 못할 거야."

"그런 말은 됐어. 자, 베에야, 달려라! 등 위에 손님을 떨어뜨리면 가만두지 않을 거야."

"잘 있어."

"아아, 잘 가." 눈물을 터뜨린 것은 라푼젤이었습니다.

사슴은 어둠 속을 화살처럼 달렸습니다. 덤불을 넘어 숲을 지나 똑바로 호수를 건너, 늑대가 울부짖고 새가 지저귀는 황야를 쏜살같이 내달렸습니다. 등 뒤에서 슉슉 불꽃을 쏘아 올리는 소리가 들렸습니다.

"뒤돌아보면 안 됩니다. 마법사 노파가 쫓아오고 있어요." 사슴이 달리면서 일러주었습니다. "걱정 마세요. 저보다 빠른 것은 별똥별뿐이니까요. 하지만 라푼젤이 베풀어준 친절은 잊지 마세요. 기상은 굳세지만 외로운 아이입니다. 자, 이제 곧 성에 닿을 겁니다."

왕자는 꿈꾸는 기분으로 성문 앞에 섰습니다.

가여운 라푼젤. 마법사 노파도 이번에는 화를 냈습니다. 그토록 소중한 먹이를 놓쳐버리다니, 멋대로 구는 데도 정도가 있다며, 라푼젤을 숲 안쪽 컴컴한 탑 속에 가두어 버렸습니다. 그 탑에는 문도 없고 계단도 없고, 다만 꼭대기 방에 작은 창문 하나가 있을 뿐이었습니다. 라푼젤은 탑 꼭대기 방에서, 해가 뜨면 일어나고 해가 지면 자는 신세가 되고 말았습니다. 가여운 라푼젤. 한 해가 가고 두 해가 지나, 라푼젤은 어두컴컴한 방 안에서 그 아름다움을 더해 가고 있었습니다. 라푼젤은 이제 완연히 성숙하고 생각이 깊은 아가씨가 되어 있었습니다. 늘 왕자를 잊지 못하고 있었습니다. 너무 외로워서, 달과 별을 향해 노래를 부른 적도 있었습니다. 노래 속에 진한 외로움이 배어 있어서, 숲의 새와 나무들도 그 노래를 듣고 울음을 터뜨렸고, 달님도 눈물을 글썽였습니다. 한 달에 한 번씩 마법사 노파가 라푼젤을 감시하러 왔습니다. 올 때마다 먹을 것과 입을 것을 놓고 갔습니다. 노파도 여전히 라푼젤을 아끼고 있었기 때문에, 탑 속에서 굶어 죽게 만들 수는 없었습니다. 노파에게는 마법의 날개가 있어서, 자유롭게 탑 꼭대기 방을 드나들 수 있었습니다. 삼 년이 흘러, 라푼젤은 열여덟 살이 되었습니다. 그녀는 어두운 방안에서 자신도 눈치채지 못할 만큼 아름답게 빛나고 있었습니다. 라푼젤은 자신에게서 꽃향기가 풍겨난다는 사실을 깨닫지 못했습니다. 그해 가을, 사냥에 나선 왕자가 다시금 마법의 숲을 헤매다가, 문득 구슬픈 노랫소리를 들었습니다. 왕자는 가슴 저미는 노랫소리에 홀려 정신없이 탑 아래까지 오게 되었습니다. 혹시 라푼젤이 아닐까? 왕자는 삼 년 전 만났던 아름다운 소녀를 한순간도 잊어본 적이 없었습니다.

"얼굴을 보여주오!" 왕자가 힘껏 소리쳤습니다. "슬픈 노래는 그만 멈추렴."

탑 위의 작은 창문에서 라푼젤이 얼굴을 내밀고 대답했습니다. "그렇게 말씀하시는 당신은 누구신가요? 슬픈 사람에게는 슬픈 노래가 구원이 됩니다. 인간의 슬픔을 잘 알지도 못하시면서."

"아아, 라푼젤!" 왕자는 뛸 듯이 기뻤습니다. "나를 기억하겠소?"

라푼젤의 볼이 순간 창백해지더니 차츰 붉어졌습니다. 그래도 어린 시절 가지고 있던 굳센 기상은 아직 조금 남아 있었기에,

"라푼젤? 그 아이는 벌써 삼 년 전에 죽었어!" 하고 냉정한 말투로

대답했습니다. 그래 놓고는 큰 소리로 웃음을 터뜨리며 휴 하고 한숨을 내쉬더니, 갑자기 슬픔이 북받쳐서 구슬프게 엉엉 울었습니다.

그 아이의 머리칼은, 금빛다리.
그 아이의 머리칼은, 무지개다리.

숲의 작은 새들이 한꺼번에 기묘한 노래를 부르기 시작했습니다. 눈물을 흘리던 라푼젤은 그 노랫소리를 듣고 문득 훌륭한 영감이 떠올랐습니다. 라푼젤은 자신의 아름다운 머리칼을 두 갈래, 세 갈래 왼손으로 나눈 뒤 오른손에 가위를 쥐었습니다. 라푼젤의 아름다운 황금색 머리칼은 바닥에 닿을 만큼 길게 자라 있었습니다. 싹둑, 싹둑 아쉬움 없이 머리칼을 자른 다음, 그것을 하나로 묶어 긴 줄을 만들었습니다. 그것은 태양 아래 가장 아름다운 밧줄이었습니다. 창틀에 그 끝을 단단히 동여맨 라푼젤은, 아름다운 금줄을 타고 스르륵 아래로 내려갔습니다.

"라푼젤." 왕자가 속삭이며 황홀한 듯 멍하니 그녀를 바라보았습니다.

지상에 내려선 라푼젤은 갑자기 마음이 약해져서, 아무 말도 하지 않고 가만히 왕자의 손 위에 자기 손을 얹었습니다.

"라푼젤, 이번에는 내가 널 구해줄 차례야. 아니, 평생 너를 도울 수 있게 해줘." 왕자는 이제 곧 스무 살이었습니다. 무척 즐거워 보였습니다. 라푼젤은 희미하게 웃으며 고개를 끄덕였습니다.

숲을 빠져나온 둘은 노파가 알아차리지 못하도록 서둘러 광야를 가로질러, 무사히 성으로 돌아올 수 있었습니다. 성에서는 두 사람을 크게 환영하였습니다.─

고심 끝에 겨우 여기까지 써낸 막내는 기분이 몹시 나빴다. 실패다. 이건 이야기의 발단이 아니야. 마지막까지 나 혼자 다 써 버렸네. 또 형 누나들의 놀림감이 될 것이 불을 보듯 뻔했다. 막내는 고심했다. 벌써 해가 저물기 시작했다. 밖으로 놀러 갔던 형 누나들도 슬슬 집에 돌아왔는지, 거실에서 소란스러운 웃음소리가 들려왔다. 너무 고독해! 말할 수 없는 적막감이 막내를 감쌌다. 바로 그때, 도움의 손길이 나타났다. 할머니였다. 할머니는 아까부터 공부방에 혼자 틀어박혀 있는 막내가 못내 가여웠다.

"또 시작한 게냐? 잘 써지니?" 할머니가 공부방으로 들어서며 막내에게 말을 걸었다.

"저리 가!" 기분이 언짢은 막내가 소리쳤다.

"또 실패로구나. 잘 하지도 못하면서 왜 그렇게 쓸데없는 경쟁에 뛰어드는 게냐. 어디 좀 보자."

"몰라!"

"운다고 무슨 뾰족한 수가 있겠느냐. 바보 같이. 어디, 어디." 할머니는 허리춤에서 돋보기를 꺼내 막내의 이야기를 작게 소리 내어 읽기 시작했다. 키득거리며 웃기도 했다. "저런, 저런, 이 아이는 깜찍하게도 제법 어른스럽지 않느냐. 재밌구나. 잘 썼어요. 하지만 이렇게 하면 뒤와 연결이 안 되겠네."

"당연히 그렇지."

"곤란하겠구나. 나라면 말이다, 이렇게 쓸 것 같구나. 성에서는 두 사람을 크게 환영하였습니다, 하지만 그때부터 불행이 시작되었습니다. 이렇게 말이다. 어떠냐? 마법사의 딸과 왕자님이라니 신분이 달라도 너무 다르지 않느냐. 아무리 서로 사랑한다 해도, 결국은 잘 안 되겠지.

이런 결혼은 항상 불행해지기 마련이란다. 어떠냐?" 그러면서 할머니는 막내의 어깨를 검지로 콕콕 찔렀다.

"그 정도는 나도 알아. 저리 가! 나한테도 다 생각이 있으니까."

"아이쿠, 그랬구나." 할머니는 안심했다. 막내의 생각이란 걸 대충 알고 있었기 때문이었다. "어서 마무리 짓고 거실로 나오너라. 배고프지? 떡국 먹고 카드놀이라도 하면서 놀자꾸나. 그런 경쟁 같은 거 지루하잖니. 나머지는 큰누나에게 부탁해서 마무리하려무나. 누나는 그 방면으로 소질이 있으니까."

막내는 할머니를 내쫓고 나서 언제나처럼 자기 생각이라는 것을 적어 넣기 시작했다.

"하지만 그때부터 불행이 시작되었습니다. 마법사의 딸과 왕자님은 너무 달랐습니다. 이것이 불행의 씨앗이었습니다. 이 뒤는 큰누나에게 부탁합니다. 라푼젤을 소중히 여겨 주세요." 할머니가 말한 대로 쓰고는, 휴 하고 한숨을 내쉬었다.

3

오늘은 2일이다. 가족이 함께 모여 떡국을 먹은 뒤, 장녀는 혼자서 자기 서재로 들어갔다. 하얀 털실로 짠 스웨터 가슴팍에 작고 노란 장미꽃 장식을 달고 있었다. 살짝 무릎을 구부려 책상 앞에 앉더니, 안경을 벗고 빙긋이 웃으면서 손수건으로 부지런히 안경알을 닦았다. 그러고는 다시 안경을 끼고, 눈을 크게 한번 깜박거렸다. 갑자기 진지한 얼굴로 바로 앉으며, 책상 위에 턱을 괴고는 한동안 생각에 잠겼다.

드디어 만년필을 들고 쓰기 시작했다.

——사랑의 무도가 끝날 무렵부터 진짜 이야기가 시작됩니다. 영화에서는 축복을 받으며 하나가 되는 데서 The end가 되지만, 우리가 알고 싶은 것은, 그렇다면 그 후에 그들은 어떻게 되었는가 하는 것입니다. 인생은 결코 들뜬 무대의 연속이 아닙니다. 흥분이 가라앉으면 숙명이라는 맥 빠진 이름 아래 살아갈 뿐입니다. 우리의 왕자와 라푼젤도 어렸을 때 서로 잠깐 만나서 떨쳐내기 힘든 애착을 느꼈지만, 황망히 헤어져서 서로 한시도 잊지 못하다가 고생 끝에 성인이 되어 다시 만났습니다. 하지만 이 이야기는 결코 여기서 끝나지 않습니다. 우리가 꼭 알아야 할 것은 오히려 그 후의 생활에 관한 것입니다. 왕자와 라푼젤은 손을 잡고 마법의 숲에서 도망쳐 나와, 넓은 황야에서 먹지도 마시지도 못한 채 밤이고 낮이고 말없이 걸어서 마침내 성에 도달했지만, 문제는 그 뒤였습니다.

왕자와 라푼젤은 죽을 것처럼 피곤했지만, 편히 쉬고 있을 여유가 없었습니다. 왕과 왕비, 그리고 신하들 모두 왕자의 무사 귀환을 기뻐하며, 이번 모험에 대해 쉴 새 없이 질문을 해댔습니다. 왕자의 등 뒤에 고개를 숙이고 서 있는 기묘하게 아름다운 아가씨가, 삼 년 전 왕자를 구한 은인이라는 사실도 알려져서 성 안 사람들은 더욱 기뻐하였습니다. 그들은 향수를 뿌린 욕조에서 라푼젤을 씻겨 주고 산뜻하고 귀여운 드레스도 입혔습니다. 라푼젤은 온몸을 다 덮을 만큼 무겁고 푹신한 이불 속에 파묻혀, 잠꼬대도 하지 않고 깊은 잠에 빠졌습니다. 충분히 숙면을 취한 라푼젤은 잘 숙성된 무화과 열매가 자연스레 툭 떨어지듯, 빠끔히 눈을 떴습니다. 머리맡에는 완전히 건강을 회복한 왕자가 정장을 입고 웃으며 서 있었습니다. 라푼젤은 너무 부끄러웠습니다.

"저, 돌아갈래요. 제 옷은 어디 있나요?" 라푼젤이 침대에서 몸을 일으키며 말했습니다.

"바보 같은 소리 마." 왕자가 느긋한 목소리로 말했습니다. "옷은 지금 입고 있잖아."

"아니요. 제가 탑에서 입고 있던 옷 말이에요. 돌려주세요. 그건 노파가 제일 좋은 천을 모아서 지어준 옷이란 말이에요."

"바보 같은 소리 마." 왕자가 다시 부드럽게 말했습니다. "벌써 외로워진 거야?"

라푼젤은 자기도 모르게 고개를 끄덕이더니, 갑자기 슬픔이 북받쳐 소리 내어 펑펑 울었습니다. 노파와 떨어져서 아는 사람 하나 없는 성에 있기가 외로운 것은 아니었습니다. 그것은 전부터 각오했던 일이었습니다. 게다가 그 노파가 그렇게 좋은 노파도 아니었고, 혹여 좋은 노파였다고 해도, 어린 소녀들이란 좋아하는 사람만 옆에 있으면 가족들 모두와 헤어지고도 외로워하지 않고 아무렇지도 않게 살아갈 수 있는 존재입니다. 라푼젤은 외로워서 우는 것이 아니었습니다. 부끄럽고 분했던 것입니다. 정신없이 성으로 도망쳐 와서, 이렇게 고급스러운 옷을 입고, 또 이런 부드러운 이불에 누워 앞뒤 생각 없이 쿨쿨 자다가 일어나 생각해보니, 문득 '나는 이런 대접을 받을 신분이 아니야, 비천한 마법사의 딸이야.'라는 생각에 더 이상 그 자리에 가만히 있을 수가 없었습니다. 그런 창피하고 굴욕적인 기분 때문에 집에 가겠다는 말이 갑자기 튀어나온 것은 아니었을까요? 라푼젤에게는 어린 시절부터 마음껏 하고 싶은 대로 하고 살던 기질이 아직 남아 있었습니다. 고생을 모르고 자란 왕자가 그런 기분을 이해할 리 없었습니다. 라푼젤이 갑자기

울기 시작하자 당황한 왕자는,

"넌 아직 지쳐 있어." 하고 멋대로 판단한 뒤, "배도 고플 거야. 우선 식사 준비를 시킬게." 하고 중얼거리며 허둥지둥 방을 나가버렸습니다.

이윽고 하녀 다섯이 라푼젤을 다시 향수를 뿌린 욕조에서 목욕시키고, 이번에는 전에 입었던 옷보다 훨씬 더 무거운 진홍색 옷을 입혀주었습니다. 얼굴과 손에도 옅게 화장을 했습니다. 약간 짧은 금발머리를 솜씨 좋게 묶어주었고, 낙낙하게 진주 목걸이도 걸어주었습니다. 라푼젤이 스르륵 일어나자 다섯 명의 하녀가 모두 탄성을 내질렀습니다. 하녀들은 이렇게 고귀하고 아름다운 공주님은, 이제까지 본 적도 없고 세상 어디에도 없을 거라고 생각했습니다.

라푼젤은 식당으로 갔습니다. 거기에는 왕과 왕비, 그리고 왕자가 밝게 웃으며 서 있었습니다.

"오오, 아름답구나." 왕이 두 팔 벌려 라푼젤을 맞이하였습니다.

"정말이네." 왕비도 만족스러워 하며 고개를 끄덕였습니다. 왕과 왕비 모두 자비심이 많은 사람들이어서, 조금도 거들먹거리지 않고 따뜻하게 라푼젤을 대했습니다.

라푼젤은 약간 쑥스러운 듯 웃으며 인사를 했습니다.

"앉아, 여기 앉아." 왕자는 라푼젤의 손을 잡고 식탁으로 데려간 뒤 자신도 바로 옆자리에 앉았습니다. 이상하리만치 득의만만한 얼굴이었습니다.

왕과 왕비도 가볍게 웃으며 자리에 앉았고, 이윽고 식사가 시작되었지만, 라푼젤은 혼자서 어찌해야 좋을지 몰라 갈팡질팡하였습니다. 계속해서 식탁으로 날라 오는 음식들을 어떻게 먹어야 할지 가늠이 되질 않았습니다. 옆에 앉은 왕자 쪽을 몰래 훔쳐보면서 그 손동작을 흉내 내서 어찌어찌 음식을 입 안에 집어넣기는 했지만, 노파가 해주던 푸른 곤충 내장 샐러드나 지렁이 졸임 반찬 같은 것들만 먹어왔던 라푼젤에게는 왕자가 대접하는 최상급 요리가 이상하고 거북하기만 했습니다. 계란 요리는 그런대로 먹을 만했지만 그래도 숲속에서 먹었던 새알만큼 맛있지는 않았습니다.

식탁 위를 오가는 화제는 다양했습니다. 왕자는 삼 년 전 공포에 대해 이야기하면서, 이번 모험을 자랑스럽게 말했습니다. 왕은 이야기 하나하나에 감동을 받아서 깊이 고개를 끄덕였는데, 그때마다 축하주를 마셨기 때문에 결국에는 진탕 취해서, 왕비에게 업혀서 별실로 돌아갔습니다. 왕자와 단둘이 남게 된 라푼젤이 조그만 목소리로 말했습니다.

"나, 밖에 나가보고 싶어. 어쩐지 가슴이 답답해." 라푼젤은 얼굴이 새파랗게 질려 있었습니다.

왕자는 기분이 너무 좋아서 흥분해 있었기 때문에 라푼젤의 괴로운 마음을 헤아릴 수 없었습니다. 사람은 자신이 행복할 때는, 타인의 괴로움이 보이지 않는 법입니다. 왕자는 파랗게 질린 라푼젤의 얼굴을 보고도 걱정하기는커녕,

"과식했나보네. 정원을 좀 걸으면, 금방 나을 거야." 하고 가볍게 말하며 일어섰습니다.

밖은 화창했습니다. 이미 완연한 가을이었는데도 이곳 정원만큼은 온갖 꽃과 풀이 가득 피어 있었습니다. 라푼젤은 겨우 방긋 웃었습니다.

"한결 기분이 나아졌어. 성안이 어두워서 밤이라고 생각했지 뭐야."

"밤일 리가 없지. 넌 어제 낮부터 오늘 아침까지 푹 잤는걸. 숨소리도 없이 자기에 혹시 죽은 건 아닌가 하고 걱정했었어."

"그때 숲속의 딸은 죽고, 고상한 공주님이 눈을 떴더라면 좋았을 텐데. 눈을 떠봐도 나는 여전히 노파의 딸이었어." 라푼젤은 진심으로 아쉬워하며 그렇게 말했지만, 왕자는 라푼젤이 장난치는 것이라고 생각하고 크게 웃으며,

"그랬구나. 그랬어. 그것 참 안 된 일이야." 하더니 다시 크게 웃었습니다.

무슨 꽃인지 무척 강한 향기를 풍기는 순백색의 작고 아름다운 꽃들이 흐드러지게 피어있는 덤불 그늘에 멈춰 선 왕자는, 문득 발걸음을 멈추고 돌연 진지한 눈빛으로 라푼젤을 뼈가 으스러질 정도로 꽉 껴안았습니다. 그러고는 미친 사람처럼 의외의 행동을 하기 시작했습니다. 라푼젤은 참고 견뎠습니다. 처음 있는 일도 아니었습니다. 숲을 도망쳐 나와 잠도 못 자고 황야를 걸어가던 중에도, 이와 비슷한 일을 세 번 정도 겪었던 것입니다.

"이제 아무데도 안 갈 거지?" 조금 차분해진 왕자가 라푼젤과 나란히 걸으며 조용히 말했습니다. 둘은 하얀 꽃 덤불에서 나와, 수련이 피어있는 작은 연못을 향해 걸었습니다. 라푼젤은 어쩐지 갑자기 모든 게 우스꽝스러워서, 풋 하고 웃음을 터뜨렸습니다.

"왜 그래?" 왕자는 라푼젤의 얼굴을 들여다보며 물었습니다. "뭐가 우스워?"

"미안해. 네가 갑자기 너무 진지하게 물어봐서 그랬어. 이제 와서 내가 어디로 가겠니? 나는 탑 안에서 삼 년 동안이나 널 기다렸어." 연못가에 다다랐습니다. 그러자 라푼젤은 울고 싶어서 풀밭 위에 털썩 주저앉았습니다. 왕자의 얼굴을 올려다보며, "임금님과 왕비님 모두 허락해주셨어?" 하고 물었습니다.

"물론이지." 왕자는 아까처럼 해맑은 얼굴로 라푼젤 옆에 앉으며 말했다. "넌 내 생명의 은인이잖아."

라푼젤은 왕자의 무릎에 얼굴을 묻고 울음을 터뜨렸습니다.

그로부터 며칠 후, 성안에서 성대한 결혼식이 열렸습니다. 그날 밤 신부는 날개 잃은 천사처럼 가엾게 떨고 있었습니다. 왕자는 성장 과정이 다른 야생 장미가 그저 신기하기만 했는데, 한두 달 지내다보니 라푼젤의 독특한 사고와 잔인할 정도로 활발한 동작, 그 무엇도 두려워하지 않는 용기, 어린 아이처럼 무지한 질문을 해대는 순수함 같은 매력에 푹 빠져서, 헤어날 수 없을 만큼 사랑하게 되었습니다. 추운 겨울이 지나고, 하루가 다르게 날이 풀려서, 정원에 철 이른 꽃들이 슬슬 봉오리를 틔우기 시작하던 어느 날, 두 사람은 천천히 정원을 걷고 있었습니다. 라푼젤은 아이를 가진 상태였습니다.

"신기해. 정말 신기해."

"또 뭔가 궁금한 게 생겼나보네." 왕자는 스물한 살이 되었기 때문에 이제 어엿한 성인이었습니다. "이번에는 또 뭐가 궁금한지 빨리 들어보고 싶어. 지난번에 했던 신이 어디 있느냐는 질문도 꽤 멋졌다고."

라푼젤은 고개를 숙이고 킥킥 웃으며,

"나말이야, 여자일까?" 하고 물었습니다.

이 질문에는 왕자도 당황하였습니다.

"적어도 남자는 아니지." 왕자는 짐짓 점잔을 빼며 말했습니다.

"나도 아이를 낳으면 할머니가 될까?"

"아름다운 할머니가 되겠지."

"난 싫어." 라푼젤은 희미하게 웃었습니다. 무척 쓸쓸해 보이는 미소였습니다. "나, 아이 낳지 않을래."

"그건 또 왜지?" 왕자는 여유 있게 물었습니다.

"어젯밤에는 그 생각에 잠을 이룰 수가 없었어. 아이가 태어나면 난 갑자기 할머니가 될 테고, 당신은 아이만 귀여워하면서 분명 날 귀찮아하겠지. 아무도 날 예뻐해주지 않을 거야. 잘 모르겠어. 난 가난한 집에서 자란 바보 같은 여자라, 할머니가 되어서 주글주글해지면 완전히 볼품없어질 거야. 다시 숲으로 돌아가서 마법사가 될 수밖에."

왕자는 기분이 나빠졌습니다.

"아직도 저 꺼림칙한 숲을 잊지 못하고 있는 거야? 지금 네 신분을 생각해."

"미안해. 벌써 말끔히 잊었다고 생각했는데, 어젯밤처럼 쓸쓸한 날에는 문득 그런 생각이 떠올라. 노파는 무서운 마법사였지만, 그래도 날 무척 귀여워해주며 키웠어. 아무도 나를 예뻐하지 않더라도, 숲속 노파만큼은 언제나 나를 어린 아이처럼 꼭 안아줄 거란 기분이 들어."

"내가 옆에 있잖아." 왕자가 못마땅하다는 듯이 말했습니다.

"아니, 당신은 안 돼. 당신도 날 많이 예뻐해주긴 하지만, 그건 그저 내가 신기해서 재미있어 하는 것뿐이잖아. 왜 그런지는 몰라도, 나 너무 외로워. 이제 곧 아이를 낳게 되면, 당신은 아이를 훨씬 더 신기하게 생각하면서 날 잊어버리겠지. 나는 별 볼 일 없는 여자니까."

"넌 네가 얼마나 아름다운지 몰라." 왕자는 뽀로통해져서 입술을 쭉 빼고 신음하듯 말했습니다. "쓸데없는 말만 하고 있잖아. 오늘 질문은 도무지 쓸모가 없군."

"당신은 아무것도 몰라. 내가 요즘 얼마나 힘든데. 아무래도 난, 마법사의 나쁜 피를 이어받은 야만적인 여자인 것 같아. 태어나려는 아이가 미워죽겠어. 죽여버리고 싶어." 라푼젤은 떨리는 목소리로 말하더니 아랫입술을 깨물었습니다.

　마음 약한 왕자는 깜짝 놀라 몸을 떨었습니다. 그녀가 정말로 아이를 죽일지도 모른다는 생각이 들었습니다. 체념을 모르는 본능적인 여자는, 결국 비극을 불러일으킵니다.──

　장녀는 자신만만한 표정으로 여기까지 막힘없이 술술 써내려가더니, 조용히 붓을 놓았다. 처음부터 다시 읽어보며 가끔씩 얼굴을 붉히거나, 입술을 일그러뜨리고는 쓴웃음을 지었다. 조금 야하다 싶은 묘사가 여기저기 눈에 띄었기 때문이었다. 나중에 입버릇 고약한 차남에게 비웃음을 살 것이 분명했지만 어쩔 수 없었다. 지금 자신의 심경이 그대로 솔직하게 드러나 있는 것 같아, 그것이 조금 서글펐다. 하지만 마음속 어딘가에는, 이 정도로 여성의 심리를 섬세하게 묘사할 수 있는 건 형제들 중에 자기밖에 없다는 희미한 자만심도 서려 있었다. 서재에는 온기가 없었다. 돌연 그것을 깨닫고는, 아이 추워, 하고 작은 목소리로 중얼거리더니, 어깨를 움츠리며 일어섰다. 다 쓴 원고를 들고 마루로 나가다가, 의미심장한 표정으로 서 있던 막내와 아슬아슬하게 부딪칠 뻔했다.

　"미안, 미안." 막내는 무척 당황했다.

　"가즈 짱, 정탐하러 온 거지?"

　"아냐, 아냐. 그런 거 아냐." 막내는 얼굴이 새빨개지더니, 허둥대며 말했다.

　"다 알아. 내가 제대로 썼는지 어쨌는지, 걱정되는 거지?"

　"실은, 그, 그래." 막내가 기어들어가는 소리로 솔직하게 털어놓았다.

　"내가 쓴 거, 엉망이었지? 원래 나, 잘 못 쓰잖아." 막내는 쭈뼛거리며 자조적인 어투로 말했다.

"그렇지 않아. 이번에는 참 잘했어."

"그래?" 막내의 작은 눈이 기쁨으로 반짝였다. "누나, 잘 써준 거지? 라푼젤을 제대로 그려준 거지?"

"응. 뭐, 그럭저럭."

"고마워!" 막내는 큰누나를 향해 두 손 모아 감사의 인사를 했다.

4

사흘째.

설날에 차남이 교외에 있는 우리 집으로 놀러 와서, 혼자 흥분하면서 근대일본소설의 문제점을 하나부터 열까지 지적하더니, 해질 무렵 "저런, 큰일이야. 열이 나는 것 같아." 하고 중얼거리며 서둘러 돌아갔다. 아니나 다를까 그날 밤부터 미열이 나기 시작했고, 어제는 뒤척뒤척 자다 깨기를 반복했다. 아침이 되어도 낮지를 않고 여전히 머리가 무거웠기 때문에 이불 속에서 끙끙거리고 있었다. 다른 사람이 쓴 작품을 놓고 욕을 너무 많이 하면 이 지경이 된다.

"몸은 좀 어때?" 어머니가 방으로 들어와 머리맡에 앉으며, 차남의 이마에 슬쩍 손을 올려 보았다. "아직 열이 조금 있는 것 같네. 몸조리 잘 하려무나. 어젯밤에는 잠도 안 자고 떡국을 먹고 설 축하주를 마시면서 들락날락 하는 것 같던데, 무리하면 안 돼요. 열이 날 때는 아무것도 하지 말고, 가만히 있는 게 제일이란다. 너는 몸도 약하면서 고집이 세서 탈이야."

한참 혼이 났다. 차남은 의기소침해져 있었다. 받아칠 말도 없고 해서, 그저 힘없이 쓴웃음을 지으며 어머니의 잔소리를 듣고 있었다. 차남은 남매 중에서 가장 냉정한 현실주의자에 꽤나 신랄한 독설가였는데, 어쩐지 어머니 앞에서만큼은 담쟁이덩굴처럼 고분고분했다. 전혀 고집을 부리지 않았다. 항상 병을 앓아서 어머니를 고생시킨다는 생각이 가슴 한구석에 자리 잡고 있었기 때문이리라.

"오늘 하루는 푹 자거라. 함부로 일어나서 돌아다니지 말고. 밥도 방에서 먹으렴. 죽을 쑤었단다. 사토(하녀 이름)가 지금 가져올 거야."

"엄마, 부탁이 있는데요……." 기어들어가는 목소리로 말했다. "오늘 말이야, 내 차례예요. 써도 돼요?"

"뭘 말이니?" 어머니는 갸우뚱했다. "무슨 소리야?"

"왜 있잖아, 이야기 이어쓰기. 또 시작했거든요. 어제 좀 지루해서 누나한테 억지로 원고를 좀 보여 달래서, 어젯밤 내내 그 뒷이야기를 생각했어요. 이번 것은 좀 어려워요."

"안 돼요, 안 돼." 어머니는 웃으며, "위대한 작가라 해도 감기 걸렸을 때는 좋은 생각이 떠오르지 않는 법이야. 형에게 바꿔달라고 하는 게 어떻겠니?" 하고 대답했다.

"안 돼. 형은 잘 못 쓴단 말이야. 형은 있지, 재능이 없어. 형이 쓰면 항상 연설하는 것처럼 돼버려."

"형을 욕하면 못 써. 형이 쓴 건 언제나 남자답고 훌륭하지 않니? 엄마는 늘 형이 쓴 게 제일 좋던데?"

"엄마는 뭘 모른다니까, 아무것도 몰라. 무슨 수를 써서든, 이번에는 내가 써야 해. 그 다음은 내가 아니면 안 된다고요. 엄마, 제발 부탁해요. 쓰면 안 돼요?"

"큰일이네. 오늘은 푹 자야 해. 형한테 대신 써달라고 하렴. 너는 내일이나 모레쯤 몸 상태가 좋아지거든 그때 가서 쓰면 되잖니?"

"싫어. 엄마는 우리 놀이를 바보 같다고 생각한다니까." 부러 큰 한숨을 내쉬며 머리 위로 이불을 덮어썼다.

"알았어요." 엄마는 웃으면서, "엄마가 나빴어. 그럼, 이렇게 할래? 네가 누워서 천천히 이야기를 하면, 내가 그걸 그대로 받아 적을게. 응? 그렇게 하자꾸나. 작년 봄에도 네가 열이 나서 누워 있을 때, 어려운 학교 논문도 네가 말하는 대로 엄마가 적어줬잖아. 엄마 그때, 꽤 잘했지?"

이불을 덮어쓴 환자는 대답이 없었다. 어머니는 쩔쩔맸다. 하녀 사토가 아침 식사를 가지고 방으로 들어왔다. 사토는 열세 살 때부터 이리에 집안에서 일하고 있었다. 누마즈 근처 어촌에서 태어났다. 여기 온 지 벌써 사 년이나 되었기 때문에 이 집안의 로맨틱한 분위기에 푹 젖어 있었다. 아가씨들에게서 빌려온 부인 잡지를 틈날 때마다 읽었다. 옛날 아다우치[7] 이야기를 읽을 때면 짜릿한 흥분을 느꼈다. 여자라면 정절을 지켜야지, 라는 대사를 못 견디게 좋아했다. 목숨 걸고 여자를 지켜주는 것을 보면서, 혼자 조용히 긴장했다. 장녀에게서 받은 은으로 된 페이퍼 나이프를 몸속에 숨겨두고 있었다. 호신용이었다. 거무튀튀한 작은 얼굴은 늘 긴장된 채 굳어 있었다. 몸가짐도 청결하고 단정했다. 왼쪽 다리가 살짝 온전치 못해서 조금 절면서 걸어 다니는 모습이 가여워 보였다. 그녀는 이리에 집안사람들을 무슨 신이라도 되는 것처럼 존경했다. 할아버지의 은화 훈장도 몹시 소중하게 여겼다. 장녀를 뛰어

· · · · · · · · · · ·

7_ 仇討. 주군이나 아버지를 죽인 자들을 추적해 보복하는 이야기. 사무라이 시대에 유행했다.

넘을 학자는 세상에 없고, 차녀만큼 아름다운 미인도 다시없다고 굳게 믿고 있었다. 그중에서도 병약한 차남을 죽도록 좋아했다. 그렇게 아름다운 분과 나란히 적들에게 복수라도 하러 다닌다면 얼마나 좋을까? 요즘은 주인이나 아버지의 복수를 위해 여행을 떠나는 일들이 사라져서 얼마나 지루한지 모르겠다며, 바보 같은 생각을 하고 있다.

방금 차남의 머리맡에 공손하게 밥상을 내려놓은 사토는 조금 쓸쓸했다. 차남은 머리끝까지 이불을 덮어쓰고 있었다. 마님은 그런 모습을 지긋이 내려다보며 웃고 있었다. 사토를 상대해주는 사람은 아무도 없다. 살그머니 자리에 앉아 잠시 기다려보았지만 아무 일도 일어나지 않았다. 사토가 조심스럽게 마님에게 물었다.

"몸이 많이 안 좋으신가 봐요."

"글쎄. 어떨까?" 어머니는 웃고 있었다.

차남이 갑자기 이불을 휙 밀어젖히더니 재빨리 기어와서는, 밥상을 제 쪽으로 끌어당기며 젓가락을 들고 게걸스럽게 먹기 시작했다. 깜짝 놀란 사토가 정신을 차리고 차남의 시중을 들었다. 의외로 힘이 넘치는 차남의 모습을 보면서 속으로 안도의 한숨을 내쉬었다. 말도 없이 맹렬한 기세로 죽을 떠먹더니, 이번에는 우메보시^{매실장아찌}를 한 입 가득 집어넣고 우적거렸다. 식욕이 돌아온 듯 보였다.

"사토는 어떻게 생각해?" 차남이 계란 반숙을 자르다 말고 말을 꺼냈다. "만약에 말이야, 내가 너하고 결혼한다면, 넌 어떤 기분이 들 것 같아?" 정말 의외의 질문이었다.

사토보다도 어머니가 열 배는 더 놀란 것 같았다.

"에구머니, 그런 말이 어디 있어! 바보 같이. 장난에도 정도가 있지, 그렇지? 사토야, 지금 널 놀리고 있는 거란다. 장난도, 장난도, 그런 장난을 함부로."

"만약에, 라고 했잖아요."

차남은 차분했다. 아마도 소설을 어떻게 써나갈 것인지, 쭉 그것만 생각하고 있는 것 같았다. 그 '만약에'가 사토의 작은 가슴을 얼마나 아프게 찔러대는지는 전혀 모르고 있는 눈치였다. 정말 제멋대로다.

"사토는 기분이 어떨 것 같아? 말해봐. 소설에 참고하려고 그래. 정말 어려운 부분이거든."

"그렇게 갑작스럽게 물어보시면⋯⋯."

사토가 얼버무리자 어머니는 속으로 마음을 놓으며 끼어들었다. "사토가 어떻게 알겠니. 잘 모르지? 그렇지, 사토야? 다케시는 멍청한 질문만 해대는구나."

"저라면," 사토는 차남에게 도움이 될 만한 것이라면, 무엇이든 말해주고 싶었다. 당황하는 마님의 시선도 무시하고, 주먹을 불끈 쥔 채 한번 해보자는 심정으로 대답했다. "저라면 죽겠습니다."

"뭐라고?" 차남은 어처구니가 없다는 표정이었다. "시시하잖아. 죽어버리면 시시해. 라푼젤이 죽으면 이야기도 끝나버려. 그건 안 돼. 아아, 어렵다. 어떻게 하면 좋을까?" 어디까지나 소설에 대한 것만 생각하고 있었다. 사토의 필사적인 답변도 전혀 도움이 되지 않은 모양이었다.

힘이 쭉 빠진 사토는 사부작사부작 밥상을 치운 뒤, 일부러 오호호호 하고 부끄러운 듯 웃음을 지으며 속마음을 숨긴 채 방을 빠져나왔다. 복도로 나오니 눈물이 날 것 같았지만 크게 슬퍼할 일도 아니었기에, 이번에는 가슴 깊은 곳에서 웃음이 터져 나왔다.

어머니는 젊은이들의 천진난만한 담백함에 슬쩍 절이라도 하고 싶은 심정이었다. 불순한 생각으로 마음이 흐트러졌던 자신이 부끄러웠다.

아이들을 믿어도 될 것 같았다.

"어때? 생각이 좀 정리 되었니? 눈 감고 쭉 말만 해. 엄마가 받아 적을게."

차남은 다시 천정을 보고 누우면서, 이불을 가슴까지 끌어올린 뒤 눈을 감았다. 이런저런 생각에 괴로운 것 같았다. 이윽고 차남이 사뭇 점잔을 빼며 엄숙한 목소리로 말했다.

"정리된 것 같아요. 부탁해요, 어머니."

어머니는 그만 웃음을 터뜨렸다.

이하는 그날 모자의 협력으로 지어낸 구술필기 전문이다.

──보석 같은 아이가 태어났습니다. 남자아이였습니다. 성 안에 기쁨 이 가득 흘러넘쳤습니다. 그러나 아이를 낳은 라푼젤은 나날이 몸이 쇠약해져갔습니다. 전국의 명의가 모여들어서 손을 써보았지만, 라푼젤 의 상태는 속절없이 나빠져서 생명의 위협까지 받게 되었습니다.

"그러니까, 그러니까,"

침상에 누운 라푼젤은 조용히 눈물을 흘리며 왕자에게 말했습니다.

"그러니까 제가 아이를 낳기 싫다고 했잖아요. 저는 마법사의 딸이기 때문에 어렴풋이 제 운명을 예감할 수 있어요. 아이를 낳으면 분명 나쁜 일이 일어날 거라는 생각을 떨쳐버릴 수가 없었어요. 제 예감은 언제나 꼭 들어맞아요. 지금 제가 죽는 걸로 재앙이 사라진다면 좋겠지 만, 그것만으로는 끝나지 않을 것 같다는 무서운 예감이 들어요. 당신이 가르쳐 주신대로 만약 정말로 신이 존재한다면, 저는 지금 그 신에게 빌기라도 하고 싶은 심정이에요. 우리는 분명 누군가에게 미움을 받고 있어요. 우리가 너무 큰 잘못을 저질렀던 건 아닐까요?"

"그런 일 없소. 그런 일 없어." 왕자는 라푼젤의 병상 머리맡을 이리저리 걸어 다니며 되는대로 반박을 해보았지만, 속으로는 어찌할 바를 모르고 있었습니다. 아들을 보았다는 기쁨도 잠시, 이유도 없이 쇠약해져가는 라푼젤을 보고 있자니, 넋이 빠져서 잠도 오지 않고, 그저 병상 주변을 돌며 이러지도 저러지도 못하고 있었습니다. 왕자는 마음 깊이 라푼젤을 사랑하고 있었습니다. 라푼젤의 얼굴과 자태의 아름다움, 다른 환경에서 자란 꽃이 지닌 진귀함, 혹은 연민을 불러일으키는 가여우리만치 맹목적인 무지. 왕자가 라푼젤의 그런 점들에 매혹되어 정신없이 사랑을 쏟아왔다고는 해도, 그 사랑이 정신적인 울림이나 신뢰를 바탕으로 한 것도, 같은 핏줄로서 함께 숙명을 받아들이자는 깊은 사명감과 이해로 이루어진 것도 아니라는 이유에서, 왕자가 가진 애정의 본질을 멋대로 곡해해서는 안 될 것입니다. 왕자는 마음속 깊이 라푼젤을 사랑하고 있었습니다. 어쩔 줄 모를 만큼 좋아하고 있어요. 그저 좋은 것입니다. 그걸로 충분하지 않을까요? 순수한 애정이란, 그런 것입니다. 여성들이 몰래 마음속으로 원하고 있는 것도, 그런 한결같고 정직한 호감, 그 외에는 아무것도 아니라고 생각합니다. 정신적으로 높은 신뢰를 쌓고, 같은 숙명을 함께 받아들인다고 해도, 서로를 싫어한다면 엉망진창이 되겠지요. 아무 의미도 없을 것입니다. 서로 조금이라도 좋아하는 데가 있어야, 정신적이라든가 숙명이라든가 하는 가식적인 말들도, 진짜처럼 들린다는 말입니다. 그런 단어들은 서로 극도로 좋아하는 감정을 차분하게 정리하거나, 불타는 애정행각을 반성하거나 변명하는 데 이용될 뿐이지요. 연애하는 젊은 남녀가 주고받는 말 중에서 그런 핑계만큼 듣기 거북한 것도 없습니다. 특히 '여자를 구제하기 위해서' 같은 말을 해대는 위선적인 남자들을 보면 참을 수가 없어요. 좋아하면 좋아한다고,

왜 당당하게 말을 하지 못하는 거죠? 그저께 작가 D씨 댁에 놀러 갔을 때도 그런 이야기가 나왔는데, D씨가 저더러 속물이라고 하더라고요. 그러는 D씨야말로 가까이서 슬쩍 사생활을 훔쳐본 바에 따르면, 자기 호불호를 기준으로 약삭빠른 생활을 하고 있었습니다. 녀석은 거짓말쟁이예요. 전 속물이든 뭐든 상관없습니다. 있는 그대로의 진실을 말하는 것은 저도 원하는 바라고요. 인간은 자기가 좋아하는 것을 하는 것이 제일입니다. 이야기가 빗나갔군요. 저는 정신적이라느니, 이성적이라느니 하는 사랑은 생각할 수도 없다는 말을 하고 싶었습니다. 왕자가 가진 연애의 감정은 정직합니다. 라푼젤을 향한 왕자의 애정이야말로 순수한 것이라고 생각합니다. 왕자는 가슴 깊이 라푼젤을 사랑하고 있었습니다.

"죽는다니 그런 바보 같은 말이 어디 있어." 왕자는 불만 가득한 표정으로 입술을 삐죽거리며 말했습니다. "내가 널 얼마나 사랑하는지 모르니?" 왕자는 정직한 사람이었습니다. 하지만 정직이라는 미덕만으로는 라푼젤의 무거운 병을 고칠 수 없었습니다. "제발 죽지 마!" 왕자가 부르짖었습니다. "죽으면 안 돼!" 달리 할 말도 없었습니다.

"그저 살아있기만, 살아있기만 해줘." 왕자가 목소리를 낮춰 중얼거린 바로 그때,

"정말이냐. 정말 살아있기만 하면 된다는 게지?" 누군가 쉰 목소리로 왕자의 귓가에 대고 이렇게 속삭였습니다. 깜짝 놀라 돌아보니, 아아, 왕자는 머리칼이 쭈뼛쭈뼛 서는 듯했습니다. 온몸에 냉수를 끼얹은 기분이었습니다. 노파가, 마법사 노파가 바로 등 뒤에 슬그머니 서 있었던 것입니다.

"뭣 하러 왔느냐!" 왕자는 용감해서라기보다는 공포에 휩싸여, 자기

도 모르게 큰 소리를 질렀습니다. "내 딸을 도우러 왔지." 노파는 태평한 말투로 대답하더니 빙긋이 웃었습니다. "알고 있었어. 난 세상에 모르는 일이 없지. 전부 다 알고 있었어. 자네가 내 딸을 이 성으로 데려와서 얼마나 사랑해줬는지도 이미 알고 있다. 한때의 불장난 같은 사랑이었다 면 나도 가만히 있지 않았겠지만, 그런 건 아닌 듯했기에 지금까지 참아왔던 거야. 나도 딸이 행복하게 사는 것이 조금은 위안이 되니까. 하지만 이미 가망이 없는 모양이군. 자넨 모르겠지만, 마법사 집안에서 태어난 여자아이는 남자에게 사랑받은 뒤에 아이를 낳으면, 죽든가, 그것도 아니면 세상에서 가장 못생긴 얼굴이 되어 버리든가, 둘 중 하나야. 라푼젤은 그 사실을 분명히 알지는 못했던 것 같지만, 어떤 직감을 갖고 있었을 게야. 아이를 낳는 것을 싫어했을 텐데. 불쌍하게 됐어. 자네는 대체 라푼젤을 어쩔 셈인가? 죽게 내버려둘 텐가? 그것도 아니면 나처럼 못생긴 얼굴이 되더라도 살려둘 텐가? 조금 전 자네는, 무슨 일이 있어도 살아만 있어달라고 빌었네만, 어떤가? 나 같은 추녀가 되더라도 살아있는 게 낫겠나? 나도 젊은 시절에는 결코 라푼젤에게 밀리지 않는 미소녀였지만, 사냥꾼 나그네의 사랑을 받고 라푼젤을 낳았지. 어머니에게서 죽을지 살지 택하라는 질문을 받은 나는, 어떻게 든 살고 싶었기 때문에 살려달라고 빌었어. 어머니는 마술을 부려서 내 생명을 구해주었지만, 덕분에 나는 보다시피 이렇게 끔찍한 얼굴을 갖게 되었지. 어떤가, 조금 전 자네의 소원은 거짓이 아니겠지?"

"죽여주세요." 라푼젤은 병상에서 희미하게 몸을 떨며 말했습니다. "저만 죽으면, 여러분들은 아무 탈 없이 살 수 있을 거예요. 왕자님, 제게 너무 잘 해주셔서 저는 지금 죽어도 아쉬울 것이 없습니다. 살아남아 괴로운 일을 겪기는 싫어요."

"살려줘!" 왕자는 진정한 용기를 가지고 단호하게 말했습니다. 이마에는 번민의 땀방울이 맺혀 있었습니다. "라푼젤이 이 노파처럼 못생겨질 리가 없어."

"내가 왜 거짓말을 하겠나? 좋아. 그렇다면 라푼젤을 오래오래 살도록 해주마. 어떤 해괴한 얼굴이 되더라도, 자네는 변함없이 라푼젤을 사랑하겠나?"──

5

차남의 침상 구술필기는 짧은 데 비해 꽤나 비약이 심했다. 제 아무리 일본의 이런저런 현대작가들에게 냉소를 보내는 오만불손한 소년이라 해도, 병상에서 떠먹은 죽의 힘으로는 그 독특한 재능의 편린을 슬쩍 내비쳤을 뿐, 당초 생각해두었던 라푼젤 이야기의 3분의 1도 제대로 끝마치지 못하고 나자빠지고 말았다. 아까운 재능도 감기의 미열 앞에서는 힘을 쓰지 못했다. 막 비약이 시작되려고 하는 시점에서, 안타깝게도 다음 선수에게 바통을 넘겨주어야 했다. 다음 선수는 차남에 견줄 만큼 매우 당찬 차녀였다. 사람들을 깜짝 놀라게 해주겠다는 공명심에 휩싸여, 나흘째 아침부터 안절부절못하고 있었다. 아침 식사 시간에 가족들 모두 식탁에 모여 앉았을 때도, 혼자만 빵과 우유로 가볍게 식사를 끝냈다. 다른 가족들처럼 된장국에 단무지 같은 현실적인 음식을 섭취한다면, 위마저 혼탁해져서 상상력이 빈약해질 것이라는 의심을 품어서였을까? 식사를 끝내고 응접실로 가서 멍하니 서서 아무렇게나 피아노 건반을 두드려 보았다. 쇼팽, 리스트, 모차르트, 멘델스존, 라벨, 아무거나 생각나는 대로 쳤다. 영감을 얻기 위해서였다. 이 아이는 꽤 허풍이 심했다. 영감을 얻었다고 여겼다. 이제 됐다 싶은 표정으로 응접실에서 나와, 목욕탕에서 양말을 벗고 발을 씻었다. 매우 이상한 행동이었다. 그렇지만 차녀는 이런 행동으로 스스로를 깨끗하게 할 심산이었다. 변태적인 세례의 일종이었다. 이것으로 몸도 마음도 청결해졌다고 여긴 차녀는, 몹시 만족스러운 표정으로 자기 서재로 들어갔다. 서재 의자에 앉아 아멘 하고 중얼거렸다. 참으로 가식적인 행동이었다. 차녀에게 신앙이 있을 리 없다. 다만 지금 자신의 긴장감을 표현하는 데 딱 어울리는 단어라고 생각해서, 무턱대고 기도를 해보는 것 같았다. 아멘. 역시 마음이 차분해졌다. 차녀는 매우 엄숙한 행동을 하는 듯 발아래 자그마한 화로에 '매화'라는 이름의 향을 피우고, 깊게 숨을 들이마시며 가늘게 눈을 떴다. 고대 여류작가 무라사키 시키부[8]의 마음을 알 것 같았다. 봄 하면 동틀 녘[9]이라는 문장이 문득 떠올라 기분이 좋아졌지만, 그것이 세이 쇼나곤이 쓴 것임을 깨닫고는 정신이 번쩍 들었다. 당황해서 책꽂이에서 꺼낸 책이 그리스 신화였다. 말하자면 이교도의 신화다. 이로써 차녀의 아멘이 새빨간 거짓말이었다는 사실이 드러났다. 그녀는 이 책을 공상의 원천이라고 했다. 상상력이 고갈되면 이 책을 펼쳤다. 순식간에 꽃, 숲, 샘, 사랑, 백조, 왕자, 요정 같은 것들이 눈앞에 펼쳐지는 모양이었는데, 그다지 도움이 되지는 않았다. 차녀가 하는 일들은 아무래도 믿음이 가지 않는다. 쇼팽, 영감, 발의 세례, 아멘, '매화', 무라사키

. . . .

8_ 紫式部. 헤이안시대 여성작가. 저작으로 『겐지 이야기^{겐지모노가타리}』가 있다.

9_ 헤이안시대 여성작가, 세이 쇼나곤淸少納言의 『마쿠라노소시』 가운데 한 소절. '봄 하면 동틀 녘… 여름 하면 밤… 가을 하면 해질 녘… 겨울 하면 이른 아침…' 등으로 이어지며, 사계절의 소소한 기쁨을 노래했다.

시키부, 봄 하면 동틀 녘, 그리스 신화, 서로 아무런 연관도 없지 않은가. 지루할 뿐이다. 그러면서 혼자 잘난 척만 하고 있다. 그리스 신화를 팔락팔락 넘겨보다가, 발가벗은 아폴로 그림을 들여다보면서 기분 나쁜 웃음을 흘렸다. 책을 툭 던져버리고는 책상 서랍을 열어 초콜릿 상자와 사탕이 담긴 캔을 꺼냈다. 정말 눈꼴사나운 손짓으로, ……그러니까 검지와 엄지, 두 손가락만으로 나머지 세 손가락은 살짝 위로 들어올린 채, 참으로 오글거리는 손짓으로 초콜릿을 집어 입 안에 쏙 집어넣고는, 곧이어 사탕을 입 안으로 던져 넣은 후 아작아작 씹어 먹고, 이어서 초콜릿, 또 금세 사탕을, 마치 아귀처럼 우적우적 먹어대기 시작했다. 이런 식이다 보니, 위를 가볍게 해두기 위해서 아침식사를 밥 대신 빵과 우유로 때웠던 것도 모두 물거품이 되었다. 차녀는 원래 엄청난 대식가였다. 우아한 척 빵과 우유로 가볍게 식사를 해보았지만, 그걸로 부족했던 것이다. 몹시 부족했다. 사람들 눈을 피해 서재에 틀어박혀서 끊임없이 대식가의 본성을 발휘하고 있었다. 참으로 허영심 많은 아이다. 초콜릿 스무 개, 사탕 열 개를 삼키고는 태연하게 콧노래로 라 트라비아타를 흥얼거렸다. 그러면서 원고용지 위의 먼지를 툭툭 털어내고는, 펜촉에 잉크를 가득 묻혀 술술 써내려갔다. 자세가 매우 불량했다.

　　─체념을 모르는 본능적인 여자는 결국 비극을 불러일으킨다던 하쓰에(장녀 이름) 여사의 암시도, 이즈음에 이르러 다소 혼란에 봉착한 듯합니다. 라푼젤은 마법의 숲에서 태어나 개구리 꼬치구이나 독버섯을 먹으며, 노파의 맹목적인 사랑 속에서 제멋대로 자랐습니다. 숲속의 새나 사슴과 노닐었던 야생에서 자란 아이였기 때문에, 취미나 감각도 역시, 본능적이고 야만적인 구석이 있었다는 것에는 수긍이 갑니다.

또한, 그 본능적인 언동에 왕자를 열광시킬 만한 매력이 있었을 것이라는 점도, 쉽게 추측이 가능한 부분입니다. 하지만 과연 라푼젤이 체념을 모르는 여성이었을까요? 본능적이고 야만적인 여성이었다는 것은 수긍할 수 있지만, 지금 목숨이 경각에 달린 라푼젤은 이미 삶을 포기하고 있는 듯 보이지 않나요? 라푼젤은 죽여 달라고 했습니다. 죽는 편이 낫다고 했습니다. 이는 모든 것을 포기한 사람의 말이 아닌지요. 그런데도 하쓰에 여사는, 라푼젤이 체념을 모르는 여자라고 지적하고 있습니다. 제가 거기서 경솔하게 반기를 든다면 혼쭐이 나겠지요. 혼나기는 싫으니, 필자도 일단 하쓰에 여사의 생각에 동의하기로 했습니다. 라푼젤은 분명 체념을 모르는 여성이었습니다. 죽여 달라는 말 같은 것을 꺼낸 것이 가엾게 들리기는 하지만, 오히려 그런 까닭에 대단히 이기적이고 오만한 언행이었다는 생각이 듭니다. 라푼젤은 사랑받기만을 바라고 있는 것입니다. 자신이 사랑받을 자격이 있다고 자부하는 동안은 살아갈 이유가 있고 이 세상도 즐겁다, 그것은 당연한 일입니다. 하지만 사람은, 사랑 받을 자격이 없다 할지라도 살아가야만 합니다. 사람들에게 '사랑받을 자격'이 없다 해도, 사람을 '사랑할 자격'은 영원히 남아 있습니다. 진정한 겸허란, 바로 그렇게, 사랑하는 기쁨을 아는 것이라고 생각합니다. 사랑받는 기쁨만 갈구하는 것은, 그것이야말로 야만적이고 무지한 행동입니다. 라푼젤은 지금까지 왕자에게 사랑받는 것만을 생각해왔습니다. 왕자를 사랑하는 것을 잊고 있었던 것입니다. 갓 태어난 아기를 사랑하는 것마저 잊고 있었습니다. 아니, 아니지, 자기 아기를 질투하기까지 했어요. 자신이 누구에게도 사랑받을 수 없다는 사실을 알게 된 후 한층 더 간절하게 죽여달라고 애원했습니다. 얼마나 제멋대로인가요? 왕자를 더 많이 사랑해줘야 합니다. 왕자도 외로운 아이입니다. 라푼젤이 죽어버리면 얼마나 기운이 빠질까요? 라푼젤은 왕자의 사랑에 보답해야 합니다. 살고 싶다, 어떻게든 살고 싶다. 어떤 고통을 겪게 되더라도, 아이를 위해서 살고 싶다. 이 아이를 사랑하면서, 무럭무럭 건강하게 키우고 싶다. 그런 일념이야말로 체념을 아는 인간의 겸허한 태도가 아니겠습니까? 못생겼으니 사람들에게 사랑받을 수는 없겠지만, 적어도 뒤에서 남몰래 누군가를 사랑해줄 수는 있습니다. 누가 알아주지 않는다고 해도 좋아, 사랑하는 마음만큼 큰 기쁨은 없어. 이렇게 솔직하게 체념하는 여성이야말로, 진정 신의 사랑을 받을 것입니다. 누구에게도 사랑받지 못한다 해도, 신만큼은 큰 사랑을 주실 것입니다. 행복할지어다. 이렇듯 필자가 대단히 얌전을 떨며 이야기를 늘어놓아보았지만, 필자의 본심이 반드시 그렇다는 것은 아닙니다. 필자도, 아름다운 인간으로 태어나서 모든 사람들에게 맹목적인 사랑을 받는다면, 그 이상 좋은 일은 없을 거라고 생각하지만, 그래도 이처럼 조신하게 정의를 내리지 않으면, 하쓰에 여사의 노여움을 사게 될지도 모르니, 뭐, 어쩔 수 없이 마음에도 없는 소리를 좀 지껄여 보았습니다. 하쓰에 여사는 필자의 친언니인 동시에 프랑스어 선생님이기에, 의견이 살짝 달라도 예의상 따라줘야 합니다. 장유유서라고는 하지만 나이 어린 사람이 더 괴로울 때도 있는 법이죠. 그나저나 라푼젤은 위에서 논한 것처럼 체념을 모르는 무지한 여자여서, 사랑받을 자격을 잃어버리기 전에 빨리 죽으려 합니다. 삶의 이유가 왕자에게 사랑받는 것밖에 없다고 생각하는 모양인데, 참으로 어처구니가 없습니다.

하지만 왕자는 지금 최선을 다하고 있습니다. 사람은 괴로워지면 신에게 기도를 하기 마련이지만, 훨씬 더 극한 상황이 되면 악마에게 딱 붙어서 미친 듯이 애원을 합니다. 왕자는 애가 타서 지저분한 마법사 노파의 두 손을 꼭 쥐고 빌기 시작했습니다.

"제발 살려줘!" 왕자가 식은땀을 흘리며 소리쳤습니다. 악마에게 무릎을 꿇고 매달린 것입니다. 진심으로 사랑하는 사람의 생명을 구하기 위해서는, 자신의 자존심 따위 전부 내다 팔아도 후회 없을 왕자님. 용감하고도 순진무구한 왕자님.

노파는 빙긋이 웃었습니다.

"좋아. 라푼젤을 오래오래 살게 해주지. 얼굴이 나처럼 되어버려도 자네는 라푼젤을 영원히 사랑해줄 거라 그거지?"

왕자는 이마에 흐르는 땀을 대충 손바닥으로 닦아내며 말했습니다.

"얼굴은 상관없어. 지금 나는 그런 것을 생각할 여유가 없어. 건강한 라푼젤을 한 번만이라도 더 보고 싶을 뿐이야. 라푼젤은 아직 어려. 젊고 건강하기만 하다면 어떤 모습이 된다 해도 못생겨질 리가 없지. 자, 빨리 라푼젤을 원래대로 건강하게 해줘."

왕자는 당당하게 말했지만 눈에는 눈물이 반짝이고 있었습니다. 아름다움을 그대로 유지한 채 세상을 떠나게 해주는 것이 진정한 사랑일지도 몰라, 하지만, 아아, 죽게 내버려둘 수는 없어, 라푼젤 없는 세상은 암흑이다, 저주받은 운명을 등에 지고 살아야 하는 여자만큼 가여운 것은 없다, 살려주고 싶어, 살려서 언제까지라도 내 옆에 두고 싶다, 아무리 추하게 변한다 해도 상관없어, 나는 라푼젤을 좋아한다, 신기한 꽃, 숲의 정령, 소용돌이 속에서 태어난 여자의 몸, 사라지지 말고 내 곁에 있어줘. 왕자는 애수인지 사랑인지 모를 참을 수 없는 고통 속으로 빠져들었습니다. 눈앞에 노파만 없었더라면, 라푼젤의 가슴에 안겨 소리 내어 울고 싶은 심정이었습니다.

노파는 괴로워하는 왕자를, 마치 몹시 아름다운 무언가를 보는 듯한 표정으로 넋을 놓고 바라보았습니다. "착한 아이로구나." 노파가 쉰 목소리로 중얼거렸습니다. "참으로 솔직하고 심성이 곧은 아이다. 라푼 젤, 너는 행복한 여자구나."

"아니에요, 저는 불행한 여자입니다." 노파가 중얼거리는 소리를 들은 라푼젤이 병상에 누워 대답했습니다. "저는 마법사의 딸입니다. 왕자님께 사랑을 받으면 받을수록 한층 더 강렬하게 제 남루한 출신이 떠올라서, 부끄럽고 괴롭고, 항상 고향이 그리웠습니다. 저 숲속의 탑에 서 별과 작은 새들과 대화를 나누던 때가 훨씬 더 마음이 편했던 것 같습니다. 이 성에서 도망쳐서, 저 숲, 노파가 있는 곳으로 돌아가자는 생각을 얼마나 많이 했는지 모릅니다. 하지만 저는 왕자님과 헤어지는 것이 괴로웠습니다. 저는 왕자님을 좋아하고 있습니다. 제 목숨을 열 개라도 바치고 싶습니다. 왕자님은 무척 아름답고 멋진 분입니다. 저는 도저히 왕자님과 헤어질 수가 없어서 오늘까지 꾸물거리며 이 성에 남아 있었습니다. 저는 행복하지 않았습니다. 하루하루가 제게는 지옥이 었어요. 여자는 가슴 깊이 사랑하는 사람과 함께해서는 안 됩니다. 조금도 행복하지 않아요. 아아, 죽여주세요. 살아서 왕자님과 생이별을 하는 것은 견딜 수가 없으니, 죽어서 헤어지고 싶을 뿐입니다. 제가 지금 죽으면, 저나 왕자님 모두 행복해질 거예요."

"그건 네 생각일 뿐이야." 노파가 빙그레 웃으며 말했습니다. 그 말 속에서 어미의 깊은 정이 느껴졌습니다. "왕자님은 네가 못생겨진다 해도 널 사랑해주겠다고 약속했다. 열정이 넘치는 분이야. 훌륭한 거지. 이런 상황이라면 왕자님은 네가 죽고 나서 따라 죽을지도 모른다. 뭐, 일단은, 왕자님을 위해서라도 한 번 더 건강해지는 것이 좋겠다. 다음 일은 다음에 생각해. 라푼젤, 넌 이미 아이도 낳았어. 엄마가 된 거야."

라푼젤은 어렴풋이 한숨을 내쉬며 조용히 눈을 감았습니다. 왕자는 너무 흥분한 나머지 화석이 된 듯 멍하니 서 있었습니다.

눈앞에 마법의 제단이 세워져 있습니다. 노파는 바람처럼 빠르게 병실에서 나가는가 싶더니, 무언가를 늘어놓고 다시 들어왔다가는 또 이내 사라지곤 하면서, 다양한 물건들을 병실에 들여놓기 시작했습니다. 네 발 달린 동물의 다리가 제단을 지탱하고 있었고, 그 위는 진홍색 천으로 덮여 있었습니다. 그 천은 오백 가지 뱀의 혀를 엮어 만든 것으로, 진홍색도 뱀의 혀에서 배어져 나온 핏빛이었습니다. 제단 위에는 검은 소의 가죽으로 만든 놀랄 만큼 커다란 가마솥이 올려져 있었는데, 불이 없는데도 가마솥 안에 뜨거운 물이 펄펄 끓어 넘치고 있었습니다. 노파는 머리를 풀어헤치고 대형 가마솥 주위를 뱅글뱅글 돌며 주문을 외면서, 몇 가지 약초와 매우 구하기 어려운 진귀한 것들을 끓고 있는 가마솥 속에 던져 넣었습니다. 예를 들면, 태곳적부터 녹은 적 없던 산꼭대기의 눈이라든가, 반짝 빛났다가 막 녹아 없어지려는 대나무 잎의 서리, 만 년이나 된 거북의 등껍질, 달빛 속에서 한 알갱이씩 그러모은 사금, 용의 비늘, 태어나서 한 번도 빛을 본 적이 없는 하수구 쥐의 눈알, 두견새가 토해낸 수은, 반딧불 엉덩이에 달린 진주, 앵무새의 파란 혀, 영원히 지지 않는 양귀비 꽃, 올빼미의 귓불, 무당벌레의 손톱, 귀뚜라미의 어금니, 심해에 핀 매화 한 송이, 그밖에도 세상에서 대단히 손에 넣기 힘든 귀중한 물건들을 연달아 넣으며, 삼백 번 정도 가마솥 주위를 맴돌았습니다. 거기서 올라오는 뜨거운 김이 무지개처럼 일곱 가지 색을 냈을 때 노파가 우뚝 걸음을 멈추더니, "라푼젤!" 하며 돌연 위엄 있는 말투로 병상에 누워 있는 라푼젤을 불렀습니다. "이 어미가 일생에 단 한 번뿐인 마법을 시행할 터이니, 너도 조금만 참아라!"

그러더니 라푼젤에게 달려가 가늘고 긴 칼로 라푼젤의 가슴을 푹 찔렀습니다. 왕자가 "앗!" 하고 소리치는 순간, 노파가 두 손으로 종이처럼 바싹 마른 라푼젤의 몸을 머리 위로 가뿐히 들어 올려 가마솥 속에 풍덩 던져 넣었습니다. 가마솥 안에서 갈매기 우는 소리 비슷한 외마디 소리가 희미하게 들려오더니, 그 뒤로는 물 끓는 소리와 노파가 낮게 주문 외는 소리만 가득했습니다.

왕자는 너무도 충격적인 모습에 말을 잇지 못했습니다. 잠시 후 낮은 목소리로 중얼거리면서,

"무슨 짓을 하는 거냐. 죽이라고 부탁한 적 없다. 가마솥에 넣고 끓이라고 명령하지 않았어. 나의 라푼젤을 돌려줘. 너는 악마야!"라고 했지만, 더 이상 노파에게 덤빌 기력도 남아있지 않았습니다. 왕자는 라푼젤이 없는 텅 빈 침대에 몸을 던진 채 마치 어린아이처럼 소리 내어 엉엉 울기 시작했습니다.

노파는 아랑곳하지 않고 충혈된 눈으로 가마솥을 노려보며 주문을 외웠습니다. 이마와 볼, 목에서 땀방울이 뚝뚝 떨어졌습니다. 주문이 멈추자 동시에 가마솥 물 끓는 소리도 뚝 멈추었습니다. 왕자는 눈물을 흘리며 살짝 고개를 들고, 의심스러운 듯 제단을 올려보았습니다. "아아, 라푼젤, 나와 보아라." 노파가 맑고 의기양양한 목소리로 라푼젤을 부르자, 이윽고 나타난 라푼젤의 얼굴은.—

6

—미인이었다. 그 얼굴은 빛날 만큼 아름다웠다.— 장남은 크게

흥분하여 써 내려갔다. 장남의 만년필은 상당히 두꺼웠다. 소시지만했다. 그 위풍당당한 만년필을 오른손에 꽉 쥐고 가슴을 편 채 입을 꾹 다문 표정, 누가 봐도 훌륭한 자세로 한 자 한 자 크고 분명하게 써내려가고 있었지만, 안타깝게도 이 장남에게는 동생들이 가지고 있는 것만큼의 재능이 없었다. 그랬기에 동생들은 장남을 살짝 얕잡아 보기도 했지만, 그것은 동생들의 불손하고 못된 행동이었고, 장남에게는 장남으로서 남부러울 것 없이 훌륭한 점이 있었다. 거짓말은 하지 않았다. 정직했다. 그리고 인정에 약했다. 지금도, 라푼젤이 가마솥에서 나와 보니 노파처럼 흉하고 괴상한 얼굴을 하고 있었다는 식으로는, 도저히 쓸 수가 없었다. 그렇게 되면 라푼젤이 너무 불쌍해. 왕자에게도 무척 안 된 일이야. 장남은 그런 울분을 느끼며 미인이었다, 그 얼굴은 빛날 만큼 아름다웠다, 라고 기세 좋게 썼지만, 그 뒤가 도무지 떠오르지 않았다. 이야기의 재능이란, 교활한 엉터리 인간일수록 화려하게 발휘되는 법이다. 장남은 훌륭한 인격을 가진 사람이었고, 가슴 속에는 고결한 이상의 불꽃이 타오르고 있었으며, 애정도 깊었고, 임기응변식 술책도 없었기 때문에, 아무래도 이야기를 지어내는 데는 서툴렀다. 대놓고 말해서, 이야기에는 소질이 없었다. 무얼 쓰건 금세 논문 같은 글이 되어 버렸다. 방금도 연설문 같은 어조였다. 오로지 성실하기만 했다. 그 얼굴은 빛날 만큼 아름다웠다, 라고 쓴 뒤 진지한 표정으로 눈을 감으며 한동안 생각에 잠기더니, 이번에는 천천히 다음과 같이 썼다. 이야기도 뭣도 아닌 글이었지만, 장남의 성실성과 애정 어린 마음만큼은 행간 구석구석에 배어 있었다.

　　―그것은 라푼젤의 얼굴은 아니었다. 아니, 역시 라푼젤의 얼굴이었

다. 그러나 병상에 눕기 전처럼 풍성한 머릿결에 들장미와 같이 귀염성 있는 얼굴이 아니라, (여성의 얼굴에 대해 이러니저러니 하는 것은 실례되는 말이지만) 지금 다시 살아나 희미하게 웃고 있는 얼굴을 들꽃에 비유하자면, (만물의 영장인 인간을 식물에 비유하는 것은 무모한 짓이 겠지만) 도라지꽃이라고 할까, 달맞이꽃이라고 할까. 하여간 가을에 피는 꽃이리라. 라푼젤은 마법의 제단에서 내려와 쓸쓸하게 웃었다. 품위. 전에는 찾아볼 수 없었던 단아한 품위가 온몸을 감싸고 있었다. 왕자는 그 기품 어린 여왕을 향해 저도 모르게 가벼운 절을 했다.

"참 이상한 일도 다 있군." 마법사 노파는 고개를 갸우뚱하며 중얼거렸 다. "그럴 리가 없는데. 두꺼비 같은 얼굴을 한 여자가 가마솥에서 기어 나올 거라고 생각했어. 아무래도 마법의 힘보다 더 큰 무언가가 방해를 한 듯하구나. 내가 졌다. 이젠 마법도 싫다. 숲으로 돌아가 그저 평범하고 지루하게 늙은이로 여생을 보내겠다. 세상에 내가 모르는 것도 있었군그래." 그렇게 말하더니 마법의 제단에서 훌쩍 뛰어내려, 난로의 불꽃 속으로 사라졌다. 제단이며 나머지 도구들은 그로부터 이레 밤낮, 푸른 불꽃을 내뿜으며 활활 타올랐다. 노파는 숲으로 돌아가 평범하고 수수한 할머니가 되어 여생을 보냈다.

이는 말하자면, 왕자가 지닌 사랑의 힘이 노파가 가진 마법의 힘과 싸워 이겼다는 결론이 되겠지만, 소생의 관찰에 따르면, 두 사람 사이의 진짜 결혼 생활은 지금부터가 시작이다. 극단적으로 말하자면, 여태껏 왕자가 보여준 애정은 애무라는 말로도 대치할 수 있겠다. 청춘 시절에는 그 또한 어쩔 도리가 없다. 그러나 거기에는 언젠가 끝이 있기 마련이다. 반드시 위기가 도래한다. 왕자와 라푼젤의 사이에도 이번 회임, 출산을 계기로 균열이 생겼다. 그것이 신의 시험인 것이다. 그러나 왕자의 순수하고 헌신적인 기도를 신께서 불쌍히 여기시어, 라푼젤은 육감적인 본능을 씻어내고 한층 더 높은 정신세계에 다다른 여성으로 다시 태어났다. 왕자가 그녀를 향해 자신도 모르게 예를 갖출 정도였다. 여기다. 여기서부터 제2의 새로운 신혼생활이 시작된다. 말하자면 상호존중이다. 상호존중 없이는 진정한 결혼생활이 성립되지 않는다. 라푼젤은 더 이상 야만적인 소녀가 아니다. 사람들의 희롱거리가 아니다. 깊은 슬픔과 체념과 배려가 깃든 미소를 짓는, 타고난 여왕처럼 차분한 자태를 지니게 되었다. 왕자는 라푼젤과 서로 조용히 미소를 나누는 것만으로도 평온하고 즐거웠다. 남편과 아내는 전 생애에 걸쳐, 몇 번이고 새로이 결혼생활을 고쳐나가야 한다. 서로가 상대의 진가를 발견하기 위해서라도, 헤어지지 않고 계속되는 위기를 뚫고 나가면서 결혼생활을 새롭게 고쳐나가며 앞으로 나아가야 한다. 왕자와 라푼젤도 앞으로 오 년 후, 혹은 십 년 후에도 다시금 결혼생활을 새로 고쳐나가게 될지도 모르나, 서로에 대한 존경과 신뢰를 잃어버리는 일은 없을 것이므로, 천년만년 오래오래 함께할 것이라고 소생은 생각하는 바이다.——

　너무 진지하게 힘을 주어 쓴 바람에 장남 스스로도 자기가 무슨 말을 하는지 알 수가 없었다. 이야기도 뭣도 아니다. 엉망진창이 되어버린 것 같았다. 장남은 두꺼운 만년필을 쥔 채 몹시 답답하다는 표정을 짓고 있었다. 생각하다 못해 벌떡 일어나 책장의 책을 이것저것 꺼내보았다. 좋은 글귀를 발견했다. 바오로 서간집. 「티모테 전서」 제2장. 장남은 이것이 라푼젤 이야기의 끝맺는 말로 금상첨화라고 고개를 끄덕이며, 묵직한 만년필을 놀리기 시작했다.

──고로, 나는 바란다. 남자는 성내거나 싸우지 말고, 언제나 깨끗한 손으로 기도할 것. 또한 여자는 수치심을 알며, 정갈하고 정숙한 옷으로 몸을 가꾸고, 레이스 머리장식이나 금, 진주 등 값나가는 것으로 몸을 치장하지 말고, 선한 일을 하되 자랑하지 않을 것. 이것이야말로 신을 공경하는 여자들에게 어울리는 행동이다. 여자는 모든 일에 순종하며 조용히 도를 배워야 한다. 내가 여자들에게 주는 가르침은 남자들의 권위를 빼앗으려 하지 말라는 것이다. 다만 조용히 따라야 하느니라. 아담이 먼저 만들어진 뒤에 이브가 만들어졌으니, 아담은 유혹에 넘어가지 않았으나, 이브가 유혹을 이기지 못하고 죄에 빠졌다. 그러나 여자도 경건하게 신앙과 사랑과 청결함을 갖추면, 아이를 낳음으로써 구원받을 것이다.──

일단은 이걸로 됐어. 장남은 그렇게 생각하며 자기도 모르게 빙그레 웃었다. 동생들을 훈계하기에도 좋은 글귀가 될 것 같았다. 바오로의 문구가 없었더라면, 자신의 논조는 너무나 너저분하고 안이하고 진부해서, 동생들의 비웃음거리가 되었을지도 몰랐다. 매우 위험한 상황이었다. 바오로에게 감사를. 장남은 구사일생한 기분이었다. 장남은 늘 동생들을 가르쳐야 한다는 강박관념에 휩싸여 있었다. 그러다 보니 매사에 진지했고, 이야기도 가볍게 끝나지가 않고 늘 설교조가 됐다. 장남에게는 장남으로서의 고통이 있었다. 항상 성실해야 했다. 동생들과 함께 실없는 장난을 치는 것은 장남으로서의 책임감이 용납하지 않았다.

이렇게 이야기는, 닷새 만에 장남의 도덕 강의라는 사족에 가까운 군더더기로 일단은 완결된 듯 보였다. 오늘은 1월 5일이다. 차남의 감기도 나아졌다. 점심시간이 조금 지난 시각, 장남이 의기양양하게 서재에서 나왔다.

"자, 완성했다, 완성했어." 장남은 동생들에게 알리고 다니며, 모두 거실로 불러 모았다. 할아버지도 빙긋이 미소 지으며 나왔다. 할머니도 막내에게 끌려 나왔다. 어머니와 사토는 거실에 화롯불을 가져오랴, 차와 과자와 점심 대용 샌드위치를 가져오랴, 할아버지에게 위스키를 가져다 드리랴 분주했다. 제일 먼저 막내가 읽기 시작했다. 할머니가 가까이 다가가 앉으며 이야기 중간 중간에 음, 그렇군, 그래 하고 추임새를 넣었기 때문에, 막내는 읽으면서 부끄러웠다. 할아버지는 혼란을 틈타 위스키 병을 조금씩 자기 쪽으로 끌어당겨, 뚜껑을 열고 마음껏 혼자 마시기 시작했다. 장남이 작은 목소리로 "할아버지, 너무 많이 드시는 거 아니세요?" 하고 걱정을 하자, 할아버지는 더 작은 목소리로, "로맨스는 술에 취해서 듣는 게 제 맛이지." 하고 받아쳤다. 막내, 장녀, 차남, 차녀, 제각각 고안해낸 다양한 낭독법으로 글을 읽고, 마지막에 장남이 비통하게 우국열변을 토해내는 듯한 어조로 읽어 나갔다. 차남은 웃음이 터져 나오는 것을 꾹 누르고 있었지만, 결국 참지 못하고 복도로 달아나 버렸다. 차녀는 장남의 문장력이 경멸스러워 죽겠다는 듯 익살스러운 표정으로 일부러 박수를 쳤다. 건방진 녀석이다.

전부 다 읽고 났을 즈음, 할아버지는 이미 만취해 있었다. 할아버지는 "잘하네, 다들 잘해, 그중에서도 루미(차녀 이름) 것이 좋았어." 하며 차녀에게 손을 들어주었다. 하지만 취한 눈을 크게 고쳐 뜨며 항의를 하기도 했다.

"왕자와 라푼젤에 관한 것만 잔뜩 쓰고, 왕과 왕비에 대해서는 아무도 건드리지 않은 게 좀 아쉽구먼. 하쓰에가 슬쩍 쓰긴 했지만 그것만으로는 부족해. 애초에 왕자와 라푼젤의 결혼이 가능했던 것도, 후에 두 사람이 영원토록 행복하게 살게 된 것도, 모두 왕과 왕비의 깊은 자애심의 결과지. 왕과 왕비의 이해가 없었더라면 왕자와 라푼젤이 아무리 서로 사랑한다고 한들 엉망진창이 되었을 게야. 그런 까닭에 왕과 왕비의 깊은 관용을 무시한다면 이 이야기는 성립하지 않아. 너희들은 아직 어려. 그늘에 있는 사람들은 신경도 안 쓰고, 오직 왕자와 라푼젤의 연모만을 문제시하고 있어. 아직 부족해. 나는 빅토르 위고의 작품을 조금씩 읽고 있는데 말이야, 역시 그는 구석구석까지 볼 줄 알았지. 빅토르 위고는……" 하고 한층 더 목청을 높였을 때 할머니에게 혼이 났다. "아이들이 모처럼 이야기를 지어서 즐거워하고 있는데, 당신은 무슨 소릴 하는 거예요!" 할머니가 버럭 화를 내며 할아버지의 위스키 병과 유리컵을 빼앗아 가버렸다. 할아버지의 비평은 어느 정도 정확한 면이 있었지만, 말투가 너무 거만했기 때문에 아무한테도 지지를 받지 못하고 묵살당했다. 할아버지는 갑자기 의기소침해졌는데, 그런 모습을 보다 못한 어머니가 할아버지 손에 슬쩍 훈장을 건네주었다. 지난 12월 31일, 어머니는 할아버지가 비밀리에 진 몇 푼의 빚을 몰래 갚아준 공로로, 이 은화 훈장을 받았었다.

"할아버지가 제일 잘 쓴 사람한테 훈장을 주실 건가 봐요." 어머니가 웃으며 아이들에게 말했다. 어머니는 그걸로 할아버지가 기운을 차릴 수 있도록 해드릴 생각이었는데, 할아버지가 갑자기 진지한 표정을 지으며 이렇게 말했다.

"아니다, 이건 역시, 미요(어머니 이름)에게 주겠다. 영원히 네가 가지고 있도록 해라. 손자 손녀들을 잘 부탁한다."

아이들은 왠지 모를 감동을 받았다. 썩 훌륭한 훈장이라는 생각이 들었다.

東京八景

동경 팔경

太宰治

「동경 팔경」

1941년 1월, 『문학계文學界』에 발표됐다.

「동경 팔경」은 지난날 데카당 생활에 종지부를 찍고 안정적인 직업 작가로서 살아가기로 결심한 다자이가, 도쿄 지도를 훑어보며 도쿄라는 공간 속 자신의 과거사를 덤덤하게 풀어간 작품으로, 중기로 접어든 다자이의 회고록이라 할 수 있다. 실제로 다자이는 1940년 여름, 도쿄 지도를 들고 이즈의 외딴 마을로 여행을 떠났는데, 그곳에서 자신의 이십 대 도쿄 시절을 되돌아보며 '청춘에의 결별'을 고한다.

(고난에 빠진 누군가에게 띄우는 글)

　이즈 남부, 온천이 솟는다는 것 외에 달리 무엇 하나 볼 것 없는 시시한 산촌이다. 서른 가구 정도 사는 듯했다. 이런 곳은 숙박비가 쌀 것 같다는 이유 하나로, 이 삭막한 산골 마을을 골랐다. 쇼와 15년[1940년] 7월 3일의 일이다. 그때는 내게도 금전적인 여유가 조금 있었다. 하지만 앞날은 여전히 암흑이었다. 소설을 못 쓰게 되는 경우가 오지 말라는 법도 없다. 두 달 내내 한 편도 못 쓴다면, 나는 다시 무일푼으로 돌아갈 것이다. 생각해보면 조마조마한 여유이기는 했지만, 그 정도의 여유도 십 년 만에 처음 있는 일이었다. 내가 도쿄에서 살기 시작한 것은 쇼와 5년[1930년] 봄이었다. 그즈음 나는 이미 H라는 여자와 동거를 하고 있었다. 큰형이 고향에서 매달 충분한 돈을 보내주고 있었지만, 어리석었던 우리는 서로 낭비하지 않으려고 조심하면서도, 월말이면 집에 있는 물건을 하나 둘 챙겨서 전당포로 가져가야 했다. 결국 육 년째 되던 해, H와 헤어졌다. 내게는 이불과 책상, 전기스탠드와 행장 하나만 남았다. 우울하게 거액의 빚도 남았다. 그렇게 두 해가 흘러, 나는 어느 선배의 도움으로 평범하게 선을 봐서 결혼을 했다. 그리고 또 두 해가 더 흘러, 처음으로 한숨을 돌렸다. 보잘것없는 창작집도 벌써 열 권 가까이 출판되었다. 저쪽에서 주문이 없더라도, 이쪽에서 열심히 써가면 세 편에 두 편 정도는 사줄 것이라는 자신감도 생겼다. 이제부터가 애교도 뭣도 없는 어른들의 세상이다. 쓰고 싶은 것만을 쓰면서 살고 싶다.

아직 조마조마하고 불안한 여유이기는 했지만 진심으로 기뻤다. 적어도 한 달 정도는 돈 걱정하지 않고 쓰고 싶은 것을 마음껏 쓸 수 있었다. 지금 내 상황이 거짓말처럼 느껴졌다. 황홀과 불안이 교차하는 야릇한 떨림 때문에 오히려 일이 손에 잡히지 않아서 어쩔 줄 몰랐다.

동경 팔경. 나는 그런 단편을 언젠가 천천히, 최선을 다해 쓰고 싶었다. 십 년간 나의 도쿄 생활을 그때그때의 풍경으로 그려내고 싶었다. 나는 올해로 서른두 살이다. 일본의 윤리에 따르면, 이 나이는 이미 중년으로 접어들었다는 것을 의미한다. 또 스스로 내 육체와 정열을 가늠해보더라도, 슬프기는 하지만 그것을 부정할 수는 없다. 기억해두는 것이 좋을 것이다. 너는 이미, 청춘을 잃었다. 점잔빼는 얼굴을 하고 있는 삼십 대 남자다. 동경 팔경. 나는 그것을 청춘에 대한 결별의 뜻으로, 누구에게도 아첨하지 않고 쓰고 싶었다.

녀석도 속물이 다 됐군. 그런 무지한 험담이 미풍에 실려 소곤소곤 나의 귓가로 흘러든다. 그때마다 나는 마음속으로 완강하게 대답했다. 나는 처음부터 속물이었어. 눈치를 못 채고 있었나보군? 완전히 거꾸로다. 문학을 일생의 업으로 삼겠다고 했을 때, 어리석은 사람들은 오히려 나를 만만하게 깔보았다. 나는 조용히 미소 지을 따름이다. 영원한 젊음, 그것은 배우의 세계다. 문학에는 없다.

동경 팔경. 나는 지금이야말로 그것을 써야 하는 때라고 여겼다. 당장 약속한 일도 없다. 백 엔이 넘는 여유도 있다. 부질없이 황홀과 불안이 뒤섞인 복잡한 한숨을 내쉬며, 좁은 방안을 안절부절 걷고 있을 때가 아니다. 나는 멈추지 않고 올라가야 한다.

도쿄 시의 큰 지도를 한 장 사서, 도쿄 역에서 출발하는 마이바라행 열차에 몸을 실었다. 놀러 가는 게 아니야. 일생일대의 중대한 기념비적 창작을 하러 떠나는 거라고. 몇 번이고 반복해서 내게 주문을 걸었다. 아타미에서 이토행 기차로 갈아탄 뒤, 이토에서 시모다행 버스를 타고, 이즈반도 동쪽 해안을 따라 세 시간, 덜컹이는 버스를 타고 남쪽으로 달려, 다 해야 서른 가구 남짓한 보잘것없는 산골 마을에 내려섰다. 여기라면 하룻밤 숙박비가 삼 엔을 넘지는 않을 것 같았다. 주체할 수 없이 우울한 빛을 뿜어대고 있는 작고 소박한 여관 네 채가 나란히 늘어서 있었다. 나는 F라는 숙소를 골랐다. 네 채 중에서는 그나마 조금 나아보이는 구석이 있었다. 심술궂게 생긴 품위 없는 하녀의 안내를 받아 2층 방으로 들어갔는데, 나잇값도 못 하고 울고 싶은 기분이 들었다. 삼 년 전 살았던 오기쿠보 하숙집 방 한 칸이 떠올랐다. 그 하숙집은 오기쿠보에서도 제일 허름한 셋방이었다. 하지만 이곳 이불방 옆에 딸린 다다미 여섯 장짜리 방 한 칸은, 그때 그 하숙집 방보다도 훨씬 더 싸구려처럼 보였다.

"다른 방 없습니까?"

"네. 다 찼어요. 이래 봬도 여기 꽤 시원합니다."

"그렇습니까?"

나를 우습게 보는 것 같았다. 옷이 후줄근했기 때문인지도 모른다.

"숙박은 삼 엔 오십 전짜리와 사 엔짜리가 있습니다. 점심은 따로 받게 돼 있고요. 어느 쪽으로 하시겠습니까?"

"삼 엔 오십 전짜리로 주십시오. 점심은 먹고 싶을 때 미리 말하겠습니다. 열흘 정도 여기서 공부를 좀 할 생각으로 왔는데요."

"잠시만 기다려주십시오." 하녀는 아래층으로 내려가더니, 잠시 후다시 나타났다. "저, 장기 체류하시는 분이라면, 미리 선불을 받아두게되어 있는데요."

"그래요? 얼마를 드리면 될까요?"

"글쎄요, 얼마든." 하고는 입을 다물었다.

"오십 엔 드릴까요?"

"네?"

나는 책상 위에 지폐를 펼쳤다. 참을 수가 없었다.

"전부 다 드리지요. 구십 엔 있습니다. 제가 이쪽 지갑에 담뱃값만따로 남겨 두겠습니다." 왜 이따위 숙소에 왔을까?

"죄송합니다. 그럼 맡아놓겠습니다."

하녀가 나갔다. 화를 내서는 안 된다. 중대한 작업이 남아있다. 지금내 신분에서는 이 정도 대우가 적당한 것인지도 모르겠다고 억지로끼워 맞춰 생각하면서, 트렁크 속에서 펜, 잉크, 원고지 같은 것들을꺼냈다.

십 년 만의 여유라는 것이 이 정도였다. 하지만 이 슬픔도 내 숙명속에 정해져 있었던 것이라고 그럴싸하게 둘러대며, 꾹 참고 일을 하기시작했다.

놀러 온 것이 아니다. 집중해서 일을 하기 위해 온 것이다. 그날밤 나는, 어두운 전등불 아래서 책상 가득 도쿄 지도를 펼쳤다.

이렇게 도쿄 전도를 펼쳐 보는 것이 몇 년 만인가. 십 년 전 처음으로도쿄에 살게 되었을 때는, 이 지도를 사는 것조차 부끄러웠다. 사람들에게 시골 촌놈이라고 놀림받는 건 아닌가 싶어서 주저하다가, 마음을 단단히 먹고 드디어 한 부 사기로 결심한 뒤, 일부러 난폭하고 자조적인 말투로 지도를 달라고 했다. 그것을 가슴에 품고 거친 발걸음으로 하숙집에 돌아왔다. 밤에 방문을 걸어 잠그고, 몰래 지도를 펼쳤다. 빨강, 초록, 노랑으로 수놓인 아름다운 무늬. 나는 숨을 멈추고 그것을 들여다보았다. 스미다강. 아사쿠사. 우시고메.[1] 아카사카. 아아, 뭐든 다 있다. 가려고 마음만 먹으면, 언제든 당장이라도 갈 수 있다. 나는 기적을 보고 있다는 기분마저 들었다.

지금은 누에가 갉아먹은 뽕잎 같은 모양을 하고 있는 도쿄 지도를 보고 있노라면, 거기 사는 사람들과 그들의 이런저런 생활상들만 떠오른다. 이렇게 멋없는 빈터로 전국에서 꾸역꾸역 사람들이 몰려들고, 땀범벅이 되어 서로 밀치고 당기며, 땅 한 뼘을 두고 싸우고 일희일비, 서로 질투하고, 반목하고, 암컷은 수컷을 부르며, 수컷은 그저 반미치광이인 채로 나다닌다. 생뚱맞게 『나무화석』[2]이라는 소설 속 서글픈 구절 하나가 떠올랐다. '사랑이란' '아름다운 것을 꿈꾸며, 비열한 짓을 하는 것이지.' 물론 도쿄와는 아무 상관도 없는 말이다.

도쓰카.[3] ──나는 맨 처음, 여기 있었다. 작은형 혼자 이 동네에 집 한 채를 빌려서, 조각 공부를 하고 있었다. 나는 쇼와 5년에 히로사키 고등학교를 졸업하고, 동경제대 불문과에 입학했다. 프랑스어는 한 자도 몰랐지만, 그래도 불문학 강의를 듣고 싶었다. 다쓰노 유타카

1_ 牛込. 옛 신주쿠 구 동부. 현 오오쿠보, 와세다대학 일대로, 나쓰메 소세키, 오자키 고요 등 대문호들이 살았다.
2_ 『埋木우모레기』(1890). 모리 오가이가 독일의 여성작가 슈빈의 『어느 천재의 이야기』를 번역한 작품으로, 한 무명 음악가가 음악계 거장의 지원으로 성공하다가 그의 배신으로 몰락하는 이야기다. 일본어로 나무화석은 땅 속에 묻힌 나무처럼 세상에서 인정받지 못하고 버려진 사람을 일컫기도 한다.
3_ 戸塚. 현재 신주쿠 구 다카다노바바와 니시와세다 일대.

교수를 어렴풋이 동경했다. 형이 사는 집에서 삼백 미터쯤 떨어진 신축 하숙집 안쪽 방 한 칸을 빌려 살았다. 서로 대놓고 말하지는 않았지만, 설사 친형제 간이라고 해도 한 지붕 아래 살면 껄끄러운 일이 생길 수도 있다고 은연중에 생각하고 있었기에, 같은 마을에 살면서도 그쯤 떨어져 살았다. 그러다가 석 달 후에 갑자기 형이 죽었다. 스물일곱 살이었다. 형이 죽고 나서도 도쓰카에 있는 하숙집에서 지냈다. 2학기부터는 학교도 거의 가지 않았다. 세상 사람들이 가장 두려워하던 음지의 일을 아무렇지도 않게 거들었다. 그 분야에서 중추적인 역할을 하고 있다고 자부하며 과장되게 떠들어대는 문학을, 다소 경멸하는 마음으로 접하고 있었다. 그 기간 동안 나는 순수한 정치가였다. 그해 가을, 고향에서 여자가 찾아왔다. 내가 불러들였다. H였다. H와는 고등학교에 들어간 해 초가을에 만나서 삼 년 동안 함께 놀았다. 천진난만한 게이샤였다. 나는 이 여자에게 혼죠 구옛 스미다구 히가시코마가타에 방을 하나 얻어주었다. 목공소 2층이었다. 그때까지 육체적인 관계는 한 번도 없었다. 이 여자의 일로 고향에서 큰형이 나를 찾아왔다. 칠 년 전 아버지를 잃은 형제는 어두컴컴한 도쓰카 기숙사에 마주 앉았다. 형은 갑자기 변해버린 동생의 흉악한 몰골에 눈물을 흘렸다. 반드시 부부가 되게 해준다는 조건으로 형에게 여자를 넘겨주기로 했다. 넘겨주는 교만한 동생보다 넘겨받는 형이 몇 배는 더 괴로웠으리라. 돌려보내기 전날 밤, 나는 처음으로 여자를 안았다. 형은 여자를 데리고 일단 고향으로 돌아갔다. 여자는 시종일관 멍하니 있었다. 방금 무사히 집에 도착했다는 사무적이고 딱딱한 편지 한 통이 왔을 뿐, 그 뒤로는 여자에게서 아무런 연락이 없었다. 여자는 안심하고 마음을 푹 놓고 있는 듯했다. 나는 그게 불만이었다. 나는 모든 가족들을 실망시키고, 어머니를 지옥 같은 고통 속에 빠뜨리며 싸웠건만, 저 혼자 무지한 자신감에 휩싸여 늘어져 있다니, 말도 안 되는 일이었다. 매일이라도 내게 편지를 써야 했다. 나를 더 많이 아껴줘야 했다. 하지만 그녀는 편지 쓰는 것을 별로 좋아하지 않았다. 나는 절망했다. 아침 일찍부터 밤늦게까지 늘 돕던 그 일을 하느라 분주했다. 사람들이 부탁하면 거절하는 법이 없었다. 하고 있는 일이 힘에 부치기 시작했다. 나는 거듭 절망했다. 긴자 뒷골목 바에서 일하던 여자가 나를 좋아했다. 사람이라면 누구나, 사랑받는 시기가 한 번은 온다. 불결한 시기다. 나는 이 여자를 유혹해서 함께 가마쿠라 바다 속으로 뛰어들었다. 실패하는 때가 죽을 때라고 생각했다. 늘 해오던 반신反神적인 일[4]도 끝이 보이고 있었다. 육체적으로도 무리가 따랐지만, 비겁하다는 말을 듣고 싶지 않아서 일을 계속하고 있었다. H는 자기 행복밖에 생각할 줄 모른다. 너만 여자가 아니다. 너는 내 고통을 몰라줬기 때문에 이런 수모를 겪는 것이다. 꼴좋다. 내게는 모든 가족들과 이별해야 했던 일이 가장 가슴 아팠다. H 때문에 어머니나 형, 이모도 모두 내게 실망하고 말았다는 자각이, 몸을 내던진 가장 직접적인 이유였다. 여자는 죽고, 나는 살았다. 죽은 사람에 대해서는 전에도 몇 번이나 글을 쓴 적이 있다. 내 인생의 오점이었다. 나는 유치장에 들어갔다. 취조 끝에 기소유예 판정을 받았다. 쇼와 5년 말의 일이다. 형은 죽는 데 실패한 동생을 상냥하게 대해주었다.

큰형은 H를 게이샤라는 직업에서 벗어나게 해주었고, 이듬해 2월에 내 곁으로 보내주었다. 형은 한 번 한 약속은 꼭 지키는 사람이었다. H는 느긋한 얼굴을 하고 내게로 왔다. 고탄다에 있는 시마즈 공 분양지[5]

- - - - - - - - - - -
4_ 유물론 사상에 기반을 둔 마르크스주의를 일컫는 것으로, 반신론反神論이라기보다는 무신론無神論에 가깝다.

옆 삼십 엔짜리 집을 빌려 살았다. H는 바지런히 알뜰살뜰 살림을 했다. 나는 스물세 살, H는 스무 살이었다.

고탄다 시절에는 바보처럼 살았다. 아무런 의지도 없었다. 새 출발할 희망 따위는 눈곱만큼도 없었다. 가끔 찾아오는 친구들 기분이나 맞춰주며 살고 있었다. 내가 저지른 추악한 전과를 부끄러워하기는커녕, 넌지시 자랑하기까지 했다. 참으로 파렴치하고 멍청한 시기였다. 여전히 학교도 가지 않았다. 온갖 노력들이 다 싫어져서, 빈둥빈둥 H만 들여다보며 살았다. 바보나 다름없었다. 아무것도 하지 않았다. 또다시 전에 하던 일을 슬금슬금 돕기 시작했다. 하지만 이번에는 아무런 열정도 없었다. 백수의 허무니힐: 저자 주. 그것이 도쿄 한구석에 처음으로 집을 가지게 되었을 때의 내 모습이었다.

그해 여름 이사를 갔다. 간다·도호 초. 늦가을에 다시 간다·이즈미 초. 이듬해 초봄 요도바시·가시와기. 할 얘기가 아무것도 없다. 슈린도朱麟堂라는 호를 지어서 하이쿠 짓기에 푹 빠져있기도 했다. 노인이었다. 예의 그 일을 돕다가 두 번이나 유치장에 들어갔다. 유치장에서 나올 때마다 친구들 말에 따라 다른 지역으로 이사를 갔다. 아무런 감격도, 아무런 분노도 없었다. 모두를 위해서 좋다면 그렇게 하겠다는, 완전히 무기력한 태도였다. H와 둘이서 멍하니 칩거 생활을 하며 하루하루를 보냈다. H는 쾌활했다. 하루에 두세 번은 나를 향해 사납게 화를 냈지만, 그러고 나서는 언제 그랬냐는 듯이 영어공부를 했다. 내가 짬을 내서 영어를 가르쳐주었다. 별로 잘 하지는 못했다. 겨우 알파벳을 읽을 줄 알게 된 뒤로 흐지부지 그만둬버렸다. 여전히 편지는 잘 못 썼다.

· · · · · · · · · · · ·

5_ 메이지 정부 들어서면서 공작 작위를 받았던, 에도시대 사쓰마 번의 영주 시마즈 공島津公 일가가 몰락하면서, 그 터를 쪼개어 매각, 분양하던 자리.

쓰려고도 하지 않았다. 내가 초안을 써주었다. 나를 남동생 부리듯 부려 먹는 걸 좋아하는 것 같았다. 내가 경찰서에 잡혀가도 크게 허둥거리지는 않았다. 그쪽 사상이 용맹스런 것이라면서 유쾌하게 여기던 날도 있었다. 도호 초, 이즈미 초, 가시와기, 어느새 나는 스물네 살이 되어 있었다.

그해 늦봄, 나는 다시 이사를 가야 했다. 또 경찰에 불려가게 생겨서 달아났던 것이다. 이번 건은 문제가 약간 복잡했다. 고향의 큰형에게 대충 둘러대고는 두 달 치 생활비를 한꺼번에 받은 뒤, 그걸 가지고 가시와기를 떠났다. 세간은 여기저기 친구들에게 조금씩 나눠서 맡겨놓고, 간단한 물건만 챙겨서 니혼바시·핫초보리 재목상 2층에 있는 다다미 여덟 장짜리 방으로 옮겼다. 나는 홋카이도 출신의 오치아이 가즈오라는 남자가 되었다. 이번에는 꽤 불안했다. 가진 돈을 아껴서 썼다. 어떻게든 되겠지 하는 무기력한 생각으로 마음속 불안을 숨기고 있었다. 내일을 준비하는 자세는 조금도 없었다. 아무것도 할 수 없었다. 가끔씩 학교에 가서는 강당 앞 잔디밭에 몇 시간이고 드러누워 잠만 잤다. 어느 날, 같은 고등학교를 졸업한 경제학부 1학년 학생에게서 불쾌한 이야기를 들었다. 펄펄 끓는 물을 들이마신 사람처럼 화가 났다. 설마 했다. 오히려 소식을 전해준 학생이 미웠다. H에게 물어보면 밝혀질 일이었다. 서둘러 핫초보리 재목상 2층으로 돌아왔지만, 좀처럼 말을 꺼낼 수가 없었다. 초여름 오후였다. 석양이 들어 방안이 후끈했다. 나는 H에게 오라가 맥주[6]를 한 병 사오라고 시켰다. 당시 오라가 맥주는 이십오 전이었다. 그걸 한 병 마신 다음 한 병 더 사오라고 했더니 H가 화를 냈다. 화를

· · · · · · · · · · · ·
6_ 산토리 맥주의 전신으로, 기린 맥주나 에비스 맥주에 비해 저렴했다.

내니 나도 자신감이 생겨서, 오늘 학생에게서 들은 얘기를 아무렇지도 않게 H 앞에서 꺼낼 수 있었다. H는 바보맹키로, 하고 사투리를 쓰더니, 화난 듯이 흘끗 나를 노려보았다. 그러고는 조용히 바느질을 계속했다. 미심쩍어 보이는 구석은 조금도 없었다. 나는 H를 믿었다.

　그날 밤 나는 읽어서는 안 되는 것을 읽었다. 루소의 『참회록』이었다. 루소도 아내의 과거 때문에 쓴맛을 보았다는 부분을 접하자 참을 수가 없었다. H를 믿을 수가 없었다. 그날 밤, 끝내 자백을 받아냈다. 학생에게서 들은 말은 사실이었다. 훨씬 더 심했다. 파고들면 들수록 한도 끝도 없다는 생각이 들었다. 나는 도중에 그만둬버렸다.

　그 방면으로는 나도 남에게 뭐라고 할 자격이 없다. 가마쿠라 사건은 뭐라고 할 것인가. 하지만 그날 밤 울화가 치밀어 견딜 수가 없었다. 그동안 내가 H를 손안의 보석처럼 소중히 여기며 자랑스러워하고 있었다는 사실을 깨달았다. 그녀를 위해 살아 있었다. 나는 순진무구한 여자를 구원했다고만 생각하고 있었다. 담대한 척하면서 H가 하는 말을 곧이곧대로 단순하게 수긍하며 듣고 있었다. 친구들에게도 H는 기상이 굳은 여자라 내게 올 때까지 정조를 지킬 수 있었다고 자랑스럽게 이야기했다. 어리숙해서 넘어갔던 거라고 해야 하나, 아무튼 뭐라 할 말이 없었다. 바보 천치. 여자라는 동물을 모르고 있었다. 나를 기만한 H를 증오할 마음은 없었다. 고백하는 H가 귀엽기까지 했다. 등을 어루만져주고 싶었다. 나는 그저 안타까웠다. 지겨워졌다. 내 생활을 몽둥이로 때려 부수고 싶었다. 그야말로 견딜 수가 없었다. 나는 자수를 하러 갔다.

　검찰 조사가 일단락 지어지고 나서, 죽지도 못하고 나는 다시 도쿄 거리를 걷고 있었다. 돌아갈 곳은 H의 방뿐이었다. 나는 서둘러 H가 있는 곳으로 돌아갔다. 울적한 재회였다. 서로 비굴하게 웃으며, 힘없이 악수를 나누었다. 핫초보리를 떠나 시바 구에 있는 시로카네산코 초의 커다란 빈집에 달린 별채 한 채를 빌려 살았다. 고향에 있는 형들이 어이없어 하면서도 슬쩍슬쩍 돈을 보내주었다. H는 아무 일도 없었다는 듯 건강해져 있었다. 나는 조금씩 스스로의 한심한 생활을 자각하기 시작했다. 유서를 썼다. 「추억」 백 장이었다. 돌이켜보면 이 「추억」이 나의 처녀작인 셈이다. 유년 시절 가슴 한구석에 품어두었던 악을 꾸밈없이 쓰고 싶었다. 스물네 살 되던 가을의 일이었다. 잎이 무성하게 자란 버려진 뜰을 바라보며, 웃음기 가신 얼굴로 별채에 앉아 있었다. 나는 또 죽을 생각을 하고 있었다. 같잖게 보면 같잖은 일이다. 혼자 우쭐해져 있었다. 나는 인생을 드라마라고 생각했다. 아니, 드라마를 인생이라 여겼다. 이제 누구에게도 힘이 될 수 없었다. 유일한 사람이었던 H에게 도 남의 손때가 묻었다. 살아갈 보람이 어디에도 없었다. 멸망한 백성의 한 사람으로서 죽어버리자, 그렇게 각오를 다지고 있었다. 시대가 나에 게 부여한 역할을 충실히 연기하자고 마음먹었다. 무슨 일이 있어도 사람들에게 져주고 말겠다는, 서글프고 비겁한 역할을.

하지만 인생은 드라마가 아니었다. 제2막은 아무도 모른다. '멸망'이 라는 역할로 등장했다가, 마지막까지 퇴장하지 않는 남자도 있다. 소박 한 유서를 쓰겠다는 생각에서 이렇게 추잡한 아이도 있었다는 유년, 혹은 소년 시절의 고백을 적어놓았던 것인데, 그 유서가 오히려 강렬한 계기가 되어 내 아스라한 허무의 등불이 켜졌다. 죽을 수도 없었다. 「추억」 한 편만으로는 아무래도 성이 차지 않았다. 어차피 여기까지 썼다. 모두 다 쓰고 싶었다. 오늘까지 있었던 모든 것을 다 털어놓고 싶었다. 이것저것, 전부. 쓰고 싶은 것이 한가득 생겼다. 우선 가마쿠라 사건을 썼는데, 별로였다. 어딘가 빠진 데가 있었다. 또 한 편 더 썼는데, 여전히 만족스럽지가 않았다. 한숨 돌리고 다시 다음 작품에 착수했다. 마침표를 찍지도 못한 채 계속 작은 쉼표만 찍고 있었다. 이리 와, 이리 와, 하면서 영원히 유혹의 손짓을 내미는 악마에게 조금씩 잡아먹히고 있었다. 사마귀가 도끼를 들고 용을 써봐야, 자동차 앞에서는 소용이 없는 법이다.

나는 스물다섯이 되었다. 쇼와 8년[1933년]이었다. 원래대로라면 올 3월에 대학을 졸업해야 했다. 하지만 졸업은커녕 아예 시험을 보러 가지도 않았다. 고향의 형들은 그런 사정을 몰랐다. 내가 한심한 일만 저질러대고는 있지만, 그래도 사과의 뜻으로 학교는 졸업할 거라고, 그 정도의 성실함은 지니고 있는 녀석이라고, 남몰래 기대들을 했던 모양이었다. 나는 완벽하게 그들을 배신했다. 졸업할 마음은 없었다. 신뢰하는 자를 기만하는 일은 지옥의 구렁텅이에 빠지는 것과 같다. 그로부터 두 해 동안 나는 지옥 속에서 살았다. 내년에는 반드시 졸업하겠습니다. 딱 일 년만 더 봐주십시오. 그렇게 애걸복걸하며 큰형을 속였다. 그해도 그랬다. 다음해도 그랬다. 죽을 것 같은 반성과 자조와 공포 속에서, 죽지도 않고 나는, 염치없게 유서라 할 법한 일련의 작품들에 열중하고 있었다. 이것만 완성할 수 있다면. 그것은 어차피 풋내기의 어쭙잖은 감상에 불과했던 것인지도 몰랐다. 그래도 나는 그 감상에 목숨을 걸고 있었다. 내가 써낸 작품을 커다란 종이봉투 서너 개에 넣어 두었다. 차츰 작품 수도 늘어났다. 나는 종이봉투에 붓으로 『만년』이라고 썼다. 일종의 유서 제목이었다. 이제 이걸로 끝이라는 의미였다. 그해 초봄, 시바의 빈집이 팔리자마자, 우리는 그곳을 떠나야 했다. 학교를 졸업하지 못해서, 고향에서 보내주는 생활비도 거의 절반으로 줄어들었다. 더 아껴 써야 했다. 스기나미 구·아마누마 3번지. 지인의 집 한 칸을 빌려 살았다. 그는 신문사에 근무하고 있었는데, 훌륭한 시민이었다. 두 해 동안 함께 살면서, 걱정을 많이 끼쳤다. 학교를 졸업할 마음은 전혀 없었다. 한심하게도 오직 그 창작집을 완성하는 데만 마음을 빼앗겨 있었다. 지인에게나 H에게 잔소리를 듣는 것이 두려워서, 내년에는 졸업할 수 있다고 그 자리를 얼버무리기 위한 거짓말을 했다. 일주일에 한 번 정도는 제대로 제복을 입고 집을 나섰다. 학교 도서관에서 아무 책이나 마구 골라 읽다가, 깜박 졸기도 하고, 작품의 초고를 쓰기도 했다. 저녁이면 도서관을 나와 아마누마로 돌아갔다. H나 지인도 나를 전혀 의심하지 않았다. 표면적으로는 아무 일도 없어 보였지만, 나는 남몰래 혼자 조급해하고 있었다. 시간이 갈수록 마음이 급해졌다. 고향에서 보내오는 돈이 끊기기 전에 작품집을 완성하고 싶었다. 하지만 여간 힘든 것이 아니었다. 썼다가는 찢었다. 나는 꼴사납게도 뼛속까지 악마에게 잡아먹히고 있었다.

한 해가 갔다. 나는 졸업하지 않았다. 형들은 격분했지만, 나는 언제나처럼 울며 매달렸다. 내년에는 반드시 졸업하겠습니다. 뻔한 거짓말이었다. 하지만 그것 말고는 송금을 부탁할 구실이 없었다. 누구에게도 실상을 말할 수가 없었다. 공범을 만들고 싶지 않았다. 완전히 몹쓸 아들은 나 하나로 족했다. 그렇게 하면 주변 사람들의 입장도 분명해져서, 나에게 말려드는 일은 없을 것이라고 생각했다. 유서를 만들기 위해 일 년이 더 필요하다는, 그런 얼토당토않은 말은 꺼낼 수가 없었다. 나는 남의 말에 귀를 기울이지 않는, 말하자면 시적 몽상가라고 불리는 것이 무엇보다 싫었다. 내가 그런 비현실적인 말을 꺼낸다면, 형들도 내게 송금을 해주고 싶어도 못 할 것이다. 실상을 알면서 송금을 한다면,

형들도 나와 공범자라며 세상 사람들에게 길이길이 손가락질을 받을 것이었다. 그건 싫었다. 도둑에게도 나름대로 핑계가 있다는 말처럼, 나는 어디까지나 교활하고 아첨 잘하는 동생이 되어서 형들을 기만해야만 한다고, 매우 진지하게 믿고 있었다. 나는 여전히 일주일에 한 번씩은 제복을 입고 등교를 했다. H나 신문사에 다니는 지인도, 내가 내년에 졸업할 것임을 철석같이 믿고 있었다. 나는 궁지에 몰렸다. 그날그날이 암흑이었다. 나는 악인이 아니야! 남을 속이는 일은 지옥 같았다. 이윽고 아마누마 1번지. 3번지는 통근하기가 불편했기 때문에, 지인은 그해 봄 1번지 시장 뒤쪽으로 이사를 했다. 오기쿠보 역 근처였다. 함께 가자기에 따라가서 그 집 2층 방을 빌렸다. 나는 매일 밤 잠을 이룰 수가 없었다. 싸구려 술을 마셨다. 자꾸 가래가 나왔다. 병에 걸린 건지도 몰랐지만 그게 문제가 아니었다. 하루 빨리 종이봉투 안에 든 작품집을 정리하고 싶었다. 염치없고 제멋대로인 생각이겠지만, 나는 그 글을 통해 모두에게 사과를 하고 싶었다. 내가 할 수 있는 최선이었다. 그해 늦가을, 어찌어찌해서 모두 써냈다. 스물 몇 편 가운데 열네 편을 골랐고, 나머지 작품은 망친 원고와 함께 불태웠다. 족히 고리짝 한가득은 되었다. 뜰로 가지고 나가 말끔히 태웠다.

"있잖아, 왜 태운거야?" 그날 밤 문득 H가 물었다.

"필요 없어졌으니까." 내가 미소를 머금고 답했다.

"왜 태운 거냐고?" 같은 말을 반복했다. 울고 있었다.

나는 신변 정리를 하기 시작했다. 사람들에게서 빌려온 책들을 하나하나 돌려주었고, 편지나 공책도 폐품 가게에 팔았다. 『만년』봉투 안에는 몰래 따로 편지 두 통을 넣어 두었다. 준비가 다 된 것 같았다. 나는 매일 밤 싸구려 술을 마시러 다녔다. H와 얼굴을 마주하고 있기가

두려웠다. 그즈음 어느 학우가 동인지를 내보지 않겠냐고 제안했다. 나는 반쯤 장난이었다. 잡지명을 '푸른 꽃青い花'으로 한다면 해보겠다고 대답했다. 말이 씨가 됐다. 하겠다고 나서는 사람들이 여기저기서 나왔다. 나는 그중 두 사람과 매우 친해졌다. 말하자면 나는, 청년이 가질 수 있는 최후의 정열을 거기서 불태웠다. 죽음의 전야라도 되는 것처럼 미친 듯 날뛰었다. 함께 취해서는 머저리 같은 학생들을 구타했다. 때 묻은 여자들을 가족처럼 사랑했다. H의 서랍은 H도 모르는 사이에 텅 비어 갔다. 순문학 잡지 『푸른 꽃』은 그해 12월에 나왔다. 딱 한 번 나왔을 뿐인데 동료들은 뿔뿔이 흩어졌다. 목적도 없는 이상한 광기에 질렸던 것이다. 마지막으로 우리 세 명이 남았다. 사람들은 세 바보라고 불렀다. 하지만 우리 셋은 평생의 동료였다. 나는 이 두 친구들[7]로부터 큰 가르침을 받았다.

이듬해 3월, 다시 슬슬 졸업 시즌이 다가왔다. 나는 모 신문사의 입사 시험을 치기도 했다. 함께 사는 지인이나 H에게도 내가 졸업이 다가와서 들떠 있는 것처럼 보이고자 했다. 신문기자가 되어서 한평생 평범하게 살아보자는 말에 온 가족이 환하게 웃었다. 어차피 드러날 일이었지만, 하루라도, 한시라도, 더 오래 평화를 유지하고 싶었다. 어떻게 해서든 사람들을 경악하게 만들 일은 피하고 싶어서, 열심히 거짓말을 만들어냈다. 나는 언제나 그랬다. 그렇게 궁지에 내몰리다가, 죽을 궁리를 했다. 결국은 다 들통이 나서, 사람들을 몇 배나 더 놀라게 하고, 분노하게 만들었다. 그런 것을 다 알고 있으면서도, 사람들의 기대에 찬물을 끼얹으며 실상을 털어 놓을 수가 없어서, 조금만 더,

• • • • • • • • • • • •
7_ 소설가 단 가즈오檀一雄(1912~1976)와 평론가 야마기시 가이시山岸外史(1904~1977).

조금만 더 하면서 스스로 더 깊은 허위의 지옥을 파고 있었다. 물론 신문사 같은 데는 들어갈 마음도 없었고, 시험에 통과할 리도 없었다. 완벽하게 구축해둔 기만의 진지陣地가 이제 막 무너지려 하고 있었다. 죽을 때가 왔다고 생각했다. 3월 중순, 나는 혼자서 가마쿠라로 갔다. 쇼와 10년1935년의 일이었다. 나는 가마쿠라 숲 속에서 목을 매 죽기로 했다.

가마쿠라 바다로 뛰어든 소동을 일으킨 지 오 년째 되던 해의 일이었다. 나는 수영을 할 줄 알았기 때문에 바다에서 죽기는 어려웠다. 차라리 더 확실한 방법이라는 목을 매는 쪽을 택했다. 하지만 나는 또다시 꼴사나운 실수를 했다. 되살아나고 말았다. 내 머리가 보통 사람들보다 월등히 컸기 때문인지도 몰랐다. 목덜미가 뻘겋게 짓물러서는 멍하니 아마누마에 있는 집으로 돌아왔다.

내 운명을 스스로 규정하려다가 실패했다. 휘청휘청 집으로 돌아오니, 생소하고 신기한 세상이 펼쳐져 있었다. H는 현관에서 내 등을 가만히 어루만졌다. 다른 사람들도 모두 다행이다, 다행, 하며 나를 위로해주었다. 삶이 너무도 다정하여, 어안이 벙벙했다. 큰형도 고향에서 달려와 주었다. 큰형은 나를 엄하게 꾸짖었지만, 그런 형이 정답고 반갑기만 했다. 나는 태어나서 처음이라고 해도 좋을 만큼 매우 특별한 감정을 맛보았다.

생각지도 못했던 운명이 연이어 펼쳐졌다. 어느 날, 극심한 복통을 느꼈다. 하루 종일 잠을 이루지 못하고 꾹 참기만 했다. 온수통으로 배를 따뜻하게 했다. 정신이 아득해질 무렵 의사를 불렀다. 나는 이불 속에 누운 채 침대차에 실려, 아사가야에 있는 외과병원으로 옮겨졌다. 곧바로 수술에 들어갔다. 맹장염이었다. 의사를 너무 늦게 찾아간 데다 온수통을 사용했던 것이 실수였다. 복막에서 고름이 흘러나와서 수술이 매우 어려워졌다. 수술 후 이틀 째 되던 날, 입으로 끊임없이 핏덩어리를 뱉어냈다. 전부터 앓고 있던 흉부의 병이 돌연 겉으로 드러났다. 나는 숨이 끊어져가고 있었다. 의사들도 포기할 정도였지만, 악행을 많이 저지른 탓인지 병세가 조금씩 회복되기 시작했다. 한 달 정도 지나자 복부의 상처가 아물었다. 하지만 나는 전염병 환자로 분류되어 세타가야 구·교도에 있는 내과병원으로 옮겨졌다. H는 변함없이 내 옆에 붙어 있었다. 키스하는 것도 안 된다고 의사 선생님이 그러셨어요, 하고 웃으며 알려주었다. 그 병원 원장은 큰형의 친구였다. 나는 특별대우를 받았다. 넓은 병실을 두 개 빌려서, 집안 살림을 병원으로 가져왔다. 5월, 6월, 7월이 지나고, 알락다리모기들이 기승을 부리기 시작하면서 병실에 하얀 모기장을 치기 시작했을 즈음, 원장이 하라는 대로 지바현 후나바시로 이사를 갔다. 바닷가 마을이었다. 마을 외곽에 새로 지은 집을 빌려 살았다. 요양을 하라는 뜻이었지만, 이곳도 내게 나쁜 영향을 미쳤다. 생지옥처럼 난리가 났다. 아사가야의 외과병원에 있었을 때부터 꺼림칙하고 나쁜 버릇이 들었다. 마취제를 사용했던 것이다. 의사가 처음에는 상처부위의 통증을 가라앉히려고 아침저녁으로 거즈를 갈 때마다 마취제를 놓아 주었는데, 그러다가 나는 약에 의지하지 않고는 잠을 잘 수 없게 되었다. 애초에 나는 불면증을 잘 견뎌내지 못했다. 매일 밤 의사에게 마취제를 부탁했다. 그때 의사는 나를 거의 포기한 상태였기 때문에, 내 부탁을 언제나 다정하게 들어주었다. 내과병동으로 옮기고 난 후에도, 집요하게 원장에게 마취제를 부탁했다. 원장은 마지 못해 세 번에 한 번 정도는 응해주었다. 이제는 육체적 이유에서가 아니라, 내 안의 불안과 초조를 없애기 위해 진통제가 필요했다. 내게는 외로움을 견딜 만한 힘이 없었다. 후나바시로 옮겨간 뒤로는 마을 의원을 찾아가 불면증과 중독 증상을 호소하며 약을 줄 것을 요구했다. 나중에 가서는 그 마음 약한 마을 의사에게 무리하게 처방전을 받아 내어, 마을 약국에서 직접 약을 샀다. 정신을 차려 보니, 나는 음산한 중독환자가 되어 있었다. 곧 돈이 궁해졌다. 그즈음 형이 매달 생활비로 구십 엔을 보내주었다. 그 이상의 돈을 요구했을 때는 형도 거절했다. 당연한 일이었다. 형의 애정에 보답하려는 시늉도 하지 않으면서, 멋대로 내 목숨을 가지고 장난을 치고 있었다. 그해 가을 이후, 이따금 도쿄 거리를 돌아다니는 내 모습은 이미 상스러운 반미치광이였다. 당시의 정나미 떨어지는 내 모습을, 나는 모두 기억하고 있다. 잊을 수가 없다. 일본 제일의 비열한 청년이었다. 십 엔, 이십 엔의 돈을 빌리기 위해 도쿄로 나왔다. 잡지사 편집자 앞에서 엉엉 울어버린 적도 있었다. 얼마나 집요하게 매달렸는지 편집자가 버럭 화를 내기도 했다. 그즈음 내 원고도 조금씩 돈이 될 가능성이 보였다. 내가 아사가야의 병원이나 교토의 병원에 누워 있는 동안 친구들이 분주히 뛰어다녀준 덕분에, 내 종이봉투 속 '유서'가 하나둘 괜찮은 잡지에 발표되었고, 그 반향으로 일어난 질책, 혹은 지지가 나를 극도로 당혹스럽고 불안하게 만들었다. 그러다 보니 이성을 잃고 한층 더 약물중독에 빠지게 되었고, 이것저것 괴로워하다가 뻔뻔하게 잡지사로 가서 편집자나 사장에게까지 면회를 요청하면서, 원고료를 가불해달라고 떼를 썼다. 자신의 고통에 푹 빠져 있어서, 다른 사람들도 각자 나름대로 안간힘을 쓰며 살아내고 있다는 당연한 사실을 간과하고 있었다. 그 종이봉투 안에 들어 있던 작품은 한 편도 남김없이 다 팔았다. 이제 팔 것이 아무것도 없었다. 금방 작품을 쓸 수도 없었다. 이미 재료가 고갈돼 버려서 아무것도 쓸 수 없었다. 그즈음 문단은 나를 두고, '재능은 있는데 덕이 없다'고 평가했는데, 내 스스로는 '덕의 싹은 있어도 재능이 없다'고 믿고 있었다. 내게는 소위 말하는 문학적 재능이라는 것이 없었다. 온몸으로 부딪히는 것 외에는 방법을 몰랐다. 융통성 없는 촌뜨기였다. 하룻밤 밥 한 끼 신세를 져놓고 그것이 너무 부담스러워서, 거꾸로 자포자기한 파렴치한으로 살아가려는 부류였다. 나는 엄격하고 보수적인 집안에서 자랐다. 빚을 지는 것은 최악의 죄였다. 빚을 해결하려고 보다 더 큰 빚을 졌다. 약물중독자가 된 것도 빚을 진 부끄러움을 잊기 위해 자신을 더욱 몰아붙였기 때문이었다. 약국에 지불해야 할 약값은 늘어만 갔다. 대낮에 훌쩍거리면서 긴자 거리를 걸었던 적도 있었다. 돈이 필요했다. 나는 스무 명 가까운 지인들을 찾아다니면서 빼앗듯 돈을 빌렸다. 죽을 수도 없었다. 이 빚을 말끔히 갚고 나서 죽자고 다짐했다.

더 이상 아무도 나를 상대해주지 않았다. 후나바시로 옮겨간 지 일 년째 되던 쇼와 11년^{1936년} 가을, 나는 자동차에 실려 도쿄 이타바시 구에 있는 어느 병원으로 옮겨졌다. 하룻밤 자고 나서 정신을 차려보니, 정신병원 병실이었다.

거기서 한 달간 지내던 어느 맑은 가을날 오후, 드디어 퇴원을 할 수 있었다. 나는 나를 데리러 온 H와 둘이서 자동차에 올랐다.

한 달 만의 재회였지만, 둘 다 아무 말이 없었다. 자동차가 달리기 시작하자 H가 입을 열었다.

"이제 약은 끊을 거지?" 화난 듯한 말투였다.

"나는 앞으로 아무도 믿지 않을 거다." 나는 병원에서부터 오로지 이 생각만 했다.

"그래?" 현실가였던 H는 내 말을 무슨 금전적인 의미로 해석했는지,

고개를 크게 끄덕이며, "사람들한테 의지하면 안 되지."라고 했다.

"너도 믿지 않을 거다."

H는 어색한 표정을 지었다.

내가 입원해 있는 동안 후나바시의 집이 철거되었고, H는 스기나미 구·아마누마 3번지의 아파트 한 칸을 빌려 살고 있었다. 나는 그곳에 자리를 잡았다. 두 군데 잡지사에서 원고 주문이 와 있었다. 퇴원한 날 밤부터 바로 글쓰기에 들어갔다. 소설 두 편을 완성했고, 그 원고료를 가지고 아타미로 가서 한 달 동안 무절제하게 술을 마셨다. 앞으로 어떻게 하면 좋을지 판단이 서질 않았다. 향후 삼 년간 큰형이 매달 생활비를 부쳐주기로 했지만, 입원 전에 졌던 산더미만 한 빚은 그대로 남아 있었다. 아타미에서 괜찮은 소설을 써서, 그걸로 눈앞에 닥친 빚부터 갚아나가자는 계획을 세워두고 있었지만, 소설을 쓰기는커녕 내 주변의 황량함을 견뎌내지 못하고, 그저 술만 마셔댔다. 스스로 쓸모없는 놈이란 생각에 빠져 있었다. 오히려 아타미에서 빚이 늘어나고 말았다. 뭘 해도 안 됐다. 완전히 실패한 것 같았다.

나는 아마누마의 아파트로 돌아와, 모든 희망을 포기한 채 더럽혀진 육체를 벌러덩 뉘었다. 어느덧 스물아홉이었다. 아무것도 없었다. 내게는 도테라[8] 한 장. H 옷도 한 벌뿐이었다. 이즈음이 가장 밑바닥이겠거니 싶었다. 큰형이 매달 보내주는 돈에 의지하여, 벌레처럼 숨죽여 살았다.

하지만 아직도 그곳은 밑바닥이 아니었다. 그해 초봄, 나는 어느 서양화가에게서 생각지도 못했던 의외의 이야기를 들었다. 아주 절친한 친구였다. 그 이야기를 들은 나는 질식할 것만 같았다. H가 이미 돌이킬

. . . .
8_ 솜을 넣어 누빈 큼직하고 소매가 넓은 겉옷.

수 없는 잘못을 저질렀던 것이다. 문득 지난번에 불길한 병원을 나오는 자동차 안에서 내가 아무렇게나 던진 추상적인 말에, H가 몹시 안절부절 못했던 것이 떠올랐다. 나로 인해 H가 고생을 하고는 있었지만, 그래도 살아있는 동안은 H와 함께 살아갈 작정이었다. 내 애정 표현이 서툴러서 H나 서양화가도 거기까지는 눈치채지 못하고 있었다. 나는 누구에게도 상처를 주고 싶지 않았다. 셋 중에서 내 나이가 제일 많았다. 나라도 차분하고 훌륭하게 대처하고 싶다고 생각했지만, 사항이 사항이니만큼 나도 어김없이 넋이 빠지고, 당황스럽고, 어찌할 바를 몰라서, 오히려 H 일행이 나를 경멸했을 정도였다. 아무것도 할 수 없었다. 얼마 안 있어 서양화가가 슬금슬금 발뺌을 했다. 나는 고통 속에서도 H를 가엾게 여겼다. H는 이제 죽을 각오만 하고 있는 듯했다. 뭘 해도 어쩔 도리가 없을 때, 나도 죽을 생각을 한다. 둘이 같이 죽자. 신도 용서해주실 거야. 우리는 사이좋은 오누이처럼 여행을 떠났다. 미나카미 온천. 그날 밤, 둘이서 산으로 자살을 하러 갔다. H를 죽게 놔둬서는 안 된다고 생각했다. 나는 그렇게 하려고 애썼다. H는, 살았다. 나도, 보기 좋게 실패했다. 약을 가져갔었다.

이윽고 우리는 헤어졌다. 더 이상 H를 잡을 용기가 없었다. 버렸다고 해도 좋다. 인도주의 어쩌고 하면서 허세를 부리며 태연한 척해도, 앞으로의 날들이 추악한 지옥으로 변해갈 것이 눈에 선했다. H는 시골에 계신 어머니 곁으로 돌아갔다. 서양화가에 대한 소식은 알 수 없었다. 나는 혼자 아파트에 남아 자취 생활을 시작했다. 소주를 배웠다. 이가 흔들거리더니 빠지기 시작했다. 내 얼굴은 초라해져갔다. 나는 아파트에서 가까운 하숙집으로 옮겼다. 제일 싸구려였다. 그곳이 내게 가장 적당하다고 여겼다. '이것이 이승에서의 마지막 모습, 문가에 서 있자니

달빛이 드리워, 메마른 들판이 펼쳐지고, 소나무는 우두커니 서 있네.'
나는 다다미 네 장 반짜리 하숙집에서 혼자 술을 마시다가, 취하면
밖으로 나와 하숙집 문설주에 기대서서, 그런 엉터리 노래를 나지막이
중얼거리고는 했다. 절친한 동료 두셋을 제외하고는, 누구도 나를 상대
하려 들지 않았다. 세상 사람들이 나를 어떻게 보고 있는지, 나도 조금씩
알 것 같았다. 무지하고 교만한 무뢰한에 백치, 유치하고 교활한 호색한
에 천재 행세를 하는 사기꾼, 마음껏 사치를 부리고 살다가 돈이 떨어지면
우스꽝스런 자살소동을 벌여서 고향에 계신 부모님을 놀라게 한다.
정숙한 부인을 개나 고양이처럼 학대하다가 끝내 내쫓는다. 그밖에
다양한 전설이 세상 사람들에게 비웃음과 혐오, 분노를 사며 입에 오르내
리면서, 나는 완전히 매장당하여 폐인 취급을 받고 있었다. 이러한
상황을 눈치챈 나는, 하숙집 밖으로 한 걸음도 나가지 않았다. 술이
없는 밤에는 소금 센베^{일본식 쌀 과자}를 씹으며 탐정소설을 읽는 것이 그나마
소박한 즐거움이었다. 잡지사나 신문사에서도 원고청탁은 없었다. 나
또한 아무것도 쓰고 싶지 않았다. 쓸 수가 없었다. 병상에 있을 때
진 빚을 갚으라고 나를 재촉하는 사람은 아무도 없었지만, 밤만 되면
꿈속에서도 괴로워했다. 나는 어느덧 서른이 되어 있었다.

그러다가 무슨 영문인지 살아야 한다는 생각이 들었다. 고향 집의
불행이 내게 그런 힘을 불어넣어준 것인지도 몰랐다. 큰형이 국회의원에
당선되었는데, 그 직후 바로 선거법 위반으로 기소되었다. 큰형은 내가
경외할 정도로 올곧은 사람이었다. 형 주변에 나쁜 사람들이 있었을
것이다. 누나가 죽었다. 조카가 죽었다. 사촌동생이 죽었다. 나는 그런
것들을 바람결에 들어 알았다. 이미 오래전부터 고향과는 소식을 끊고
살고 있었다. 연이은 고향의 불행이 배를 깔고 드러누워 있던 나를

상반신부터 조금씩 일으켜 주었다. 나는 고향 집이 으리으리했던 것을 늘 부끄럽게 여기고 있었다. 부잣집 자식이라는 핸디캡이 나를 절망에 빠뜨렸다. 부당하게 너무 많은 혜택을 누리고 있다는 불쾌한 공포감이 어린 시절부터 나를 비굴하고 염세적으로 만들었다. 부잣집 자식은 부잣집 자식답게 거대한 지옥에 빠지지 않으면 안 된다는 믿음을 갖고 있었다. 도망치는 것은 비겁한 짓이다. 어마어마한 악행을 저질러온 자의 아들이라는 이름으로, 죽어버리자고 생각하고 있었다. 하지만 하룻밤 자고 일어나니, 나는 부잣집 자식이기는커녕, 입을 옷도 없는 천민이 되어 있었다. 고향에서 보내주는 돈도 올해로 끊길 게 뻔했다. 내 이름은 이미 호적에서도 빠져 있었다. 게다가 내가 나고 자란 고향 집도 지금은 불행의 늪에 빠져 있다. 이제 내게는 부리는 사람들로부터 인사를 받거나 하는 타고난 특권이 전혀 없었다. 오히려 마이너스뿐이었다. 또 하나, 죽을 기백마저 상실한 채 하숙집에서 뒹굴면서 이상하리만치 몸이 부쩍 건강해졌다는 사실도 크게 한몫했다. 그 밖에 나이, 전쟁, 역사관의 동요, 태만을 향한 혐오, 문학을 향한 겸허, 신의 존재 등 요인은 여러 가지가 있겠지만, 그것이 인간을 변화하게 만드는 계기라고 보기에는 어쩐지 공허하다. 설명이 아무리 정확하다 해도, 어딘가는 반드시 거짓의 틈이 있기 마련이다. 사람은 오직 자기가 생각한 대로 인생의 행로를 결정하게 되는 것만은 아니기 때문이다. 많은 경우 사람들은 어느새 다른 들판을 걷고 있다.

서른이 되던 그해 초여름, 비로소 진지하게 문필 생활을 갈망하게 되었다. 생각해보면 뒤늦은 감이 있었다. 나는 제대로 된 세간 하나 없는 다다미 네 장 반짜리 하숙집에서 열심히 글을 썼다. 하숙집 저녁밥이 밥통에 남아 있으면, 그걸로 몰래 주먹밥을 만들어 두었다가, 밤새 일을 하면서 공복을 채웠다. 이번에는 유서를 쓰려는 것이 아니었다. 살아가기 위해 썼다. 한 선배가 나를 격려해주었다. 세상 사람들이 하나도 빠짐없이 나를 미워하고 비웃는 것 같아도, 그 선배 작가만큼은 시종일관 나라는 인간을 묵묵히 지지해주었다. 나는 그 귀중한 신뢰에도 보답을 해야 한다. 드디어 「오바스테」라는 작품을 완성했다. H와 미나카미 온천으로 죽으러 갔을 때의 일을 정직하게 썼다. 이것은 금세 팔렸다. 잊지 않고 내 작품을 기다려준 편집자가 한 사람 있었다. 나는 그 원고료를 함부로 쓰지 않고, 우선 전당포에 가서 밖에 입고 나갈 옷 한 벌을 돌려받은 뒤, 그걸 차려 입고 여행을 떠났다. 고슈에 있는 산이었다. 기분전환을 한 후에 장편소설을 쓸 생각이었다. 고슈에 만 일 년 동안 있었다. 장편은 완성하지 못하고, 단편만 열 편 이상 발표했다. 여기저기서 나를 지지하는 목소리가 들려왔다. 문단을 감사한 곳이라고 느꼈다. 평생 그곳에서 살아갈 수 있는 사람은 행복하리니. 이듬해 쇼와 14년¹⁹³⁹년 새해에 어느 선배의 소개로 평범한 중매결혼을 했다. 아니, 평범하지는 않았다. 나는 무일푼으로 혼례식을 올렸다. 고후 시 외곽에 방 두 칸짜리 작은 집을 얻어서 살았다. 집세는 한 달에 육 엔 오십 전이었다. 나는 연이어 창작집 두 권을 출판했다. 약간의 여유가 생겼다. 항상 마음에 걸리던 빚을 조금씩 청산해 갔는데, 좀처럼 쉬운 일이 아니었다. 그해 초가을, 도쿄 외곽 미타카로 이사를 했다. 이곳은 도쿄 시가 아니었다. 나의 도쿄 생활은 오기쿠보 하숙집에서 가방 하나 들고 고슈로 갔을 때 이미 끝나 있었다.

지금 나는 일개 원고 생활자다. 여행을 떠나면 조금도 망설이지 않고 숙박부에 문필업이라고 쓴다. 괴로운 일이 있어도 함부로 입을 열지 않는다. 전보다 한층 더 괴로운 일이 닥쳐도, 미소를 지으며 속마음을 꾸며낸다. 어리석은 자들은 내가 속물이 되었다고 말한다. 무사시노의 석양은 언제나 크게 떠오른다. 부글부글 끓어올랐다가 진다. 나는 석양이 내다보이는 다다미 석 장짜리 방에서 책상다리를 하고 앉아, 쓸쓸히 식사를 하면서 아내에게 말했다. "나는 이렇게 생겨먹은 남자라서, 출세도 못 하고 돈도 못 벌어. 하지만 우리 가정 하나만은 어떻게 해서든지 지켜낼 생각이야." 그때 문득 동경 팔경이 머릿속에 떠올랐다. 과거의 일들이 주마등처럼 스쳐 지나갔다.

이곳은 도쿄 외곽이긴 하지만, 바로 옆에 있는 이노카시라 공원도 도쿄 명소 가운데 하나로 꼽히고 있으니, 이곳 무사시노의 석양을 동경 팔경 가운데 하나로 추가한다고 해서 큰 지장은 없을 것이다. 나머지 칠경을 정하려고, 마음속으로 앨범을 넘겨보았다. 하지만 이 경우 예술이 되는 것은 도쿄의 풍경이 아니었다. 풍경 속의 나였다. 예술이 나를 기만하는가. 내가 예술을 기만하는가. 결론. 예술은 나다.

도쓰카의 장마. 혼고의 해질 녘. 간다의 축제. 가시와기의 첫눈. 핫초보리의 불꽃놀이. 시바의 보름달. 아마누마의 쓰르라미. 긴자의 번개. 이타바시 정신병원의 코스모스. 오기쿠보의 아침 안개. 무사시노의 석양. 추억 속 검은 꽃이 팔랑팔랑 춤을 춰서 정리하기가 어려웠다. 무리하게 팔경을 채우려는 것도 천박한 짓이라는 생각이 들었다. 그러는 사이 올 봄과 여름에 추가로 이경을 더 발견했다.

올 4월 4일, 나는 고이시카와에 사는 대선배 S씨를 찾아갔다. 오년 전 병이 들었을 때, S씨께 걱정을 많이 끼쳐드렸다. 끝에 가서는 혼쭐이 나서 쫓겨나다시피 했지만, 연초에 찾아가서 용서를 빌고 화해를 했다. 그 뒤로 쭉 연락을 끊고 지내다가, 그날은 친구의 출판기념회 발기인이 되어달라는 부탁을 드리기 위해 S씨를 찾아갔다. 댁에 계셨다.

승낙을 받은 뒤에 그림 이야기나 아쿠타가와 류노스케의 문학에 관한 것 등을 물었다. "그동안 자네를 매정하게 대하기는 했지만, 지금 생각해 보니 오히려 그게 좋은 결과를 가져온 것 같아 기쁘네." 언제나처럼 묵직한 어조로 그렇게 말했다. 함께 자동차를 타고 우에노로 나갔다. 미술관에 가서 서양화 전람회를 보았다. 시시한 그림이 많았다. 나는 한 장의 그림 앞에 멈춰 섰다. 이윽고 S씨도 내 옆에 와서는 그 그림에 얼굴을 가까이 가져가며,

"별로군." 하고 무심히 말했다.

"영 아니네요." 나도 똑똑히 말했다.

H가 만나던 그 서양화가의 그림이었다.

미술관을 나와 가야바 초에서 <아름다운 투쟁>이라는 영화 시사회를 보고, 긴자에서 차를 마시며 하루를 보냈다. 저녁이 되어 S씨가 신바시 역에서 버스를 타고 가겠다고 하시기에, 나도 신바시 역까지 함께 걸었다. 걸어가면서 S씨에게 동경 팔경에 대한 계획을 들려드렸다.

"무사시노의 저녁놀은 참으로 커다랗지요."

S씨는 신바시 역 앞 다리 위에 멈춰 서서,

"그림이 되겠네." 하고 낮게 말하며 긴자 다리 쪽을 가리켰다.

"오호." 나도 멈춰 서서 바라보았다.

"그림이 되겠어." S씨는 거듭 혼잣말처럼 말했다.

우리가 보고 있는 풍경보다도, 그것을 바라보고 있는 S씨와 그에게서 쫓겨난 못난 제자의 모습을 동경 팔경의 하나로 넣자고 생각했다.

그로부터 두어 달이 지나, 나는 훨씬 더 화사한 경치 하나를 발견했다. 어느 날 아내의 여동생에게서 속달편지가 왔다. "드디어 내일 T씨가 출발합니다. 시바 공원에서 잠깐 면회를 할 수 있다고 해요. 내일 아침

아홉 시에 시바 공원으로 와주세요. 형부가 T씨에게 제 마음을 잘 전해주세요. 바보 같은 저는 T씨에게 아직 아무 말도 하지 못했어요."
처제는 스물두 살이었는데 체격이 작아서 아이처럼 보였다. 작년에 T군과 선을 보고 약혼을 했지만, 양가가 혼수를 교환한 직후 T군이 징집되어 도쿄의 어느 연대에 들어갔다. 전에 한번은 군복 입은 T군을 만나 삼십 분 정도 이야기를 나눈 적이 있었다. 시원시원하고 품위 있는 청년이었다. 드디어 내일 전쟁터로 떠나는 모양이었다. 그 속달편지가 오고 나서 두 시간도 채 지나지 않아 처제에게서 또 편지가 왔다. "곰곰이 생각해보니까 아까 드린 부탁은 단정치 못한 행동이었어요. T씨에게는 아무 말도 마시고 그냥 배웅만 해주세요." 이것을 읽고 나와 아내는 한바탕 크게 웃었다. 처제가 혼자서 쩔쩔매고 있는 모습이 눈에 선했다. 처제는 이삼일 전부터 T군의 부모님 댁에서 잔심부름을 하고 있었다.

이튿날 아침 일찍, 우리는 시바 공원으로 갔다. 조조지增上寺 절 경내는 배웅 나온 인파로 가득했다. 카키색 군복을 입고 바쁜 듯 무리를 헤치며 걸어가는 노인을 붙잡고 물어보니, T군의 부대는 절 앞에 잠깐 들러 오 분 간 휴식을 취한 뒤 곧바로 출발한다고 했다. 우리는 경내를 나와 절 앞에서 T군 부대가 오기를 기다렸다. 이윽고 처제도 작은 깃발을 하나 들고 T군 부모님과 함께 나타났다. T군 부모님과는 첫 대면이었다. 아직 확실히 친척이 된 것도 아닌 데다 사교능력도 부족했던 나는, 제대로 인사도 하지 않고 가볍게 눈인사만 한 뒤 처제에게 말을 걸었다.

"어때, 좀 차분해졌어?"

"아무렇지도 않아요." 처제는 해맑게 웃었다.

"저러고 싶을까요?" 아내는 인상을 썼다. "저렇게 깔깔대고 웃다니."

T군을 배웅하러 온 사람들은 꽤 많았다. T군의 이름이 적힌 커다란 깃발이 절 정문 앞에 여섯 개나 세워져 있었다. T군네 공장에서 일하는 직공들도 일을 쉬고 배웅을 나왔다. 나는 무리에서 떨어져 나와 절 정문 끝 쪽에 서 있었다. 마음이 삐딱해져 있었다. T군 집은 부자다. 나는 이도 빠졌고, 옷도 엉망인데다, 하카마도 입지 않았고, 모자도 쓰지 않았다. 가난뱅이 글쟁이다. T군의 부모님은 아들 약혼녀의 누추한 친척이 왔다고 생각하고 있을 게 뻔했다. 처제가 내게 말을 걸려고 왔는데도, "오늘 너는 중요한 역할을 해야 하니 시아버지 곁에 붙어 있어라." 하고 밀쳐냈다. T군의 부대는 좀처럼 오지 않았다. 열 시, 열한 시, 열두 시가 되어도 나타나지 않았다. 여학교 수학여행을 온 단체 관광버스가 몇 차례나 눈앞을 지나갔다. 버스 문에 여학교 이름이 적힌 종이가 붙어 있었다. 고향 여학교 이름도 있었다. 큰형의 장녀가 다니는 여학교였다. 지금 버스에 타고 있을지도 몰랐다. 도쿄 명소인 조조지 절 정문 앞에서 멍청한 삼촌이 어슬렁거리며 서 있는 모습을, 삼촌인지도 모르고 무심히 바라보며 지나갈지도 모를 일이다. 스무 대 정도 되는 버스가 끊임없이 절 앞을 지나갔고, 그때마다 버스의 여자 차장이 마침 나를 가리키며 무슨 설명을 하기 시작했다. 처음에는 태연한 척하고 있었지만, 나중에는 포즈를 취해보기까지 했다. 발자크 상처럼 천천히 팔짱을 끼었다. 그러자 내가 도쿄 명소 가운데 하나가 되어버린 기분이 들었다. 한 시쯤 되자, 왔다, 왔어, 하는 사람들의 외침이 일었고, 잠시 후 군인들을 가득 태운 트럭이 절 앞에 도착했다. T군은 닷토산^{닛산 소형차}을 운전하는 기술을 익혀두었기 때문에 운전석에 타고 있었다. 나는 인파 뒤에 멍하니 서서 바라보고 있었다.

"형부." 어느새 내 옆으로 다가온 처제가 작은 목소리로 나를 부르며 내 등을 세게 밀었다. 정신을 차려보니, 운전석에서 내린 T군이 군중의 제일 뒤에 서 있는 나를 가장 먼저 알아본 모양인지 거수경례를 하고 있었다. 순간 그 상황이 어찌된 건지 분간이 가지 않아 주위를 둘러보며 주저했는데, T군이 나를 향해 인사를 하고 있는 게 분명해 보였다. 나는 결심을 굳히고 군중을 헤치고 나가, 처제와 함께 T군 쪽으로 다가갔다.

"뒷일은 걱정 없어. 처제는 철이 없긴 해도, 여자가 지녀야 할 가장 중요한 마음가짐이 무엇인지는 알고 있네. 조금도 걱정할 것 없어. 다 우리한테 맡겨두게." 나는 전에 없이 웃지도 않고 말했다. 처제의 얼굴을 돌아보니, 고개를 약간 위로 든 채 긴장하고 있었다. T군은 얼굴이 조금 붉어지더니 말없이 또 거수경례를 했다.

"더 하고 싶은 말은 없어?" 이번에는 나도 웃으며 처제에게 물었다. 처제는,

"아니요, 됐어요." 하고 말하며 고개를 숙였다.

곧 출발 호령이 떨어졌다. 나는 다시금 인파 속으로 살금살금 숨어들었는데, 또 처제에게 등이 떠밀리는 바람에 이번에는 운전석 밑으로까지 나가게 되었다. 그 근처에는 T군의 부모님이 서 있었다.

"안심하고 다녀오게." 내가 큰 소리로 말했다. T군의 엄격한 아버지가 고개를 돌려 내 얼굴을 들여다보았다. 그 엄한 아버지의 얼굴에 이 녀석은 뭔데 주제넘게 참견인가 하고 불쾌하게 여기는 듯한 표정이 언뜻 내비쳤다. 그래도 나는 기죽지 않았다. 인간이 가질 수 있는 궁극의 프라이드는, 죽을 만큼 괴로워했던 적이 있다고 단언할 수 있는 자각에서 나오는 것이 아닐까. 나는 병종합격[9]인 데다 가난하기까지 하지만, 지금은 그게 문제가 아니다. 도쿄 명소는 아까보다 더 큰 목소리로,

"뒷일은 걱정 말라고!" 하고 외쳤다. 만에 하나 앞으로 T군과 처제의 결혼에 문제가 생긴다 해도, 나는 세인의 이목을 신경 쓰지 않는 무법자니 반드시 마지막까지 그 둘에게 힘이 되어 주리라고 생각했다.

조조지 절 정문의 풍경까지 얻고 나니, 이번 작품 구상도 보름달처럼 꽉 찬 것 같은 기분이 들었다. 그로부터 며칠 후, 도쿄 전도와 펜, 잉크, 원고지를 들고 힘차게 이즈로 여행을 떠났다. 이즈의 온천장에 도착한 뒤 무슨 일이 생겼을까? 여행을 떠나와 열흘이 흘렀건만 아직도 온천장이다. 뭘 하고 있는 건지.

9_ 옛 징병검사에서 갑종, 을종 다음으로 낮은 최하위 합격 순위. 현역으로는 부적당하지만, 비상시에는 징집될 수 있었다.

みみずく通信

부엉이 통신

太宰治

「부엉이 통신」

1941년 1월, 잡지 『지성知性』에 발표됐다.

다자이가 니가타 고등학교 졸업생인 도쿄대 후배의 부탁으로, 니가타 고등학교로 생애 첫 강연을 하러 갔던 일을 소재로 한 작품이다. 그 학교에서 아쿠타가와 류노스케와 가와바타 야스나리가 앞서 강연을 한 적이 있다는 사실을 알고 부담을 느꼈기 때문인지, 다자이는 이 일을 '중대한 임무'라고 표현하기도 했다.

외로운 가을밤 한 마리 부엉이처럼 여행을 떠났던, 쓸쓸한 어른을 따라가 본다.

무사히 중대한 임무를 마쳤습니다. 무슨 일이 있었는지 당신은 모르시 겠지요. 엽서에 '지금부터 여행을 떠납니다.'라는 말만 남기고, 어디로 무얼 하러 가는지는 밝히지 않았습니다. 부끄러웠습니다. 또한, 당신이 알게 되면 언제나처럼 이래라저래라 충고와 훈계를 하며 걱정하실 거라는 생각에, 그것이 두려워 일부러 목적을 밝히지 않고 여행을 떠났습 니다. 얼마 전에 제 소박한 단편소설이 라디오에 소개되었을 때도, 저는 아무도 모르기를 바랐습니다. 그랬는데 당신이 그것을 들었다고 하셔서, 그야말로 쥐구멍에라도 숨고 싶은 기분이었습니다. 물러터진 소설이었거든요. 저는 늘 인색하게 굴면서도 돈은 펑펑 물 쓰듯 쓰는 체질이라, 돈이 남아나지를 않습니다. 한 푼 아꼈다가 백 냥을 잃는다는 말이 있지요. 거기다가 가난을 견디는 것도 잘 못 해서, 무리하게 일을 받아들이고는 합니다. 돈이 필요하거든요. 라디오 방송용 소설 같은 것도, 저 같은 시골 촌놈이 제대로 쓸 리가 없다는 것을 잘 알고 있으면서, 저도 모르게 승낙하고 맙니다. 촌놈 주제에 화려한 것을 동경한다는 서글픈 약점도 있겠지요. 며칠 전 라디오 방송도 당신에게 들려주고 싶지 않아서, 당신을 만나도 그것에 대해서는 한마디도 하지 않고 꼭꼭

숨겨 두었는데, 불행히도 당신이 우에노에 있는 밀크홀^{간이 음식점}에서
우연히 그것을 들으셨지요. 이튿날 보내주신 진지하고 장황한 감상문을
읽은 저는, 얼굴을 붉힌 채 할 말을 잃고 말았습니다. 이번 여행도
아무한테도 말하지 않고 혼자 조용히 다녀올 생각이었는데, 제가 소심하
다보니 도무지 숨기고 있을 수만도 없고 해서, 오히려 이번 여행에서
있었던 부끄러운 일들을 남김없이 모두 당신에게 털어놓으려고 합니다.
그 편이 낫지요. 나중에라도 기분이 개운해질 테니까요. 숨기고 있어봐
야 언젠가는 다 들통이 납니다. 라디오 방송 때도 그랬죠. 정직한 태도를
취하겠습니다. 저는 지금 니가타 여관에 있습니다. 일류 여관인 듯합니
다. 제가 묵고 있는 방도 이 여관에서 가장 좋은 방이라고 합니다.
저는 도쿄의 유명인사 취급을 받고 있습니다. 오늘 오후 한 시부터
니가타 고등학교에서 두 시간가량 연설을 했습니다. 중대한 업무란,
바로 그 일이었습니다. 그럭저럭 일을 끝마쳤습니다. 지금은 숙소로
돌아와서, 당신에게 전하고 싶은 솔직한 마음을 종이에 적고 있습니다.
　오늘 아침, 니가타에 도착했습니다. 역에는 학생 두 명이 마중을
나와 있었습니다. 학예부 위원인 것 같았습니다. 우리는 역에서 여관까
지 걸었습니다. 얼마나 걸었을까요. 아시다시피 저는 거리를 가늠하는
일에 서툴러서 정확히 몇 미터라고는 말씀드릴 수 없지만, 대략 이십
분 정도 걸었던 것 같습니다. 니가타 거리는 이상하리만치 먼지가 풀풀
날리고 건조했습니다. 버려진 신문지가 바람에 날려, 넓은 도로 위를
마치 모형 군함처럼 휘이익 하고 재빨리 날아갔습니다. 도로는 강처럼
넓었습니다. 전차 레일이 없어서 그런지 더욱 허옇고 휑뎅그렁하게
보였습니다. 반다이 다리¹도 건넜습니다. 시나노강 하구입니다. 크게
감격적이지도 않았습니다. 도쿄보다는 조금 추웠습니다. 망토를 입고

오지 않은 것이 아쉬웠습니다. 저는 구루메가스리[2]에 하카마[3]를 입었고, 모자는 쓰지 않았습니다. 털실 목도리와 두꺼운 셔츠 한 장을 가방에 넣어 왔습니다. 여관에 도착한 저는 곧바로 잠자리에 들었습니다. 하지만 잠은 오지 않았습니다.

점심 조금 전에 일어나 밥을 먹었습니다. 생 연어가 맛있더군요. 시나노강에서 잡힌다고 했습니다. 된장국 두부가 아주 연하고 부드러워서 여종업원에게, 니가타가 두부로 유명합니까? 하고 물었더니, 글쎄요, 그런 얘기는 못 들어봤는데요, 네, 라고 대답했습니다. 네, 라는 말의 억양에 특징이 있습니다. 고딕체로 쓴 네 같은 느낌입니다. 한 시쯤 학생들이 자동차를 타고 저를 데리러 왔습니다. 학교는 해안가 모래언덕 위에 있다더군요. 자동차 안에서,

"수업 중에도 파도 소리가 들리겠구나." 하고 물었습니다.

"그렇지는 않은데요." 학생들은 서로 얼굴을 마주보며 히죽거렸습니다. 저의 낡은 로맨티시즘이 우스웠던 것인지도 모르겠습니다.

정문 앞에서 자동차에서 내려보니, 감색이 도는 낮은 목조 건물로 된 학교가 보였습니다. 모래 언덕 그늘에 숨겨진 막사처럼 보였습니다. 웃는 얼굴을 한 여자 서넛이 현관 옆 창문 너머로 이쪽을 몰래 훔쳐보고 있다는 것을 눈치챘습니다. 사무를 보는 사람들이겠지요. 좀 더 좋은 옷을 입고 올 걸, 하고 후회했습니다. 현관을 오르며 제 볼품없는 게다[막신]가 약간 신경이 쓰였습니다.

· · · · · · · · · · ·

1_ 万代橋. 나가노현에서 니가타현을 지나 바다로 흘러나가는 1급 하천 시나노강의 다리로, 1886년 목조로 만들어졌다가 1929년 콘크리트로 교체됐다.
2_ 후쿠오카현 구루메 지역에서 만든 천으로, 감색 바탕에 스치듯 한 흰 잔무늬가 특징인데, 다자이가 즐겨 입었던 옷감으로 알려져 있다.
3_ 기모노 위에 허리띠를 묶어서 입는 통이 넓은 바지. 주로 예복으로 착용한다.

교장실로 들어선 저는 그저 두리번거리고만 있었습니다. 안내를 해준 학생들이, 예전에 이 학교에 아쿠타가와 류노스케가 강연을 하러 왔을 때, 강당에 있는 조각상을 칭찬하고 갔다고 알려주었습니다. 저도 무언가 칭찬을 해야겠다는 생각이 들어서 주위를 둘러보았지만, 그다지 칭찬하고 싶은 것은 없었습니다.

이윽고 나타난 주임 선생과 인사를 나눈 뒤 강연장으로 나갔습니다. 강연장에는 학생들 외에도 일반 시민들이 모여 있었습니다. 구석에 여자들도 대여섯 무리 지어 앉아 있었습니다. 제가 들어가니 박수를 치더군요. 저는 희미하게 웃었습니다.

"준비해온 것도 별로 없습니다. 여관에 누워서 이 생각 저 생각 해보았지만 정리가 되지 않았습니다. 이렇게 될지도 모른다는 생각에, 제 창작집 두 권을 품에 넣어 왔습니다. 역시 이걸 읽는 것 외에 달리 방법이 없을 것 같습니다. 읽는 동안 무언가 떠오르는 것이 있을 테니, 생각나는 것이 있으면 그때 말씀드리겠습니다."

저는 「추억」이라는 초기 작품 가운데 1장을 읽었습니다. 그러고 나서 사소설에 대한 이야기를 조금 했습니다. 고백의 한계에 대해서도 언급했습니다. 그 상황이 너무 쑥스러워서 그때그때 떠오르는 것을 더듬거리면서 이야기했습니다. 자기폭로의 저변에 깔린 애정에 대해서도 이야기했습니다. 말을 하는 동안 점점 말하기가 싫어지더군요. 이야기가 끊어져버렸습니다. 저는 너덧 번 물을 마신 뒤, 창작집 한 권을 더 꺼내어, 이번에는 「달려라 메로스」라는 최신작을 크게 읽어나갔습니다. 그러자 또 이야기하고 싶은 것이 생각나서, 물을 한 번 더 마시고 이번에는 우정에 대해 이야기했습니다.

"청춘은 우정이 갈등을 겪는 시기입니다. 우정으로 순수성을 증명해

보이려 하다가 서로 상처만 받고, 결국에는 반미치광이들이 하는 순수놀이로 전락해버릴 때도 있습니다." 그렇게 말한 뒤 소박한 신뢰에 대해 말했습니다. 실러의 시 한 편을 알려 주었습니다. 이상을 버리지 마라! 겨우겨우 거기까지 말했습니다. 제 강연은 거기서 끝이 났습니다. 한 시간 반이 걸렸습니다. 계속해서 좌담회가 열릴 예정이었는데, 위원들이 제게 피곤해 보이니 조금 쉬시라고 권했습니다. 제가,

"아니요. 저는 괜찮습니다. 여러분들이 피곤하시겠지요." 하고 말했더니 장내에 웃음이 터졌습니다. 저는 기진맥진하면 그때부터 끈질기게 물고 늘어지는 경향이 있습니다. 당신과 똑같습니다.

십 분 동안 모두 그 자리에서 휴식을 취했습니다. 그러고 나서 학생들 한가운데로 자리를 옮겨 질문을 받았습니다.

"조금 전에 말씀하시기를, 유년 시절에 대한 것을 썼다고 하셨는데, 완전히 어린아이의 마음으로 돌아가는 것도 어려우셨을 것 같고, 아무래도 작가가 된 이후 어른의 마음으로 쓰셨던 것이 아닌가 싶은데요?" 꽤 훌륭한 질문입니다.

"글쎄요, 저는 그 점에 대해서만큼은 안심하고 있습니다. 왜냐하면 저는 지금도 어린아이거든요." 모두 웃었습니다. 사람들을 웃기려고 한 말은 아니었습니다. 진지하게 제 한탄을 했을 뿐입니다.

질문은 별로 없었습니다. 어쩔 수 없어서 제 나름대로 이런저런 이야기를 더 했습니다. 고맙습니다, 죄송합니다, 사람들은 왜 이런 인사말을 해야만 하는가? 그런 마음을 느꼈다면, 반드시 그것을 말해야 한다. 말하지 않으면 알 수 없다는 놀라운 사실. 비굴함은 부끄러움이 아니다. 일반적으로 피해망상이라 불리는 심리 상태가 반드시 정신병인 것은 아니다. 자기통제나 겸양도 아름답지만, 만사태평한 임금도 아름답

다. 어느 쪽이 신에 가까운가? 그것은 나도 잘 모른다. 이것저것 생각나는 대로 말했습니다. 이윽고 위원이 일어서서, "이것으로 오늘의 좌담회를 마치도록 하겠습니다." 하고 말하자, 에계, 겨우 이거야? 라고 하는 듯한 맥 빠진 웃음소리가 청중들 가운데 울려 퍼졌습니다.

이로써 제 용건은 끝이 났습니다. 아니, 그 다음에 원하는 학생들과 함께 마을의 이탈리아관이라는 서양식 음식점에서 밥을 먹은 뒤에야 겨우 자유의 몸이 되었습니다.

다시 박수소리를 들으며 강연장에서 퇴장을 했고, 어둑한 교장실로 가서 주임 선생과 잠깐 이야기를 나누었습니다. 홍백색으로 아름답게 장식된 종이봉투를 받아 들고는 교문 밖으로 나섰습니다. 교문 앞에 학생들 대여섯 명이 우두커니 서 있었습니다.

"바다 보러 가자." 제가 먼저 말을 건 뒤에 해안가를 향해 저벅저벅 걸어갔습니다. 학생들은 말없이 따라왔습니다.

일본해. 당신은 일본해를 본 적이 있습니까? 검은 물. 거센 파도. 사도섬이 수평선 너머에 소처럼 느긋하게 누워있습니다. 하늘도 낮지요. 바람도 불지 않는 조용한 저녁이었는데, 하늘에 새까만 조각구름이 떠 있어서 음울해 보였습니다. 거친 바다여 사도를 가로막는 하늘 은하수, 라고 읊조리던 바쇼[4]의 상심을 알 것 같기는 했지만, 그 아저씨, 은근히 교활해서 어디 여관에서 뒹굴면서 편안하게 노래했던 건지도 모릅니다. 무턱대고 믿을 수만은 없네요. 석양이 지고 있습니다.

"자네들, 일출 본 적 있나? 아침 해도 이렇게 큰지 모르겠군. 나는

• • • • • • • • • • •
4_ 마쓰오 바쇼松尾芭蕉(1644~1694). 하이쿠의 창시자 바쇼는 평생 열도 방방곡곡을 여행하며 『오쿠로 가는 좁은 길』, 『가시마 기행』 등의 기행문을 남겼으며, '방랑을 앓으니 꿈도 초목이 시든 들을 맴도네.'라는 말을 남긴 채 객사했다.

아직 일출을 본 적이 없네."

"저는 후지산에 올랐을 때 아침 해가 떠오르는 것을 보았습니다."
한 학생이 대답했습니다.

"그래, 어떻던가? 그때도 이렇게 크던가? 이렇게 펄펄 끓어오르는
피 같은 느낌이었나?"

"아니요. 어딘지 모르게 달랐습니다. 이렇게 슬퍼보이지는 않았습니
다."

"그렇군, 역시 다르구나. 일출은 멋진 것이지. 신선하고. 석양은 어쩐
지 비린내가 나. 피곤에 찌든 생선 냄새랄까."

모래언덕이 조금씩 어두워졌습니다. 저 멀리 산책하는 사람들도
드문드문 보였습니다. 사람이라기보다는 까마귀처럼 보였습니다. 이
모래언덕은 매년 조금씩 바다에 잠기고 있다고 합니다. 멸망의 풍경입니
다.

"참 좋구나. 잊을 수 없는 추억의 한 장면이다." 아니꼬운 말을 한
번 해 봤습니다.

우리는 바다를 뒤로하고 마을 쪽을 향해 걸어갔습니다. 어느 틈엔가
등 뒤에 학생들이 열 명 이상 모여 있었습니다. 니가타 마을은 신개척지
같은 분위기를 풍기고 있었는데, 그 속에 부수기도 귀찮은 듯 버려진
오래된 폐가가 더러 남아 있었습니다. 그걸 보고 있자니 신기하게도
어떤 문화 같은 것이 느껴졌고, 역시 이곳이 메이지 초 번영했던 항구였다
는 것을 저 같이 둔감한 여행자도 알아챌 수 있었습니다. 골목으로
들어서니, 길 중앙에 폭이 일 미터쯤 되는 강이 흐르고 있었습니다.
대부분의 골목길에 그런 강이 있었습니다. 어디로 흘러가는지 알 수
없을 정도로 천천히 흘렀습니다. 하수구를 닮았습니다. 물도 탁해서

지저분해 보였습니다. 강둑 양쪽에는 약속이나 한 것처럼 버드나무가 드리워져 있었습니다. 상당히 큰 버드나무였는데, 긴자에 있는 버드나무보다는 진짜에 가까운 느낌이었습니다.

"너무 맑은 물에는 물고기가 살지 않는다는 말이 있는데," 저는 차츰 실없는 소리를 주절거리게 되었습니다. "이렇게 물이 더러워도 살 수가 없겠구나."

"미꾸라지가 살겠죠." 학생 하나가 대답했습니다.

"미꾸라지라고? 저런, 말장난이냐." 버드나무 아래 미꾸라지[5]라는 속담을 가져와서 말장난을 한 것 같았는데, 제가 워낙 그런 시시한 농담을 싫어하는 데다, 어린 학생이 그런 말장난으로 우쭐해하는 그 마음이 한심하게 여겨졌습니다.

이탈리아관에 도착했습니다. 유명한 곳인 듯했습니다. 당신도 어쩌면 이름은 들어본 적이 있을지도 모르겠는데, 메이지 초에 어떤 이탈리아인이 만든 가게라고 합니다. 그 이탈리아인이 가문의 문장이 들어간 일본 옷을 입고 찍은 커다란 사진이 2층 홀에 걸려 있었습니다. 모라에스 씨[6]를 닮았습니다. 어쨌든 그 이탈리아인은 외국 서커스 단원으로 일본에 왔다가, 서커스단에서 버려진 뒤 분발하여 이곳 니가타에 서양 음식점을 차렸는데, 대성공을 거두었더라는 이야기였습니다.

학생 열대여섯 명과 선생 둘과 함께 저녁을 먹었습니다. 학생들은 점차 제멋대로 떠들어대기 시작했습니다.

· · · · · · · · · · ·
5_ '버드나무 아래서 한 번 미꾸라지를 봤다고 해서, 언제나 그곳에 미꾸라지가 있으리란 법은 없다.' 우연히 딱 한 번 좋은 일이 일어났다고 해서, 다시 같은 방법으로 행운을 얻으리라는 법은 없다는 뜻의 속담.
6_ Moraes(1854~1929). 포르투갈 외교관 겸 문필가. 고베에서 영사로 활동했다.

"다자이 씨는 훨씬 더 특이한 사람이라고 생각하고 있었습니다. 의외로 상식적이시네요."

"생활은 상식적으로 하려고 하고 있어. 창백한 우울 같은 거, 오히려 통속적이니까."

"자기 혼자 작가입네 하고 사는 것도 옳지 않다고 생각하지 않으세요? 작가가 되고 싶더라도 꾹 참고, 다른 일에 파묻혀 사는 사람도 있을 거라고 생각하는데요."

"그 반대야. 달리 뭘 해도 안 되니까, 작가가 됐다고도 할 수 있지."

"그럼 저 같은 놈한테도 희망이 있네요. 뭘 해도 안 되거든요."

"자네는 지금까지 실패한 것이 아무것도 없지 않은가. 안 된다 어쩐다 하는 말은 자기가 실제로 해보고 넘어지고 다친 뒤가 아니고서는 할 수 없는 거라네. 뭔가 해보기도 전에 나는 뭘 해도 안 된다고 결정해버리는 거, 그건 태만이야."

저녁을 먹은 뒤 학생들과 작별인사를 했습니다.

"대학에 들어가서 힘든 일이 생기거든 상담하러 오너라. 작가란 아무짝에도 쓸모없는 사람인지도 모르지만, 그럴 때만큼은 미미하긴 해도 고마울 때가 있어. 공부들 해라. 헤어지면서 마지막으로 하고 싶은 말은 그것뿐이다. 제군들, 공부해라, 다."

학생들과 헤어지고 나서, 저는 술을 조금 더 마시려고 어느 술집에 들어갔습니다. 그곳 여자가 저를 보더니 무심코 이렇게 물었습니다.

"당신, 검도 선생님이죠?"

검도 선생은 진지한 얼굴로 숙소로 돌아가, 하카마를 벗고, 곧바로 책상 앞에 앉아, 이 편지를 쓰기 시작했습니다. 비가 내리고 있습니다. 내일 날이 개면 사도섬에 가볼 생각입니다. 전부터 사도에 가보고 싶었습니다. 이번에 니가타 고교의 초대에 응한 것도, 실은 온 김에 사도를 한번 들러보자는 속셈이 있었기 때문이었습니다. 강연은 심신 수양에 별 도움이 되지 않습니다. 검도 선생 행세도 하루로 충분합니다. 부엉이 홀로 웃고 있노라면 가을이 깊네. 기카쿠[7]의 시였던 것 같습니다. 11월 16일 한밤중에.

. . . .
7_ 다카라이 기카쿠宝井其角(1661~1707). 하이쿠 시인. 속절없이 쓸쓸한 늦가을 밤을 노래했다.

佐渡
사도

太宰治

「사도」

1941년 1월, 잡지 『공론公論』에 발표됐다.

다자이는 니가타 고등학교에서 강연회를 마친 다음날인 1940년 11월 17일, 배를 타고 사도로 여행을 떠났다. 다자이는 사도섬을 배경으로 한 영화 <신사도정화新佐渡情話>를 감명 깊게 본 적이 있었다.

> ❝오 년 전, 지바현 후나바시에 있는 영화관에서 <신사도정화>라는 사극을 보고 펑펑 울었다. 다음 날 아침, 그 영화 생각을 하니 또 울음이 터져 나왔다. ……어떤 감독이 만든 작품인지는 잊어버렸지만, 그 감독에게는 지금도 감사의 인사를 하고 싶은 심정이다. ❞
>
> −(수필 「약자의 양식」, 1941년)

이렇게나 영화가 마음에 들었으니 사도에 가보고 싶기도 했을 것이다. 그러나 실제로 직접 찾아가본 사도는, 다자이에게는 아무런 영감도 주지 못했던 메마른 '생활의 섬'이었다.

'보지 못한 미지와 보아버린 공허', 당신이라면 어느 쪽을 선택하겠는가?

오케사마루^{배의 명칭}. 총 488톤. 여객 정원, 1등석, 20명. 2등석, 77명. 3등석, 302명. 배 삯, 1등석, 3엔 50전. 2등석, 2엔 50전. 3등석, 1엔 50전. 항로, 63킬로. 니가타 출항, 오후 2시. 사도에비스 도착, 오후 4시 45분 예정. 속력, 15노트. 뭣하러 사도 같은 델 간다고 했을까? 11월 17일. 가랑비가 내리고 있다. 나는 감색 기모노에 하카마를 입고, 사철나무를 덧대 만든 싸구려 게다를 신은 채 배 갑판 후미에 서 있었다. 망토도 걸치지 않았다. 모자도 쓰지 않았다. 배가 나아간다. 시나노강을 따라 바다로 나아간다. 스르륵 미끄러지며 헤엄친다. 강가에 늘어선 창고들이 차례차례 나를 배웅하며 멀어져 간다. 검게 젖은 방파제가 눈에 들어왔다. 그 끝에 하얀 등대가 서 있었다. 강어귀인 듯하다. 이제 곧 바다로 나갈 것이다. 흔들, 배가 크게 한 번 기우뚱거렸다. 바다로 나온 것이다. 지금이다, 하며 엔진에 세차게 힘을 가하는 소리가 들려왔다. 제대로 한번 가보려는 것이다. 속력은 15노트. 춥다. 나는 니가타 항을 뒤로한 채 선실로 들어섰다. 2등 객실 어슴푸레한 방구석에서 종업원에게 빌려온 하얀 담요를 두르고 잠에 빠져들었다. 배멀미를 하지 않게 해달라고 신께 빌었다. 배 타기에는 영 자신이 없었다. 두렵기만 했다. 흔들흔들 죽은 척하면서 가자 싶었다. 눈을 감고 가만히 있었다.

뭣하러 사도 같은 델 가는 것일까? 나도 알 수 없었다. 16일, 니가타의 고등학교에서 어설픈 강의를 했다. 이튿날 이 배에 올랐다. 사도는 외로운 곳이라 들었다. 죽을 만큼 외로운 곳이라 들었다. 전부터 궁금했다. 나는 천국보다 지옥이 더 궁금했다. 간사이의 풍부한 아름다움과 세토 내협의 맑고 수려함은 사람들에게 익히 들어서 한번쯤 동경해보기도 했지만, 왠지 가볼 맘은 생기지 않았다. 사가미^{옛 가나가와현 일대}나 스루가^{옛 시즈오카현 일대}까지는 가봤지만, 더 먼 곳까지 가본 적은 없었다. 조금 더 나이를 먹으면 가보고 싶다. 마음에 여유가 생기면 천천히 간사이를 돌아보고 싶다. 아직은 지옥이 더 궁금하다. 니가타까지 왔으니 사도도 들러보자. 꼭 들러야 한다. 죽음의 신이 내젓는 손짓에 마음이 끌리듯, 나는 아무 이유도 없이 사도에 끌렸다. 내게 꽤 센티한 구석이 있나보다. 죽을 만큼 외로운 곳. 그게 좋았다. 창피한 노릇이다.

하지만 선실 구석에서 죽은 척하며 누워있자니, 후회가 밀려들었다. 뭣하러 사도에 가는 것일까? 뭐가 그리 좋아서, 이 추운 계절에 하카마를 입고, 혼자 점잔을 빼며 외로운 곳으로 떠나려는 것일까? 아무것도 없다는 걸 알고 있으면서. 곧 배멀미를 할지도 모른다. 칭찬해주는 이는 아무도 없다. 바보 같다는 생각이 들었다. 나는 왜 나이를 먹어서도, 이런 바보 같은 짓만 하고 다니는 것일까? 나는 아직 이렇게 아무짝에도 쓸모없는 여행을 다닐 형편이 못 된다. 집안 사정을 생각하면 한 푼이라도 허투루 써서는 안 되는데, 갑자기 마음이 들떠서는 이런 시시한 여행을 계획한다. 내키지 않다가도 무심코 입 밖으로 꺼내고 나면, 고집스럽게 실행하고야 만다. 그렇게 하지 않으면, 누군가에게 거짓말을 한 것만 같아서 개운치가 않다. 게임에서 져버린 기분이 들어서 찝찝하다. 바보 같은 일이라는 것을 알면서도 실행에 옮기고 나면, 후회라는 격렬한 복통이 밀려들어 데굴데굴 구른다. 아무런 의미도 없다. 나이를 먹어도 같은 짓만 반복하고 있다. 이번 여행 또한 멍청하기 그지없다. 아무리 그래도 그렇지, 사도 같은 데를 꼭 가야 하나? 무슨 의미가 있을까?

나는 담요를 덮어쓰고 선실 구석을 뒹굴면서 불쾌한 기분에 휩싸여 있었다. 내 자신에게 화가 나서 견딜 수가 없었다. 사도에 가도 나쁜 일만 생길 게 뻔했다. 한동안 눈을 감고 스스로에게 바보 천치라고 화를 내고 있다가, 결국 벌떡 일어났다. 배멀미 때문에 구역질이 났기 때문은 아니었다. 그 반대다. 한 시간 동안 움직이지도 않고 죽은 척하고 있었더니, 배멀미를 할 기미는 보이지 않았다. 괜찮다 싶었다. 자고 있는 것이 바보 같다는 생각이 들어서 일어나버렸다. 일어났더니 어지러웠다. 배는 꽤나 거세게 요동치고 있었다. 벽에 기대고, 기둥에 매달려, 비틀비틀 갈지자로 선실을 빠져나와, 배 중앙 갑판에 올라섰다. 눈을 크게 떠보았다. 두리번두리번 주위를 살폈다. 바로 옆에 사도가 보였다. 섬 전체에 단풍이 들어 있었고, 붉은 흙으로 된 절벽이 철썩철썩 파도에 씻겨 나가고 있었다. 벌써 왔구나. 그나저나 너무 빨리 왔다. 아직 한 시간 정도밖에 지나지 않았는데. 여행객들도 모두 선실에 조용히 잠들어 있었다. 갑판에는 마흔 살가량의 남자들 두세 명이 나와서 한가로이 담배를 피워 물고 있다. 흥분한 사람은 아무도 없었다. 흥분하고 있는 것은 나 혼자였다. 섬 끝 곳에 등대가 서 있었다. 벌써 도착했구나. 하지만 아무도 소란을 피우지 않았다. 하늘은 낮은 잿빛. 비는 이미 그쳐 있었다. 섬은 갑판에서 백 미터도 채 떨어져 있지 않았다. 배는 섬의 해안가를 따라 유유히 나아갔다. 나도 조금은 알 것 같았다. 섬 뒤로 돌아가서 정박하려는 것이다. 그렇게 생각하니 조금 안심이 됐다.

나는 비틀거리며 배 후미로 가보았다. 니가타, 아니 일본 내륙은 이제 보이지 않았다. 음울하고 차가운 바다였다. 물이 시커먼 것 같았다. 스크루로 빨려 들어가서 소용돌이치다가 튀어 올라 흩어지는 소란스러운 포말이, 검은 바다 속에서 한 마리 독수리처럼 선명하게 보였다. 배가 지나간 자리에 넓게 파동이 퍼져서, 거대한 태엽이 도는 듯 가늘고 유연한 물결선을 몇 겹이나 퍼뜨리고 있었다. 일본해는 수묵화다. 혼자 이런 말도 안 되는 단정을 지으며, 은근슬쩍 우쭐거리고 있었다. 검은 물 밑을 다 보고 온 듯한 쇠오리인가.[1] 그런 표정으로 비틀비틀 갑판으로 돌아와 눈앞에 펼쳐진 말없는 섬을 보고 있자니, 우쭐거리던 쇠오리도 고개를 갸우뚱거릴 수밖에 없었다. 배와 섬이 서로 시치미를 뚝 떼고 모른 척하고 있었다. 섬은 배를 맞이할 기색이 조금도 없어 보였다. 그저 묵묵히 배웅을 할 뿐이었다. 배도 섬을 향해 반갑게 인사하지는 않았다. 일정한 속도로 어서 대충 지나가려고만 했다. 섬 끝 곳에 서 있던 등대도 점차 멀어져 갔다. 배는 태연하게 앞으로 나아갔다. 섬 뒤쪽으로 돌아가려나 보다 하고 은근히 안심하고 있었지만, 그렇지도 않은 모양이었다. 섬은 다가오지 말라고 했다. 사도섬이 아니었던 것인지도 몰랐다. 쇠오리는 크게 당황했다. 어제 니가타 해안에서 보았던 것도 이 섬이었다.

"저것이 사도로구나."

"맞아요." 한 학생이 대답했다.

"불빛이 보이려나? '사도는 잠들었나, 불빛이 보이지 않네'[2] 라고

. . . .
1_ 에도시대 시인 나이토 조소內藤丈草(1662~1704)의 하이쿠. 불쑥 물 위로 고개를 내민 쇠오리의 얼굴이 물속에 무엇이 있는지 다 보고 왔다는 듯 자못 의기양양하다.
2_ 니가타현 민요 <사도오케사>의 한 소절.

하는 노랫말은 깨어 있다면 불빛이 보일 거라는 뜻이니, 불빛이 보일 텐데."

"안 보입니다."

"그래? 그럼 그 노래는 거짓이구나."

학생들이 웃었다. 그 섬이었다. 틀림없었다. 분명 이 섬이었는데. 그러나 배는 아무렇지도 않은 듯 이곳을 지나치려 하고 있었다. 완전히 무시하고 있었다. 이 섬은 사도가 아닐지도 모른다. 이 섬이 사도라면 도착 시간도 너무 빠르다. 사도가 아니었던 것이다. 나는 부끄러워서 어쩔 줄 몰랐다. 어제 니가타 모래언덕에서 그토록 점잔을 빼며, 저것이 사도구나 하고 지레짐작으로 아는 체를 했는데, 학생들은 그게 말도 안 되는 이야기라는 것을 알면서도, 진지하게 말을 꺼냈던 내가 무안할까 봐 대충 수긍해주었던 것인지도 모른다. 나중에 학생들이 바보 같은 선생 아니냐고 수군대며, 불빛이 보이려나? 그딴 말을 했다니까, 하고 내 말투를 흉내 내면서 폭소를 터뜨릴 것이라고 생각하니, 당장이라도 그 자리에서 하카마를 벗고 바닷속으로 뛰어 들고 싶은 심정이었다. 그래도 문득 이런 생각이 들었다. 아니야, 그럴 리가 없어. 지도에도 니가타 근처에는 사도섬 하나밖에 없었는데. 어제 학생들도 다들 성실해 보였고. 이건 분명 사도야. 마음을 고쳐먹고 이런 생각을 해보기도 했지만, 확신이 서지 않았다. 배는 주저 없이 앞으로 나아갔다. 승객들도 쥐 죽은 듯 조용했다. 나 혼자 갑판에 나와 우왕좌왕하고 있었다. 제정신이 아니었다. 다른 사람한테 물어볼까 하는 생각도 몇 번이나 했지만, 혹시라도 이것이 사도섬일 경우 사도행 배를 타고 있으면서도, "저 섬 이름이 뭡니까?" 하고 묻는 것만큼 멍청한 질문도 없었다. 미친놈이라고 손가락질할지도 모른다. 그 질문만큼은 감행할 수 없었다. 긴자를 걸으면서, 여기가 오사카입니까? 하고 묻는 것과 비슷할 정도로 기묘한 짓이리라. 우스갯소리로 하는 말이 아니라, 나는 그 자리에서 진지하게 초조와 번민을 느꼈다. 알고 싶었다. 이 배에 타고 있는 수많은 사람들 가운데, 나 혼자만 모르고 있는 이상한 사실이 있었다. 분명 있었다. 바다는 점점 어두워져 갔고, 문제의 침묵하는 섬도 점점 더 멀어져 갔다. 확실히 저 섬은 사도다. 니가타와 사도섬 사이에 이런 섬이 존재할 리가 없다. 사도가 분명하다. 빙그르르 이 섬을 크게 한 바퀴 돌고 나서, 뒤쪽 항구에 도착하려는 것이겠지. 그럴 수밖에 없을 거라고 혼자 궁색한 결론을 내리며 기분을 가라앉히려고 했지만, 아무래도 마음이 진정되질 않았다. 눈앞에 펼쳐진 어스름한 해수면을 들여다보며, 나는 할 말을 잃었다. 의외의 발견이었다. 진지하게 공포가 엄습해왔다. 오싹한 기분이었다. 배가 앞으로 나아가는 정면 아득히 먼 곳에, 어렴풋이 푸른 대륙이 보였다. 봐선 안 될 것을 본 것만 같았다. 못 본 척했다. 그러나 분명 수평선 저쪽에 푸르스름한 대륙이 보였다. 만주가 아닐까 싶기도 했다. 설마. 그 생각은 곧 지웠다. 나의 혼란은 절정에 달했다. 일본 내지가 아닐까 하는 생각도 들었다. 그렇게 되면 방향이 뒤집어진다. 조선? 설마. 당황하여 고개를 저었다. 엉망진창이 되었다. 노토반도.[3] 그럴지도 모른다고 생각한 순간, 등 뒤 선실 쪽이 술렁대기 시작했다.

"저기, 슬슬 보이기 시작하네요." 그런 소리가 귓가에 들려왔다.

진절머리가 났다. 저 대륙이 사도였다. 너무 크다. 홋카이도와 다를 바가 없었다. 대만하고 비슷하지 않을까? 진지하게 그런 생각이 들었다.

. . . .
3_ 能登半島. 니가타현의 위쪽인 이시카와현에 위치한 반도.

저 대륙이 사도라면, 지금까지 내가 골똘히 관찰했던 것들이 모조리 틀렸다고 할 수 있다. 고등학교 학생들이 내게 거짓말을 했던 것이다. 그렇다면 여기 눈앞에 있는, 이 거무스름하고 시시한 섬은 대체 무엇이란 말인가? 짓궂은 섬이다. 사람을 당혹스럽게 만든다. 오래전부터 니가타와 사도 사이에 이런 섬이 있었던 것인지도 모른다. 나는 중학교 때부터 지리 과목을 좋아하지 않았다. 나는 아무것도 몰랐다. 갈수록 자신을 잃은 나는, 관찰하기를 그만두고 선실로 들어갔다. 구름과 연기로 뒤덮인 저 모호한 대륙이 사도라고 한다면, 항구에 닿을 때까지는 아직 시간이 꽤 남아있을 것이다. 너무 서두르는 바람에 손해를 봤다. 나는 다시 지겨워져서 담요를 뒤집어쓰고 선실 구석에서 잠을 청했다.

하지만 다른 여행객들은 나와 반대로 힘차게 일어나 몸단장을 했고, 젊은 부인들은 남편의 외투를 걸치고 씩씩하게 갑판으로 나갔다. 점차 시끄러워지기 시작했다. 나는 다시 일어났다. 스스로도 얼이 빠졌다는 생각이 들었다. 잔심부름꾼이 아까 내가 빌려왔던 담요를 가지러 왔다.

"곧 도착하는 겁니까?" 나는 일부러 잠이 덜 깬 듯한 목소리로 물었다. 잔심부름꾼은 손목시계를 슬쩍 들여다보더니,

"이제 십 분 남았습니다." 하고 대답했다.

나는 서둘렀다. 도대체 뭐가 뭔지 알 수가 없었다. 가방에서 털실 목도리를 꺼내서 목에 둘둘 감고 갑판으로 나가보았다. 이미 배는 전혀 움직이지 않고 있었다. 엔진 소리도 부드럽고 조용했다. 하늘도, 바다도, 완연히 어두워져 있었고, 조금씩 비가 내리기 시작했다. 멀리 어둠 속을 들여다보고 있으려니, 정말로 항구의 불빛이 드문드문 스무 개에서 서른 개 정도 보였다. 에비스 항이 틀림없었다. 갑판에는 수많은 여행객들이 저마다 꼼꼼히 준비를 마치고 나와 있었다.

"아빠, 아까 그 섬은 뭐였어?" 빨간 코트를 입은 열 살쯤 되는 소녀가 옆에 선 신사에게 물었다. 나는 남몰래 그 대화에 온 정신을 집중했다. 이 가족은 도시에서 온 것 같았다. 나처럼 사도에 처음 오는 사람들이었다.

"사도란다." 아버지가 대답했다.

그렇구나, 나는 소녀와 함께 고개를 끄덕였다. 그 아버지의 설명을 좀 더 자세히 듣기 위해 그들 가족 곁으로 슬쩍 가까이 다가섰다.

"아빠도 잘 모르지만 말이다," 신사는 조심스럽게 말을 이었다. "그러니까 섬이 이런 모양으로," 하고 말하면서 두 손으로 섬의 형태를 만들어 보이며, "이런 모양으로 생겼는데, 배가 여기를 지나고 있어서 섬이 두 개인 것처럼 보이는 걸 거야."

등을 살짝 펴고 그 아버지의 손 모양을 들여다보던 내 입에서, 아아 하는 말이 새어 나왔다. 완벽히 이해했다. 모든 게 소녀 덕분이다. 그러니까 사도섬은, '공⊥' 자를 넘어뜨린 모양을 하고 있어서, 나란히 누운 두 개의 산맥지대를 낮은 평야가 끈으로 가늘게 이어놓은 듯한 형태를 취하고 있었던 것이다. 큰 산맥지대가 구름과 연기로 자욱한 저기 저 땅이었다. 조금 전 침묵의 섬은 작은 산맥지대였다. 평야는 너무 낮아서 전혀 보이지 않았다. 그렇게 배는 평야에 위치한 항구에 도착했다. 그런 거였구나. 잘 만들어져 있다고 생각했다.

사도에 내려섰다. 본토와 크게 다를 것은 없다. 십 년 전쯤 홋카이도에 간 적이 있는데, 첫 발을 내딛은 순간부터 흥분했었다. 땅을 밟는 기분이 완전히 달랐던 것이다. 땅속이 어마어마하게 깊을 것 같다는 기분이 들었다. 열도의 땅과는 지하구조가 완전히 다르다는 느낌을 받았다. 분명 대륙과 이어져 있을 거라고 판단했다. 나중에 홋카이도 출신 친구에게 그 말을 했더니, 그 친구는 나의 직관력에 탄복하며, '네 말대로 홋카이도는 지질학적으로 쓰가루 해협에 의해 본토와 분리되어 있어. 지질은 오히려 아시아 대륙과 같은 종류지.'라고 하면서 이것저것 예를 들어 자세하게 설명해주었다. 사도에 첫 걸음을 내딛으며, 나는 내심 그런 감각을 느껴보려고 했지만, 아무런 기분도 들지 않았다. 본토와 똑같았다. 이 땅은 니가타와 이어져 있다. 나는 그 자리에서 단정 지었다. 비가 내리고 있었다. 우산이나 망토는 없었다. 키 170의 지질학자는 당황했다. 사도를 향한 열정도 서서히 꺼져갔다. 이대로 다시 돌아가도 좋다고 생각했다. 어떻게 할까 고민했다. 항구의 어두운 광장에서 가방을 끼고 우왕좌왕하고 있을 때였다.

"손님." 여관 호객꾼이었다.

"좋아, 가지."

"어디를 말씀입니까?" 늙은 지배인이 어쩔 줄 모르며 말했다. 내 말투가 너무 강했나보았다.

"거기 가자고." 나는 지배인이 들고 있는 제등을 가리켰다. 후쿠다 여관이라고 쓰여 있었다.

"하하." 늙은 지배인이 웃었다.

자동차를 불러 지배인과 함께 올라탔다. 어두운 마을이었다. 보슈^{지바현 보슈반도} 인근 어촌 느낌이 났다.

"손님이 많은가?"

"아니요. 이제 끝물이죠. 9월 지나면 확 줄어듭니다."

"자네는 도쿄에서 왔나?"

"예." 흰머리에 얼굴이 네모난 지배인이 옅은 미소를 띠며 답했다.

"후쿠다 여관은 이 마을에서 괜찮은 편이지?" 어림짐작으로 한 말은 아니었다. 실은 니가타 학생들에게 괜찮은 여관 두세 곳 이름을 알아 왔었다. 후쿠다 여관은 그중에서 제일 먼저 이름이 나온 곳이었다. 아까 항구 앞 광장에서 누가 손님, 하고 말을 걸기에 슬쩍 제등을 보니, 후쿠다라고 쓰여 있어서 그 자리에서 결정했던 것이다. 우선은 이곳 에비스에서 하룻밤 묵자. "이 길로 오늘 밤 바로 아이카와까지 갈까도 생각했는데, 비도 오고 마음이 싱숭생숭하던 참에 자네가 말을 걸었네. 제등을 보니 후쿠다 여관이라고 쓰여 있어서, 여기서 하룻밤 자자고 결정을 내린 거야. 니가타 사람들에게 이름을 들었거든. 제등을 보고 문득 기억이 났지. 다들 자네가 있는 곳이 제일 좋은 여관이라고 하더군."

"황송합니다." 지배인은 부끄러운 듯 손으로 머리를 긁적이며, "그저 누추한 집인데요." 하고 점잖게 말했다.

여관에 도착했다. 누추한 집은 아니었다. 작은 여관이기는 했지만 고풍스러운 멋이 있었다. 나중에 여종업원들에게 들은 바에 따르면, 황족이 머물렀던 적도 있다고 했다. 나를 안내해준 방도 나쁘지 않았다. 방에는 작은 화로가 있었다. 목욕탕에 들어가 수염을 깎은 뒤 방안 화로 앞에 차분히 앉았다. 니가타에서 하루 종일 고등학교 학생들을 상대하고 온 탓에 멍청할 정도로 예의바른 사람이 되어 있었다. 여종업원 들에게도 껄끄럽고 무뚝뚝한 말투로 대하고 있었다. 내가 생각해도 내 태도가 우스웠지만 순식간에 흐물흐물해지는 것도 어려웠다. 식사를 할 때도 자세를 흐트러뜨리지 않았다. 맥주를 한 병 마셨다. 조금도 취하지 않았다.

"이 섬의 명물은 뭔가?"

"글쎄요, 해산물은 뭐든 많이 잡힙니다."

"그런가."

대화가 끊겼다. 잠시 후 내가 서서히 질문을 던졌다.

"자네는 사도 출신인가?"

"네."

"본토에 가보고 싶나?"

"아니요."

"그렇겠지." 뭐가 그렇겠다는 것인지는 나도 알 수 없었다. 그저 거드름을 피우고 있을 뿐이었다. 다시 대화가 끊겼다. 나는 밥을 네 공기나 먹었다. 이렇게 많이 먹은 적은 없었다.

"백미가 맛있군." 백미다. 나는 너무 많이 먹었다는 걸 깨닫고, 멋쩍어서 그렇게 말했다.

"그런가요." 여종업원은 아까부터 거북해하고 있는 것 같았다.

"차를 마시겠네."

"변변치 못한 식사였습니다."

"그렇지 않네."

나는 사무라이가 된 듯했다. 밥을 다 먹고 혼자 방 안에 앉아 있던 사무라이는 졸려서 미칠 지경이었다. 너무 졸렸다. 책상 위에 있는 전화기로 1층 카운터에 전화를 걸어 지금 시간을 물었다. 사무라이에게는 시계가 없었다. 여섯 시 사십 분. 지금부터 잠을 잔다면 여관 사람들이 나를 경멸할 것이다. 사무라이는 일어서서 도테라 위에 곤가스리 하오리^{기장이 짧은 겉옷}를 걸쳐 입고, 가방에서 지갑을 꺼내 안에 든 내용물을 슬쩍 확인한 후 진지한 척 복도로 나갔다. 성큼성큼 계단을 내려가서, 아까 그 지배인에게 게다와 우산을 달라고 한 뒤 또렷한 목소리로,

"마을을 둘러보고 오겠소." 하고 말하면서 여관을 나섰다.

여관을 나와 몇 발자국 안 가서, 나는 갑자기 딴 사람이 된 것처럼

주위를 두리번거리기 시작했다. 뒷길만 골라서 걸었다. 비는 거의 그쳐 있었다. 길이 좋지 않았다. 게다가 어둡기까지 했다. 파도 소리가 들려왔다. 하지만 그렇게 외롭지는 않다. 고독한 섬이라는 느낌은 없었다. 보슈 인근 어촌을 걷고 있다는 기분이 들 뿐이었다.

드디어 찾았다. 처마 등에 '요시쓰네'라고 쓰여 있었다. 요시쓰네든 벤케이[4]든 상관없다. 나는 다만 사도의 인정人情을 알아보고 싶었다. 거기로 들어갔다.

"술 마시러 왔어요." 내 목소리는 다소 상냥하게 변해 있었다. 사무라이는 아니었다.

이 요릿집에 대해 나쁘게 말하지는 않겠다. 들어간 내가 바보였다. 그곳에 사도의 정취는 없었다. 요리만 있었다. 나는 산처럼 쌓인 요리에 질리고 말았다. 게, 전복, 굴, 끊이지 않고 먹을 것이 나왔다. 처음에는 참고 앉아 있었지만, 결국 견딜 수가 없어져서 웃으면서 여종업원에게 말했다.

"요리는 필요 없습니다. 여관에서 밥을 먹고 왔어요. 게나 전복, 굴, 전부 여관에서 먹고 왔습니다. 계산서가 걱정이 돼서 이런 말을 하는 게 아닙니다. 아니, 그 걱정이 안 되는 것도 아니지만, 그것보다도 요리가 아깝습니다. 아까운 일이에요. 저는 배가 불러서 아무것도 못 먹겠습니다. 술만 두세 병 마시면 됩니다." 분명 그렇게 말했지만, 안경

4_ 미나모토노 요시쓰네源義経(1159~89). 헤이안시대 말, 아버지가 전쟁에서 패하면서 이리저리 도망 다니던 끝에, 이복 형 미나모토노 요리토모가 극적으로 재기하여 가마쿠라시대를 열게 되자 그 휘하에서 활약했으나 갈등 중에 쫓겨나 자살한다. 비운의 무장 요시쓰네와 그의 추종자들을 중심으로 한 『기케이키義経記』는 가부키, 인형극 등 훗날 일본문학 작품에 많은 영향을 미쳤다.
무사시보 벤케이武蔵坊弁慶(1155~89). 괴력을 지닌 용감무쌍한 장수로, 교토 고조오하시 다리에서 요시쓰네를 처음 만난 이래 죽을 때까지 목숨을 걸고 요시쓰네를 보좌했다.

긴 여종업원은 웃으며 대꾸했다.

"그래도 기왕 준비한 것이니 잡숫고 가세요. 게이샤라도 부를까요?"

"그럴까?" 나는 마음이 누그러졌다.

아담한 여자가 들어왔다. 자네가 정말 게이샤냐고 정색을 하며 따져 묻고 싶은 마음이 들기도 했지만, 이 여자에 대해서도 나쁘게 말하지는 않겠다. 부른 내가 바보였다.

"요리 좀 드시지 않겠습니까? 저는 방금 여관에서 먹고 왔습니다. 아까워요. 드십시오."

나는 음식 버리는 것을 세상 무엇보다 싫어했다. 먹다 남은 것을 버리는 것만큼 아까운 게 없었다. 나는 접시에 담긴 음식을 전부 먹거나, 그렇지 않으면 전혀 젓가락을 대지 않았다. 돈은 함부로 쓰더라도, 그걸 받는 사람이 유익하게 쓸 것이다. 하지만 먹다 남는 음식은 쓰레기통으로 들어갈 뿐이다. 절대 낭비다. 눈앞에 가득 쌓인 헛된 요리의 산을 보자 견딜 수 없이 괴로웠다. 이 가게의 모든 사람에게 울분을 느꼈다. 무신경하다고 느꼈다.

"어서 드세요." 나는 집요하게 물고 늘어졌다. "손님 앞에서 먹는 게 부끄럽다면 저는 돌아가겠습니다. 나중에 다 같이 드십시오. 아까워요."

"잘 먹겠습니다." 여자는 나의 촌스러움을 비웃기라도 하듯 피식 웃으며 바보 같을 정도로 예의바르게 인사를 했다. 그러면서도 젓가락은 들지 않았다.

모든 것이 도쿄 변두리와 비슷했다.

"아, 졸리네. 돌아가겠습니다." 아무런 정취도 없었다.

여관에 돌아오니, 여덟 시가 조금 넘어 있었다. 나는 다시 사무라이의 자세로 돌변해서, 여종업원에게 이불을 펴게 하고 곧장 잠자리에 들었다. 내일 아침에는 아이카와에 가볼 생각이었다. 깊은 밤, 문득 눈이 떠졌다. 아아, 사도구나. 철썩철썩 파도 소리가 들려왔다. 머나먼 고독의 섬 어느 여관에 누워 있다는 감각이 분명하게 전해졌다. 한 번 잠을 깨고 나니 좀처럼 잠이 오지 않았다. 그제야 '죽을 만큼 외로운 곳'의 혹독한 고독감을 느낄 수 있었다. 좋은 느낌은 아니었다. 참을 수가 없었다. 하지만 바로 이것을 찾아 사도까지 온 것이 아닌가. 마음껏 맛보아라. 더욱더 맛보아라. 이불 위에서 똑바로 눈을 뜨고, 이런저런 생각을 했다. 나의 추함을 버리지 않고 더욱 키워 나가는 수밖에 다른 길은 없다. 장지문이 푸르스름하게 밝아올 때까지 잠을 이루지 못했다. 이튿 날 아침, 밥을 먹으며 여종업원에게 털어 놓았다.

"어제 요시쓰네라는 요릿집에 갔는데 너무 지루했어. 건물은 큰데 별로더군."

"네," 여종업원은 자세를 편안히 하며, "최근에 생긴 집입니다. 데라다 야처럼 오래된 곳이 품격도 있고 괜찮은 모양이던데요."

"맞아. 품격이 있어야 해. 데라다야에 갔더라면 좋았을 걸 그랬어."

여종업원은 어째서인지 웃음을 멈추지 않았다. 소리는 내지 않고 고개를 숙인 채 어깨를 들썩이며 웃었다. 나는 그 의미를 알 수 없었지만 허허 하고 따라 웃었다.

"손님은 요릿집 같은 곳을 싫어하실 거라고 생각했어요."

"싫긴 왜 싫어." 나도 이미 거드름을 피우지 않고 있었다. 여관 여종업원이 제일 괜찮다고 느꼈다.

계산을 마치고 출발할 때도 그 여종업원이 "다녀오십시오."라고 했다. 괜찮은 인사라는 생각이 들었다.

아이카와로 가는 버스에 올랐다. 버스 승객은 대부분 현지 사람들이었다. 피부병에 걸린 사람이 많았다. 왜 그런지는 몰라도 어촌에는 피부병에 걸린 사람이 많았다.

청명한 가을날이었다. 창밖 풍경은 니가타와 조금도 다를 것이 없었다. 옅은 녹음. 낮은 산. 작고 비틀어진 나무. 조금 추운 시골 마을. 소녀들은 길이가 긴 망토를 입고 다녔다. 마을 사람들은 무심히 틀에 박힌 일상을 보내고 있었다. 여행자에게는 애초에 관심도 없었다. 사도는 살아가고 있어요. 그게 다였다. 흥겨움이 전혀 없었다.

두 시간 정도 버스를 타고 아이카와에 다다랐다. 여기도 보슈 인근 어촌 느낌이 났다. 길은 허옇고 건조했다. 다들 자기 일 하기에 바빴다. 여행자를 맞아주는 곳은 어디에도 없었다. 가방을 안고 어슬렁거리는 것이 창피할 정도였다. 어째서 사도 같은 델 온 것일까? 다시금 그 의문이 떠올랐다. 아무것도 없다는 것은 알고 있었다. 처음부터 알고 있었다. 그런데도 결국 아이카와까지 왔다. 지금 일본은 놀러 다닐 때가 아니다. 그것도 알고 있다. 구경을 한다는 것, 대체 이것은 무슨 심리일까? 얼마 전에 읽은 바서만의 『마흔의 남자』[5]라는 소설 속에 이런 말이 있다. '그가 여행을 떠나려고 마음먹은 것이 처음부터 정해진 일이 아니었다고는 해도, 우선은 내적 충동에 의한 것이었다고 볼 수 있다. 그는 그 충동을 억제하고 여행을 떠나지 않으면, 자기 자신에게 충실하지 못하다고 여겼다. 자신을 속이고 있다고 느꼈다. 볼 수 없게 된 아름다운 산과 물, 잃어버린 가능성과 희망이 그를 괴롭혔다. 현재의

• • • • • • • • • • • •

5_ 독일 작가 야코프 바서만(1873~1934)의 『마흔의 남자』(1913, 일본어판－1940). 아름다운 부인과 딸을 가진 부유한 남자가, 마흔이 되어 돌연 모든 것에 혐오를 느끼고 여행을 떠난다. 유대인으로서 시대적 아픔을 체험했던 바서만은 정신분석에 흥미를 갖고 시대를 관찰했다.

행복이 아무리 크다 해도, 이 보상 받기 힘든 상실에 대한 감정이 그에게 영원한 불안을 선사했다.' 나는 바로 그, 해보지 못한 일에 대한 후회로 입술을 깨물고 싶지 않아서, 줄레줄레 사도까지 여행을 온 것인지도 모른다. 사도에는 아무것도 없었다. 있을 리가 없다는 건, 아무리 내가 바보라 해도 알고 있었다. 하지만 와보지 않고는 못 배기는 것이다. 구경을 한다는 것은 그런 것이 아닐까? 거창하게 비약하자면, 우리네 인생도 그렇다고 할 수 있을 것이다. 보아버린 공허와 보지 못한 초조 불안, 인간은 오직 이것의 연속 속에서 서른 마흔 쉰을 진땀나게 아득바득 살다가 죽는 것은 아닐까? 나는 슬슬 사도가 지겨워지기 시작했다. 내일 아침 배로 돌아가자고 생각했다. 이런저런 생각을 하며, 옆구리에 가방을 끼고 허옇게 메마른 아이카와 마을을 돌아다녀 보았지만, 내가 생각해도 영 모양새가 나질 않았다. 대낮의 아이카와 마을은 사람 하나 지나다니지 않았다. 거리는 시침을 뚝 떼고 있었다. 뭣 하러 온 거냐고 묻는 듯했다. 고요한 것도 아니었다. 텅 비어 있었다. 이곳은 구경을 하러 올 만한 곳이 아니었다. 거리는 나를 돌아보지도 않고, 자기들만의 삶을 척척 살아가고 있었다. 나는 어슬렁어슬렁 걷고 있는 내 자신이 차츰 부끄러워지기 시작했다.

가능하다면 오늘 당장 도쿄로 가고 싶었다. 하지만 기선 상황이 좋지 못했다. 내일 아침 여덟 시, 에비스 항에서 오케사마루가 뜬다. 그때까지 기다려야 했다. 사도에는 오기라고 하는 또 다른 마을이 있었다. 그런데 오기까지는 또 버스로 세 시간가량 걸리는 모양이었다. 이제 아무 데도 가고 싶지가 않았다. 용무도 없이 여행을 하는 것은 할 짓이 못 된다. 이곳 아이카와에서 하룻밤 묵기로 했다. 여기는 하마노야라는 숙소가 괜찮다는 얘기를 니가타 학생에게 들었다. 숙소라도 깨끗한 곳에 묵고 싶었다. 금세 하마노야를 찾을 수 있었다. 꽤 큰 여관이었다. 여기도 텅 비어 있었다. 나는 3층 방으로 안내를 받았다. 장지문을 열자 바다가 보였다. 물이 약간 탁했다.

"온천을 이용하고 싶습니다."

"글쎄요, 온천은 네 시 반부터인데요."

이 여종업원은 리얼리스트인 듯했다. 너무 쌀쌀맞았다.

"어디 갈 만한 명소 없습니까?"

"글쎄요," 여종업원은 내 하카마를 개며, "이렇게 추워졌으니까요." 하고 말했다.

"금광이 있지요?"

"네. 올 9월부터 누구나 안을 볼 수 있게 되었습니다. 점심 식사는 어떻게 하시겠어요?"

"먹지 않겠습니다. 이른 저녁을 먹게 해주십시오."

나는 도테라로 갈아입고, 여관을 나와서 그저 걸었다. 해안가로 나가 보았다. 아무런 감흥도 느껴지지 않았다. 산을 올랐다. 금광 일부가 보였다. 규모가 몹시 작은 것 같았다. 거기서 산길을 따라 더 걷다가, 가끔씩 멈춰 서서 바다를 바라보았다. 성큼성큼 올라갔다. 추워졌다. 서둘러 하산했다. 다시 거리를 걸었다. 집히는 대로 토산물을 샀다. 조금도 기분이 풀리지 않았다.

이걸로 된 건지도 모른다. 결국 사도를, 보고야 말았다. 다음날 아침 여섯 시에 일어나, 전등불 아래서 아침을 먹었다. 여섯 시 버스를 타야 했다. 반찬이 너덧 종류 나왔다. 나는 된장국과 야채절임만으로 밥을 먹었다. 다른 요리에는 전혀 젓가락을 대지 않았다.

"이건 계란찜이에요. 먹고 가세요." 리얼리스트 여종업원이 어머니

같은 말투로 말했다.

"그럴까." 나는 계란찜 뚜껑을 열었다.

밖은 아직 어슴푸레했다. 나는 여관 앞에 서서 버스를 기다렸다. 검은 담요를 뒤집어쓴 사람들이 남녀노소 줄지어 지나갔다. 하나같이 말없이 내 앞을 지나갔다.

"광산으로 가는 사람들인가 보군." 나는 옆에 서 있던 여종업원에게 소곤소곤 말했다.

여종업원은 말없이 고개를 끄덕였다.

(작가 후기. 여관, 음식점 이름은 모두 가명을 썼다.)

清貧譚
청빈담

大宰治

「청빈담」

1941년 1월, 잡지 『신조新潮』에 발표됐다.

중국 청나라 단편집 『요재지이』 가운데 「황영黃英」을 번안한 작품이다. 전쟁으로 치닫는 사회 흐름 속에서, 다자이는 왜 고전의 세계를 파고들며 '로맨티시즘을 발굴'하려고 했던 것일까?

이제부터 쓰려는 것은 『요재지이』[1] 가운데 한 편이다. 원문은 1,834자. 이것을 통상 우리가 사용하는 400자 원고지에 옮겨 적으면, 겨우 넉 장 반 정도의 무척 짧은 소품에 불과하지만, 읽다보니 다양한 공상들이 떠올라 서른 장 안팎의 꽤 쓸 만한 단편을 읽었을 때와 비슷한 만족감을 느꼈다. 이 넉 장 반짜리 짧은 이야기에서 비롯된 다양한 공상들을 그대로 적어보고 싶다. 이것을 과연 창작이라 이를 수 있을지 없을지에 대해서는 의견이 분분하겠지만, 『요재지이』 속 작품들은 문학 고전이라기보다는 먼 옛날부터 전해 내려오는 구전에 가까운 것이기에, 이 옛날이야기를 골자로 20세기의 일본 작가가 오만 가지 공상을 펼쳐보다가, 이를 창작이랍시고 독자들에게 권한다 한들 그리 중죄가 되지는 않으리라. 나의 신체제[2]도 로맨티시즘의 발굴, 그 이상도 이하도 아닌 듯하다.

1_ 『聊齋志異』. 중국 청나라시대 포송령蒲松齡(1640~1715)이 정리한 500여 편의 이야기 집. 요재는 포송령의 호로, 민간전설 속에 등장하는 요괴, 유령, 신선 등을 다룬 이상한 이야기를 요재가 모아 엮은 책이다. 청나라 사회의 어둡고 부패한 면을 폭로한 세태 풍자적인 이야기가 많다.
2_ 新体制運動. 1940년에서 1945년에 걸쳐 일본에서 크게 유행했던 정치운동. 당시 인기 정치가였던 고노에 후미마로가 파시즘에 영향을 받아 주창한 운동으로, 천황을 중심으로 국민의 힘을 모아 세계 권력 구도의 축을 이루자는 주장을 골자로 한다. 고노에는 패전 후인 1945년 12월, A급 전범 판결을 받은 후 청산가리를 먹고 자살한다.

옛날 에도, 무코우지마 인근에 마야마 사이노스케라는 시시한 이름을 가진 남자가 살고 있었다. 그는 몹시 가난했다. 서른두 살의 독신이었다. 국화꽃을 좋아했다. 어디 훌륭한 국화 묘목이 있다는 말만 들으면, 비용이 얼마가 들든 반드시 그것을 사러 갔다. 만 리 길을 마다하지 않았다고 적혀 있으니, 이만저만한 의지가 아니었으리라. 초가을 즈음, 이즈 누마즈 부근에 좋은 묘목이 있다는 소식을 들은 그는, 부랴부랴 짐을 꾸려 상기된 표정으로 길을 떠났다. 하코네산을 넘어 누마즈에 이르러 사방팔방을 찾아 헤매다, 겨우 훌륭한 묘목 한두 그루를 손에 넣을 수 있었다. 그것을 보물 다루듯 소중하게 기름종이에 싸서는 빙긋이 미소를 지으며 집으로 향했다. 다시 하코네산을 넘어 오다와라 마을이 눈앞에 펼쳐졌을 즈음, 등 뒤에서 또각또각 말발굽 소리가 들려왔다. 말발굽은 느긋한 리듬을 타며 계속해서 같은 간격으로, 그 이상 가까이 다가오지도 멀어지지도 않으면서, 변함없이 또각또각 따라왔다. 사이노스케는 훌륭한 국화 품종을 손에 넣어서 날아갈 듯 기뻤기 때문에, 그런 말발굽 소리는 신경도 쓰이지 않았다. 하지만 오다와라를 지나 이십 리를 가고, 삼십 리를 가고, 사십 리를 가도 변함없이 같은 간격으로 또각또각 말발굽 소리가 따라왔다. 그제야 사이노스케도 이상하게 여겨 뒤를 돌아보았더니, 아름다운 소년이 기묘하게 마른 말을 타고, 이십 미터쯤 떨어진 곳에서 따라오고 있었다. 사이노스케의 얼굴을 보더니 싱긋 웃었다. 모른 척하는 것도 도리가 아니다 싶어서, 사이노스케도 잠시 멈춰 서서 미소로 답했다. 소년이 다가와 말에서 내리더니,

"날씨가 좋네요." 하고 말을 걸었다.

"화창합니다." 사이노스케도 동의했다.

소년은 말을 끌며 천천히 걷기 시작했다. 사이노스케도 소년과 어깨를 나란히 하고 걸었다. 유심히 보니 소년은 무사 집안의 자제는 아닌 듯한데, 어딘지 모르게 기품이 있었고 복장도 말쑥했다. 행동거지가 의젓했다.

"에도로 가시는 건지요?" 소년이 스스럼없이 물어오기에 사이노스케도 마음이 풀어져서,

"네, 에도로 돌아갑니다." 하고 대꾸했다.

"에도에 사시는 분이시군요. 어디 다녀오시는 겁니까?" 여행 중 대화는 정해져 있기 마련이다. 이런저런 이야기를 주고받는 동안 사이노스케는 이번 여행의 목적을 소년에게 모두 들려주게 되었다. 소년은 돌연 눈을 반짝이며,

"그래요? 국화를 좋아하신다니 정말 멋지십니다. 국화라면 저도 일가견이 있어요. 국화는 모종이 좋고 나쁨을 떠나서 어떻게 기르느냐가 중요하지요." 하고 말하면서, 자신의 재배 방법을 간략히 이야기했다. 국화라면 사족을 못 쓰는 사이노스케는 한층 더 열중하면서,

"그렇게 생각하십니까? 저는 뭐니 뭐니 해도 묘목이 좋아야 한다고 생각하는데요. 예를 들자면 말이지요……." 하고 평소 지니고 있던 국화에 대한 해박한 지식을 펼쳐 보였다. 소년은 대놓고 반박하지는 않았지만, 그래도 이따금씩 간단한 의문점을 집어내거나 할 때 보면 예사롭지 않은 연륜이 느껴졌다. 사이노스케는 더욱 안달이 나서 말을 했지만, 하면 할수록 자신을 잃어서 급기야 울먹이는 목소리로,

"이제 저는 아무 말도 하지 않겠습니다. 이론 따위야 바보 같은 것입니다. 실제 우리 집 국화 묘목을 보시는 것 외에는 다른 방법이 없습니다." 하고 말했다.

"그건 그렇지요." 소년은 차분하게 수긍했다. 사이노스케는 더 이상 참을 수가 없었다. 어떻게 해서든 이 소년에게 자기 정원의 국화를 보여주고, 우와! 하는 감탄사를 내뱉게 만들고 싶어서 미칠 지경이었다.

"이렇게 하면 어떨까요?" 사이노스케는 이미 분별력을 잃어버리고 있었다. "이 길로 곧장 에도에 있는 우리 집으로 함께 가는 겁니다. 딱 한 번이라도 좋으니 제 국화들을 보여드리고 싶습니다. 꼭 그렇게 하고 싶어요."

소년은 웃으며,

"저희는 그렇게 태평한 처지가 못 됩니다. 에도에 도착하면 곧바로 일할 곳을 찾아봐야 합니다." 하고 대답했다.

"그런 일일랑 걱정 마십시오." 사이노스케는 기세등등했다. "우선 우리 집으로 가서서 천천히 쉬면서 일자리를 알아보셔도 늦지 않을 거요. 일단은 우리 집 국화를 꼭 한 번 보셔야 합니다."

"그것참 일이 커졌군요." 소년은 웃음기 가신 얼굴로 진지하게 생각에 잠겼다. 잠시 말없이 걷더니 문득 고개를 들고, "사실 저는 누마즈 사람인데, 이름은 도모토 사부로라고 합니다. 어려서 부모님을 여의고 누이와 둘이 살고 있어요. 요즘 들어 누이가 누마즈를 떠나고 싶다면서 어떻게든 에도로 가고 싶다기에, 살던 곳을 모두 정리하고 에도로 올라가는 길입니다. 에도로 간다고 해서 어디 아는 곳도 없고, 생각해보면 불안하기만 한 여행입니다. 유유자적 국화를 가지고 이렇다 저렇다 할 입장이 못 됩니다. 저도 국화를 싫어하는 것은 아니어서 이런저런 이야기를 나누었는데, 이쯤에서 그만두는 게 좋겠습니다. 당신도 부디 잊어주시기 바랍니다. 여기서 헤어집시다. 생각해보니 지금 제가 국화에 신경 쓸 처지가 아니었습니다." 하고 쓸쓸하게 말하며 가볍게 눈인사를

하더니, 옆에 있던 말에 오르려 했다. 그러자 사이노스케가 소년의 소매를 꽉 붙잡으며,

"기다려 보시오. 그런 이유라면 더욱더 우리 집으로 모셔야겠어요. 혼자 끙끙 앓지 마십시오. 나도 몹시 가난한 사람이지만 당신들을 보살필 여력은 됩니다. 자자, 괜찮으니까 내게 맡겨 주세요. 누님과 같이 왔다고 했는데 어디 계십니까?" 하고 물었다.

사이노스케가 휘 둘러보니, 아까는 눈치채지 못했는데 여윈 말 그림자 사이로 언뜻 빨간 옷의 소녀가 서 있는 것이 보였다. 사이노스케는 얼굴을 붉혔다.

사이노스케의 열성적인 제의를 거절할 수 없었던 누이와 동생은, 그렇게 우선 그가 사는 무코우지마의 누추한 집에서 신세를 지게 되었다. 가보니 사이노스케의 집은 그가 말한 것 이상으로 더럽고 허름해서, 남매는 서로 얼굴을 마주보며 한숨을 지었다. 사이노스케는 거기에도 아랑곳하지 않고, 여장을 풀기도 전에 자기 국화 밭으로 그들을 안내했다. 그는 이런저런 자랑을 늘어놓으며, 남매가 당분간 거주할 수 있도록 국화 밭 안에 있는 헛간을 내주었다. 그가 지내는 안채는 너무 더러워서, 그곳이야말로 발 디딜 틈이 없을 정도로 난장판인 탓에, 오히려 이쪽 헛간이 살기에는 훨씬 더 나아보일 정도였다.

"누나, 여긴 너무 심하네. 끔찍한 집에서 신세를 지게 되었어." 남동생이 헛간에 여장을 풀며 누이에게 속삭였다.

"응, 그렇긴 하네." 누이가 미소 짓더니, "그래도 오히려 느긋하고 좋아. 뜰도 넓은 것 같고 앞으로 네가 힘닿는 대로 좋은 국화를 심어드려서 보답을 하려무나." 하고 말했다.

"맙소사, 누나는 이런 곳에 오래 있을 작정인 거야?"

"그래. 나는 여기가 마음에 들어." 누나는 얼굴을 붉혔다. 스무 살 남짓의 누나는 백옥 같은 피부에 몸매도 날씬했다.

이튿날 아침, 사이노스케와 도모토 소년은 다시 티격태격하고 있었다. 남매가 번갈아 가며 여기까지 타고 온 늙고 야윈 말이 없어졌던 것이었다. 전날 밤 분명 국화 밭 구석에 묶어 두었는데, 사이노스케가 아침에 일어나서 국화의 상태를 보러 밭으로 나왔더니 말이 없었다. 말이 밭을 이리저리 헤집고 다닌 모양인지, 국화가 마구 짓밟히고 뭉개져서 엉망이 되어 있었다. 사이노스케는 노발대발하며 헛간 문을 두드렸다. 곧 남동생이 나왔다.

"무슨 일이세요? 무슨 하실 말씀이라도 있으신지요?"

"이것 좀 보십시오. 당신네 비쩍 마른 말이 내 밭을 엉망진창으로 만들어 놓았어요. 이것 참, 미칠 지경입니다."

"저런." 소년은 차분했다. "그래서, 말은 어떻게 됐나요?"

"말이야 어떻게 되든 상관없어요. 도망갔겠지요."

"그것 참 아깝네요."

"무슨 소립니까? 그 따위 말라비틀어진 말이 뭐가 아깝다고."

"말라비틀어졌다니요. 말이 너무 심하시네요. 영리한 말입니다. 당장 찾으러 가야지요. 이따위 국화 밭이야 아무래도 상관없지."

"지금 뭐라 그랬소!" 사이노스케는 얼굴이 파랗게 질려 소리 질렀다. "지금 내 국화 밭을 무시하는 겁니까?"

헛간 쪽에서 누이가 부드럽게 웃으며 나왔다.

"사부로야, 사과드려라. 그런 야윈 말은 아깝지 않습니다. 제가 도망가도록 풀어준 것입니다. 그보다 사부로 네가 엉망이 된 국화 밭을 다시 말끔히 정돈시켜 드리려무나. 은혜에 보답할 좋은 기회가 아니니."

"뭐야." 사부로가 깊은 한숨을 내쉬며 중얼거렸다. "그런 거였어?"

남동생은 마지못해 국화 밭 손질에 나섰다. 그 모습을 보아하니, 잎이 물어뜯기고 줄기가 꺾여서 이미 시들어가고 있는 국화도, 사부로의 손이 닿자마자 훌쩍 생기를 되찾았다. 줄기는 수분을 가득 머금게 되었고, 꽃봉오리는 묵직하니 탐스러워졌으며, 찢어진 잎들도 서서히 싱그러움을 되찾아 갔다. 사이노스케는 조용히 혀를 내둘렀다. 그래도 그 역시 국화 가꾸기의 달인이었다. 자존심이란 게 있었다. 도테라 깃을 올려세우며 애써 냉정한 척, "뭐, 하고 싶은 대로 하시오." 하고 퉁명스럽게 말을 내뱉고는 안채로 돌아가 이불을 덮어쓰고 누웠다. 하지만 곧 다시 일어나 덧문 틈으로 슬쩍 밭을 내다보았다. 국화는 여전히 늠름하게 생기를 되찾아가고 있었다.

그날 밤, 도모토 사부로가 웃으면서 안채를 찾았다.

"오늘 아침에는 실례가 많았습니다. 앞으로 이렇게 하면 어떨까요? 방금 누님과도 이야기를 나누고 왔는데요, 실례지만 당신은 저희가 보기에 그리 여유롭게 사시는 것 같지도 않으니, 제게 밭을 반쪽만 빌려주시지 않으시겠습니까? 훌륭하게 국화를 키워드릴 테니 그것을 아사쿠사 근처에 가져가서 파시면 어떻겠습니까? 크고 아름다운 국화를 키워 드릴 생각입니다."

사이노스케는 오늘 아침 적잖이 자존심에 상처를 입었기 때문에 마음이 언짢았다.

"거절하겠소. 당신 진짜 비열하군." 사이노스케는 이때다 싶어서, 입을 샐룩거리며 경멸의 말을 쏟아냈다. "나는 당신이 우아하고 품위 있는 사람이라고 생각했는데, 그것 참 의외요. 나의 사랑하는 꽃들을 팔아서 쌀값이나 소금값으로 쓰라니, 당치도 않소. 꽃을 능멸하는 짓이지. 어떻게 나의 고귀한 취미를 돈과 맞바꾸라고 할 수가 있소? 아아, 역겨워. 거절하겠소." 사이노스케는 무슨 사무라이라도 된 듯이 말했다.

사부로도 욱해서는,

"하늘이 주신 제 실력으로 끼닛거리를 마련하는 것이, 반드시 부를 축적하는 못된 짓이라고는 생각하지 않습니다. 그걸 속된 일이라며 경멸하는 것은 잘못된 생각이에요. 애송이들이나 하는 말이죠. 경솔한 행동입니다. 인간은 무턱대고 돈을 갖고 싶어 해도 안 되지만, 덮어놓고 가난을 뽐내는 것도 기분 나쁜 건 마찬가지로군요."

"내가 언제 가난을 뽐냈소? 내게는 조상 대대로 내려오는 유산도 있소이다. 나 혼자 생활하기에는 충분하오. 이 이상의 부는 바라지도 않소. 쓸데없는 참견은 그만두시오."

다시 서로의 주장이 엇갈리기 시작했다.

"그런 걸 두고 고집불통이라고 하는 겁니다."

"고집불통? 됐소. 애송이라 해도 상관없어. 나는 내 국화들과 희로애락을 함께하며 살고 싶을 뿐이오."

"그건 알고 있습니다." 사부로는 쓴웃음을 지으며 고개를 끄덕였다. "그나저나, 어떻습니까? 우리 헛간 뒤쪽에 열 평 남짓 되는 공터가 있는데, 그것만이라도 잠시 빌려줄 수 없겠습니까?"

"난 인색한 남자가 아니오. 헛간 뒤 공터만으로는 부족하겠지. 국화밭의 절반은 아직 아무것도 심지 않았으니, 그 반쪽도 빌려주리다. 마음대로 쓰시오. 또 미리 말해두겠는데, 나는 국화를 내다 팔거나 하는 천박한 짓을 하는 사람들과는 사귀기가 힘들겠으니, 오늘부터는 모르는 사람처럼 대해주길 바라오."

"잘 알겠습니다." 사부로는 질려서 두 손 두 발을 다 들었다. "그러면 말씀하신대로 밭의 반쪽만 좀 빌리겠습니다. 헛간 뒤에 안 쓰는 국화 묘목이 많이 버려져있는 것 같으니, 그것도 좀 가져가겠습니다."

"그런 쓸데없는 것까지 일일이 말할 필요 없소."

둘은 서로 사이가 틀어진 채 헤어졌다. 이튿날 사이노스케는 밭을 둘로 쪼개어 그 경계에 높은 울타리를 쳐서 서로 안 보이게 했다. 두 집은 절교했다.

이윽고 가을이 무르익을 무렵, 사이노스케의 밭에는 아름다운 국화가 활짝 피었는데, 아무래도 옆집 밭이 신경이 쓰였다. 하루는 사이노스케가 옆집 국화 밭을 슬쩍 들여다보고는 깜짝 놀라고 말았다. 지금까지 본 적도 없는 커다란 꽃이 밭 전체에 가득 피어 있었다. 헛간도 소박하고 아름답게 수리해서, 꽤 안락해보이는 세련된 집이 되어 있었다. 사이노스케는 느긋하게 있을 수만은 없었다. 누가 봐도 사이노스케의 국화가 진 것이 확실했다. 게다가 산뜻한 집까지 새로 지었다. 분명 국화를 팔아서 큰돈을 번 것이 틀림없었다. 발칙한 일이었다. 복수를 하고 말겠다는 울분과 질투가 뒤섞인 감정이, 묘하고 어수선하게 마음을 뒤흔들었다. 결국 울타리를 넘어 옆집 뜰로 뛰어 들었다. 한 송이 한 송이 들여다보면 볼수록 매우 잘 자라 있었다. 꽃잎의 두께도 두껍고 튼튼했으며, 다들 온힘을 다해 피어 있어서 꽃받침이 부들부들 떨릴 정도로 탱탱하게 탄력이 있었다. 모두 자신의 생명을 다 바쳐 피어 있었다. 더욱 세심히 들여다보니, 모두 그가 헛간 뒤에 내다 버린 묘목에서 자란 꽃이었다.

"세상에……." 사이노스케의 입에서 자기도 모를 신음이 비어져 나왔을 때,

"어서 오세요. 기다리고 있었습니다." 하고 등 뒤에서 누군가 말을

걸었다. 허둥지둥 뒤돌아보니, 도모토 소년이 싱글싱글 웃으며 서 있었다.

"졌소." 사이노스케는 자포자기에 가까운 목소리로 크게 외쳤다. "난 단념이 빠른 남자라서 졌을 때는 분명하게 졌다고 말합니다. 부디 나를 당신의 제자로 받아주시오. 지금까지 있었던 일은 말끔히," 하고 자신의 가슴을 어루만지며 말했다. "말끔히 씻어버립시다. 하지만, ······."

"아니, 그런 말씀 마세요. 저는 당신처럼 순수한 정신을 가지고 있지 않아서, 눈치채셨다시피 국화를 조금씩 팔고 있었습니다. 하지만 부디 경멸하지는 마십시오. 누이도 늘 그 일에 마음을 쓰고 있습니다. 우리도 지금 사력을 다해 살아가고 있습니다. 우리에게는 당신처럼 조상으로부터 물려받은 유산도 없고, 국화라도 팔지 않으면 길거리에 나앉아 죽을 수밖에 없습니다. 부디 제 잘못은 눈감아주시고, 다시 친하게 지냈으면 합니다." 그렇게 힘없이 고개를 숙이는 사부로의 모습을 보고 있으니, 사이노스케도 마음이 약해져서,

"아니, 아니오, 그렇게 말하니 마음이 아프잖소. 나도 당신들 남매를 싫어하는 건 아니오. 앞으로는 당신을 내 국화 선생으로 모시고 이것저것 배우고 싶으니, 나야말로 잘 부탁드리겠소." 하며 얌전히 절을 했다.

일단 서로 화해를 한 뒤 두 집 사이에 울타리를 없애고 집안끼리의 교류가 다시 시작되었지만, 여전히 가끔은 다툼이 일어났다.

"당신의 국화 기르는 법에는 어쩐지 비밀이 있는 것 같단 말이야."

"그런 것 없습니다. 지금까지 당신께 모두 알려드렸습니다. 그것 외에는 모두 손끝에서 나오는 신비입니다. 그건 저도 무의식적으로 하는 것이라, 뭐라고 말씀을 드려야 할지 잘 모르겠습니다. 말하자면,

재능이란 것인지도 모르겠군요."

"그럼, 자넨 천재고, 난 둔재란 말이군. 아무리 가르쳐도 안 된다는 거 아닌가."

"그렇게 말씀하시면 곤란합니다. 제 국화 만들기는 목숨을 건 작업입니다. 이것들을 훌륭하게 가꿔서 내다 팔아야만 끼니를 이어갈 수 있다는 다급한 심정으로 키우고 있는지라, 꽃도 탐스러워지는 것이 아닐까 싶습니다. 당신처럼 취미로 키우는 분은, 아무래도 그저 호기심이나 자부심을 만족시킬 뿐이니까요."

"그러니까 너도 꽃을 팔아라, 그 말이로군. 내게 그렇게 천박한 짓을 권하면서 부끄럽지도 않소?"

"아니요, 그런 말씀이 아닙니다. 당신은 어째서 그렇게만 생각하시는 겁니까?"

아무래도 둘은 서로 원만하게 지낼 수가 없었다. 도모토 집은 더욱더 부유해져 갔다. 이듬해 설에는 사이노스케에게 한마디 상의도 없이 목수를 불러 갑작스레 대저택을 짓기 시작했다. 그 저택의 한쪽 끝은 사이노스케가 사는 초가집 한쪽 끝과 거의 맞닿아 있을 정도였다. 사이노스케는 다시 옆집과 절교를 해야겠다고 마음먹고 있었다. 그러던 어느 날, 사부로가 진지한 얼굴로 찾아와서는 결의에 찬 어조로,

"제 누이와 혼인해주십시오." 하고 말했다.

사이노스케는 뺨을 붉혔다. 처음 언뜻 본 이래로 그녀의 부드럽고 청아함을 잊을 수는 없었다. 하지만 또 남자의 자존심이란 것이 발동하여, 이상한 다툼을 시작하고 말았다.

"내게는 혼례를 치를 돈이 없으니, 아내를 맞이할 자격이 없소이다. 당신네들은 요즘 부자가 된 것 같더군." 오히려 그렇게 빈정거렸다.

"아니에요. 전부 당신의 것입니다. 누이는 처음부터 그럴 생각이었습니다. 혼례를 치를 돈도 필요 없습니다. 당신이 그대로 우리 집으로 오신다면, 그걸로 족합니다. 누이는 당신을 사모하고 있습니다."

사이노스케는 당황스러움을 애써 감추며 말했다.

"됐소, 그런 건 아무래도 좋소. 내게도 엄연히 집이 있는데, 뭣하러 데릴사위가 되겠소. 그렇게 사는 건 질색이오. 나도 정직하게 말하지, 당신 누이가 싫지는 않소. 아하하하," 그러면서 사이노스케는 호탕하게 웃었다. "하지만 데릴사위는 남자로 태어나서 무엇보다 부끄러운 일이지. 거절하겠소. 돌아가서 누이에게 이렇게 전하시오. 청빈이 싫지 않다면 이쪽으로 오시라고."

그렇게 다시 싸우다가 헤어지고 말았다. 하지만 그날 밤, 사이노스케의 지저분한 침소로 부드럽고 하얀 나비 한 마리가 팔랑이며 숨어들었다.

"청빈은 개의치 않아요." 그러면서 후훗 하고 웃었다. 소녀의 이름은 기에黄英라고 했다.

두 사람은 한동안 초가집에서 살았지만, 기에는 초가집에 구멍을 뚫고 거기에 딱 붙어있는 도모토의 집에도 같은 크기의 구멍을 내어, 두 집안이 자유롭게 왔다 갔다 할 수 있도록 해 놓았다. 그러면서 자기 집에서 이것저것 필요한 도구들을 사이노스케의 집으로 가져왔다. 사이노스케에게는 그것이 몹시 신경 쓰였다.

"이것 참 난처하네. 그 화로며 화병이며, 모두 당신 집 물건이 아니오? 아내가 가져온 것을 지아비가 쓰는 것은 참으로 면목 없는 짓이지. 앞으로 이런 것은 가져오지 마시오." 사이노스케가 그렇게 혼을 냈지만, 기에는 웃기만 할 뿐 여전히 이것저것 가지고 왔다. 청렴결백한 사이노스케는 커다란 장부를 가지고 와서는, '다음의 물품들을 일시적으로 빌립니다.'라고 쓴 뒤 기에가 가져오는 가재도구들을 하나하나 기입하기 시작했다. 하지만 곧 기에가 가져온 물건들로 온 집안이 가득 찼다. 그것을 전부 다 기입하려면 장부가 몇 권이 있어도 부족할 지경이었다. 사이노스케는 절망했다.

"당신 덕분에 나도 결국 아내 덕에 먹고사는 남편이 됐소. 아내로 인해 집안이 풍족해지는 것은 남자로서 최대의 불명예요. 내 삼십 년 청빈 생활도 당신 때문에 엉망이 되고 말았소." 어느 날 밤, 사이노스케는 줄줄이 푸념을 늘어놓았다. 기에도 남편의 그런 반응에 슬픈 표정을 지으며 말했다.

"제가 나빴나봐요. 저는 그저 당신이 주신 애정에 보답하고 싶어서, 이것저것 마음을 쓰며 여러 가지 궁리를 해왔던 것인데요. 당신이 청빈에 그다지도 깊은 뜻을 두고 계시는지는 몰랐어요. 그러면 이 집 도구들이나 새로 지은 우리 집도 모두 팔아버릴게요. 그 돈은 당신이 원하는 곳에 쓰세요."

"그런 바보 같은 소리 하지 마시오. 내가 그런 부정한 돈을 받을 거라고 생각하오?"

"그럼 어떻게 하면 좋아요." 기에는 울먹이며, "사부로도 당신에게 은혜를 갚으려 매일 국화 만들기에 전념하고 있고, 여기저기 저택을 돌면서 부지런히 묘목을 팔아 돈을 벌고 있어요. 어떻게 하면 좋을까요. 당신과 우리 생각은 완전히 정반대인 걸요." 하고 말했다.

"그럼 헤어질 수밖에 없겠지." 사이노스케는 자기가 꺼낸 말에 자기가 도취되어, 점점 더 멋진 말을 해야 했기 때문에, 마음에도 없이 괴로운 선언을 했다. "청빈한 사람은 청빈하게, 혼탁한 사람은 혼탁하게 사는 수밖에 없지. 내게는 남들더러 이래라저래라 명령할 수 있는 권리가 없소. 내가 이 집을 나가지. 내일부터는 뜰 한쪽 구석에 작은 집을 짓고, 거기서 청빈을 즐기며 살겠소." 멍청한 말을 내뱉고 말았다. 하지만 남아일언중천금이라, 사이노스케는 이튿날 아침 바로 뜰 한쪽 구석에 한 평쯤 되는 임시건물을 짓고, 거기에 틀어박혀 추위에 떨며 앉아 있었다. 이틀 밤을 거기서 청빈을 즐기고 있으려니, 아무래도 너무 추워서 견딜 수가 없었다. 이윽고 사흘째 되던 날 밤, 사이노스케는 자기 집 덧문을 가볍게 두드렸다. 덧문이 살짝 열리더니, 기에가 웃으며 뽀얀 얼굴을 내밀었다.

"당신 결벽도 믿을 게 못되네요."

사이노스케는 너무 부끄러웠다. 그 후로는 한 번도 고집을 부리지 않았다. 스미다강 제방에 벚꽃이 피기 시작했을 무렵 도모토 가의 건물이 완성되었는데, 사이노스케의 집도 딱 붙어있어서 두 집안의 구분이 없어졌다. 이제 사이노스케는 그런 것에 전혀 참견하지 않았고, 모든 것을 기에와 사부로에게 맡긴 채 자기는 이웃 사람들과 장기만 뒀다. 하루는 한 집안 세 식구가 스미다강 제방으로 벚꽃을 보러 나갔다. 적당한 곳에서 도시락을 열고, 사이노스케는 준비해온 술을 마시며 사부로에게도 권했다. 누이는 사부로에게 술을 마시면 안 된다는 눈짓을 보냈지만, 사부로는 태연히 술잔을 받았다.

"누나, 나도 이젠 술을 마실 수 있어. 집에 돈도 많이 모아두었고, 내가 없더라도 두 사람 다 한평생 여유롭게 살 수 있을 거야. 국화 키우는 것도 지겨워졌어." 하고 기묘한 말을 하면서 마구 술을 마셔댔다. 이윽고 사부로가 술에 취해 곯아떨어졌다. 그러자 사부로의 몸이 점점 녹아내리더니 연기가 되어 피어올랐고, 나중에는 옷가지와 조리^{일본식}짚신만 남았다. 사이노스케가 깜짝 놀라 옷을 안아 올리자, 그 아래 흙

위에 싱싱한 국화 묘목 하나가 자라 있었다. 사이노스케는 그제야 도모토 남매가 인간이 아닌 줄을 알았다. 하지만 사이노스케는 이미 남매의 재능에 대해 애정을 갖고 감탄하고 있었기에 그들이 혐오스럽지는 않았다. 가여운 국화 요정 기에를 더욱더 사랑하게 되었다. 사부로의 국화 묘목을 집으로 가져와 뜰에 옮겨 심었더니 가을에 꽃이 피었다. 옅은 진홍색이었는데, 어렴풋이 상기되어 있었고, 향기를 맡아보니 술 냄새가 났다. 원문에 기에의 몸에 대해서는 '별다른 변화 없음.'이라고 쓰여 있다. 언제까지나 보통 여자의 몸, 그대로였다.

大宰治

服装に就いて

복장에 대하여

「복장에 대하여」

1941년 2월, 『문예춘추^{文芸春秋}』에 발표됐다.

다자이는 어린 시절부터 복장에 대해 매우 민감하고 예민한 감성을 지니고 있었다. 이는 유년 시절의 자서전인 「추억」에도 잘 나타나 있는데, 「복장에 대하여」는 그의 고교 시절, 대학 시절, 사회인 시절의 모습을 패션이라는 테마로 살펴볼 수 있는 위트 있는 작품이다.

한때 남몰래 푹 빠진 일이 있었다. 복장에 미쳐 있었다. 히로사키 고등학교 1학년 때다. 줄무늬 기모노에 허리띠를 매고 걸었다. 그런 차림으로 여 선생에게 기다유[1]를 배우러 다녔다. 하지만 그런 정신 나간 짓을 했던 건 겨우 일 년 정도였다. 나는 울화가 치밀어서 그 옷을 내팽개쳐버렸다. 그다지 고매한 동기가 있는 건 아니었다. 1학년 겨울방학 때 도쿄로 놀러 와서 생긴 일이었다. 어느 날 밤, 그런 풍류객 복장을 하고 꼬치 집 포렴을 젖히고 들어갔다. 어이 아가씨, 여기 뜨거운 거 한 병 주지 않겠나, 뜨거운 걸로. 이렇게 대단히 역겨운, 말하자면 세속에 찌든 사람 말투를 흉내 내려고 애를 썼다. 뜨거운 술을 후후 불어 마셔가면서, 진작부터 익혀두었던 대사들을 웅얼웅얼 재빠르게 쏟아내다가 마지막에, 대체 무슨 소릴 하고 있는 건지,[2] 하고 말을 마쳤는데 꼬치 집 아가씨가 환하게 웃으며, 오라버니 도호쿠 지방에서 오셨죠? 하고 천진난만하게 물었다. 인사로 건넨 말인지는 몰라도,

----

1_ 기다유부시義太夫節. 다케모토 기다유가 창시한 극음악의 한 종류로, 이야기 구성의 대사에 샤미센 반주를 넣은 음악이다. 호탕하고 화려한 곡조가 특징이다.

2_ 원문은 옛 도쿄인 에도지역 사투리何を言っていやがるんでえ다. 가부키나 만담에 종종 등장한다.

나는 완전히 흥이 깨져버렸다. 나도 바보는 아니다. 화가 머리끝까지 나서 그날부로 풍류객 복장을 벗어던졌다. 그리고 평범한 복장을 갖추려고 노력했다. 그러나 내 키가 170(170 이상으로 측정될 때도 있지만, 나는 그것을 믿지 않고 있다.)이어서, 그저 거리를 걸어 다니기만 해도 눈에 뜨이는 모양이었다. 대학 다닐 때도, 내 딴에는 평범한 옷을 입는다고 입었는데, 친구 녀석이 트집을 잡았다. 고무장화가 이상하다는 것이었다. 고무장화는 편리한 물건이었다. 양말이 필요 없었다. 다비^{일본식 버선}위에 덧신거나 맨발에 신어도 사람들에게 들킬 염려가 없다. 나는 대개 맨발에 신었다. 고무장화 속은 따뜻했다. 군화처럼 집을 나설 때 현관 앞에서 오래 우물쭈물할 필요가 없었다. 발을 쑥쑥 집어넣고 그대로 출발하기만 하면 됐다. 벗어던질 때도 바지 주머니 속에 두 손을 찔러 넣고, 가볍게 허공에서 한 번 툭 차면 쑥 하고 빠졌다. 물웅덩이나 흙탕물 위도 아무렇지 않게 활보할 수 있었다. 보물이었다. 왜 그걸 신지 말라는 것인지 이해가 안 갔다. 하지만 그 친절한 친구는 이렇게 말했다.

"아무리 봐도 그건 너무 이상하니까 신지 마. 날씨가 좋은데도 그런 걸 신고 다니니까 괴상함을 과시하려는 것처럼 보여."

그러니까 내가 멋을 내기 위해 고무장화를 신고 다닌다는 거였다. 엄청난 오해였다. 나는 고등학교 1학년 때 이미 내게 풍류인 행세가 어울리지 않는다는 것을 깨달았고, 그 후로 의식주는 오직 저렴하고 간단한 것을 추구해왔다. 하지만 나는 키나 얼굴, 코가 다른 사람들에 비해 확실히 컸기 때문에, 무엇을 해도 눈에 거슬렸던 모양이었다. 친구들은 내가 슬쩍 헌팅캡만 써도, 아이쿠 헌팅캡이라니, 고민 좀 했나보네, 근데 별로 안 어울려, 이상해, 안 쓰는 게 낫겠어, 하고 친절하게 충고를 했다. 나는 어찌해야 좋을지 몰랐다. 크게 생겨먹은 남자는 남들의 두 배만큼 수행이 필요한가 보다. 나는 세상의 한쪽 구석에 조신하게 쪼그려 앉아있을 생각이었는데, 사람들은 좀처럼 나를 그냥 내버려 두지 않았다. 차라리 다 포기하고 하야시 센주로[3] 각하처럼 기다란 콧수염을 길러볼까 하는 생각까지 했는데, 지금 살고 있는 다다미 여섯 장, 네 장 반, 세 장짜리 작은 집에서 콧수염만 보기 좋게 기른 덩치 큰 남자가 어슬렁대고 있다면, 그 또한 대단히 기괴한 노릇이라 단념할 수밖에 없었다. 언젠가 친구가 진지한 얼굴로 다가와서, 버나드 쇼가 일본에서 태어났다면 작가 생활을 할 수 없었을 거라고 하기에, 나는 진지하게, 일본 리얼리즘의 깊이를 생각하면, 아무래도 심경 묘사가 문제가 되겠지, 하고 답했다. 그러고 나서 두세 가지 의견을 더 말하려고 머릿속으로 정리를 하고 있는데, 친구가 웃음을 터뜨리며 천연덕스럽게 말했다. 아니, 아니, 쇼는 키가 무려 2미터나 된다잖아, 일본에서 2미터나 되는 소설가는 못 살아남지. 나는 감쪽같이 속아넘어간 셈이었는데, 그래도 나는 그 친구의 악의 없는 농담 앞에서 함께 웃을 수가 없었다. 어쩐지 섬뜩했다. 두 뼘만 더 컸더라면! 정말 큰일 날 뻔했다.

나는 고등학교 1학년 때 이미 멋 부리기가 얼마나 무의미한 것인지 알고 있었고, 그 후로는 될 대로 되라는 심정으로 손에 잡히는 대로 옷을 입었다. 그게 평범한 복장인 양 돌아다녔는데, 그런 나의 옷차림을 본 친구들은 언제나 비판을 해댔고, 그런 까닭에 머뭇머뭇 주눅이 들어서 남몰래 복장에 신경을 쓰게 되었다. 신경을 쓴다고는 썼지만, 그럴

3_ 林銑十郎(1876~1943). 길고 무성한 콧수염으로 유명했던 군인이자 정치가. 전 내각총리대신.

때마다 친구들은 짜증이 날 정도로 내가 촌스럽다는 사실을 상기시켜주었기 때문에, 저걸 입어보고 싶다거나, 이런 옛날 천으로 하오리를 만들어 입고 싶다거나 하는 멋스러운 욕망은 한 번도 생기지 않았다. 묵묵히 주어진 옷만 입었다. 나는 또 옷이나 셔츠, 게다를 사는 데 극도로 인색했다. 그런 것에 돈을 쓰고 나면 미칠 듯이 괴로웠다. 오엔을 품에 넣고 게다를 사러 나갔다가도, 새삼 가게 앞에서 우왕좌왕하면서 오만 가지 생각에 빠져 있다가, 결국은 과감하게 게다 가게 옆 비어홀로 달려 들어가 오 엔을 전부 다 써버렸다. 의복이나 게다는 자기 돈으로 사는 것이 아니라고 생각하고 있었던 것 같다. 실제로 삼사 년 전까지만 해도, 어머니가 철철이 고향에서 옷이나 그 밖의 것들을 보내주셨다. 어머니와 나는 벌써 십 년도 넘게 만나지 못하고 있기 때문에, 어머니께서는 내가 이미 거드름 피우는 콧수염 남자가 되어버렸다는 것을 모르고 계시는 듯했다. 어머니가 보내주는 기모노는 무늬가 너무 화려했다. 그런 커다란 무늬의 홑옷을 입고 있으면, 졸개 스모 선수 같았다. 또한, 온통 복사꽃 물을 들인 유카타 잠옷을 입고 있으면, 비난이 두려워 분장실에서 벌벌 떨고 있는 신파극 할아버지 배역을 맡은 사람 같았다. 상태가 심각했다. 하지만 나는 누가 옷을 주면 말없이 입자는 주의였기 때문에, 내심 민망해 하면서도 꿋꿋이 그 옷을 입고 방 한가운데 떡하니 책상다리를 하고 앉아 담배를 피웠다. 가끔 친구가 찾아와서 그런 나의 모습을 보고는 웃음을 터뜨렸는데, 참으려고 해도 뜻대로 안 되는 모양이었다. 우울해진 나는 그런 상황이 즐겁지가 않았고, 결국에는 옷을 가지고 나가서 어느 창고에 맡겨두기도 했다. 이제 어머니는 내게 옷한 벌 보내주시지 않는다. 나는 내 원고료로 적당한 옷을 장만해야했다. 하지만 나는 옷을 사는 일에 극단적으로 인색해서, 최근 삼사 년 동안 새로 맞춘 것이라고는, 여름에 입을 시로가스리[4] 한 벌과, 구루메가스리 한 벌뿐이었다. 나머지는 전부 예전에 어머니가 보내주신 것이었는데, 어느 창고에 보관해두었다가 필요에 따라 꺼내어 입었다. 예를 들어 내가 여름에서 가을 사이에 입는 의복에 대해 말하자면, 한여름에는 시로가스리 한 벌, 조금 더 선선해지면 홑겹 구루메가스리와 홑겹 메이센[5]을 번갈아가며 입고 외출을 한다. 집에 있을 때는 주로 솜으로 누빈 유카타를 입는다. 홑겹 메이센은 돌아가신 장인어른의 유품이었다. 그걸 입으면 소매에서 사각사각 소리가 나서 기분이 좋았다. 이 기모노를 입고 놀러 나가면 신기하게도 반드시 비가 내렸다. 장인어른께서 훈계를 하시는 것인지도 몰랐다. 홍수를 겪은 적도 있었다. 한 번은 이즈 남쪽에서, 또 한 번은 후지요시다에서 큰 물난리를 만나 고생을 좀 했다. 이즈 남쪽은 7월 초에 갔는데, 내가 묵고 있던 작은 온천장이 흙탕물에 휩쓸려서 하마터면 나도 떠내려갈 뻔했다. 후지요시다에 간 것은 8월 말 불 축제 때였다. 거기 사는 친구가 놀러 오라고 했는데, 지금은 더워서 싫고 더 시원해지면 가겠다고 답장을 했지만, 이 친구는 거듭 편지를 보냈다. 요시다의 불 축제는 일 년에 한 번밖에 볼 수 없다, 요시다는 벌써 시원해졌다, 다음 달이면 추워진다고 했다. 친구가 화가 난 것 같아서 서둘러 요시다로 출발했다. 집을 나서는데 아내가, 이 기모노를 입고 가시면 또 홍수를 만날 거예요, 하고 기분 나쁘게 재수 없는 소리를 했다. 뭔가 불길한 예감이 들었다. 하치오지 근방까지는 맑게 개어 있었는데, 오오쓰키에서 후지요시다행 전차를 갈아타면서부터 큰 폭우가 내렸다. 옴짝달싹도 할 수 없을 정도로 꽉

. . . .

4_ 白絣. 흰 바탕에 검은 무늬가 스치듯 들어간 면직물.
5_ 銘仙. 사이타마, 군마현 일대에서 만들어졌던 서민적인 평직 견직물.

들어찬 등산객과 여행객들이 저마다, 아아, 너무해, 큰일 났네, 하며 폭우를 향해 불평을 늘어놓았다. 돌아가신 장인어른의 유품인 비를 부르는 기모노를 입고 있었던 나는, 내가 이 폭우의 장본인이라는 생각에 말할 수 없이 두려운 죄의식이 느껴져서 고개를 들 수도 없었다. 요시다에 도착해서도 퍼붓는 장대비는 그칠 줄 모르고 점점 더 심해져서, 역으로 마중을 나온 친구와 함께 정신없이 역 근처 요릿집으로 뛰어 들어갔다. 친구는 내게 미안한 눈치였지만, 나는 내가 입고 있는 메이센 기모노가 이 폭우의 원인이라는 것을 알고 있었기 때문에, 오히려 친구에게 미안한 기분이 들었다. 하지만 그게 하도 무거운 죄여서 고백할 수도 없었다. 불 축제고 뭐고 전부 다 엉망이 된 것 같았다. 매년 후지산 입산 금지가 시작되는 날이면 고노하나노사쿠야 공주[6]에게 인사를 하기 위해 집집마다 문 앞에 사람 키 높이의 장작을 쌓아 거기에 불을 붙이고, 누구네 불꽃이 더 맹렬하게 타오르는지를 겨룬다고 하는데, 나는 아직 그것을 한번도 본 적이 없었다. 올해는 볼 수 있을 거라고 생각하고 왔지만, 이번 호우에 전부 쓸려간 것 같았다. 우리는 그 요릿집에서 부질없이 술을 마시면서 비가 그치기를 기다렸다. 밤이 되자 바람까지 불어왔다. 가게 여종업원이 덧문을 살짝 열어보더니, "어머, 저쪽에 어렴풋이 빨간 빛이 도네." 하고 중얼거렸다. 우리도 일어서서 밖을 내다보니, 남쪽 하늘이 은은히 붉게 물들어 있었다. 이런 큰 폭풍우 속에서도 고노하나노사쿠야 공주에게 예를 올리기 위해 머리를 짜내어 불을 피운 집이 있는 것이리라. 나는 울적해서 견딜 수가 없었다. 이 얄미운 폭풍우도 실은 비를 몰고 다니는 내 기모노 탓이었다. '굳이 볼 일도

• • • • • • • • • • •
6_ 木花咲耶姫. 일본 신화에 등장하는 여신으로, 이름에는 꽃이 피듯 아름답다는 뜻이 있다.

없으면서 줄레줄레 도쿄에서부터 찾아와서는, 요시다의 남녀노소가 즐거운 마음으로 손꼽아 기다리는 밤을 엉망으로 만들어버린 남자가 여기 있습니다.' 하고 여종업원들에게 살짝이라도 털어놓았다가는, 그날로 요시다 마을 사람들이 나를 멍석말이로 두들겨 팰 것이리라. 엉큼한 나는 친구나 여종업원에게도 내 죄를 숨겼다. 그날 밤 늦게 빗줄기가 잠잠해졌을 무렵, 우리는 요릿집을 나와 연못가의 커다란 여관에 함께 묵었다. 이튿날 아침은 날이 활짝 개어 있어서, 친구와 헤어진 뒤 버스로 미사카 고개를 넘어 고후로 가려고 했는데, 버스가 가와구치 호를 지나 20분가량 고개를 넘었을 무렵, 거대한 산사태로 길이 막혀버린 곳에 맞닥뜨렸다. 승객 열다섯 명은 각자 옷자락을 걷어올리고 삼삼오오 무리 지어 고개를 넘기 시작했는데, 아무리 가도 고후 방면에서 그들을 데리러 오는 버스가 나타나지 않았다. 단념하고 되돌아가서 다시 허무하게 버스에 올라 요시다 마을로 돌아왔는데, 그 모든 것이 귀신 들린 메이센 때문이었다. 나중에 어디 가뭄이 들었다는 소문이 돌면, 이 기모노를 입고 그곳으로 가서 어슬렁어슬렁 걸어 다녀보자고 생각하고 있다. 세찬 폭우를 내리게 만들어서, 평소에는 힘도 없는 내가 생각지도 못한 곳에서 세상에 도움이 되는 일을 할 수 있을지도 모를 일이었다. 홑옷이라면 비를 부르는 이 기모노 말고도 구루메가스리가 한 벌 있었다. 이것은 내 원고료로 처음 산 옷이었다. 나는 이 옷을 소중히 여겼다. 가장 중요한 자리에 참석할 때만 이 옷을 입고 나갔다. 내게는 나름대로 이 옷이 가장 좋은 나들이 옷이었지만, 사람들은 그다지 관심을 가져주지 않았다. 이것을 입고 나갈 때는 일도 제대로 성사되지가 않았다. 대체로 사람들은 나를 깔보았다. 평상복처럼 보였나보다. 돌아가는 길에는 반발심에서 젠장, 하고 욕을 했는데, 그럴 때면 어쩐지 가사이 젠조[7]가 떠올라서 오히려 더 고집스럽게 이 기모노를 가지고 있으리라고 다짐했다.

홑옷에서 겹옷으로 갈아입는 시기는 더 어려웠다. 9월 말부터 10월 초에 걸쳐 딱 열흘 간, 나는 아무도 모르게 우수憂愁에 젖어 있었다. 내게 겹옷은 단 두 벌뿐이었다. 한 벌은 구루메가스리고, 다른 한 벌은 무슨 비단으로 된 것이었다. 두 벌 다 예전에 어머니가 보내주신 것이었는데, 둘 다 무늬가 수수해서 이것만은 그 거리 구석 창고에 맡기지 않고 보관하고 있었다. 나는 치렁치렁한 비단옷을 차려입고 펠트로 된 조리에 지팡이를 빙빙 돌려가며 걸어 다니는 짓은 할 수 없었기 때문에, 그중 한 벌인 비단옷도 자연스레 입기가 꺼려졌다. 요 이삼 년간은 친구의 선 자리에 중매를 서러 나갔을 때와 설날 고후에 있는 집사람 고향에 놀러 갔을 때, 이렇게 두 번밖에 입지 않았다. 펠트 조리에 지팡이 차림은 아니었다. 하카마를 입고 새 통나무 게다를 신었다. 내가 펠트 조리를 싫어하는 것은 나의 야만적인 풍모를 과시하려는 것은 아니다. 펠트 조리는 겉으로 보기에도 우아하고, 거기다 극장이나 도서관, 그밖에 빌딩 안으로 들어갈 때도, 게다처럼 벗어두는 신발을 관리하는 사람을 귀찮게 하지 않아도 돼서, 나도 실은 딱 한 번 신어본 적이 있는데, 아무래도 뒤꿈치가 조리 표면 위 돗자리에서 미끌미끌 미끄러져서 너무 불편했다. 몹시 불안하고 초조했다. 게다보다 다섯 배는 더 피곤했다. 딱 한 번 신고는 관뒀다. 지팡이도, 그걸 휘저으며 걸어 다니면 간혹 지식인처럼 보이기도 하니 나쁘지 않을 테지만, 나는 사람들보다

· · · · · · · · · · · ·

7_ 葛西善藏(1887~1928). 다자이와 같은 고향인 아오모리 쓰가루 출신의 소설가. 자신의 가난한 삶을 묘사한 「아이를 데리고」(1919)로 문단에 등장하여 빈곤한 가정생활을 다룬 작품들을 썼지만 가족들을 부양하기에는 역부족이었다. 만년에는 폐병으로 고생하다 세상을 떴다.

키가 조금 컸기 때문에 지팡이들이 다 나한테 너무 짧았다. 무리하게 지면을 찔러가며 걸어보려고 할라치면 허리를 조금 구부려야 했다. 그때그때 허리를 숙여가며 지팡이를 짚고 걸어가다 보면 성묘 가는 노파처럼 보일 것이다. 오륙 년 전에 등산용으로 나온 가늘고 긴 피켈을 발견해서 그걸 짚고 거리를 걸었는데, 영락없이 친구들에게 이상한 취미라는 소리를 들으면서 혼이 나서 서둘러 그만뒀지만, 나도 그저 취미로 피켈 같은 것을 들고 다닌 것은 아니었다. 보통 지팡이는 너무 짧아서 맘껏 짚으며 걸을 수가 없었다. 안절부절 어찌할 바를 몰랐다. 튼튼하고, 거기다 가늘고 길기까지 한 피켈은 육체적으로 내게 필요한 물건이었다. 스틱은 짚어가며 걷는 게 아니라 들고 걷는 거라고 누군가가 가르쳐 주었지만, 나는 물건을 들고 걸어 다니는 것을 대단히 싫어했다. 여행을 갈 때도 어떻게 하면 빈손으로 기차를 탈 수 있을까 하고 머리를 싸매고 궁리했다. 여행뿐만 아니라 인생에 있어서도, 짐을 한가득 들쳐 매고 걸어가는 것은 음울한 무덤처럼 보였다. 짐은 적을수록 좋다. 태어난 지 서른두 해, 슬슬 온갖 무거운 짐을 짊어지기 시작한 내가, 뭐가 좋아서 산책을 하러 갈 때까지 거추장스러운 짐을 짊어지고 다녀야 하겠는가. 겉모습이야 어떠하든지 간에 외출할 때마다 소지품을 품에 넣고 다니고 있지만, 지팡이마저 품에 집어넣을 수는 없는 노릇이었다. 어깨에 메든지 한 손에 늘어뜨리고 들고 다녀야 했다. 거추장스럽기 그지없었다. 한술 더 떠서 그걸 수상쩍은 무기라고 오해한 동네 개가 마을이 떠나갈 듯 짖어댈지도 모를 일이니 무엇 하나 좋은 점이 없었다. 아무리 생각해봐도 치렁치렁 비단옷을 차려입고, 펠트 조리와 지팡이에 하얀 다비까지 가미한 옷차림은 있을 수도 없는 일이었다. 가난뱅이 기질인지도 몰랐다. 말이 나왔으니 말인데, 나는 학교를 관두고 칠팔

년 동안 양복이라는 것을 입어본 적이 없었다. 양복을 싫어하는 것이 아니라, 아니, 싫어하기는커녕 참으로 편리하고 경쾌한 것이라며 늘 동경하고 있지만, 내가 단 한 벌도 가지고 있지 않기 때문에 입을 수가 없었다. 양복은 고향에 계신 어머니도 보내주지 않았다. 나는 또 키가 170이라 기성 양복도 맞지 않았다. 새로 맞춘다고 해도 동시에 구두, 셔츠, 그 외에 여러 부속품들이 필요할 테니 아무래도 백 엔 이상은 들 것이었다. 의식주에 대해서만큼은 인색했던 나는, 백 엔 이상이나 들여가면서 양복을 맞출 바에야 차라리 벼랑에서 거센 파도를 향해 몸을 내던지는 게 낫겠다는 생각이 들 정도였다. N씨의 출판 기념회가 있던 날, 그때 입고 있던 방한용 겉옷 말고는 기모노가 한 벌도 없었기 때문에, 친구인 Y군에게서 양복과 셔츠, 넥타이, 구두, 양말 등을 전부 빌려서 몸치장을 하고 비굴하게 웃으며 참석했다. 그때도 평이 대단히 좋지 않았다. 양복이라니 의외네. 별로야. 안 어울려. 이번엔 또 무슨 바람이 분 거야? 지인들 모두 탐탁지 않아 했다. 결국은 양복을 빌려준 Y군이, 자네 덕분에 내 양복마저 평판이 나빠졌어, 나도 이제 그 양복을 입고 돌아다닐 기분이 나지 않네, 하며 기념회장 구석에서 내게 작은 목소리로 불평을 늘어놓았다. 딱 한 번 양복을 입었을 뿐인데도 이 지경이었다. 다시 양복을 입을 날이 언제 오겠는가? 이제 와서 백 엔을 들여 옷을 맞춰 입을 기분도 아니고, 아주 먼 훗날의 일이 되겠지. 당분간 나는 대충 주변에 있는 기모노를 걸쳐 입고 돌아다닐 수밖에 없다. 앞서 말한 것처럼 겹옷이 두 벌 있었는데, 비단은 별로 좋아하지 않았다. 다른 한 벌인 구루메가스리를 더 좋아했다. 나는 어쩐지 학생들이나 입는 촌스러운 기모노가 더 편했다. 평생 학생처럼 살고 싶었다. 모임 같은 데 나가기 전날 밤, 나는 이 기모노를 이불 아래 개켜놓고 잠이 들었다. 그러면 입학시험을 보기 전날처럼 아련하게 마음이 설레었다. 이 기모노는 내게 있어, 말하자면 적을 무찌르러 나갈 때 입는 옷 같은 것이었다. 가을이 깊어지고, 거만하게 이 기모노를 입고 돌아다니는 계절이 오면, 안심이 되었다. 하지만 홑옷에서 겹옷으로 넘어가는 과도기 즈음에 입고 돌아다닐 적당한 의복이 없었다. 어찌할 도리가 없었던 나는 과도기 계절이 올 때마다 늘 허둥지둥하기 마련이었지만, 올 여름에서 가을로 넘어가는 시기에 한층 더 심한 당혹감을 맛보았다. 겹옷을 입기에는 아직 일렀다. 내가 좋아하는 겹옷 구루메가스리를 빨리 입고 싶었지만, 그러면 낮에는 더워서 견딜 수가 없었다. 그렇다고 홑옷을 고집하는 것도 너무 궁색해보였다. 어차피 빈곤한 처지니까 초겨울 찬바람 속에서 와들와들 떨며 웅크리고 걸어 다니는 것도 어울리긴 하겠지만, 그러면 또 사람들은 내게 가난뱅이 티를 낸다느니, 거지 흉내 부끄러운 줄 알라느니 하면서 비난할 것이고, 혹은 한산습득[8]처럼 너무 비범한 모습을 하고 다녀서 사람들을 혼란스럽게 만들고 혼을 빼놓는 것도 할 짓이 못 되니, 되도록이면 평범한 옷을 입고 다니고 싶었다. 간단히 말하자면, 내게는 모직 옷이 없었다. 괜찮은 모직 옷을 꼭 한 벌 갖추고 싶었다. 실은 한 벌이 있긴 있는데, 이건 멋을 부리던 고등학교 시절 남몰래 사두었던 것이다. 희미한 붉은 줄무늬가 가로세로로 교차되어 있었는데, 어떻게 멋을 부려야 할지 몰라 혼란스러웠던 시기에 입었던 옷인 것 같았다. 아무리 봐도 남자가 입는 옷이 아니었다. 누가 봐도 부인복이었다. 아마도 그 시절 나는 몹시 흥분해 있었던

8_ 寒山拾得. 중국 당나라의 전설적인 광기 어린 승려 한산과 현자 습득을 이르는 말. 둘은 해괴한 몰골과 언동을 일삼으며 함께 세상을 유랑하며 살았는데, 일본에서 쓰보우치 쇼요, 모리 오가이, 이부세 마스지 등에 의해 동일한 제목의 작품이 발표된 바 있다.

것 같다. 이렇게 화려하다고도 하기 힘들고 무슨 말로도 표현할 수가 없는 이상한 기모노를 입고, 이유도 없이 몸을 건들거리며 걸어 다녔다는 생각을 하면, 얼굴을 가리고 울고만 싶었다. 도무지 사람이 입고 다닐 수 있는 옷이 아니었다. 보는 것조차 싫었다. 나는 이 옷을 그 창고에 오랫동안 맡겨둔 채 잊어버리고 있었다. 그러던 작년 가을, 나는 창고 속에 있던 옷과 담요, 서적들을 조금씩 정리해서, 필요 없는 것은 팔아버리고 필요하다 싶은 것들만 집으로 가지고 돌아왔다. 집에서 그 커다란 보따리를 집사람 앞에서 풀어놓았는데, 아무래도 기분이 착잡했다. 다소 얼굴이 붉어졌다. 결혼 전 나의 한심한 모습이 눈앞에 여실히 드러난 것만 같았다. 당시 더러운 유카타는 그대로 창고 안에 던져 넣었고, 엉덩이 부위가 찢어진, 솜으로 누빈 방한복도 그대로 둘둘 말아서 처박아두었다. 만족스러운 물건은 하나도 없었다. 곰팡이가 슨 데다 지저분하고 기이하고 요란한 모양의 옷들뿐이어서, 멀쩡한 인간의 유품이라고는 도저히 생각할 수가 없었다. 나는 보따리를 풀면서 자조적으로 말했다.

"데카당이야. 고물상에 팔아버려도 될 거야."

"아깝게 왜요." 집사람은 그런 옷들을 더러워하지도 않고 한 벌 한 벌 꼼꼼히 들여다보더니, "이런 옷은 순모예요. 다시 손질해서 입으면 돼요." 했다.

가만히 보니 그게 그 모직 옷이었다. 나는 지붕 위로 뛰어오를 듯 당황했다. 분명 그 창고에 두고 올 생각이었는데, 어째서 그 모직 옷이 보따리 속에 들어있는지, 지금도 수수께끼다. 뭔가 실수가 있었던 모양이었다. 엄청난 실수였다.

"이건 아주 어릴 때 입던 거야. 너무 화려한 것 같네." 나는 내심 당황한 마음을 숨기며 아무렇지도 않다는 듯이 말했다.

"입을 수 있어요. 당신 모직 옷이 한 벌도 없잖아요. 마침 잘됐어요."

도무지 입고 다닐 수 있는 옷이 아니었다. 십 년 동안 창고에 묵혀두면서 천이 기괴하게 변색되어 있었다. 말하자면 양갱 색이었다. 옅게 붉은 빛을 띠는 체크무늬는 지저분한 감색이었는데 노파들이 입는 옷 같았다. 나는 그 옷의 기괴함에 질려서 고개를 돌렸다.

올 가을, 그날 중으로 반드시 마무리 지어야 하는 일이 생각나서 아침 일찍부터 벌떡 일어나보니, 머리맡에 처음 보는 낯선 옷이 말끔하게 개켜져 있었다. 예의 모직 옷이었다. 슬슬 싸늘한 가을바람이 불어오는 계절이었다. 빨아서 기워놓았는지 어느 정도 말끔해져 있기는 했지만, 양갱 색 바탕천과 감색 줄무늬는 여전했다. 하지만 그날 아침에는 작업에 정신이 팔려 있어서 옷을 챙겨 입는 게 귀찮았기 때문에, 아무 소리 없이 후딱 그 옷을 입고 아침도 먹지 않은 채 일을 시작했다. 점심때가 조금 지나 겨우 다 쓰고 한시름 놓고 있는데, 오랜만에 친구 하나가 불쑥 찾아 왔다. 마침 적당한 때였다. 나는 친구와 함께 밥을 먹고 이런저런 세상 돌아가는 이야기를 하다가 산책을 하러 나갔다. 집 근처 이노카시라 공원 숲에 들어서서야 비로소 내 괴상한 모습을 눈치챘다.

"아아, 안 돼!" 나도 모르게 비명을 질렀다. "이건 아니야." 그 자리에 멈춰 서고 말았다.

"왜 그래. 어디 배라도 아픈가?" 친구는 걱정스러운 듯이 인상을 쓰고 내 얼굴을 들여다보았다.

"아니, 그게 아니라." 나는 쓴웃음을 지으며 말했다. "이 옷, 좀 이상하지 않은가?"

"그렇긴 하군." 친구는 진지한 얼굴로 대꾸했다. "약간 화려한 것 같은데?"

"십 년 전에 산 옷이야." 다시 발걸음을 내딛으며 말했다. "여자 것 같지. 거기다 색이 바래서 더 이상해." 걸을 힘도 없었다.

"괜찮아. 그렇게 눈에 안 띄어."

"그래?" 약간 기운이 나서, 숲을 가로질러 돌계단을 내려서서 연못 주변을 걸었다.

아무래도 신경이 쓰였다. 서른둘이나 먹어서 이렇게 콧수염까지 덥수룩한 덩치 큰 남자가, 꽤 고생을 한 것처럼 보이기는 해도, 여전히 이런 촌스럽고 이상한 옷을 입고 싸구려 게다를 신은 채 특별한 볼일도 없이 공원을 어슬렁어슬렁 돌아다니고 있다. 모르는 사람들은 내가 동네 불량배라고 생각하겠지. 나를 아는 사람들도, 저 녀석 여전히 저러고 다니네, 적당히 좀 하지, 라며 한층 더 경멸할 것이다. 나는 지금껏 오랫동안 괴짜라는 오해를 받아왔다.

"어때? 신주쿠로 나가지 않겠나?" 친구가 말했다.

"농담 말게." 나는 고개를 가로저었다. "이런 꼴로 신주쿠를 나다니다가 누가 보기라도 하면, 안 그래도 시원찮은 내 평판이 더 안 좋아질걸세."

"그런 일은 없을 것 같은데?"

"아니, 됐어." 나는 막무가내로 버텼다. "이 근처 찻집에서 쉬는 게 어떻겠나?"

"난 술을 마시고 싶어. 자, 거리로 나가보세."

"저쪽 찻집에는 맥주도 있다고." 나는 거리로 나가고 싶지 않았다. 옷도 옷이지만, 오늘 쓴 소설이 아직 미완성이라 안절부절못하고 있었다.

"찻집은 가지 말자. 추워서 안 돼. 어디 들어가서 조용히 술을 마시고 싶어." 이 친구 주변에도 요즘 좋지 않은 일들이 계속해서 일어나고 있다는 것을 나도 들어서 알고 있었다.

"그럼, 아사가야로 나가볼까. 신주쿠는 아무래도 좀 그래."

"갈 만한 데라도 있나?"

썩 추천할 만한 곳은 못 되지만 전에 더러 갔던 곳이 있었기 때문에, 내가 이렇게 이상한 차림을 하고 있어도 수상쩍어 할 리도 없었고, 돈이 약간 모자라도 다음에 주겠다고 할 수 있다는 장점도 있었다. 거기다가 여종업원도 없이 술만 파는 가게였기 때문에 옷차림에 신경을 쓰지 않아도 될 거라고 생각했다.

어스름하게 어둠이 내리기 시작할 무렵, 친구와 함께 아사가야 역에 내려 거리를 걷던 나는 미칠 것만 같았다. 한산습득과 다를 바 없는 내 모습이 상점 창문에 비쳤던 것이다. 기모노가 새빨갛게 보였다. 여든여덟 살 축하연에서 붉은 조끼를 입은 노인 같았다. 요즘처럼 이렇게 어려운 세상을 살면서, 무엇 하나 적극적인 일도 하지 못하고, 훌륭한 문장 한 줄 짓지 못하면서, 십 년을 하루 같이 싸구려 게다를 신고 아사가야를 배회하고 있다. 오늘은 또 한술 더 떠서 빨간 기모노나 입고 앉아 있다. 나는 영원한 패배자일지도 모른다.

"나이를 아무리 먹어도 변하는 건 아무것도 없군. 내 딴에는 꽤 노력해 왔다고 생각했는데 말이야." 길을 걷다가 문득 바보 같은 말이 튀어나왔다. "문학이란 이런 것인지도 모르겠어. 아무래도 나는 안 될 것 같아. 이런 행색을 하고 걸어 다니고 있으니."

"역시 옷은 제대로 갖춰 입지 않으면 안 되는 것 같군." 친구는 나를 위로하는 얼굴로, "나도 회사에서 꽤 손해를 보고 있어." 하고 말했다.

친구는 후카가와에 있는 어떤 회사에서 일하고 있었는데, 마찬가지로 옷에는 돈을 쓰지 않는 성격인 듯했다.

"아니, 옷뿐이 아니야. 훨씬 더 근본적인 문제는 정신이야. 나쁜 교육을 받아온 거라고. 그래도 뭐 베를렌은 괜찮으니까." 대체 베를렌과 붉은 기모노 사이에 어떤 연결고리가 있는 것인지, 말을 꺼낸 나조차 갑작스럽게 여겨져서 몹시 부끄러웠지만, 스스로 별 볼 일 없는 패배자가 되고 말았다고 느낄 때마다 울상을 짓고 있는 베를렌의 얼굴이 떠올라 힘을 얻곤 했다. 살아보자는 생각이 들었다. 그의 나약함이 오히려 내게 삶의 희망을 주었다. 어린 마음과 극단적으로 내성적인 상태에서만 진정으로 엄숙한 광명의 빛이 뿜어져 나온다고, 나는 굳게 믿고 있었다. 우선 나는 좀 더 살아보고 싶었다. 말하자면, 최저의 생활환경 속에서, 최고의 자긍심을 갖고, 일단은 살아보고 싶다.

"베를렌은 요란한 옷을 입었을까? 뭐, 이 옷은 무슨 말로도 위안이 안 돼." 견딜 수가 없었다.

"아니야, 괜찮아." 친구는 그저 가볍게 웃었다. 거리에 가로등이 켜졌다.

그날 밤 술집에서 나는 말도 안 되는 실수를 저질렀다. 그 아름다운 친구를 두들겨 팼던 것이다. 죄는 분명 옷에 있었다. 그즈음 나는 어떤 상황에서도 꾹 참고 미소를 짓는 수행을 하고 있었기 때문에 난폭하지는 않았는데, 그날 밤만큼은 일을 저지르고 말았다. 모든 것이 이 붉은 기모노 탓이었다. 나는 그렇게 믿었다. 의복이 인간에게 미치는 영향은 무시무시했다. 그날 밤 나는 무척 비굴한 기분으로 술을 마시고 있었다. 대단히 우울했고, 조금도 즐겁지가 않았다. 가게 주인까지 기분 나쁘게 나를 멀리해서, 구석의 어둑한 곳에 앉아 술을 마시고 있었다. 그런데 어찌 된 일인지, 그날 밤 친구는 신이 나서 동서고금의 예술가들을 하나하나 씹어대더니, 의욕이 넘쳐서 가게 주인한테까지 시비를 걸었다. 나는 이 주인의 무서운 면모를 알고 있었다. 언젠가 이 가게에서 어떤 청년이 자기 친구와 고주망태가 돼서 다른 손님에게 대들었는데, 이곳 주인이 갑자기 엄숙한 표정을 지으며, 지금 때가 어느 땐데 이러고 있나, 나가 주시오, 두 번 다시 오지 마시오, 하고 엄포를 놓았던 것이다. 나는 주인이 무서운 사람이라고 생각했다. 지금 이 친구가 이렇게 취해서 주인에게 대들고 있지만, 조만간 분명 우리 둘 다 쫓겨나는 창피를 당할 거라는 생각에 안절부절못하고 있었다. 보통 때의 나 같으면 쫓겨나는 일 같은 건 신경도 쓰지 않고 이 친구와 둘이서 기염을 토하고 있었겠지만, 그날 밤만큼은 내 기이한 옷 때문에 상당히 움츠러들어 있었기 때문에, 계속해서 주인의 낯빛을 살피며 이봐, 이봐, 하고 작은 목소리로 친구를 타이르고만 있었다. 하지만 친구의 언성이 차츰 날카로워져서 당장이라도 추방령이 떨어질 것만 같은 분위기가 됐다. 그 상황에서 나는 궁여지책으로 옛 아타카 관문[9]의 지혜를 생각해냈다. 벤케이의 애정에서 우러난 체벌이었다. 결심을 굳힌 나는 되도록 아프지 않게, 그러나 가능하면 큰 소리가 나게 친구의 뺨을 쩍쩍 두 번 때리면서,

"이봐, 정신 차려. 자네 원래 이런 사람이 아니지 않은가." 하고 주인에게 들릴 정도로 크게 외쳤다. 이것으로 일단 추방은 면하겠구나, 하고 안심하고 있는데, 갑자기 요시쓰네가 벌떡 일어나더니 벤케이에게 달려들었다.

. . . .
9_ 安宅の關. 바다와 맞닿은 이시카와현 아타카 지역을 수호하기 위해 설치된 관문. 도망치던 요시쓰네義經를 보호하기 위해, 그를 수호하던 무사 벤케이弁慶가 일부러 왜소한 요시쓰네를 부채로 두들겨 패서 동정심을 유도하여 무사히 강을 건널 수 있었다는 일화가 전해진다.

"뭐야, 지금 날 친 거야? 그냥은 안 끝날 줄 알아." 하고 소리를 질러댔다. 연극이 따로 없었다. 마음이 약해진 벤케이가 당황한 듯 일어나 몸을 오른쪽 왼쪽으로 피하고 있는데, 드디어 올 것이 오고 말았다. 주인은 곧장 내 쪽으로 오더니, "밖으로 나가주시오. 다른 손님들에게 방해가 됩니다." 하고 내게 추방령을 선고했다. 생각해보니 조금 전에 난폭한 행동을 한 사람은 분명히 나였다. 벤케이의 고육지책에서 나온 처벌이라는 것을 다른 사람들은 모르는 것이 당연했다. 객관적으로 볼 때 폭력을 휘두른 장본인은 어찌 되었든 나였다. 취해서 더욱 큰 소리를 질러대는 친구를 남겨두고, 나는 주인에게 쫓겨나 가게를 나왔다. 울화가 치밀었다. 옷 때문이었다. 제대로 옷을 차려입고 나왔더라면, 주인도 조금은 나를 인격적으로 대해주었을 것이고, 가게에서 쫓겨나는 수치스러운 대우는 받지 않았을 텐데. 붉은 기모노를 입은 벤케이는 아사가야의 밤거리를 고양이처럼 움츠리고 터벅터벅 걸었다. 지금 나는 괜찮은 모직 옷 한 벌을 갖고 싶다. 스스럼없이 입고 돌아다닐 수 있는 옷이 필요하다. 하지만 의복을 사는 데 있어서 극단적으로 인색한 나는, 앞으로도 옷 때문에 이런 저런 고난을 겪게 되는 게 아닐까 싶다.

숙제. 국민복[10]은 어떨까?

10_ 國民服. 1940년 지정되어 전쟁 중에 사용된 일본 남자들의 표준복. 전쟁 중 물자 통제령을 효과적으로 시행하기 위해 국민의 의생활을 간소화할 목적으로 만들어졌다.

令嬢アユ

은어 아가씨

太宰治

「은어 아가씨」

다자이와 문학적 동지이자 미타카 이웃이었던 작가 가메이 가쓰이치로龜井勝一郎는 저서『무뢰파의 소원 — 다자이 오사무』에 다음과 같이 썼다.

　　❝지금도 종종 함께 은어 낚시를 갔던 기억이 난다. 매년 은어 잡이 금지령이 풀리는 날이면, 이즈 남부 아쓰谷津라는 자그마한 온천장 근처 가와즈河津강으로 낚시를 갔다. 이부세 씨가 사부였다. 5월 30일 밤에 낚싯대나 낚싯줄, 실 같은 것을 챙겨놓고, 31일에 야쓰로 출발했다. 온천물에 몸을 담그며 술을 마셨다. 6월 1일 금지령이 풀리는 날 새벽 0시를 기해 낚싯줄을 늘어뜨렸다.
　　1940년경에는 가와즈 강가에 낚시하는 사람이 드물었다. 다자이와 내가 강기슭 바위 사이에 모여 있는 한 뼘 길이 은어를 양쪽에서 같이 그물로 떠올린 적도 있었다. ❞

사노 군은 내 친구다. 내가 사노 군보다 열한 살이나 더 많지만, 그래도 친구다. 현재 사노 군은 도쿄에 있는 어느 대학 문과에 적을 두고 있지만, 공부를 그리 잘하는 것 같지는 않다. 머지않아 낙제할지도 모른다. 조금이라도 공부를 하는 게 어떻겠느냐고 내가 어렵사리 충고를 한 적도 있었는데, 그때 사노 군은 팔짱을 끼고 고개를 숙이더니, 이렇게 된 이상 소설가가 되는 수밖에, 하고 낮게 중얼거렸다. 나는 쓴웃음을 지었다. 학문을 싫어하는 머리 나쁜 인간들이나 소설가가 되는 거라는 생각에 빠져 있는 것 같았다. 어찌 되었건 사노 군은 요즘 들어 슬슬, 소설가가 되는 것 외에 다른 길이 없다고 각오를 다지고 있는 것 같다. 날이 갈수록 낙제가 확실해졌기 때문인지도 모른다. 어쨌거나 진지하게 그런 결심을 한 덕분인지, 최근 사노 군의 일상생활은 무척 차분하다. 그는 아직 스물두 살일 터인데, 혼고 기숙사 방에 단정하게 앉아 홀로 바둑 연습에 빠져있는 모습을 보고 있노라면, 구름 속을 비상하는 학처럼 어딘가 고상한 정취가 느껴진다. 가끔씩 양복을 입고 여행을 떠난다. 가방에는 원고지와 펜, 잉크, 『악의 꽃』, 『신약성서』, 『전쟁과 평화』 제1권 등등이 들어 있다. 온천장 방 한 칸을 빌려서 방 기둥에 등을 대고 차분하게 마음을 가다듬은 뒤, 책상 위에 원고지를 펼쳐두고 내키지 않는다는 듯 담배 연기 꽁무니를 바라보며, 긴 머리를 쓸어 넘기고 가볍게 헛기침을 하는 모습에서, 이미 글쟁이의 풍모가 다분하다. 하지만 곧 그런 쓸데없는 포즈에 피곤을 느끼고는, 일어나 산책을 하러 나간다. 여관에서 낚싯대를 빌려서 계곡으로 산천어 낚시를 하러 갈 때도 있다. 고기를 잡은 적은 한 번도 없다. 실은 그다지 낚시를 좋아하지도 않는다. 먹이를 갈아 끼우는 것이 귀찮아 죽을 지경이다. 그래서 언제나 가짜 낚싯바늘을 쓴다. 도쿄에서 고급 가짜 낚싯바늘을 몇 종류 사둔 뒤 지갑에 넣고서 여행을 다닌다. 그렇게 좋아하지도 않으면서 왜 일부러 낚싯바늘까지 사러 다니고, 그걸 여행지에 가져가서 낚시를 하는 것일까? 아무 이유도 없다. 그저 은둔자의 심경을 맛보고 싶기 때문이다.

올해 6월, 은어 낚시 금지령이 풀렸던 날에도, 사노 군은 가방 속에 원고지와 펜, 『전쟁과 평화』 같은 것들을 집어넣고, 지갑 속에 가짜 낚싯바늘 몇 종류를 챙겨 이즈의 한 온천장으로 여행을 떠났다.

사노 군은 네댓새가 지나 은어를 한가득 사가지고 도쿄로 돌아왔다. 버드나무 잎 정도 되는 크기의 은어를 두 마리 잡아서 의기양양하게 여관에 가지고 돌아갔더니, 모두들 박장대소를 하고 웃기에 쥐구멍에라도 숨고 싶었단다. 그래도 그 두 마리를 튀겨달라고 해서 저녁 때 먹었는데, 커다란 접시 위에 새끼손가락쯤 되는 '파편' 두 조각이 굴러다니고 있는 것을 보니, 너무 창피해서 화가 날 지경이었다고 했다. 우리 집에도 여행 기념 선물로 꽤 큰 은어를 들고 왔다. 이즈의 생선가게에서 샀다는 말을 비겁하게 돌려서 말했다. "쪼그만 은어를 이유도 없이 낚아대는 사람들도 더러 있었지만, 나는 그러지 않았어. 요정도 되는 은어들은 부끄러워서 낚을 수도 없더라고. 그 이유를 설명하고 얻어 온 거야."

사실을 털어놓는 방법이 다소 기묘했다.

그런데 그 여행에서 가져온 또 한 가지 이상한 선물이 있었다. 그가 결혼하고 싶다는 말을 꺼냈던 것이다. 이즈에서 괜찮은 여자를 발견했다고 했다.

"그랬군." 나는 자세히 듣고 싶은 마음도 없었다. 다른 사람들 연애담을 듣는 데는 별 흥미가 없었기 때문이었다. 연애담에는 항상 그럴듯하게 꾸며낸 이야기가 가미되기 마련이다.

사노 군은 내가 미적지근하게 건성으로 대답한 데는 아랑곳하지 않고, 자기가 발견했다는 그 괜찮은 사람에 대해 막힘없이 술술 이야기하기 시작했다. 의외로 거짓 없는 진솔한 이야기여서, 마지막까지 짜증내지 않고 묵묵히 들을 수 있었다.

그가 이즈로 떠난 것은 5월 31일 밤이었는데, 그날 밤은 숙소에서 맥주를 한 병 마시고 잠이 들었다. 이튿날 아침, 여관 종업원이 일찍 깨워주어서 낚싯대를 매고 유유히 숙소를 빠져나갔다. 다소 졸리는 얼굴을 하고 있었지만, 그래도 나름대로 풍류인의 풍모를 풍기며, 여름 풀을 밟고 강가로 향했다. 풀잎에 맺힌 이슬이 차가워 상쾌한 기분이 들었다. 둑 위로 올라섰다. 채송화가 피어 있었다. 하늘나리가 피어 있었다. 문득 눈앞을 보니, 녹색 잠옷을 입은 아가씨가 하얗고 긴 다리를 무릎 위까지 드러내 보이며, 맨발로 푸른 풀을 밟고 걷고 있었다. 청순했다. 아아, 아름다워라. 10미터도 채 안 되는 곳이었다.

"와아!" 사노 군은 순진했다. 무심결에 탄성을 내지르며, 그 투명하고 부드러운 다리를 정확하게 손가락으로 가리켜버렸다. 아가씨는 그렇게 놀라지도 않았다. 살짝 웃으며 옷자락을 내렸다. 이건 이 아가씨의 일상적인 아침 산책인지도 몰랐다. 사노 군은 자기가 뻗었던 오른손을 어떻게 처리해야 좋을지 몰라 조금 난감했다. 초면에 아가씨 다리를 가리키다니, 실례를 범했다고 후회했다. 사노 군은 "안 돼요, 그러면, ……." 하고 의미도 분명하지 않은 말을 비난하듯 내뱉으며, 아가씨 옆을 스윽 지나쳐서 뒤도 돌아보지 않고 바쁘게 걸어갔다. 발이 삐끗하여 넘어질 뻔했다. 이번에는 천천히 걸었다.

강가로 내려왔다. 줄기가 한 아름 뻗은 버드나무 그늘 아래에 앉아 낚싯줄을 늘어뜨렸다. 고기가 잘 낚이는 곳인지 아닌지, 그런 건 문제가 되지 않았다. 다른 낚시꾼들이 없는 조용한 곳이라면 그걸로 족했다. 낚시의 묘미는 물고기를 많이 잡는 데 있는 것이 아니라, 낚싯줄을 드리우면서 조용히 사계절 경치를 바라보며 즐기는 데 있다. 로한[1] 선생이 한 말인 것 같은데, 사노 군도 꼭 그렇다고 생각했다. 애초에 사노 군은 문인으로서 정신수양을 위해 낚시를 시작한 것이기 때문에, 낚이고 안 낚이고는 중요한 것이 아니었다. 조용히 낚싯줄을 드리우고, 오로지 사계절 경치를 바라보며 즐기는 것이었다. 물은 속삭이며 흘러갔다. 은어가 슬그머니 다가와 가짜 낚싯밥을 툭툭 건드려보다가 획 하고 몸을 돌려 달아났다. 재빠르네. 사노 군은 감탄했다. 건너편 기슭에는 수국이 피어 있었다. 대숲 속에 붉게 피어 있는 것은 협죽도인 듯했다. 졸음이 몰려왔다.

"좀 낚으셨어요?" 여자 목소리였다.

사노 군이 멋쩍은 듯 돌아보니, 아까 그 아가씨가 하얀 여름용 원피스

1_ 고다 로한幸田露伴(1867~1947). 메이지시대 문학의 한 획을 그은 소설가. 한때 오자키 고요尾崎紅葉, 쓰보우치 쇼요坪内逍遙, 모리 오가이森鷗外와 함께 활약하여, '고로쇼오紅露逍鷗시대'를 구가했다.

를 입고 서 있었다. 어깨에는 낚싯대를 매고 있었다.

"아니요, 낚일 리가 없지요." 이상한 말투였다.

"그러세요." 아가씨가 웃었다. 스무 살도 안 돼 보였다. 치아가 예뻤다. 눈이 예뻤다. 목은 하얗고 포동포동한 게 귀여웠다. 모든 것이 다 예뻤다. 낚싯대를 어깨에서 내리더니, "오늘은 은어잡이 금지령이 풀리는 날[2]이라 어린 아이들도 거뜬히 낚을 수 있을 텐데요."

"못 잡더라도 괜찮습니다." 사노 군은 낚싯대를 강가에 내려놓고 담배에 불을 붙였다. 사노 군은 여자를 밝히는 청년은 아니었다. 약간 멍한 편이었다. 이미 아가씨는 자기 관심 밖이라는 맑은 얼굴로, 침착하게 담배 연기를 내뱉으며 멀리 풍경을 내다보았다.

"잠깐 보여주세요." 아가씨는 사노 군의 낚싯대를 손에 들더니, 실을 끌어당겨 가짜 낚싯밥을 들여다보며 말했다. "이걸로는 안 돼요. 피라미 잡는 낚싯밥이잖아요."

사노 군은 창피를 당했다고 느꼈다. 벌러덩 강가에 드러누우며, "어차피 똑같습니다. 그것으로도 열두 마리 낚았습니다." 하고 거짓말을 했다.

"제 걸 하나 드릴게요." 아가씨는 품 안에서 작은 종이봉투를 꺼내어 사노 군 옆에 쭈그려 앉더니, 낚싯밥을 갈아 끼우기 시작했다. 사노 군은 누워서 하늘에 떠가는 구름을 올려다보았다.

"이 낚싯밥은 말이죠," 아가씨가 작은 금빛 낚싯밥을 사노 군의 낚싯줄에 묶으며 중얼거렸다. "이 낚싯밥은 말이죠, 이름이 오소메라고 해요. 훌륭한 낚싯밥에는 하나하나 이름이 있거든요. 이건 오소메. 이름

· · · · · · · · · · ·
2_ 은어의 생태를 위해 은어를 잡지 못하도록 지정한 기간이 풀리는 날. 일반적으로 6월 1일경이다.

이 귀엽죠?"

"뭐, 고맙군요." 사노 군은 바보 같다고 여겼다. 뭐가, 오소메냐. 참견은 그만두시지. 빨리 저쪽으로 가주면 좋겠는데. 변덕스러운 친절은 달갑지 않았다.

"이제 됐어요, 이번에는 잡힐 거예요. 여기는 고기가 무척 많이 잡히는 곳이에요. 저는 늘 저 바위 위에서 낚시를 해요."

"당신은," 사노 군은 자리에서 일어나며, "도쿄 사람입니까?" 하고 물었다.

"어머, 왜요?"

"아니, 그냥, ……." 사노 군은 당황했다. 얼굴이 빨개졌다.

"이 동네 사람이에요." 아가씨도 조금 얼굴을 붉혔다. 고개를 숙인 채 키득키득 웃으며 바위 쪽으로 걸어갔다.

사노 군은 다시 낚싯줄을 늘어뜨리며 풍경을 바라보았다. 첨벙 하는 큰 소리가 났다. 분명히 첨벙 하는 소리였다. 돌아보니 아가씨가 바위에서 멋들어지게 떨어지고 있었다. 가슴까지 물이 차올라 있었다. 낚싯대를 단단히 잡고, "어머, 어머." 하며 물가로 기어 올라왔다. 물에 빠진 생쥐 꼴이었다. 하얀 드레스가 두 다리에 딱 붙었다.

사노 군은 웃었다. 몹시 유쾌하다는 듯 웃었다. 꼴좋다는 고소한 마음이었지 동정심은 아니었다. 문득 웃음을 거두고 소리쳤다.

"피가!"

아가씨의 가슴을 가리켰다. 오늘 아침에는 다리를, 이번에는 가슴을 가리켰다. 아가씨의 하얀 평상복 가슴 언저리에 피가 장미꽃만 한 크기로 물들고 있었다.

아가씨는 자신의 가슴을 슬쩍 내려다보더니,

"오디예요." 하고 태연하게 말했다. "가슴 속 주머니에 오디를 넣어뒀 거든요. 나중에 먹으려고 했는데, 아깝네."

바위에서 미끄러지면서 오디가 으깨졌던 것이리라. 사노 군은 또다시 창피를 당했다고 생각했다.

아가씨는 "보면 안 돼요." 하고는 강기슭 황매화 덤불 속으로 모습을 감춘 뒤로, 다음날도 그 다음날도 강가에 나타나지 않았다. 사노 군은 언제나처럼 유유히 버드나무 아래서 낚싯줄을 드리우고 경치를 즐기고 있었다. 그 아가씨와 다시 만나고 싶다는 생각도 없는 것 같았다. 사노 군은 그렇게 여자를 밝히는 편이 아니었다. 멍청하다 싶을 정도였다.

사흘 동안 경치를 바라보며 은어 두 마리를 잡았다. '오소메'라는 낚싯밥 덕분이었다. 잡은 은어는 버드나무 잎 정도 되는 크기였다. 이것을 여관에서 튀겨줘서 먹었는데 기분이 시무룩했다. 나흘째 되는 날 아침, 집에 가기 전에 여행 선물로 은어를 사려고 여관을 나서다가, 그 아가씨를 만났다. 아가씨는 노란색 실크 드레스를 입고 자전거를 타고 있었다.

"어, 안녕." 사노 군은 천진난만했다. 큰 소리로 인사를 했다.

아가씨는 가볍게 고갯짓만 하고는 사라졌다. 어쩐지 진지한 표정이었다. 자전거 뒤에 창포 꽃다발이 실려 있었다. 백색과 자주색의 창포 꽃들이 한들한들 춤추고 있었다.

그날 점심 조금 전에 여관을 나와, 오른손에는 가방을 끼고 왼손에는 얼음을 가득 채운 은어 상자를 든 채, 여관에서 버스 정류장까지 오백 미터 가까이 되는 길을 걸어갔다. 먼지가 날리는 시골길이었다. 가끔 가다 멈춰 서서 바닥에 짐을 놓고 땀을 닦았다. 한숨을 내쉰 후 다시 걸었다. 삼백 미터 정도 걸어가는데 등 뒤에서,

"집으로 가시는 거예요?" 하는 소리가 들리기에 돌아보니, 그 아가씨가 웃으며 서 있었다. 손에는 작은 국기를 들고 있었다. 노란 실크 드레스도 고급스러웠고, 머리에 단 조화 코스모스도 고상해보였다. 시골 할아버지와 함께였다. 할아버지는 면으로 된 줄무늬 기모노를 입고 있었는데, 체격이 아담하고 성실해보였다. 굳은살 박인 검고 큰 오른손에 아까 그 창포 꽃다발을 들고 있었다. 그렇다면 이 할아버지에게 드리기 위해 아침부터 자전거를 타고 돌아다녔던 건가? 사노 군은 남몰래 생각했다.

"어때요? 좀 낚았어요?" 놀리는 듯한 말투였다.

"아니," 사노 군은 쓴웃음을 지으며 말했다. "당신이 떨어지는 바람에 은어가 놀라서 다 도망간 것 같습니다." 사노 군으로서는 최상의 응수였다.

"물이 탁해졌나보다." 아가씨는 웃지도 않고 조용히 중얼거렸다. 할아버지는 희미하게 웃으며 걷고 있었다.

"왜 깃발을 들고 있는 겁니까?" 사노 군이 화제를 바꿔 보려고 물었다.

"참전했어요."

"누가요?"

"제 조카입니다." 할아버지가 대답했다. "오늘 출발했습니다. 내가 과음을 해서, 여기서 묵었지요." 눈이 부시는지 얼굴을 찡그렸다.

"그거 축하드립니다." 사노 군은 별 뜻 없이 말했다. 중일전쟁이 막 시작되었을 때는, 사노 군도 이런 축하의 인사를 꺼내기가 어쩐지 거북했지만, 지금은 아무 생각 없이 축하를 할 수 있었다. 차츰 이렇게 마음이 하나가 되어 가는 것일까? 사노 군은 좋은 일이라고 생각했다.

"귀여워하시던 조카라서," 아가씨는 영리하고도 차분한 어조로 설명했다. "할아버지가 어젯밤에 너무 서운해 하셔서 결국 우리 집에서 주무셨어요. 나쁜 일은 아니죠. 할아버지께 힘을 실어드리고 싶어서 오늘 아침에 꽃을 사다 드렸어요. 그리고 나서 깃발을 들고 배웅하고 오는 거예요."

"당신 집이 여관이에요?" 사노 군은 아무것도 몰랐다. 아가씨와 할아버지는 함께 웃었다.

정류장에 도착했다. 사노 군과 할아버지는 버스에 올랐다. 아가씨는 창문 옆에서 팔랑팔랑 국기를 흔들었다.

"할아버지, 기죽지 마세요. 누구나 다 가는 거예요."

버스가 출발했다. 사노 군은 왠지 울고 싶어졌다.

좋은 사람이야, 그 아가씨는 참 좋은 사람이야, 결혼하고 싶어. 사노 군이 진지한 얼굴로 말했지만 나는 어이가 없었다. 다 알고 있었던 것이다.

"너 정말 바보구나. 어쩌면 그렇게도 멍청하냐. 그 사람은 여관 아가씨가 아니야. 생각해봐. 그 사람은 6월 1일 아침부터 거리낌 없이 산책을 하고, 낚시를 하면서 놀고 있었던 모양인데, 다른 날은 놀 수가 없었어. 어디에도 모습을 드러내지 않았지? 그랬을 거야. 매달 1일에만 쉬는 거야. 이제 알겠어?"

"그런 거야? 술집 여종업원이었던 거야?"

"그런 거라면 낫지만, 아무래도 그것도 아닌 듯해. 할아버지가 자네를 보면서 쑥스러워했지? 하룻밤 묵었던 걸 부끄러워했지?"

"아앗! 그렇구나. 뭐야, 그랬던 거야?" 사노 군이 주먹을 쥐고 테이블을 탕 하고 내리쳤다. 이렇게 된 이상 소설가가 되는 수밖에 없다고 각오를 다지고 있는 듯했다.

　아가씨. 어지간히 좋은 집안에 나고 자란 아가씨보다도, 그 은어 아가씨가 훨씬 더 훌륭하다, 진짜 아가씨다. 그렇게 생각했건만, 아아, 나도 어쩔 수 없이 세속적인 인간인가보다. 그런 처지의 아가씨와 내 친구가 결혼을 한다면, 나는 완강히 반대할 수밖에 없는 것이다.

千代女

치요조

太宰治

「치요조」

1941년 6월, 『개조改造』에 발표됐다.

❝소설은 있잖아, 남자와 여자를 바꿔가면서 생각해보는 게 좋아. 남자의 기분은, 그대로 여자의 기분이 되기도 하니까. ❞ (다자이가 연인 오오타 시즈코太田靜子에게 남긴 말. 그들의 딸이자 현역 작가인 오오타 하루코治子의 증언에서.)

여자란 정말 몹쓸 동물이에요. 여자 중에서도 저한테만 문제가 있는 것인지는 모르겠는데, 아무리 곰곰이 생각을 해봐도 저는 가망이 없는 것 같습니다. 이러면서도 한편으로는, 제게 어딘가 괜찮은 구석이 한군데 정도는 있을 거라고, 스스로를 믿고 싶은 마음이 가슴 한편에 깊이 자리하고 있는 것 같아서, 점점 더 제 자신을 알 수가 없습니다. 저는 지금 머리에 녹슨 냄비라도 뒤집어 쓴 것처럼, 짓눌리고 답답해서 견딜 수가 없습니다. 제 머리가 나쁜 게 분명합니다. 정말로 머리가 나쁜 거예요. 벌써 내년이면 열아홉입니다. 저는 어린아이가 아닙니다.

열두 살 때 가시와기에 사시는 외삼촌께서 제가 쓴 작문을 『파랑새』에 투고해주셨는데, 그게 1등에 당선되고, 심사위원 가운데 유명한 선생님 한 분이 무서울 정도로 제 작품을 크게 칭찬해주신 후로, 제 인생이 망가지고 말았습니다. 그때 제가 쓴 작문은 부끄럽기 그지없습니다. 그런 작품이 진짜로 괜찮았던 것일까요? 대체 어디가 괜찮았던 걸까요? 「심부름」이라는 제목의 작문이었는데, 제가 아버지 심부름으로 박쥐^{담배} ^{상품명 황금박쥐}를 사러 갔을 때 있었던 사소한 일에 대해 쓴 것이었습니다. 담배 가게 아주머니께서 박쥐 다섯 갑을 주셨는데, 초록색만 있는 게 어쩐지 아쉬워서 하나를 돌려드리고 빨간 상자에 든 담배로 바꾸려고 했지만, 돈이 모자라서 난처했다. 아주머니가 웃으시며 나중에 가져오라고 해주셔서 기뻤다. 초록색 담뱃갑 위에 빨간색 담뱃갑 하나를 얹어서 손바닥 위에 올려보니, 앵초처럼 예쁜 것이 가슴이 두근거려서 걷기도 힘들었다. 그런 이야기였는데, 어쩐지 어린아이처럼 어리광만 피우다 끝난 이야기라, 지금 생각해보면 화가 날 지경입니다. 그러고 나서 얼마 후 이번에도 가시와기 외삼촌 추천으로 「가스가 초」라는 작문을 투고하게 되었는데, 이번에는 투고란이 아니라 잡지 제일 앞 페이지에 커다란 글씨로 게재되었습니다. 「가스가 초」라는 작문은 이케부쿠로에 사시던 이모가 네리마 가스가 초로 이사를 가시면서, 뜰도 넓어졌으니 꼭 한 번 놀러 오라고 하시기에, 6월 첫째 주 일요일에 고마고메 역에서 전차를 타고 이케부쿠로 역에서 도조 선으로 갈아탄 후 네리마 역에서 내렸는데, 이리저리 둘러봐도 온통 밭뿐이라 가스가 초가 어디인지 도무지 알 길이 없고, 길 가는 사람에게 물어보아도 그런 데는 모른다고 하기에 울고 싶어졌습니다. 더운 여름날이었습니다. 마지막으로 리어카에 빈 사이다 병을 가득 싣고 걸어가는 마흔쯤 돼보이는 남자 분께 여쭤보았더니, 그분은 쓸쓸한 미소를 머금고서 그 자리에 멈춰 서신 후에 얼굴에서 뚝뚝 떨어지는 땀방울을 더러운 쥐색 타월로 닦아내시면서, 가스가 초, 가스가 초 하고 몇 번이나 중얼거리며 기억을 더듬으셨습니다. 그러더니, 가스가 초는 아주 멀어요, 저기 저 네리마 역에서 도조선을 타고 이케부쿠로 역까지 가서, 거기서 전차를 타고 신주쿠 역으로 간 뒤 도쿄행 전차로 갈아타고, 스이도바시라는 곳에 내려서도 꽤 먼 길이에요, 하고 어수룩한 일본어로 열심히 설명해주셨는데, 아무래도 그건 혼고 가스가 초로 가는 길인 듯했습니다. 이야기를 듣고 있으려니 그분이 조선 분이라는 것도 금세 알 수 있었고, 그런 까닭에 한층 더 감사해서 가슴이 뭉클해졌습니다. 일본 사람들은 알고 있더라도 귀찮아서 모른다고 하는데, 여기 이 조선 분은 잘 모르더라도 어떻게 해서든 제게 가르쳐주시려고 땀을 뻘뻘 흘리며 열심히 말씀해주셨던 것입니다. 저는, 아저씨, 감사합니다, 하고 말했습니다. 그리고 아저씨가 가르쳐주신 대로 네리마 역으로 가서, 다시 도조 선으로 갈아타고, 집에 돌아가 버렸습니다. 아예 혼고 가스가 초까지 가버릴까도 생각했습니다. 집에 돌아오니, 어쩐지 슬프고 몸 상태가 좋지 않았습니다. 저는 그런 것들을 솔직히 적어 내려갔습니다. 그랬더니 그것이 잡지 제일 앞 페이지에 커다란 활자로 인쇄되는 대단한 사건이 벌어졌던 것입니다. 우리 집은 다키노가와옛 도쿄 기타 구 일대 나카사토마치에 있습니다. 아버지는 도쿄 사람이지만, 어머니는 이세에서 태어나셨습니다. 아버지는 사립대학 영어 교사입니다. 제게는 언니 오빠도 없습니다. 허약한 남동생이 하나 있을 뿐이지요. 동생은 올해 시립중학교에 들어갔습니다. 저는 가족이 싫지는 않지만 그래도 너무 외롭습니다. 전에는 좋았어요. 정말 좋았는데. 아버지 어머니께도 마음껏 어리광을 부리고 장난을 치면서, 집안을 늘 웃게 만들었습니다. 동생에게도 친절하게 대해주는 좋은 누나였습니다. 그랬는데 『파랑새』에 제 작문이 실리고 난 뒤부터, 갑자기 겁쟁이에 기분 나쁜 아이가 되어버렸습니다. 어머니와 말다툼까지 하게 되었습니다. 「가스가 초」가 잡지에 실렸을 때, 심사위원 이와미 선생님께서 같은 잡지에 제 작문보다 두세 배나 더 긴 감상문을 써주셨는데, 그걸 읽은 저는 몹시 우울했습니다. 그분이 제게 속고 있다는 생각이 들었습니다. 이와미 선생님이 저보다 훨씬 더 마음도 아름답고 순수한 분이라고 생각했습니다. 거기다 또 학교에서는 담임이셨던 사와다 선생님께서 작문 시간에 그 잡지를 교실로 가지고 오셔서, 제가 쓴 「가스가 초」 전문을 칠판에 옮겨 적으시고는 무척 흥분하시면서, 호되게 꾸짖기라도 하듯 큰 목소리로 한 시간 내내 칭찬을 해주셨습니다. 저는 숨을 쉴 수도 없을 만큼 갑갑해져서 눈앞이 몽롱하게 어두워졌고, 몸이 마치 돌처럼 굳어버릴 것만 같다는 무시무시한 기분에 사로잡혔습니다. 이렇게 칭찬을 받는 것도 별 의미 없는 일이라는 것을 알아버렸기 때문에, 나중에 엉터리 작문을 써서 모두에게 비웃음을 당하면 얼마나 부끄럽고 괴로울까 하는 걱정만 들어서, 숨이 턱 막혔습니다. 또 사와다 선생님도 정말로 그 작문을 읽고 감탄하셨다고 하기보다는, 제 작문이 잡지에 커다란 글씨로 인쇄되어 유명한 이와미 선생님께 칭찬을 받았다고 하니까, 그런 이유로 그렇게 흥분하셨을 거라는 점이 어린 마음에도 대충 짐작이 갔기에, 한층 더 외로워서 미칠 것만 같았습니다. 이후 제 걱정이 모두 사실로 드러났습니다. 괴롭고 부끄러운 일들만 일어났습니다. 학교 친구들은 갑자기 저와 서먹서먹해져서, 그전까지 저와 제일 사이가 좋았던 안도마저 저를 이치요[1] 씨라느니, 무라사키 시키부 님이라느니, 심술궂게 비웃는 말투로 부르며 홱 하고 제게서 도망가버렸고, 그때까지 그렇게 싫어하던 나라나 이마이 그룹에 끼어서는 멀리서 제 쪽을 흘끗흘끗 보며 뭐라고 속닥거리고, 그러다가는 와하하 하고 웃으며, 상스럽게 제 흉을 보았습니다. 저는 평생 다시는 글을 쓰지 않겠다고 다짐했습니다. 가시와기 외삼촌이 부추기는 통에 저도 모르게 투고를 했던 것이 잘못이었습니다. 가시와기 외삼촌은 어머니의 남동생입니다. 요도바시옛 신주쿠 구 일대 구청에 다니셨는데, 올해 서른넷인가

. . . .
1_ 히구치 이치요樋口一葉(1872~1896). 메이지시대 대표적인 여성 소설가. 스물셋에 문단에 데뷔하여 기대를 한 몸에 받았으나, 데뷔한 지 일 년 반 만에 폐결핵으로 숨을 거두었다.

다섯인가 되셨고, 작년에 아이가 태어나 아빠도 되셨으면서, 아직도 자기가 젊은 줄 알고 가끔씩 과음을 하고 실수를 하시는 것 같았습니다. 오실 때마다 엄마한테 조금씩 돈을 타 가시는 눈치였습니다. 대학에 들어갈 때만 해도 소설가가 되겠다고 공부를 했는데, 선배들의 기대를 한 몸에 받았음에도 불구하고 나쁜 친구들의 꾐에 빠져서 대학도 중도에 포기해버렸다는 이야기를 엄마한테 들은 적이 있습니다. 일본 소설이든, 외국 소설이든 가리지 않고 많이 읽으시는 것 같았습니다. 칠 년 전제 엉터리 작문을 억지로 『파랑새』에 투고했던 것도 이 외삼촌이었고, 그 뒤 칠 년 동안 저한테 꽂혀서 저를 못살게 굴고 있는 것도 이 외삼촌입니다. 저는 소설이 싫었습니다. 지금은 달라졌지만, 그때는 제 철없는 작문이 두 번씩이나 연속으로 잡지에 실려서, 친구들과는 사이가 나빠졌지, 담임선생님께는 특별대우를 받아서 부담스럽지, 그러니 작문이 너무 쓰기 싫어져서, 가시와기 외삼촌이 아무리 집요하게 등을 떠밀어도 절대로 글을 투고하지 않기로 했습니다. 그런데도 외삼촌이 하도 귀찮게 저를 밀어붙이시기에, 저는 큰 소리로 울어버렸습니다. 학교 작문 시간에도 저는 글 한 줄 안 쓰고, 작문 공책에 동그라미나 삼각형, 여자들 얼굴만 그렸습니다. 사와다 선생님께서 저를 교무실로 부르셔서는, 자만하면 안 돼, 처신 잘 해라, 하고 말씀하시며 혼을 내셨습니다. 저는 너무 분했어요. 하지만 곧 소학교를 졸업했기 때문에 어떻게 해서든 그런 괴로움에서는 벗어날 수 있었습니다. 오차노미즈 여학교에 다니면서부터는 제 시시한 작문이 당선씩이나 되었다는 사실을 알고 있는 사람이 반에 아무도 없었기 때문에 마음이 놓였습니다. 작문 시간에도 제 마음대로 편하게 쓰면서 평균 점수를 받았습니다. 하지만 가시와기 외삼촌만은 아무리 시간이 지나도 저를 귀찮게 하셨습니다. 우리 집에 오실 때마다 소설책 서너 권을 가지고 오셔서, 읽어라, 읽어, 하셨습니다. 책들이 너무 어려워서 읽어도 이해가 되지 않았기 때문에, 대충 읽은 척하면서 외삼촌께 돌려드렸습니다. 제가 여학교 3학년이 되었을 때, 『파랑새』의 심사위원이신 이와미 선생님께서 아버지께 별안간 장문의 편지를 보내오셨습니다. 재능이 아깝다나 뭐라나, 너무 부끄러워서 도저히 제 입으로는 말을 할 수가 없지만, 웬일인지 저를 몹시 칭찬해주시면서 이대로 재능이 묻혀버리는 것은 안타까운 일이다, 조금 더 써보게 하면 어떻겠느냐, 발표할 잡지를 알아봐주겠다, 라는 내용을 매우 정중하고 진지하게 보내주셨습니다. 아버지께서는 그 편지를 제게 조용히 건네주셨습니다. 저는 편지를 읽고, 이와미 선생님이란 분은 참으로 사려 깊고 훌륭한 선생님이라고 생각했지만, 그 배후에 쓸데없는 외삼촌의 참견이 있었다는 것도 그 편지의 문맥으로 분명히 알 수 있었습니다. 외삼촌은 분명 뭔가 잔꾀를 부리시면서 이와미 선생에게 접근한 뒤, 이런 편지를 아버지께 보내도록 온갖 술책을 쓰셨던 것입니다. 틀림없습니다. "외삼촌한테 부탁을 받으신 거예요. 그런 게 뻔해요. 외삼촌은 어째서 이렇게 무서운 행동을 하시는 걸까요?" 제가 이렇게 말하며 울고 싶은 심정으로 아버지의 얼굴을 올려다보니, 아버지도 그것을 꿰뚫어보시고 살짝 고개를 끄덕이시며, "가시와기 동생도 나쁜 뜻이 있어서 그랬던 것은 아닐 테지만, 내가 이와미 씨에게 뭐라고 인사를 해야 할지 모르겠구나." 하고 불쾌한 듯 말씀하셨습니다. 아버지는 예전부터 가시와기 외삼촌을 그다지 좋아하지 않으셨습니다. 제 작문이 당선되었을 때도 어머니와 외삼촌은 무척 기뻐해주셨지만, 아버지께서는 아이한테 이렇게 자극적인 일을 시켜서는 안 된다고 하시며 외삼촌을 혼내신 것 같다고, 나중에 어머니가 불만에 가득 찬 표정으로 제게 말씀하셨습니다. 어머니는 외삼촌에 대해 늘 나쁜 말만 하셨는데, 그러면서도 아버지가 한마디라도 외삼촌을 나쁘게 이야기하면, 무척 화를 내셨습니다. 어머니는 다정하고 명랑하고 좋은 분이셨지만, 외삼촌 이야기만 나오면 이따금씩 아버지 앞에서 언성을 높이곤 하셨습니다. 외삼촌은 우리 집의 악마입니다. 이와미 선생님으로부터 정중한 편지를 받은 날로부터 이삼일 지난 어느 날, 아버지 어머니는 결국 크게 말싸움을 하셨습니다. 저녁 식사 시간에 아버지께서 "이와미 씨가 그렇게 성의를 다해 말씀해주고 계시니, 우리도 실례가 되지 않도록 내가 가즈코를 데려가서 가즈코의 마음을 잘 설명해드리고 용서를 빌고 와야겠어. 편지만으로는 오해를 살 수도 있고, 기분이 나빠지실 수도 있으니까." 하고 말씀하셨지만, 어머니는 눈을 내리깔고 조금 생각하시더니, "동생이 나쁜 겁니다. 여기저기 폐를 끼쳤어요." 하고 얼굴을 드시며 무심코 오른쪽 새끼손가락으로 귀밑머리를 넘겨 올리셨습니다. "우리가 바보라 그런지, 가즈코가 그렇게 유명한 선생님께 칭찬을 받고 나니, 어쩐지 앞으로도 잘 부탁드린다고 인사를 드리고 싶은 기분이 드네요. 더 성장할 수 있는 아이라면 키워주고 싶습니다. 늘 당신한테 혼나고는 있지만, 당신도 너무 완고한 것이 아닌지요." 하고 재빨리 말을 마치신 뒤 엷은 미소를 지으셨습니다. 아버지는 젓가락을 내려놓으시더니, "성장한다한들 뭐가 되겠소. 문학적 재능이 있는 여자아이라니, 한순간 재능이 있네 어쩌네 하며 들떠 있다가, 일생을 완전히 망칠 거요. 가즈코도 무서워하고 있고. 무릇 여자아이는 평범한 가정에 시집가서, 좋은 어머니가 되는 것이 가장 훌륭한 삶이지. 자네들은 가즈코를 이용해서 허영과 공명심만 채우려고 하는 거 아니요." 하고 가르치듯 말씀하셨습니다. 어머니는 아버지 말은 조금도 들으려 하지 않으시고, 팔을 뻗어 제 옆에 있던 풍로 냄비를 아래로 툭 하고 떨어뜨리시며, 앗 뜨거 하고 오른손 엄지와 검지를 입술에 갖다 대고는, "어유 뜨거워, 손을 대버렸네. 하지만 있죠, 동생도 나쁜 마음으로 그러고 있는 건 아니니까요." 하고 딴 쪽을 보며 말씀하셨습니다. 이번에는 아버지가 밥그릇과 젓가락을 내려놓으시며, "뭐라고 해야 알아듣겠나. 자네들은 가즈코를 먹이로 삼으려고 하는 거야." 하고 크게 소리를 치시며 왼손으로 안경을 가볍게 누른 뒤 뭔가 말을 꺼내시려는데, 어머니가 갑자기 엉엉 울기 시작하셨습니다. 앞치마로 눈물을 닦으며, 아버지의 월급에 대한 것이나, 우리 옷값에 대한 것 등 여러 가지 돈에 대한 것들을 매우 노골적으로 말씀하셨습니다. 아버지는 턱을 치켜드시며 저와 남동생에게 저쪽에 가 있으라고 눈치를 주셔서, 제가 동생을 데리고 공부방으로 들어갔는데, 거실 쪽에서 한 시간이나 싸우는 소리가 들렸습니다. 보통 때 어머니는 사람 좋고 명랑한 분이시지만, 한 번 성질이 나시면 듣고 있을 수도 없을 정도로 극단적이고 난폭한 말씀을 하셔서 저를 슬프게 하십니다. 이튿날 아버지께서는 학교에서 일을 마치고 집으로 돌아오시는 길에, 이와미 선생님 댁에 사과 인사를 드리러 가셨습니다. 그날 아침, 아버지께서 제게 같이 가자고 하셨지만, 저는 어쩐지 무서워서 아랫입술이 덜덜 떨리고 도저히 찾아뵐 마음이 나지 않았습니다. 그날 밤 아버지께서는 일곱 시경 돌아오셔서는, "이와미 선생은 아직 젊은데도 꽤나 훌륭하신 분이더라. 이쪽 기분도 충분히 이해를 해주시고, 오히려 나한테 용서를 구하면서, 실은 자기도 여자아이에게 별로 문학을 권하고 싶지는 않다고 하셨어. 정확한 이름은 언급하지 않으셨지만, 아무래도 가시와기 외삼촌이 몇 번이나 부탁을 해서 어쩔 수 없이 편지를 쓰게 되신 모양이야." 하고 어머니와 저에게 이야기를 해주셨습니다. 제가 아버지 손을 꼬집었더니, 아버지는 안경 너머로 슬쩍 눈을 찡긋하며 웃어주셨습니다. 어머니는 다 잊어버리신 듯 차분한 태도로, 아버지 말에 하나하나 고개를 끄덕이시며 별 말씀이 없으셨습니다.

그 뒤로 얼마간은 외삼촌도 찾아오지 않으셨고, 오시더라도 저를 서먹서먹하게 대하시면서 금방 돌아가셨습니다. 저는 글쓰기에 대한 일은 깨끗이 잊어버리고, 학교에서 돌아오면 화단을 가꾸고, 심부름을 하고, 부엌일을 돕고, 남동생의 가정교사, 바느질, 학과 공부에, 어머니 안마까지 해드리면서, 모두에게 도움이 되는 상당히 바쁘고 의미 있는 날들을 보냈습니다.

그러던 어느 날 폭풍우가 휘몰아쳤습니다. 제가 여학교 4학년이 되던 때의 일이었는데, 느닷없이 설날에 소학교 시절 사와다 선생님이 집으로 새해 인사를 하러 오셨습니다. 아버지 어머니께서는 반갑기도 하고 옛 생각이 나기도 해서, 무척 기쁘게 맞아주셨습니다. 사와다 선생님은 이미 오래전에 학교를 그만두시고, 지금은 여기저기서 가정교사를 하시면서 여유로운 나날을 보내고 계신다고 하셨습니다. 하지만 죄송스럽게도, 제게는 선생님이 여유로워보이지는 않았습니다. 사와다 선생님은 가시와기 외삼촌과 비슷한 나이이신 게 분명했는데, 아무래도 마흔은 넘어, 아니, 쉰 가까이 돼보였습니다. 예전에도 좀 늙어보이는 얼굴이기는 하셨지만, 사오 년 못 뵌 동안 이십 년은 더 늙고 지쳐보이셨습니다. 웃을 때도 힘없이 억지로 웃으려고 하셔서 볼에 안쓰러운 주름이 지셨어요. 안됐다는 생각이 들기보다는 어쩐지 천박해보인다는 생각마저 들었습니다. 머리칼은 여전히 짧고 둥글게 민 상태였는데 흰 머리가 눈에 띄게 늘어있었습니다. 예전과 달리 제게 무턱대고 아부를 하시기에 저는 당황해서 괴로운 마음이 들었습니다. 기량이 좋다느니, 정숙하다느

니, 차마 듣고 있을 수도 없을 정도로 속이 뻔히 들여다보이는 입에
발린 말을 하시며, 마치 제가 선생님의 윗사람이나 된 것처럼 한심할
정도로 정중한 대접을 해주었습니다. 아버지 어머니께 제 소학교 시절
일을 구구절절 다 말씀하시면서, 제가 겨우 마음을 잡고 접어버렸던
글쓰기에 대한 이야기까지 끄집어내셨습니다. "참으로 아까운 재능이었
습니다. 그즈음 저도 아동 글쓰기에 그다지 관심이 없었고, 글쓰기로
동심을 확장시킨다는 교육법도 몰랐지만, 지금은 이야기가 다릅니다.
아동 글쓰기에 대해 충분한 연구가 나와 있고, 그 교육법에 대해 자신도
있습니다. 가즈코 씨, 어때요? 앞으로 제 지도를 받으면서, 다시 한
번 글쓰기 공부를 해보지 않겠습니까? 제가 반드시……." 어쩌고저쩌고
하셨습니다. 술에 취해 있던 그는 어깨에 힘을 주고 야단스럽게 말을
하더니, 나중에는 자, 나하고 악수 합시다, 하고 귀찮게 말을 거시는
통에, 아버지 어머니도 겉으로는 웃으시면서 내심 난처해하시는 것
같았습니다. 하지만 그때 사와다 선생님이 술에 취해 하신 말씀은 입에서
나오는 대로 뱉어낸 농담이 아니었습니다. 그로부터 열흘쯤 지나 진지한
얼굴로 우리 집에 오셔서는, 자, 그럼 슬슬 작문 기본 연습을 시작해볼까?
하고 말씀하시기에, 저는 무척 당황했습니다. 나중에 안 사실이지만,
사와다 선생님은 소학교에서 학생들에게 수험 공부를 시키다가 문제를
일으켜서 퇴직당한 뒤 생활이 어려워졌고, 옛날 제자들의 집을 찾아가서
무리하게 가정교사 행세를 하는 것으로 생활고를 해결하고 계시는
모양이었습니다. 새해에 방문하신 직후 바로 어머니께 몰래 편지를
띄우셨던 것 같은데, 제 문학적 재능을 마구 치켜세우시면서 그즈음
불고 있던 글짓기 열풍과 천재 소녀의 출현 등을 예로 들면서 어머니를
부추겼고, 어머니도 예전부터 제 작문 실력에 미련이 남아 있으셨기

때문에, 그렇다면 일주일에 한 번 정도 가정교사로 와주십사 하는 내용의 답장을 띄우셨던 것입니다. 아버지께는 사와다 선생님 형편에 조금이라도 도움을 드리려는 뜻이라고 하셨고, 아버지도 사와다 선생님이 옛날 가즈코의 선생님이셨으니 안 된다고 할 수도 없는 일이어서, 어쩔 수 없이 사와다 선생님을 맞이하게 되셨던 듯합니다. 사와다 선생님은 매주 토요일마다 오셔서 제 공부방에서 소곤소곤 한심한 수다만 떨다 가셨는데, 저는 그게 너무 싫었습니다. 문장이란 것은 첫째, '로서, 에, 을, 는, 의'를 정확히 사용하지 않으면 안 된다는 둥 하는 당연한 것들을, 무슨 중대한 일인 것처럼 거듭 반복하셨습니다. "다로는 정원을 논다는 틀렸다. 다로는 정원에 논다도 역시 틀렸다. 다로는 정원에서 논다고 해야 한다." 이렇게 말씀하시기에 제가 킥킥 웃으니, 몹시 화가 나신 표정으로 얼굴에 구멍이 날 정도로 절 들여다보시면서, 휴우 하고 한숨을 내쉬셨습니다. "너는 성실성이 부족해. 아무리 재능이 풍부하더라도, 인간에게 성실성이 없으면 아무런 성공도 할 수 없다. 너 혹시 데라다 마사코라는 천재소녀를 알고 있느냐? 그 아이는 가난한 집에서 태어나서 공부를 하고 싶어도 책 한 권 살 수 없을 정도로 안타깝고 불쌍하게 살았지만, 그래도 성실성은 있었다. 선생님의 가르침을 잘 따랐지. 그런 까닭에 그 정도의 명작을 완성할 수 있었던 거야. 가르치는 선생으로서도 얼마나 보람 있는 일이겠느냐? 너한테 조금만 더 성실성이 있다면, 나도 너를 데라다 마사코 씨 정도의 반열에는 올려놓을 수 있다. 아니, 너는 축복 받은 환경도 있겠다, 훨씬 더 훌륭한 문장가가 될 수 있지. 나는 어떤 의미에서 데라다 마사코 씨의 선생보다도 더 앞서 나가 있다. 그것은 도덕 교육이라는 덕목이다. 너는 루소라는 사람을 아느냐? 서력 1600년, 아니 서력 1700년, 1900년인가? 비웃어라, 홍 하고 비웃어.

넌 네 재능을 너무 믿는 탓에 스승을 경멸하고 있다. 옛날 중국에 안회²라 는 인물이 살았는데……." 어쩌고저쩌고하면서, 이런저런 이야기로 한 시간 정도 시간을 때우다가, 태연한 표정으로 이만 다음 시간에 하자며 공부방을 빠져 나가서, 거실에 계신 어머니와 함께 세상 돌아가는 이야기를 하다가 돌아가셨습니다. 소학교 시절 선생님을 두고 이러쿵저 러쿵하는 것은 못된 짓이겠지만, 사와다 선생님은 정말로 멍청이가 되었다고 생각할 수밖에 없었습니다. 문장은 묘사가 중요하다는 둥, 묘사가 제대로 되어 있지 않으면 뭘 쓰는지 알 수가 없다는 둥, 작은 수첩을 들여다보며 당연한 것들에 대해 열변을 토하셨습니다. 그런가 하면 만약 이렇게 눈이 내리는 풍경을 묘사해야 하는 경우에는 말이야, 하고 말을 꺼내시며 수첩을 안주머니에 도로 집어넣으시고는, 마치 무슨 연극 무대처럼 싸락눈이 흩날리고 있는 창밖 풍경을 내다보셨습니 다. "눈이 주룩주룩 내린다고 하면 안 된다. 눈의 느낌이 안 나. 펑펑 내린다, 이것도 이상해. 그렇다면 펄펄 내린다, 이건 어떠냐? 아직 부족 해. 폴폴, 이게 더 가깝다. 점점 더 싸락눈의 분위기에 다가가고 있어. 이거 재밌네." 이러시며 혼자 고개를 끄덕이고 감탄을 하시더니, 팔짱을 끼고, "부슬부슬은 어떠냐? 그러면 봄비를 표현하는 게 되어버리네. 자, 그렇담 폴폴, 이걸로 낙점인가? 그래, 폴폴 펄펄, 이렇게 이어가는 것도 나름 재밌겠지." 폴폴 펄펄 하고 속삭이면서 눈을 가늘게 뜨고 그 느낌을 맛보며 즐기고 계시는가 싶더니 갑자기, "아니다, 아직 부족해, 아아, 눈은 거위의 깃털처럼 날아올랐다가 흩어진다,³ 이건? 옛 문장은

. . . .
2_ 顔回(기원전 521~490). 공자의 제자. 공자의 기대를 한 몸에 받았을 만큼 유능했지만, 명예욕을 추구함 없이, 평생 공자의 가르침을 이해하고 실천하려고 노력했다.
3_ 당나라 시인 백거이白居易의 한 구절. '雪似鵝毛飛散亂 人被鶴氅立裴回(눈은 거위 털처럼 어지러

208 신햄릿

역시 확실하다니까. 거위의 깃털이라, 표현이 참 좋아, 가즈코, 잘 알겠지?" 하고, 처음으로 진지한 표정으로 말씀하셨습니다. 저는 어쩐지 그런 선생님이 안쓰럽기도 하고, 얄밉기도 해서, 울고 싶어졌습니다. 그래도 석 달가량 꾹 참고 그 말도 안 되는 엉터리 수업을 받았는데, 더 이상은 사와다 선생님의 얼굴도 보기 싫어져서, 결국 아버지에게 모조리 털어놓고, 사와다 선생님이 오시지 않도록 해달라고 간청했습니다. 아버지는 제 이야기를 들으시더니, 그것 참 의외로구나, 하고 말씀하셨습니다. 아버지는 애초에 가정교사를 부르는 것에 반대를 하셨지만, 사와다 선생님의 형편을 봐드린다는 명목으로 불러왔던 것이어서, 설마 하니 그렇게 무책임한 작문 교육을 받고 있으리라고는 꿈에도 생각하지 못하고, 매주 한 번 조금씩 제 학교 공부를 도와주러 오신다고만 생각하고 계셨던 듯했습니다. 그 길로 어머니와 크게 말다툼을 하셨습니다. 공부방에서 거실에서 두 분이 싸우는 소리를 들으면서 되는대로 펑펑 울었습니다. 나 하나 때문에 이런 소동이 일어나다니. 저 같은 불효자식은 세상에 없을 거라는 생각이 들었습니다. 이렇게 된 바에야 차라리 작문이든 소설이든 열심히 공부해서, 어머니를 기쁘게 해드리자는 생각마저 들었지만, 이제는 틀렸습니다. 이미 아무것도 쓸 수가 없습니다. 문학적 재능은 처음부터 없었던 것입니다. 눈 내리는 묘사도, 분명 저보다는 사와다 선생님이 더 잘하시겠지요. 혼자서는 아무것도 할 수 없는 주제에 사와다 선생님을 비웃다니, 이 얼마나 바보 같은 소녀인가요. '폴폴 펄펄' 같은 의태어도, 저는 도저히 생각해낼 수가 없어요. 저는 거실에서 들려오는 말다툼 소리를 들으며, 제가 얼마나 못된 아이인지 절실히

. . . .
　이 흘날리고 사람은 학을 뒤집어쓰고 돌아다닌다)'.

느낄 수 있었습니다.

그때는 어머니가 말다툼에서 지셨고, 사와다 선생님도 나타나지 않으셨지만, 나쁜 일이 계속해서 일어났습니다. 도쿄 후카가와에서 가나자와 후미코라는 열여덟 살짜리 소녀가 무척 훌륭한 글을 썼는데, 그것이 세간이 떠들썩해질 정도로 좋은 평을 얻었습니다. 그 사람 책이 어떤 대단한 소설가의 책보다도 훨씬 더 많이 팔려서 한순간에 큰 부자가 되었다는 소문을, 가시와기 외삼촌이 마치 자기가 큰 부자라도 된 것처럼 자랑스러운 얼굴로 집에 찾아와서 어머니께 꺼내놓으셨고, 어머니는 또 흥분하셔서, "가즈코도 쓰면 잘 쓸 수 있는 재능이 있는데, 왜 저러고만 있는 걸까? 지금은 옛날하고 달라서, 여자라고 집에만 틀어박혀 있어서는 안 돼. 가시와기 외삼촌이 좀 가르쳐서, 써보게 하면 어떨까? 가시와기 외삼촌은 사와다 선생 같은 사람하고는 달리 대학까지 나온 사람이니까, 누가 뭐래도 믿음직한 구석이 있어. 그렇게 돈이 되는 일이라면 아버지도 넓은 아량으로 봐주시겠지." 하고 부엌에서 뒷정리를 하시며, 대단한 자신감에 차서 말씀하셨습니다. 그즈음부터 가시와기 외삼촌이 거의 매일 우리 집에 오셔서 저를 공부방으로 끌고 가셨습니다. 우선 일기를 써봐라, 본 것 느낀 것을 그대로 쓰면, 그것만으로도 훌륭한 문학이 된다, 그런 말씀을 하시며 뭔가 어려운 이론도 이것저것 들려주셨지만, 정작 저는 써볼 마음이 조금도 생기지 않아서 늘 대강대강 흘려들었습니다. 어머니는 크게 흥분하시다가도 금방 식는 성격이셔서, 그날의 흥분도 한 달 정도는 계속됐지만, 그 후로는 언제 그랬냐는 듯 차분해지셨습니다. 하지만 가시와기 외삼촌만은 차분해지시기는커녕 이번에야말로 가즈코를 제대로 한번 소설가로 만들어 보겠다고 결심했다며, 진지한 얼굴로 말씀하셨습니다. 결국 가즈코는 소설가가 되는 것 외에 다른 길이 없는 여자야, 이렇게 이상하리만치 머리가 좋은 아이는 도저히 평범한 며느리가 될 수는 없어, 모든 걸 다 포기하고 예술의 길에서 정진할 수밖에 없다고 하시며, 아버지가 안 계시는 틈을 타서 큰 소리로 어머니와 저에게 말씀하셨습니다. 어머니도 외삼촌이 그렇게까지 강력하게 말씀을 하시니 기분이 좋지는 않으셨는지, 그래? 하지만 그러면 가즈코가 불쌍하지 않니? 하고 쓸쓸히 웃으며 말씀하셨습니다.

외삼촌 말씀이 옳았던 건지도 모르겠습니다. 저는 이듬해 여학교를 졸업하고, 지금은 외삼촌의 그 악마 같은 예언을 죽도록 미워하면서도, 어쩌면 그 예언이 맞을지도 모르겠다고 마음속으로 남몰래 수긍하고 있기도 합니다. 저는 틀려먹은 여자입니다. 분명 머리가 나쁜 것입니다. 저도 저를 모르겠습니다. 여학교를 졸업한 저는, 돌연 제가 변했다는 것을 느꼈습니다. 하루하루가 지겨워 죽을 지경이었습니다. 집안일을 돕는 것도, 화단을 정돈하는 것도, 거문고 연습도, 동생을 돌보는 것도, 모든 게 다 바보 같고, 아버지 어머니 몰래 경박한 소설에 푹 빠져 읽고 있습니다. 소설이란 것에는 왜 이렇게 사람들의 나쁜 비밀만 가득 쓰여 있는 것일까요? 저는 음란한 공상을 하는 불결한 여자가 되었습니다. 지금이야말로 언젠가 외삼촌이 가르쳐주신 대로 제가 본 것, 느낀 것을 있는 그대로 써서 신께 용서를 빌고 싶지만, 제게는 그런 용기가 없습니다. 아니요, 재능이 없는 것입니다. 정말이지 머리에 녹슨 냄비라도 뒤집어쓴 것처럼, 누군가가 제 머리를 짓누르는 것 같아 미칠 것 같습니다. 저는 아무것도 쓸 수 없습니다. 요즘에는 써보고 싶다는 생각이 들기도 합니다. 지난번에 저는 남몰래 글쓰기 연습용으로 썼던 「잠자는 상자」를 외삼촌께 보여드렸습니다. 어느 밤에 일어난 터무니없는 일을 수첩에 써두었던 것이었습니다. 그랬더니 외삼촌은 그걸 절반도 읽어보지 않으시고 수첩을 내던지시며, "가즈코, 이제 그만둬라. 여성작가 같은 거 포기해." 하고 차분하고 진지한 얼굴로 말씀하셨습니다. 그 뒤로 외삼촌은 문학이란 특출한 재능이 없으면 할 수 없는 것이라며, 쓴웃음을 지으며 제게 충고 비슷한 말씀을 하셨습니다. 지금은 오히려 아버지께서, 좋아한다면 한번 해보는 것도 괜찮지, 하고 가볍게 웃으며 말씀하십니다. 어머니는 가끔씩 가나자와 후미코 씨나 다른 아가씨들이 일약 유명인사가 되었다는 소문을 이웃에서 듣고는 흥분하셔서, "가즈코도 쓰면 잘 쓸 수 있는데 말이야, 끈기가 없어서 안 돼요. 옛날 가가에 살던 치요조[4]가 하이쿠를 배우러 처음으로 스승님을 찾아갔는데, 스승님이 우선 호토토키스^{두견새}라는 제목으로 글을 써보라고 하셔서 되는대로 이것저것 써서 스승님께 보여드렸더니, 스승님이 잘 썼다는 말을 해주지 않으셨대. 그래서 있잖아, 치요조는 밤새도록 잠도 자지 않고 생각에 빠져 있다가, 문득 정신을 차려보니 날이 밝아 있기에, 아무 생각 없이 호토토키스, 호토토키스, 하니 날이 밝았네, 라고 써서 스승님께 보여드렸더니, 치요조 참 잘 했다! 하고 처음으로 칭찬해주셨다잖아. 무슨 일이든 끈기가 필요한 거지."라고 말씀하시며 차를 한 모금 드시고는, 이번에는 낮은 목소리로, "호토토키스, 호토토키스, 하니 날이 밝았네." 하고 속삭이시며, "역시 참 잘 지었어." 하고 혼자서 감탄하셨습니다. 어머니, 저는 치요조가 아닙니다. 아무것도 못 쓰는 저능한 문학소녀, 고타쓰에 들어가 잡지를 읽다보니 졸음이 밀려와서, 고타쓰는 인간의

· · · · · · · · · ·
4_ 千代女(1703~1775). 에도시대 여성 시인. 가가국^{加賀國}(오늘날 이시가와현) 표구상의 딸로, 열여섯 무렵부터 하이쿠의 전 단계인 하이카이^{俳諧}에 재능이 남달라 널리 이름을 알렸다. 시집으로 『치요니 시집』, 『소나무 소리』 등이 있다.

졸음 상자라고 생각했다는 소설 한 편을 써서 보여드렸더니, 외삼촌은 소설을 읽다 말고 도중에 집어던져버리셨습니다. 제가 나중에 읽어보니 정말로 재미가 없더군요. 어떻게 하면 소설을 잘 쓸 수 있을까요? 어제 저는 이와미 선생님께 몰래 편지를 보냈습니다. '칠 년 전의 천재소녀를 저버리지 마세요.'라고요. 저는 머지않아 정신이 나가버릴지도 모르겠습니다.

新ハムレット

신햄릿

太宰治

「신햄릿」

다자이의 첫 장편소설로, 1941년 7월 분게슌주사文芸春秋社에서 출간됐다.

다자이는 문학적 스승이었던 소설가 이부세 마스지에게 보낸 편지(1941년 8월 2일)에서 『신햄릿』에 대해 다음과 같이 언급했다.

❝글을 쓰기 전에는, 바다 건너온 물건들보다 훨씬 더 우수한 순수 국산 비행기를 만들어보자는 의욕에 넘쳐 있었습니다. 요즘은 일본 작가들이 외국의 이류 삼류 작가들보다 훨씬 더 분발하고 있다는 것을 증명해보이고 싶었습니다.

또한, 저의 과거를 제대로 정리해두고 싶다는 마음도 있었습니다. 그런 의미에서는 사소설私小說이라고도 볼 수 있겠습니다. 아울러 형식은 희곡과 비슷하지만 연극은 아닌, 새로운 형태의 소설을 선보이고자 했습니다.

하지만 글을 쓴 후에는,

현재 제 실력의 한계를 통감했습니다. 이것은 다행스러운 일이라고 여기고 있습니다. 아쉬운 기분이 들기도 하고, 사람들이 저를 공격해도 당황해서 "아뿔싸!" 외마디 소리도 못 지를 지경입니다. 어떤 의미로는 깨끗이 체념했다고나 할까요. ❞

한편, 훗날 「신햄릿」을 포함해 몇몇 작품들을 모아 엮은 소설집 『원숭이를 닮은 젊은이』 후기에서 저자는 다음과 같이 밝히고 있다.

❝「신햄릿」에서는 새로운 햄릿을 창조해냄과 동시에 클로디어스를 통해 근대의 악惡을 묘사하기 위해 노력했다. 여기 등장하는 클로디어스는 과거 악인의 전형과는 크게 다르다. 언뜻 보기에는 마음 약한 선인처럼 보이지만, 선왕을 살해하고 불온한 사랑에 성공한 뒤 남몰래 전쟁을 시작한다. 우리들을 괴롭혀온 악인들 중에는 이런 유형의 어른들이 많았다. ❞

이 후기는 1945년 겨울에 쓴 것인데 시기적으로 패전 직후였다는 것이 주목할 만하다. 원작에서는 볼 수 없는 악당 클로디어스의 교묘한 권모술수는, 당시 겉으로는 정의를 내세우면서 뒤로는 전쟁을 준비했던 일본 권력 내 검은 계략을 다자이 식으로 비유한 것으로 볼 수도 있겠다.

서문

　이런 글을 써보았습니다, 라는 말 외에는 달리 표현할 방도가 없다.
다만 독자들에게 미리 고하고 싶은 것은 이 작품이 셰익스피어 옹의
『햄릿』에 주석을 단 것도 아니고, 그것을 새롭게 재해석한 것도 아니라는
점이다. 이것은 어디까지나 필자가 마음대로 만들어낸 창조적 유희에
지나지 않는다. 셰익스피어 옹의 『햄릿』에서 인물들이 처한 환경만
빌려와서 어느 불행한 가정의 모습을 그렸다. 그 이상의 학문적 정치적
의미는 없다. 작은 심리 실험이다.
　과거 어느 시대 청년들의 전형을 다뤘다고 볼 수도 있다. 시종일관
고통 속에 허우적거리는 어느 청년을 둘러싼 한 가정(엄밀히 말하면
두 가정)에서 일어난 사흘간의 이야기를 그렸다. 한 번 읽는 것만으로는
알아채지 못하고 지나쳐버리기 쉬운 심리 상황도 있겠지만, 그렇다고
두세 번 읽을 여유는 없다고 한다면 어쩔 수 없는 일이다. 시간이 있는
독자라면 되도록 여러 번 읽어주기 바란다. 혹시 시간이 남아도는 독자라
면 이번 기회에 셰익스피어 옹의 『햄릿』을 한 차례 더 읽어보고, 『신햄

릿』과 비교해보기 바란다. 훨씬 더 재미있는 발견을 하게 될지도 모를 일이다.

　필자도 이 작품을 쓰면서 쓰보우치 박사[1]가 번역한 『햄릿』과 우라구치 분지浦口文治 씨의 『신평설 햄릿』을 대강 읽어보았다. 우라구치 씨의 『신평설 햄릿』에는 원문도 전부 실려 있어서, 한 손에 사전을 들고 공들여 읽었다. 여러 가지 새로운 지식을 얻은 것 같기도 한데, 지금 여기서 그것을 하나하나 나열할 필요는 없을 것이다.

　아울러 소설 속 제2절에 쓰보우치 박사의 번역을 조롱하는 것처럼 보이는 내용이 몇 줄 있는데, 필자는 가벼운 마음으로 쓴 것이니 박사의 제자들도 화내는 일이 없길 바란다. 이번에 쓰보우치 박사가 번역한 『햄릿』을 통독하면서, 셰익스피어 옹의 『햄릿』 같은 연극은 역시 박사가 그랬던 것처럼 고풍스런 가부키 대사처럼 번역해야 하는 것은 아닐까 하는 생각도 들었다.

　셰익스피어 옹의 『햄릿』을 읽어보면 거부할 수 없는 천재의 기운이 느껴진다. 두터운 정열의 불기둥이 있다. 등장인물의 발소리가 크게 들려온다. 상당히 수준 높은 작품이다. 『신햄릿』은 잔잔한 실내악에 불과하다.

　더불어 소설 속 제7절에 실린 낭독극 대본은 크리스티나 로세티의 『시간과 망령』을 필자가 약간 우악스럽게 윤색한 것이다. 로세티의 영혼에게도 용서를 구해야겠다.

　끝으로 이 작품의 형식은 다소 희곡에 가깝기는 하나, 필자는 결코

──────────

1_ 쓰보우치 쇼요坪內逍遙(1859~1935). 소설가 겸 극작가, 문예평론가, 영문학자, 교육자. 일본 근대문학의 주춧돌 역할을 한 인물로 문예잡지 『와세다문학』을 창간했으며, 평생에 걸쳐 셰익스피어 전집 총 40권을 번역했다.

희곡을 쓸 마음으로 이 작품을 쓴 것이 아니었음을 밝혀두는 바다. 필자는 본래 소설가다. 희곡 작법에 대해서는 거의 모른다. 말하자면 LESEDRAMA[2] 풍 소설이라고 생각해주기 바란다.

2월, 3월, 4월, 5월. 넉 달에 걸쳐 겨우 완성했다. 다시 읽어보니 아쉽기도 하다. 하지만 지금으로서는 이 이상 잘 쓸 수도 없을 것 같다. 필자의 역량이 이것밖에 되지 않는 것이리라. 이러쿵저러쿵 자기변명만 하다가는 시작도 못 할 것 같다.

쇼와 16년[1941년], 초여름.

인물

클로디어스 (덴마크 왕)

햄릿 (선왕의 아들이자 현왕의 조카)

폴로니어스 (재상)

레어티스 (폴로니어스의 아들)

호레이쇼 (햄릿의 친구)

거트루드 (덴마크 왕비, 햄릿의 어머니)

오필리어 (폴로니어스의 딸)

그 외.

. . . .
2_ 레제드라마. 상연이 아닌 독서를 목적으로 하는 희곡으로 18~19세기 유럽에서 유행했다.

장소

덴마크 수도, 엘시노어.

1. 엘시노어 왕궁. 성내 대형 홀

왕. 왕비. 햄릿. 재상 폴로니어스. 그의 아들 레어티스. 그 밖에 시종
   여럿.

왕   모두들 고생했소. 수고가 많았습니다. 선왕께서 그렇게 갑자
         기 돌아가시고, 눈물이 마르기도 전에 저 같은 사람이 왕위를
         잇고, 또 곧바로 거트루드와 혼례식을 거행하는 등 저로서도
         상황이 그다지 좋은 것은 아니었지만, 모든 것이 우리 덴마크
         왕국을 위해서였습니다. 모든 분들과 충분히 상의해서 결정
         한 일이니, 지하에 계신 형님, 선왕께서도 우리의 사심 없는
         우국의 정을 어여삐 여겨 용서해주시리라 믿습니다. 요즘
         덴마크는 노르웨이와 사이가 좋지 않아서 언제 전쟁이 일어날
         지도 모르니, 하루도 왕좌를 비워둘 수가 없었습니다. 왕자
         햄릿이 아직 어리다보니 여러분들의 뜻에 따라 제가 왕위에
         오르게 되었지만, 제가 선왕만큼 수완이 있는 사람도 아니고,
         덕망도 부족한 데다, 보시다시피 풍채도 변변치 않아서, 피를
         나눈 친형제라고는 생각할 수 없을 만큼 미흡한 동생입니다.

과연 제가 이 중책을 견뎌낼 수 있을지, 다른 나라에서 업신여기지는 않을지, 몹시 불안하던 차에 덕망 높은 거트루드 님께서 나라를 위해 평생 제 옆에서 힘이 되어 주기로 하셨으니, 곧 왕국의 기초도 견고해지고 덴마크도 안정을 되찾으리라 믿습니다. 다들 수고 많으셨습니다. 선왕께서 돌아가시고 오늘까지 벌써 두 달이 흘렀지만, 저는 지금도 이 모든 것이 꿈만 같습니다. 그러나 여러분들의 현명한 조언에 힘입어 큰 과실 없이 여기까지 왔다고 생각합니다. 앞으로도 변함없는 충정으로 아직 미숙한 저를 보좌해주시기 바랍니다. 아아, 깜박했군요. 레어티스가 무슨 부탁이 있다고 하던데, 무엇입니까?

레어티스   네. 실은 한 번 더 프랑스로 유학을 다녀오고 싶습니다.

왕   그런 일이라면 걱정하지 마십시오. 그대도 지난 두 달 동안 많은 일을 해주었습니다. 이제 이쪽 일은 대충 정리되었으니, 천천히 공부하다 오세요.

레어티스   황공하옵니다.

왕   아버님하고는 얘기가 다 된 거겠지요? 폴로니어스, 어떻습니까?

폴로니어스   네. 어찌나 귀찮게 졸라대는지, 결국 지난밤에 제가 고집을 꺾고 왕께 한번 부탁을 드려보자고 한 참이었습니다. 허헛, 아무래도 젊은 녀석들은 한 번 프랑스 맛을 보면 잊을 수가 없나봅니다.

왕   그럴 만도 하지요. 레어티스, 자식에게는 왕의 재가보다도 아버지의 허락이 더 중요한 법입니다. 한 가족의 화합은 그대

로 왕을 향한 충정으로 이어지지요. 아버지께서 허락하셨다
면 그걸로 됐어요. 몸이 상하지 않을 만큼만 놀다 오십시오.
젊었을 때는 놀고자 하는 의욕도 있으니 부러워요. 햄릿은
요즘 힘이 없어 보이던데, 그대도 프랑스에 가고 싶은 것입니
까?

햄릿   저요? 장난하십니까? 저는 지옥에 갑니다.

왕   뭘 그리 투덜대는가. 아, 그렇지. 그대는 위튼버그대학으로
돌아가고 싶다고 했지. 하지만 그것만은 참아주세요. 이렇게
부탁하겠습니다. 그대는 머지않아 덴마크의 왕위를 이어받아
야 할 몸입니다. 지금은 나라가 시끄럽고 하니 내가 대신
왕위를 이어받았지만, 이 위기가 가시고 사람들도 마음의
안정을 되찾으면 그대에게 이 자리를 물려주고 나는 편히
쉴 생각이에요. 그러니 이제 마음을 가다듬고 내 곁에서 정치
연습을 할 준비를 하세요. 아니, 나를 좀 도와주세요. 부디
대학에 가는 것만은 단념하세요. 이것은 아버지로서의 바람
이기도 합니다. 그대가 가버리고 나면 왕비도 쓸쓸해할 겁니
다. 그대는 요즘 건강이 나빠진 것 같기도 하군요.

햄릿   레어티스.

레어티스   네.

햄릿   자네는 좋은 아버지를 두어 행복하겠네.

왕비   햄릿, 무슨 소릴 하는 겁니까? 뭔가 단단히 토라져 있는 것
같은데, 그런 불쾌하고 되먹지 못한 태도는 용납할 수 없어요.
불만이 있으면 남자답게 분명히 말씀하세요. 저는 그런 태도
가 싫습니다.

햄릿	분명히 말씀드릴까요?
왕	무슨 말을 하려고 하는지 다 알고 있습니다. 나는 이 기회에 그대와 둘이서 천천히 이야기를 나눠보고 싶습니다. 왕비도 그렇게 화낼 일이 아닙니다. 혈기 충만한 젊은이들은 그들 나름대로 정당한 이유를 가지고 있는 법이에요. 아직 내게도 반성해야 할 일들이 남아있는 것 같습니다. 햄릿, 울지 말게나.
왕비	저것도 다 가짜 눈물이에요. 저 아이는 어렸을 때부터 눈물 짜내는데 선수였으니까요. 너무 친절하게 대해주지 마시고 제대로 혼 좀 내주세요.
왕	거트루드, 말씀을 삼가세요. 햄릿은 당신 혼자만의 자식이 아닙니다. 햄릿은 덴마크의 왕자예요.
왕비	제 말이 그 말입니다. 햄릿도 이제 벌써 스물셋이에요. 언제까지 어리광만 부릴 수는 없다고요. 저 아이를 낳은 어미로서 부끄럽기 그지없습니다. 보세요. 오늘만 해도 왕의 첫 알현식인데, 저 아이만 일부러 불길한 상복을 입고 왔어요. 자기는 비장함을 다지려는 뜻인가본데, 그런 행동이 우리를 얼마나 괴롭히는지는 생각도 안 하고 있어요. 저 아이가 생각하는 것쯤은 저도 다 알고 있습니다. 저렇게 상복을 입고 오는 것도 우리를 괴롭히려고 작정을 한 거랍니다. 다들 선왕의 죽음을 벌써 잊었느냐며 비아냥거릴 심산이겠지요. 잊어버린 사람은 아무도 없어요. 누구나 가슴속으로는 깊이 슬퍼하고 있지만, 지금은 슬픔에 잠겨 있을 때가 아닙니다. 우리는 덴마크 왕국을 생각해야지요. 덴마크 백성들을 생각해야 합니다. 우리에게는 슬퍼할 자유조차 없습니다. 우리 몸은 우리

만의 것이 아니라고요. 햄릿은 그런 것을 조금도 헤아리지 못하고 있어요.

왕   이야, 그건 너무 심하지 않소. 사람을 그렇게 몰아세우면 못 써요. 불필요한 상처만 줄 뿐입니다. 왕비는 그게 햄릿을 낳은 어미로서의 애정이라 믿고 그런 말을 하는 것 같은데, 젊은 사람들한테는 눈에 보이지 않는 애정보다 겉으로 드러나는 말이 더 크게 느껴지는 법입니다. 저도 이해합니다. 말이 자신의 모든 것을 결정해버릴 것 같다는 기분이 들겠지요. 왕비도 오늘은 제정신이 아니군요. 햄릿이 상복을 입고 왔다고 해서 문제될 것은 없습니다. 소년의 감성은 순수한 것입니다. 그것을 무리하게 우리 생활에 끼워 맞추려는 것은 죄악이에요. 소중하게 다뤄줘야 합니다. 우리야말로 이 소년의 순수함을 배워야 하는 건지도 모릅니다. 다 알면서도 어느새 소중한 것을 잃어버리는 경우도 있으니까요. 우선 저는 햄릿과 둘이서 천천히 대화를 나누고 싶으니, 다들 잠시 저쪽으로 가 계세요.

왕비   그럼 부탁드리겠습니다. 저도 말이 약간 심했던 것 같지만, 당신도 의리를 지킨답시고 이 아이에게 너무 잘 해주시는 것 같아요. 그래서는 아무리 시간이 흘러도 이 아이가 훌륭해질 수 없을 겁니다. 선왕께서 살아계셨더라도 오늘 이 아이의 태도를 보셨다면 분명 화를 내시며 한 대 치셨을 거예요.

햄릿   차라리 한 대 치는 게 낫지.

왕비   또 저렇게 말대꾸를 하는구나. 제발 좀 고분고분해지세요.

왕. 햄릿.

왕   햄릿, 이리 앉아보게. 싫으면 그대로 서 있어도 좋고. 내가
서서 이야기하지. 햄릿, 많이 컸구나. 벌써 나와 키가 비슷할
정도야. 앞으로도 점점 더 어른이 되겠지. 그런데 살은 좀
더 쪄야겠어. 너무 말랐구나. 요즘 혈색도 안 좋아 보이고.
자기 몸을 아끼게. 훗날 자네가 맡게 될 중대한 책임을 한
번 생각해봐. 오늘은 여기서 둘이 천천히 대화를 나눠보세.
나는 예전부터 둘이 이야기할 기회를 엿보고 있었어. 나도
내 생각을 허심탄회하게 털어놓을 테니, 자네도 부담 갖지
말고 뭐든 솔직하게 말해보게나. 아무리 서로 사랑한다고
해도 그걸 입 밖으로 내지 않으면, 서로 사랑한다는 것을
깨닫지도 못한 채 지나가는 일들이 종종 있다네. 인류는 언어
의 동물이라고 했던 어느 철학자의 말뜻을 알 것 같아. 오늘은
둘이서 맘껏 이야기를 해보세. 나도 요 두 달 동안은 너무
바빠서 자네와 차분히 이야기할 기회가 없었네. 정말이지
그럴 틈이 없었어. 용서해주게. 어쩐지 자네도 나와 얼굴을
마주하지 않으려 했어. 내가 방으로 들어가면 자네는 휙 나가
버리는 식이었지. 그럴 때마다 내가 얼마나 외로웠는지 아는
가. 햄릿! 얼굴을 들게. 그리고 내 물음에 분명하고 진지하게
대답해주게. 자네한테 물어보고 싶은 말이 있어. 자네는 내가
싫은가? 나는 이제 자네의 아버지라네. 자네는 나 같은 아버지
를 경멸하는가? 미워하는가? 자, 똑똑히 대답해 줘. 한마디라
도 좋아. 자네 생각을 들려주게.

햄릿	A little more than kin, and less than kind.[3]
왕	뭐라고? 잘 안 들려. 장난치지 말고. 지금 진지하게 묻고 있네. 만담 같은 엉터리 말장난은 그만두게. 인생은 연극이 아니야.
햄릿	분명히 말했을 텐데요. 삼촌! 당신은 좋은 삼촌이었지만, …….
왕	아버지로서는 싫다, 그 말인가?
햄릿	느낌은 거짓말을 하지 않으니까요.
왕	아니야, 고마워. 잘 말해주었다. 지금처럼 언제나 분명하게 자네 생각을 말해주면 좋겠네. 나도 진실 앞에서는 절대로 화를 내지 않아. 실은 나도 자네와 똑같은 감정을 느끼고 있던 참일세. 그렇다고 그렇게 낯빛이 변해서 노려볼 일은 아니지 않은가. 자네는 약간씩 과장된 표정을 짓는군. 젊었을 때는 누구나 다 그렇겠지만, 저는 남들한테 사나운 말을 해대면서 남이 뭐라고 한마디 하면 펄쩍 뛰고 난리를 피우는구나. 자네가 사람들한테 들은 말 때문에 가슴이 아픈 것처럼 사람들도 자네가 함부로 톡톡 쏘아대는 말에 얼마나 상처를 입는지, 자네는 상상도 못 할 거야.
햄릿	그런 일은, 절대로 그런 일은, ……어이가 없군. 저는 항상 궁지에 몰려서 괴로운 나머지 그런 말을 하는 겁니다. 사람들에게 함부로 말한 적 없습니다.
왕	그러니까 그게 자네만 그런 게 아니란 말일세. 우리도 늘

3_ 셰익스피어의 『햄릿』에서 햄릿의 독백. 핏줄은 통하지만 마음이 통하지 않는구나.

궁지에 몰려서 그런 말을 하는 거야. 겨우겨우 살아가고 있어. 자네들은 우리가 힘이 남아돌아서 자신감에 넘쳐 산다고 생각할지 모르겠지만 그렇지 않아. 자네들과 거의 비슷해. 하루를 무사히 넘기면 안도의 한숨을 내쉬며 신께 감사의 기도를 올리지. 거기다 나는 햄릿 왕가의 피를 이어받은 남자라네. 자네도 알다시피 햄릿 왕가의 핏속에는 우유부단하고 유약한 기질이 흐르고 있어. 선왕이나 나도 어렸을 때부터 울보였고. 우리 둘이 정원에서 노는 모습을 본 다른 나라 사신이 우릴 여자아이라고 착각했을 정도니까. 둘 다 몸이 허약했지. 왕궁의 의사도 우리가 제대로 성장할 수 있을지 염려했다더군. 하지만 선왕은 그 뒤로 꾸준히 수양을 해서, 그렇게 훌륭하고 현명한 왕이 되셨던 거야. 지금도 나는 의지로 숙명을 바꾸는 일이 가능하다고 믿고 있네. 선왕이 그 좋은 예지. 나는 지금 최선을 다하고 있어. 어떻게 해서든 우리 덴마크 왕국을 위해 강건한 버팀목이 되고 싶어. 정말 심혈을 기울이고 있네. 하지만 지금 나를 가장 괴롭히는 것은……, 햄릿, 알고 있는가? 바로 자네라네. 자네는 아까 느낌은 거짓말을 하지 않는다고 했네만, 실은 나도 자네를 진정한 내 아들이라고 생각할 수가 없어. 좀 더 분명히 말하자면 자네는 귀여운 조카였지. 나는 총명한 조카였던 자네를 진심으로 사랑했네. 자네도 선왕께서 살아계실 때는 이 산양 아저씨를 잘 따랐지. 내 얼굴이 산양을 닮았다는 것을 가장 먼저 발견해줬던 것도 내 귀여운 조카였어. 이 삼촌도 기꺼이 산양 아저씨가 되어주었고. 그때가 그립구나. 이제 자네와 나는 부자지간이야. 그렇게 마음은 천리만리 멀어져버렸지. 옛날 우리 둘의 애정이 완전히 증오로 변해버렸어. 우리가 부모자식 간이 된 것이 불행의 시작이었네. 하지만 이대로 그냥 내버려둘 수는 없어. 햄릿, 부탁 하나만 하세. 아닌 척해주게. 자네가 어떻게 느끼건, 신하들 앞에서만이라도 숨겨줘. 나하고 사이가 좋은 척해주게. 싫겠지. 괴로울 거야. 그래도 이것밖에는 방법이 없어. 왕가의 불화는 신하들의 신뢰를 잃게 만들고 민심을 어둡게 해서, 결국에는 외국에서도 우리를 깔보게 되지. 아까 왕비가 한 말처럼 우리 몸은 우리만의 것이 아니야. 모두 우리 덴마크 왕국을 위해, 선조들이 물려주신 땅을 위해, 자신의 감정을 버려야 한다네. 우리 덴마크 왕국의 땅과 바다, 백성들도 결국은 자네의 손에 맡겨질 걸세. 이제 우리는 협력해야 해. 나를 사랑해달라고 하지는 않겠네. 솔직히 나도 자네를 진심으로 내 아들이라고 부르면서 끌어안아줄 애정은 없으니, 자네에게 무리하게 사랑해달라고 할 수는 없겠지. 사람들이 보는 앞에서만이라도 좋아. 그게 우리의 고통스러운 의무라네. 하늘의 뜻이지. 거기에 따라야만 해. 신은 사랑에 대한 결벽증이 있는 사람보다도, 의무를 위해 인내하는 사람을 훨씬 더 어여삐 여기시고 상을 내리실 거라고 믿네. 처음에는 몸만 움직이는 사랑의 인사라 해도, 거기에서부터 점차 진정한 사랑이 배어나올 거라고 생각해.

햄릿   알겠습니다. 그 정도는 저도 알아요. 다만 귀찮을 뿐입니다. 조금만 더 저를 놀게 내버려 두십시오. 삼촌, 한 가지 부탁이 있습니다. 저를 다시 위튼버그대학으로 보내주십시오.

왕 　우리 둘만 있을 때는 삼촌이라고 불러도 상관없지만, 왕비나 신하들 앞에서는 아버지라고 부를 것을 약속해주게. 이런 시시한 일로 자네를 나무라는 것은 나도 마음이 아프고 부끄럽지만, 그런 소소한 형식이 덴마크 왕국의 운명에까지 영향을 미치니까 말이야. 아까부터 이 문제를 자네에게 부탁하고 있는 것이 아닌가.

햄릿 　그랬군요. 이거 실례.

왕 　자네, 대체 왜 그러나. 내가 조금이라도 정색을 하고 무슨 말을 하면 금세 뾰로통해져서는 그런 경박한 대답을 하면서 말을 얼버무리고.

햄릿 　삼촌, 아니, 왕께서야말로 제 부탁을 얼버무리시는군요. 저는 위튼버그에 가고 싶습니다. 그뿐입니다.

왕 　정말인가? 나는 그것이 거짓말이라고 보는데. 그래서 들어도 못 들은 척했던 걸세. 다시 대학에 가고 싶다는 것은 자네 본심이 아니야. 구실에 불과하지. 자네는 그런 말로 내게 반항을 해보려고 할 뿐이네. 나도 알고 있어. 젊을 때는 그저 까닭 없이 교만의 날개를 퍼덕거려보고도 싶겠지. 무턱대고 발버둥 쳐보는 걸세. 나는 그것이 동물적 본능이라고 생각해. 그런 동물적 본능에 이런저런 이상이나 정의의 변명을 갖다 붙여서 울부짖고 있는 거야. 내 단언하지. 자네는 선왕께서 살아계셨다 해도 지금쯤 분명 선왕께 반항을 하고 있었을 걸세. 선왕을 경멸하고, 증오하고, 뭣도 모르는 놈이라고 흠을 보면서 선왕의 애를 먹였겠지. 그런 나이인 게야. 자네의 반항은 육체적인 것이라네. 정신적인 것이 아니야. 지금 자네가 위튼버그에 간다 해도 내 눈에는 그 결과가 뻔히 보이네. 자네는 대학 친구들에게 영웅처럼 환영을 받겠지. 고루한 가풍에 반기를 들고, 완강하고 냉혹한 의붓아버지와 싸워서, 자유를 찾아 다시 대학으로 돌아온 진정한 친구, 정의롭고 결백한 왕자라며 모두들 자네에게 입을 맞추고 건배를 해서, 비를 맞은 듯 전신이 술에 흠뻑 젖겠지. 하지만 그런 들뜬 감격의 정체는 대체 무엇이란 말인가? 나는 그것을 생리적 감상이라고 부르고 싶네. 개가 반미치광이처럼 풀밭에 몸을 부비는 것과 꼭 닮았어. 표현이 좀 심했군. 나는 그런 젊은이들의 감격을 완전히 부정할 생각은 없어. 그것은 신이 내려주신 어느 한 시기라네. 반드시 거쳐야 하는 불의 바다지. 그러나 사람은 하루라도 빨리 거기서 기어 나와야 하네. 당연한 말이야. 충분히 미치고, 바싹 눌어붙었다가, 한시라도 빨리 눈을 뜰 것. 그것이 최선이야. 자네도 알다시피 나도 결코 총명한 인간은 아니었어. 아니, 실은 아둔한 바보였지. 아직도 내가 완전히 정신을 차렸다고는 할 수 없네. 하지만 자네만은 실패하게 내버려두고 싶지 않아. 자네는 그때만 반짝 떠들다 끝나고 마는 친구들의 갈채의 본질이 무엇인지 살펴본 적이 있는가? 그것은 행실이 단정치 못한 선배를 얻었다는 안도감일 뿐이야. 서로 악덕과 모험을 자랑하다가, 결국은 너저분하고 무능한 늙은이로 함께 추락하고 말 걸세. 우둔한 나의 경험을 바탕으로 하는 말이야. 나는 오랜 시간 방탕한 대학생활을 보냈어. 그 결과 지금 무엇이 남았는가? 아무것도 없어. 그저 추잡한 추억만 남았지. 한숨 쉬며 참회하고 있을 뿐이네. 타성의 관능이야. 나는 그런 나쁜 습관을 주체할 수가 없었어. 아직도 그때 일로 골머리를 앓고 있네. 레어티스의 경우는 달라. 그자는 출세를 하겠다는 희망을 품고 있어. 사람은 출세라는 꿈이 있는 동안에는 데카당스에 빠질 일이 없지. 자네에게는 그런 희망이 없네. 추락하고 싶다는 정열만 있을 뿐이야. 자네는 이미 삼 년이나 대학생활을 했어. 그걸로 충분해. 또다시 옛 친구들과 함께 열광의 도가니 속으로 빠져든다면, 이번에는 돌이킬 수 없게 될지도 몰라. 소년 시절의 불명예는 웃어넘기며 나중에 손쉽게 바로잡을 수 있지만, 어엿한 스물셋의 남자가 저지른 미숙한 추태는 저 깊은 곳까지 배어들어서 좀처럼 닦이질 않는다네. 자중해주게. 대학생들은 무책임하고 강렬한 말로 자네를 꼬여낼 뿐이야. 나는 너무나 잘 알고 있어. 아까 대신들 앞에서는 다른 이유로 자네가 대학에 가는 것을 막았지만, 아니, 그때 했던 말도 분명 중요한 이유이긴 했지만, 그것보다 나는 자네의 그 교만한 날갯짓이 걱정일세. 그 정열의 날갯짓이 어디로 향할지가 걱정이야. 아까 대신들 앞에서 했던 말도 마음에 새겨두길 바라네. 나는 자네를 내 옆에 두고 진짜 정치를 가르치고 싶어. 하지만 그런 정치적 의무 외에도 자네의 아버지로서, 아니, 어리석은 선배로서 의무를 다하기 위해서라도, 자네가 하려는 모험에 충고를 하고 싶었네. 아까는 자네를 봐도 진정한 아비의 정이 느껴지지 않는다고 말했는데, 그렇다고는 해도 인간의 의무는 또 다른 문제일세. 나는 자네의 힘이 되고 싶어. 부족하긴 해도 내 경험에서 얻은 것을 자네에게 가르쳐주고 자네를 지켜주고 싶어. 자네를 훌륭하게 길러내기로 다짐했다네. 그것을 의심해서는 안 돼. 자네는 덴마크의 왕자야. 둘도 없이 귀중한 몸이지. 그 사실을 보다 깊이 자각했으면 하네. 레어티스 같은 자들과 똑같이 생각해서는 안 돼. 레어티스는 자네 신하 가운데 한 명에 불과해. 프랑스에 가겠다는 것도 자기 몸에 관록을 붙이고 싶었기 때문이겠지. 그러니 저 빈틈없는 폴로니어스도 허락을 한 거야. 자네는 그럴 필요가 없어. 부디 위튼버그로 가는 것만은 참아주게. 이건 부탁이 아니라 명령일세. 내게는 자네를 훌륭한 왕으로 길러낼 의무가 있어. 햄릿, 성에 머무르면서 조만간 아리따운 규수를 맞이하도록 하세.

햄릿 저는 레어티스 흉내를 낼 생각은 추호도 없습니다. 그런 게 아닙니다. 저는 다만, ······.

왕 그래, 알아. 알고 있네. 옛날 친구들이 보고 싶은 거겠지. 내게도 털어놓을 수 없는 일들이 있을 거야. 그렇다면 위튼버그까지 갈 필요는 없을 걸세. 내가 호레이쇼를 불러두었으니까.

햄릿 호레이쇼를 말입니까!

왕 그렇게 기쁜가. 그자는 자네의 가장 친한 벗이었지. 나도 그의 성실성을 높이 평가하고 있네. 이미 위튼버그를 출발했을 거야.

햄릿 감사합니다.

왕 이제 악수를 하자꾸나. 이야기를 해보니 아무것도 아니었군.

앞으로 차차 더 사이가 좋아지겠지. 오늘은 나도 자네에게 무례한 말을 했는데, 기분 나쁘게 생각하지는 말게. 향연을 알리는 대포소리가 들려오는구나. 다들 우릴 기다리다 지친 모양이야. 같이 가세.

햄릿 아, 저는 조금만 더 여기서 혼자 생각하고 싶습니다. 먼저 가세요.

햄릿 혼자.

햄릿 휴우, 지겨워 죽겠군. 같은 말만 주절주절 해대잖아. 요즘 들어서 갑자기 점잔 빼는 얼굴을 해가지고는 엉뚱한 소릴 하는데, 처음부터 끝까지 다 엉터리야. 자기변명에 급급해. 원래는 산양 아저씨였지. 술에 절어 있다가 아버지에게 혼나기 일쑤였고. 나를 부추겨서 성 밖의 여자가 있는 곳으로 데려갔던 것도 산양 아저씨였어. 거기 여자들은 삼촌을 돼지귀신이라고 불렀지. 산양이란 별명은 그나마 품위라도 있었어. 분수에 안 맞게. 그럴 주제도 못 되면서. 불쌍할 정도야. 자격이 없지. 왕이 될 자격이 없어. 산양이 왕이라니, 우스워서 말도 안 나오네. 하지만 삼촌을 얕잡아보면 안 돼. 내 마음을 꿰뚫어보고 있었어. 사실은 내가 위튼버그에 가고 싶어 했던 게 아니었다는 걸 알고 있었어. 방심해선 안 돼. 뱀이 한 짓은 뱀만이 알아본다던가. 아아, 호레이쇼를 만나고 싶다. 누구든 좋아. 오래된 친구를 만나고 싶어. 물어보고 싶은 것이 있는데. 상담할 일이 있다고! 호레이쇼를 불러준 것은 산양 아저씨가 한 일 중에 제일 잘한 짓이다. 방탕을 아는 자는 감이 좋단 말이야. 산양 새끼, 대체 어디까지 알고 있는 거지? 아아, 나도 타락했다. 타락해버렸어. 아버지가 돌아가시고 나서부터는 내 생활도 엉망진창이야. 어머니는 나보다 산양 아저씨 편을 들면서 나와는 완전히 멀어져버렸어. 미쳐버리겠군. 나는 자존심 강한 남자다. 요즘 내가 저질렀던 부끄러운 행동들을 생각하면 견딜 수가 없어. 이제 나는 누구도 욕할 수 없는 남자가 되어버렸다. 비열해. 누굴 만나도 쭈뼛거리고 있어. 아아, 호레이쇼, 어떻게 하면 좋을까? 아버지는 돌아가시고, 어머니는 빼앗기고, 거기다 산양 귀신이 기분 나쁘게 거드름을 피우며 내게 설교를 해대니. 징그럽다. 추잡해. 아아, 하지만 그것보다도 나를 훨씬 더 괴롭히고 있는 일이 있어. 아니, 모든 게 다 그렇지. 전부 다 괴로워. 지난 두 달 동안 너무 많은 일들이 한꺼번에 뒤엉켜서 나를 덮쳤다. 괴로운 일이 이렇게 단숨에 연속으로 일어날 줄은 몰랐어. 괴로움은 괴로움을 낳고, 슬픔은 슬픔을 낳고, 한숨은 한숨을 불러일으킨다. 자살. 피할 수 있는 길은 그것뿐이다.

2. 폴로니어스 저택. 방.

레어티스. 오필리어.

레어티스   짐 싸는 것쯤은 네가 좀 해줄 수도 있잖아. 아아, 바쁘다,

바빠. 벌써 돛이 바람을 머금고 기다리고 있다고. 어이, 거기 있는 철학소사전 좀 가져다 줘. 이걸 잊어버리면 큰일이지. 프랑스 귀부인들은 철학적인 말을 좋아하니까. 어이, 이 트렁크 안에 향수 좀 뿌려 줘. 고상한 신사들에게는 마음가짐이나 다름없으니까 말이야. 됐다, 이걸로 짐은 다 쌌다. 자, 출발이다. 오필리어, 내가 없는 동안 아버지를 잘 부탁한다. 뭘 그렇게 멍하니 서 있는 거냐. 요즘 졸린 얼굴만 하고 있는데 사춘긴가 보구나. 저도 나름대로 괴로운 일이 있어요, 이러면서 초저녁부터 잠만 쿨쿨 잔다는 노랫말이 있는데, 네가 꼭 그 짝이야. 그렇게 졸지만 말고 가끔은 프랑스에 있는 이 오빠에게 소식을 전해다오.

오필리어　심려치 마시옵기를 비나이다.[4]

레어티스　그건 또 무슨 소리냐. 왜 이상한 말을 하고 그래. 정말 못 말리겠군.

오필리어　그게 쓰보우치 님이, …….

레어티스　아아, 그랬지. 쓰보우치 씨가 동양 제일의 문학자이긴 하지만, 가끔씩 대사에 너무 공을 들여서 탈이야. 심려치 마시옵기를 비나이다? 그건 너무 심했다. 아양을 떨고 있어. 아니, 그게 쓰보우치 씨 탓만은 아니지. 너도 요즘 좀 이상해졌어. 조심하도록 해라. 이 오빠는 다 알고 있으니까. 그렇게 시뻘겋게 립스틱을 바르니까 천박해 보이잖아. 보기 싫게 왜 그러고 다니는 거야? 어울리지도 않게 요염을 떨고.

. . . .
4_ 쓰보우치 쇼요는 유럽 중세 왕실의 분위기를 살리기 위해 셰익스피어의 작품들을 가부키 조로 번역했는데, 다자이가 그중 다소 어색한 대사를 비꼬듯 가져온 말이다.

오필리어   잘못했어요.

레어티스   쳇! 걸핏하면 울어댄다니까. 이 오빠는 뭐든 다 알고 있어.
지금까지 일부러 모른 척해왔다만, 그래도 빙빙 돌려 말하면
서 네가 스스로 반성할 때까지 기다려왔는데, 너는 조금도
그럴 기미가 보이지 않는구나. 뭐, 홀딱 빠져있으니 어쩔
도리가 없지. 나도 웬만하면 이렇게 시시콜콜 간섭하고 싶지
는 않아. 추잡해. 하지만 오늘은 말해야겠다. 내가 없는 동안
무슨 일이 벌어질지 걱정돼 죽겠어. 이렇게 된 바에야 솔직하
게 다 말해버리는 편이 좋을지도 모르지. 잘 들어라. 그 사람은
잊어. 바보 같은 짓이야. 그가 어떤 신분인지 이미 알고 있겠
지? 그걸 생각한다면 너도 잘 알 거다. 이루어질 수 없는
사이야. 나는 결단코 반대다. 지금 분명히 말하마. 너의 하나뿐
인 오빠로서, 그리고 돌아가신 어머니를 대신해서, 나는 절대
로 놈을 인정할 수 없어. 아버지는 느긋하신 분이라 아직
모르시는 것 같은데, 만약 아버지가 아신다면 무슨 일이 생길
지 뻔해. 아버지는 모든 책임을 지고 현직에서 물러나셔야
할 거다. 내 앞길도 캄캄한 암흑이 되겠지. 너는 사생아를
안고 거지가 될지도 몰라. 알아듣겠냐? 그놈한테 이렇게 전해
라. 레어티스의 여동생을 가지고 논다면 누구라도 가만두지
않겠다고, 어떤 신분이건 살려두지 않을 거라고, 레어티스가
귀신들 앞에서 맹세하더라고, 그리 전해라.

오필리어   오빠! 그렇게 심한 말이 어디 있어요. 그 사람은, …….

레어티스   멍청하긴. 아직도 잠꼬대를 해대고 있구나. 너저분해. 그렇다
면 더 분명히 말해주지. 내가 반대하는 건 그놈의 신분 때문만

이 아니야. 나는 그놈이 싫어. 끔찍하게 싫다. 그놈은 니힐리스
트야. 난봉꾼이라고. 나는 어렸을 때부터 그놈의 놀이 상대를
해왔기 때문에 잘 알고 있어. 놈은 머리가 상당히 좋았지.
조숙했어. 뭘 하든 금세 능숙해졌고, 활, 검술, 승마, 게다가
시에서 연극에 이르기까지, 나는 흉내도 못 낼 정도로 전부
다 잘했어. 하지만 열정은 조금도 없었지. 일단 능숙해지고
나면 바로 그만둬버리는 거야. 싫증을 잘 냈지. 나는 그런
성격이 싫어. 재빨리 남의 속마음을 들여다보고는 자기 혼자
다 안다는 표정으로 히죽히죽 웃는다니까. 기분 나쁜 놈이야.
우리가 죽도록 용을 쓰는 걸 비웃지. 아주 경박하고 비열한
놈이야. 얼마나 잘난 척을 해대는지 몰라. 그런 주제에 왕이나
왕비께서 조금이라도 꾸중을 하시면, 신하들이 가득 모여
있는 자리에서 훌쩍훌쩍 울어댄다고. 계집애 같은 놈이지.
오필리어, 넌 아무것도 모른다. 하지만 나는 알고 있어. 그자는
믿을 만한 놈이 못 돼. 덴마크 남자라면 숲 속의 나뭇잎만큼이
나 많아. 이 오빠가 너를 위해 그 중에서 가장 강인하고,
다정하며, 성실하고, 거기다 누구보다도 아름다운 청년을
찾아주마. 알겠지? 이 오빠를 믿어라. 여태껏 너는 이 오빠가
하는 말이라면 뭐든 다 믿지 않았느냐. 오빠가 너를 속인
적은 단 한 번도 없었지. 안 그래? 좋아, 알아들었을 거야.
부탁이니 그놈은 오늘부로 잊어라. 다음에 놈이 또 너를 귀찮
게 하면, 레어티스 오빠가 가만두지 않을 거라며 화를 냈다고
일러주거라. 놈은 겁이 많으니 얼굴이 파래져서는 부들부들
떨겠지. 알아듣겠지? 만에 하나, 뭐, 그럴 일은 없겠지만,

내가 없는 동안 네가 창피한 줄도 모르고 무분별한 짓을
저지른다면, 이 오빠는 너희 둘을 절대로 가만두지 않을 거다.
내가 한 번 화를 내면 누구보다 무섭다는 건 너도 잘 알지?
자, 그럼, 웃으며 헤어지자. 사실 이 오빠는 너를 믿고 있어.

오필리어 잘 가요. 오빠도 건강하고.

레어티스 고맙다. 내가 없는 동안 이곳을 부탁한다. 어쩐지 걱정스럽군.
그래, 그렇지, 신 앞에서 이 오빠에게 맹세해다오. 아무래도
신경이 쓰여.

오필리어 오빠, 아직도 의심하시는 거예요?

레어티스 아니, 그런 건 아니지만. 자, 뭐, 됐어. 괜찮겠지? 안심해도
되겠지? 나도 이런 문제에 구질구질하게 관여하고 싶지는
않아. 오빠로서 꼴사나운 짓이니까.

폴로니어스. 레어티스. 오필리어.

폴로니어스 뭐냐, 아직도 여기 있었던 것이냐. 아까 작별인사를 하러
왔기에 벌써 한참 전에 출발한 줄 알았다. 자, 어서 출발하거라.
참, 기다려, 기다려봐. 네가 어떤 마음가짐으로 유학을 떠나야
하는지 한 번 더 일러주겠다.

레어티스 아아. 그건 벌써 세 번, 아니야, 네 번은 들었어요.

폴로니어스 몇 번이건 상관없어. 열 번 반복해도 부족하다. 알겠느냐?
먼저 첫째, 학교 성적은 신경 쓰지 마라. 학우들이 50명 있으
면, 그중에서 40등쯤 하는 것이 가장 좋아. 그렇지 않더라도
1등을 해야겠다는 생각만큼은 버려라. 폴로니어스의 아들이

니 그리 머리가 좋을 리는 없어. 네 능력의 한계를 알고 성적은 포기해라. 겸손하게 배우면 된다. 이것이 첫 번째다. 다음, 낙제하지 말 것. 커닝을 해도 좋으니 낙제만은 하지 마라. 낙제는 평생 너의 상처로 남을 것이다. 나이가 들어 네가 중책을 맡게 되면, 사람들은 네가 옛날에 커닝을 했다는 것은 잊을 테지만 낙제했다는 것만은 잊지 않고, 눈을 흘기고 소매를 잡아당기며 뒤에서 손가락질하고 비웃을 것이다. 학교란 원래 낙제하지 않도록 만들어져 있는 곳이다. 그런 곳에서 낙제를 한다는 것은 학생이 일부러 낙제를 자처한 결과야. 감상적인 거지. 교사를 향한 반항심이야. 허세라고. 시시한 정의감이다. 낙제를 명예라고 생각하면서 부모님을 울리는 학생도 있는데, 나이 들어 출세를 하려고 할 때 반드시 후회할 것이다. 학생 시절의 커닝은 최대의 불명예고 차라리 낙제가 명예로운 일이라고 믿는 놈들도 있는데, 실제 사회에 나오면 그게 정반대라는 사실을 알게 될 것이다. 커닝은 불명예가 아니며 낙제야말로 패배의 근원이 된다는 사실을 가슴에 새길 것. 까짓 거, 학교를 졸업하고 나중에 그 시절 친구들과 추억을 이야기해봐라. 커닝 정도는 다들 하는 거야. 나중에 서로 털어놓으면서 어깨를 두드려주고 큰 소리로 웃겠지. 그게 전부다. 훗날 상처로 남지는 않아. 그렇지만 낙제는 다르다. 사람들은 네가 낙제했다고 고백한다 해서 그저 순진하게 웃어넘겨주지는 않을 거라는 말이다. 너는 어디를 가나 경멸당할 것이다. 출셋길이 가로막히고 비굴해질 거야. 인생이 학생 시절로 끝이라고 생각한다면 큰 오산이지. 세심하게 주의를 기울여서 빈틈없이 처신해야 해. 폴로니어스의 아들이 아니냐. 다음, 친구들을 사귀는 방법에 대한 것. 이것도 매우 중요한 문제다. 반드시 한 명 정도는 한 학년 위 학생을 친구로 삼아야 해. 시험 요령을 전수받기 위해서다. 시험관이 어떤 채점 버릇을 가지고 있는지 들을 수가 있어. 그리고 한 명 더, 같은 학년 수재 하나를 친한 친구로 삼거라. 노트를 빌리고 시험 때 네 옆자리에 앉히기 위해서야. 학교 친구는 그 둘이면 충분하다. 불필요하게 친구를 사귀면 쓸데없이 돈이 드는 법이다. 자, 다음은 금전에 대한 것이다. 이 문제는 특히 주의해야 한다. 돈거래를 일절 삼가라. 애초에 빌리는 것도 무모한 짓이고 빌려주는 것도 안 돼. 굶어죽는 한이 있어도 빚은 지지 마라. 세상은 사람이 딱 굶어죽지 않을 만큼 돌아가고 있다. 세상 사람들은 자기 딸을 시집보낸 것은 잊어도, 남에게 돈 한 냥 빌려준 것은 잊어버리지 않는다. 한 냥을 열 냥으로 갚더라도, 자기가 빌려줬던 돈 한 냥은 잊어버리지 않아. 이 역시 오랫동안 출세에 방해가 될 것이다. 큰 뜻을 품은 남자는 단 한 푼의 빚도 지지 않는 법이다. 빌려줘서도 안 된다. 너에게 돈을 빌린 남자는 반드시 네 욕을 하게 되어 있다. 자기가 돈을 빌리고는 주눅이 들어서 네가 거북해지니까, 반드시 어딘가에서 꼭 네 험담을 할 것이다. 이는 결국 불화의 근원이 된다. 우정에 상처를 내서 좋을 게 없으니, 못 빌려주겠다고 상대방 요청을 딱 잘라 거절해라. 그것도 못 하는 남자는 훗날 대성하기 어려울 거다. 알아들었느냐? 돈을 다루는 데 각별히 주의하도록. 빌려서도 안 돼.

빌려줘서도 안 돼. 다음으로 음주다. 적당히 마셔라. 하지만 절대 혼자서는 마시지 마. 혼자서 술을 마시는 것은 망상의 발단이자 우울에 박차를 가하는 짓이야. 술을 아무리 마셔도 기분이 좋아지지는 않을 것이다. 일주일에 한 번, 친구들과 마셔라. 그것도 네가 먼저 가자고 해서는 곤란해. 저쪽에서 먼저 가자고 할 때만 마지못해 응하는 것이 똑똑한 놈이다. 의욕이 넘쳐서 달려드는 건 멍청한 덜렁이나 하는 짓이야. 술을 적당히 조절하는 것은 쉬운 일이 아니다. 만취해서 토악질을 하는 것은 금물이다. 모두가 널 깔볼 게다. 큰 소리로 떠들어대면서 이 사람 저 사람한테 말싸움을 걸고 다녀도 안 된다. 다들 너를 꺼려할 거고 무엇 하나 득이 되는 게 없어. 되도록 말석에 앉아서 주위 사람들 의견을 열심히 듣고, 그때그때 크게 고개를 끄덕이면서 수긍하는 것이 가장 바람직한 자세겠지만, 어쩌다가 술을 너무 많이 마셨을 때는 그것도 어렵겠지. 그럴 때는 불쑥 자리에서 일어나서 목청껏 교가를 불러라. 다 불렀으면 싱글벙글 웃으면서 다시 술을 마셔야 할 것이야. 상대가 집요하게 논쟁을 하려고 들면, 똑바로 상대방 얼굴을 들여다보다가 조용히 이렇게 말해라. 너도 외로운 놈이구나. 어떤 논객이라도 그 말 앞에서는 무너지기 마련이다. 하지만 되도록이면 뭐든 웃어넘기면서 버드나무 가지에 바람 스치듯 흘려버리는 것이 상책이다. 연회장이 난장판이 됐다 싶으면 주저 말고 슬쩍 일어나서 숙소로 돌아가는 습관을 기르도록 해라. 뭐 좋은 일 없나 하고 연회석에서 우물쭈물하는 결단력 없는 남자에게는 입신양명할 가능성이 전혀 없다고 보면 된다. 집에 갈 때는 확실한 친구 하나를 골라서 회비를 넉넉히 건네는 것을 잊지 마라. 회비가 석 냥이면 닷 냥, 닷 냥이면 열 냥, 슬쩍 돈을 더 얹어주는 것이 좋다. 남에게 상처 주지 말고 너도 상처 입지 않으면서, 그렇게 너에 대한 평가는 자연스레 높아질 게야. 아, 참, 그리고 술을 마실 때 무엇보다 주의해야 할 것이 하나 더 있다. 술자리에서는 절대 약속을 하지 마라. 이 문제에는 세심하게 주의를 기울이지 않으면, 엉뚱한 일이 벌어질지도 모른다. 음주는 사람을 감격시키고 기개도 높여주지. 의욕이 넘쳐서 얼떨결에 자기 재량을 넘어서는 일을 떠맡고는, 술이 깬 다음에 가슴이 철렁 내려앉아서 후회를 해도 이미 때는 늦어. 이것은 파멸에 이르는 첫걸음이다. 술에 취해서 약속을 해서는 안 된다. 다음으로 여자. 이 또한 어쩔 수가 없겠지. 하지만 자만하는 것만큼은 경계해라. 너는 폴로니어스의 아들이다. 이 아비가 그랬듯 너도 여자들에게 그리 인기 있는 타입은 아니야. 너는 어렸을 때부터 큰 소리로 코를 골던 아이였다는 것을 잊지 마라. 아내 외에 다른 여자들은 그런 코골이에게 넌더리를 내기 마련이다. 여자가 널 유혹한다면 반드시 너의 우렁찬 코 고는 소리를 떠올리도록 해라. 알겠느냐? 프랑스에서는 인기가 없더라도 덴마크에서는 네가 아니면 안 된다는 아름다운 소녀들이 있으니, 그건 이 아비에게 맡기고 저쪽에서는 너무 잘난 체하지 않는 것이 좋을 것이다. 젊은 시절 여자 놀음은 여자를 사러가는 것이 아니라 본인의 남자다움을 만천하에 알리기 위한 것이니, 자아도취에 빠지는 것만큼은 인생 최대의 적이라고 생각하고 있어라. 자, 다음은, …….

레어티스 도박입니다. 닷 냥 손해 보고 웃으면서 집으로 돌아가라는 말씀이시지요. 결코 돈을 따서는 안 됩니다.

폴로니어스 다음은, …….

레어티스 의복에 대한 것입니다. 좋은 셔츠를 입고 튀지 않는 상의를 입으라는 것이죠.

폴로니어스 그 다음은, …….

레어티스 하숙집 아주머니에게 인사차 간단한 선물을 하는 것을 잊지 말고요. 너무 가까이 지내는 것도 좋지 않습니다.

폴로니어스 그 다음은, …….

레어티스 일기를 쓸 것. 딱딱한 빵을 사놓아 둘 것. 가끔씩 코털을 정리할 것. 아아, 이러다가 배가 떠나겠습니다. 아버지는 뭐든 다 알고 계시는군요. 도착하면 천천히 편지하겠습니다. 오필리어, 잘 있어라, 아까 오빠가 한 말을 잊으면 안 된다.

폴로니어스 아, 벌써 가버렸구나. 어쩜 저리도 재빠른 것이냐. 그래, 뭐 그 정도 얘기했으니 알아들었겠지. 송금 한도에 대해 말하는 것을 잊어버렸는데, 아, 왜 산책이 필요한지에 대해서 말하는 것도 잊었고, 뭐, 나중에 편지로 알려주면 되겠지. 저런, 오필리어, 안색이 안 좋구나. 오빠가 너한테 무슨 무리한 요구라도 한 것이냐? 알겠다. 용돈을 좀 달라고 보챘지? 아버지한테 받은 걸로는 부족하니까, 앞으로 매달 몰래 얼마씩 보내달라고 너를 협박하며 명령한 것이 아니냐. 그래, 그런 게 분명해. 나쁜 놈이다.

오필리어 아니에요, 아버지, 아니에요. 오빠는 그렇게 시시한 분이 아니에요. 걱정 마세요. 아까처럼 그렇게 하나하나 충고하지 않으셔도 오빠는 마음을 단단히 먹고 있는 것 같아요.

폴로니어스 그건, 그렇지. 당연한 일이다. 스물셋이나 먹어서 그 정도도 모르면 그걸 어디다 쓰겠느냐. 같은 나이라도 햄릿 님과 비교하면 세 배는 더 어른이지. 레어티스는 이 아비보다 훨씬 더 훌륭해질 아이야. 그런데도 그렇게 귀찮은 잔소리를 했던 것은 다 내가 깊이 생각한 바가 있기 때문이다. 귀찮다는 생각이 들더라도 누군가 자기에게 성가시게 말을 해주는 사람이 있다는 것은, 저 아이에게 있어서도 살아갈 의욕이 된단다. 자신의 앞날을 진정으로 걱정해주는 이가 단 한 사람이라도 있다는 것을 녀석이 알아주는 것만으로도 나는 만족한다. 여러 가지 주의할 점을 이야기해주었지만, 그까짓 것은 모두 아무래도 상관없어. 아무래도 좋은 것들이야. 레어티스에게는 레어티스만의 생활 방침이 있을 거다. 시대도 변하고 있고, 레어티스는 자유롭게 살아가면 돼. 다만 한 가지, 내가 자기 걱정으로 마음을 쓰고 있다는 사실만 알아준다면 그걸로 된 거다. 그것을 기억하고 있는 한 녀석은 결코 타락하지 않을 거야. 나는 돌아가신 너희 어머니 몫까지 두 사람 분의 걱정을 하고 있어. 녀석이 그걸 알아주기를 바란 거야. 녀석이 그것만 기억하고 있다면, 그것을 기억하고 있는 한, 아아, 똑같은 말을 하고 있군. 늙은이의 넋두리다. 나도 어느새 이렇게 나이를 먹었구나. 오필리어, 여기 앉아 보아라. 자, 이 아비 옆에 앉아 봐. 그래, 좋다. 조금만 더 이 아비의 푸념을 들어다오. 요즘 들어 너는 점점 더 네 어머니를 닮아가는구나. 어쩐지 네 어머니와 대화를 나누고 있는 것만 같은 기분이 든다. 네 어머니도 풀숲 뒤에서 기뻐하고 계시겠지. 레어티스도 저렇게 건장하게 성장했고, 너도 마음씨 착하고 차분한 아이로 잘 자라서 나를 도와주고 있어. 너에 대해서는 성 밖까지 칭찬이 자자하다더구나. 폴로니어스 같은 아버지에게서 어떻게 저런 미인이 태어났느냐고, 괘씸하기는 하지만, 뭐 상관없다. 어찌 되었건 그런 소문까지 들려온단다. 이 아비는 지금 진정으로 행복해야 할 때야. 무엇 하나 부족한 것이 없어야겠지. 그런데 오필리어야, 내 말 좀 들어보아라. 이 아비는 요즘 어쩐지 문득 불안해질 때가 있어. 이 아비는 이제 곧 죽겠지. 아니, 놀랄 것 없다. 애써 죽겠다는 말은 아니야. 이 아비는 항상 어떻게 해서든 백 살, 아니 백아홉 살까지 살고 싶다고 매우 진지하게 생각해 왔다. 레어티스가 훌륭하게 출세하는 모습을 보고 크게 칭찬해주면서, 이것으로 나도 안심이라고 말한 뒤에 죽고 싶었다. 욕심도 많았지. 하지만 나는 진심으로 너희들을 걱정하고 있다. 내게는 이제 내 자신의 즐거움은 하나도 남아있지 않아. 다만 너희들을 위해서 살아야 한다고 생각하고 있다. 내게 있어 엄마 없이 키운 아이들이 얼마나 예쁜지, 레어티스나 네가 알 리 없지. 나는 자식들을 위해서라면 무슨 짓이든 할 수 있다. 이 아비는 말이다, 이런 생각까지 하고 있었어. 인생에는 마지막으로 칭찬을 해주는 사람이 한 사람 있어야 한다. 예를 들어 레어티스의 경우, 앞으로 세상 사람들에게 칭찬을 받고 싶어서 갖은 애를 다 쓰겠지만, 그럴 때 다른 사람들은 모두 가볍게 녀석을 칭찬하더라도 나만큼은 쉬이 칭찬해주지 않을 것이다. 쉽게 칭찬해주면 쉽게 만족해버린다. 나만은 언제까지나 깐깐한 얼굴을 하고 있을 것이다. 오히려 모욕을 줄 거야. 그러나 맨 마지막에는 반드시 칭찬을 해줄 것이다. 말하자면 최고의 칭찬이 되는 것이지. 대단히 크게 칭찬해줄 것이다. 하늘에 닿을 만큼 큰 소리로 칭찬할 거야. 그러면 녀석은 지금까지 열심히 살아오길 잘 했다는 생각이 들겠지. 살아있다는 것을 신께 감사하게 될 거야. 나는 큰 소리로 최후의 칭찬을 해주는, 바로 그런 사람이 되기 위해 어떻게 해서든 백아홉 살, 아니 백여덟 살까지라도 좋으니, 그때까지 살아 있으려고 몸조심을 해왔다만, 요즘 들어 그것도 힘들어졌다. 칭찬하고 싶어도 참고 잔소리를 하는 것은, 화를 내고 싶어도 참고 있는 것과 비슷한 수준으로 고통스러운 거란다. 그런 괴로운 역할은 아버지가 아니면 할 사람이 없어. 바보 아빠라는 말이 있지. 아버지의 욕심이야. 이 아비는 레어티스를 훨씬 더 훌륭한 인물로 만들고 싶어서 그렇게 쓴 소리를 해왔던 것인데, 어쩐지 요즘 들어 외로워졌어. 아니, 이 아비는 앞으로도 너희들에게 잔소리를 할 게야. 아까도 레어티스에게 그토록 귀찮게 잔소리를 했지. 하지만 잔소리를 한 후 문득 불안한 마음이 들었어. 어쩌면 교육이란, 이 아비가 생각했던 것처럼 그런 마음속 술수가 다가 아닐지도 모른다는 생각이 어렴풋이 들었다. 자식들은 부모가 하는 그런 흥정을 어느새 다 꿰뚫어 보지. 어떠냐? 나도 꽤 늙었지? 레어티스는 제대로 잘하고 있기는 하지만, 남자라서 아직 단순한 데가 있다. 이 아비의 교묘한 술수에 걸려들어서 두 주먹 불끈 쥐고 노력하려는 성향이 있지. 그건 녀석의 좋은 점이야. 그걸 알고 있기 때문에 나도 가끔씩 레어티스에게 그런 소릴 하는 거고 게다가 성공하고 있지. 조금 전 내가 큰 소리로 각종 주의사항을 말해주었지만, 레어티스는 귀찮다고 생각하면서도 아버지가 걱정하고 계시다는 사실을 알고, 마음속으로는 생의 보람을 느끼며 길을 떠난 게다. 하지만 오필리어, 있잖느냐 오필리어, 조금 더 내 곁으로 다가앉아 보아라. 이 아비가 아까부터 무슨 말이 하고 싶었던 것인지 알겠느냐?

오필리어 저를 꾸짖고 계십니다.

폴로니어스 그래. 바로 그거다. 이 아비는 말이다, 그래서 네가 무서운 거란다. 요즘 들어 부쩍 두려워졌어. 너에게는 내 술수가 안 통해. 금세 알아채버린다. 전에는 그렇지 않았는데 말이야. 오필리어. ……그래. 아까부터 이 아비는 네 이야기를 하고 있었어. 진심으로 걱정이 되는 건 바로 너란다. 혼을 내는 것은 아니야. 그런 것은 아니다만, 왜 이 아비에게 좀 더 확실히 이야기를 해주지 않는 것이냐? 아버지는 그게 서운하다. 레어티스에 대해서는 크게 걱정하지 않아. 녀석은 크게 혼을 좀 내주면 언제라도 얌전해지는 아이다. 하지만 오필리어, 요즘 나는 너를 혼낼 수가 없구나. 억지로 강요할 수도 없어. 이 아비가 문득 불안해지는 것도 그 때문이다. 백아홉 살까지 살아있고 싶지 않은 것도, 바로 그 때문이야. 교육이란 마음속 술수가 아니라는 걸 알게 된 것도 그 때문이다. 최고의 칭찬을 해주는 역할이 바보 같이 여겨진 것도 그 때문이다.

이제 곧 죽는 게 아닌가 하는 생각이 든 것도, 오필리어, 그 모든 것이 바로 너 때문이다. 오필리어, 울지 마라. 자, 이 아비에게 네가 무엇 때문에 괴로워하는지 뭐든 털어놓아 보려무나. 이 아비는 아까부터 이제나저제나 네가 말을 꺼내기를 기다리고 있었다. 그래서 그런 의미도 없이 멍청한 말을 줄줄 늘어놓으면서, 네가 마음 편히 속마음을 터놓을 수 있도록 했던 것인데, 아무래도 이 아비가 너무 술수를 부려서 탈인가 보구나. 미안하다. 이 아비는 너무 교활한 것이 문제다. 자, 이제 나도 계략을 꾸미지 않을 생각이니, 너도 아버지를 믿고 마음껏 말해보아라. 저런, 어딜 가느냐. 도망가지 말고 여기 앉아보아라. 그렇다면 아버지가 말해주마. 오필리어, 아까 오빠가 널 심하게 꾸짖는 것 같던데, 송금 이야기 같은 걸 했던 게 아니었지?

오필리어　아버지, 너무 하세요. 이제 그만하세요.

폴로니어스　좋아, 알겠다. 오필리어! 넌 바보로구나. 레어티스가 화를 낼 만도 하다. 오늘 아침 한 하급 관리에게 듣기 싫은 충고를 들었다. 아닌 밤중에 홍두깨 같은 소리였지만, 요즘 네가 기운이 없어 보였던 것을 떠올리고는 설마 했지. 나는 사실이 아니길 빌었다만, 일단은 네게 상처를 주지 않는 선에서 아무 일도 아닌 것처럼 부드럽게 물어볼 생각이었어. 그래서 애써 상냥하게 물어봤던 거야. 그런데도 너는 완강히 입을 다물고, 심지어는 달아나려고까지 하는구나. 이제 알겠다. 오필리어, 너의 사랑은 비겁하다. 순수한 면이 조금도 없어. 혼탁해. 왜 그렇게 우리를 속여야만 하느냐. 상대가 누군지는 잘 알고 있겠지. 천연덕스럽게 상복 같은 것을 입고 와서, 자기가 도리에 어긋난 행동을 한 것은 모른 척하면서, 오히려 왕과 왕비에게 불쾌한 말을 퍼부었다. 요즘 젊은 사람들의 연애란 그런 것이냐? 좋아하면 좋아하는 것으로 된 거지. 신분의 차도 옛날만큼 엄격하지는 않아. 왜 순순히 털어놓지 못하는 것이냐? 클로디어스 님도 앞뒤가 꽉 막힌 분은 아니야. 나도 젊었을 때는 잘못을 저질렀던 적이 있다. 잘 무마시켜 주셨지. 하지만 이미 늦었어. 이런 소문이 사람들 입에 오르내리고 있다는 것은 상황이 좋지 않다는 뜻이다. 너희들은 바보야. 몹쓸 것들. 울어봐야 소용없다. 이 아비도 질렸구나. 그래서? 레어티스는 다 알고 있는 것이냐?

오필리어   아니요. 오빠는 그런 일이 생긴다면 가만두지 않겠다고 했어요.

폴로니어스 그렇겠지. 레어티스 입에서 나올 법한 말이야. 뭐, 레어티스에게는 말하지 말자꾸나. 녀석이 뛰어들면 상황은 더 악화될 게다. 불쾌한 이야기다. 딸자식들은 이래서 안 돼. 쯧쯧, 오필리어. 너는 여왕의 왕관을 잃었다.

3. 언덕 위

햄릿. 호레이쇼.

햄릿   오랜만이구나. 잘 왔다. 위튼버그 분위기는 어떤가? 다들 별일 없지?

호레이쇼　여기는 춥네요. 바다 냄새가 물씬 납니다. 바로 앞에서 바닷바람이 불어오기 때문이겠죠. 여기는 매일 밤 이렇게 춥습니까?

햄릿　아니, 그래도 오늘 밤은 따뜻한 편이네. 잠깐 추웠지. 앞으로 점점 더 따뜻해질 거야. 이제 덴마크도 곧 봄이다. 그나저나, 어때? 다들 건강한가?

호레이쇼　왕자님. 저희들보다 왕자님은 어떠십니까?

햄릿　말투가 왜 그래? 나에 대한 이상한 소문이라도 돌고 있나? 위튼버그는 소문이 빠르니까 말이야. 호레이쇼, 자네 좀 이상해. 어딘가 서먹서먹해 보여.

호레이쇼　아닙니다. 별일 없었습니다. 왕자님, 정말 괜찮으신 겁니까? 아아, 추워.

햄릿　왕자님이라니. 우리가 그런 사이였나. 어이, 예전처럼 햄릿이라고 불러주게. 완전히 다른 사람이 되었군. 자네 대체 뭘 하러 엘시노어에 왔는가?

호레이쇼　아아, 죄송해요. 옛날과 다름없는 햄릿 님이시군요. 금세 화를 내시는 걸 보니까요. 의외로 건강하시고. 괜찮아 보이네요.

햄릿　말투가 기분 나쁘군. 뭔가 나쁜 소문을 듣고 온 게 분명해. 뭔가? 무슨 소문인지 말해보게. 삼촌이 자네한테 쓸데없는 소리를 했겠지. 분명 그럴 거야. 아무것도 모르면서 쓸데없는 소릴 하고 난리야.

호레이쇼　아닙니다. 왕께서 보내주신 편지에는 애정이 가득 담겨 있었어요. 왕자가 지겨워하고 있으니 말상대를 하러 와달라시면서 황공할 정도로 정성스러운 문장을 보내주셨습니다. 감사한 편지였어요.

햄릿 거짓말이야. 편지에 뭔가 다른 게 쓰여 있었던 것이 분명해. 자네만은 거짓말 못 하는 남자라고 생각했는데.

호레이쇼 햄릿 님. 저는 당신의 오랜 친구입니다. 허튼소리는 하지 않습니다. 그러면 제가 위튼버그에서 들은 것을 모두 말씀드리겠습니다. 여기는 너무 춥네요. 방으로 돌아가시지요. 왜 저를 이런 곳으로 끌고 오신 겁니까? 얼굴을 보자마자 아무 말 없이 이런 어두컴컴하고 추운 곳으로 데리고 오셔서는, 어이, 오랜만이구나, 라고 하시니, 저도 의심을 할 수밖에 없지요.

햄릿 의심할 게 뭐가 있다고. 대충 알 것 같긴 하지만, 그건 좀 뜻밖이군.

호레이쇼 알고 계셨습니까? 우선 방으로 돌아가지요. 제가 재킷을 안 입고 와서 말이죠.

햄릿 아니, 여기서 말해주게. 나도 그 점에 대해서 자네한테 물어볼 말이 아주 많아. 산더미처럼 쌓여 있다고. 사람들이 들으면 큰일이야. 여기라면 괜찮아. 좀 춥겠지만 참아 줘. 사람은 비밀을 만들면 벽에 귀라도 붙어있을 것 같다는 기분이 드니까. 나도 요즘 들어 의심이 많아졌어.

호레이쇼 잘 알겠습니다. 최근에 깊은 시름에 잠겨 계신다고 들었습니다. 돌아가신 왕은 저도 서너 번 뵌 적이 있지만, …….

햄릿 그 정도가 아냐. 시름이 불기둥처럼 활활 타올랐지. 뭐, 우선은 자네가 위튼버그에서 들은 얘기를 먼저 해봐. 추우면, 자, 여기 내 외투를 빌려주겠네. 문명국에서 너무 오래 유학을 하면 피부도 고급이 되지.

호레이쇼   황공합니다. 재킷을 안 입고 와서 도저히 못 견디겠습니다. 그럼 염치 불구하고 외투를 입겠습니다. 하아, 이제 좀 낫군요. 꽤 따뜻해졌습니다. 감사합니다.

햄릿   빨리 말해보게. 자네는 추위를 타러 덴마크에 온 것 같군.

호레이쇼   정말이지 춥네요. 대단히 죄송합니다. 햄릿 님, 그럼 말씀드리지요. 저런, 저쪽 어둠 속에 사람이 있는 것 같은데요?

햄릿   무슨 소린가? 저건 버드나무잖아. 그 아래 어렴풋이 하얗게 빛나고 있는 것은 시내고 폭은 좁지만 조금 깊어. 얼마 전까지만 해도 얼어 있었는데, 벌써 녹아서 기세 좋게 흐르고 있네. 자네는 나보다도 겁이 많군. 문명국에서 너무 오래 유학을 하면, ……

호레이쇼   감각도 고급이 되나봅니다. 자, 아무도 안 듣고 있는 거죠? 아무리 무시무시한 사건이라도 괜찮다, 이거지요?

햄릿   왜 이리 뜸을 들이나. 몇 번을 말해야 알아듣겠어. 여긴 괜찮다니까. 그래서 자네를 이리 끌고 온 거야.

호레이쇼   그렇다면 말씀드리겠습니다. 놀라지 마십시오, 햄릿 님. 대학에서는 당신이 미쳤다는 소문이 자자합니다.

햄릿   미치다니? 말도 안 돼. 나는 스캔들이라도 난 줄 알았지. 바보 같군. 보면 알잖나. 어디서 그런 소문이 나왔지? 하하핫, 알겠어. 삼촌이 한 소리겠지.

호레이쇼   또 그런 말씀을 하시는군요. 왕께서 왜 그렇게 쓸데없는 말씀을 하시겠습니까? 절대 아닙니다.

햄릿   너무 강하게 부정을 하는군. 산양 삼촌은 저래 봬도 꽤나

로맨티스트야. 나하고 아버지 아들 사이가 돼서 도리어 마음
이 천리만리 멀어지고 애정이 증오로 변했다면서, 저 혼자
기분이 상해서는 슬퍼하는 사람이라고. 이번에는 또 마음이
확 바뀌어서 선왕이 죽고 그 뒤를 이을 햄릿이 슬픔을 참지
못하고 우울증에 빠져서 미쳤다느니, 이 일가의 불행을 등에
업고 분연히 일어선 새로운 왕이 자기라느니 헛소리를 하고
다니는 거지. 연극으로 삼으면 딱 좋겠어. 삼촌이 한 말이
분명해. 삼촌은 요즘 무슨 수를 써서든 자기 위상을 세워서
인기 좀 얻어보려고 나를 바보 취급하고 있어. 이 궁리 저
궁리하면서 무게를 잡고 있다니까. 보고 있으면 불쌍할 정도
야. 하지만 나를 미쳤다고 하고 다니는 건 너무했네, 심했어.
나쁜 놈.

호레이쇼   다시 말씀드리겠지만, 왕께서 하신 말씀이 아닙니다. 햄릿
님. 안쓰럽군요. 당신은 아무것도 모르십니다. 대학가에 떠도
는 소문은 그리 가벼운 것이 아닙니다. 아아, 저도 더 이상
말 못 하겠습니다.

햄릿   왜 그래? 대체 왜 그리 심각한 거야? 삼촌이 무슨 말을 한
거지? 나를 반성하게 만들라고 하던가? 그런 거야?

호레이쇼   다시 말씀드리겠습니다. 왕의 편지에는 그저 말 상대를 해주
라고만 쓰여 있었어요. 왕께서는 설마하니 제가 햄릿 님께
이렇게 무시무시한 소문을 가지고 오리라고는 꿈에도 모르셨
을 것입니다.

햄릿   그럴까? 그래, 그럴지도 모르지. 만약 삼촌이 대학에 그런
소문을 퍼뜨렸다면, 자네를 내게 불러오는 위험한 짓은 하지

않았겠지. 자네가 오면 다 들통이 날 테니까. 삼촌이 아니면 누구 짓이지? 도무지 모르겠군. 어찌 되었건 내가 미쳤다니 너무하다. 지금 나는 차라리 미치기라도 했으면 좋겠다 싶을 정도로 고통스러운데 말이야. 그건 나중에 얘기하기로 하세. 호레이쇼, 소문이란 게 그건가? 어쩐지 더 있을 것 같은데? 말해보게. 무슨 소리를 듣더라도 나는 괜찮으니까. 아무렇지도 않아.

호레이쇼   꼭 말해야 하는 겁니까?

햄릿   이거 왜 이러나. 자기가 먼저 말을 꺼내놓고 이제 와서 비겁하게 달아나려는 건가. 위튼버그에서는 그렇게 아니꼽게 끙끙거리는 말투가 유행인가보지?

호레이쇼   그렇다면 말씀드리겠습니다. 제 성의를 그토록 무시하시니 말씀드려야겠습니다. 정말로 아무것도 아니란 듯이 흘려들으십시오 새겨들을 것도 없는 시시한 헛소문입니다. 신 호레이쇼는 애초에 그런 발칙한 소문을 믿지 않습니다.

햄릿   그런 건 아무래도 상관없어. 기분 나쁜데? 자네가 그렇게 격식을 차리면서 답답하게 말한다는 걸 오늘 처음 알았군.

호레이쇼   말씀드리겠습니다. 그 소문은 요즘 엘시노어 왕궁에 유령이 나온다는, …….

햄릿   그 또한 너무하잖나, 호레이쇼. 진짜 웃기는군. 바보 같아. 위튼버그대학도 타락했어. 독자적인 과학 정신은 어디다 내버린 거지? 하긴 요즘 대학에서는 극 연구가 활발히 이루어진다고 하니, 개중에는 머리 나쁜 연구생이 그 따위 엉터리 드라마를 생각해낸 것인지도 모르겠군. 그렇다고는 해도 유령이라니, 왜 그리 상상력이 빈약한 건가? 그걸 재밌답시고 왁자지껄 떠들고 다니는 꼴이라니, 요즘 대학도 수준이 많이 떨어졌어. 유령에다, 햄릿의 광기. 싸구려 연극에나 있을 법한 제목이로군. 삼촌이 나더러 대학은 시시하니 가지 말라고 하던데 사실이었어. 삼촌이 훨씬 더 머리가 좋은데? 그런 멍청한 놈들과 사귀면서 나까지 그 따위 유령 소동에 휘말렸다면, 삼촌은 진짜 진절머리를 냈을 거야. 좀 더 그럴싸한 소문을 낼 수 없겠나?

호레이쇼 저는 믿지 않습니다. 하지만 모교에 대한 험담은 하지 말아 주십시오. 저도 기분이 나쁘네요.

햄릿 미안. 자네는 별개야. 삼촌도 자네만큼은 칭찬을 했어. 성실한 남자라고 말이야. 내가 일부러 위튼버그에 가지 않더라도 호레이쇼를 여기 불러온다면 그걸로 된 게 아니겠냐고 했다고. 실은 나도 대학 같은 데 가고 싶었던 건 아니었지만, 그래도 자네는 꼭 만나고 싶었어.

호레이쇼 충성을 맹세하겠습니다. 아까 이야기로 돌아가서, 방금 전 그 기괴한 소문은 결코 우리 위튼버그대학에서 나온 말이 아닙니다. 그것만은 모교의 명예를 위해 확실히 해두고 싶습니다. 그 소문은 엘시노어 성에서 시작되어 점차 전국으로 퍼져 나가다가 결국 해외 대학에 있는 저희 귀에까지 들어오게 되었습니다. 하도 무례하고 말이 안 되는 소문이라, 요즘 저도 우울해 죽을 지경입니다. 햄릿 님, 전혀 모르셨던 것입니까?

햄릿 몰랐어. 그런 바보 같은 소문이 돌고 있는 줄은. 그건 그렇고

패나 널리 퍼진 모양이군. 소문이 너무 넓게 퍼지면 바보 같다고 웃어넘길 수도 없게 된다. 삼촌이나 폴로니어스는 알고 있나 모르겠네. 대체 그 사람들은 귀를 어디에 두고 있는지 모르겠어. 들어도 못 들은 척하고 있는 건가? 그 사람들 속이 하도 시커머니까 알 수가 있어야지. 호레이쇼, 대체 어떤 유령인가? 점점 궁금해지는군.

호레이쇼 그전에 확실히 여쭤볼 말이 있습니다. 괜찮으시겠습니까?

햄릿 호레이쇼, 자네가 두려워지기 시작했네. 뭐든 좋으니 빨리 말해 줘. 자꾸 그렇게 뜸을 들이면 절교하고 싶어지니까.

호레이쇼 말씀드리지요. 말을 꺼내놓고 나면 아무것도 아닌 일인지도 모르겠습니다. 분명 또 큰 소리로 웃어넘기시겠지요. 저도 어쩐지 유쾌한 기분이 들기 시작했습니다. 그래도 혹시 몰라서 한 가지 여쭤보겠습니다. 햄릿 님, 물론 현왕의 인격을 믿고 계시겠지요?

햄릿 의외군. 은근히 어려운 질문이야. 난처하네. 뭐라고 해야 할까? 정말 어려워. 그런 건 상관없지 않나. 어찌됐건 상관없잖아.

호레이쇼 아니요, 그렇지 않습니다. 지금 이걸 분명히 여쭙지 않으면, 저는 아무 말씀도 드릴 수가 없습니다.

햄릿 가차 없군, 그래. 자네 좀 변했어. 멍청할 정도로 앞뒤가 꽉 막혔네. 원래는 이러지 않았는데. 뭐, 좋아. 대답해주지. 이제 와서 왜 내게 그런 걸 묻는 건가? 삼촌은 빈틈이 많기는 해도 그렇게 나쁜 사람은 아니야. 하지만 인격을 믿느냐고 묻는다면 뭐라고 대답해야 할지 난처해지는군. 삼촌에 관한 무슨 나쁜 소문이라도 돌고 있는 건가? 그거야 사람들이 여러 소릴 하겠지. 어찌됐건 이번에 복잡한 일들이 많았으니까. 하지만 이번 일은 삼촌 혼자 결정한 것도 아니야. 그런 일은 있을 수도 없지. 폴로니어스를 비롯해서 대신들이 의논해서 결정한 거라네. 나라고 지금 당장 보위를 이을 만한 자격은 못 되고, 지금 덴마크 상황도 안 좋은 것 같아. 노르웨이하고 언제 전쟁을 시작할지 모른다고 하더군. 나는 아직 자신이 없네. 삼촌이 보위를 이어주어서 오히려 마음이 편해. 진심이야. 나는 아직 좀 더 자네들과 자유롭게 농담도 하면서 즐기고 싶어. 별일 아니네. 애초에 삼촌과 조카 사이가 아닌가. 가장 가까운 친척이지. 그래서 나도 삼촌한테 제멋대로 구는 거야. 놀려줄 때도 있지. 경멸할 때도 있고. 일부러 토라진 척 제대로 대답도 하지 않을 때도 꽤 돼. 하지만 그건 삼촌과 조카 사이의 일이야. 내가 그저 엄살을 부리고 있는 것인지도 모르지. 삼촌도 그 정도는 이해해줄 거라고 생각해. 삼촌이 의지가 될 때도 있으니까. 좋은 삼촌이야. 마음이 약하지. 정치 수완도 없을 거야. 예전에는 그저 산양 아저씨에 불과했으니까 말 다 했지. 동분서주해가며 애를 쓰고 있는 것 같기는 한데, 애초에 그런 자리에 오를 그릇이 못 돼. 안타까울 따름이야. 아버지라고 부르라지만 나는 그럴 수 없네. 어머니도 참 난처한 행동을 하셨어. 햄릿 왕가의 기초를 다지기 위해서는 그게 제일이라고 다들 그러니까 그런 판단을 하신 모양인데, 글쎄 잘하신 일일까? 어머니도 벌써 연세가 꽤 드셨으니, 뭐, 함께 차를 마실 동무라도 만들 생각으로 결혼하신 것 같은데, 아무래도 나는 어색해. 하지만 그런 건 별로 신경 쓰지 않으려고 하네. 어쩔 수 없지 않나. 사람의 아들로 태어나서, 부모가 하는 일에 감 놔라 배 놔라 비열하게 참견하는 것도 못 할 짓이야. 그런 비열한 자식은 인간도 아니네. 그렇지 않겠나? 한때는 나도 견딜 수 없이 외로웠지만, 더 이상은 생각하지 않으려고 해. 혼자 괴로워한다고 세상 일이 다 내 생각대로 굴러가는 것도 아니고 뭐, 그 사람들 일은 그 사람들한테 맡겨야 별 수 있겠나. 어떤가? 대답은 이 정도로 해두지. 여러 가지 복잡한 일이 많아. 하지만 삼촌은 나쁜 사람이 아니네. 그것만은 확실해. 소심한 책사일지언정 결코 무시무시한 악당은 못 돼. 자기가 뭘 할 수 있겠어?

호레이쇼 햄릿 님. 감사합니다. 그 말씀을 들으니 안심이 되는군요. 부디 앞으로도 변함없이 왕을 믿어주십시오. 저는 현왕을 좋아합니다. 교양 있는 분이시지요. 정이 두터운 분이라고 생각합니다. 방금 해주신 말씀 덕분에 백 배 용기를 얻었습니다. 정말 감사드립니다. 햄릿 님은 예전과 다름없이 여전히 명랑하시군요. 순수하고 진정 어린 판단에는 거리낌이 없는 법입니다. 아, 좋아라, 기분이 좋아졌어요.

햄릿 치켜세우지 마라. 갑자기 왜 그리 기분이 좋아진 거냐? 이 녀석, 제멋대로군. 호레이쇼, 너도 여전하다. 그래서? 소문이란 게 뭐냐? 내가 미쳤고, 유령이 나오고, 또 그 뒤에 뭐가 나오나? 쥐라도 나오나?

호레이쇼 쥐보다 더한 것. 언어도단. 발칙함. 덴마크의 수치. 햄릿 님, 말씀드리겠습니다. 이것은 대단히 무례하고, 기이하며, 더럽고, 저급한 것입니다!

햄릿   됐다, 그런 어설픈 형용사를 늘어놓는 것도 이제 질렸어. 자네 위튼버그 연극 연구회에 들어가기라도 한 거야?

호레이쇼   일단은 그 정도입니다. 우선은 나라를 걱정하는 시인 연기를 해보고 싶었습니다. 저는 사실 안심했습니다. 아까 햄릿 님이 그렇게 명쾌한 판단을 내려주셔서 장난칠 여유도 생겼습니다. 햄릿 님, 웃으시면 안 됩니다. 참으로 바보 같은 소문이 떠돌고 있습니다. 분명 껄껄대고 웃으실 것입니다. 하지만 이것은 덴마크 전역에 퍼져서 외국 대학에 있는 저희 귀에까지 들려오고 있으니, 그저 웃기만 할 일은 아닌 것 같습니다. 제대로 대처할 필요가 있습니다. 웃지 마십시오. 말씀을 드리는 저도 바보 같다는 생각이 들기 시작했어요. 선왕의 유령이 매일 밤 나타나서 복수를 해달라고 부탁하고 있다고 합니다. 햄릿 님, 당신한테요.

햄릿   나한테? 이상한 일도 다 있군.

호레이쇼   그러게 말입니다. 말도 안 되지요. 게다가 멍청하고요. 아직 끝난 게 아닙니다. 그 유령이 말하길, 클로디어스가 나를 죽였다, 클로디어스는 내 아내를 흠모하여, …….

햄릿   어이, 그건 좀 심한데. 흠모라니, 너무 하잖아. 우리 어머니는 틀니를 끼신다고.

호레이쇼   그래서 제가 웃으시면 안 된다고 말씀드리지 않았습니까? 계속 들어보십시오. 더 있습니다. 내 아내를 가로채고 내 왕위를 차지하려고 내 침실로 들어와 내가 방심하는 사이에 몰래 내 귀에 독약을 넣었다. 이런 말을 했다고 하니 정말

	치밀하지요? 오오, 햄릿, 너에게 효성이 있다면, 이 원한을 결코 그냥 묻어둬서는 안 될 것이다. 이렇게 말했다는 겁니다.
햄릿	그만둬! 행여 유령이라고 해도 아버지 목소리를 너무 진지하게 흉내 내지는 마라. 죽은 자는 엄숙하게 그대로 내버려두라고. 장난이 지나치구나.
호레이쇼	죄송합니다. 저도 모르게 몰입을 하다 보니. 하지만 결코 돌아가신 왕의 덕성을 망각한 것은 아닙니다. 기가 찰 이야기이기에 저도 모르게 도를 넘었던 것 같습니다. 죄송합니다. 본의 아니게 햄릿 님의 애통한 마음을 건드렸습니다. 저는 이렇게 덜렁거리는 게 탈입니다.
햄릿	아니야, 괜찮다. 나야말로 큰소리를 내서 미안하구나. 내가 심했어. 신경 쓰지 마라. 그래서 그 유령은 어떻게 됐나? 계속해봐라. 기상천외한 일이군.
호레이쇼	네, 그 유령이 매일 밤 햄릿 님의 머리맡에 나타나 그렇게 말하기에, 햄릿 님이 극심한 공포와 의심과 고난으로 결국 미치고 말았다는, 그런 밑도 끝도 없는 이야기입니다.
햄릿	있을 법한 이야기다.
호레이쇼	네?
햄릿	있을 법하다고. 호레이쇼, 어쩐지 기분이 나쁘구나. 너무 불쾌한 소문이 돌고 있어.
호레이쇼	역시 말씀드리지 말 걸 그랬습니다.
햄릿	아니, 그 이야기를 들어서 정말 다행이다. 너에게 효성이 있다면, 이라고? 하하핫, 호레이쇼, 이 소문은 진짜다. 내가 너무 어수룩했어.

호레이쇼 무슨 말씀이십니까? 이제 와서 왜 그런 심술궂은 말씀을
        하십니까? 백성들의 상스러운 소문에 지나지 않습니다. 근거
        도 없잖습니까.

햄릿   자네는 몰라. 나는 분통이 터지네. 자네는 모를 거야. 근거
        없는 일로 모욕을 당하는 것과 분명한 근거를 바탕으로 소문
        이 도는 것 중에서 어느 쪽이 더 분할지 생각해봐라. 내가
        반드시 그 근거를 찾아내겠다. 햄릿 왕가, 아버지, 삼촌, 어머
        니, 나, 우리 모두 아무 근거도 없이 백성들에게 조롱당하고
        있다니 참을 수가 없구나. 무슨 근거가 있을 것이다. 그렇게
        그럴듯한 소문이 돌고 있다면 정말 있을 법한 일일는지도
        모르지. 차라리 근거가 있다면 좋겠군. 근거도 없이 부당한
        모욕을 당하는 건 참을 수가 없어. 햄릿 왕가는 백성들에게
        조롱당하고 있다. 삼촌도 불쌍하군. 이제 좀 뭔가 열심히
        해보려고 하는데 그런 소문이 돌고 있다니, 다 소용없게 돼버
        렸어. 다들 너무하다. 불쾌해. 내가 직접 삼촌에게 물어보겠다.
        무언가를 증명하기 위해서는 직접 부딪혀야 해. 호레이쇼,
        도와줄 텐가?

호레이쇼 그런 것이라면 책임은 제게 있습니다. 그러니, 아아, 제발
        제게 맡겨주십시오. 실례지만 햄릿 님께서는 마음이 약간
        뒤틀리신 것 같습니다. 단단히 꼬여 있다는 생각밖에 들지
        않아요. 아까지만 해도 그토록 구김살 없이 웃으셨잖습니
        까? 애초에 근거도 없는 엉뚱한 소문입니다. 왕께 물어보시겠
        다니, 무례하고 버릇없는 행동이에요. 왕께서는 사람들 장난
        에 고통만 받으실 겁니다. 저는 어디까지나 조금 전 햄릿

님께서 보여 주신 명쾌한 판단력을 믿고 싶습니다. 벌써 잊어
버리신 겁니까? 왕을 신뢰한다고 말씀하시지 않으셨습니까?
그건 대충 둘러대신 것이었습니까?

햄릿 　그만해라. 모욕을 주는 데도 정도가 있지. 우리 아버지가
유령이 되어 그런 불결하고 무지한 말을 하고 돌아다니실
분이라고 생각하느냐? 아, 세상에, 모든 게 다 바보 같다.
내가 진짜 한번 미쳐볼까? 호레이쇼, 나는 비뚤어졌다. 완전히
엇나갔다고. 자네는 모를 거야, 알 리가 없지.

호레이쇼 　나중에 천천히 이야기를 하도록 하지요. 제가 큰 실수를 했습
니다. 이렇게 흥분하실 줄은 생각도 못했어요. 햄릿 님은
여전하시군요.

햄릿 　그래, 여전하다뿐이냐. 세상에 다시없는 변덕쟁이다. 내 별명
을 졸랑이라고 해도 될 정도야. 나는 수양이 부족해. 이렇게
바보 취급을 받으면서도 싱글벙글 웃을 수 있을 만큼 큰
인물은 아니란 말이야. 호레이쇼, 그 외투를 돌려주게. 이번에
는 내가 추워서 견딜 수가 없군.

호레이쇼 　돌려드리겠습니다. 햄릿 님, 내일 다시 차근차근 이야기하도
록 하시지요.

햄릿 　바라는 바다. 호레이쇼, 화났느냐? 아아, 파도 소리가 들려오
는군. 호레이쇼, 오늘밤 자네에게 더 큰 비밀을 이야기해주고
싶었는데, 조금만 함께 있어주지 않겠나? 방금 그 소문에
대해서도 더 이야기하고 싶지만, 그 외에도 한 가지 더 고통스
러운 비밀이 있어.

호레이쇼 　서로 차분하게 마음을 가라앉히고 내일 다시 이야기하고

싶습니다. 오늘은 제가 외투도 안 입고 왔고요.

햄릿   마음대로 해라. 자네는 사람이 흥분하면 얼마나 순수해지는
지를 못 믿어서 탈이야. 뭐, 푹 쉬어라. 호레이쇼, 나는 불행한
놈이다.

호레이쇼 알고 있습니다. 저는 언제까지나 당신 편입니다.

4. 왕비의 응접실

왕비. 호레이쇼.

왕비   내가 왕께 간청해서 그대를 위튼버그에서 불러오도록 했습니
다. 어젯밤에 이미 햄릿을 만났겠지요. 어땠나요? 완전히
못쓰게 돼버렸지요? 어쩌다가 갑자기 그 지경이 되었는지
원. 무슨 말을 해도 듣지를 않고, 갑자기 뾰로통해져서 화를
내다가는 난데없이 마구 웃어대고, 그런가 하면 신하들이
가득 모인 자리에서 훌쩍훌쩍 울다가는, 또 왕 앞에서 터무니
없는 말을 지껄이며 덤벼대고 있어요. 내가 그 아이 때문에
요즘 얼마나 힘든지 모릅니다. 전부터 마음이 약하고 어딘가
주눅이 든 것처럼 보이긴 했지만 이 정도는 아니었어요. 마음
이 내키면 기발한 어릿광대짓을 해서 우리를 웃게 만들곤
했지요. 순진한 구석도 많았습니다. 돌아가신 선왕께서 나이
들어 본 늦둥이라 아버지 귀여움도 많이 받았고, 내게도 소중
한 외아들이어서 원하는 건 뭐든지 다 들어주면서 키웠는데,

그게 저 아이한테는 안 좋은 영향을 끼친 모양입니다. 늦둥이들은 뭘 해도 뒤떨어지는 것 같아요. 언제까지나 부모한테 의지하려고만 들면서 엄살을 부리니까요. 저 아이는 돌아가신 아버지를 좋아해서, 대학에 들어간 뒤에도 방학 때마다 성으로 돌아와 하루 종일 아버지 응접실에 틀어박혀 있었습니다. 어렸을 때는 그게 훨씬 더 심해서, 조금이라도 아버지가 보이지 않으면 울상을 지으면서 아버지는 어디 가셨느냐고 묻고 다녔으니 말 다했지요. 그런 아버지가 불의의 심장병으로 그렇게 갑작스레 돌아가셨으니, 저 아이도 어떻게 해야 좋을지 갈피를 잡지 못했을 겁니다. 선왕께서 돌아가시고 나서부터 갑자기 이상해지기 시작했어요. 거기다 내가, 흠, 민망한 노릇이기는 하지만, 덴마크 왕국을 위해 명목상 클로디어스 님과 부부의 연을 맺게 된 일이 저 아이 딴에는 꽤 놀라운 사건이었나 봅니다. 그 일로 저렇게 어두워진 게 아닌가 싶어요. 이래저래 생각을 해보니 저 아이가 불쌍하기도 합니다. 그럴 만도 하지요. 하지만 저 아이도 덴마크의 왕자, 햄릿입니다. 언젠가는 보위를 이어야 하는 몸이에요. 어머니 아버지가 한꺼번에 사라졌다고 해서, 언제까지 저렇게 울고 토라져 있을 겁니까? 대신들이 먼저 업신여기기 시작할 겁니다. 지금은 매우 중요한 시기입니다. 내가 클로디어스 님과 결혼했다고 해서 거처를 옮길 것도 아니고, 앞으로도 지금처럼 햄릿의 친어머니로서 함께 살아갈 거예요. 현왕이 처음부터 모르는 사람도 아니었고, 햄릿이나 당신과도 사이가 좋았던 삼촌이었으니, 햄릿만 그 뒤틀린 마음을 풀어준다면 모든 것이 원만히 해결될 것이라 믿습니다. 클로디어스 님도 옛날같이 경박한 언동은 삼가고, 지금은 선왕에 견줄 만한 훌륭한 업적을 세우려고 열심히 노력하고 있습니다. 햄릿 걱정도 많이 하고 계세요. 가까운 사이였으니 이것저것 조심할 일도 있겠지요. 나는 그 둘 사이에서 늘 안절부절못하고 있습니다. 햄릿이 제 삼촌을 얼마나 바보 취급하는지 몰라요. 그래서는 안 됩니다. 아버지와 아들이 된 이상 좀 더 예의를 갖추어야 할 것입니다. 이미 옛날의 그 산양 아저씨가 아니니까요. 덴마크는 지금 위험에 처해 있습니다. 벌써 노르웨이가 국경에 군사를 배치하고 있다는 소문이 돌고 있지 않습니까? 이렇게 위급한 때에 저런 꼴이라니요. 햄릿만 우리를 잘 따라준다면, 엘시노어 성의 민심도 치유되고 왕도 뜻을 굳건히 하여 외국과의 교섭에 전념할 수 있을 텐데. 바보 같은 아이예요. 덴마크의 왕자라는 자각이 전혀 없습니다. 스물셋이나 먹어서는 여자아이처럼 언제까지 선왕과 어머니 뒤만 좇고 있어요. 호레이쇼, 그대는 올해로 몇 살이지요?

호레이쇼 네, 스물둘입니다.

왕비 그렇군요. 햄릿이 그대보다 한 살 위였군요. 그런데도 완전히 정반대예요. 그대가 다섯 살은 위처럼 보입니다. 몸도 다부져 보이고, 학교 성적도 좋은 것 같고, 무엇보다 태도가 차분하네요. 아버님 어머님도 여전히 건강하시지요?

호레이쇼 감사합니다. 네, 부모님께서는 여전히 시골 성에서 여유롭게 살고 계십니다. 어진 정치를 펼쳐주신 덕분입니다.

왕비 그대 어머니가 부럽군요. 이렇게 훌륭한 아들을 두셨으니 얼마나 좋으실까? 그에 비하면 햄릿은 저대로라면 장래가 암담해요. 사사로운 슬픔에도 어찌할 바를 모르고 울며 토라지니, ······.

호레이쇼   말씀을 거슬러 죄송합니다만, 햄릿 님은, 아니 왕자님은, 아니 햄릿 님은 결코 그렇게 졸렬한 분이 아니십니다. 제가 존경하는 유일한 분입니다. 저야말로 덤벙거리는 시시한 놈입니다. 저는 언제나 햄릿 님께 꾸중만 듣고 있습니다. 저는 햄릿 님을 무척 좋아합니다. 그래서 햄릿 님 앞에만 서면 언제나 횡설수설하지요. 햄릿 님은 머리가 무척 좋으셔서, 제가 하려는 말을 하기 전부터 이미 다 알고 계십니다. 도무지 따라갈 수가 없을 정도입니다.

왕비   그건 그 아이의 장점이 아닙니다. 친구를 감싸주고 싶어 하는 그대 마음도 이해는 가지만, 그 아이의 결점을 들어 칭찬할 필요는 없지요. 그 아이는 어렸을 때부터 눈치를 잘 봤어요. 그것은 오히려 성품이 움츠러들어 있다는 증거입니다. 훌륭한 남자에게는 불필요한 것이지요.

호레이쇼   말씀을 거스르게 되어 죄송하지만, 그렇게 하나하나 햄릿 님을 나쁘게 말씀하셔서는 안 된다고 생각합니다. 제 어머니는 저보다 먼저 침실에 드신 적이 한 번도 없었습니다. 제가 잘 때까지 깨어 계셨습니다. 먼저 주무시라고 해도 제가 당신 혼자만의 자식이 아니라, 곧 왕의 훌륭한 신하가 될 몸이고, 당신은 그저 왕 대신 저를 맡아 기르고 계시는 것이니 결례를 범하는 일이 생기면 안 된다고 하시면서, 결코 먼저 주무시지 않았습니다. 저 같이 변변치 않은 놈에게도 그렇게 정성을 다해 사랑을 주시는 어머니를 보면서, 제대로 한번 살아보자는 생각이 들었습니다. 왕비님께서는 햄릿 님을 너무 나쁘게만 말씀하십니다. 그러면 햄릿 님께서 설 자리가 없어지십니다. 왕비님께서 조금 전에 말씀하시지 않으셨습니까? 햄릿 님은 덴마크의 왕자다. 그 말씀을 잊으셨습니까? 햄릿 님은 덴마크의 왕자입니다. 왕비님 혼자만의 자식이 아니십니다. 또한 저희가 앞으로 신명을 다해 지켜드려야 하는 주군이십니다. 햄릿 님을 좀 더 소중히 여겨주십시오.

왕비   어머나, 그대가 내게 이런 부탁을 할 줄은 꿈에도 몰랐습니다. 햄릿을 향한 올곧은 충성심은 이해하지만, 그래도 그대는 아직 어리군요. 앞으로 그런 자만한 말투는 용서치 않겠습니다. 다른 사람들은 자기 자식에 대한 진심을 잘 모르는 법입니다. 이러니저러니 참견을 해서는 안 되지요. 그대 어머니가 진정 현명하신 분인 것 같기는 해도 나와는 분위기가 다른 것 같은데, 그에 대해서는 제가 이래라저래라 할 수는 없는 노릇입니다. 부모 자식 간의 일은 그들에게 맡겨두는 것이 좋습니다. 신하의 가정과 왕가는 상황이 많이 다르니까요. 앞으로 또 그렇게 정신 나간 사람처럼 무례한 행동을 저지른다면 용서하지 않겠어요. 그래, 햄릿이 그대에게 뭐라고 하던가요?

호레이쇼   네, 별다른 말씀은…….

왕비   갑자기 그렇게 경직될 필요는 없습니다. 아까까지의 혈기는 다 어디로 갔나요? 그러다가 햄릿을 쏙 빼닮았다는 소리를 듣겠군요. 남자라면 남자답게, 혼이 나더라도 기죽지 말고 분명히 대답을 하세요. 햄릿이 아직도 우리 욕을 하고 다니지요? 그렇지요?

호레이쇼 말씀을 거슬러, 아니, 말씀을, 말씀을, ……거스르게 되어, …….

왕비 무슨 소릴 하는 겁니까? 남자가 그렇게 벌벌 떠는 것도 꼴불견입니다. 제멋대로 자기주장을 펼치지만 않는다면, 거스르거나 말거나 용서해줄 테니 좀 더 분명히 남자답게 말씀을 해주세요. 햄릿이 우리더러 뭐라던가요?

호레이쇼 안되셨다고 동정을 하셨습니다.

왕비 동정? 안됐다고? 이상하네. 호레이쇼, 아직도 그 아이를 감싸고 있는 거죠? 햄릿이 입을 막았나보군요.

호레이쇼 아닙니다, 말씀을 거스르게 되어 송구하지만, 햄릿 님은 입을 막는 식의 비열한 행동을 하실 분이 아닙니다. 햄릿 님은 사람을 앞에 두고 하지 못하는 말은 뒤에서도 하지 않으십니다. 말씀하고 싶은 것이 있으시면, 반드시 그 사람 앞에서 하십니다. 대학 시절에도 그랬고, 지금도 그렇습니다. 그래서 햄릿 님은 언제나 손해만 보셨습니다.

왕비 그대는 햄릿 말만 나오면 금세 그렇게 입을 삐죽거리며 목청을 높이는군요. 꽤나 마음이 맞나봐. 햄릿이 자기 신분을 소중히 여길 줄도 모르고 함부로 하고 다니니까, 부하들에게 인기가 좋은 모양이군요.

호레이쇼 왕비님, 무슨 말씀이십니까? 저는 이제 대답하지 않겠습니다.

왕비 그대를 두고 한 말이 아닙니다. 그대는 햄릿의 친한 친구가 아닙니까? 햄릿뿐만 아니라 나도 그대를 의지하고 있어요.

이렇게 대화를 나눠보니, 나도 이것저것 새로운 사실을 알게 되는군요. 그렇게 금방 화를 내는 건 정말이지 햄릿을 꼭 **빼**닮았네요. 요즘 젊은이들은 다들 어딘가 조금씩 닮은 것 같습니다. 그렇게 창백한 얼굴 하지 말고, 좀 더 솔직하게 내게 뭐든 털어놔 주세요. 햄릿이 뒤에서 남의 흉을 보지 않는 아이라는 것도, 그대에게 들어서 처음 알았습니다. 만약 그것이 정말이라면 나도 매우 기쁘군요. 그 아이에게 의외로 좋은 점이 있었는지도 모르겠습니다.

호레이쇼 그래서 제가 아까…….

왕비 이제 됐어요. 분에 넘치는 주장은 용서할 수 없습니다. 그대들은 흥분을 너무 잘 해서 탈이야. 햄릿은 또 왜 우리더러 불쌍하다느니 하는 가상한 말을 하고 다니는 거죠? 보통 때의 그 아이답지 않은데? 정말일까 몰라.

호레이쇼 왕비님. 저도 왕비님을 가엾게 여기고 있습니다.

왕비 또 그런 말을 하네. 나이 든 사람을 놀리는 것이 그대들 나쁜 버릇입니다. 왜 내가 가엾다는 겁니까? 자, 똑똑히 말을 해보세요. 나는 그런 의미심장한 말투를 제일 싫어합니다.

호레이쇼 말씀드리겠습니다. 왕비님께서는 햄릿 님의 마음을 조금도 모르고 계시기 때문입니다. 햄릿 님은 어젯밤 저에게 당신이 너무 어려서 삼촌과 어머니께 폐를 끼쳐드리게 되는 일이 많으니 두 분께 참으로 안된 일이라고 진심으로 말씀하셨습니다. 삼촌이 왕좌를 이어주셔서 얼마나 힘이 되는지 모른다고도 하셨습니다. 햄릿 님은 현왕의 애정을 믿고 계십니다. 가끔씩 제멋대로 굴기도 하고 못된 말을 하기도 하시지만,

그것도 다 삼촌과 조카 사이의 애정이 남아있다고 믿고 계시기 때문입니다. 가장 가까운 친척이 아닌가, 별일 아니다, 내가 엄살을 떨고 있는 것 같은데, 삼촌은 그것도 모르시고 애정이 증오로 변했다고 오해를 하고 계신 것 같아 답답하다. 이렇게 말씀하셨을 정도입니다. 사실은 삼촌을 좋아한다고도 하셨습니다. 저는 그 말씀을 듣고 눈물이 날 정도로 기쁘고 감사했습니다. 마음속으로 덴마크 만세를 외쳤습니다. 햄릿 님은 훌륭한 왕자십니다. 함부로 사람을 의심하지 않으십니다. 보리밭에 불어오는 봄바람만큼이나 판단이 따뜻하고 산뜻한 분이십니다. 조금도 막힘이 없으십니다. 왕비님에 대해서는 낳아주신 어머니로서의 절대적인 신뢰와 자부심을 갖고 있다고 말씀하셨습니다. 이번 결혼 건에 대해서도 아들 된 도리로서 이러쿵저러쿵 어머니를 비난하는 것은 있을 수 없는 짓이며, 인간도 아닌 자들이나 하는 짓이라고 말씀하셨습니다.

왕비   누가? 누가 인간도 아닌 자란 말이에요. 한 번 더 확실히 말해보세요.

호레이쇼   분명히 말씀드리겠습니다. 인간의 탈을 쓰고 왕비님의 결혼에 대해 이런저런 비열한 상상을 하는 저속한 놈들은 죽는 게 낫다는 의미였습니다. 햄릿 님은 고결한 분이십니다. 명쾌하지요. 산속 호수처럼 맑습니다. 저는 어제 햄릿 님으로부터 여러 가지 존경할 만한 교훈을 얻었습니다. 햄릿 님은 우리들의 모범이십니다.

왕비   대단하군요. 햄릿을 그렇게 칭찬해주다니, 내 얼굴이 다 달아오릅니다. 그대가 존경하는 아이는 어디 다른 곳에 사는 햄릿이라는 이름을 가진 훌륭한 아이겠지요. 햄릿이 그런 멋있는 말을 했다니 도저히 믿기지가 않네요. 그대는 왜 그런 말을 지어내는 겁니까? 낳아준 어미만큼 자기 아들의 성향을, 아니 약점을 잘 아는 사람은 없습니다. 그것은 그대로 어미의 약점이기도 하니까요. 나도 결점이 없는 인간은 아닙니다. 내가 제대로 된 인간이 되지 못한 것이 가엾게도 그 아이에게 그대로 전해졌습니다. 나도 그 아이에 대해서만큼은, 그 아이의 오른쪽 새끼발가락의 새까만 발톱 조각까지도 꿰뚫고 있습니다. 그대는 나를 그럴듯한 말로 구워삶으려 하는데 그건 안 될 말이지요. 좀 더 솔직한 이야기를 들려주세요. 그대는 뭔가 숨기고 있어요. 햄릿이 그대 말처럼 그렇게 이해심 많고 솔직한 아이라면, 나도 걱정이 없겠습니다. 하지만 나는 아무래도 믿을 수가 없군요. 그대가 나한테 새빨간 거짓말을 하고 있다고는 생각하지 않습니다. 그대는 거짓말을 못 하는 순진한 사람입니다. 또한 그 아이에게 지금 그대가 말한 것처럼 시원시원한 부분이 있다는 것도 벌써 알고 있습니다. 어젯밤에는 햄릿이 그대에게 그런 좋은 점만 보여줬던 것이겠지요. 하지만 그대는 뭔가 숨기고 있어요. 그 아이의 요즘 모습을 보면 금세 알 수 있는데, 그 아이의 본심이 그대 말처럼 구름 한 점 없이 선명해 보이지는 않습니다. 그저 가족이라고 안심하면서 엄살을 부리고 떼를 쓰고 있는 것 같지는 않다는 말입니다. 호레이쇼, 어떻습니까? 진실을 말해 주세요. 어미의 사랑이 깊은 탓에 의심도 깊은 것입니다.

그대가 열심히 햄릿을 변호해줘서 내심 무척 기뻤습니다. 왜 기쁘지 않겠습니까? 햄릿은 좋은 친구를 두어 행복하겠군요. 하지만 내 걱정은 더 깊은 곳에 있습니다. 무슨 괴로운 일이 생긴 거라면 이 어미에게 솔직히 털어놓으면 좋을 텐데. 나 혼자 이렇게 애를 태우고 있고 햄릿은 그저 어물쩍 넘기면서 속이려고만 하고 있어요. 햄릿의 거대한 괴로움 속으로 이 어미도 함께 뛰어들어서 누가 먼저 알아채기 전에 해결을 해주고 싶습니다. 아시겠습니까? 어미란 바보 같은 존재입니다. 아까부터 그대에게 신랄한 비난만 듣고 있는데, 저도 결코 햄릿이 미워서 그런 말을 했던 것은 아니에요. 너무 당연해서 말하기도 부끄럽지만, 내가 이 세상에서 가장 사랑하는 것은 그 아이입니다. 햄릿이란 말입니다. 사랑이 넘쳐서 그래요. 그 아이가 혼자 괴로워하는 모습을 그저 지켜보고 있을 수는 없습니다. 호레이쇼, 부탁입니다. 저를 좀 도와주세요. 햄릿이 왜 그렇게 괴로워하고 있는 겁니까? 그대가 모를 리가 없어요.

호레이쇼　왕비님. 저는 모릅니다.

왕비　또 그 소리…….

호레이쇼　아니요, 안타깝게도 저는 정말 모릅니다. 실은 어젯밤에 제가 큰 실수를 저질렀습니다. 왕비님 말씀대로 햄릿 님께서는 분명 어떤 특별한 내적 고통을 겪고 계시는 듯했습니다. 제게 그걸 무척 털어놓고 싶어 하는 눈치셨는데, 제가 외투를 입지 않고 있었던 탓에 너무 추워서 차분하게 이야기를 들어드릴 상황이 아니었습니다. 제가 멍청했습니다. 아무 도움도 드리지 못하겠네요. 도움이 되지 못할 뿐만 아니라 어젯밤에는 도리어 큰 죄를 지었습니다. 왕비님, 제가 엄청난 짓을 저질렀습니다. 일부러 불을 지르러 위튼버그에서 여기까지 온 꼴이 되어버렸어요. 어젯밤 저는 침대 속에서 비명을 질렀습니다. 잠을 이룰 수가 없었어요. 모든 책임은 제게 있습니다. 이 일은 반드시 제가 처리하겠습니다. 오늘은 지금부터 햄릿 님과 찬찬히 이야기해볼 생각입니다.

왕비　무슨 소리를 하는 겁니까? 하나도 못 알아듣겠군요. 그대들이 하는 이야기는 항상 뜬금없고 이해가 안 되는 말뿐이라 뭐가 뭔지 도통 감을 못 잡겠어요. 그건 대체 무슨 소립니까? 햄릿하고 싸우기라도 했다는 말인가요? 그런 것이라면 제가 중재를 해드려도 되고요. 쓸데없는 철학 논쟁이라도 시작했나보군요. 그렇게 걱정할 필요 없습니다.

호레이쇼　왕비님. 저희는 어린아이가 아닙니다. 그렇게 단순한 일이 아닙니다. 저는 평화로운 가정에 불을 질렀습니다. 저는 유다입니다. 유다만도 못한 남자입니다. 저는 사랑하는 사람 모두를 배신했습니다.

왕비　다 큰 남자가 꼴사납게 왜 울고 난리예요? 이를 어쩌면 좋겠습니까? 그대들은 늘 그렇게 유다가 불을 질렀다느니 어쨌다느니 허풍을 떨면서 연극대사처럼 시답지 않은 말들을 하는데, 늘 그렇게 울고 웃고 하면서 노는 겁니까? 코미디가 따로 없네요. 믿음직스럽기가 이루 말할 수 없어요. 호레이쇼, 이제 나가 보세요. 오늘은 그냥 넘어가겠지만 앞으로 조심하기 바랍니다.

왕. 왕비. 호레이쇼.

왕　　　여기 있었군. 한참 찾았어요. 오오, 호레이쇼도 있었군요.
　　　　마침 잘됐습니다. 오늘 아침 인사를 하러 왔을 때는 내가
　　　　바빠서 제대로 이야기도 못 했는데, 그대와 여러 가지로 논의
　　　　할 것이 있어요. 왜 이리 힘이 없습니까? 무슨 일 있었습니까?

왕비　　호레이쇼는 이제 나가 보세요. 유다가 불을 질렀다느니 하면
　　　　서 다 큰 남자가 눈물을 보이지 뭡니까? 아무짝에도 쓸모없는
　　　　녀석이에요.

왕　　　유다가 불을 질러? 처음 듣는 말인데. 무슨 이유가 있겠지요.
　　　　왕비는 너무 성급하게 화를 내는 게 문제요. 호레이쇼는 성실
　　　　한 사람입니다. 그건 나중에 찬찬히 이야기합시다.

호레이쇼　이만 물러가겠습니다. 제 불찰입니다. 한 아들의 어머니이신
　　　　여왕님의 마음을 알면서도, 그만 흥분을 해서 엉뚱한 말을
　　　　하고 말았습니다. 용서해주시기 바랍니다. 꼴사나운 모습을
　　　　보여드렸습니다.

왕　　　호레이쇼, 기다려요. 나가지 않아도 됩니다. 여기 있어요.
　　　　그대도 들어주었으면 하는 이야기가 있습니다. 이쪽으로 와
　　　　보세요. 큰 소리로 떠들어댈 사건이 아니라서 말이지요. 거트
　　　　루드, 정말 깜짝 놀랐습니다. 이제야 알았어요. 햄릿이 왜
　　　　그렇게 안절부절못했는지 겨우 알아냈어요.

왕비　　그래요? 역시 나 때문이었죠?

호레이쇼　아니요, 모든 책임은 제게 있습니다. 저는 반드시……

왕   둘 다 무슨 소립니까? 자, 침착하세요. 저도 여기 앉겠습니다.
        호레이쇼도 이쪽에 앉아봐요. 그대하고도 의논을 하고 싶습
        니다. 방금 폴로니어스가 하는 이야기를 듣고 깜짝 놀랐습니
        다. 정말 생각지도 못했어요. 폴로니어스가 제게 사직서를
        냈지 뭡니까. 일단은 맡아두기로 했지만, 왕비, 놀라면 안
        됩니다. 마음을 가라앉히고 들으세요. 큰일입니다. 오필리어
        가…….

왕비   오필리어라고요? 그랬군요. 저도 언젠가 의심을 했던 적이
        있습니다.

왕   자자, 거트루드, 일어나지 말고 앉으세요. 앉아서 차분하게
        천천히 생각해보세요. 호레이쇼, 참으로 면목 없는 일이에요.

호레이쇼 그랬습니까? 역시 장본인이 있었던 거로군요. 오필리어라면
        폴로니어스 님의 따님이시죠. 그렇게 아름다운 얼굴로 평화
        로운 햄릿 왕가에 괘씸한 엉터리 모략을 꾸며대서, 덴마크
        왕국은 물론 위튼버그대학에까지 그런 소문을 퍼뜨리다니,
        방심할 수가 없겠는데요? 그래, 이유가 뭐라던가요? 이루어지
        지 못한 사랑에 대한 원한이라든가, 아니면…….

왕비   호레이쇼, 역시 당신은 물러가는 게 좋겠군요. 아무것도 모르
        면서 꿈같은 소리만 하고 있네요. 오필리어가 임신을 했다는
        말이라고요!

왕   왕비! 말을 삼가세요. 나도 아직 거기까지는 말하지 않았어요.
        남자로서 말하기 힘든 부분이었는데. 그렇게 확실히 말하다
        니 잔혹하구려.

왕비   여자는 여자의 몸에 민감한 법입니다. 요즘 들어 오필리어가

거북해하는 모습을 본 사람이라면, 누구라도 한 번쯤은 의심을 했을 거예요. 바보 같군요. 호레이쇼, 이제 알겠습니까?

호레이쇼 꿈을 꾸는 것만 같습니다.

왕 그럴 만도 하지. 나도 멍해졌으니까 말이야. 하지만 이 일은 이대로 한숨만 짓고 있을 일이 아닙니다. 그래서 말인데 호레이쇼, 그대에게 한 가지 부탁이 있습니다. 그대는 햄릿의 친한 친구지요? 지금까지 뭐든 서로 털어놓는 사이였다고 아는데.

호레이쇼 네, 어제까지는 그랬던 것 같은데, 이제는 자신이 없습니다.

왕 그렇게 풀이 죽을 필요 없습니다. 차분히 생각해보면 의외로 그리 큰 사건도 아니에요. 지난 두 달 동안 선왕 장례식 치르랴, 내 왕위 즉위식 하랴, 혼례식 올리랴, 성안이 말도 못하게 시끄러웠습니다. 그런 혼란 속에서 햄릿은 선왕을 잃은 슬픔을 견디지 못한 채 친절한 위로의 말을 건네줄 사람을 찾고 있었던 것입니다. 그게 오필리어였던 거지요. 슬픔과 사랑에 푹 빠져 있었을 겁니다. 지금은 오필리어에게 어떤 마음을 품고 있는지 모르지만요. 아마도 지금쯤이면 그 마음도 식고 있지 않겠습니까? 그렇다면 문제는 간단합니다. 오필리어가 잠시 시골에 몸을 피하고 있으면 모든 일이 해결될 겁니다. 이미 성안에 소문이 돌고 있는 듯하고, 폴로니어스도 황송해하고 있는데, 아무리 대단한 소문이라고 해도 여섯 달만 지나면 아무도 기억하지 못할 것입니다. 오필리어 일은 폴로니어스가 잘 처리해줄 것이고, 나도 할 수 있는 건 다 해줄 생각입니다. 그건 우리에게 맡겨주세요. 오필리어가 인생을 망치는 슬픈 일은 결코 없을 것입니다. 그 점만큼은 안심해도 좋아요. 우선은 그대가 햄릿에게 잘 말해주지 않겠소? 햄릿의 거짓 없는 속마음을 잘 들어주기 바랍니다. 절대 상황이 나빠지지는 않을 거요.

왕비 호레이쇼, 부담스럽겠군요. 나라면 거절하겠어요. 햄릿이 저지른 일이니 햄릿더러 책임지라고 하고, 모두 그 아이에게 맡겨버리면 좋을 텐데. 왕은 햄릿에 대한 배려가 넘치십니다. 왕이 놀던 시절과 요새 남자아이들 기분은 또 다를 텐데요.

왕 아니지요. 남자의 마음이란 예나 지금이나 변함없습니다. 햄릿도 내게 진심으로 고마워 할 겁니다. 호레이쇼, 어떻게 생각합니까?

호레이쇼 저, 저는, 햄릿 님께 여쭤볼 것이 있습니다.

왕 오오, 그게 좋겠군. 거짓 없는 마음속 진실을 잘 물어보고, 우리 의향도 넌지시 전해주세요. 그대를 믿고 기다리겠습니다. 햄릿은 영국의 공주를 맞이하기로 되어 있어요.

왕비 저는 오필리어에게 물어보고 싶은 것이 있습니다.

5. 복도

폴로니어스. 햄릿.

폴로니어스 햄릿 님!

햄릿 어이쿠, 깜짝이야. 뭐야, 폴로니어스잖소. 그런 어두컴컴한 곳에 서서 뭘 하시는 겁니까?

폴로니어스 당신을 기다리고 있었습니다. 햄릿 님!

햄릿 뭡니까? 징그럽게. 놔주시오. 지금 호레이쇼를 찾고 있소. 호레이쇼가 어디 있는지 아십니까?

폴로니어스 딴소리하지 마십시오. 햄릿 님. 저는 오늘 아침에 사직서를 냈습니다.

햄릿 사직서를 내다니? 왜요? 무슨 문제라도 있습니까? 경솔하시군요. 당신은 지금 엘시노어 성에 없어서는 안 될 사람입니다.

폴로니어스 무슨 말씀이십니까? 저는 지금까지 당신의 그런 무심한 얼굴에 속아왔습니다. 그리고 어제 겨우 성안을 떠돌고 있는 안타까운 소문을 접했습니다.

햄릿 소문을 들었다고요? 저런, 그래서 그랬던 거군요. 물론 그것은 중대한 일이지요. 저도 당신을 속이고 있었던 것은 아닙니다. 저는 그런 기분 나쁜 소문을 듣고도 모른 척 시치미 뗄 수 있는 성격이 아니에요. 실은 저도 모르고 있었습니다. 저도 누가 어젯밤에 말해줘서 듣고 깜짝 놀랐습니다. 하지만 당신이 지금까지 모르셨다는 것은 좀 의욉니다. 평소 당신답지 않아요. 세상 물정에 좀 어두우시군요. 정말 모르셨습니까? 그럴 리가 없겠지요. 만약 진짜 모르셨다면 문책을 받고 파면을 당하고도 남을 일인데. 어쨌든 당신 같은 사람이 몰랐을 리가 없소.

폴로니어스 햄릿 님, 실례지만 제정신이십니까?

햄릿 뭐라고? 날 바보 취급하지 마시오. 보면 알잖소. 설마 당신까지 그 소문을 믿고 있는 건 아니겠지.

폴로니어스　완전히 거짓말의 달인이시로군요! 태연하게 잘도 능청을 떠십니다. 햄릿 님, 그런 얄팍한 위장 행각은 그만두십시오. 젊은이라면 젊은이답게 좀 더 솔직하게 말씀하시는 게 어떻습니까? 숨긴다고 해결될 일이 아닙니다. 어제 직접 당사자한테 이야기를 들었다고요.

햄릿　대체 뭡니까? 무슨 소릴 하시는 겁니까? 폴로니어스, 말이 지나치지 않소. 제게 당신 주인입네 하는 생각은 없지만, 설령 친한 친구 사이에서 그런 말이 나왔다고 해도 그냥 웃어넘길 수는 없는 일입니다. 저는 아시다시피 변변치 않은 겁쟁이에 난봉꾼입니다. 제가 당신들을 도울 수 있는 일은 하나도 없어요. 하지만 저도 덴마크를 위해서라면 언제든 목숨을 던질 각오가 되어 있습니다. 햄릿 왕가의 장래에 대해서도 마음을 굳게 먹고 있습니다. 폴로니어스, 말이 지나치군요. 왜 그렇게 무서운 얼굴을 해서는 화가 나 있는 겁니까? 무례하오.

폴로니어스　감탄이 절로 나옵니다. 눈물도 안 나와요. 진정 당신이 지난 이십 년 간 제 손으로 길러온 왕자님이란 말입니까! 정신이 몽롱해지는 것이 아무 생각도 안 나는군요.

햄릿　진짜 답답하네. 폴로니어스도 나이를 드셨습니다. 왕년에 그렇게 지혜롭던 분이 그 정신 나간 소문을 그대로 믿으시다니요. 당신도 다 되셨군요.

폴로니어스　정신 나간 소문이라고요? 그렇습니다. 당신은 분명 정신이 나간 겁니다. 옛날 햄릿 님은 그래도 이 정도는 아니었어.

햄릿　사람들이 몰려들어서 나를 진짜 미친놈으로 만들려고 하는군. 그럼 폴로니어스, 당신까지 그 소문을 믿는다는 거요?

폴로니어스 믿고말고요. 이제 와서 무슨 소릴 하시는 겁니까? 이제 그런 비겁한 말투는 집어치우십시오.

햄릿 비겁하다고? 뭐가 비겁하다는 거야. 내가 왜 비겁하다는 것이냐. 당신이야말로 무례하기 짝이 없군. 당신에게 용서를 구해야 할 일도 있고 해서, 지금까지 당신을 꽤나 배려해 왔어. 지금도 당신을 두들겨 패주고 싶은 걸 꾹 참고 이야기를 하고 있다고. 그런데도 당신은 계속 날 얕잡아 보고 못 들은 척하면서 온갖 욕지거리를 해대고 있어. 나도 더 이상 용납할 수 없소. 폴로니어스, 당신이 분명히 말했지. 당신은 불충한 신하야. 삼촌이 악행을 저질렀다는 고약한 소문을 믿고, 어머니를 비웃으며, 나를 진짜 미치광이로 만들려 하고 있어. 햄릿 왕가의 무시무시한 배신자다. 사직서를 낼 것도 없어. 지금 당장 사라져주시오.

폴로니어스 그래, 여러 가지 수법이 있었어. 이렇게 나오실 줄은 술수의 달인인 저도 미처 생각하지 못했습니다. 말씀하신 것처럼 저도 나이를 먹은 듯합니다. 그랬지, 나쁜 소문이 하나 더 있었지. 이때다 싶어서 다른 소문만 떠들썩하게 부추기고, 자신의 추문은 별것 아닌 것으로 만들려고 하시는군요. 자기가 저지른 짓에 대해 잔소리를 듣고 싶지 않아서, 오히려 다른 소문을 더 큰 사건처럼 퍼트리고 다니면서 큰일이라도 난 것처럼 고개를 푹 수그리고 생각에 잠겨 있으니, 참으로 총명한 처신이십니다. 추문의 풍향을 살짝 비트는 거지요. 클로디어스 님이 불쌍하군. 아야, 아파라! 햄릿 님, 너무 하십니다. 무슨 짓이십니까? 저를 때리신 겁니까? 오우, 아파.
정신 나간 사람을 상대하려니까 이런 일도 다 당하네.

햄릿   다른 쪽 뺨도 때려 줄까? 당신 뺨은 기름기가 쭉 빠져 있어서
       때리는 맛이 있군. 당신하고 더 이상 할 말 없소.

폴로니어스 기다리십시오. 달아난다고 도망칠 수 있는 일이 아닙니다.
       햄릿 님, 당신은 비겁합니다. 당신 덕분에 우리 집안은 엉망진
       창이 됐습니다. 저는 시골에 틀어박혀 사는 가난한 할아범으
       로 여생을 보내게 되었습니다. 레어티스도 불쌍해요. 용기를
       내서 프랑스로 유학을 떠났는데 다시 불러와야 하다니. 그
       아이의 장래는 이제 암흑입니다. 그리고, 저……

햄릿   오필리어는 나와 결혼할 것입니다. 걱정할 것 없습니다. 폴로
       니어스, 당신이 그렇게까지 날 미워한다면, 나도 분명히 해두
       겠소. 당신은 훨씬 더 도량이 넓고 교양이 있는 사람이라고
       생각했는데. 좀 더 유연하고 이해가 빠른 사람이라 여겼어요.
       결국은 내 편이 되어줄 사람이라고 말입니다. 당신에게는
       용서를 구해야 할 일이 있습니다. 그 일에 대해서는 추후
       천천히 의논할 생각이었습니다. 당신에게 힘이 되어달라고
       부탁할 생각이었어요. 아시다시피 지금 나는 삼촌과 어머니
       사이에서 어떻게 관계를 회복해야 할지 몰라 난처해하고
       있습니다. 나라고 좋아서 그 사람들과 이렇게 불편한 사이가
       된 것은 아니지만, 뭘 어떻게 해봐도 안 됩니다. 까다로운
       상황이에요. 관계를 원만하게 유지할 수가 없습니다. 도무지
       그 사람들에게 내 괴로운 비밀을 털어놓을 수가 없어서, 밤에
       도 잠을 이루지 못하고 혼자서 괴로워하고 있습니다. 도저히

그들을 믿을 수가 없어요. 털어놓고 의논을 하면 오히려 더 나쁜 결과를 초래할 것 같다는 생각에, 그 사람들 만나기가 꺼려집니다. 무서워요. 어쩐지 암울하고 불쾌합니다. 그 사람들과 얼굴을 마주하는 것만으로도 온몸이 덜덜 떨려요. 아무 말도 못 하겠어요. 그 사람들이 그렇게 나쁘기만 한 것은 아닙니다. 늘 나를 걱정해주고 있습니다. 그건 알고 있어요. 어쩌면 나를 깊이 사랑하고 있기 때문인지도 모르겠지만, 그래도 나는 싫습니다. 말을 섞는 것조차 싫어요. 폴로니어스, 나는 당신이 내 마지막 힘이 되어줄 사람이라고 믿고 있었습니다. 무슨 수를 써봐도 어쩔 도리가 없으면 당신에게 모든 것을 털어놓고 용서를 빌면서, 앞으로의 일을 상의하려고 했습니다. 당신은 분명 우리를 용서해주리라 믿었습니다. 그래서 아까 당신이 날 불러 세웠을 때 가슴이 철렁했습니다. 올 것이 왔다고 생각했어요. 좋은 기회다, 먼저 다 털어놓자, 그렇게 각오를 다지면서 당신 표정을 살폈더니, 얼굴이 하얗게 질려서 몹시 흥분해 있는 것 같았습니다. 나는 갑자기 말을 꺼내기가 싫어져서 달아나려고 했는데, 당신이 내 팔을 잡아끌며 사직서를 냈다는 둥 큰일 날 소리를 했지요. 어쩌면 다른 일일지도 모른다는 생각에 물어보니, 성안의 소문이라고 하시더군요. 그래서 아아, 그 일인가 하고 짐작했습니다. 결코 일부러 딴 소리를 했던 것은 아닙니다. 나는 비겁한 남자가 아닙니다.

폴로니어스 달변가시로군요. 참으로 잘도 둘러대십니다. 하지만 저는 더 이상 속지 않겠습니다. 이제 와서 클로디어스 님이나 왕비님 문제를 끄집어내서 어쩌자는 겁니까? 당신은 그저 당신의 쑥스러움을 숨길 도구로 그 문제를 이용하고 있어요. 억지로 이유를 갖다 붙이고 있습니다. 또 뭔가 속이려 하고 계십니다. 그것보다는 지금 당장 눈앞에 직면한 문제에 대해 분명히 여쭙고 싶습니다.

햄릿   의심이 많군. 그렇게 집요하게 추궁을 해오니 나도 정색을 하고, 고지식하게 말해드리리다. 어제까지 내 고민은 하나뿐이었습니다. 오필리어. 그 문제뿐이었습니다. 그런데 어젯밤, 다른 불쾌한 이야기를 하나 더 들었습니다. 더 이상 오필리어가 문제가 아니라고 한다면, 당신은 또 나쁜 소문의 방향을 바꾼다느니, 쑥스러움의 도구로 삼으려 한다느니 냉소를 퍼붓겠지만, 결코 그런 것이 아닙니다. 어젯밤 나는 무척 고통스러웠습니다. 외로웠어요. 외로움에 치가 떨려왔습니다. 침대 속으로 기어들어가서 울었습니다. 세상 모든 것이 다 엉터리 같고 화가 나서 견딜 수가 없었습니다. 두 가지 문제가 기이하게 엮여서 손을 쓸 수가 없었습니다. 오필리어가 문제가 아니라고 하면 어감이 좋지 않으니, 오필리어에 대한 일도 염두에 두었다고 하지요. 그에 더해서 끔직한 의혹의 먹구름이 뭉게뭉게 피어올라, 이리저리 흐르고, 겹쳐져서, 제 고통은 세배 다섯 배나 더 커졌습니다. 어제는 정말 한숨도 잘 수 없었습니다. 차라리 미치기라도 한다면 마음이 편하겠어요. 폴로니어스, 아시겠습니까? 당신에게 성안에 돌고 있는 유감스러운 소문이란 소리를 듣고 오필리어에 대한 것인가 싶기도 했지만, 그보다 훨씬 더 깊이 또 다른 문제로 고민을 하고 있었기 때문에 결국 그런 말을 했던 것입니다. 절대로 고의로 시치미를 뗀 것이 아닙니다. 내가 내 소문을 덮으려고 술수를 쓴다는 말을 들으니 정말 불쾌하네요. 때린 것은 실수였습니다. 죄송합니다. 성질이 나서 그랬어요. 하지만 당신도 앞으로는 그런 불쾌한 언행을 삼가주십시오. 오필리어에 대한 것이라면 걱정할 것 없습니다. 결혼할 것입니다. 당연한 일입니다. 무슨 일이 있어도 결혼해야 합니다. 나는 오필리어를 사랑하고 있습니다. 다만 고통스러운 것은 왕과 왕비에게 우리 관계를 고백하고 용서를 구하는 일입니다. 나는 그 사람들에게 모두 털어놓고 간청을 하는 것이 미치도록 싫어요. 차라리 죽는 게 낫지요. 그랬는데 거기다 어젯밤 그런 소문을 듣고 나니, 고백하기가 한층 더 어려워졌습니다. 우선 나는 그 소문의 근원을 추적해볼 생각입니다. 뭔가 있어요. 분명 있어. 그런 예감이 듭니다. 아니 땐 굴뚝에 나는 연기라면 차라리 행복하겠습니다. 이 기회에 그 사람들에게 평소 내 무례함을 솔직히 사죄드리고, 서로 웃으며 시원하게 마음속 미움을 털어내게 될지도 모릅니다. 일단 나는 그 소문의 진상을 보다 깊이 추궁해보고 싶어요. 모든 것은 그 후의 일입니다. 폴로니어스, 아시겠습니까? 오필리어의 일은 잠시 접어 두십시오. 무책임한 짓은 하지 않겠습니다. 아아, 폴로니어스, 어쩐지 용기가 솟는군요. 오늘부터 나는 용기 있는 남자가 될 것입니다. 도무지 달아날 수 없는 고통의 구렁텅이에 빠진 사람은 새로운 용기를 얻는 법인가 봅니다.

폴로니어스 그건 위험합니다. 햄릿 님, 당신은 젊어요. 당신들이 하는 말을 저는 믿을 수가 없습니다. 새로운 용기라고 말씀하셨는데, 용기만 가지고 일이 제대로 굴러가는 것은 아닙니다. 또, 용기를 얻었다느니 하면서 그 자리에서만 흥분해서 경솔하게 허풍을 떨고 다니는 사람은 타고난 게으름뱅이 아니면 요란한 빈 수레라 했소. 괴롭다느니, 외롭다느니, 먹구름이 몰려온다느니, 그런 아니꼬운 말들은 듬직한 남자의 입에서 나올 법한 말들이 아닙니다. 진짜 온전한 정신으로는 들어줄 수 없네요. 벌써 조금씩 수염까지 나기 시작했는데 안타까운 일이에요. 언제까지 혼자 우쭐해서 꿈만 꾸려 하시는 겁니까? 정신 바짝 차리십시오. 지금 말씀을 들어보니, 어쨌든 오필리어를 한순간 위로가 될 여자로만 생각했던 것은 아니었다는 걸로 알겠습니다. 당신이 가엾습니다. 진짜 어려운 문제는 지금부터입니다. 부족하지만 저도 돕겠으니, 햄릿 님도 마음 단단히 먹어야 할 것입니다. 진심으로 부탁드립니다. 먹구름이 뭉게뭉게 피어오르기 시작했다느니 하는 말은 앞으로 되도록 삼가주시기 바랍니다. 정말 제정신 가진 사람의 말로는 들리지 않으니까요. 말도 안 되는 소리입니다. 당신도 이제 곧 아이의 아버지가 될 몸입니다.

햄릿 그래서, 그러니까, 그렇기 때문에 내가 이렇게 괴로운 겁니다. 괴로울 때 괴롭다고 하면 안 되는 겁니까? 왜 그래야 하는 겁니까? 나는 내가 생각한 것을 그대로 말한 죄밖에 없습니다. 솔직하게 말하는 거라고요. 정말로 외로우니까 외롭다고 하는 겁니다. 용기를 얻었다면 용기를 얻었다고 말했을 겁니다. 무슨 계산이 있어서 한 소리도 아니고, 누가 미워서 그런 것도 아닙니다. 온힘을 다해 꺼낸 말입니다. 먹구름으로 뒤덮였다는 말도 당신에게는 과장되고 서툰 소리처럼 들릴지는 모르겠지만, 내게는 눈앞에 있는 것과 같은 사실입니다. 피부로 느껴지는 감각이라고요. 진실이라고 할 수도 있겠지요. 나는 당신을 오필리어의 가족으로서 당연히 사랑하고 있기 때문에, 안심하고 내가 느낀 진실을 그대로 말하려고 했던 겁니다. 쳇! 나는 사람을 너무 믿어서 탈이야. 사랑에 정신이 팔리는 게 문제지.

폴로니어스 햄릿 님, 어떻든 상관없는 것 아닙니까? 세상이 철학 교실도 아니고, 실례지만 당신이 성인군자가 될 계획도 없으신 것 같고요. 사랑이라느니, 진실이라느니, 먹구름이라느니, 그렇게 현자 흉내를 내고 계시는 동안에도 오필리어의 배는 하루가 다르게 불러옵니다. 그것만은 눈에 보이는 분명한 사실입니다. 저는 지금 당신이 제게 정을 느낀다거나 안심이 된다는 말이 조금도 감사하지 않습니다. 오히려 실례지요. 지금은 그저 오필리어의 일이, …….

햄릿 그래서, 그러니까, 아아, 몰라, 당신은 몰라. 그것은 안심하셔도 좋습니다. 다만 내 고통은…….

폴로니어스 고통이라는 단어는 못 들은 걸로 칩시다. 등골이 오싹오싹해집니다. 당신은 아까부터 그 말을 벌써 백 번도 더 쓰셨어요. 고통은 당신에게만 있는 것이 아닙니다. 우리 일가도 당신 덕분에 엉망이 되었어요. 저는 이미 사직서를 냈습니다. 내일이라도 당장 이 왕궁을 나가야 할지도 모릅니다. 사태가 절박합니다. 햄릿 님의 힘을 빌리고 싶습니다. 첫째로 당신을 위해, 다음으로 폴로니어스 가문을 위해, 제가 할 수 있는 일은 한 가지밖에 없습니다. 저도 간밤에 잠을 설치며 생각했습니다. 어떻게 하면 좋을지에 대해 궁리를 해보았습니다. 햄릿 님, 힘을 실어주십시오.

햄릿   폴로니어스, 갑자기 왜 정색을 하고 그러시오? 나 같은 젊은 놈이 당신의 힘이 된다니 가당치도 않습니다. 놀리지 마십시오. 당신이야말로 무슨 꿈이라도 꾸고 있는 거 아닙니까?

폴로니어스 꿈? 그래, 꿈일지도 모르겠군요. 하지만 이것이 궁여지책입니다. 햄릿 님, 저의 충심을 믿으십니까? 아니, 그런 건 아무래도 좋아요. 쓸데없는 말을 늘어놓았습니다. 햄릿 님, 당신은 정의를 사랑하십니까?

햄릿   어쩐지 불쾌하군. 갑자기 로맨티스트가 됐네. 완전히 딴 사람이 됐어. 이번에는 내가 현실주의자가 된 것 같소. 당신 입에서 정의라느니 충심이라느니, 그런 말을 듣게 될 줄은 생각도 못했는데. 대체 어떻게 된 겁니까? 왜 갑자기 그렇게 몸을 낮추는 것이오? 무슨 생각을 하고 있는 겁니까?

폴로니어스 햄릿 님, 저는 사악한 인간입니다. 무시무시한 생각을 하고 있었습니다. 딸아이의 행복을 위해 왕마저 배신하려고 드는 인간입니다. 전부 털어놓겠습니다. 아아, 큰일이야, 호레이쇼가 나타났어요.

호레이쇼. 햄릿. 폴로니어스.

호레이쇼   햄릿 님, 너무하세요, 너무하십니다. 제가 얼마나 창피를 당한 줄 아십니까? 감쪽같이 입 다물고 계시다니 정말 너무 하십니다. 하기야 어젯밤에는 제 잘못도 컸습니다. 필요 없는 말을 떠들어댄 데다, 워낙 추워서 햄릿 님이 하시는 말씀을 제대로 들을 수가 없었습니다. 하지만 이제 알았습니다. 폴로니어스 님, 이번에 큰일이 났군요. 걱정이 많으시지요. 그래서? 햄릿 님은 대체 어쩔 셈이십니까? 이번 일에는 햄릿 님의 의향이 제일 큰 문제라고 보는데요.

햄릿   혼자서 무슨 짐작을 하고 있는 건가? 자네는 여전히 덜렁거리는군. 왜 이리 소란을 피우나? 내가 자네에게 창피를 준 기억은 없는데.

호레이쇼   아니요, 안 됩니다. 그렇게 시치미를 떼셔도 소용없습니다. 지금 왕께 모두 전해 듣고 오는 길입니다. 아니, 웃을 일이 아니지. 신중하게 생각하지 않으면 안 되는 일입니다.

햄릿   그러는 자네야말로 어쩐지 빙그레 웃고 있지 않은가. 사람을 그리 놀리면 안 되네. 대체 무슨 소릴 듣고 온 거야?

호레이쇼   뭡니까? 그렇게 얼굴을 붉히고 있으면서 아직도 발뺌을 하시는군요. 오히려 제가 더 부끄럽고 애가 타니, 결국 웃을 수밖에 없는 상황입니다.

햄릿   젠장, 드디어 알아냈군. 젠장할, 맛 좀 봐라!

호레이쇼   그래, 좋아. 일대일로 싸우는 거라면 질 수 없지. 자, 어때! 이래도 모른 척하기냐.

햄릿   흥, 거뜬하지. 제길, 내가 한 방에 끝내주지. 경박한 그 모가지를 이렇게 비틀면 삐이 하는 소리가 난단 말이야.

폴로니어스 그만둬요, 그만두십시오. 갑자기 복도에서 주먹다짐을 하시다니, 장난에도 정도가 있어요. 두 분 다 몹쓸 장난은 그만두십시오. 이유를 모르겠군요. 둘이 그렇게 껄껄거리며 웃다가는 붙잡고 싸우고, 대체 어떻게 된 겁니까? 그만들 두십시오. 지금 이러고 있을 때가 아닙니다. 두 분 다 좀 더 긴장하셔야 합니다. 자자, 이제 그만들 두십시오. 호레이쇼 님도 대체 어떻게 된 겁니까? 여기는 대학이 아닙니다.

햄릿   폴로니어스, 당신은 몰라요. 우리는 못 견디게 부끄러울 때면 이렇게 엉망으로 뒤엉켜서 싸우곤 합니다. 이렇게라도 하지 않으면 끝이 안 나니까요.

호레이쇼   진짭니다. 저는 그런 줄도 모르고 깜빡 속았지 뭡니까? 햄릿 님, 진짜 너무하십니다.

햄릿   그런 게 아니야. 내가 이러는 데도 이런저런 이유가 있어서 말이지. 헤헷.

폴로니어스   아아, 그렇게 품위 없게 웃으시다니, 대체 왜 그러십니까? 이유고 뭐고 있을 리가 없지요. 사건은 매우 단순합니다. 호레이쇼 님, 좀 더 이쪽으로 오십시오. 아이고, 저런, 옷소매가 찢어지셨군요. 당신들은 너무 난폭해서 탈입니다. 우리 레어티스도 꽤 제멋대로기는 하지만 당신들만큼은 아닙니다. 햄릿 님도 좀 차분해지십시오. 지금은 중요한 시기입니다. 웃으면서 장난이나 치고 있을 때가 아니에요. 호레이쇼 님도 앞으로 우리의 힘이 되어주셔야겠습니다. 이제 우리 셋이서 여러 가지 의견을 나눠야 합니다. 그나저나 호레이쇼 님은 방금 왕께 무슨 소리를 듣고 오신 겁니까? 들려주십시오. 저는 오늘부터 햄릿 님 편이니, 저를 믿고 뭐든지 알려주십시오. 왕께서 당신에게 뭐라고 하시던가요?

호레이쇼   깜짝 놀랐다, 꿈을 꾸는 것 같다, 그렇게 말씀하시더군요.

햄릿   그러고는 내 욕을 했겠지.

호레이쇼   그리 삐딱하게 생각하시면 안 됩니다. 왕께서는 꽤 많이 이해하고 계십니다. 글쎄, 뭐라고 해야 하나. 일단은 놀라고 계십니다.

폴로니어스   요령이 없군요. 좀 더 분명히 말씀해보세요. 왕의 의견이 무엇입니까?

호레이쇼   글쎄, 그러니까, 그게, 아니, 진짜 진부해요. 어처구니가 없어. 저는 어이가 없었습니다. 햄릿 님의 기분을 알 것 같았습니다. 왕께서 너무 심한 착각을 하고 계셔서 저도 할 말을 잃었습니다. 그 자리에서 조심스럽게 물러났는데, 이야, 정말 너무했어.

햄릿   알겠네. 도저히 용서할 수가 없다고 했겠지? 영국에서 공주를 데려올 거라고 했지? 다 알고 있어.

호레이쇼   말씀하신 대롭니다. 아니, 더 심해요. 햄릿 님의 마음도 슬슬 식어가고 있을 거라고 말씀하셨습니다. 그러니 오필리어를 잠시 시골에 가둬두기만 하면 모든 일이 다 해결될 거라고요. 사람들 소문도 두 달이나 다섯 달, 아니 여섯 달이었나? 아무튼 그런 식이셨습니다. 해코지하지는 않으실 건가 봅니다. 왕께서도 결코 악의를 가지고 하신 말씀은 아니십니다. 그것만큼은 오해가 없으시기 바랍니다. 다만 왕께서 잘못 생각하고 계실 뿐입니다. 왕께서는 제게 우선 햄릿에게 가서 왕의 깊은 뜻을 전하라는 명을 내리셨습니다. 왕비께서는 어쩐지 혼자 웃고 계셨습니다. 햄릿 님의 기분을 잘 알고 계시는 눈치였습니다. 그러니 결코 절망할 일이 아닙니다. 이번 기회에 왕비님께 간청해보십시오. 왕께는 안 될 겁니다. 불가능해요. 너무 케케묵은 생각을 갖고 계십니다.

햄릿 호레이쇼, 멋대로 말하지 마. 케케묵었네, 신선하네, 그런 문제가 아닐세. 현세주의자들은 늘 이 모양이라니까. 삼촌은 현세의 행복을 믿고 있네. 삼촌으로서는 당연한 일이지. 나도 그 정도는 처음부터 알고 있었어. 문제는 그거야. 그것이 괴로운 부분이라고. 참고 견디느냐, 도망가느냐, 정정당당하게 싸우느냐, 혹은 거짓부렁 타협을 하느냐, 기만하느냐, 회유하느냐, to be, or not to be, 무엇이 좋을지, 나도 모르겠어. 모르겠으니 괴로운 거야.

폴로니어스 두 번이나! 괴롭다는 말을 두 번이나 하셨습니다. 당신은 그럴싸한 철학적 이야기를 내뱉으면서 한숨만 지으시는군요. 서툰 배우들 흉내나 내고 계시니 참으로 기가 찹니다. 왕께서 하신 말씀은 저도 각오하고 있었습니다. 이 정도 가지고 혼란스러워 하시면 안 됩니다. 저는 왕께 어떻게 대처해야 할지 알고 있습니다. 그래서 사직서를 낸 것이지요. 지금 믿을 수 있는 사람은 햄릿 님, 오직 당신뿐입니다. 제게도 다 생각이 있어요. 호레이쇼 님도 도와주십시오. 모든 것이 햄릿 님을 위한 일입니다. 자, 호레이쇼 님, 맹세해주십시오. 지금부터 제가 하는 말을 절대 다른 곳에 발설하지 않겠다고 맹세해주십시오.

호레이쇼 무슨 일입니까? 폴로니어스 님, 왜 갑자기 이렇게 무게를 잡으십니까?

폴로니어스 햄릿 님을 위해서입니다. 맹세하기 싫으신 겁니까?

호레이쇼 맹세합니다, 맹세해요. 어쩐지 너무 갑작스럽고 어색해서 어리둥절했을 뿐입니다. 맹세하겠어요. 햄릿 님을 위해서라면 어떤 몹쓸 짓이라도 하겠습니다.

폴로니어스 당신을 믿습니다. 그렇다면 말씀드리겠습니다. 햄릿 님, 조금 전 살짝 말을 꺼냈다가, 호레이쇼 군이 나타나는 바람에 그만 됐는데, 실은 요즘 성안을 떠도는 또 하나의 소문, 저는 그것이 사실이라고 믿고 있습니다.

햄릿 뭐라고? 믿는다고? 멍청하긴! 당신이야말로 정신이 나갔어. 이상한 소문을 들춰서 왕을 위협하고, 억지로 오필리어를 내 아내로 밀어붙이려드는 비열하고 미천한 놈이야. 더럽다, 더러워. 폴로니어스, 당신이 아까 그랬지? 당신은 딸의 행복을 위해서라면 왕도 배반할 수 있는 사악한 인간이라고, 분명 그렇게 중얼거렸어. 그때는 그게 무슨 소리인지 잘 몰랐는데, 이제야 모든 게 분명해졌다. 폴로니어스, 당신은 무시무시한 인간이야.

폴로니어스 아닙니다! 아니에요. 제 기분에는 변함이 없습니다. 처음부터 전부 말씀드리지요. 제가 선왕의 유령에 대한 소문을 들은 것은 최근 일입니다. 난처한 문제라는 생각이 들었습니다. 곧 왕께 상담을 요청해서 적당한 대책을 강구할 생각이었는 데, 최근에 옆에서 왕을 지켜보니 어쩐지 근심에 차 계신 듯했습니다. 저는 상담하기가 망설여졌습니다. 말을 꺼내기 가 어려웠어요. 확실히 말씀드리겠습니다. 저는 조금씩 왕을 의심하게 되었습니다. 설마 하면서도 왕의 모습을 뵙고 있으면 어쩐지 기분 나쁘고 어두운 기운이 느껴졌습니다. 그 기분을 지금까지 누구에게도 털어놓지 않고 혼자 가슴에 담아두고는, 저절로 모든 것이 깨끗하게 해결되기를 기다리고 있었습니다. 제가 괜한 걱정을 하고 있었던 것이었기를 바라고 있었어요. 하지만 딸자식이 가여워진 나머지 조금 전 문득 무시무시한 방법이 떠올랐습니다. 햄릿 님 말씀대로 비열한 방법을 생각해냈습니다. 하지만 저는 불충한 신하는 아닙니다. 그것만은 믿어주십시오. 아주 잠깐, 얼핏 생각해보았을 뿐입니다. 어젯밤 잠도 못 자고 생각을 했다는 것은 거짓말이었습니다. 저도 모르게 흥분을 해서 마음에도 없이 과장된 말을 입에 올렸습니다. 나이는 먹었어도 자식 일이 되고보니, 저도 모르게 햄릿 님처럼 과장되게 이야기하고 싶어지나 봅니다. 한순간, 아주 짧은 한순간 이런 생각이 들어서 그 비열함에 몸이 떨려오더니, 이번에는 거꾸로 정의라는 것에 강하게 끌리기 시작했습니다. 못 견디게 좋아졌습니다. 오필리어에 대한 것보다도, 우선 저 불길한 소문의 진상을 확인해보고 싶었습니다. 그것이야말로 신하의 의무, 아니, 인간의 의무라는 생각이 들었습니다. 햄릿 님, 저는 지금 당신들의 편입니다. 오늘부터는 저도 청년들과 함께하려고 합니다. 청년의 정의. 이 세상에서 신뢰할 수 있는 것은 그것뿐입니다.

햄릿   이상하군요. 제가 다 부끄러울 지경입니다. 어쩐지 어색해요. 호레이쇼, 인생이란 예기치 못한 일들이 일어나기 마련인가 보군.

호레이쇼   저는 믿습니다. 폴로니어스 님, 감사합니다. 저는 믿고 있어요.

감격했습니다. 하지만 아무래도 이상하군요. 너무 갑작스러워요.

폴로니어스 이상할 것 없습니다. 당신들이야말로 겁쟁이입니다. 저는 이제 될 대로 되라는 심정인지도 모르겠습니다. 아니, 아니지. 정의다. 정의! 좋은 말입니다. 제가 밀어붙이겠습니다. 힘을 실어주십시오. 우선 셋이서 왕을 시험해봅시다. 무례한 짓인지도 모르겠지만 모든 것이 정의를 위해서입니다. 왕의 안색을 살펴봅시다. 확실한 증거를 잡아내자고요. 어떻습니까? 제게 한 가지 묘안이 있습니다. 제 이야기를 좀 들어보십시오. 모든 것이 정의를 위해서입니다. 제가 가야 할 길은 그것뿐입니다.

햄릿 정의라니, 어이가 없군요. 폴로니어스, 당신은 정신착란입니다. 나이도 먹을 만큼 먹은 사람이 창피하지도 않소? 흥분을 가라앉히세요. 그 말도 안 되는 소문을 진짜 믿는단 말입니까? 거짓말이지요? 저변에 뭔가 다른 꿍꿍이가 있는 것 같군요.

폴로니어스 서운한 말씀이십니다. 햄릿 님, 당신은 가여운 분이십니다. 아무것도 모르고 있어요.

호레이쇼 아아, 안 되겠어. 폴로니어스 님, 이제 그만두십시오. 왕은 좋은 분이십니다. 햄릿 님도 마음속으로는 왕을 사모하고 계신다구요. 이제 와서 그렇게 기분 나쁜 말씀을 꺼내시다니요. 안 돼요, 안 됩니다, 아아, 다시 추워지기 시작하는군요. 몸이 떨려요. 온몸이 떨려.

햄릿 폴로니어스, 중대한 일입니다. 경솔한 언동은 삼가주시오. 확실하게 믿을 만한 증거가 있는 것입니까?

폴로니어스   안타까운 일이지만, ……있습니다.

햄릿   하핫, 호레이쇼, 우리가 장난삼아 의심을 해봤는데, 그게 정말
          이라는군. 이 무슨 일이란 말인가! 어처구니가 없어서 웃음만
          나는군.

          6. 정원

왕비. 오필리어.

왕비   날이 풀렸네요. 올해는 다른 해보다 더 빨리 봄이 올 것 같습니
          다. 잔디밭도 조금씩 옅은 녹색으로 변해가고 있는 것 같지요?
          하루빨리 봄이 왔으면 좋겠어요. 이제 겨울은 지겹습니다.
          이것 좀 봐, 냇가의 얼음도 녹아버렸네. 버들잎 새싹이 정말
          앙증맞고 부드럽네요. 저 새싹이 자라서 바람에 나부끼며
          새하얀 뒷면을 반짝반짝 드러내 보일 즈음이면, 이 근방 가득
          히 온갖 풀꽃들이 피어나겠지요. 미나리아재비, 쐐기풀, 데이
          지, 그리고 연자줏빛 난초꽃. 참, 오필리어는 아랫것들이 연자
          줏빛 난초꽃을 뭐라고 부르는지 알고 있나요? 얼굴이 빨개지
          는 것을 보니 알고 있는 것 같군요. 저들이 온갖 저속한 말을
          입에 담는 걸 보면 오히려 부럽다니까. 오필리어 같은 부류의
          사람들은 연자줏빛 난초꽃을 뭐라고 부르나요? 설마 그 노골
          적인 이름으로 부르는 건 아니겠지요.[5]

오필리어   아니요, 왕비님. 저희도 그렇게 불러요. 어렸을 때부터 무심코

부르던 것이 입에 배서 지금은 저도 모르게 튀어나와요. 저뿐만 아니라 다른 아가씨들도 다들 태연하게 그 노골적인 이름으로 부르고 있습니다.

왕비   어머나, 저런, 그래요? 요즘 아가씨들이 개방적인 데는 두 손 두 발 다 들었다니까. 그래서 더 순진하고 산뜻한 것일 수도 있겠지만요.

오필리어   아니에요. 그래도 남자 분들 앞에서는 조심스럽게 '죽은 자의 손가락' 정도로 부르고 있어요.

왕비   오호, 그렇군요. 남자들 앞에서는 말 못한다는 것도 재미있네요. 그나저나 죽은 자의 손가락이라니 잘도 생각해냈군요. 죽은 자의 손가락이라. 과연 그런 분위기가 나지 않는 것도 아니네. 가여운 꽃이야. 금반지를 낀 죽은 자의 손가락. 저런, 슬프지도 않은데 눈물이 다 납니다. 이 나이에 하찮은 꽃 때문에 눈물을 보이다니, 나도 이제 바보가 다 되었나보네요. 여자는 아무리 나이를 먹어도 응석을 부리게 되나 봅니다. 여자에게는 그들만이 가지고 있는 것이 있지요. 쓸데없기는 해도 어쩔 도리가 없는 것들이요. 이 나이에 나도 덴마크 왕보다 데이지 꽃 한 송이를 더 사랑하고 있으니. 여자는 몹쓸 동물입니다. 아니, 요즘 나는 여자뿐만 아니라 인간에 대한 믿음이 무너지고 있어요. 어지간히 훌륭해 보이는 남자 분도 실은 매사에 흠칫흠칫 놀라는 겁쟁이에, 사람들 평판만

. . . .
5_ 원작 『햄릿』에서 여왕이 죽은 오필리어가 쓰고 있는 화관을 보며, '음탕한 목동들은 상스러운 이름으로 부르지만, 청순한 처녀들은 죽은 사람의 손가락이라고 부르는 연자줏빛 난초꽃'(4막 7장)이라고 한 데서. 원어로 'long purples'인 연자줏빛 난초꽃은, 당시 유럽에서 그 뿌리가 펼친 손바닥 모양과 같다고 하여 '색을 밝히는 미망인'이라고도 불렸다.

신경을 쓰며 살아가는 사람이었다는 것을 요즘 들어 겨우
깨닫게 되었습니다. 인간이란 진정 가엾고 비참한 동물입니
다. 성공이라느니 실패라느니, 영리하다느니 바보라느니, 이
겼다느니 졌다느니 하면서, 밤낮으로 용을 쓰고 비지땀을
흘리며 돌아다니다가 그렇게 점점 나이를 먹는, 우리는 오직
그런 인생을 살아가기 위해 이 세상에 태어난 것은 아닐까요.
벌레와 다를 바 없어요. 어리석은 일이지요. 여태껏 나는
아무리 슬프고 괴로운 일이 있어도 덴마크를 위한다는 마음
하나로 열심히 살아왔는데, 그런 내가 바보였어요. 속았습니
다. 선왕, 현왕, 그리고 햄릿, 모두에게 속고 있었던 거예요.
덴마크를 위한다는 말속에 어쩐지 위대하고 숭고한 의미가
담겨 있는 것만 같아서, 오직 그 생각 하나로 괴로움과 서러움
을 참아왔습니다. 신이 내린 고귀한 일을 하고 있다는 자긍심
이 있었기 때문에 외로운 시기도 잘 참고 넘길 수 있었어요.
특별히 신에게 선택되어 중대한 역할을 부여받은 인간이라는
자부심이 있었기에 묵묵히 인고의 세월을 보낼 수 있었던
것인데, 돌이켜보면 다 멍청한 짓입니다. 나처럼 나약한 사람
이 무슨 일을 할 수 있겠습니까? 사람들은 내가 속으로 애써
각오를 다진 것에는 신경도 쓰지 않고, 이겼다느니 졌다느니
그런 한심한 것들에만 관심을 가지면서 흘끔흘끔 눈치를
보며 시간을 보냅니다. 그러다가 가끔씩 이유도 없이 비열한
사건을 터뜨려서 주위 사람들의 운명을 거리낌 없이 뒤바꿔버
리지요. 그러고 나서는 또 서로 책임을 전가시킨다고 난립니
다. 나 혼자 덴마크를 위한다, 햄릿 왕가를 위한다, 애를

써봤자 혼탁해진 물 위에 떠오른 지푸라기일 뿐 둥둥 떠밀려서 흘러가고 맙니다. 모든 게 다 우습기 짝이 없어요. 오필리어, 몸은 좀 어떻습니까?

오필리어   네? 괜찮습니다.

왕비   감추지 않아도 돼요. 나도 다 알고 있으니까. 안심해요. 나도 햄릿의 어미로서 당신을 아끼고 있습니다. 오늘은 안색도 좋군요. 이제 우울한 일들이 없어졌나보죠?

오필리어   네, 왕비님. 뭐라 감사의 말씀을 드려야 할지 모르겠어요. 실은 오늘 아침에 눈을 떠보니, 가슴이 탁 트이는 것이 무슨 냄새든 맡을 수 있게 되었습니다. 어제까지는 제 몸이나 이부자리, 속옷에서 무슨 부추 냄새 같은 것이 나는 것 같았는데, 아무리 향수를 뿌려보아도 그 지독한 냄새가 사라지지 않아서 혼자 울기만 했습니다. 하지만 오늘은 나쁜 꿈도 꾸지 않고 몸도 훨씬 가뿐해져서, 스프도 최근 먹어본 것 가운데 가장 맛있었습니다. 또다시 어제까지와 같은 지옥 속으로 내몰리는 건 아닐까 아직도 걱정이에요. 제 몸이 고장 난 것만 같아서 애가 탑니다. 지금도 너무 무서워서 되도록 숨도 차분하게 내쉬면서 한 걸음 한 걸음 조심스럽게 잔디를 밟고 있습니다. 이제 괜찮을까 모르겠어요. 그런 고통을 두 번 다시 겪고 싶지 않아요.

왕비   그래요, 이제 괜찮고말고요. 앞으로는 식욕도 생길 겁니다. 당신은 정말로 아무것도 모르는군요. 그럴 만도 합니다. 앞으로는 내가 상담을 해드리지요. 아까부터 뭐든 생각하는 대로 정직하게 말해줘서 당신이 귀여워졌어요. 나는 두려움 없이 대담하게 말하는 사람을 좋아합니다.

오필리어   아니에요, 왕비님. 저는 어제까지 거짓말만 늘어놓고 있었습
니다. 사람들을 속이는 것만큼 고통스럽고 괴로운 지옥도
없어요. 하지만 이제 더는 거짓말을 할 필요가 없어졌습니다.
다들 눈치채버렸어요. 다행히 오늘 아침부터 제 몸도 이렇게
가뿐해졌으니, 앞으로는 움츠러들지 않고 옛날 말괄량이 오
필리어로 돌아가겠습니다. 지난 두 달 동안 하루가 멀다 하고
생각지도 못한 엄청난 일들이 일어나서 꿈속을 헤매는 것
같습니다.

왕비   그래요, 꿈을 꾸는 기분이 드는 것은 당신만이 아니에요.
지난 두 달간은 누구나 다 악몽을 꾸는 기분이었을 겁니다.
선왕께서 살아 계실 때 누렸던 평화도 지금 생각해보면 다
거짓말 같아요. 그토록 매일 희망에 가득 찼던 시대는 이
성안에도, 덴마크에도 두 번 다시 찾아오지 않을 겁니다.
누가 나쁜 짓을 한 것도 아닌데 세상이 온통 음습한 기운으로
탁해져서, 엘시노어 성과 덴마크에 짓궂은 속삭임과 한숨만
이 넘쳐흐르는 듯합니다. 분명 뭔가 대단히 안 좋은 일이나
비참한 일이 일어날 것 같다는 불길한 예감이 들어요. 햄릿이
라도 정신을 똑바로 차려주면 좋겠는데, 그 아이는 당신 일로
반미치광이가 되어 있고, 다른 사람들도 자기 지위나 명예만
을 걱정하면서 여기저기 바쁘게 돌아다니고 있으니 믿을
만한 사람이 하나도 없습니다. 여자들도 사려 깊지가 못하고,
남자들도 슬기롭지가 못해요. 당신들은 아직 모르겠지만,
남자들은 안쓰러울 정도로 우리를 생각하고 있어요. 그렇게

웃으면 안 됩니다. 정말이에요. 내가 자만해서 하는 말이 아닙니다. 남자들은 입으로는 어쩌고저쩌고 당당한 말을 내뱉지만, 실은 말이죠, 예쁜 아내 생각만 하면서 산답니다. 입신이나 성공, 승리도 전부 자기 아내를 기쁘게 해주고 싶어서 그러는 거예요. 갖가지 이유를 갖다 붙이면서 노력을 하고는 있지만, 그것도 다 자기 여자에게 칭찬받고 싶어서 그러는 거지요. 철없는 짓입니다. 가여울 정도예요. 저도 요즘 들어 겨우 그걸 깨닫고 놀라움을 금치 못하고 있습니다. 아니, 완전히 실망했어요. 저는 남자들의 세계를 존경해왔습니다. 우리 같은 사람은 알 수도 없는 대단히 고매하고 고통스러운 이상 속에서 살고 있다고 생각했습니다. 우리는 그 등 뒤에서 시중이라도 들면서 미흡하나마 도움을 줘야겠다고 생각해왔는데, 어안이 벙벙합니다. 등 뒤에서 도움을 주고 있던 여자들이야말로 남자들이 살아가는 유일한 목적이라니, 그저 우스갯소리 같지 뭡니까. 등 뒤에서 가만히 망토를 입혀주려고 하면 휙 돌아서서 이쪽을 보니 어찌할 바를 모르겠어요. 이상이라느니, 철학이라느니, 고뇌라느니, 영문을 알 수 없는 말들을 내뱉으며 꽤나 높은 곳을 지향하고 있는 것처럼 보이지만, 사실은 여자들이 무슨 생각을 하는지에 신경을 가장 많이 쓰고 있어요. 다 여자들에게 사랑과 존경을 받고 싶어서 하는 행동들이에요. 요즘에는 남자들이 그저 하찮아 보입니다. 오필리어 같은 아가씨들은 모를 거예요. 당신 같은 여자들에게는 햄릿 같은 사람이 대단히 괜찮은 남자처럼 보이겠지요. 그 아이는 멍청하기 그지없습니다. 어떻게 하면 주변에서 인기를 좀 얻어볼까 그 생각만 하고 있어요. 젊을 때는 친구들 사이의 평판 같은 것이 제일 중요하겠지요. 어리석은 녀석이에요. 뼛속부터 겁쟁이인 주제에 무모한 짓만 저지르고 다닙니다. 친구들이나 오필리어한테는 그게 칭찬 거리가 될지도 모르겠지만, 자기 뒤처리도 할 줄 몰라서 저 혼자 삐딱해져서 울상을 짓고 있는 꼴이라니요. 그러면서 내심 우리한테 의지하고 있어요. 속으로는 토라져 있으면서도 어떻게든 나중에 우리가 다 해결해주겠지 하고 기다리고 있는 겁니다. 꼴사납게 우쭐해서는 철학이니 어쩌니 그런 말을 해대면서, 무책임하게 호레이쇼 무리들을 감격시키고, 뒤에 가서는 철학은커녕 응석만 부리면서 우리더러 과자를 달라고 보채고 있으니, 그렇게 철이 없을 수가 있습니까. 응석받이입니다. 밤낮으로 주위 사람들에게 칭찬과 귀여움을 받고 싶은 거예요. 그때뿐인 갈채를 받고 싶어서 늘 경박한 묘안을 짜냅니다. 그렇게 제멋대로 살다니 대체 장차 뭐가 되려는지 걱정이에요. 당신의 오빠 레어티스는 햄릿하고 나이는 같은데도 벌써 세상 돌아가는 일을 제대로 알고 있던데.

오필리어   아니에요, 그 점이 오히려 오빠의 나쁜 점입니다. 왕비님께서는 방금 무척 훌륭해 보이는 남자분이라도 속으로는 부들부들 떨면서 다른 사람들 시선만 신경 쓰고 산다고 하셨는데, 그러면서 바로 레어티스 오빠를 칭찬하시다니 이상하네요. 오빠의 본심도 그와 다를 바 없어요. 오빠가 햄릿 님에 비하면 약간 더 투박하고 착실하게 살고 있기는 하지만, 지나치게 확실하고 시원시원하게 살아가는 사람은 오히려 우리를 외롭

게 만듭니다. 저도 오빠를 미워하는 것은 아니지만, 뭐든
털어놓고 이야기하고 싶다는 친근한 마음은 생기지 않습니
다. 아버지도 마찬가지고요. 저는 못된 딸에 못난 여동생인지
도 모르겠습니다. 하지만 어쩔 수가 없어요. 가족들한테는
친근함을 느끼지 못하고 오히려, …….

왕비   햄릿에게서만 친근함을 느낀다는 말이로군요. 지루해. 관두
세요. 사랑에 푹 빠져 있을 때는 누구나 자기 아버지나 오빠가
싫어지는 법입니다. 당연한 일 아닙니까? 당신들이 하는 말을
가만히 들어보면 바보 같기 짝이 없어요. 대체 무슨 생각을
하고 사는 건지.

오필리어   아니에요, 왕비님. 저는 푹 빠져 있는 게 아닙니다. 이런
일이 생기기 훨씬 더 오래전부터 사모해오고 있었습니다.
햄릿 님이 아닌 왕비님을 남몰래 열렬히 사모했습니다. 그러
다가 결국 햄릿 님과 이런 사이가 되어서 기쁨과 괴로움,
놀라움 등 여러 가지 일들을 겪었지만, 송구하게도 왕비님을
어머니라고 부르며 친근하게 다가갈 수 있는 날이 오지 않을
까 하는 기대감에 젖을 수 있어서 즐거웠습니다. 믿어주세요.
어렸을 때부터 제가 왕비님을 얼마나 존경하고 좋아했는지,
왕비님은 모르실 거예요. 여태껏 몸짓부터 말투까지 뭐든
왕비님을 따라해 왔습니다. 죄송합니다. 왕비님의 신분을
동경했다기보다는 여성으로서 매력이 넘치는 분, 멋있는 분,
훌륭한 분, 아아, 뭐라 말씀을 드려야 좋을까요. 왕비님, 저를
비웃어주세요. 저는 바보 같은 여자입니다. 만약 햄릿 님께서
왕비님의 자제분이 아니었다면, 저도 이런 실수를 저지르지

는 않았을 거예요. 저는 간사한 여자가 아닙니다. 왕비님의 소중한 아드님이시니 저도 소중하게 받들어드리자고 생각했습니다.

왕비 예쁘장한 말만 늘어놓는군요. 당신들이 그렇게 대충 생각나는 대로 그럴싸한 말을 뱉어내는 데 우리는 질릴 대로 질렸어요. 당신이 나를 조금이라도 좋아한다면, 그것은 두말할 것 없이 내 신분 때문이겠지요. 내가 반짝반짝 빛나고 있으니 그저 눈앞이 아찔해지고 기분이 들떠서 이것저것 무턱대고 멋있어 보였겠지요. 저는 시시한 할머니입니다. 당신이 햄릿을 거부할 수 없었던 것도 햄릿의 신분 때문입니다. 왕비의 귀한 아들이니 당신도 소중히 해야겠다고 생각했다니, 그런 엉뚱한 말은 나나 되니까 혼자 웃고 흘려들으면서 용서해주지만, 다른 사람들 앞에서 그런 말을 했다가는 정신 나간 사람 취급을 받을 겁니다. 당신은 저를 어머니라고 부르면서 어리광을 부리는 게 가장 큰 기쁨이라고 순진한 척 말했는데, 누구나 뻔히 다 아는 사실이에요. 그것은 그저 덴마크 왕국의 왕세자비가 되는 기쁨을 말한 것이겠지요. 왕세자비가 되어서 왕비를 어머니라고 부르는 신분이 되는 것은 덴마크 여자에게 있어서 가장 큰 기쁨이니까요. 당연한 일입니다. 당신들은 자기가 품고 있는 저속한 야심을 순진한 척 애교 떨면서 교묘하게 감추고 있으니, 도무지 안심할 수가 없습니다. 멍하니 있다가는 깜박 속고 말지요. 요즘 젊은 사람들은 아무것도 모르는 척하면서 아이 같은 말투로 우리를 웃게 만들지만, 사실은 어떻게 해서든지 약삭빠르게 자기 계산을 하고 있으니 정말이지 정이 떨어집니다. 얼마나 빈틈이 없고 교활한지.

오필리어 아닙니다, 왕비님. 어째서 그렇게 심술궂게 의심만 하시는 건가요? 제게 그렇게 발칙하고 경솔한 야심 같은 것은 없습니다. 저는 그저 진심으로 왕비님을 좋아할 뿐이에요. 좋아서 어찌할 바를 모르겠어요. 저를 낳아주신 어머니는 제가 어렸을 때 돌아가셨지만, 지금 살아 계신다고 해도 왕비님만큼 좋아지지는 않았을 거라고 생각합니다. 왕비님께서는 돌아가신 제 어머니보다도 다정하시고 훌륭한 매력까지 갖추고 계십니다. 왕비님을 위해서라면 저야 언제 죽어도 좋다고 생각했습니다. 왕비님 같은 분을 어머님이라고 부르고 한평생 섬기면서 살고 싶다고 늘 상상해 왔어요. 신분에 대해서는 단 한 번도 생각했던 적이 없습니다. 못난 여자일 뿐입니다. 어머니가 안 계셔서 왕비님을 사모하는 마음이 훨씬 더 강했던 것인지도 모르겠어요. 정말로 제게는 아무런 야심도 없습니다. 왜 그리 무심한 말씀을 하세요. 저는 햄릿 님의 신분도 잊고 있었습니다. 그저 왕비님의 향기가 햄릿 님 몸 어딘가에서 느껴졌는데, 그게 참을 수 없이 좋았고 결국 이렇게 부끄러운 몸이 되었습니다. 제 계산을 했던 적은 한 번도 없어요. 신 앞에서 맹세할 수 있습니다. 왕세자비가 되어 출세해보겠다는 생각은, 그런 발칙한 야심은, 맹세코 꿈에서라도 해본 적이 없습니다. 왕비님과 제가 멀리나마 연결되어 있다면 그것으로 행복합니다. 저는, 모든 것을 포기했어요. 왕비님의 자손을 무사히 낳아 무럭무럭 건강하게 키우는 것만이 제게 남은 즐거움입니다. 저는 제 자신을 행복한 여자라고 생각합니다. 햄릿 님께 버림받는다고 해도 아이와 함께 둘이서 매일 즐겁게 살 수 있어요. 왕비님. 제게는 저만의 자긍심이 있습니다. 폴로니어스의 딸로서 부끄럽지 않은 지혜와 고집도 가지고 있습니다. 저는 무엇이든 알고 있습니다. 그저 정신없이 햄릿 님께 푹 빠져서 그분이야말로 세상에서 가장 아름답고 완벽한 용사라고 생각하고 있는 건 절대 아닙니다. 송구스럽지만 햄릿 님은 코가 너무 깁니다. 눈은 작고 눈썹도 너무 두꺼우세요. 치아도 대단히 안 좋으신 것 같고, 결코 잘생겼다고 할 만한 분이 아닙니다. 다리도 약간 구부정하신 데다 허리도 안쓰러울 정도로 굽으셨어요. 성격도 절대로 좋다고는 할 수 없지요. 여자 같다고나 할까요. 늘 사람들이 하는 험담에만 신경을 곤두세우고 계시면서 초조해하십니다. 어느 날 밤에는 믿을 수 있는 건 너뿐이다, 사람들은 나를 기만하고 이용하기만 해, 나는 불쌍한 사람이니 너라도 나를 버리지 말아다오, 하고 듣는 저도 한심스러울 정도로 나약한 말씀을 하시면서 두 손으로 얼굴을 덮고 우는 시늉을 하셨습니다. 어째서 그렇게 못난 행동을 하시는 걸까요? 그리고 제가 조금이라도 위로의 말을 주저할라치면 벼락처럼 난폭하게 소리를 지르시면서, 아아, 나는 불행하다, 내 고통을 아는 사람은 아무도 없어, 나는 세상에서 가장 불행한 놈이다, 고독해, 하고 머리칼을 쥐어뜯으며 말씀하십니다. 억지로라도 비극의 주인공이 되지 않으면 마음이 편치 않으신 모양이에요. 갑자기 벌떡 일어나서 벽에 커피 잔을 집어던지셔서 잔이 산산조각 났던 적도 있었습니다. 그런가 하면 또 어느 날은 너무 기분이 좋으셔서, 세상에 나보다 더 두뇌가 예민한 놈은 없어, 나는 번개 같은 남자야, 뭐든 다 알고 있지, 악마라 해도 나를 속일 수 없어, 나도 마음만 먹으면 뭐든 할 수 있다, 어떤 두려운 모험도 반드시 성공할 수 있어, 나는 천재다, 이런 말씀을 하시는데 제가 미소를 지으며 고개를 끄덕이면, 이런, 넌 나를 바보 취급하고 있구나, 날 허풍쟁이라고 생각하고 있어, 넌 나를 못 믿는 게 문제야, 너 같은 게 알 리가 없지, 하고 갑자기 기분이 나빠지셔서, 제가 아무리 사랑을 맹세해도 이번에는 맹렬하게 자기한테 욕을 해대시는 것입니다. 사실 난 허풍쟁이다, 사기꾼이야, 엉터리지, 모두 날 꿰뚫어 보고 비웃고 있어, 모르고 있는 건 너뿐이야, 넌 정말 바보천치다, 속고 있는 거라고, 나한테 완전히 속고 있다니까, 아아, 나도 비참한 남자다, 세상에 아무도 나를 상대해주지 않으니, 오로지 너 같은 바보 하나를 붙들고 으스대고 있구나, 시시하기 짝이 없다, 하고 하염없이 그런 말을 뱉어내시는데, 듣고 있는 제가 다 울고 싶어질 정도로 태연하게 자기를 헐뜯으세요. 그런가 하면 한 시간이나 거울 앞에 서서 다양한 표정으로 얼굴을 찡그리며 들여다보고 계실 때도 있습니다. 긴 코가 신경 쓰이시는지 이따금씩 거울을 들여다보며 쭉쭉 잡아당겨 보실 때도 있는데, 그런 모습을 보면 저도 웃음을 참을 수가 없어요. 하지만 저는 그분을 좋아합니다. 그런 분은 세상 어디에도 없습니다. 어딘가 무척 훌륭한 데가 있는 것 같습니다. 여러 가지 이상한 결점을 갖고 계시기는 하지만 어쩐지 신의 아들의 풍모가 느껴집니다. 저도 자부심 강한 여자입니다. 그저 아무 남자 분이나 무턱대고 좋다고 설치는 사람이 아닙니다. 설사 신분이 높은 왕자님이라고 해도 덮어놓고 진심으로 매달리지는 않습니다. 햄릿 님은 이 세상에서 가장 마음이 따뜻한 분입니다. 마음이 따뜻하기에 자신을 주체하지 못하고 말과 마음이 혼란스러워지시는 거예요. 틀림없습니다. 왕비님께서도 햄릿 님의 좋은 점을 잘 알고 계시잖아요.

왕비　　당신들 이야기는 처음부터 끝까지 도무지 말이 안 됩니다. 나를 사모하기에 햄릿을 좋아한다느니 이상한 변명을 하는가 싶더니, 이번에는 햄릿 험담을 해대고, 그러고 나서는 금세 햄릿처럼 좋은 사람은 세상에 다시없다며 신의 아들이라고 한심한 소리를 해대네요. 나 같은 할머니더러 훌륭한 매력이 있다느니, 그런 말도 안 되는 소리를 하는가 싶으면, 푹 빠진 게 아니고 이미 포기했다면서 기특한 소리를 하고 말이죠. 대체 뭘 어떻게 받아들여야 할지 알 수가 없군요. 당신도 햄릿에게 영향을 받았겠죠. 가장 뛰어난 제자라고나 할까? 나는 그게 호레이쇼라고 생각했는데 당신도 꽤나 훌륭한 제자가 된 것 같군요.

오필리어　왕비님께서 그렇게 말씀하시니까 저도 힘이 빠지네요. 저는 제가 느낀 것을 거짓 없이 그대로 말씀드렸을 뿐이에요. 제가 드린 말씀은 모두 사실입니다. 여기저기 앞뒤가 맞지 않았던 것은 분명 제 말주변이 부족했기 때문일 거예요. 왕비님께는 거짓말을 하지 말자고 다짐하고 있고, 또 설사 제가 거짓말을 하더라도 왕비님께서는 거기에 속지 않으실 분이시기에, 제가 느끼고 생각한 것들을 낱낱이 고하고 싶어서 마음이 조급해져 있었습니다. 그런 마음이 먼저 앞서다 보니, 말투도 우물쭈물 굼떠서 좀처럼 속마음을 제대로 표현할 수가 없었습니다. 신께 맹세코 저는 정직합니다. 제가 사랑하는 분들한테만은 정직하고 싶습니다. 저는 왕비님을 좋아하기 때문에 거짓말은 단 한마디도 하지 않으려고 애를 썼는데, 애를 쓰면 쓸수록 말이 더 제멋대로 나오는 것 같습니다. 정직한 사람의 말만큼 우습고, 뚝뚝 끊기고, 허튼소리처럼 들리는 것도 없다는 것을 생각하면, 공연히 서글퍼집니다. 제가 횡설수설하는 것처럼 들릴지도 모르겠지만 속으로는 사리분별을 하고 있습니다. 가슴속에 담아둔 말들을 꺼내기가 어렵다보니 좀처럼 분명히 말씀을 드릴 수가 없었습니다. 그러다 보니 여러 가지 단편적인 이야기를 하게 됐고, 그 단편을 이어 붙여서 전체적인 느낌을 보여드리려고 조바심을 냈지만, 어쩐지 말을 하면 할수록 엉망이 되니 어쩔 줄을 모르겠습니다. 저는 너무 지나치게 사랑을 하고 있는 것인지도 모르겠습니다. 상식을 모르고 있다는 생각도 듭니다.

왕비 모두 햄릿에게서 배운 핑계로군요. 요즘 젊은 사람들은 자기 변명에 급급해서 어쩌나 핑계를 잘도 둘러대는지 정말 짜증이 납니다. 그렇게 잘난 척하지 말고 차라리 이렇게 말하는 게 어떻겠어요? 잘 모르겠습니다, 가슴이 먹먹해요. 이런 말이 차라리 이해가 빠르겠어요. 당신은 다른 일에는 주눅 들지 않고 대담하고 또랑또랑한 착한 아이인데, 햄릿 일에는 이상하게 변명을 갖다 붙이면서 자기 부끄러움을 감추려는군요. 당신은 아직 나에게 죄송하다는 말도 하지 않았어요.

오필리어 　왕비님. 진심으로 죄송한 마음을 품고 있으면, 어쩐지 그 말이 입 밖으로 나오지 않는 것인가 봅니다. 앞으로 저희들이 할 행동은 죄송하다는 말 한마디로 용서받을 수 있는 일이 아니라고 생각합니다. 제 몸 한쪽에 죄송하다는 글씨가 빈틈 없이 빼곡하게 파란 잉크로 쓰여 있는 것 같은데도, 어쩐지 왕비님께는 죄송하다는 말씀을 드릴 수가 없습니다. 속이 빤히 들여다보이는 기분이 듭니다. 해서는 안 될 몹쓸 짓을 해놓고 그저 죄송하다는 말 한마디로 용서를 구하려 하는 것은, 자기 죄를 의식하지 못하는 뻔뻔한 사람들이나 하는 행동이라고 생각합니다. 저는 도저히 그렇게 할 수가 없어요. 아마 햄릿 님도 지금 그런 이유로 고통을 겪고 계신 것이리라 생각합니다. 어떻게 해서든 용서를 구해야 한다고 조바심을 느끼고 계신 것입니다. 햄릿 님과 제가 요즘 고민하고 있는 것은 어떻게 하면 왕비님께 용서를 구할 수 있을까 하는 문제입니다. 왕비님께서는 지금 외로운 상황에 처해 계시니 저희가 위로를 해드려야 하는데, 결국 이런 상황을 만들어서 오히려 심려를 끼쳐드렸으니, 이런 행동은 못됐다거나 바보 같다는 식의 간단한 말로 끝날 것 같지 않습니다. 죽기보다 더 괴롭습니다. 저는 아주 오래전부터 쭉 왕비님을 사모해왔 습니다. 그것은 진심입니다. 평생에 한 번이라도 왕비님께 칭찬을 받고 싶다는 생각에 예의범절도 배우고 학문도 쌓아왔 는데, 일이 이렇게 되어버렸으니 제 자신이 얼마나 바보 같은 지 모르겠습니다. 끝내 정신이 나가서 왕비님께 가장 죄송한 짓을 저질렀습니다. 햄릿 님도 저 못지않게, 아니, 저 이상으로 왕비님을 존경하고 그리워하고 계십니다. 저희는 왕비님이 언제까지나 건강하고 무사하시기를 빌고 있습니다. 살아 계시는 동안에는 반드시 용서를 구하도록 하자고, 제가 절실한 마음으로 햄릿 님께 말씀드렸던 밤도 있었습니다. 왕비님, 왕비님, 어머나!

왕비 미안해요. 아까부터 울음을 참으려고 마음에도 없는 심술궂은 말을 했습니다. 오필리어, 이토록 나를 다정하게 대해주고 사랑해주다니 괴롭군요. 마음이 찢어집니다. 오필리어, 당신은 착한 아이로군요. 당신은 분명 정직한 사람입니다. 약삭빠른 구석도 없지 않지만 그래도 뭐, 다른 뜻 없는 순수한 거짓말은 지나치게 책망할 일이 아닙니다. 그런 거짓말이야말로 오히려 아름다운 것이니까요. 오필리어, 이 세상에서 순수한 소녀의 말만큼 아름답고 즐거운 것은 없는 것 같아요. 거기에 비하면 우리는 더러워요. 해괴망측하고 피곤에 절어 있습니다. 그래도 당신들이 나를 마음 깊이 사랑해주고, 오래오래 살아 있어 달라고 빌었다는 말을 들으니 견딜 수가 없습니다. 아아, 당신들을 위해서라도 살아가지 않으면 안 되는데, 오필리어, 용서해주세요.

오필리어 왕비님, 무슨 말씀이세요? 갑자기 왜 그러세요. 무슨 다른 슬픈 일이 있으신 거예요? 아아, 마침 다행이네요. 여기 의자가 있어요. 자, 앉으셔서 기분을 가라앉히세요. 왕비님께서 그렇게 우시니 저까지 울고 싶어지잖아요. 자, 이렇게 나란히 앉도록 해요. 저런, 왕비님. 이것은 선왕께서 임종하실 때

앉으셨던 의자네요. 선왕께서 정원에 있는 이 의자에 앉아 햇볕을 쬐고 계시다가 갑자기 몸이 안 좋아지셨고, 저희들이 달려왔을 때는 가슴 아프게도 이미 숨을 거두셨지요. 그날은 제가 새로 지은 빨간 드레스를 아침에 처음으로 입어본 날이 었는데, 저는 너무 슬프고 억울해서 제 빨간 드레스가 초록색 으로 보일 지경이었어요. 사람이 너무 슬프면 붉은색이 초록 색으로 보이는 것 같습니다.

왕비   오필리어, 이제 그만. 내 생각이 틀렸어! 내게는 이제 아무런 희망도 없습니다. 모든 것이 허무해요. 오필리어, 그대는 앞으 로 몸 조심히 잘 살아요.

오필리어   왕비님, 무슨 말씀이세요. 하지만 제 일이라면 걱정 마세요. 저는 햄릿 님의 아이를 키우겠습니다.

7. 성안의 방

햄릿 혼자.

햄릿   바보다! 바보야, 바보. 나는 바보 천치다. 나는 대체 무엇을 위해 살고 있는가? 아침에 일어나 밥을 먹고 놀다가 밤이 되면 잠을 잔다. 그렇게 항상 빈둥거릴 일만 생각하고 있다. 외국어를 세 종류나 통달했지만 그건 그저 외국의 외설적인 시를 읽고 싶기 때문이다. 내 공상의 크기는 다른 사람보다 다섯 배는 더 크고 열 배는 더 탐욕스럽다. 만족을 모른다.

더욱더 강한 자극을 원하고 있다. 하지만 나는 겁쟁이에 게으름뱅이라 대체로 자극을 동경하는 데서 끝난다. 형이상학적 사기꾼. 마음속에서만 노는 모험가. 서재 안의 항해자. 더할 나위 없는 몽상가다. 여기저기 자극을 찾아 헤매다가 결국은 오필리어 같은 여자에게 걸려들어서 끝장이 났다. 아무래도 오필리어에게 말려든 것 같다. 창피한 이야기다. 돈 후안[6] 흉내를 내는 수행을 위한 여행을 떠났다가, 우선 그 첫걸음으로 작은 소녀 하나를 겨우 꼬드겨냈는데, 그 소녀와 헤어지는 것이 괴로워 평생 거기서 살림을 차렸다는 우스개 이야기. 우선 잔재주를 부려서 시골 소녀를 속여보고 여자의 마음을 연구하면서, 그 뒤로 슬슬 돈 후안 수행을 떠나려고 했는데, 그 시골 소녀 하나를 연구하는 데 칠십 평생을 써버렸다는 우스개 이야기. 나는 심각한 표정을 한 희극 히어로다. 의외로 어릿광대 역할에 재능이 있는 건지도 모르겠다. 요즘 내 주위는 우스개 이야기로 가득하다. 장난삼아 왕을 의심하면서 놀고 있는데, 거기에 확실한 증거가 있다며 흥을 깨는 엄청난 이야기를 진지하게 꺼내들고 나오니 등골이 서늘해진다. 말이 씨가 된다는 건 이런 걸 두고 하는 말이다. 틀니 낀 어머니를 흠모했다는 것도 꽤나 웃기는 코미디다. 무슨 이유에서인지 폴로니어스가 갑자기 정의의 사도로 변한 것도 우스워 나자빠질 일이다. 내가 드디어 아빠가 된다는 것도 기상천외, 아니, 그것보다도 오늘밤 낭독극이 압권이다. 폴로니어스는 분명

6_ 유럽에서 전해져오는 전설상의 인물로, 차례로 여인을 농락하고 정복한 후 버리는 여성 편력의 대명사.

정신이 나갔다. 단숨에 삼사십 년이 젊어져서 이상하리만치 들떠서는 낭독극을 하자고 졸라대니 어이가 없다. 영국의 여성시인이라나 뭐라나, 달콤해빠진 옛날 작품을 어디서 찾아왔는지, 이것을 대본으로 세 명이서 낭독극을 하자고 하니 기가 막힐 노릇이다. 폴로니어스가 맡은 역이 신부라는 것부터가 엉망진창이다. 이 시의 내용은 어쩌면 숙부님과 어머니가 보기에 조금 뼈아플지도 모른다. 이 낭독극에 왕과 왕비를 초대해서 극이 진행되는 동안 두 사람의 표정이 어떻게 변하는지 확인해보자는 게 폴로니어스의 꿍꿍이 같은데 멍청한 생각이다. 설사 그들의 얼굴이 파랗게 질린다고 한들 그게 무슨 증거가 되겠는가. 태연히 웃고 있다고 해서 그것이 무죄라는 증거도 되지 않는다. 두 사람의 감각이 예민한지 둔감한지에 대한 판단은 가능하겠지만 유죄나 무죄의 판정이 될 수는 없다. 폴로니어스는 진짜 정신이 나간 것 같다. 그게 바보 같은 짓이라고 생각하면서도 거기에 발을 들인 나 역시 한심하다. 오필리어의 아버지 마음을 상하게 하고 싶지 않아서, 그거 참 좋은 생각이라고 아첨을 하면서 호레이쇼도 가담하도록 강요하고 셋이서 낭독 연습을 시작한 것이 어제 오후다. 호레이쇼는 처음에 그렇게도 하기 싫어하는 눈치더니, 연습이 시작되자마자 갑자기 활기를 찾아서는 위튼버그 극연구회에서 배웠다면서 기묘한 억양으로 대사를 읊었다. 녀석은 정말이지 정직한 놈이다. 자기감정을 꾸밈없이 그대로 말과 행동으로 드러낸다. 그 어떤 얼간이 짓을 해도 어쩐지 아름답다. 불쾌한 데가 없다. 마음 깊이 겸손한 체념을 알고 있는 남자다. 거기에 비하면 나는 아아, 바보다. 바보 천치다. 나는 체념을 모른다. 나의 욕망에는 한계가 없다. 한가롭게 세상 모든 여자를 한 명도 남김없이 한 번쯤 내 것으로 만들어 보고 싶다는 터무니없는 공상을 하고 있는 바보다. 세상 사람들에게 진심으로 존경 받고 싶다, 나의 뛰어난 두뇌와 탁월한 수완, 엄격한 인격을 슬쩍슬쩍 보여주면서 세상 모든 사람들을 깜짝 놀라게 하고 싶다, 턱을 괴고 앉아 멍하니 그런 생각들을 해보고 있지만, 당장 내가 할 수 있는 것은 아무것도 없다. 세상 여자들은커녕 옆집 여자 하나를 어쩌지 못하고 죽을 만큼 괴로워하고 있다. 탁월한 수완이 있기는커녕 정치에 대해서는 아무것도 모른다. 사람들을 깜짝 놀라게 하기는커녕 그들에게 속고만 있다. 사람들을 두려워하고 있을 뿐이다. 사람들을 경외할 뿐이다. 누군가 나에게 형식적인 인사를 하더라도, 나는 그 인사를 진심 어린 것이라고 생각하고 한순간 기분이 좋아져서 미칠 지경이 된다. 그 사람의 기대에 보답하지 않으면 안 된다고 마음에도 없는 영웅 흉내를 내면서, 돌이킬 수 없는 일들만 저지르고 모두에게 비웃음이나 사는 정도가 고작이다. 사람들에게 욕을 먹으면서도 그의 적의는 깨닫지 못하고 그게 모두 나를 위한 일이라고 자위한다. 좀처럼 꺼내기 힘든 험담을 애써 해주니 얼마나 고마운 일인가, 그 애정에 언젠가 보답하지 않으면 안 된다, 이런 생각으로 마음속 수첩에 그 사람들 이름을 은인으로 기록해둔다. 사람들에게 경멸을 당해도 오히려 그것이 경의나 애정의 표현이라고 잘못 이해하고 멍하니 있다가, 오륙 년이 지난 어느 날 밤 문득 그것이 경멸이었다는 것을 깨닫고 젠장!
하고 욕이 튀어나오다가도 아니지, 내가 누굴 탓하겠나! 이런
생각이 들면, 앞으로는 좀 계산적으로 살아보자 싶어서, 친구
들에게 따뜻하게 대해주기도 하는데, 속으로는 남한테 잘해
주면 내게도 좋은 일이 생길 거라며 주판을 튕기고 있으니
못 말리는 놈이다. 이만저만 멍청한 게 아니다. 애초에 나는
누가 훌륭하고 누가 나쁜지도 분명히 구분하지 못했다. 어쩐
지 슬픈 표정을 하고 있는 사람이 못 견디게 훌륭해 보였다.
아아, 가여워. 인간이 가엾다. 나도 가엾고, 호레이쇼도 가엾
다. 폴로니어스도, 오필리어도, 삼촌도, 어머니도 모두 다
가엾다. 예전부터 내게는 경멸도, 증오도, 분노도, 질투도,
아무것도 없었다. 남의 흉내만 내면서 미워하고 경멸하며
소란을 피웠을 뿐이다. 아무것도 느끼지 못했다. 사람을 미워
한다는 것이 어떤 기분인지, 사람을 경멸하고, 질투한다는
것은 어떤 느낌인지, 아무것도 알지 못했다. 다만 한 가지,
내가 느끼고 있는 것, 심장이 울렁거릴 정도로 확실히 알고
있는 정서는 오직 가엾다는 마음뿐이다. 나는 이 감정 하나만
으로 이십삼 년을 살아왔다. 그 외에는 아무것도 모른다.
하지만 가엾다는 생각이 있어도 무엇 하나 할 수 없다. 그런
생각을 하면서도 제대로 된 말로 표현조차 할 수 없어서,
오히려 속마음과 반대되는 것이 행동으로 드러난다. 나는
그저 하는 일 없이 빈둥거리는 게으름뱅이에 바보 천치다.
아무 짝에도 쓸모가 없다. 아아, 불쌍해 죽겠네. 이거야 원,
웃을 일이 아니다. 호레이쇼, 삼촌, 어머니, 폴로니어스 모두

다 가엾다. 제 목숨이 도움이 된다면 누구에게라도 드리겠습니다. 요즘 나는 인간들이 불쌍해서 견딜 수가 없다. 부족한 지혜를 짜내서 아무리 애를 써보아도 상황은 나빠지기만 하는 게 아닌가.

폴로니어스. 햄릿.

폴로니어스 아아, 바쁘네. 아이쿠, 햄릿 님 벌써 오셨군요. 어떻습니까? 이 정도면 자그마한 무대는 되겠지요? 제가 조금 전에 양탄자나 빈 상자 같은 것들을 가져와서 무대를 한 번 만들어보았습니다. 무대가 이 정도면 충분하겠지요. 낭독극이니 막이나 배경도 필요 없습니다. 그렇겠지요? 하지만 아무것도 없는 것도 허전하니까 여기 소철 화분 하나를 가져다 놓았습니다. 그래요, 이 화분 하나로 무대가 훨씬 더 그럴듯해 보이는군요.

햄릿 가엾구나.

폴로니어스 뭐라고요? 뭐가 가엾다는 겁니까? 소철 화분을 여기 둬서는 안 된다는 말씀이십니까? 그렇다면 무대 더 안쪽에 둘까요? 그러죠. 그러고 보니 무대 끝에 두면 소철 화분도 가엾군요. 당장이라도 떨어질 것 같아요.

햄릿 폴로니어스, 가여운 것은 당신이오. 아니, 당신뿐만 아니라 삼촌, 어머니, 모두 다 가여워. 살아있는 인간 모두가 가여워. 열심히 살아가고 있는데도 즐겁게 웃을 수 있는 날이 단 하루도 없으니 말이야.

폴로니어스 이제 와서 무슨 소리를 하시는 겁니까? 가엾다니요, 불길하게 왜 그러십니까? 모처럼 세운 계획에 찬물을 끼얹는 말만 하시는군요. 저는 오직 당신을 위해서 이런 아이들 장난 같은 일을 계획했습니다. 당신들의 정의를 향한 순수한 마음에 감명 받아서, 진리를 탐구하는 무리에 가담한 거라고요. 달리 어떤 야심도 없습니다. 이번 낭독을 통해서 대체 그 수상한 소문이 어디까지 진실인 건지 시험해보려고 했던…….

햄릿　　알겠소, 알겠어. 폴로니어스, 당신은 진정 정의의 사도요. 감탄했어. 하지만 자기 혼자 정의랍시고 떠드는 것이 다른 평온한 가정을 엉망진창으로 망가뜨려 놓을 수도 있습니다. 누가 얼마나 나쁜가가 문제가 아니요. 애초에 인간은 그런 상황에 익숙하지 않도록 만들어져 있으니까. 삼촌이 뭔가 나쁜 짓을 했다는 증거를 얻었다고 칩시다. 그 다음은 어떻게 되겠습니까? 우리 모두가 전보다 한층 더 불쌍해질 뿐이지.

폴로니어스　아니지요. 송구하지만 햄릿 님은 아직 어리십니다. 혹시라도 이번 계획으로 왕이 결백하다는 것이 밝혀진다면, 저희들은 말할 것도 없고 덴마크의 국민 모두가 안도의 한숨을 내쉬며 행복하게 살아갈 수 있겠지요. 정의는 반드시 남의 잘못을 책망하며 추궁하는 것이 아니라, 때로는 무죄를 입증함으로써 그를 구원할 수도 있는 것입니다. 저는 바로 그, 만에 하나의 행복한 결말을 기대하고 있어요. 만에 하나! 만에 하나 그런 결과가 나온다면, 아아, 그것은 기적에 가까운 일이겠지요, 아니, 하지만, 뭐, 일단은 해봅시다. 뒷일은 제게 맡겨주십시오. 사태를 악화시키는 일은 결코 없을 것입니다.

햄릿　　폴로니어스, 아주 열성적이시로군요. 가엾어. 나는 다 알고

있어요. 아아, 짜증이 나네. 설사 삼촌이 무슨 일을 벌였다고
칩시다. 그래도 상관없는 거 아니오. 삼촌은 삼촌 나름대로
최선을 다하고 있으니까. 어쩐지 내 맘이 확 바뀐 것 같소.
오늘 아침까지만 해도 삼촌에 대해 그렇게 못된 말을 지껄이
면서 불쾌한 소문의 근원을 파헤치지 않으면 안 된다고 소란
을 피웠는데, 폴로니어스, 그것은 당신이 훌륭하게 꿰뚫어
보았듯이 추문의 바람을 바꾸기 위해서였는지도 모르겠습니
다. 내 부끄러움을 감추기 위해서 그 소문을 이용했던 것인지
도 모르겠어요. 지난번에 자네에게서 불행하게도 분명한 증
거가 있다는 말을 듣고 난 뒤로 삼촌이 가여워졌어. 불쌍해.
삼촌은 나름대로 최선을 다하고 있어요. 삼촌은 그리 멍청하
게 나쁜 짓을 할 사람이 아닙니다. 삼촌은 나보다도 마음이
약한 사람입니다. 최선을 다하고 있어요. 아아, 내가 바보였어.
농담으로라도 한순간 삼촌을 의심하다니, 나는 부끄러움을
모르는 덜렁이다. 폴로니어스, 이제 정의 어쩌고 하는 것은
때려치웁시다. 이 경박한 유희가 얼마나 엄청난 결과를 가져
올지, 아아, 생각만 해도 두렵습니다. 살아갈 수조차 없을
것 같아요.

폴로니어스 당신은 호들갑을 떨어서 탈입니다. 오늘 아침까지는 괴롭다
는 말을 연발하더니 지금은 가엾다는 말을 입에 달고 계시는
군요. 어디서 배웠는지 한 가지만 배우면 몇 번이고 써먹으십
니다. 세상은 그렇게 감상적인 곳이 아닙니다. 중요한 것은
정의와 의지예요. 제대로 살려면 연민이나 반성은 금물입니
다. 당신은 오필리어에 대한 것만 생각하시면 됩니다. 햄릿

님에 비해 호레이쇼 님 같은 분은 담백하고 순수한, 진짜 청년다운 단순한 꿈속에서 살아가십니다. 조금이라도 그분을 좀 닮아보세요. 호레이쇼 님은 이번 낭독극의 저변에 깔린 속셈은 잊고, 그저 무대에 오른다는 것에 들떠서 열심히 연습을 하셨지요. 그걸로 된 겁니다. 이제 대사 연습은 충분합니다. 곧 손님들이 들이닥칠 겁니다. 호레이쇼 님이 지금 관객을 불러 모으러 올라가셨습니다. 그분은 의욕에 넘쳐 계십니다. 내심 신부 역을 맡고 싶으셨던 것 같은데, 그 역할은 제가 아니면 그 누구도 제대로 할 수가 없어요. 저런, 벌써 관객들이 온 것 같네요.

왕. 왕비. 신하들. 호레이쇼. 폴로니어스. 햄릿.

왕   와아, 오늘 이렇게 불러주어서 감사하오. 호레이쇼가 위튼버그에서 배운 명대사를 들려준다고 해서 모두 데리고 들으러 왔습니다. 가까운 친척들끼리만 모여서 이런 행사를 열 수 있다니 참으로 즐겁습니다. 역시 인생에서는 일가족이 단란하게 모이는 것이 가장 큰 행복인 것 같습니다. 요즘 들어 제게는 즐거운 일이 사라져 버렸습니다. 아무래도 인생은 고통스러운 일뿐인 것 같습니다. 그런 의미에서 오늘 밤은 대단히 감사한 순간입니다. 햄릿도 오늘은 활기차 보이는군요. 친한 벗인 호레이쇼와 함께 하니 기분이 나아진 것 같습니다. 앞으로도 종종 이런 행사를 엽시다. 햄릿의 기분도 한결 나아지겠지요.

폴로니어스 네. 실은 저도 그런 뜻에서 나이를 잊고 청년 극단에 가입했습니다. 이번 즉위식과 혼례식을 축하하며, 더불어 햄릿 님의 기분전환을 위하여, 끝으로 호레이쇼 님의 해외 연극 발성법을 들어보기 위하여 이런 자리를 마련했습니다. 참고로 그 발성법은 대단히 훌륭합니다.

호레이쇼 놀리지 마십시오. 당황스럽습니다. 발성법이라니요. 그런 말씀을 하시니 오히려 목소리가 안 나오지 않습니까. 자, 왕비님도 이쪽으로 오십시오. 객석은 저쪽입니다. 자, 자리에 앉아주십시오.

왕비 발등에 불 떨어진 사람들처럼 왜 갑자기 낭독극 같은 것을 하는 겁니까? 햄릿의 변덕인지, 폴로니어스의 몹쓸 지혜인지, 호레이쇼는 대충 등 떠밀려 이용되고 있는 것 같고, 아무튼 납득하기 어려운 일이네요.

왕 거트루드. 연극쟁이들은 누구나 수긍할 뻔한 말만 하지는 않는 법입니다. 자, 모두 앉읍시다. 오호, 무대도 꽤 잘 만들었군요. 폴로니어스가 마련한 장치입니까? 의외로 솜씨가 좋군요. 사람들은 저마다 나름대로 잘하는 것이 있는 모양입니다.

폴로니어스 그렇지요. 머지않아 훨씬 더 훌륭한 무대장치를 보실 수 있을 겁니다. 자, 그럼 햄릿 님, 무대로 올라와주십시오. 호레이쇼 님도 어서 이쪽으로.

햄릿 알프스산보다 더 높은 것 같은 기분이 드네. 단두대에라도 오르는 기분이야, 웃쌰.

호레이쇼 초연 때는 누구나 무대가 높아서 현기증이 나는 법입니다. 저는 세 번째라 괜찮습니다. 아이고! 발이 미끄러졌네.

폴로니어스　호레이쇼 님, 조심하십시오. 빈 상자를 모아 만든 것이니 푹푹 들어가는 곳이 있을 겁니다. 자, 여러분. 저희 셋은 정의의 극단입니다. 오늘밤에는 영국의 한 여성작가의 걸작 『불맞이』라는 극시를 관람하시겠습니다. 서투른 늙은이도 섞여 있는 극단이라 부족한 점이 많겠지만, 넓은 아량으로 이해해주시기 바랍니다. 호레이쇼 님은 외국에서 공부하고 오신 인기 배우십니다. 인사해주십시오.

호레이쇼　예? 저는, 저, 아무것도, 아니, 당황스럽습니다. 저는 그저 신랑 역을 해보고 싶었을 뿐입니다.

폴로니어스　소인이 신부 역을 맡았습니다.

왕비　어쩐지 불쾌하군요. 폴로니어스 님은 술에 취한 것 같습니다.

왕　술이 문제가 아니라 훨씬 더 심해. 저 눈빛 좀 보세요.

햄릿　저는 망령 역이라고 하더군요. 폴로니어스, 빨리 시작하지요. 관객들이 술주정뱅이 극단이라고 수군거리지 않소.

폴로니어스　흥, 취하지 않은 건 나뿐인데 말이야. 어이가 없지만 우선 시작합시다. 그럼 여러분, 시작하겠습니다.

신부(폴로니어스)　사랑하는 님이여. 다정한 분이여. 저를 꼭 안아주세요. 저 사람이 저를 데려가려고 합니다.

아이, 추워.

솔바람 소리가 어찌나 무서운지.

차가운 북풍으로 제 몸이 얼어붙을 것 같아요.

저 멀리,

저 멀리,

숲 그늘에서 반짝반짝 일렁이는 작은 불빛.
저것은 저를 맞이하는 불[7]입니다.

신랑(호레이쇼)　오오, 안아드리고 말고요, 나의 작은 비둘기.
숲 저편에는 별이 반짝이고 있을 뿐.
수상한 사람은 어디에도 없어요.
북풍이 강한 밤이면 별빛도 날카로운 법입니다.

망령(햄릿)　여보,
세요.
신부여.
함께 갑시다. 설마 나를, 몰라보는 건 아니겠지.
나의 목소리는 갈라지고, 나의 신혼집은 진흙탕 속.
나와 함께 가자.
얼음 침상으로 와주오.
그대를 부르고 있는 것은 바로 나요.
설마 날 잊은 건 아니겠지.
그 옛날 이리 와, 하고 한 번 부르면
부끄러워하면서도 다가와 꽃을 피우던 장미.
지금은 겹겹이 흐드러지게 피어난 아네모네.
아름다운 거짓말쟁이.
이리 와.

. . . .
7_ 추석에 상응하는 일본 명절인 오봉 첫날, 조상의 혼을 맞이하기 위해 문전에 피우는 불.

신부(폴로니어스) 그대여. 저를 더 세게 안아주세요!

저 사람은 옛 그림자, 저를 괴롭히기 위해 돌아왔어요.

저 사람이 차가운 손가락으로 제 손목을 잡고 있어요.

아아, 그대여. 더 세게 안아 주세요.

제 몸이 당신의 팔에서 훌쩍 빠져나가

저 숲의 묘지까지 두둥실 날아갈 것만 같아요.

저 솔바람 소리는 사람의 목소리.

우연히 맺은 그 옛날 약속을,

끊임없이 속삭이네. 소곤거리네.

그대여, 더 세게 안아줘요!

아아, 과거에 저지른 어리석은 잘못.

나는 끝났어.

신랑(호레이쇼) 내가 곁에 있소.

이제 와서 죽은 자를 두려워하는 것은, 불필요한 양심.

내가 곁에 있소.

수상한 자는 어디에도 없어.

바람 소리가 무섭다면 잠시 귀를 막고 계시오.

망령(햄릿) 이리 와.

귀를 막고, 눈을 감아도,

내 목소리는 들릴 거야, 내 모습이 보일 거야.

가자.

자, 가자.

옛 약속처럼 나는 너를 소중히 지켜줄 생각이다.

너의 침상도 준비해두었어.

잠에서 깨는 일 없이 달콤하게 잠들 수 있는 좋은 침대야.

자, 이리 와.

나의 신혼집은 진흙탕 속.

누가 뭐라 하건 오로지 한길을 걸어 도달한 곳이,

이 길의 끝이다.

자, 가자. 우리들의 옛 맹세를 지키자.

신부(폴로니어스) 그대여.

더 이상 안아줘도 소용이 없어요. 끝났어요.

저 쉰 목소리가 억지로 저를 끌고 갑니다.

안녕히.

제가 없어지더라도 상심하지 마시고,

술이라도 잔뜩 드세요. 햇볕도 좀 쬐시고요.

아아, 조금만 더. 한마디만 더.

작별 인사도 머리칼도 키스도,

그 무엇도 당신께 남겨드리지 못하고

저는 끌려갑니다.

이제 끝이에요.

저를 잊지 마세요.

망령(햄릿)   쓸데없는 짓이다.

그런 애처로운 말은 필요 없다.

너는 저 신랑의 마음을 모른다.

네가 사랑하는 저 기사는,

네가 사라지고 나서 이틀 후면 분명 널 잊을 것이다.

아름답고, 그러기에 연약한, 죄 많은 여자여.

너는 드디어 저 세상에서,

내가 지금까지 맛본 것과 같은 고통을 맛보게 될 것이다.

질투.

그것이 네가 사랑 받고 싶다는 염원 끝에 얻은 유일한

수확이다.

참으로 훌륭한 수확이다.

지금이라도 당장 신부의 의자에,

너보다 훨씬 더 젊고

훨씬 더 수줍음을 많이 타는 아담한 여자가,

너와 똑같은 자세로 앉아서,

신랑과 이런저런 새로운 서약을 맺게 될 것이고,

결국은 아이를 낳게 될 것이다.

이 세상에서는 경박한 사람일수록

언제까지고 모두에게 사랑 받으며 행복을 누린다.

자, 가자.

나와 너만은,

비바람을 맞으며,

분주히 날아올라, 소리쳐 울고, 뛰어다닐 것이다!

왕비	그만두세요! 햄릿, 그쯤에서 그만두세요. 대체 누가 이렇게 멍청한 짓을 꾸민 겁니까? 어이가 없어서 보고 있을 수가 없네요. 짓궂게 놀릴 계획이라면 재치라도 있든가요. 당신들은 비겁합니다. 비열해요. 저는 먼저 실례하겠습니다. 토할 것 같군요.
왕	그렇게 화낼 것 없어요. 재밌지 않소. 아직 그 뒤가 더 있는 듯합니다. 폴로니어스의 신부 역은 대단히 훌륭했습니다. 좀 더 세게 안아주세요, 하고 애가 타서 애원하는 부분도 좋았고, 나는 끝났어, 하고 맥없이 고개를 숙이는 부분에도 진짜 소녀 같은 감성이 살아 있었습니다. 참 잘하시는군요.
폴로니어스	칭찬해주시니, 황송하옵니다.
왕	폴로니어스, 나중에 내 거실로 잠시 와주십시오. 햄릿은 대본에 없는 대사까지 하더군요. 하지만 어쩐지 열정이 없었어. 힘이 다 빠진 듯 보였소.
왕비	저는 이만 실례하겠습니다. 이런 조악한 연극은 사양하겠어요. 폴로니어스의 신부는 바다도깨비를 신랑으로 하지 않으면 균형이 맞지 않겠어요. 그럼, 먼저.
왕	저런, 기다리시오. 햄릿, 이제 이 연극은 끝났습니까?
햄릿	아아, 죄송합니다. 더 남은 부분이 있기는 하지만, 어찌 됐건 상관없습니다. 이제 그만두겠습니다. 무대에 극을 올리는 것이 진짜 목적은 아니었으니까요. 자, 여러분, 돌아가십시오. 제가 생각해도 오늘밤 낭독극은 너무 지루했습니다.
왕	그럴 거라고 생각했습니다. 자, 거트루드, 그러면 저도 함께 실례하겠습니다. 정말 재밌었어요. 호레이쇼, 위튼버그의 발

성은 말을 더듬거리는 게 특징인가 보군요.

호레이쇼   비천한 목소리를 들려드렸습니다. 아무래도 이번 낭독극에서
는 제가 조금 부족했던 것 같습니다.

왕   폴로니어스는 나중에 잠시 내 방으로 오세요. 그럼, 전 이만.

폴로니어스. 햄릿. 호레이쇼.

폴로니어스 이래서는 당해낼 재간이 없구먼.

호레이쇼   이렇다 할 일도 없었던 것 같군요.

햄릿   당연하지. 왕비가 화를 내고 왕이 웃었다. 그거 하나 알았다고
해서 무슨 해결책이 되겠어. 폴로니어스, 당신은 바보입니다.
오필리어를 예뻐하다가 날이 무뎌진 것 같군요. 저와 당신만
이 비바람을 맞으며 분주히 날아다니고, 소리쳐 울고, 뛰어다
닐 거요!

폴로니어스 무슨 소리. 상황은 지금부터 완전히 뒤바뀔 것입니다. 자,
보고 있기만 하세요.

8. 왕의 처소

왕. 폴로니어스.

왕   폴로니어스, 날 배신했군요. 아이들을 부추겨서 그런 한심한
낭독극을 벌이다니, 대체 어떻게 된 것입니까? 정신이 나간

것 아닙니까? 자중해주시오. 나는 대충 알고 있습니다. 엉터리 같은 짓으로 우리를 위협해서 딸이 저지른 실수를 용서 받으려는 것이겠지요. 폴로니어스, 당신도 딸바보군요. 왜 좀 더 솔직하게 나와 의논하지 않는 것이오. 원망스러운 점이 있다면 툭 터놓고 이야기해주는 편이 나았을 텐데. 당신은 정직하지 못합니다. 음험해요. 게다가 자질구레하게 잔꾀만 부리려 하니, 남자다운 커다란 음모는 꾸미지도 못하겠지. 폴로니어스, 부끄러운 줄 아시오. 머리에 피도 안 마른 햄릿이나 호레이쇼 같은 놈들과 한 패거리가 돼서 신경 거슬리는 역겨운 문장들을 읽어대다니, 대체 당신, 머리가 어떻게 된 것 아니요? 낭독극은 무슨. 멀고 먼, 멀고 먼, 하면서 두 번이나 계집애들 말투를 반복해서 읽었을 때는 온몸에 소름이 다 끼쳤소. 끔찍했어. 보고 있는 내가 다 부끄러워서 눈물이 났소이다. 당신은 원래 무척 섬세한 사람이고 그것이 당신의 훌륭한 점이기도 했는데. 이리저리 세심하게 신경을 써주고 먼 장래의 일까지 걱정을 해주면서 나를 앞으로 나아가게 해주었기에, 나도 당신에게 큰 힘을 얻었다고 생각했습니다. 당신이 아니면 안 된다는 마음으로 진심으로 감사하고 믿음직스럽게 여겼는데, 그것은 동시에 당신의 결점이기도 했습니다. 호탕하고 시원시원한 기질이 부족하고 매사에 여유가 없이 꽉 막혀 있었지요. 생각하고 있는 것을 그대로 말하지 못하고 이상하게 신사 풍으로 얼버무리려는 어리석은 버릇이 있습니다. 시인 체질이랄까요? 아무튼 너무 침울해서 못 봐주겠습니다. 항상 마음속에 원한을 품고 있는 듯하니, 성안 사람들도 당신을 꺼려하고 별로 좋아하지 않았지요. 크게 나쁜 짓도 못 하면서 뭘 해도 음탕해 보인단 말이오. 사내답지가 못해요. 흐리멍덩합니다.

폴로니어스   그 왕에 그 신하라는 말이 있지요. 제 사내답지 못한 성향은 왕이 내려주신 감사한 영향 아니겠습니까?

왕   정신이 나갔군. 지금 무슨 소릴 하는 거요. 무례해. 대체 그게 내게 할 소리요? 그 볼멘 얼굴하며, 완전히 딴 사람이 됐어. 폴로니어스, 당신 정말 어떻게 된 거 아닙니까? 아까는 그렇게 으스스하게 새된 목소리로 신부랍시고 혐오스러운 연기를 하더니. 원래 나약한 성격에 풀이 죽거나 신이 나거나 자주 기분이 바뀌는 변덕스런 사람이라, 뭐 조그만 사건이라 도 일어나면 흥분해서 지위와 연령도 잊고 설치며 나서는 것 같은데, 그러는 데도 정도가 있지. 당신과 나는 삼십 년간 한 지붕에서 한솥밥 먹으며 살아오지 않았소. 오늘 밤처럼 도를 넘는 추태는 처음 봅니다. 어쩌면 거기 깊은 속뜻이 있을지도 모른다, 찬찬히 한번 물어보자 싶어서 여기로 불렀 더니, 대체 이게 무슨 짓입니까! 사과를 하기는커녕 돌변해서 는 나를 잡아먹으려드는군요. 폴로니어스! 자, 마음을 가라앉 히고 분명히 말해보시오. 대체 어째서 나잇값도 못하고 유모 들마저 비웃는 그따위 한심한 연극을 시작한 거요? 우선 그 연극은, 아니, 낭독극이지, 어쨌든 그 시시한 낭독극은 자네의 발상임이 틀림없어. 나는 다 알고 있습니다. 햄릿이나 호레이쇼였다면 훨씬 더 눈치 있게 대본을 골랐겠지요. 그렇 게 호들갑스럽고 몸서리쳐지는 구식 대본은 자네가 아니라면

고를 수가 없어요. 처음부터 끝까지 모두 당신의 술수입니다. 자, 폴로니어스, 대답해보시오. 왜 그렇게 무례하고 멍청한 짓을 한 겁니까!

폴로니어스   왕께서는 총명하시니 굳이 제가 답을 올리지 않아도 이미 헤아리고 계시겠지요.

왕   이놈이 뻔뻔스런 낯짝으로 불쾌한 말을 내뱉는구나. 속이 뒤틀린 게냐? 폴로니어스, 그런 거드름 피우는 표정은 그만두시오. 햄릿과 똑같구먼. 자네도 햄릿의 제자가 된 거요? 아까 왕비에게 들어보니 요즘 여기저기에 햄릿의 제자들이 나타나고 있다는 것 같던데. 호레이쇼는 전부터 햄릿에게 푹 빠져서 입을 삐죽거리는 짓까지 햄릿 흉내를 내고 다녔고, 요새는 또 젊은 여제자들까지 생긴 모양입니다. 그런데 지금은 할아버지 제자마저 생겼나보군. 햄릿도 이렇게 척척 훌륭한 후계자들이 생겨서 마음이 든든하겠소이다. 폴로니어스, 나이도 먹을 만큼 먹은 사람이 그렇게 배배 꼬여서 그러는 게 아닙니다. 불만이 있으면 속 시원히 털어놓으시오. 오필리어의 일이라면 나도 이미 각오를 하고 있어요.

폴로니어스   송구하지만 문제는 오필리어가 아닙니다. 그 아이의 운명은 이미 정해져 있습니다. 시골 성에 숨어서 조용히 배가 줄어들기를 기다리면 될 일입니다. 저도 일을 관두고 레어티스도 유학을 포기해야겠지요. 저희 일가는 몰락할 것입니다. 그것은 이미 정해진 일입니다. 저는 포기하고 있습니다. 어쨌거나 햄릿 님은 영국 공주를 신부로 맞으셔야 하겠지요. 한 나라의 안위가 걸린 일입니다. 오필리어가 가엾기는 하지만 나라의

	운명 앞에서는 어쩔 수 없는 일이지요. 폴로니어스 일가는 어떠한 불행이 닥쳐도 견디고 헤쳐 나갈 생각이니, 그 점은 안심하여 주십시오. 그나저나 문제는 오필리어가 아닙니다. 문제는 정의입니다.
왕	정의? 무슨 이상한 소리를 지껄이는 거요.
폴로니어스	정의. 청년들의 정의입니다. 저는 그 부분에 공감을 하고 있습니다. 왕이시여, 지금이야말로 숨김없이 모두 말씀드리겠습니다.
왕	어쩐지 낭독극의 다음 부분이라도 시작하려는 것 같군요. 말투가 갑자기 연극조로 바뀌었소이다.
폴로니어스	왕이시여, 저는 진지합니다. 왕께서야말로 그렇게 둘러대지 마시고 진지하게 들어주십시오. 우선 여쭙고 싶은 것이 있습니다. 왕께서는 요즘 성안에 떠도는 불쾌하기 그지없는 소문에 대해 어떻게 생각하십니까?
왕	뭡니까? 당신이 하는 말을 잘 모르겠소만, 오필리어에 대한 소문이라면 오늘 아침 당신에게 들어 처음 알게 되었고, 그전까지는 상상해본 적도 없소.
폴로니어스	시치미 떼시면 안 됩니다. 지금 문제는 오필리어가 아닙니다. 그것은 이미 해결된 것과 매한가지입니다. 제가 지금 여쭙는 것은 분명 더 크고 무시무시한, 좀처럼 해결점을 찾기 어려운 문제입니다. 왕께서는 정말로 아무것도 모르시는 것입니까? 짐작 가는 부분이 없으십니까? 그럴 리가 없지. 그럴 리가, …….
왕	알고 있다. 다 알고 있어. 선왕의 사인에 대해 발칙한 억측이

떠돌고 있다는 것을, 나도 알고 있어요. 화가 나기보다는 내 자신의 부덕함이 부끄러울 뿐이오. 그런 말도 안 되는 소문이 그럴싸하게 포장되어서, 사람들 입에 오르내리고 있는 것도 다 내 인덕이 부족한 탓입니다. 나는 참을 수 없는 외로움을 느끼고 있습니다. 하지만 소문은 점차 멀리 퍼져나가서 요즘에는 외국인들 귀에도 들어가고 있는 모양입니다. 이렇게 내 스스로의 부덕함을 채찍질하기만 하다가는 소문이 점점 더 크게 번져서 돌이킬 수 없는 사태에 직면하게 될지도 모른다는 생각에, 소문을 잠재울 방편에 대해 당신과 의논하려던 참이었습니다. 나는 괜찮지만 왕비는 여자의 몸이다 보니 한층 더 그 소문에 예민해서 요즘에는 밤잠도 이루지 못하는 듯합니다. 이대로 가다가는 왕비가 죽고 말 것입니다. 우리의 고충을 알지도 못하면서 젊은이들은 누군가 최선을 다해 살아가려는 노력을 경박하고 불쾌하게 빈정거리고 희극의 도구로 사용하고 있습니다. 한심한 노릇이라 여기고 있었는데, 이번에는 당신마저 앞장서서 미친 듯 춤을 추고 있으니, 정말이지 세상이 싫어집니다. 폴로니어스, 설마 자네까지 그 소문을 믿고 있는 건 아니겠지요.

폴로니어스 믿고 있습니다.

왕   뭐라고?

폴로니어스 아니오, 믿지 않습니다. 하지만 저는 믿는 척하려고 합니다. 이것이 저의 마지막 충심입니다. 왕이시여, 아니, 클로디어스님. 지난 삼십여 년 동안 신 폴로니어스뿐만 아니라 제 가족들까지 왕가의 사랑과 보살핌을 받아 왔습니다. 이번에 오필리어가 저지른 안타까운 실수로 인하여 제가 물러가게 되었지만, 제 마음속에는 여러 감정들이 뒤섞여 있습니다. 가슴 아픈 작별 인사를 올리기 전에 한 가지, 왕의 큰 은혜에 만분의 일이라도 보답하고자 마지막 충심을 다해, 오늘 아침 젊은이들에게 제가 최선이라고 믿는 수법을 행하였습니다. 젊은이들도 처음에는 그 소문을 농담처럼 여기고, 터무니없이 지껄여대며 소란을 피웠지만, 저는 그 소문을 부정하지 않고 오히려 그 소문에는 근거가 있다, 그 소문은 진짜다, 이렇게 가르쳤습니다.

왕　　　폴로니어스! 그게 무슨 충심이란 말이오. 젊은이들을 부추겨서 뜬소문을 퍼뜨리는 게 무슨 충심이고 은혜에 대한 보답이란 말이오. 폴로니어스, 자네의 죄는 단순히 사임 정도로는 끝나지 않을 거요. 내가 자네를 잘못 봤군. 이렇게 변변치 못한 남자일 줄은 꿈에도 몰랐어!

폴로니어스　화를 내시는 것은 조금 나중으로 미뤄주셨으면 합니다. 만약 이번에 제가 벌인 수법이 틀어진다면 어떤 형벌이라도 달게 받겠습니다. 클로디어스 님, 송구하지만 이번에 돌고 있는 기괴한 소문은 의외로 사방팔방으로 넓게 퍼져나가서, 비벼 끄려 하면 할수록 그 불길은 점점 더 거세질 것입니다. 신은 이를 예사 수단으로는 막을 수 없을 것이라고 예상하였기에, 절망 속에서 살아남을 방법을 선택하였습니다. 즉, 제가 경솔하게 소문에 대해 떠들고 다니면서 젊은이들을 흥분시켜서 왕의 동정을 얻고자 하는 방법입니다. 이미 햄릿 님과 호레이쇼 님도 제가 정의, 정의 하고 정의라는 말을 남발하며 날뛰는 모습에 질려서, 왕을 변호하기에 이르렀습니다. 이런 이야기가 성안 깊은 곳에서 시작되어 웅성웅성 사방에 퍼진다면, 결국 소문의 화염을 모두 꺼버리는 것도 그리 먼 이야기는 아닐 것입니다. 모든 것이 잘 풀린 것 같습니다. 소문이란 이쪽에서 비벼 끄려 하면 할수록 퍼져나가고, 오히려 거꾸로 이쪽에서 퍼뜨리려 하면 할수록 흥이 깨져서 저절로 꺼지게 마련입니다. 저도 이 나이에 젊은이들 틈에 끼여서 정의니, 이상이니, 볼썽사납게 아니꼬운 말들을 해대다가, 결국에는 신부 역까지 맡아야 해서 꽤나 고생스러웠습니다. 지금 생각해도 식은땀이 날 지경입니다. 부디 제 진심을 헤아려주시기 바랍니다.

왕   잘 말해주었다. 훌륭한 변명이었어. 하지만 폴로니어스, 나는 어린애가 아니야. 그런 바보 같은 변명을 어떻게 믿겠소. 어찌나 바보 같은지 그저 웃음만 나는군. 소문의 불길을 끄기 위해 거꾸로 큰 불을 낸다니, 그렇게 멍청한 아이들 소꿉장난 같은 말을 햄릿 주변 녀석들에게 들려준다면 감동할 수도 있겠지만, 내게는 그저 우스운 이야기로 들릴 뿐이오. 대단한 충신이 나셨구먼. 폴로니어스, 이제 아무 말도 하지 마시오! 진절머리가 나서 들어줄 수가 없어. 내가 진실을 말해주리다. 자네는 오래전부터 거트루드에게 특별한 감정을 품어왔지. 이번에 선왕께서 갑자기 돌아가신 뒤에 거트루드가 비통한 눈물을 흘리고 있을 때, 자네가 꺼낸 위로의 말에 수상한 진정성이 깃들어 있는 걸 보고 확실히 알았소. 쾌씸한 놈. 불쌍한 남자야. 나는 그때부터 그런 생각을 하면서 몰래 당신을 경계하고 있었소. 폴로니어스, 당신은 자기가 그렇다는 사실을 눈치도 못 채고, 그저 안절부절못하며 오필리어의 실수를 극도로 미안해하기도 하고, 그런가 하면 갑자기 정의라느니 결벽이라느니 하는 말을 꺼낸 뒤 아이들의 선봉에 서서 우리를 난처하게 만들기도 하고, 그런가 하면 갑자기 충신 흉내를 내기도 했지. 이번에 오필리어 사건을 계기로 엉망진창이 되어버렸는데, 그것은 자네가 오늘까지 참고 참아왔던 어떤 감정이 매우 우스운 형태로 폭발했기 때문이오. 당신은 깨닫지 못했겠지. 그저 초조해 하면서 늙은이의 울화통 터지는 마음을 이 사람 저 사람 구분 못하고 토로하려는 것 같은데, 폴로니어스, 그런 마음은 오랜 옛날부터 한 단어로 규정되어 왔습니다. 아까 낭독극에서 햄릿의 대사 가운데도 있었지요. 눈치채셨습니까? 질투, 그렇게 불린다지요.

폴로니어스 흥! 잘난 척 좀 작작 하십시오. 사람이 사랑에 빠지면 맹목적이 되기도 하는 법입니다. 왕이야말로 어디가 좀 이상해지신 거 아닙니까? 자기가 사랑에 빠지면 다른 사람도 모두 사랑에 빠지는 줄 아시나 봅니다. 어쨌든 그 질투니 뭐니 하는 말만큼은 물려주십시오. 저는 오랜 기간 홀아비로 살아왔지만, 불명예스럽게 스캔들을 일으킨 적은 한 번도 없습니다. 왕이야말로 이상한 질투심을 갖고 계십니다. 왕의 지금 그 심정이야말로 질투라 불러 마땅하다 사료됩니다. 오랫동안 숨겨두었던 마음이 상대에게 전해졌으니 왕께서도 기뻐하시는 게 당연한 듯한데, 저처럼 촌스러운 노인네에게까지 질투를 하시다니, 혹시 내부 경과가 그다지 좋지 못한 것이 아닌가 하고, 저 혼자 헤아려봅니다만, 어떻습니까?

왕　　　　닥쳐라! 폴로니어스, 미친 것이냐. 누구 앞이라고 함부로 입을 놀리느냐. 딸자식의 실수로 될 대로 되라는 식으로 자포자기한 모양이군. 아까까지의 무례한 잡소리만으로도 파직되고 감옥살이를 하기에 충분하다. 역겹고 비천한 억측은 내가 가장 증오하는 것이다. 폴로니어스, 일으키는 것은 오래 걸려도 무너지는 것은 한순간이로군. 자네의 삼십 년간의 충심도 오늘 밤의 무례함으로 흔적도 없이 사라졌다. 허망한 일이야. 인간의 운명이란 한 치 앞도 예측을 할 수 없으니, 무슨 일이 일어날지 조금도 알 수가 없지. 나는 지금껏 숙명을 의지로 좌우할 수 있다고 믿어왔네만, 역시 어딘가 신의 뜻이 있는 듯해. 폴로니어스, 나는 조금 전까지 자네를 용서해줄 생각이었다. 오필리어의 일도 최악의 상황을 각오해두고 있었어. 햄릿이 진정으로 오필리어에게 빠져 있어서 우리의 충고를 귀담아 들을 여지도 없을 시에는, 어쩔 수 없이 영국 공주를 단념하고 오필리어와의 결혼을 허락할 수밖에 없다고 생각하고 있었다. 왕비는 이미 오필리어의 편이 됐어. 왕비가 오늘 저녁에 나에게 울며불며 빌더군. 오늘까지 나를 냉소로 대해오던 거트루드가 처음으로 자존심을 버리고 간청을 했어. 그러니 나도 마음을 다시 먹지 않을 수 없었네. 영국에서 공주를 맞이하는 일은 중대한 정책 가운데 하나였지만, 우리 가정을 불화에 빠뜨리면서까지 그것을 감행할 용기는 없었어. 나는 마음이 약해! 훌륭한 정치가는 아닌 것 같다. 덴마크 왕국의 운명보다도 가족의 평화를 사랑하고 있어. 좋은 남편,

좋은 아버지만 될 수 있다면, 그걸로 족하다. 내게는 국왕의 자격이 없을지도 몰라. 나는 당신들을 용서해주려고 했어. 모두 약한 동지들이니, 서로 도와가면서 앞으로도 사이좋게 지내보자고, 그렇게 다짐했던 참인데, 폴로니어스, 당신이 얼마나 바보 같은 남자인지 아는가. 혼자 비딱해져서는 자네 일가가 이미 몰락해버렸다는 생각에 빠져서 자포자기를 하다니. 왕비에게는 이루어질 수 없었던 사랑을 앙갚음하기 위해 시시한 낭독극을 벌이며 빈정대고, 이번에는 나한테 충신으로서의 고충을 담은 책략이라며 그럴듯하게 속이려 들다가 모든 게 들통이 나고 나니까 갑자기 태도를 바꾸어 무례하기 그지없는 험담을 해대는군. 폴로니어스, 나는 이제 당신을 용서하기 싫어졌다. 당신은 아둔해. 속이 빤히 들여다보여. 나는 인간의 악을 용서할 수는 있어도, 인간의 아둔함은 용서할 수 없다. 아둔함은 가장 큰 죄악이야. 폴로니어스, 이번에는 파면당하는 것으로 그치지 않을 것이다. 알고 있겠지?

폴로니어스 거짓말! 거짓말이다. 왕이 하는 말은 모두 거짓말이다. 햄릿 님과 오필리어의 결혼을 허락할 생각이셨다니, 거짓말, 거짓말도 그런 거짓말이 없다. 마음이 약해? 훌륭한 정치가가 아니라고? 덴마크 왕국보다 가족의 평화를 더 사랑하신다? 그 모든 게 다 거짓말이에요. 왕만큼 강하고 훌륭한 수완을 가진 정치가는 유럽에서도 그리 많지 않을 것입니다. 저는 진작부터 남몰래 혀를 내둘러왔습니다. 왕이시여, 숨기시면 안 됩니다. 이 방에는 왕과 저, 단 둘뿐, 아무도 없습니다. 시각도 축시^{오전 1시~3시}가 다 되었습니다. 처마 끝에 머무는 작은 새들이나 천장 위에 사는 쥐까지 성안의 모든 생명이 깊이 잠들어 있습니다. 듣고 있는 사람은 아무도 없어요. 자, 말씀해보십시오. 저는 무엇이든 다 알고 있습니다. 왕께서는 요 두 달 동안 저를 실각시킬 기회를 잡으려고 남몰래 준비해오셨을 줄로 압니다.

왕 　 실없는 소리만 해대고 있군. 축시가 어쨌다는 거요. 부끄러운 줄도 모르고 연극 대사 같은 말들만 늘어놓는군. 대체 왜 그리 기세등등하게 으르렁대는 겁니까? 한심해. 폴로니어스, 이제 나가보시오. 추후에 통보할 것이니.

폴로니어스 지금 바로 처분을 내려주십시오. 저는 각오를 단단히 한 상태입니다. 도저히 빠져나갈 길이 없다고 생각하며 포기하고 있습니다. 지난 두 달 동안 왕께서는 늘 제 뒤를 밟으며 노리고 계셨습니다. 제가 무슨 실수라도 하지 않나 하고 눈에 불을 켜고 지켜보셨지요. 저는 그걸 알고 있었기에, 왕의 의향에 반하지 않도록 신경을 쓰면서, 어떻게 해서든 오늘까지는 큰 문제없이 잘 버텨왔습니다. 제 아들 레어티스를 프랑스로 유학 보낸 것도 왕의 그 무시무시하고 예리한 눈으로부터 레어티스를 벗어나게 해주고 싶었기 때문입니다. 제게 실수가 없다 해도 혈기왕성하고 난폭한 레어티스가 실수를 저지르지 말라는 법도 없지요. 레어티스가 약간이라도 실수를 저지르면, 기다렸다는 듯이 저희 일가를 벌하고 몰락시킬 것은 불을 보듯 뻔한 일, 저는 만전을 기하여 레어티스를 겨우 프랑스로 도망치게 해놓고 안심하고 있었는데, 의외로 가장 믿었던 오필리어가 불행히도 말도 안 되는 실수를 저질렀다는 사실을 어제 알고, 발밑으로 땅이 푹 꺼지면서 이제 다 틀렸다는 생각이 들었습니다. 오필리어의 행복만이라도 빌어보자 싶어서, 오늘 아침에 지푸라기라도 잡는 심정으로 햄릿 님과 이야기를 나누어 보았습니다. 황송하지만 햄릿 님께서는 아직 철이 없으셔서 먹구름이 뭉게뭉게 피어올랐다거나, 구름이 어지러이 넓게 번졌다거나, 그런 종잡을 수 없는 말씀만 하시는 통에 조금도 믿음직스럽지가 않았습니다. 찬찬히 여쭈어보니, 햄릿 님은 지금 오필리어의 일보다도 선왕의 사인에 관한 그 끔찍한 소문에 대해 더 신경을 쓰고 계셨습니다. 반드시 그 소문의 진상을 파헤치겠다고 의지를 다지고 계시기에, 이런 무분별한 젊은이들이 저지르는 행동을 말없이 방관만 하고 있다가는, 쓸데없이 덤불을 쳐서 뱀이 나오게 만드는 끔찍한 결과를 가져올지도 모른다고 생각했습니다. 여기서 제 일생일대의 책략, 혹은 충심을 다한 마지막 한 수를 주저없이 발휘하여, 젊은이들의 의혹을 지지하고, 그 안으로 돌진하여 정의를 부르짖고, 그런 한심한 낭독극을 하자고 해서, 젊은이들이 먼저 질려서는 흥이 깨지도록 만들려고 했던 것입니다. 하지만 왕께서는 조금도 믿어주지 않으시는군요. 제 마음속 한구석에는 오필리어가 너무 애처로워서, 어떻게든 그 아이만이라도 행복해지기를 바라는 마음도 있었겠지요. 하루라도 빨리 햄릿 님의 마음에서 불쾌한 의혹을 떨쳐내도록 하고, 그런 다음 오필리어 일만 생각하시도록 만들자, 전력을 다해 오필리어를 위해 싸우시도록 하자, 그 편이 오필리어를 위해서도 좋겠지, 그런 생각에 이번 일을 꾸민 면도 없지 않았습니다. 하지만 결코 그뿐만이 아니었습니다. 왕이시여, 믿어주십시오! 사람에게는 좋은 일을 하고 싶다는 본능이 있습니다. 사람들에게 감사의 인사를 받으며 살고 싶다는 생각이 있기 마련입니다. 저는 오늘 하루 전하를 위해, 왕비님을 위해, 햄릿 님을 위해 충심을 다해왔다고 생각합니다. 칭찬을 받아 마땅한데, 아둔한 변명이라느니 자포자기를 했다느니 하시며 비웃으시더니, 끝내는 질투라는 생각지도 못한 누명을 씌우려 하셔서, 결국은 제가 참지 못하고 무례하게 쓸데없는 말을 쏟아 냈습니다. 저는 전부터 단단히 각오를 하고 있었습니다. 왕께서는 지난 두 달 동안 제가 궁지에 빠지기를 간절히 기다리셨습니다. 오죽 원하셨겠습니까? 역시 저는 바보였습니다. 덴마크 제일의 멍청이입니다. 어차피 이런 결과가 나올 것을 처음부터 알고 있었으면서, 충심을 다한 마지막 한 수라는 둥 불필요한 체면치레를 하려다가 오히려 불리한 상황에 내몰리고 말았습니다. 처벌도 훨씬 더 무겁게 만들어버렸지요. 스스로 제 무덤을 팠습니다.

왕 아아, 나는 졸고 있었소. 능수능란한 말을 듣고 있자니 넋이 다 빠집니다. 폴로니어스, 약간 미련이 남나보군. 이제 와서 푸념을 늘어놓아 보았자 소용없소. 물러가시오. 나는 이미 마음을 정했어.

폴로니어스 무서운 분이다. 왕이시여, 당신은 무서운 분이십니다. 저는 당신을 원망합니다. 말씀드릴까요? 그 일을 제가 모를 거라고 생각하셨습니까? 저는 보았습니다. 이 두 눈으로 똑똑히 보았어요. 두 달 전 그 광경을 한 눈에 보고 알아차렸습니다.

그날 이후 저는 불행하기만 했습니다. 왕께서는 제게 들켰다는 사실을 눈치채시고, 그 뒤로 저를 실각시키려고 혈안이 되어 있으셨지요. 저는 왕의 미움을 받고 말았습니다. 언젠가는 반드시 궁지로 내몰려 이 성에서 쫓겨나게 될 것이라고 각오하고 있었습니다. 아아, 보지 않았더라면 좋았을 것을. 아무것도 몰랐더라면 좋았을 것을. 정의! 조금 전까지는 겉으로만 정의의 사도였지만, 이제는 가슴 깊이 정의를 부르짖고 싶습니다.

왕 꺼져라! 그냥 들어 넘길 수가 없구나. 자기 과실을 용서받으려고 저런 협박을 하다니. 불결하기 짝이 없는 늙은이다. 썩 꺼져라!

폴로니어스 아니, 가지 않겠다. 나는 보았다. 두 달 전 그날, 잊을 수도 없어, 아침은 얼어붙을 듯 추웠지만, 점심이 되기 직전부터 햇볕이 내리쬐면서, 날도 포근하고 따뜻해져서 선왕께서 뜰로 나오셨는데, 그때였다, 그때.

왕 정신 나갔어! 지금 당장 처벌을 내리겠다.

폴로니어스 처벌, 받겠소. 나는 보았다. 보았기에 처벌을 받는 것이다. 아! 젠장! 단검으로 처벌을 받을 줄은!

왕 용서해라. 죽일 생각은 없었지만, 무심코 칼을 뽑아 찔러버렸다. 아까부터 발칙한 말을 해대서, 다 자기 딸을 너무 사랑하는 나머지 이성을 잃은 거라고, 가여운 늙은이라는 생각에 참고 듣고 있었는데, 끝을 모르고 기어오르더니 결국은 완전히 정신이 나가버렸는지 기괴하고 무시무시한 말을 해대기에, 앞뒤 생각 못하고 단검을 꺼내 찔러버렸다. 용서해라. 너도 말이 지나쳤다. 오필리어는 걱정마라. 폴로니어스, 내 말이 들리는가? 내 얼굴을 알아보겠나?

폴로니어스 　정의를 위해서다. 그래, 정의를 위해서야. 오필리어, 갑옷을 가져오너라. 이 아버지는 몹쓸 아비였어.

왕 　눈물이, 나 같은 놈 눈에서도 이렇게 눈물이 흘러내린다. 이 눈물로 나의 죄를 모두 씻을 수 있다면 좋으련만. 폴로니어스, 자네는 대체 무엇을 본 것인가? 자네가 의심할 만도 했어. 엇! 누구냐! 거기 서 있는 게 누구냐! 도망치지 마. 거기 서! 오오, 거트루드.

9. 성 안의 대형 홀

햄릿. 오필리어.

햄릿 　그래? 어젯밤부터 폴로니어스가 보이지 않는다니, 그거 좀 이상하군. 하지만 뭐, 별일 없을 거야. 어른들에게는 어른들의 세계가 있으니까. 속이 빤히 들여다보이는 권모술수가 다 들통이 났다는 걸 알면서도, 무슨 사정이 있다는 듯 여기저기 서 숙덕거리면서 고개를 끄덕이고 눈짓을 주고받지. 그리 대단한 일을 하는 것도 아니면서 모사 꾸미는 척하는 게 좋아서 어쩔 줄을 모른다니까. 쓸데없이 모여서는 협의를 한다면서 어리석은 연극을 하려들어. 삼촌이나 폴로니어스도 자잘한 권모술수에 능하니, 둘이서 어젯밤 터놓고 이야기를 하면서 또 무슨 시시한 작당을 벌였겠지. 어젯밤 낭독극도 다 폴로니어스의 수작이었어. 그게 아니었다면 그자는 정신이 나간 것이겠지. 틀림없이 무슨 꿍꿍이가 있었던 거야. 나는 대충 다 알고 있어. 그 사람들은 보통내기들이 아니야. 원래 사기꾼들이란 대체로 얄팍하게 멋대로 행동하면서, 졸렬하게 자기 이익만 챙기는 불쌍하고 저속한 존재들이지만, 그것을 꿰뚫어보았다고 해서 그저 한가로이 경멸만 하고 있다가는 큰 코 다치지. 멍청히 있다가는 당하기 십상이라고. 묵살하고 싶을, 아니, 짓밟아버리고 싶을 정도로 기분 나쁜 존재지만 방심할 수는 없어. 처음 폴로니어스가 낭독극을 하자고 했을 때는 사랑스러운 딸 때문에 정신이 나가서 왕과 왕비를 욕보이게 하기 위한 계략이라고만 생각했는데, 어젯밤 곰곰이 생각해보니 아무래도 그것만은 아닌 것 같아. 그 사람들이 하는 짓은 하나부터 열까지 심리적 술수이자 교묘한 사기 행각이거든. 정말이지 지긋지긋해. 나는 어젯밤에야 겨우 그걸 깨닫고 온몸이 얼어붙는 것만 같았어. 무시무시한 사람들이야. 믿을 수가 없어. 이 세상에는 역시 나쁜 놈들이 존재하고 있었어. 세상에 진짜로 악인이 존재한다는 사실을 나도 올 들어 겨우 깨달았다니까. 자랑하고 다닐 일도 아니야. 당연한 발견이니까. 내가 바보였지. 멍청하게 속고 있었어. 이제 와서 그런 당연한 일을 깨달았다고 놀라고 있으니 분통이 터진다. 세상에 이렇게 어수룩한 놈이 있을까. 지난 밤 낭독극은 애초에 삼촌과 폴로니어스가 몰래 서로 짜고 벌인 일이었어. 분명해. 아니라면 내 눈을 뽑아서 바쳐도 좋다.

이제 나는 속지 않겠어. 삼촌은 우리가 보내는 의혹의 눈초리를 피하고 싶어서 폴로니어스와 상의한 뒤에 우리를 기만하는 그런 불쾌하기 그지없는 짓거리를 고안해냈던 거야. 내가 바보였어. 완전히 그 사람들 장단에 놀아났다고. 그러니까 삼촌은 자기가 저지른 구린 일을 숨기려고 선수를 쳐서, 폴로니어스에게 명하여 우리를 사주했던 거야. 그런 졸렬한 낭독극으로 왕을 몰아붙이면, 왕은 태연한 모습으로 우리를 머쓱하게 만들어서 그 엄청난 의혹이 저절로 사그라들게 만들 계획이었던 거지. 결국은 성안 구석구석에 그런 분위기를 퍼뜨려서 모든 불길한 속삭임들을 제거하려는 얄팍한 속셈이었어. 내 예상은 틀림없다. 삼촌과 폴로니어스는 얼핏 보기에 다른 것 같아도 결국은 똑같은 족속들이야. 어째서 내가 그런 당연한 것을 눈치채지 못했을까? 그 사람들이 하는 짓은 정말 악랄해. 그런 짓거리까지 해가면서 우리를 속여야 하는 거야? 우리는 그들을 믿고, 친근하게 여기고, 존경하기까지 하면서, 항상 마음을 놓고 미소를 지어 보였는데, 그들은 항상 우리에게 솔직히 털어놓으려 하지 않고, 끊임없이 경계하면서 무슨 책략만 꾸며대고 있으니, 슬프기 그지없구나. 대체 이게 무슨 짓인지. 둘이서 짜고 한 사람은 검사, 한 사람은 피고가 되어 제멋대로 가짜 말싸움을 하고, 딱 적당할 즈음 증거불충분, 무죄방면이겠지. 나와 호레이쇼는 그런 가짜 검사를 진지하게 도우려 했으니, 후대에까지 우스운 일화로 남을 일이야. 영광스럽기가 이루 말할 수 없군. 그들의 책략은 일단 성공했어. 벌써 호레이쇼도 이로써 왕이 깨끗이 누명을 벗었다며, 햄릿 왕가 만세를 외치고 있어. 비록 한순간일지라도 그 소문을 믿고 왕을 의심했던 것은 부끄러운 짓이며, 그런 발칙한 낭독극 때문에 나중에 꾸중을 안 들으면 좋겠다고 하더군. 완전히 삼촌을 믿으면서 오히려 우리들이 의심을 품었던 것을 송구스럽게 생각하고 있어. 성안 사람들도 서서히 삼촌을 다시 존경하기 시작한 것 같아. 인간의 마음은 참으로 간사해서, 바람에 흔들리는 갈대처럼 오른쪽이든 왼쪽이든 쉽게 휩쓸려. 나도 낭독극을 하기 전에는 폴로니어스가 마음이 약해져서 정신착란이라도 일으키는 줄 알고, 삼촌이 불쌍해서 견딜 수가 없었고, 왕의 처소로 가서 용서라도 빌까 생각했는데, 나중에 곰곰이 생각해보니, 웃기지도 않아, 우리가 제대로 한 방 먹었다는 걸 깨닫고 가슴이 철렁했어. 뭔가 있다. 그 불길한 소문은 거짓이 아니었어! 삼촌과 폴로니어스는 악당이야. 지금쯤 둘이서 한통속이 돼서 만천하에 악이 드러나는 것을 필사적으로 막고 있을 거라고. 하지만 나는 다 알고 있어. 내 눈을 속일 수는 없다. 이렇게 된 이상 나도 각오를 단단히 해야 해. 나쁜 놈들. 폴로니어스는 처음부터 다 알고 있었어. 그러면서 정의라는 둥 청년들의 동지라는 둥 우리를 구워삶아서 정신없이 장단에 맞추게 만들었으니, 참으로 훌륭한 기량이야. 그자가 정의의 동지라면, 천국은 콩나물시루처럼 꽉 들어차고, 지옥은 텅 비겠지. 아, 미안하구나. 너무 흥분해서 그만 폴로니어스가 네 아버지라는 사실을 잊고 있었다. 하지만 일부러 네 아버지만을 나쁘게 말하고 있는 건 아니야. 삼촌도 똑같은 놈이니까.

나는 세상의 일반적 어른들을 향해 화를 내고 있는 거야. 그 부분은 오해가 없었으면 좋겠어. 저런, 우는 거야? 왜 그래. 아버지가 안 보여서 불안한 거야? 걱정되나보구나. 괜찮아. 지금쯤 왕의 은밀한 명령을 받고 바쁘게 일을 하고 있을 거야. 무슨 일인지는 나도 모르겠지만, 어차피 대단한 일은 아니겠지.

오필리어 우는 거 아니에요. 눈에 먼지가 들어가서 손수건으로 문지르고 있었어요. 아, 이제야 먼지가 빠졌네요. 우는 게 아니었죠? 햄릿 님은 언제나 제 기분을 허무맹랑할 정도로 넘겨짚고 계셔서, 가끔씩 웃음이 터져 나와요. 제가 그저 멍하니 석양을 바라보면서 아름답다고 생각하고 있는데, 햄릿 님은 제 어깨에 슬며시 손을 올리시면서, 다 알아, 고통스럽겠지, 하지만 고통스러운 건 너뿐만이 아니야, 석양의 서글픔은 나도 잘 알아, 하지만 견디고 살아가자, 조금만 더, 나를 위해서라도 살아다오, 죽고 싶다는 생각을 하면서도 견디고 살아가는 사람은 이 세상에 몇 만 명, 몇 십만 명이나 있어, 하시며, 마치 제가 죽기를 생각하고 있기라도 하다는 듯이 엄숙한 말씀을 하시기에, 저는 그 상황이 너무 이상해서 괴로웠습니다. 제게 지금 슬픈 일은 하나도 없어요. 당신은 언제나 이상한 짐작을 하시고 혼자 소란을 피우셔서, 제가 어쩔 줄을 모르겠어요. 여자라고 늘 그렇게 깊이 생각하며 살아가는 것은 아니에요. 멍하니 살아가는 거라고요. 어젯밤부터 아버지가 안 보이셔서 조금 걱정이 되기는 하지만, 그래도 저는 아버지를 믿고 있어요. 아버지는 햄릿 님이 말씀하시는 것처럼 그렇게 나쁜 분이 아닙니다. 당신은 변덕이 심하셔서, 오늘은 그렇게 나쁘게 말씀하셔도, 내일은 또 크게 칭찬을 하시기도 하니까, 햄릿 님 말에는 별로 신경 쓰지 않으려고 하고 있지만, 그래도 방금처럼 막무가내로 아버지를 의심하시면서 무서운 말씀을 하시면 저도 울고 싶어져요. 아버지는 마음이 약한 분이에요. 흥분을 무척 잘 하십니다. 어젯밤 낭독극은 제 몸이 이런 상황이라 일부러 보지 않았지만, 분명 아버지가 정의심에 불타서 벌이신 일이었을 거예요. 아버지는 늘 농담처럼 거짓말을 하시면서 저희를 속이셨지만, 큰일에 있어서는 결코 거짓말을 하지 않는 분이세요. 그 점에서는 성실한 분입니다. 부정한 것을 싫어하세요. 책임감도 강한 분입니다. 어제는 분명 아버지께서 햄릿 님 무리의 열정에 감격하셔서, 앞뒤 분별도 없이 낭독극을 시작하셨던 걸 거예요. 조금만 더 아버지를 믿어주세요.

햄릿   저런, 저런, 오늘은 어디서 바람이 부는지, 미인의 입술에서 불이 뿜어져 나와 장관을 이루는구나. 늘 이래준다면 나도 보람이 생기고 기쁠 텐데 말이다.

오필리어 금세 그렇게 장난을 치시니 아무 말도 하고 싶지가 않네요. 진지하게 드리는 말씀이에요. 햄릿 님. 저는 오늘부터 뭐든 생각나는 것을 그대로 말하기로 했어요. 햄릿 님도 칭찬해주시리라 믿어요. 항상 제가 주저주저 망설이거나 말을 하다가 말면, 햄릿 님은 기분이 나빠지셔서는, 너는 나를 신뢰하지 않아서 문제다, 애정을 이해타산으로만 생각하려고 해서 그렇게 말을 더듬는 거다, 그런 말씀들을 하셨지요. 저는 지난 두 달 동안 완전히 자신감을 잃어버렸기 때문에 늘 훌쩍거리면서 하고 싶은 말도 하지 못하고 한숨만 지으며 살았어요. 전에는 이 정도는 아니었는데, 괴로운 비밀을 품게 된 이후로 완전히 엉망이 됐어요. 하지만 어제 왕비님께 이런저런 따뜻한 말을 전해 들으니 힘이 나더군요. 몸 상태도 어제부터 말끔히 나아져서, 지금은 햄릿 님의 아이를 낳아 건강하게 키우겠다는 희망으로 가슴이 벅차오릅니다. 저는 지금 행복합니다. 너무 기뻐요. 앞으로는 옛날 말괄량이 오필리어로 돌아가서, 자신감을 갖고 생각나는 것을 뭐든 다 말할 거예요. 햄릿 님, 당신은 약간 궤변가예요. 미안해요. 하지만 당신이 하시는 말씀은 어쩐지 전부 연극 같아요. 안이해. 미안해요. 당신은 늘 취해 있는 것 같아요. 미안해요. 우쭐거려요. 불쾌해. 매사에 너무 진지하게 생각하는 병이 있는 게 아닐까요? 당신은 항상 자기를 비극의 주인공으로 만들지 않으면 속이 시원해지지 않는 듯해요. 미안해요. 하지만 정말 그런 걸요. 왕께서도, 또, 제 아버지 폴로니어스도 햄릿 님이 말씀하시는 것처럼 그렇게 나쁘고 비열한 분들이 결코 아니에요. 햄릿 님이 혼자서 그분들을 등지고 삐딱해져 있으니, 왕께서나 제 아버지, 왕비님께서도 어쩔 줄 모르시는 거예요. 그뿐이라고 생각합니다. 요즘 이상한 소문이 성안에 퍼지고 있는 것 같지만, 누구도 진심으로 소문을 내고 있는 건 아니에요. 제 주변의 유모나 하녀들은 그런 연극이 외국에서 유행하고 있나보네요, 재밌는 연극이었어요, 하고 느긋하게 말했어요. 설마 덴마크의 왕과 왕비의 일이라고는 꿈에도 생각하지 않는 것 같았어요. 다들 따뜻한 마음으로 왕과 왕비를 사랑하고 있어요. 그걸로 된 거라고 생각해요. 진심으로 의심하고 괴로워하고 있는 건 이 엘리노어 성에서 햄릿 님 한 명 정도일 거예요. 어젯밤에 아버지께서 정의심에 불타서 낭독극을 여신 것 같은데, 그건 또 어찌된 일일까요? 저는 하나도 모르겠어요. 아버지는 분명 흥분하셨던 걸 거예요. 흥분을 잘 하시니까요. 제게는 아버지가 하시는 일에 이러니저러니 문제 삼을 자격도 없고, 또 여자아이가 어른들 하시는 일을 캐묻고 나선다고 해도 아무것도 모를 것이 당연하기 때문에, 뭐라고 분명히 말씀드릴 수는 없지만, 저는 아버지를 믿고 있습니다. 왕을 향한 마음도 마찬가지고요. 왕비님은 처음부터 제가 존경하던 분이었습니다. 별일 아니에요. 햄릿 님 혼자 계략이라느니, 수상하다느니, 술수라느니 하시면서 잔뜩 긴장해서는 주변에 나쁜 사람들만 가득한 것처럼 말씀하시는데, 정말 우스워요. 미안해요. 하지만 당신은 적도 없으면서 적의 그림자를 공상 속에 만들어내서, 방심하면 안 된다, 멍하니 있다가는 속고 만다, 이러면서 심각한 척하고 계신 거라고요. 왕이나 왕비님께서도 햄릿 님을 무척 사랑하고 계시는데, 그걸 왜 모르세요? 다들 나쁜 분들이 아니에요. 햄릿 님. 당신 한 사람만이 나쁜 분인지도 몰라요. 안 그런가요? 모두 평화롭고 안락하게 살고 있는데, 당신 혼자 복잡하게 생각해서는, 모두를 공격하고 괴롭히고, 세상에 당신 애정만 순수하고 헌신적인 것처럼, …….

햄릿   오필리어, 잠깐 기다려. 훌쩍훌쩍 우는 것도 문제지만, 그렇게 자신만만하게 기염을 토하는 것도 질린다. 오필리어, 넌 오늘 정신이 나간 것 같구나. 너는 아무것도 모르고 있어. 그랬구나. 지금까지 나를 그런 식으로 생각해왔어. 안타깝다. 여자란 아무리 이야기를 해줘도 안 되는구나. 아무것도 몰라. 나는 안이한 사람이야. 어쩌면 취해 있는 건지도 모르지. 불쾌한 놈이다. 뭘 해도 연극하는 것 같지. 됐어. 그렇게 보였다면 어쩔 수 없다. 하지만 절대로 나 혼자 신이 나서 이러고 있는 것도 아니고, 내 애정만 순수하고 헌신적인 것처럼 착각해서 사람들을 함부로 공격하고 괴롭히고 있는 것도 아니야. 오히려 그 반대지. 나는 시시한 남자다. 별 볼 일 없는 놈이라고. 나는 그게 부끄러워서 이런 짓을 하고 있는 거야. 내가 변변치 못한 놈이란 것과 내가 저지른 악덕을, 지겨울 정도로 잘 알고 있어서 몸 둘 바를 모르는 거야. 나는 결코 궤변가가 아니다. 나는 리얼리스트야. 뭐든 전부 정확하게 알고 있어. 내 바보 같은 모습도, 철없는 행동도, 분명히 인지하고 있다고. 그뿐만이 아니야. 나는 사람들이 뒤에서 구린 짓을 하는 것에도 민감해. 사람들이 지닌 비밀의 냄새를 맡는 재주가 있다고. 이것은 비열한 습성이야. 악덕이 악덕을 발견한다는 속담도 있지만, 내가 인간의 악덕을 재빨리 지적할 수 있는 것은 나도 그런 악덕을 지니고 있기 때문이겠지. 내가 나쁜 짓을 저지를 때는 다른 사람들이 저지른 나쁜 짓에도 민감한 법이야. 자랑스럽기는커녕 부끄럽기 짝이 없다. 나는 불행히도 그런 불쾌한 후각을 지니고 있어. 내가 품은 의혹은 아직 한 번도 빗나간 적이 없다. 오필리어, 나는 불행한 아이야.

너는 모를 거다. 내게는 고매한 구석이 단 한군데도 없어.
빈둥거리는 겁쟁이가 내지르는 과도한 감각뿐이야. 이런 내
가 대체 앞으로 어떻게 살아가면 좋으냐 말이다. 오필리어,
내가 삼촌이나 어머니, 폴로니어스에 대한 험담을 하는 것은
결코 그들을 경멸하고 혐오해서 그런 것이 아니야. 내게는
그런 자격이 없다. 나는 원망스러울 뿐이야. 언제나 그들에게
배신당하고 버림받는 것이 원망스러워. 나는 그들을 신뢰하
고 마음속으로는 존경하고 있는데도, 그들은 나를 경계하면
서 지저분한 것이라도 만진 것처럼 깜짝 놀라 쓴웃음을 지으
며 나를 대하지. 아아, 정말 다들 그렇게 고상한 걸까? 언제나
완벽하게 나를 배신하는데도? 내게 다 털어놓으면서 진솔한
이야기를 해준 적이 한 번도 없어. 큰소리를 내며 나를 호되게
꾸짖은 적도 없어. 어째서 나를 그렇게 싫어하는 것일까?
나는 늘 그들을 사랑했어. 사랑하고, 사랑하고, 사랑하고 있어.
목숨이라도 버릴 준비가 되어 있다고. 하지만 그들은 나를
피하고, 숨어서 수군수군 내 험담을 하면서, 저 도련님을
어쩌면 좋아, 하고 한숨을 내쉬며 고상한 척하고 있을 뿐이다.
나는 다 알고 있어. 내가 삐딱한 게 아니야. 그저 정확히
꿰뚫고 있을 뿐이다. 오필리어, 조금은 알겠느냐? 너까지
어른들 속에 끼어서 나한테 이런저런 충고를 하다니 한심하구
나. 고독함을 느끼고 싶다면 연애를 하라던 철학자가 있었
지만, 진짜야, 아아, 나는 애정에 굶주려 있다. 애정 어린 소박한
말 한마디가 그리워. 햄릿, 너를 좋아한다! 이렇게 큰 소리로
분명히 말해줄 사람이 필요해.

오필리어   아니요. 저도 이번에는 지지 않을 거예요. 햄릿 님, 당신은
         정말로 잘도 빠져 나가시는군요. 이런 말을 하면 저런 대답을
         하시네요. 기운이 넘치신다는 말씀을 드리면, 이번에는 거꾸
         로 나만큼 궁상맞은 남자도 없다고 하십니다. 정말로 자신의
         나쁜 점을 그렇게 분명히 알고 계신다면, 그토록 자신을 비웃
         으며 몰아대기만 하지 마시고, 입 꾹 다물고 그 나쁜 점을
         고치려고 노력하시는 게 어떻겠어요? 그저 비웃는 것만으로
         는 의미가 없어요. 미안해요. 당신은 분명 허세 부리기를
         무척 좋아하는 사람이에요. 정말 당황스럽네요. 햄릿 님, 정신
         차리세요. 사랑한다는 말이 필요하다면서 여자아이처럼 엄살
         을 부리는 짓은 이제 그만두세요. 모두 당신을 사랑하고 있어
         요. 당신은 극심한 욕심쟁이입니다. 미안해요. 하지만 사람이
         정말 사랑을 느끼고 있을 때는 사랑한다는 말을 꺼내기가
         오히려 어색해지는 법이에요. 누군가를 사랑할 때는 그를
         사랑한다는 자긍심이 약간씩 있기 마련입니다. 말하지 않아
         도 언젠가는 알아줄 것이라는 조심스러운 자긍심을 갖게
         되는 거예요. 당신은 그 약간의 자긍심을 짓밟으면서 억지로
         입이라도 찢어서 큰 소리로 사랑을 부르짖게 만들려고 하고
         있어요. 사랑한다는 것은 부끄러운 일입니다. 그래서 아무리
         서로 깊이 사랑한다 해도 좀처럼 좋아한다고 말할 수 없는
         거예요. 그것을 억지로 소리치게 만들려는 것은 잔인한 짓입
         니다. 자기 생각만 하는 거지요. 햄릿 님, 제 사랑은 못 믿으시
         더라도 왕비님의 애정만큼은 믿어드리세요. 왕비님은 가여운
         분입니다. 햄릿 님 하나만 의지하고 계세요. 왕비님께서는

	어제 정원에서 제 손을 잡으시며 크게 우셨습니다.
햄릿	의외로군. 너한테서 사랑에 대한 철학을 듣게 될 줄은 몰랐어.

언제부터 그렇게 박식해졌지? 그쯤해서 관두는 게 좋겠어. 대단치 않은 억지 이론을 주워들은 여자는 반드시 남자에게 버림받게 되어있으니까. 바오로가 말했지. 나는 여자들이 가르치려드는 것과 남자 위에서 권력을 휘두르려는 것은 용서치 못한다. 그저 조용히 있어라. 여자란 모름지기 조신하게 신앙과 사랑과 청결만 갖추고 있으면 아이를 낳는 일로 구원을 받을 것이다. 그러니까 남을 가르치려들거나, 남자의 머리를 숙이게 만들려 하지 말고, 그저 조용히 태어날 아이 생각을 하고 있으라는 의미다. 착하지, 앞으로 두 번 다시는 이상한 논리를 입에 담지 말거라. 세상이 다 컴컴해지는구나. 가만 보니 어머니에게서 나쁜 지혜만 배워서 묘하게 자신을 얻은 모양이네. 어머니는 그래 봬도 꽤 논리정연하신 분이니까. 언젠가는 바오로에게 벌을 받을 거다. 다음에 어머니를 뵈면 이렇게 전해 드려라. 예로부터 말 없는 애정이란 존재하지 않는다. 진정으로 사랑하기에 잠자코 있겠다는 것은 대단히 완고하고 독선적인 행동이다. 좋아한다는 말을 입에 담는 것은 부끄럽겠지. 그건 누구나 다 부끄럽다. 하지만 두 눈을 꼭 감고 거친 파도 속으로 뛰어든다는 심정으로 사랑의 말을 외치는 곳에 애정의 실체가 있어. 입 다물고 있는 것은 결국 애정이 깊지 않기 때문이다. 에고이즘이지. 어딘가 타산적인 구석이 있는 거야. 나중에 지게 될 책임이 두려워 몸을 사리는 것이다. 그런 것을 애정이라 부를 수 있을까? 부끄러워서

말을 할 수 없다는 것은, 다시 말해서 자기 자신이 가장 소중하다는 뜻이다. 거친 파도 속에 뛰어드는 것이 무섭기 때문이야. 정말 사랑한다면 무의식적으로 사랑의 말이 튀어나오는 법이다. 더듬거려도 좋아. 한마디라도 좋다. 다급해져서 말이 튀어나오는 거야. 고양이도, 비둘기도, 울고 있지 않느냐. 말이 없는 애정이란 동서고금 어디를 찾아보아도 없습니다. 어머니께 그렇게 전해라. 사랑은 말이다. 말이 없으면, 동시에 세상 속 애정도 사라진다. 사랑이 말 이외에 다른 어떤 실체를 가지고 있다고 생각한다면 큰 오산이야. 성서에도 쓰여 있어. 말은 신과 함께 존재하고, 말은 곧 신이니, 그 안에 생명이 있어라, 이 생명은 사람의 빛이어라. 이렇게 쓰여 있으니 어머니께 읽어드려라.

오필리어   아니요. 절대로 왕비님께 배워서 드리는 말씀이 아니에요. 저는 제가 생각하는 것을 온힘을 다해서 말씀드리는 거예요. 햄릿 님, 당신은 무서운 말씀을 하시는군요. 만약 애정이 말 이외에 다른 곳에는 존재하지 않는다고 한다면, 저는 애정 같은 것은 시시한 거라고 생각합니다. 그런 것은 차라리 없는 편이 낫죠. 그저 세상을 복잡하게 만들 뿐입니다. 저는 아무래도 햄릿 님이 하시는 말을 믿을 수가 없어요. 신은 존재합니다. 신께서는 말없이 모두를 사랑하고 계십니다. 신께서 언제, 너를 좋아한다! 하고 외치신 적이 있나요. 하지만 신은 사랑하고 계십니다. 모두를, 숲을, 풀도, 꽃도, 강도, 소녀도, 어른도, 나쁜 사람도, 모두 공평하게 말없이 사랑하고 계십니다.

햄릿   어린아이 같은 말을 하는구나. 네가 믿고 있는 것은 사이비종

교의 우상이다. 신은 제대로 말을 갖추고 있다. 생각해봐라. 가장 처음 우리에게 신의 존재를 분명히 알려준 것이 무엇이냐? 말이 아니냐. 복음이 아니냐. 그리스도는, 그러니까, …… 아이쿠, 삼촌이 시종들을 이끌고 사색이 돼서 이리로 오고 있군. 오늘 이 홀에서 무슨 의식이라도 치르는 건가? 여기는 좀처럼 안 쓰는 방이라 널 몰래 만나는 데 적당하다고 생각해서 가끔씩 널 여기로 불러내서 만나곤 했는데. 갑작스럽게 이런 일이 생기니 방심할 수가 없군. 오필리어, 자, 빨리 저 문으로 도망쳐라. 이 얘기는 나중에 천천히 하자. 앞으로 여러 가지를 가르쳐주마. 그래, 그 문이야. 상당히 민첩하군. 바람처럼 도망쳤어. 사랑은 여자를 곡예사로 만든다는 말이 있지. 억지스럽긴 해도 맞는 말이야.

왕. 시종들. 햄릿.

왕   아아, 햄릿. 시작되었다. 전쟁이 시작되었어. 레어티스의 배가 희생되었다. 방금 연락이 왔구나. 레어티스 일행이 탄 배가 카테가트 해협으로 접어든 순간, 돌연 노르웨이 군함이 나타나서 그 자리에서 발포를 했다고 한다. 우리 배는 상선이었는데 어찌 그런 일이 있단 말이냐? 하지만 레어티스는 용감했어. 떨고 있던 선원들을 다그치고 격려하면서, 스스로 갑판에 서서 있는 힘껏 총을 쏘아댔다고 한다. 적의 포탄이 우리 돛대를 명중해서 배가 금세 활활 불타올랐다. 거기다 한 발이 더 명중해서 엄청난 소리를 내며 타오르다가 배가 기우뚱하고 가라앉기 시작했지. 그때 레어티스가 처음으로 보트에 탈 채비를 하고 명령을 내려서, 너덧 명의 승객을 우선 보트에 태우고, 다음으로 처자식이 있는 선원들에게도 피난할 것을 명한 뒤에, 자기는 목숨을 아끼지 않는 힘센 선원 대여섯 명과 함께 배에 남아 검을 뽑아들고 적병이 내습해오기를 기다렸다고 한다. 레어티스는 단 한 명의 병사도 조국의 배에 다가오지 못하게 하겠다며 죽을 각오로 다짐을 하면서, 헤라클레스와 같은 용맹무쌍함을 보였다고 해. 적함에 타고 있던 자들도 그 용맹한 모습을 보고 두려움에 떨면서, 그저 우리 범선 주위를 빙빙 돌며 배에 붙은 불로 스스로 침몰하기를 기다릴 수밖에 없었다고 한다. 레어티스는 비장하게 배와 운명을 함께하려 했던 거야. 정말 아까운 남자다. 아버지와 달리 진심 어린 충신, 아니, 아버지의 이름을 더럽히지 않는 훌륭한 용사야. 우리는 레어티스의 충심에 보답하지 않으면 안 된다. 이제 덴마크도 다시 일어서야 할 때야. 노르웨이와의 오랜 불화가 결국 폭발한 것 같다. 나는 오늘 아침 이 급보를 전해 듣고 결의를 다졌다. 신은 정의의 편이야. 우리 덴마크 왕국은 반드시 승리할 것이다. 실은 전부터 기회를 엿보고 있었다. 부자가 함께, 아니, 레어티스의 영혼을 위해 반드시 극진하게 제사를 지내주도록 하자. 그것이 국왕으로서 나의 의무다.

햄릿　　레어티스. 나와 같은 스물세 살. 죽마고우. 약간 완고하고 화를 잘 내며 나와는 약간 마음이 맞지 않았지만, 그래도 좋은 녀석이었다. 죽었다고? 오필리어가 들으면 졸도하겠군.

여기 없어서 다행이다. 레어티스, 관록을 더해서 훗날 출세의 발판을 다지기 위해 프랑스로 유학을 떠나는 길에 재난을 맞았다. 그 순간 그는 자신의 야망을 털어버리고 덴마크 왕국의 명예를 지키기 위해 아낌없이 제 한 몸을 희생했다. 내가 졌어, 레어티스 자네는 나를 싫어했지. 나도 자네를 좋아하지는 않았어. 오필리어 사건이 있은 후로는 공포에 떨기까지 했으니까. 우리는 어렸을 때부터 맹렬히 경쟁을 해왔지. 좋은 라이벌이었다. 겉으로는 웃으면서 속으로는 서로를 미워했다. 나는 자네가 귀찮았어. 하지만 자네는 역시 훌륭한 놈이었어. 아버지…….

왕　처음으로 아버지라고 불러주는구나. 역시 덴마크 왕국의 왕자답다. 나라의 운명을 위해서 모든 사념들을 버리자꾸나. 오늘 이 방에 모인 대신들 앞에서 중대한 선포를 내리겠다. 햄릿, 훌륭한 장군의 모습을 보여다오.

햄릿　아니요, 일개 나약한 졸병이 되겠습니다. 레어티스에게 지고 말았습니다. 폴로니어스는 어쩌고 있습니까? 그 사람도 비통해하고 있겠군요.

왕　물론 그렇지. 충분히 위로해줄 생각이다. 그런데 왕비는 대체 어디를 간 건가? 아침부터 보이질 않는구나. 호레이쇼에게 찾아보라고 했는데, 혹시 못 봤는가? 오늘 열릴 선포식에 왕비가 참석하지 않으면 구색이 안 맞는데. 역시 이럴 때에는 폴로니어스가 없으니 불편하구나.

햄릿　폴로니어스는 어디 간 것입니까? 이미 성안에 없는 것입니까? 어디로 출발했습니까? 삼촌, 갑자기 안색이 안 좋아지셨군요.

무슨 일 있으신 겁니까?

왕   아무것도 아니다. 덴마크 왕국의 흥망성쇠가 걸린 중요한
      아침에 폴로니어스 한 사람의 신변이 문제가 아니지. 그렇지?
      분명히 말하지만 폴로니어스는 지금 이 성에 없다. 그자는
      불충한 신하야. 더 자세한 것은 지금 말할 수 없다. 언젠가
      기회가 닿으면 당당하게 숨김없이 발표하마.

햄릿   무슨 일이 있었지? 어젯밤 무슨 일이 있었던 걸까? 삼촌이
      당황하는 모습은 전쟁에 대한 흥분 탓만은 아니다. 레어티스
      의 장렬한 최후에 열광하다가 문득 내 문제를 잊고 있었다.
      삼촌은 어쩌면 자신의 시커먼 속내를 이번 전쟁으로 얼버무리
      려는 것인지도 모른다. 설마 그렇다면…….

왕   뭘 혼자서 중얼거리고 있는 것이냐, 햄릿! 너는 바보다! 바보
      멍청이야! 까부는 데도 정도가 있어. 전쟁은 농담도 아니고
      희극도 아니다. 지금 덴마크에서 불성실한 사람은 너 하나뿐
      이야. 네가 그렇게 의심이 든다면 나도 정색을 하고 대답하겠
      다. 햄릿, 성안을 떠도는 그 소문은 사실이야. 아니, 내가
      선왕을 독살했다는 것은 틀렸어. 하룻밤 그런 결심을 했던
      적이 있기는 했다. 하지만 선왕은 갑자기 병으로 돌아가셨다.
      햄릿, 그런데도 너는 나를 벌하려 하는가? 사랑 때문이다.
      분하지만 바로 그 때문이야. 햄릿, 자, 전부 다 말했다. 너는
      나를 벌할 생각인가?

햄릿   신께 물어보는 것이 좋겠지요. 아아, 아버지! 아니, 삼촌,
      당신 말고. 내게는 아버지가 있었어. 가여운 아버지. 더러운
      배신자들 사이에서 빙긋이 웃으며 살아계셨던 아버지. 배신

자는 이렇게 처단을!

왕   엇, 햄릿! 네가 드디어 미쳤구나. 단검을 빼들어 휘두르다가
        자기 왼쪽 뺨을 베다니. 바보 같은 놈. 거기, 피가 흘러서
        지저분해졌구나. 그건 대체 무슨 연극이냐. 나를 베는가 했는
        데 칼끝을 휙 돌려 자기 뺨에 상처를 냈어. 자살 연습인가?
        새로 나온 공갈이야? 오필리어 일이라면 걱정할 것 없는데,
        바보 같은 놈. 네가 전쟁에서 이기고 돌아오면 곁에 붙여줄
        생각이다. 울 거 없어. 전쟁이 시작되면 너도 한 사람의 지휘관
        이다. 그렇게 울면 부하들의 신뢰를 잃어버리지. 아아, 거기,
        윗도리에까지 피가 흐르기 시작했어. 누구 햄릿을 저쪽으로
        데려가서 상처를 좀 치료해주시오. 전쟁에 대한 흥분으로
        정신이 나간 것 같군. 패기 없는 놈이다. 오오, 호레이쇼,
        무슨 일이오?

호레이쇼. 왕. 햄릿. 시종 여럿.

호레이쇼   흐트러진 모습으로 나타나서 죄송합니다! 아아, 왕비님께서,
          저쪽 뜰에 있는 시내로, ……

왕   뛰어들었단 말이냐!

호레이쇼   너무 늦었습니다. 각오를 단단히 하신 것 같습니다. 상복을
          입으시고, 오른손에는 작은 은 십자가를 꼭 쥐고 계셨습니다.

왕   마음이 약해. 나를 도와줘야 할 사람이, 이렇게 중요한 때
          바보 같이 제멋대로 행동을 하다니. 내 잘못이 아니다! 그
          사람 마음이 약했던 거야. 사람들 의혹에 지고 만 거다. 안타깝

구나. 에잇! 오욕 속에서도 그걸 참아내며 살아가는 남자도 있는데. 죽는 건 자기 생각만 하는 거지. 나는 죽지 않겠다. 살아서 나의 숙명을 다할 것이다. 신은 반드시 나처럼 고독한 남자를 사랑하실 것이다. 클로디어스, 강해지자! 사랑은 잊어라. 허영을 버려라. 덴마크 왕국의 명예라는, 가장 높은 이상을 위해 싸워라! 햄릿, 속으로는 자네보다 훨씬 더 격렬하게 목 놓아 울고 있는 남자가 있네.

햄릿   믿을 수 없어. 이 의혹은 내가 죽는 그날까지 사라지지 않을 것이다.

風の便り

바람의 소식

大宰治

「바람의 소식」

1941년 11월부터 12월에 걸쳐, 작품을 세 등분으로 나누어 각각 『문학계』, 『문예』, 『신조』에 차례로 발표했다. 발표 당시 작품명은 순서대로 「바람의 소식」, 「가을」, 「여행소식」이었다. 1942년 4월, 세 편을 모아 『바람의 소식』이라는 단행본을 발행했다.

초년생 작가 기도 이치로와 중견 작가 이바라 다이조가 주고받은 편지로 구성되어 있는데, 두 인물에게는 각각 어느 정도씩 저자 자신의 모습이 투영되어 있는 것으로 보인다. 소설가 다자이의 내적 갈등을 엿볼 수 있는 작품이다.

삼가 아룁니다.

갑작스레 편지를 띄우게 된 점 용서해주십시오. 제 이름을 알고
계십니까? 들어본 적이 있다 싶은 정도겠지요. 십 년을 한결같이 부족한
소설만 쓰고 있는 사내입니다. 결코 제 자신을 비하하려고 하는 말이
아닙니다. 벌써 나이도 마흔 가까이 되었지만, 아직 제 스스로 납득할
만한 작품을 쓴 것도 아니고, 공부를 많이 한 것도 아닙니다. 과묵하고
솜씨 없는 시골 촌놈이라 표현력이 뛰어난 것도 아닙니다. 천성이 겁쟁이
라 문단에서 교류도 거의 하지 않고 있습니다. 그야말로 감상적인 옛
노래에 나오는 사람처럼, 벗들이 모두 나보다 훌륭하게 보이는 날에는
꽃을 사와서 부인과 함께 즐거운 하루를 보내는 등, 무능하고 한심한
생활을 하고 있습니다. 아아, 하지만 푸념을 늘어놓지는 않겠습니다.
저는 가난한 목수의 아들로 태어나, 마음 약하고 작은 새를 좋아하는
아버지와 깡마르고 가무잡잡하지만 총명한 의붓어머니 밑에서 어렵게
자랐습니다. 커서는 아버지 어머니를 뒤로하고 고향을 떠나 이곳 도쿄로
왔습니다. 그 뒤로 이십 년 동안 말도 못할 고생을 하면서 살아왔는데,
이것도 푸념처럼 들리니 그만두도록 하겠습니다. 또한, 이 온갖 어두운

기억들이 이제까지 제 작품의 테마가 되어 왔기에, 이제 와서 이런 말씀을 드리는 것도 민망합니다. 다만 제가 마흔 가까이 되었는데도 아직 무능한 무명작가라고 소개했던 것은, 저의 비굴하고 삐딱한 마음 때문도 아니고, 저의 불우함을 앞세워 엉큼하게 세상의 유명 인사들을 골탕 먹이겠다는 유약한 복수심 때문도 아닙니다. 저는 진심으로 제 자신을 아둔한 작가라 여기고 있기에, 이렇게 솔직히 말씀드리고 있다는 점만을 알아주신다면, 그것만으로도 감사하겠습니다.

당신이라고 부를지 선생님이라고 부를지 고민을 많이 했습니다. 실례가 안 된다면 당신이라고 부르고 싶습니다. 선생님이라고 부르면 어쩐지 '그걸로 끝'이 되어버릴 것 같다는 생각이 듭니다. '그걸로 끝'이라는 생각이 든 것은 당신에게서 떠밀리고 버림받을 것 같다는 불안감보다는, 스스로 정신을 차리고 당신을 떠나게 될 것만 같다는 두려움 때문입니다. 불길하게도 어쩐지 그렇게 될 것만 같아서 이상하게 쓸쓸한 기분이 듭니다. 저만 해도 가끔씩 사람들이 선생님이라고 불러주기도 합니다만, 다른 계산 없이 순수하게 선생님이라고 불러줄 때는, 네 하고 대답하면서 솔직하게 웃을 수 있지만, 상대편이 조금이라도 뭔가를 계산에 넣고 어떤 목적에 따라, 선생님 하고 부를 때는 그걸 금세 간파하고는 그 사람에게서 멀리 달아나려고 몸부림을 칩니다. '선생이라고 불릴 정도는 아니다'[1]라는 속담은 참 기분 나쁜 표현입니다. 일본 사람들은 이 속담 탓에 누군가를 떳떳하게 존경할 때 쓰는 표현을 잃어버렸습니다. 저는 한 치의 망설임도 없이 진심으로 당신을 존경하고 있지만, 그렇다고는 해도 선생님이라는 호칭을 쓰고 싶지는 않습니다. 다른 뜻은 없습니다.

. . . .
1_ 본래 사회란 작은 일에도 사람을 부추기는 곳이므로, 사람들의 부채질에 흥이 돋아 의기양양해 할 필요는 없다는 뜻.

다만 제 마음을 언제나 당신 곁에 두고 싶기 때문입니다. 저는 가족을 버리고 살아가고 있습니다. 친구도 없습니다. 언제나 당신 작품만 끼고 살고 있습니다. 정직하게 고백할 생각입니다.

당신은 저보다 십오 년 정도 먼저 태어나신 줄로 압니다. 이십 년 전, 제가 집을 나와 이곳 도쿄에서 <야마토 신보>를 배달하고 있을 때, 그 신문에 당신의 장편소설 『학』이 실렸습니다. 저는 매일 신문배달을 끝내고, 신문배달부 대기실에서 그야말로 '집어삼킬 듯이' 그것을 읽었습니다. 대단히 가난한 집안 출신인 데다 학력도 고등소학교를 졸업했을 뿐이었던 저는, 당신이 큰 부잣집(이 단어를 싫어하지만, 부르주아라는 말은 더 마음에 안 들고, 빈약한 제 어휘력으로는 달리 적절한 말을 찾을 수도 없을 것 같아서 그냥 씁니다. 그저 빈민 출신인 제 처지에 비했을 때 그렇다는 것이니 가볍게 생각해주시기 바랍니다.) 귀족 가문 주인에다, 프랑스 유학까지 다녀오셔서 학력도 화려하셨지만, 당신이 쓴 작품에는 그런 거리감이 느껴지지 않고, 오히려 그런 학력과 출신의 차이를 넘어서, (감동, 친애, 납득, 열광, 기쁨, 환희, 감사, 용기, 구원, 융화, 동화, 기이함 등 여러 가지 단어들을 생각해봤지만, 마음에 드는 것이 아무것도 없었습니다. 아까와 마찬가지로 저의 부족한 어휘력 때문에 괴로운 마음뿐입니다.) 거짓말 안 보태고 진심으로 살아 있다는 기쁨을 느꼈습니다. 마치 이십 년 전 소년 시절로 돌아간 것처럼 아련하고 들뜬 기분이 들면서도 식은땀이 흘렀습니다. 그래도 기죽지 않고 정직하게 말씀드리겠습니다.

저는 가난한 집안에서 태어났으면서도, 농민을 소재로 한 소설은 쓰기 싫어서, 오히려 세상 사람들에게 오만, 비정, 무사상, 독선 등으로 불리며 공격 받는 당신의 작품만 읽었습니다. 농민을 경멸하는 것은 아닙니다. 오히려 그 반대입니다. 사농공상의 순서를 따르자면, 목수의 아들인 저는 신분이 한참 아래입니다. 저는 농민을 소재로 삼는 '작가'들에게 불만을 느끼고 있습니다. 그들의 작품 속에는 작가라는 한 인간의 애정이나 고난이 조금도 느껴지지 않습니다. 저는 작가가 지니고 있는 한 인간으로서의 고난이 어렴풋하게라도 느껴지지 않는 작품에는 별흥미를 느끼지 못합니다. 당신 작품이 <야마토 신보>에 실린 것은 아마도 당신이 서른 두셋 때였을 거라고 기억하는데, 그때 당신은 세상 사람들에게 무참하고도 잔인한 악평을 들었습니다. 다들 당신을 세상에 다시없는 악한처럼 대했습니다. 그렇지만 저는 당신의 작품 깊은 곳에서 순교자와 같이 고결한 고난의 얼굴을 보았습니다. 스스로 강한 죄의식을 느끼는 것은 천재들의 공통적인 특징인 듯합니다. 당신은 하루하루 자신에게 형벌을 가중시킨다는 생각으로 살았던 것 같습니다. 오전 내내 살아 있는 것도 힘겨워 보였습니다. 저는 『학』을 읽은 후로 당신의 작품을 한 편도 빠짐없이 읽었습니다. 그 후로 이십 년이 지난 지금, 당신은 메이지 다이쇼 문학사에 크게 이름을 남길 만한 대작가가 되었습니다. 현란한 재능, 넘치는 기지, 풍부한 학식, 명확한 묘사력 같은 것들이 종종 사람들 입에 오르내리고 있어서, 문학을 모르는 사람들도 그런가 보다 하면서 당신을 신뢰하고 있는 것 같은데, 저는 그런 것보다도 당신 작품 속에 배어 있는 인간의 슬픔 하나만을 일편단심으로 존경해오고 있습니다. 「화엄華嚴」은 좋았습니다. 이달 『문학월보』에서 그 단편소설을 읽고 가만히 있을 수가 없었던 저는, 지난 이십 년간 숨겨두었던 제 속마음을 털어놓기로 했습니다. 무례한 내용이 있더라도 부디 화내지 마십시오. 벌써 머리가 벗겨지기 시작한 마흔 가까이 먹은 제가, 지난 이십 년간 숨겨두었던 속마음 어쩌고 하는 여학생 같은 말을, 그것도 쉰 줄을 훌쩍 넘긴 당신에게 쓰고 있는 것이 얼마나 그로테스크한 상황인지를 생각해보면, 편지를 쓰고 있는 저조차 어이가 없을 정도입니다. 그러니 편지를 받을 당신이 얼마나 불쾌할지는 짐작이 가지만, 그렇다고 달리 뭐라고 써야 할지도 모르겠습니다. 저는 배운 것 없는 작가입니다. 이십 년 동안 부끄럽고 볼품없는 소설을 겨우 서른 편 남짓 발표했습니다. 당신은 지난 이십 년 동안 훌륭한 전집도 세 질이나 내셨는데, 저 같은 놈은 메이지 다이쇼 문학사는커녕 쇼와 문단의 한쪽 구석에 나타났다가는 사라지고, 다시 나타났다가는 잊히면서 애를 태우고 있고, 얼마 전에는 다시 또 그 길이 꽉 막혀서 아무것도 쓸 수 없게 되었습니다. 푸념을 늘어놓을 생각은 없습니다. 그렇지만 부디 이 말 한마디만은 들어주십시오. 비평가들은 저를 자연주의 사소설가로 분류했습니다. 그것은 당신이 고답파[2]라고 불리는 것처럼 편의상의 분류에 불과하지만, 제 소설의 소재는 늘 제 주변의 신변잡기를 다루고 있기에 그런 이름이 붙여졌습니다. 저는 '분명한 것'만을 쓰고 싶었습니다. 손에 잡힐 듯 분명하게 느낀 것만을 쓰고 싶었습니다. 분노도, 슬픔도, 발버둥치고 싶은 마음까지도. 거짓은 쓰지 않았습니다. 하지만 요즘 들어 아무것도 쓸 수 없게 되었습니다. 아시겠습니까? 배운 것이 없다는 것이 점점 더 치명적으로 저를 위협하기 시작했습니다. 저는 역사소설 하나도 가벼운 마음으로 쓸 수가 없습니다. 저처럼 하루 벌어 하루 먹고 사는 비인기 작가에게는 창작의 막다른 길이 곧 생활의 막다른 길과 같습니다. 제가 무엇을 할 수 있겠습니까? 저는 전쟁터에 나가고

· · · · · · · · · · · ·
2_ 19세기 낭만주의와 상징주의 사이에 일었던 프랑스의 문학양식으로, 감성을 억누르고 이지적인 정신을 중요시하던 예술지상주의다. 일본문학사에서는 모리 오가이森鷗外, 호리구치 다이가쿠堀口大學 등이 이에 속한다.

싶습니다. 거짓 없는 감동을 찾아서요. 저는 진지합니다. 조금만 더 젊었더라도, 각기병만 없었더라도, 벌써 옛날에 지원했을 겁니다.

저는 막다른 길에 이르렀습니다. 구체적인 이유는 말씀드릴 수 없습니다. 당신의 「화엄」을 읽고 흥분해서, 이십 년 동안 꾹 참아왔던 마음을 깨부수고 큰맘 먹고 편지를 쓰게 되었습니다. 하지만 실은 그것 말고도, 제가 막다른 길에 이르렀다는 것을 하소연하고 싶은 마음도 있었습니다. 이렇게 제 자신을 의심하게 된 것은, 제가 문학의 길로 접어든지 이십 년 만에 처음 있는 일입니다. 괴로움의 늪에 빠지는 날이 오면, 딱 한 번만 당신에게 조언을 구하자고 생각하면서, 지난 이십 년간 남몰래 그것을 기대하며 살아왔습니다. 조금이라도 불쌍하다는 생각이 드시면 답장 주십시오. 굳이 이렇게 이십 년이라는 단어를 강조할 생각은 없었지만, 오랫동안 억눌러왔던 마음을 털어놓고 용기 내어 호소하고 있다는 것을 알아주십시오. 실례를 범했다면 부디 용서해주십시오.

최근에 제가 펴낸 단편소설집 『수세미 꽃』을 우송합니다. 읽고 버려주십시오.

여기는 무사시노 외곽, 깊은 밤 솔바람은 파도 소리를 닮았습니다. 이렇게 미칠 듯한 외로움에 빠져있는 한, 문학도 영원히 사라지지 않을 거라고 생각해보지만, 그것도 저의 늙은 선비 같은 감상이자 속 보이는 연극인지도 모르겠습니다. 선생님(이라고 저도 모르게 적어버렸는데, 소중히 여기고 그대로 남겨두겠습니다.)의 건강을 빌겠습니다. 이만 줄입니다.

6월 10일
기도 이치로
이바라 다이조 님 앞

삼가 아룁니다.

지난번 보내주신 단편집과 편지, 잘 받아 보았습니다. 인사가 늦어져서 죄송합니다. 단편집은 시간 나는 대로 천천히 읽어볼 생각입니다. 우선은 인사만 하지요. 이만 줄이겠습니다.

18일

이바라 다이조

기도 이치로 님 앞

이 엽서는 정말 처치 곤란입니다. 이걸 책상 위에 올려놓고, 그 앞에 차분히 정좌를 해봐도 마음이 편치가 않고, 그걸 들고 일어서서 방안을 왔다갔다 해봐도 답이 나오질 않아서, 차라리 아무렇지도 않다는 표정으로 골칫덩이 엽서를 방구석에 걸린 벽걸이 편지함에 집어넣고는, 흥, 됐다! 하는 심정으로 방바닥 위에 벌렁 나자빠져도 보았지만, 마음은 한층 더 허전하기만 해서, 결국 다시 일어나서 그 엽서를 편지함에서 꺼내어 조그마한 목소리로 읽어보는데 외로움이 밀려왔습니다. 마침내 그걸 반으로 접어서 품속에 쑤셔 넣으니, 그제야 마음이 차분해져서 다시금 책상 앞에 앉아 이렇게 무례한 편지를 쓰기 시작했습니다.

지난번 보내드렸던 대단히 면목 없는 편지에 대해서는 진심으로 사과를 드립니다. 그날 밤 편지를 썼는데, 이대로 편지를 아침까지 책상 위에 올려두면 마음이 약해져서 보내지 못할까봐, 한밤중에 밖으로 나가 들길을 삼백 미터 정도 걸어서 담뱃가게 앞 우체통까지 다녀왔는데,

달이 어찌나 밝던지 구름이 솜사탕처럼 하얗게 두둥실 떠가는 것이
보였습니다. 이렇게 깊은 밤에도 흰 구름이 잔잔히 흘러간다는 것을
오늘 처음 알았다, 하지만 앞으로 이렇게 애잔한 발견에 가슴이 뛸
일은 없을 것이다, 오늘 밤이 마지막이다, 마지막이다, 마지막이다,
한 발짝 한 발짝 발걸음을 뗄 때마다 마지막이라는 말만 중얼거리면서
집으로 돌아왔습니다. 다음날 아침, 밥을 먹는데 신음소리가 비어져
나왔습니다. 그렇게 한심한 편지를 보낸 것을 얼마나 후회했는지 모릅니
다. 보내지 말 걸 그랬다. 돌이킬 수 없이 큰 죄를 지었다. 그저 하룻밤
감상에 젖었던 걸 가지고, 이십 년간 숨겨온 속마음이라는 둥 등골이
서늘해지는 말을 꾸며대다니, 아악! 저는 유치하기 그지없는 미문美文의
대가입니다. 문학클럽 애독자 통신란에 투고하는 문학소녀 수준이라고
나 할까요. 아니, 더 심하죠. 제가 지난번 편지에서 거의 마흔, 거의
마흔이라는 말을 몇 번이나 썼는데, 그것은 초로初老에 접어든 꽤나
차분한 생활인처럼 보이게 하기 위한 것이었고, 정확히는 서른여덟
살입니다. 하지만 초로이기는커녕 이제 겨우 문학 냄새를 맡기 시작한
소년에 불과하다는 것을, 언짢을 정도로 확실히 깨닫고 있습니다. 막다
른 길에 들어섰다며 야단을 떨 자격이 없었던 것입니다. 저는 글도
안 쓰고 있었습니다. 노력도 하지 않았어요. 저는 요리조리 빈틈만
노리면서 살아왔습니다. 결국 문제는 제가 지금 아무런 삶의 보람도
느끼지 못하고 있다는 데 있습니다. 살아갈 의욕이 없을 때는 자살조차
할 수가 없습니다. 자살은 오히려 삶의 의욕을 느끼는 사람들이나 하는
행동입니다. 지극히 평범하게 말하자면, 슬럼프에 빠진 것인지도 모르겠
습니다. 연애라도 해볼까요? 지난번에 그렇게 엉터리 편지를 보낸 뒤로,
제 자신이 얼마나 한심하고 유치한지 절실히 깨달았습니다. 아직도

저만의 개성을 전혀 찾지 못했다는 것을 깨닫고, 이런 상태라면 처음부터 모조리 다시 시작해야겠다고 생각했습니다. 하지만 대체 어디서부터 손을 대야 할지 몰라서, 주근깨 가득하고 주름진 제 처의 얼굴을 흘끗 들여다보았는데, 섬뜩한 기분이 들었습니다. 제 자신에게 질려버렸어요. 오늘 아침에는 또 당신에게 이렇게 짧은 글을 받고 보니, 점점 더 제가 싫어집니다. 제가 보낸 그런 멍청한 편지에 대한 답변으로는, 이 정도로 간단한 답장밖에는 되돌아올 수 없다는 것을 깨달았습니다. 결코 당신을 원망하는 것은 아닙니다. 원망한다니 말도 안 되지요. 아무쪼록 그 점만큼은 안심하시기 바랍니다. 오늘 아침 그 짧은 엽서를 받고, 저는 제 처지를 확실히 깨달았습니다. 오히려 감사하다는 생각까지 들었습니다. 이렇게 편지를 쓰고 있는 지금도 점점 더 확실히 알 것 같습니다. 그러니까 오늘 아침에 엽서를 받고 그것을 어떻게 받아들여야 할지 몰라서 전전긍긍했던 것은, 제가 제 처지를 깨닫고 당황했던 것뿐입니다. 제게도 작으나마 작가로서의 자긍심이란 것이 있었나봅니다. 그 자긍심 이 갈 곳을 잃고 혼란에 빠져서, 엽서를 들고 우왕좌왕 했던 것이 분명합 니다. 처음부터, 다시 시작하고 싶습니다. 보다 순수하게, 마음을 다잡겠 습니다.

「화엄」을 다시 한 번 꼼꼼하게 읽어보았습니다. 첫머리에 오텐ㅎ照이 머리를 빗다가 빠진 머리칼을 둥글게 뭉쳐서 아무렇게나 뜰에 내버리고 일어서는 장면이 있는데, 그 한 줄 반쯤 되는 묘사에 오텐의 육체와 숙명이 자연스럽게 배어들어 있어서 저도 모르게 미소가 떠올랐습니다. 뜰에 낀 이끼에 대한 묘사는 없어도 되지 않았나 싶지만, 뭐, 다시 한 번 더 읽어볼 생각입니다. 비 온 뒤 화엄폭포[3]에 대한 부분에서는 그저 빙그레 웃음만 나더군요. 폭포의 차디찬 물보라가 제 볼을 따갑게

때리는 기분이었습니다. 오텐도 가느다랗게 보였다. 이 마지막 문장이
너무 신선해서 놀라울 정도였습니다. 사뿐히 날아오르는 여성의 몸이
눈앞에 선명히 떠오르는 것 같았습니다. 작가의 애정과 염원이 독자를
구원해주었습니다.

　저는 가난뱅이라 도무지 공상이 떠오르질 않아서, 십 년 내내 월말에
돈 꾸러 다니는 일이나 뜰에 토마토 모종 심는 일 따위를 구구절절
소설로 썼는데, 요즘은 그것조차 너무 쓰기가 싫어져서, 뭐라도 해야겠
다는 마음으로 그저 안달복달 신문만 읽고 있습니다. 요즘은 몸이 저리거
나 하는 일 없이 각기병 증세도 호전되고 있어서, 오륙일 전부터는
조금씩 술도 마시기 시작했습니다. 술을 마시면 공상도 풍부해지고
마음이 즐거워집니다. 술이 이렇게 고마운 존재인 줄 몰랐어요. 술을
마시면 불결하게 타락할 것만 같아서 이 나이 먹도록 술을 입에 댄
적이 없었는데, 국내에 술이 조금씩 부족해지는 시기에 허둥지둥 술을
배우기 시작했다니, 참으로 놀랄 만한 지각생입니다. 저는 항상 지각만
했습니다. 차라리 한 바퀴 뒤져서 선두로라도 나서볼까요? 선생을 구해
서 연애 수업이라도 받고 싶은 심정입니다. 역사 공부를 해볼까요?
철학은 어떨까요? 어학도 좋고.

　고백하자면, 저는 쇼팽의 우울하고 창백한 얼굴에서 예술의 정체를
느끼고 있습니다. 더 심하게 이야기하자면 '동경하고' 있습니다. 웃으시
는 겁니까? '피곤에 지친 가늘고 긴 몸을 바닷가 여관 등나무 의자에
파묻고, 속눈썹이 길게 자란 커다란 눈을 눈부신 듯 가늘게 뜨면서
바다를 내다보았다. 바닷바람에 헝클어진 머리칼이 볼품없게 널찍한

3_ 닛코 시 주젠지 호수에서 떨어지는 폭포로 일본의 3대 폭포. 닛코에 최초로 절을 세운 승려
　쇼도산인勝道上人이 발견, 1903년 한 고교생이 투신자살 한 후 자살 명소로 유명해졌다.

이마 위에서 나부꼈다. 오른쪽 뺨을 가볍게 받치고 있는 다섯 손가락은 가늘고 긴 할미새 꼬리처럼 날카로웠다. 그의 등 뒤에 명주옷을 입은 중년의 여성이 조용히 서 있었다.' 못 말리지요? 너무 진부한 공상이라 제 스스로도 넌더리가 납니다. 그래도 제 딴에는 진지하게 써본 겁니다. 근대 예술가라면 누구나 한번쯤 그런 모습과 비스름한 이미지를 남몰래 동경하는 법입니다. 정말 우스운 일이지요. 쇼팽을 동경하는 목수의 아들놈은 뒤룩뒤룩 살만 찔 뿐이고, 각기병에 걸린 얼굴은 게 등껍질처럼 정사각형인 데다, 머리칼은 바닷바람에 휘날리기는커녕 정수리까지 벗겨지고 있습니다. 저녁 반주 한 홉으로 넙대대한 얼굴이 기름기로 번들번들 해져서는 늙은 부인에게 붙어 있는 꼴이라니요. 어린 시절 제가 꿈꾸던 작가는 설마하니 이런 모습은 아니었습니다. '정말로 이러려고 그랬던 게 아니었는데.'라고 하는 우스갯소리가 있지요. 하지만 지금 제 모습은 작가 그 이상도 이하도 아닙니다. 선생님이라고 불릴 때도 있어요. 쇼팽을 포기하고 야마노우에노 오쿠라[4]로 바꿔볼까요? 「빈곤문답」이라면 지금 제 생활과도 딱 들어맞는데요. 이런 걸 두고 민족적 자각이라고 하는 걸까요?

쓰다보니 이것저것 전부 하찮아졌습니다. 이쯤에서 실례하겠습니다. 오늘은 아침부터 기분이 나쁘네요. 마음을 조금 가라앉히고 생각해보고 싶습니다. 어쩐지 모든 것이 불안해졌습니다. 그렇다고 신경 쓰실 건 없고요. 이만 물러가지요.

이 편지에는 답장 쓰실 필요 없습니다. 몸 건강하시길.

. . . .

4_ 山上憶良(660?~733?). 나라시대 초기 귀족이자 시인. 서정적인 감정 묘사에 능했으며, 일본에서 가장 오래된 문학작품인 『만엽집万葉集』에 78편의 시가 실려 있다. 대표작 「빈곤문답가貧窮問答歌」는 『만엽집』 제5권에 실려 있으며, 관리들에게 핍박 받으며 곤궁한 생활을 하는 백성들의 괴로움을 사실적으로 노래했다.

6월 20일

기도 이치로

이바라 다이조 님 앞

본론부터 말하지요.

답장은 필요 없는 것 같지만 몇 자 적습니다.

당신의 적나라한 감성을 접한 뒤로, 지난 이삼일 동안 제 자신에게(당신에게가 아니라) 불쾌함과 씁쓸함을 느꼈다는 것을 미리 밝혀두겠습니다. 당신의 이름은 전부터 들어서 알고 있었습니다. 작품을 읽은 적은 없지만, 시인인 가노 군이 어느 모임에서 꽤나 열성적으로 당신의 작품을 칭찬하면서, 제게 읽어보기를 권한 적이 있었습니다. 그래서 저도 한 번 읽어볼까 싶었지만 지금까지 기회가 없었습니다. 며칠 전 당신으로부터 단편집과 편지를 받고 감사 인사가 늦어진 것은 제가 게을렀기 때문이기도 합니다만, 저는 이 사람 저 사람 가리지 않고 감사문이나 답장 같은 것을 쓰는 사람은 아닙니다. 생색을 내자는 것은 아니지만, 저는 당신의 단편집을 슬쩍 들여다보고 꽤 괜찮은 작품들이 있는 것 같아 안심하고, 우선은 가볍게 감사문을 보낸 것입니다. 감사문 글귀가 너무 짧았던 것에 대해 당신이 대단히 불만을 품고 있는 것 같던데, 감사문은 성실한 '고맙습니다' 한마디로 충분하다고 생각합니다. 달리 무슨 말이 필요하겠습니까? 그때는 당신 작품을 거의 읽지 못한 상태였습니다.

하지만 지금은 다릅니다. 당신의 단편집을 처음부터 끝까지 다 읽었습니다. 상당한 자질을 가진 작가라고 생각했습니다. 언젠가 시인 가노 군이 당신 작품을 칭찬했었는데, 그때 가노가 한 말에 지금은 저도 수긍이 갑니다.

「세월」의 경쾌한 터치, 「혹」의 페이소스, 「백일홍」의 강렬한 자기 응시 등은 외국의 19세기 일류 소설에 견줄 만하다고 봅니다. 당신은 편지에서 배운 것 없고 별 볼 일 없는 작가라고 했는데, 그렇게 속 보이는 겉치레는 그만두십시오. 당신이 배운 것 없고 수준 낮은 작가라면, 저는 수준 높은 작가이자 학자여야겠지요. 그렇게 이유 없이 사람을 황당하게 만드는 말은 듣고 싶지 않습니다. 만약 앞으로 당신이 저와 잘 지내보고 싶다면, 우선 그런 불필요한 변명은 입에 담지 말 것을 당부하고 싶습니다. 그렇지 않다면 저는 당신과 알고 지낼 생각이 없습니다. '나는 배운 것 없고 수준 낮은 작가야.'라고 해버리니, 그 소리를 듣고 있는 제가 불쾌해서 견딜 수가 없습니다. 저도 기름기 번들거리는 커다란 얼굴로 술을 들이켠 적이 있습니다. 당신의 편지에 불쾌함을 느꼈다기보다는, 거울의 반사광이 정면으로 나를 향해 있다는 기분이 들어서, 제 자신의 추함에 어쩔 줄을 몰랐습니다. 이해해주시리라 믿습니다.

당신의 작품에 대해서도 한 가지 큰 불만이 있습니다. 19세기의 일류 작품에 견줄 만하다는 말 속에도 제가 가진 큰 불만이 내포되어 있어요. 당신의 작품이 19세기의 완성품을 조금씩 모방했다고 한다면 너무 노골적으로 들리겠지만, 19세기 러시아 작가, 혹은 프랑스 상징파 시인의 작품들 속에서 당신이 견본으로 삼았으리라 여겨지는 작품들을 손쉽게 발견할 수 있다 보니, 결론적으로는 미덥지 못하다는 생각이 듭니다. 감상에 젖는 자세, 체념에 이르는 과정, 심경의 움직임이 누가 봐도 공식화되어 있습니다. 분명 본보기로 삼은 작품이 있을 것입니다.

누구나 처음에는 본보기를 흉내 내면서 연습을 하지만, 창작자라는 사람이 언제까지나 본보기의 그늘에서 벗어나지 못하고 있는 것도 애석한 일입니다. 솔직히 말해서, 당신은 아직도 누군가를 흉내 내고 있습니다. 거기에 목표를 두고 있는 듯해요. '예술적'이라는 모호한 장식적 관념은 벗어던지는 것이 좋을 겁니다. 살아간다는 것은, 예술이 아닙니다. 자연도, 예술이 아닙니다. 극단적으로 말해, 소설도 예술이 아닙니다. 소설을 예술로 생각하는 데서 소설의 타락이 싹텄다는 이야기를 들은 적이 있는데, 저도 그것에 동의합니다. 창작에 있어서 무엇보다 열심히 해야 하는 작업은 '정확을 기하는 일'입니다. 그것 말고는 아무것도 없습니다. 풍차가 악마로 보일 때는 주저 말고 악마로 묘사해야 합니다. 마찬가지로 풍차가 풍차로밖에 보이지 않을 때는 그대로 풍차로 묘사하는 것이 좋습니다. 풍차가 사실은 풍차처럼 보이지만, 그것을 악마처럼 묘사하지 않으면 '예술적'인 작품이 되지 않을 것이라는 생각에, 속이 빤히 들여다보이는 온갖 술수로 로맨틱하게 그려보려고 하는 멍청한 작가들도 있는데, 그런 놈들은 평생이 걸려도 무엇 하나 건질 수 없을 것입니다. 소설에서 예술적인 분위기를 노려서는 절대 안 됩니다. 그것은 누이가 그린 그림 위에 얇은 기름종이를 대고 연필로 베껴 그리는 것과 다를 바 없는, 정말이지 우습고 유치한 유희에 지나지 않습니다. 주목할 만한 것이 단 한 가지도 없습니다. 의도적으로 분위기를 조성하려고 하는 것은 자위행위입니다. '체호프 식으로' 어쩌고 하면서 조금이라도 의식하는 순간, 무참하게 실패해버리고 맙니다. 이런 말들은 안 해도 될 말이었는지도 모르겠습니다. 당신도 이미 한 사람의 창작자이고, 벌써 그 사실을 염두에 두고 있으리라 믿지만, 당신의 작품 속에 약간 걱정스러운 부분이 있어서 거리낌 없이 써보았습니다.

쓸데없이 지면을 채운다거나, 한자를 쓰지 않으려고 애쓴다거나, 필요도 없는 풍경묘사를 집어넣는다거나, 함부로 꽃 이름을 남용하는 일은 엄중히 삼가고, 오직 진술하고 정확하게 이미지를 기록하는 데 힘을 쏟기 바랍니다. 당신에게는 아직 당신 자신의 이미지조차 없는 것 같습니다. 그래서는 아무리 시간이 흘러도 무엇 하나 정확하게 묘사할 수 없을 것입니다. 주관을 갖고! 강한 주관 하나를 품고. 단순한 눈으로. '복잡'은 '무사상無思想'의 다른 이름입니다. 그것이야말로 배움이 없는 것입니다. 당신은 배움이 부족한 사람이 아닙니다. 당신의 작품 속에는 강직한 사상 하나가 있는데, 당신만 아직 그것을 자각하지 못하고 있습니다. 이런 말을 알고 계시는지요.

'창조주를 경외하는 것이 지식의 근본이거늘.'

다소 흥분해서 무례한 말을 한 것 같습니다. 하지만 젊고 훌륭한 자질을 접했을 때는, 불타는 정열을 가지고 대하는 것이 그 작가를 향한 예의라고 생각합니다. 저는 핸디캡을 인정하지 않습니다. 전력을 다해 달려오는 자에게는 전력을 다해 답장을 씁니다.

오늘은 작품에 대한 말씀만 드렸습니다. 당신 편지에 대해서는 다음 기회에 천천히 답변하도록 하겠습니다. 당신이 보낸 편지 두 통은 작품에 비해 상당히 수준이 떨어지더군요. 만약 제가 당신의 작품을 읽지 않고 편지만 읽었더라면, 답장을 쓰지 않았을 것입니다. 거짓말로 가득 찬 편지였어요. 다음 기회에 더 자세히 이야기합시다. 길어질 것 같으니, 오늘은 여기서 이만 줄이겠습니다.

좋은 친구가 생긴 듯해서 저도 오랜만에 삶에 의욕이 생깁니다. 견딜 수 없어졌다면, 여행이라도 떠나는 것이 어떻겠습니까? 그럼 이만.

25일

이바라 다이조
기도 이치로 님 앞

안녕하십니까?

보내주신 편지, 몇 번이나 읽어보았습니다. 바로 감사 편지를 쓸 수가 없어서, 사흘 동안 한숨만 짓고 있었습니다. 당신 편지를 성서 읽듯 한 자 한 자 신봉하며 읽은 것은 아닙니다. 불만스러운 부분도 있었습니다. 소설의 묘미는 정확한 이미지를 그리는 데 있다는 말씀은 더할 나위 없이 훌륭했지만, 제가 몇 번이나 호소했던 것도 바로 그 문제입니다. '분명한 것'만을 쓰고 싶다고 말씀드렸지요. 손에 잡힐 듯 분명하게 느낀 것만을 쓰고 싶다고 말씀드렸습니다. 하지만 요즘 저는 그렇게 할 수가 없습니다. 이유가 있습니다. 하지만 구체적으로는 말씀드릴 수 없습니다. 당신에게 바로 그 점을 호소했을 터입니다. 그런데도 당신은 제 편지를 완전히 묵살해버렸습니다. 그저 당신 마음대로 자신 있는 테마 하나를 정해서 훌륭한 감상을 펼쳐주셨습니다. 하지만 저는 그 테마에 대한 강의를 듣고 싶은 마음이 조금도 없었습니다. 고리타분할 정도였습니다. 제가 묻고 싶었던 것은 그런 고풍스러운 방법론이 아니었습니다. 시급하고 절박한 문제입니다. 다음 편지에는 반드시 그 문제를 다루어주십시오. 부탁드립니다.

용서하십시오. 당신이 호의를 베풀어주셨는데, 제 딴에는 허물없는 사이가 됐다고 버릇없는 말을 했습니다. 분명 당신은 불같이 화를 내시겠지요. 그래도 어쩔 수 없습니다.

'창조주를 경외하는 것이 지식의 근본이거늘.' 훌륭한 말씀이십니다.

저는 앞으로 훨씬 더 자유롭게 당신을 대할 생각입니다. 아름답고도 훌륭한 선배를 얻어 제 마음도 든든합니다.

자, 그러면 아까 했던 말로 돌아가서, 제가 지난 사흘 동안 감사 편지도 곧장 쓰지 못하고 그저 한숨만 내쉬었던 이유는, 편지 깊은 곳에 담긴 뜻밖의 친절을 견딜 수 없었기 때문입니다. 실례되는 말이지만, 당신은 천진난만합니다. 불쾌하게 들리실 수도 있겠지만, 당신이 살고 있는 세상은 빛으로 가득합니다. 시종일관 예술적입니다. 당신이 작품의 '예술적 분위기'를 극도로 멀리하는 것은 그런 일상생활에 싫증이 났기 때문인지도 모른다는 생각까지 들더군요. 제가 생활에 찌들어 있어서 이런 생각이 드는 건지도 모르겠지만, 쉰을 넘긴 대작가가 넉살좋게 이런 친절한 편지를 잘도 쓰셨구나 싶어서 어안이 벙벙했습니다. 화를 내십시오. 하지만 절교는 하지 마십시오. 분명히 말씀드리지만, 저는 당신의 친절하고 긴 편지가 마음에 들지 않았습니다. 엽서처럼 짧은 답장도 서운하지만, 이렇게 느긋한 위로도 질색입니다. 제 작품은 비평할 가치도 없습니다. 이제 와서 작품 감상 같은 걸 듣고 싶었던 것도 아니었습니다. 하지만 편지 내용만큼은 귀를 기울여 주십시오. 거짓말은 한마디도 없습니다. 어디서부터 어디까지가 거짓처럼 보이던가요? 바로 답장 주십시오.

제멋대로 굴고 있다는 것을 알고 있습니다. 그러나 강한 대응에는 강한 말을 해주시는 듯하니, 제가 범한 실례를 반성하지 않고 더욱더 무례한 표현을 써보았습니다. 저는 세상에서 오직 당신 한 사람만을 신뢰하고 있습니다.

답장을 받은 뒤에 천천히 여행이라도 다녀오고 싶습니다. 어제 서점에서 『수세미 꽃』 인세를 받았습니다. 시인 가노 씨와는 아직 한 번도 만난 적이 없지만, 기회가 되시면 제가 기뻐하더라고 전해주십시오.
가노 씨는 저와 같은 고향인 지바 출신입니다. 안녕히 계십시오.

6월 30일

기도 이치로

이바라 다이조 님 앞

답장합니다.

당신 편지는 졸렬했습니다. 답장을 쓰는 것도 바보 같다는 생각이
들 정도입니다. 그래도 한 번만 더 답장을 하겠습니다. 당신의 작품을
잊을 수 없기 때문입니다.

저는 당신 편지가 거짓말투성이라고 했습니다. 이에 대해 당신은
거짓말은 쓰지 않았고, 어디서부터 어디까지가 거짓처럼 보였느냐며
당당하게 항의를 했는데, 그렇다면 무엇이 거짓인지 알려드리겠습니다.
당신이 그렇게 무심코 지레짐작을 하는 데는 두 손 두 발 다 들었습니다.
작품 속에 엿보이는 당신은 그저 감상에 잘 젖는 사람이었는데, 그
감상이 얼마나 소박한지 마치 수천 년 전 다비드의 노래를 코앞에서
직접 듣고 있는 것만 같다는 기분이 들었습니다. 저는 당신의 작품을
읽고, 오랜만에 책 읽는 재미를 느꼈습니다. 제가 가진 즐거움은 오직
훌륭한 작품을 읽는 것입니다. 제게도 일이 전부입니다. 일의 성과가
저의 전부예요. 작가가 지닌 인간으로서의 매력 같은 것은 조금도 중요하
지 않습니다. 일도 제대로 못하는 주제에 비굴하게 고독한 척 마음이
비뚤어져서, 절망과 허무를 입에 달고 살고, 자나 깨나 자신의 매력
있는 풍모를 과시하면서, 사람들을 웃기고 치근덕거리고 좋아 죽겠다는

듯 행동하는 시인들을 몹시 경멸합니다. 비겁합니다. 뻔뻔해요. 작품보다는 인격으로 사람들에게 존경과 사랑을 받으려고 이리저리 마음을 쓰고 대책을 강구하는 작가가 상당히 많은데, 그런 자들은 예외 없이 교활하고 게으릅니다. 극단적으로 말해서 히스테리를 부리는 허영꾼들이지요. 작품을 발표한다는 것은 창피를 당하는 일입니다. 신 앞에 고백을 하는 일입니다. 그리고 무엇보다 중요한 것은 그 고백을 통해 신께 용서를 받는 것이 아니라 벌을 받는다는 점입니다. 제 고민은 언제나 작품입니다. 작가의 인간적 매력 같은 것은 애초에 믿지 않습니다. 인간이란 누구든 별 볼 일 없고 저속한 존재라고 생각합니다. 작품만이 구원이에요. 일하는 것 외에 다른 방법이 없습니다. 당신 편지를 읽고 있으면 당신이 최근 극심하게 타락했다는 사실을 분명하게 알아챌 수 있습니다. 적당히 하십시오. 당신은 손쉬운 탈출구를 찾아 이리저리 두리번거리고 있는 족제비 같습니다. 추태를 부리고 있어요. 당신은 작품의 성실성보다는 인간의 성실성을 중시합니다. 작가가 되지 못해도 좋으니, 성실한 인간이 되고 싶어 하지요. 이것은 무척 훌륭한 말처럼 들리지만, 실은 교활하고 추악하며 이해타산으로 가득한 핑계에 불과합니다. 이제 와서 당신이 성실한 인간이 될 수 있다고 생각합니까? 성실한 인간이 어떤 인간인지 알고 있습니까? 자신을 사랑하는 것처럼 타인을 사랑할 줄 아는 사람만이 성실하다고 할 수 있습니다. 당신은 그렇게 할 수 있습니까? 제발 헛소리 좀 집어치우십시오. 당신은 항상 자신만 생각하는 사람입니다. 자기와 가족, 고작 주변에 자기에게 이익을 가져다 줄 법한 사람 두세 명만을 사랑하고 있다는 말입니다. 더 해볼까요? 당신은 툭 하면 죽는 소리를 합니다. '너희는 사람들에게 보여주기 위해서 그들 앞에서 의로운 일을 하지 않도록 조심하여라.'[6] 어떻습니까?

곰곰이 생각해보십시오. 할 수 있겠습니까? 적어도 성실한 인간이라도 되자면서, 최대한 겸손하게 가망 없는 꿈 이야기하듯 쉽게 말하는 위험한 여성작가들도 있었던 것 같은데, '적어도'라니요. 그것이야말로 대단한 천재가 아니면 도달할 수 없는 지극히 어려운 일입니다. 자신은 어떻게 해도 성실한 인간이 될 수 없으니, 적어도 속죄하는 기분으로 일평생 소설을 쓰겠다고 한다면 그나마 솔직한 것이겠지요. 작가란, 하나 같이 별 볼 일 없는 인간들이라고 생각합니다. 저와 동년배쯤 되는 쉰 넘은 작가 중에서 성자 흉내를 내는 사람들도 있지만 다 멍청한 짓입니다. 술만 안 마실 뿐입니다. '너희는 기도할 때 위선자들처럼 행동해서는 안 된다. 그들은 사람들에게 드러내 보이려고 회당과 한길 모퉁이에 서서 기도하기를 좋아한다.'[6] 제대로 지적하고 있습니다.

당신 편지도 똑같아요. 당신은 자기의 '유약한' 선량함을 팔아서라도 뭐든 해보려는 것 같은데, 정말이지 꼴사납습니다. 당신이 그렇게 '유약하고' 선량합니까? 부모도 버리고 상경해서 무작정 소설 쓰겠다고 덤벼 들었다가, 어느 정도 소설가로서 모양새를 갖추었지요. 유약한 마음을 가진, 뿌리부터 착한 사람이라면, 결코 이룰 수 없었던 일이라고 생각하 는데요. 낙오자라고 나불거리고 다니는 짓은 이제 그만두십시오. 당신은 분명 거짓말을 하고 있습니다. 부끄럽고 볼품없는 소설을 쓰면서, 쇼와 문단 한쪽 구석에 나타났다가는 사라지고, 다시 나타났다가는 잊히고 있는데, 얼마 전부터는 도무지 갈피를 잡지 못하고, 어학 공부를 해볼까, 일본 역사를 다시 연구해볼까 하고 있다니, 그것도 전부 거짓말입니다. 당신은 그런 자조적인 말로 사람들 앞에서 엄살을 부리면서 자기 자신의

....

5_ 「마태오복음」 6장 1절. 올바른 자선은 오른손이 하는 일을 왼손이 모르게 해야 한다.
6_ 「마태오복음」 6장 5절. 올바른 기도 또한 사람들에게 보여주기 위해 해서는 안 된다.

게으름과 오만을 어물쩍 넘기려고만 합니다. 당신처럼 평범해 보이면서도 자아가 강한 남자는 별로 없습니다. 무서울 정도로 복수심이 강한 남자입니다. 스스로 자기가 나쁜 남자에 몹쓸 놈이라고 말하고 다니면서, 그것을 바꿀 생각은 조금도 하지 않고, 잘만 되면 그대로 있고 싶다고 생각하고 있지요. 하지만 겁쟁이들이나 품는 그런 그럴싸한 생각이 너무 겉으로 드러나는 것도 보기 안 좋다고 생각해서, 꾀병을 부리듯 일부러 얼굴을 찡그리고 적절히 고통스럽다는 표정으로, 막다른 길이라는 둥 아슬아슬하게 살고 있다는 둥 하면서 신음만 하고 있습니다. 마음속으로는 그래도 나는 훌륭해, 내 작품은 길이길이 남을 거야, 하고 작은 목소리로 중얼거리면서 새빨간 혀를 내밀고 있다는 것이, 내가 당신 편지에서 받은 전체적인 인상입니다. 당신의 육체적인 피로감이나 정신적 해이, 정열의 상실을 오로지 시대의 탓으로 돌리면서, 당신의 게으름을 교묘하게 변명하여 사람들로부터 동정을 얻으려고 하고 있어요. 막다른 길에 다다르기는 했는데 그 이유는 말할 수 없다니, 그 또한 나약한 척 꾸며대는 말버릇입니다. 상당한 압박을 받고는 있지만 그것만은 꾹 참고 말을 못하겠다니, 갸륵한 말을 하는 것처럼 들리기도 하지만 대체 누가 그리도 당신을 압박한단 말입니까? 누굽니까? 다들 당신을 소중히 여기고 있지 않느냔 말입니다. 욕심이 많군요. 작가는 붓 한 자루 종이 한 장만 있으면 거기에 왕국을 창조할 수 있습니다. 당신은 자기 그림자에 벌벌 떨고 있어요. 당신은 있지도 않은 가상의 압박 속에서 끝없이 고통스러운 실패를 거듭하고 있을 뿐입니다. 우스운 노릇이지요. 쓰고 싶지만 쓸 수 없게 되었다는 것도 거짓말입니다. 지금 당신은 쓰고 싶은 것이 없을 뿐입니다. 쓰고 싶은 것이 없어지면, 변명의 여지도 없이 그걸로 끝입니다. 작가로서의 당신은 죽고 만 것입니다. 당신의 편지를 읽은 저는, 당신이 본질적인 위기에 놓였다는 것을 직감했습니다. 농담을 지껄이고 웃으면서 숨기려고만 들 때가 아닙니다. 어쩌면 자기 일에 어느 정도 만족감을 느끼고 있는 건지도 모르겠습니다. 해야 할 일은 다 했는데, 더 이상은 쓸 수 없을 것 같으니 일단은 이걸로 됐다. 이런 생각을 하고 있다면 큰 오산입니다. 당신은 이제 겨우 본보기를 교묘히 베껴낼 줄 알게 되었을 뿐입니다. 당신 작품 속에는 19세기의 완성은 찾아볼 수 있어도, 20세기의 진실이 전혀 구현되어 있지 않습니다. 20세기의 진실이란, 바꿔 말하면 오늘날의 로맨스, 혹은 근대예술이 되겠지만, 그것은 당신 작품뿐만 아니라 전 세계 어떤 작품 속에도 아직 분명히 구현되지 않았습니다. 시도했던 사람들도 있지만 이미 무참히 실패하여, 약간 떠오르는 것 같다가는 타락하고, 세상 사람들에게 사기꾼이라고 불리며, 마치 다빈치의 비행기처럼 비웃음을 받고 있습니다. 하지만 저는 믿습니다. 진짜 근대예술은 언젠가 한 무리의 천재들에 의해 반드시 멋지게 창조될 것임을. 지금까지는 존재하지 않았던 것입니다. 본보기 작품들에서 완전히 벗어나, 20세기의 자연에서 당당히 뿜어져 나오는 예술. 이는 반드시 구현될 것입니다. 그리고 저는 그 새로운 예술이, 세계 어느 나라보다도 우리 일본에 가장 먼저 아름답게 꽃피리라 믿습니다. 당신들과 당신 후배들이 그것을 창조해줄 것이라 믿습니다. 메이지 이후로 일본에 수많은 작가들이 배출되었지만, 창작은 하나도 없었다고 해도 과언이 아닙니다. 창작이라는 단어를 누가 생각해냈는지는 모르겠지만, 참 좋은 말이라고 생각합니다. 많은 사람들이 이 말을 그저 소설의 다른 이름 정도로 가볍게 사용하고 있는 것 같은데, 진짜 창작은 메이지시대 이후 아직 단 한 편도 나오지 않았습니다. 반드시 어딘가에 본보기의 그림자가 드리워져 있습니다.

그것이 애교로 받아들여지는 시대도 있었지만, 지금은 어떤 외국의 사상가나 예술가도 자기들이 가는 길을 가르쳐 주지 않습니다. 지금 세계에서 패배를 의식하지 않고 자기 일에 희미하게나마 희망을 가지고 살아가는 것은, 일본 예술가들뿐인지도 모릅니다. 행복한 일입니다. 일본은, 예술의 나라인지도 모르겠어요.

모든 것은 이제부터입니다. 저도 죽을 때까지 소설을 쓸 것입니다. 만약 저널리즘이 정부의 방침을 지나치게 고려한 나머지, 제 소설을 발표하는 것을 거부한다고 해도, 저는 묵묵히 쓰겠습니다. 발표를 하지 않더라도, 써서 남겨둘 생각입니다. 저는 분명 19세기 인간입니다. 20세기의 새로운 예술 운동에 참가할 자격이 없어요. 하지만 씨앗 하나는 확실히 남겨두고 싶습니다. 이런 사내도 있었다는 것을, 분명히 써두고 싶습니다.

당신은 철이 없어요. 여행을 떠난 것 같던데, 그것도 좋겠지요. 지금 당신에게 가장 부족한 것은 학문도 아니고 돈도 아닙니다. 용기예요. 당신은 자신의 선량함 때문에 갈 길을 잃은 거라고 했습니다. 철없는 소리지요. 작가란 모두 예외 없이 작은 악마를 한 마리씩 기르고 있는 법입니다. 이제 와서 착한 척해 봐야 아무 소용없습니다.

이 편지가 당신에게 띄우는 마지막 편지가 되지 않기를 빕니다. 안녕히.

7월 3일

이바라 다이조

기도 이치로 님 앞

삼가 아룁니다.

'도망치듯 도시를 빠져나왔습니다.' 이런 말을 아십니까? 아신다면 박장대소를 하셨겠지요. 이 말은 어느 몹시 뚱뚱하고 가여운 여성작가가 남긴 말입니다. 하지만 이 한 줄의 글 속에는 박진감이 있습니다. 그나저나 저도, 도망치듯 도시를 빠져나왔습니다. 품속에 돈 오십 엔을 넣고요.

저는 왜 이렇게 생겨먹은 것일까요? 불안과 고통의 궁지에 내몰리니 문득 시시한 농담이 떠오릅니다. 임종을 앞둔 사람의 머리맡에서 갑자기 외설스런 말을 꺼내어 깔깔거리고 웃고 싶은 충동을 느낍니다. 저는 진지합니다. 마음은 견딜 수 없이 엄숙하게 경직되어 있는데, 문득 농담이 튀어 나옵니다. 도망치듯 도시를 빠져나왔다는 것도 제 괴로움을 감추기 위한 익살이었습니다. 제 태도가 갈수록 엉망이 되어가고 있군요. 그 여성작가 분께 무례한 짓을 했습니다. 그러나 저는 지금, 이렇게 말도 안 되는 이야기를 하지 않을 수가 없습니다.

당신에게서 장문의 편지를 받고 그냥 이렇게 넘어가서는 안 되겠다 싶어서, 가방 속에 펜과 잉크, 원고용지, 사전, 성서 등을 집어넣고, 품속에는 오십 엔을, 그것도 두 번이나 지폐 장수를 세어본 뒤, 혼자서 고개를 끄덕이며 허겁지겁 우에노 역으로 달려갔습니다. 더듬거리면서 "시, 시부카와!"를 외치고는 표를 사서 기차에 오르고 나니, 어쩐지 입가에 빙긋이 미소가 떠올랐습니다. 아무래도 제가 좀 얼간이처럼 글을 쓰고 있는 것 같습니다. 고통에 잠긴 어릿광대입니다. 바다 같이 드넓은 마음으로 이해해주시기 바랍니다.

이런 누추한 산속 온천장에 들어온 지도 벌써 사흘이 다 되었지만, 얻은 것은 하나도 없습니다. 기묘하고도 멍청한 기분으로 그저 우물쭈물 하고만 있었습니다. 아무것도 할 수 없었어요. 글은 한 장도 쓰지 못했습

니다. 숙박비 걱정에 원고용지 구석에다 *끄적끄적* 숙박비를 계산해보다
가 찢어버리고, 벌러덩 누워 잠이 들고는 했습니다. 뭣 하러 이런 곳에
왔을까? 참 쓸데없는 짓을 했습니다. 가난한 집에서 태어난 저로서는
온천 여행이 거의 처음이었는데, 아무래도 아직 온천장 같은 데서 편안하
게 일을 할 수 있는 처지가 아닌 듯합니다. 숙박비가 너무 신경 쓰여서
아무것도 못하겠습니다.

　당신의 긴 편지를 읽고 무척 당황스러웠습니다. 솔직히 말씀드려서,
당신의 글귀가 구구절절 다 제게 따끔한 충고가 되었던 것도 아니었고,
당신의 우레와 같은 질타가 저를 충격으로 몰아넣었던 것도 아니었습니
다. 결코 억지를 부리려고 하는 말이 아닙니다. 당신이 편지에 쓴 말은
저도 예전부터 모두 알고 있던 것들이었습니다. 그저 당신이 저보다는
더 확신에 차서 크고 권위 있는 목소리로 단언했을 뿐입니다. 일단은
당신이 보여주신 태도야말로 귀중한 것이라는 점도, 저는 잊지 않고
있습니다. 역시 당신은 훌륭한 사람이라고 생각했습니다. 당신뿐만
아니라 당신 시대의 사람들도 보면 사유와 사유의 표현이 거의 동시에
이루어지고 있어서, 저희는 그저 어안이 벙벙하기만 합니다. 생각하는
것과 말로 표현하는 것 사이에 어떤 사소한 머뭇거림이나 술수의 흔적이
보이지 않습니다. 당신들이 말만 가지고 생각을 해온 것은 아닌지요?
사상 훈련과 언어 훈련이 정확하게 일치하도록 공부해온 것은 아닙니까?
말주변이 없고, 글을 못 쓰고, 더듬거리는 놈들에게는 사상도 없다고
생각하시는 것은 아닙니까? 그래서 당신들은 뭐든지 정확하게 단정을
짓고, 하고 싶은 말은 다 합니다. 어린아이처럼 누구나 다 아는 사실도
어깨에 힘을 주고 말을 하지요. 그게 또 저희들에게는 대단히 매력적으로
보이니까 난처한 일입니다. 저희를 뭐라고 하면 좋을까요? '생각을

느낀다'고 해야 할까요? 사유가 언어를 남겨두고 저 멀리 달려갑니다. 그리하여 언어는 언제나 당혹스러워 하고 있습니다. 다 알고 있어요. 말이 시끄러워서 참을 수가 없습니다. 그렇지, 저런 논리도 있을 수 있지, 하는 생각으로 사람들 강의를 건성건성 듣고 있습니다. 언어가 감각보다 천 리나 더 뒤떨어져 있다는 기분이 들어서 답답해 미칠 지경입니다. 주관을 언어로 정리해서 독자적인 사상 체계로 확립한다는 것이 버젓이 정설로 받아들여지고 있는 것 같습니다. 저도 한때 이를 동경했던 적이 있지만, '철학'이라는 말에 넌더리가 났습니다. 대번에 거울을 든 여대생의 모습이나 백골 같은 것이 눈앞에 떠올라 견딜 수가 없습니다. 당신 편지를 읽으면서, 당신이 생각하는 것과 당신의 언어가 빈틈없이 딱 들러붙어서 존재한다는 것을 느끼고, 이것이 언어에 의한 사상 훈련의 결과인가, 혹은 반대로 사상에 의한 언어 훈련의 성과인가 알고 싶었는데, 어찌 되었든 오랜 수련 끝에 나타난 신비한 기량임에는 틀림없다는 생각을 지울 수가 없었습니다. 당신이 '그것은 잘못되었다'라고 글로 쓰면, 마음 깊이 단 한 조각의 의심도 없이 그것은 잘못되었다고 단정하시는 것이 느껴집니다. 저희는 다릅니다. 누군가를 대단히 좋아하면서도, 녀석은 꼴도 보기 싫다고 일부러 반대로 말할 때가 많으니 어이가 없지요. 사유와 언어 사이에 작은 톱니가 세 개 네 개나 굴러가고 있습니다. 하지만 이 톱니는 미묘하게 정확하다는 것을 믿어주십시오. 저희들의 언어는 슬쩍 보면 모두 아무렇게나 무책임한 말들을 쏟아내고 있는 것처럼 들리지만, 면밀히 들여다보면 톱니바퀴가 언제나 제대로 맞물려 있습니다. 생활 방식의 차이에서 오는 것인지도 모르겠습니다. 이런 변명은 꼴사나운 짓입니다. 서글퍼졌어요. 관두지요. 제가 당신의 편지를 읽고, 폭력적이라고 할 만큼 밑도 끝도 없이 소박한 표현에 경탄을 금치 못한 것도 사실이지만, 말씀하신 의견에는 단 한 가지도 동의할 수 없었습니다. 이제 와서 무슨 소리를 하시는 건가 하는 생각이 들었습니다. 저희를 이상한 본보기 작품에 갖다 붙여서 움직이지도 못하게 했던 것이 누굽니까? 그것은 선배라는 사람들입니다. 조금만 활발하게 작품 활동을 해도, 심경이 충분하지 않다느니, 데생이 부정확하다느니, 철이 없다느니, 지레짐작한다느니, 문장이 졸렬하다느니, 규정에서 벗어난다느니, 생활이 느껴지지 않는다느니, 불결하다느니, 불손하다느니, 교양이 없다느니, 사상이 불분명하다느니, 세속적인 야심이 강하다느니, 가짜라느니, 잘난 체한다느니, 정신 상태가 경망하고 천박하다느니, 자아도취에 빠져 있다느니, 과시욕에 넘친다느니, 제멋대로라느니, 아니꼽다느니, 떠벌리라느니, 빈둥거리기만 한다느니, 온갖 말들로 저희들을 산산이 찢어발겨 놓고는, 그러면 앞으로 어떻게 하면 좋겠느냐고 누가 필사적으로 매달려서 물어보면, 그를 차내고 밀치며 의기양양하게 돌아서서는, 역시 그 녀석은 바보란 말이지, 하고 선배들끼리 술자리에서 그를 웃음거리로 만들어버리는 것 같더군요. 끔찍한 노릇입니다. 후배라는 놈들도 별 볼 일 없는 자들이어서, 그런 말들에 벌벌 떨고 있습니다. 작품은 하나같이 개성이 없고, 꿈틀거리는 재능을 모두 억누르면서, 성실함이 없이는 이룰 수 없다며 눈을 내리깔고 구석에 웅크리고 앉아, 선배들 눈치나 보면서 차분하고 솔직하고 말 잘 듣는 아이가 되려고 합니다. 타의 모범이 될 사군자나 포대화상,[7] 아침 햇살 속의 학이나, 다고노우라[8]의 후지산 같은 거나 부지런히

. . . .
7_ 중국 당나라 말기에 실존했던 것으로 전해지는 전설 속의 승려. 수묵화 속에서 불룩한 배에 커다란 보따리를 짊어지고 다니는 모습이 자주 묘사된다.
8_ 田子の浦. 시즈오카현 후지시 일대 해안으로 에도시대 해상무역으로 번성했던 곳. 『만엽집』에

공부하고 앉아서, '저는 아직도 부족한 사람입니다.' 하고 기특한 말을 해가며 한숨을 지어 보이면, 큰 지장 없이 일을 할 수 있는 상황이 되어버린다는 것입니다. 저는 믿고 있습니다. 젊은 재능은 마음껏 종횡무진하며 천상의 말처럼 이리저리 내달려야 한다고 생각합니다. 써보고 싶다고 생각한 기법은 끝까지 달려들어서 구사해 보아야 합니다. 글쓰기에 있어서 너무 많이 썼다는 말은 없습니다. 예술은 본디 화려한 것입니다. 하지만 저는 이미 너무 늦은 것 같습니다. 뼈가 굳어버렸어요. 포대화상이나 아침 햇살 속의 학을 너무 많이 썼습니다. 당신 편지를 읽으면서, 이제 와서 무슨 소리를 하나 싶었던 것도 바로 그 부분입니다. 이십년 전에 미리 확실하게 해주셨더라면! 그래도 이건 어리석은 생각입니다. 본보기를 찢어라, 20세기의 새로운 예술이 너희들 안에 있다, 하고 아무리 큰 소리로 선동을 하셔도, 저는 괴로운 표정으로 쓴웃음을 지을 수밖에 없음을 알려드리며, 그 밖에 어리석은 말들은 하지 않도록 하겠습니다. 아무래도 저는 당신과 마찬가지로 19세기 작가인 듯합니다.

이래저래 무례한 말씀만 드렸는데, 정말이지 저는 당신 편지 속에서 어떠한 깨달음도 얻지 못했지만, 그래도 당혹스럽기는 했습니다. 편지를 들고 안절부절못했습니다. 도망치듯 도시를 빠져나왔습니다. 이래서는 안 되겠다 싶어서 가방에 펜과 잉크, 원고용지를 쑤셔 넣었습니다. 왜 그랬을까요? 저는 당신이 보낸 장문의 편지에 무릎을 꿇고 말았습니다. 저 같은 놈에게 이렇게 길고 쓸데없는 편지를 보내시다니, 당신의 바보 같은 정열이 당황스러웠습니다. 만약 당신이 이렇게 긴 문장을 원고용지에 쓰신다면 상당한 원고료를 받을 텐데, 하는 저속한 감탄까지

．．．．．．．．．．．．
실려 있는 시들에도 종종 등장한다.

새어 나오더군요. 저는, 아마도 당신이 지금 지겨워 죽을 지경인가보다, 라는 생각까지 들었습니다. 저뿐 아니라 다른 사람들에게도 이런 긴 편지를 정색을 하고 쓰고 계신 것이 아닌가 싶어서, 당황스러워 어쩔 줄을 모르겠더군요. 제가 당신을 꽤나 깊이 사랑했던 모양입니다. 일상적인 편지로 당신의 아까운 정열을 이렇게 허비해도 되나 싶었어요. 저는 당신을 제 자신보다도 더 사랑합니다. 저는 괴로워졌습니다. 그러면서 당신이 몹쓸 만큼 좋은 사람이라는 생각이 절실히 들더군요. 당신은 바보천치입니다. 얼빠진 데가 있어요. 당신은 역시 일본에서 손꼽히는 인물이라는 생각이 들었습니다. 이제 그만 됐으니, 제게든, 누구에게든, 그렇게 긴 편지는 쓰지 마십시오. 넌더리가 납니다. 이제 알겠습니다. 저는 작품을 쓰겠습니다. 쓰겠어요. 도저히 당해낼 재간이 없다는 마음으로 가방 속에 펜과 잉크, 원고용지와 성서 등을 집어넣었습니다.

생각해보면 터무니없는 여행이었습니다. 무엇 하나 좋은 일이 없었어요. 오늘 밤이 벌써 사흘째인데, 단 한 장도 쓸 수 없었습니다. 첫날밤부터 실패였어요. 그 이야기를 해드리지요. 제게는 구상해둔 것이 하나도 없었습니다. 웬만하면 러브 스토리(웃고 계시는군요.) 한 편을 써보고 싶다는 생각이 마음 한구석에 어렴풋이 자리하고 있었습니다. 이 나이 먹어서 문학이란 연애의 감정을 다루는 것인지도 모른다는 생각이 들었습니다. 저의 이 답답한 마음을 여자나 좋아하면서 헤쳐 나가고 싶다고, 분수에도 맞지 않는 희망을 은근슬쩍 품어보는 밤도 있었기에, 이번 여행에서 뭐라도 힌트 하나를 얻어가야겠다는 중학생처럼 진부한 공상을 하고 있었습니다. 저는 그다지 여행을 자주 다니지는 않았기 때문에 약간 들떴던 것 같습니다. 슬픈 이야기지요. 신선하고 화려한 영감을 느끼고 싶어서, 제가 큰 실수를 했던 것입니다. 첫날 밤, 식사 준비를 하러 온 여종업원은 스물 일고여덟 살쯤 되어 보였습니다. 팔자걸음을 걷는 펑퍼짐한 여자였어요. 눈은 작고 가늘었으며, 두 볼은 빨간 것이 오카메[9] 같았습니다. 무슨 생각을 하고 있는지, 성격은 어떤지, 도무지 알 수 없는 사람이었습니다. 숙소에 손님은 많은가, 몇 월쯤이 제일 바쁜가, 그래, 언니는 이 지역 사람인가, 그렇구나, 이러면서 조금도 알고 싶지 않은 것을 애써 예의상 물어봤지만, 여종업원은 대답은 하지 않고 고개만 까딱거렸습니다. 여종업원은 물어본 것만을 분명하게 대답하고, 다른 말은 한마디도 하지 않았습니다. 애교가 없는 사람이었습니다. 저는 지겨워졌지요, 할 말도 없어졌습니다. 문득 가슴이 답답했습니다. 술병이 두 병째가 되었을 때, 무슨 바람이 불었는지 갑자기 사카타 도주로[10]가 떠올랐습니다. 예술의 길에서 갈피를 잡지 못하고 하룻밤 거짓 사랑을 해보려는데, 문득 영감이 떠오른 것이지요. 옳지 못한 일이지만 예술을 위해서는 어쩔 수 없다. 나도 실행에 옮겨보자. 그런 생각에 금세 눈썹을 치뜨고는, 이봐요, 하고 사뭇 어조를 바꾸어 불러보았습니다. 당신을 좋아합니다, 라고 했던가? 아무튼 제 스스로도 어이가 없을 정도로 어설픈 말을 하면서, 은근슬쩍 그녀의 손을 잡으려고 한 순간, 참담한 일이 벌어졌습니다. 여종업원은 "무슨 짓이야!" 하고 외마디 소리를 지르며 벌떡 일어나더니, 짐승처럼 추하고 보기 흉한 표정으로 저를 노려보며 말했습니다. "나 원 참, 어이가 없어서. 지금 때가 어느 땐데." 저는 간이 쪼그라들 만큼 놀랐고, 몹시 불쾌했습니다. "잘난

9_ 하얀 얼굴에 둥글게 부푼 볼을 가진 여성의 얼굴 혹은 가면. 고대에는 통통하고 복스러운 체형의 여성이 재앙을 막아준다는 뜻에서 미인을 상징하기도 했으나, 시대와 함께 미의식이 바뀌면서 대표적인 추녀의 얼굴을 상징하기도 한다.

10_ 坂田藤十郎. 가부키 배우. 대표적인 가부키 <신주텐노아미지마>에서 처자식이 있음에도 요정 아가씨 고하루와 깊이 사랑에 빠져 동반자살을 계획하는 지혜에 역을 맡았다.

체하지 마. 누가 너 같은 걸 진심으로 사랑하겠어?” 저도 돌변해서 이렇게 말했습니다. 그냥 “한번 시험해본 거야. 옛날에 사카타 도주로라는 대단한 배우가 있었는데 말이지,” 하고 설명을 하는데, 그 여자가 또 큰 소리로 “허튼 소리 그만해. 가까이 오지 마! 오지 마!” 하고 아우성을 치며 두 손을 가슴에 가져가면서 저 혼자 몸부림을 쳤습니다. 정말 꼴불견이더군요. 취기도 가시고 완전히 정신이 든 저는, “누가 너한테 가까이 간다고 그래. 그만 앉아. 내가 잘못했어. 후방에서 남편을 기다리는 여자들이 모두 너처럼 그렇게 정신을 바짝 차리고 살면 좋겠다.” 하고 칭찬해주었습니다. 하지만 여종업원은 그런 저를 경멸하는 표정으로 노려보며, 흥 하고 콧방귀를 뀌고 옷깃을 가다듬더니, 새침하게 일어서서 방을 나가버렸습니다. 남은 술을 홀짝거리면서 혼자서 밥을 긁어 먹는데, 바보가 된 기분이었습니다. 도주로가 이런 비참한 일을 겪으리라고는 상상도 못했습니다. 아무튼 옛날 전설처럼은 안 되나 봅니다. “무슨 짓이야!”라니 놀랐어요. 영감이니 뭐니 할 것도 없었습니다. 이래서는 분하고 부끄러워서 모양새가 안 나니, 도주로가 먼저 목을 매야겠지요. 그날 밤, 밥그릇을 치우러 온 것도, 이불을 깔러 온 것도, 그 팔자걸음은 아니었습니다. 깡마르고 지저분한 피부의 여우 같은 얼굴을 한 마흔 줄의 여종업원이었습니다. 이 여자까지 나를 수상하게 여기며 경계하고 있는 것 같아서, 할 말을 잃고 말았습니다. 그 팔자걸음이 모두에게 다 불어버린 것이죠. 그날 밤에는 저도 울화가 치밀어서 잠도 오지 않았는데, 그래도 다음날 아침에는 부끄러움도 다소 잦아들어서, 방청소를 하러 온 팔자걸음에게, “어젯밤에는 미안했네.” 하고 가볍게 웃으며 말을 건넸을 정도였습니다. 남자가 마흔이 다 되면, 수치심도 무뎌지고 뻔뻔해지나 봅니다. 십 년 전이라면 이미 그날 밤에 반미치광이가 되어 그곳을 탈출했을 테지요. 자살했을지도 모릅니다. 제가 사과를 하자 팔자걸음은 기분 나쁜 듯 인상을 쓰며 고개만 까딱했습니다. 어찌나 도도하던지. 이제 이 여자와는 말도 섞지 말자고 생각했습니다. 시시한 노릇이지요. 그날은 하루 종일 뒹굴면서 성서를 읽었습니다. 밤에도 술은 마시지 않았습니다. 혼자서 계곡 옆 바위 온천에 몸을 담그고서, "마음이 가난한 사람은 행복할까, 마음이 가난한 사람은 행복할까." 하고 몇 번이나 중얼거리다가 큰 목소리로 "일을 하자, 일을 하자, 이 바보야!" 하고 말했습니다. 그러고는 작은 목소리로 "일이 잘 되기를, 일이 잘 되기를." 하고 중얼거렸는데, 너무 쓸쓸해서 견딜 수가 없기에 캄캄한 밤하늘을 올려다보며 훨씬 더 작은 목소리로 "일이 잘 되게 해주세요, 일이 잘 되게 해주세요." 하고 속삭였습니다. 계곡 물소리만 크게 울려 퍼져서, ……계곡 물소리라는 말이 나오니, 문득 오늘 점심나절에 있었던 실패담이 떠올라 의기소침해지는 군요. 실은 오늘 점심 때 또 한 번 더 봉변을 당했습니다. 그날 아침 제가, 바위 온천 말고 모던한 서양식 욕탕에서 세수를 하고 탈의실 창문 밖을 내다보았는데, 바로 코앞에 큼직한 흙벽으로 된 여관 창고 문이 열려 있는 것이 보였고, 창고 속 깊숙한 곳까지 어스름하게 들여다보였습니다. 창고 창문에 푸른 오동나무 잎들이 비쳐서 시원해 보였습니다. 여자가 앉아 있었습니다. 안쪽에 다다미가 두 장 깔려 있었고, 간편한 옷차림을 한 소녀가 그 위에 차분히 예의 바르게 앉아 바느질을 하고 있었습니다. 나쁘진 않은데? 하고 생각했습니다. 동그란 얼굴에, 그렇게 미인은 아니었지만, 한들거리는 푸른 나뭇잎들을 등지고, 열심히 바느질을 하고 있는 고독한 모습에서, 처녀의 기품이 느껴졌습니다. 이상하게 마음이 쓰여서, 아침 먹을 때 식사를 차려온 여우 여종업원에게 창고의 소녀에 대해 물어보았습니다. 여우 종업원은 웃지도 않고, "그 아이는 이 근처 농부의 딸인데 매일 거기서 여관의 유카타나 이불을 기우는 일을 하고 있습니다. 애인이 전쟁터에 나가서 요즘은 외로워 보이네요." 하고 무뚝뚝하게 말했습니다. 내 얼굴을 똑바로 들여다보며, "이번에는 그 아이입니까?" 하고 무례한 말을 해대기에 저도 울컥 화가 났습니다. 적어도 너희들보다는 기품이 있더라고 말해주려다가, 꾹 참고 쓴웃음만 지었습니다. 점심나절, 복도의 등나무 의자에 앉아 골짜기 아래 계곡을 내려다보고 있자니, 가마가후치라는 삼 미터 정도 되는 작은 폭포 근처에 여자가 웅크리고 앉아 있는 것이 보였습니다. 자세히 보니 아무래도 아까 그 창고에 있던 사람 같아서 애가 탔습니다. 저는 쓸쓸해 보이는 사람을 볼 때마다, 제가 아무것도 해줄 수 없다는 것을 알면서도 뭔가 해주고 싶어서 어찌할 바를 모릅니다. 가만히 있을 수가 없어져요. 저는 일어나서 깔끔하게 유카타를 차려입고, 손수건으로 얼굴에 도는 기름을 닦으며, 가방 속에서 지갑을 꺼내어 품속에 넣었습니다. 여행이 익숙하지 않은 탓인지, 항상 지갑이 신경 쓰여 죽을 지경입니다. 방을 나갈 때나, 화장실에 갈 때, 온천장에 갈 때나, 산책을 나갈 때도 언제나 품속에 넣고 다닙니다. 돈이 아까워서라기보다는 잃어버리면 이래저래 귀찮은 일이 생기는 것이 싫기 때문입니다. 저는 바위 온천으로 내려와, 슬리퍼를 신은 채 가마가후치 쪽으로 아무렇지도 않다는 듯이 어슬렁어슬렁 걸어갔습니다. 여자의 뒤꽁무니나 쫓아다닌다. 그런 저급하고 품위 없는 말이 떠올랐지만, 제 경우는 다르다는 생각도 들고 해서, 마음의 가책도 느껴지지 않았습니다. 어떻게든 한마디 위로의 말을 전하고 싶었습니다. 여자는 저를 흘끗 보더니 일어섰습니다. 이때다 싶었던 저는 미소를 지으며, "매일 힘드시죠?" 하고 말해보았습니다.

여자는 "예?" 하고 잘 못 알아들었다는 듯이 고개를 갸웃거리며 저를 보더니, 당황스러워 하며 슬며시 웃었습니다. "잘 안 들려요." 빠른 물살이 성이 나서 절규하는 듯 하얀 포말을 일으키며 세차게 소용돌이 치고 있었기 때문에, 웬만큼 큰 소리가 아니고서는 들리지 않았습니다. 저는 훨씬 더 큰 목소리로, "매일 힘드시겠어요!" 하고 소리를 질렀습니다. 그러나 여전히 요란한 급류 소리에 뒤섞여 들리지 않았습니다. 여자는 당황한 듯 눈을 깜박깜박 하며 웃기만 했습니다. 저는 자포자기하는 심정으로 개가 짖듯이 다시 한 번, "매일 힘드시겠어요!" 하고 소리쳤지만, 여자는 여전히 예? 하고 되묻는 듯한 표정으로 제 얼굴을 들여다보았습니다. 저는 풀이 죽었습니다. '매일 힘드시겠다는 말이 대체 뭐라고, 도무지 영문을 모르겠네, 바보 같군.' 그런 생각이 들어서 기분이 불쾌해지기까지 했습니다. 저는 바위 위에 흩어져 춤추듯 떨어지는 물보라를 한동안 바라보다가 방으로 돌아왔습니다. 방으로 온 후에야 품속에 있던 지갑이 없어졌다는 사실을 깨달았습니다. '분명 가마가후치 근처에 떨어뜨렸어. 그래서 그 여자가 주웠을 거야.' 어쩐지 그럴 것 같다는 생각이 번개같이 들었습니다. 그 여자에게는 도벽이 있어서 주워도 모른 척하고 있을 것이다. 그런 외로워 보이는 여자들에게는 의외로 도벽이 있다. 하지만 못 본 척 넘어가주기로 하자. 이런 생각에 약간 로맨틱한 흥분을 느끼며 방을 나와 바위 온천 쪽으로 걸어 내려가는데, 지갑이 제 유카타 뒤쪽으로 돌아가 있었던 것을 발견하고 더없이 씁쓸한 웃음을 지었습니다. 저는 러브 스토리를 포기할 생각입니다. 「오십 엔」이라는 제목으로 가난을 다룬 소설을 쓰려고 합니다. 오십 엔을 가지고 여행을 떠난 가난하고 속 좁은 남자가 그 돈을 어떻게 사용했는지, 열차 삯, 전차비, 찻값, 멘소레담, 한 푼도 속이지 않고 정직하게 보고하는 소설을 쓸 것입니다. 쓸데없는 말만 늘어놓았습니다. 오늘은 집사람에게서 편지가 왔습니다. 행동을 삼가라고 쓰여 있기에 기운이 쭉 빠졌습니다. 시즈코(제 외동딸입니다. 다섯 살이에요.)도 얌전히 집을 지키고 있다고 쓰여 있었습니다. 어떻게 해서든 여기서 소설을 한 편 써가지 않으면 집 사람 볼 면목이 없어서 돌아가지도 못할 것 같습니다. 매일 밤 이렇게 너절한 행동만 하고 있으니, 어찌할 바를 모르겠습니다.

오늘밤 편지도 횡설수설(당신 말에 의하면, 거짓말투성이)하고 있네요. 방 안으로 자꾸만 풍뎅이가 들어와서 아무래도 차분하게 편지를 쓸 수가 없습니다. 이 방은 이 여관에서 제일 후진 방인 듯합니다. 장지문 그림부터가 돼먹지 못했어요. 매화 가지 한 줄기에 꾀꼬리가 여섯 마리 줄지어 앉아있는 그림입니다. 보고 있으면 화가 치밀어 오릅니다. 끔찍한 그림이에요.

구구절절 제 마음대로 아무렇게나 써보았습니다. 하나하나 읽어주시는 것 같아 황송하기 그지없습니다. 하지만 이제 더는 화를 내지 마십시오. 당신은 쉬이 화를 내셔서 탈입니다. 앞으로 그렇게 길고 당당한 편지만은 사양하겠습니다.

알고 계십니까? 저는 당신과 이렇게 편지를 주고받는 것이 무척 행복합니다. 저는 이십 년이나 젊어졌습니다. 이만 줄이겠습니다.

7월 7일 깊은 밤

기도 이치로

이바라 다이조 님 앞

기도 군.

역시 내가 한 수 위라는 생각이 드는군요. 이러니저러니 해도 일을 시작해야겠다는 마음이 든 것 아닙니까? 내가 쓴 긴 편지도 헛된 것이 아니었나 봅니다. 작가는 글을 써야 해요. 어쩌면 나도 이삼일 여행을 다녀올지도 모르겠습니다. 그때 당신이 묵고 있는 숙소에라도 들를까 생각 중입니다. 재미있는 숙소로군요. 의외로 팔자걸음이 당신과 어울릴 지도 모르겠어요. 한 번 더 말을 걸어 보는 게 어떻겠습니까? 일단 짧은 엽서를 띄웁니다. 그럼 이만.

7월 9일

이바라 다이조

기도 이치로 님 앞

안녕하십니까?

한동안 뜸했습니다. 일을 일단락 지은 뒤에 천천히 감사와 사과를 전하려고 오늘까지 미뤄두었습니다. 용서하십시오. 하기 힘든 말부터 먼저 털어놓겠습니다. 온천장 요금을 빌려주셔서 감사했습니다. 아마 이십 엔 정도 빌렸던 것으로 기억하는데, 소액우편환으로 동봉하니 받아주시기 바랍니다. 막『수세미 꽃』인세도 들어왔고 해서 저도 부잡니다. 기분 나빠하지 마시고 웃으며 받아 주십시오. 가난뱅이 주제에 이렇게 황소고집을 부리는 것도 친한 사람들에게 돈 신세를 지고 싶지 않기 때문입니다. 외람되지만 도리에 어긋나는 짓은 하지 않는다는 것이 제 유일한 자부심입니다. 그 자부심 하나로 살아가고 있어요. 부디 화내지 마시고 넣어주십시오. 당신이 산속 그 시시한 온천장에 오셨다는 말을 여종업원한테 전해 들었을 때는, 저도 모르게 허억!

하고 기묘한 소리를 내질렀습니다. 당신도 꽤나 제멋대로시더군요. 엽서로 알려주기는 하셨지만, 설마하니 정말 오실까 싶어서 믿지도 않고 있었어요. 당신 연배의 작가들은 이상할 정도로 아이처럼 정직하십니다. 제가 어이없어 하며 자리에서 일어나자, "끔찍한 방에 들어앉아 있군." 하고 학생처럼 생기 있는 말투로 훌쩍 제 방 안으로 들어오셨습니다. 생각했던 것보다는 체구가 작고 깔끔한 아저씨였습니다. 하얀 이를 슬쩍 드러내 보이며 웃으면서 "꾀꼬리가 여섯 마리 있다는 게 이 장지문인가? 정말 그렇군, 여섯 마리야. 방을 바꾸지 그러나." 하고 재빨리 말씀하셨습니다. 그때 당신, 부끄러우셨던 거 아닙니까? 부끄러움을 숨기려고 장지문 그림 이야기 같은 것을 하신 거지요? 제가 의미도 없이 "네에." 하며 인사를 했더니, 당신도 갑자기 진지해져서는 "저는 이바라입니다. 일하는데 방해해서 미안합니다." 하고, 처음으로 당신의 문장 속 울림과 같은 강하고 명쾌한 어조로 말했습니다. "아닙니다, 방해라니요." 저는 정신이 없어서 쩔쩔맸습니다. 그러고는 에헤헤 하고 비굴하게 비위를 맞추며 너털웃음을 지었던 것 같습니다. 실은 일을 방해한 정도가 아니라, 눈이 뒤집히고 그 자리에서 물구나무서기라도 하고 싶은 기분이었지요. 저는 그날 슬슬 도쿄로 돌아갈까 하고 생각하고 있던 참이었습니다. 일주일이나 있었는데 글은 한 장도 못 썼고, 숙박비가 1박에 오 엔이어서 이제 오십 엔을 내놔야 하는 것도 마음이 놓이질 않아서, '오늘쯤 계산을 하고 혹시라도 부족하면 집에 전보를 쳐야지, 바보 같은 짓을 했어.' 하고 생각하던 차였어요. 그렇게 한심한 제 자신에게 어이가 없어서 기분이 나빠져 있던 바로 그때, 당신이 우레와도 같이 갑작스럽게 나타났던 것입니다. 낯간지럽기도 하고, 기절초풍할 것 같아서, 너무 놀란 나머지 그 자리에서 엉덩방아라도 찧을 뻔했습니다.

그날 이후 그 여관에서 당신과 함께 지냈던 이틀간은 제게 있어 감탄의 연속이었습니다. 당신이 어찌나 세상만사를 다 통달하고 계시는지, 혀를 내두를 지경이었습니다. 하지만 단 한 번도 불쾌하다고 느낀 적은 없었습니다. 어쩐지 대단히 감성이 풍부하고 명랑한 분이라는 느낌을 받았습니다. 팔자걸음도, 여유도, 당신 앞에서 마치 처녀처럼 부끄럼을 타며 눈을 내리깔고 기쁜 듯 웃기에, 저는 당신의 그 수완에 남몰래 탄복하기까지 했습니다. 아무래도 도시 사람이라 그런지, 당신은 어딘지 모르게 약간 불량한 도련님 같은 자세를 취하고 있었습니다. 하지만 저는 거기에 환멸을 느끼기는커녕, 오히려 애처롭고 정겨운 어떤 청결함마저 느꼈습니다. 당신은 주눅 드는 일 없이 마음껏 노시는 분이더군요. 주위의 시선을 조금도 의식하지 않고, 그야말로 쿵쿵 발소리를 높여 노셨습니다. 논다는 것의 책임과 그에 따른 형벌을 제대로 파악하고 있었고, 달아나지도 숨지도 않는 태연함이 있었습니다. 변명할 여지도 없었습니다. 그런 까닭에 당신의 대담한 놀이는 추잡하지 않고 아름답게만 보였습니다. 우리는 항상 두려움에 떨며 마음속으로는 비겁한 자문자답을 반복하고, 궁여지책으로 괴상한 변명이나 날조하면서, 책임을 피하고 유흥의 형벌을 피하려 하기 때문에, 조금 노는 것도 대단히 보기 흉하고 야비하며 초라해 보입니다. 쉰을 넘긴 당신이 서른여덟의 저보다 훨씬 더 젊고 씩씩해 보인다는 사실은, 제게 있어 분명 경이로운 일이었습니다. 당신과 저의 이러한 차이는 부자와 가난뱅이 사이에 존재하는 생활의 괴리에서 오는 것이 아니라, 당신이 지금까지 수십 번이나 중대한 생명의 위기를 겪고 살아왔다는 데서 온 것입니다. 당신은 언제나 온힘을 다해 싸웁니다. 온힘을 다해 놀지요. 그리고 고독을 제대로 견뎌냅니다. 저는 당신이 부럽습니다.

아무리 애를 써보아도 결코 닿을 수 없는 곳이 있습니다. 멧돼지와 곰이 완전히 다른 동물인 것처럼, 인간들 중에서도 완전히 다른 삶을 사는 경우가 무척 많습니다. 멧돼지가 곰의 검은 털이 부럽다고 용을 써봤자, 결코 곰이 되지 못합니다. 저는 포기했어요. 이틀 동안 당신 옆에서 놀면서 당신에게 숙박비 신세를 지는 것도 마음이 아프고 해서, 그만 저 혼자 실례를 무릅쓰고 먼저 도쿄로 돌아왔습니다. 당신은 신슈 쪽을 둘러보러 간다고 하셨는데, 이제 선선해지기 시작했으니 도쿄로 돌아오셨을 거라고 생각합니다.

꿈만 같다는 생각이 듭니다. 이십 년 동안 하루도 당신을 잊지 않고, 당신의 문장은 하나도 빠짐없이 읽었습니다. 늘 당신 한 사람만을 목표로 노력해 왔는데, 하룻밤 흥분으로 편지를 띄우고 그런 뒤로 마치 이성을 잃은 사람처럼, 무턱대고 당신에게 달려들었습니다. 혼쭐이 나고, 뭇매를 맞으면서도, 깨갱 하며 달려들었다가, 결국은 당신과 온천장에서 함께 노는 등 생각지도 못했던 행복을 누렸던 것은, 지금 생각해보면 슬픈 꿈이었다는 기분도 듭니다. 저는 미쳤던 것인지도 모르겠습니다. 제 편지가 너무 무례했던 것도 같습니다. 저의 그런 광란에 가까운 편지에도 하나하나 장문의 답장을 해주신 선생님의 애정과 성실에, 눈시울이 뜨거워집니다. 선생님이라고 불러도 어색하지 않게 되었습니다. 제 기분이 마치 썰물 빠져나가듯 당신에게서 멀어져버린 탓인지도 모르겠습니다. 여행에서 돌아와 조금씩 작업을 해나가면서, 저는 지난 이십 년 동안 당신에 대해 가져왔던 불쾌할 정도로 열정적인 동경의 마음이 말끔히 씻겨 나갔다는 것을 깨달았습니다. 가슴속이 빈 유리병처럼 휑했습니다. 물론 당신의 작품은 제게 여전히 소중한 것입니다.

하지만 그 가치는 훨씬 더 먼 곳에 아련히 존재하는 것이라, 이 세상의 것이 아닌 듯 아름답게 빛나는 별과 같습니다. 제게서 멀어져 가버렸습니다. 저는 앞으로 별 생각 없이 당신을 선생님이라고 부를 수 있을 것 같습니다. 당신은 소중한 사람입니다. 존경이란, 이런 초라한 감정을 두고 하는 말일까요. 앞으로는 도저히 당신에게 어리광을 부릴 수 없을 것 같습니다. 당신은 천생 '작가'였습니다. 제게는 늘 촌스러운 세속인이라는 꼬리표가 붙어 있어서, '작가'라는 천사의 신분으로 다시 태어나는 것이 불가능합니다.

　제가 지금 하고 있는 작업은 구약성서 「출애굽기」의 일부를 백 장 정도의 소설로 완성하는 일입니다. 처음으로 '사소설私小說'이 아닌 소설을 쓰게 되겠지만, 그렇다고는 해도 남 이야기는 쓸 수가 없습니다. 제 주변에서 일어나는 일을 쓰고 있습니다. 지금까지 써왔던 소설 형식은 막다른 길에 들어선 데다 지긋지긋해서, 겨우 이렇게 모험적으로 새로운 형식을 시험해보게 되었지만, 어찌 되었건 오늘로 이야기의 3분의 2는 썼고, 슬슬 흐름도 타기 시작한 것 같아서, 약간은 마음이 놓입니다. 얼핏 푸른 하늘이 보이기 시작했습니다. 아슬아슬하게 궁지에 몰려서 괴로워 해보지 못한 사람은, 아무리 시간이 흘러도 푸른 하늘을 볼 수 없을 것이다. 오히려 지금은 어제까지 궁지에 몰려 있었다는 것에 감사라도 드리고 싶다는 물렁한 감상에 젖어 있습니다. 저는 배운 것이 없어서 정말 아무것도 모르지만, 성서만큼은 신문 배달부 시절부터 괴로울 때마다 펼쳐서 읽어보았습니다. 한동안 잊고 있었는데, 이번에 당신에게서 '창조주를 경외하는 것이 지식의 근본이거늘.'이라는 격언을 전해 듣고 어안이 벙벙해졌습니다. 꽤 오랫동안 성서를 잊어버리고 있었다는 생각에 당황해서, 여행을 가서도 그저 성서만 읽었습니다.

제 추악한 태도가 떠올라 괴로울 때는 성서 외에 다른 것을 읽지 않게 되었습니다. 성서의 작은 글자 하나하나가 그야말로 보석처럼 반짝반짝 빛나는 것이 신기합니다. 온천장에서 이리저리 방황만 하고 소설 한 장 쓰지 못한 것이 참으로 쓸데없는 짓인 것처럼 보이지만, 그래도 지금 생각해보면 매일 성서를 읽은 것만으로도 대단히 귀중한 여행이었다는 생각이 듭니다. 성서를 생각나게 해주신 것도, 여행을 떠나도록 권해주신 것도 모두 당신입니다. 당신에게 제 괴로움을 호소했던 것은 역시 잘한 일이었다는 생각이 듭니다. 당신이 저를 구원해주셨습니다. 이제 저는 당신에게 어리광을 부릴 수 없게 되었습니다. 진정한 존경이란, 친밀감을 없애고 거리를 둔 채 서로 쓸쓸히 마주보게 되는 것일까요. 저는 지금 태어나서 처음으로 고독합니다.

「출애굽기」를 읽다보면, 모세의 눈물겨운 노력에 가슴이 먹먹해집니다. 신성한 민족이면서도 자긍심을 잊은 채 이집트 도시의 노예라는 처지에 만족하면서, 빈민굴에서 와자하고 게으른 나날을 보내고 있는 백만의 동포들에게, 모세는 '입이 뻣뻣하고 혀가 둔한[11] 서투른 말솜씨로 이집트 탈출이라는 대 사업을 열심히 설득하고 다니다가, 오히려 사람들에게 귀찮게 하지 말라며 손가락질을 당하고, 그러면서도 그들을 꾸짖고, 달래고, 호통을 치며, 겨우 모두 데리고 이집트를 탈출하는 데 성공하지만, 그로부터 사십 년간 황야를 떠돕니다. 백만의 동포들은 자기들을 탈출시킨 모세에게 감사하기는커녕, 투덜투덜 불만을 토로하며 모세를 저주합니다. 저 놈이 쓸데없는 일을 저지르는 바람에 일이 이렇게 되었

11_ 「출애굽기」에서 모세가 여호와에게 '오 주여, 저는 본래 말을 잘 못하는 자입니다. 주께서 주의 종에게 명령하신 후에도 역시 그러하니, 저는 입이 뻣뻣하고 혀가 둔한 자입니다.'(4장 10절)에서 가져온 말. 모세의 말에 여호와는 '이제 가라. 내가 네 입과 함께 있어서 할 말을 가르치리라.'(12절) 하고 대답한다.

다, 탈출했다고 좋은 일은 하나도 없지 않은가, 아아, 생각해보면 이집트에 있었던 때가 좋았어, 노예든 뭐든 상관없잖아, 빵도 배터지게 먹고, 고기 냄비에는 오리와 파가 보글보글 끓고, 견딜 수 없다, 거기다가 술은 점심나절부터 마음껏 마실 수 있고, 목욕탕은 아침부터 문을 열지, 옷도 순면이었다고. '이집트에서 고기 냄비 앞에 앉아 배불리 빵을 먹던 그때 주님 손에 죽었더라면.'(16장 3절) 그때 죽은 놈들은 행복하지. 모세, 그 사기꾼 새끼한테 속아서 이집트를 빠져나온 뒤로 끔찍한 일만 겪고 있다. 좋은 일이 하나도 없어. '네가 이 광야로 우리를 이끌어내어 온 회중을 굶겨 죽이는구나.' 하고 더럽고 무지한 불평을 있는 대로 늘어놓으니, 모세의 마음이 어땠겠습니까? 황야에서 보낸 사십 년 동안의 이야기는 노예들의 불평불만으로 가득합니다. 그러나 모세는 결코 절망하지 않았습니다. 모세의 철통같은 정의감은 꿈쩍도 하지 않았고, 그들을 질타하고 달래가며 결국은 약속했던 자유의 땅에 도달하였습니다. 모세는 피스가 언덕 꼭대기에 올라 요르단강 유역을 가리키며, 저기가 너희들의 아름다운 고향이라고 가르쳐준 뒤 그대로 피곤에 지쳐 죽고 말았습니다. 사십 년 동안 하루가 멀다 하고 계속되었던 노예들의 불평과 모함, 무지, 이에 대한 모세의 참담한 고통을 써보았습니다. 꼭 끝까지 써보고 싶습니다. 왜 쓰고 싶은지에 대해서는 설명하기가 어렵지만, 이것만은 진지하게 써두고 싶습니다. 언젠가 온천장에서 「오십 엔」이라는 소설을 쓰겠다며 말도 안 되는 소릴 지껄였는데, 지금 생각하면 부끄럽기 짝이 없습니다. 그런 소재로 언제까지 엄살만 떨다가는 저야말로 노예 가운데 한 명이 되겠지요. 고기 냄비 곁에 책상다리를 하고 앉아서 싱글벙글 '노예의 평화'를 즐기는 것도 나쁘지만은 않을 것이라는 점도 가난뱅이로서 충분히 이해하지만, 모세의 정의로움과 초조함을 생각하면 게으름뱅이인 저도 무거운 엉덩이를 들지 않을 수 없습니다.

조금 흥분한 듯합니다. 오늘은 아침부터 생기가 넘쳐서, 욕심이나 얻는 것도 없이, 누구도 원망하지 않고, 누구도 사랑하지 않으며, 무념무상 마음이 편한 상태였는데, 당신에게 편지를 쓰면서 다시 마음 한구석이 복잡해졌습니다. 당신의 맑은 눈과 강건한 목소리가 걸핏하면 튀어나와 이 편지 속 문장을 모조리 지워버릴 것 같아서, 한 손으로는 당신의 눈과 말을 필사적으로 떨쳐내면서 나도 질 수 없다는 마음으로 한 자 한 자 온힘을 기울여 쓰다 보니, 어느새 몹시 흥분하고 말았습니다.

저는 결코 이 시대 사람들에게 교훈을 주려고 소설을 쓰는 것이 아닙니다. 그런 일은 있을 수도 없습니다. 사람들에게 무언가를 가르치거나 호령할 자격이, 제게는 없습니다. 아니, 능력이 없지요. 저는 언제나 제 자신이 느낀 감동만을 쓸 뿐입니다. 그건 그저 제가 감동을 잘 하는 사람이기 때문인지도 모르겠습니다. 아무리 작은 감동이라도 그것을 느낀 순간 소설로 쓰고 싶어지곤 하는데, 요즘 주변에 감동할 만한 일이 하나도 없다보니 한 자도 쓰지 못하고 있었습니다. 그런데 성서가 저를 구원해주었습니다. 저는 아무것도 모르겠습니다. 세상을 꿰뚫어보지도 못하겠습니다. 저는 가난한 서민입니다. 하지만 제가 느끼는 감동만큼은 언제나 정직하게 표현하고 싶습니다. 저는 창조주를 두려워하고 있습니다.

저는 훌륭한 척하는 것이 부끄러워서 견딜 수가 없습니다. 제 마음은 모세처럼 철석같은 정의감이나 사십 년간의 책임감을 가지고 있기는커녕, 그날그날의 날씨에 따라 좌지우지되다 보니 조금도 믿을 만한 것이 못 됩니다. 큰 소리로 무언가 선언하다 말고 우물쭈물하고만 있습니다.

7월 말부터 계속 비가 내려서 잉크병에까지 곰팡이가 피어 있는 것이 어쩐지 불쾌했는데, 겨우 오랜만에 날씨가 개었습니다. 바람이 시원한 걸 보면, 몰래 가을이 숨어들고 있나봅니다. 지금부터 뜰에 있는 밭을 손질할 생각입니다. 어젯밤 폭우로 옥수수가 다 쓰러졌어요.

계속해서 비가 내린 탓인지, 다시 다리가 부어서 요즘은 술도 끊었습니다. 온천은 각기병이 있는 사람에게 별로 좋지 않다고 합니다. 빨리 좋아져서 어서 술이나 두세 병 들이켜고 싶습니다. 술을 마시지 않은 밤이면, 누워서도 쓸쓸해서 견딜 수가 없습니다. 땅 속 저 깊은 곳에서 희미하게, 그러나 분명하게 누군가 절절히 우는 소리가 들려와서 무섭습니다.

그 외의 제 일상생활은 달라진 것이 아무것도 없습니다. 모든 것이 전과 같습니다. 마음은 항상 움직이고 있지만요.

당신께 이렇게 긴 편지를 띄우는 것도 이번이 마지막이지 싶습니다. 당신을 향한 올곧은 존경심은 변함없겠지만, 당신을 사랑하고, 혹은 당신에게 어리광을 피우는 일이 불가능해졌습니다. 어쩐지 그렇게 되었습니다. 저는 당신과는 확실히 다른 길을 걷고 있는 듯합니다. 당신은 아름다운 작가입니다. 수련처럼 아름답지요. 저는 그런 아름다움을 평생 잊지 못할 것입니다. 그래도 저는 수련이 피어 있는 그 연못에서 조금씩 멀어져 가겠습니다. 저는 얼굴을 가리고 걷고 있는 동물과도 같습니다. 제게는 미학이 없습니다. 인생에 대한 감상만 있지요. 저는 앞으로 멋없는 작품들만 써나갈 것 같다는 생각이 듭니다. 어쩐지 깊은 절망감에 빠지는군요.

당신이 보내주신 편지는 평생 잃어버리지 않고 소중히 간직하겠습니다.

많은 것들을, 용서해주시기를. 부디 안녕히.

8월 16일

기도 이치로

이바라 다이조 님 앞

안녕하십니까?

무슨 소리인지 도무지 이해할 수 없는 편지를 받았습니다. 이십 엔은 확실히 돌려받았습니다. 저라고 당신에게 돈을 던져주는 식의 무례한 행동을 할 생각은 아니었습니다. 돌려받을 생각이었어요. 게다가 제가 돈이 남아돌아서 처치곤란일 정도로 백만장자인 것도 아니고, 돌려받아서 다행이었습니다. 당신네는 어떤지 모르겠지만, 우리 집에는 오래전 진 빛이 남아있어서 월말에 자금 사정이 매우 좋지 못합니다. 우리 중에 어느 쪽이 가난뱅이인지 누가 알겠습니까? 당신은 입만 열면 가난뱅이, 가난뱅이 하면서 비참해하는 것 같은데, 에고의 자기방어가 아니길 바랄 뿐입니다. 도리에 어긋난 짓은 하지 않는다는 게 유일한 자랑인 것 같던데, 무리하게 사람을 사귀고 싶지는 않다는 치사한 마음이 내면에 숨겨져 있는 것 아니겠습니까? 저는 가난뱅이 근성을 싫어합니다. 우물쭈물 주눅이 들어서 사람들 눈치만 보고 있군요. 저는 당신에게 존경 따위 받고 싶지 않습니다. 서로 아무 허물없이 함께 놀고 싶어요. 그것뿐입니다.

당신은 인정머리 없는 사람입니다. 항상 뭔가 득을 보고 싶어서 안달이 나 있는데, 그런 신경질적인 성격은 차마 눈뜨고 볼 수가 없더군요. 누군가에게 편지를 쓰거나, 여행을 가거나, 성서를 읽거나, 여자와 놀거나, 나와 농담을 하는 것, 모든 것이 당신이 하는 일에 직접적으로 도움이 되도록 버둥거리며 계획을 짜놓고 있으니, 당신에게는 배겨낼 재간이 없습니다. 그렇게나 '걸작'이 쓰고 싶은 것이로군요. 걸작을 써서 조금은 성자 흉내를 내고 싶은 것이겠지요. 멍청하기는.

저는 당신에게 '작가는 글을 써야 한다'고 몇 번이나 충고했습니다. 그것은 결코 걸작 한 편을 쓰라는 의미가 아니었습니다. 한 편 쓰고 나면 죽어도 좋을 법한, 그런 걸작은 세상에 없습니다. 작가는 길을 걷듯 언제나 글을 써야 한다는 것을 말하고 싶었을 뿐입니다. 생활을 하는 듯이, 호흡을 하는 듯이, 끊임없이 걸어가야 합니다. 어디까지 가면 한숨 돌리고 쉴 수 있을까, 이걸 한 편 쓰고 나면 어깨에 힘 좀 빼고 놀아도 되겠지. 그런 것은 학교 시험공부 때나 통하는 안이한 생각입니다. 작가라는 직업을 얕잡아 보고 있어요. 지위나 자격을 얻기 위해서 작품을 쓰는 것은 아니겠지요. 살아가는 것과 같은 속도로, 조바심도 내지 않고, 게으름도 피우지 않고, 쉼 없이 글을 써야 합니다. 졸작이니, 걸작이니, 범작이니 하는 것은 훗날 사람들이 알아서 결정할 일입니다. 작가가 뒤돌아서 그 평가에 참여하는 것은 웃기는 짓이지요. 작가는 묵묵히 걸어가면 되는 것입니다. 오십 년, 육십 년, 죽을 때까지 걸어가야 합니다. 한 편이라도 '걸작'을 쓰겠다며 안간힘 쓰는 것은 도망갈 구멍을 만들어놓는 사람이나 할 짓입니다. 그걸 쓰고, 쉬고 싶다. 자살하는 작가들 중에는 이런 걸작 의식에 희생당하는 자들이 많은 듯합니다.

요즘 들어 당신이 글을 쓸 마음이 생겼다고 하니 저도 힘이 납니다. 멈추지 말고 계속 쓰십시오. 하지만 모세 한 편으로 당신이 위기를 완전히 뛰어넘었다고 믿는다면 오산입니다. 소설 한 편으로 승부를 보려는 생각은 버리는 게 좋습니다. 우리는 루비콘강을 건너는 영웅이 아닙니다. 이번에 당신이 쓸 소설은 재미있을 것 같습니다. 과연 사십 년 황야에 대한 의식은 분명하더군요. 당신이 느낀 감흥을 중심으로 자유롭게 쓰십시오. 당신쯤 되는 작가의 소설에는 성공도 실패도 없는 법입니다.

온천장의 여종업원들은 제가 본 바에 따르면, 당신을 무척 좋아하고 있는 것 같았습니다. 하지만 당신 편지를 읽어보면, 이래저래 큰 수치를 겪은 사람처럼 말하더군요. 거짓말만 하고 있어요. 당신은 짐짓 자신을 비참하게 묘사하는 것을 즐기는 듯합니다. 그만두십시오. 저금통장을 마루 밑에 숨겨두고 있는 것과 다를 바 없는 심경입니다. 그 창고 안 소녀하고도 매일 밤 산책을 하고 있지 않았습니까? 여종업원들이 다 그렇게 말하더군요. 키스 정도는 한 게 아니냐고. 역시, 당신들은 추잡하 게 노는군요.

이제 더 이상 제게 편지를 안 보내신다고 했는데, 저는 아무래도 상관없습니다. 우정은 의무가 아니니까요. 또 편지하고 싶어지면 보내십 시오. 말하자면, 저는 당신이 하는 말을 믿지 않습니다. 당신이 무슨 말을 하는지 이해가 잘 안 갑니다.

분명히 말하지만, 저는 그 온천장에서 당신과 노는 게 그렇게 지루할 수가 없었습니다. 당신은 작가랍시고 우쭐대고 있더군요. 틈만 나면 당신과 나를 저울질하면서 비교하고 말이에요. 쓸데없는 짓이지요.

제가 욕을 너무 많이 해서 당신이 또 소설을 쓰지 못하게 되면 안 되니, 끝으로 당신을 기쁘게 해줄 말을 한마디만 덧붙이겠습니다.

'천재란, 언제나 자신에게 가망이 없다고 여기는 사람들이다.'

지금 웃고 있겠군요. 총총.

쇼와 16년[1941년] 8월 19일
이바라 다이조
기도 이치로 님 앞

太宰治

「누구」

1941년 12월, 『지성知性』에 발표된 작품이다.

'모든 예술가의 본성은 사탄'(「여자의 결투」, 도서출판 b, 다자이 전집 제3권 수록)이라고 했던 다자이는 '작가로 사는 삶'과 '악惡'에 대해 어떤 생각을 가지고 있었을까?

예수께서 제자들과 함께 카이사리아 필리피 마을을 향해 길을 떠나시면서, 제자들에게 물으셨다. "사람들이 나를 누구라고 하느냐?" 제자들이 대답하였다. "세례자 요한, 혹은 엘리야, 혹은 예언자 가운데 한 사람이라고 합니다." 예수께서 다시 물으셨다. "너희는 나를 누구라고 하느냐?" 베드로가 대답하였다. "스승님은 그리스도, 신의 아들이십니다."(마르코복음 8장 27절)

대단히 위험한 부분이다. 예수는 고뇌 끝에 자아를 상실하고 불안해진 나머지, 무지몽매한 제자들에게 "내가 누구냐?" 하고 이상한 질문을 던졌다. 무지몽매한 제자들의 답변 하나에 의지하려 들었다. 하지만 베드로는 믿고 있었다. 우직하게 믿고 있었다. 예수가 신의 아들임을 믿고 있었다. 그랬기에 태연히 대답할 수 있었다. 예수는 제자들이 알려준 덕분에 마침내 자신의 숙명을 깨달았다.

20세기를 살아가는 아둔한 작가들의 처지도 이와 닮은 구석이 있다. 그러나 결과는 완전히 달랐다.

어느 가을밤, 그분께서 학생들과 함께 이노카시라 공원[1]을 향해 길을 떠나시면서, 학생들에게 물으셨다. "사람들이 나를 누구라고 하느냐?"

학생들이 대답하였다. "가짜, 혹은 거짓말쟁이, 혹은 덜렁이, 혹은 주정뱅이 가운데 한 사람이라고 합니다." 그분께서 다시 물으셨다. "너희는 나를 누구라고 하느냐?" 낙제생 한 명이 대답하였다. "스승님은 사탄, 악의 아들이십니다." 그분께서 놀라 말씀하셨다. "잘 가게, 이쯤에서 헤어지지."

나는 학생들과 헤어져 집으로 돌아오면서, 내심 학생들 말이 너무 심했다는 생각에 영 마음이 편치 않았다. 하지만 낙제생이 던진 그 예리한 말을 싹 무시해버릴 수도 없었다. 그즈음 나는 나의 정체성을 완전히 상실한 상태였다. 내가 누구인지 알 수 없었다. 뭐가 뭔지 도무지 분간이 가지 않았다. 일을 해서 돈이 들어오면 놀았다. 그걸 다 쓰면 일을 하고, 약간 들어오면 또 놀았다. 그런 짓을 반복하던 어느 날, 문득 이런 생각에 몸서리가 쳐졌다. 나는 대체 누구인가? 이것은 사람의 생활이 아니다. 가정도 무의미했다. 미타카에 있는 작은 집이 내 작업실이었다. 이곳에 틀어박혀서 한 차례 작업을 끝마치고 나면, 허둥지둥 미타카를 떠났다. 도망치는 것이었다. 여행을 떠났다. 하지만 여행을 떠나도 내 집은 어디에도 없었다. 여기저기 헤매면서도 항상 미타카만 생각했다. 미타카로 돌아오면, 또다시 여행지의 하늘을 동경했다. 작업실은 비좁았다. 하지만 여행을 떠나도 마음이 허전했다. 언제나 방황했다. 앞으로 나는 어떻게 되는 것일까? 나는 인간도 아닌 것 같다.

"말이 너무 심하잖아." 빈둥거리면서 신문을 보던 나는 부아가 치밀어 올라, 옆방에서 바느질을 하던 집사람이 들으라고 큰 소리로 말했다.

· · · · · · · · · · · ·

1_ 도쿄 미타카 시 일대에 위치한 대규모 공원. 1939년 미타카로 이사 온 다자이는 집에서 도보 20분 거리에 있던 이 공원으로 산책 나가는 것을 즐겼다. 훗날 그가 강에 몸을 던져 생을 마감했던 지점도 이 공원으로 향하는 산책길 중간 즈음에 위치해 있었다.

"나쁜 놈 같으니."

"무슨 일이세요?" 집사람이 걸려들었다. "오늘밤은 일찍 들어오셨네요."

"일찍 왔지. 이제 다시는 그런 놈들하고 같이 안 다닐 거야. 아주 괘씸한 말을 하더라고. 이무라 녀석이 말이야, 나보고 사탄이라고 지껄이더군. 나 원, 어이가 없어서. 자기는 이 년 연속으로 낙제나 하고 있는 주제에. 나한테 그런 말을 할 처지도 아니면서 무례하기 짝이 없어." 밖에서 뺨 맞고 들어와 집에서 고자질하는 겁쟁이 꼬마를 닮았다.

"당신이 다 받아주니까 그러는 거예요." 집사람은 즐겁다는 투로 말했다. "당신이 학생들을 늘 다 받아주니까 몹쓸 행동들을 하는 게지요."

"그런가?" 의외의 충고였다. "그런 말 마. 전부 받아주고 있는 것처럼 보여도, 다 생각이 있어서 그러는 거라고. 당신한테서 그런 말을 들으리라고는 생각지도 못했어. 당신도 날 사탄이라고 생각하고 있는 거 아니야?"

"글쎄요." 조용해졌다. 진지하게 생각하는 것 같았다. 조금 있더니, "당신은요,"

"그래, 말해봐. 뭐라도 좋으니 말 좀 해줘. 생각나는 대로 말해줘." 나는 방바닥에 대자로 드러누우며 말했다.

"게으름뱅이예요. 그것만은 확실해요."

"그래?" 기분이 별로 좋지 않았다. 그래도 사탄보다는 조금 나은 것도 같았다. "사탄은 아닌 거지?"

"하지만 게으름뱅이도 도가 지나치면 악마처럼 보이기도 해요."

어느 신학자의 설에 따르면, 사탄은 원래 천사였고 천사가 타락하면서 사탄이 됐다는데, 어쩐지 꿈보다 해몽이 좋은 것 같다. 사탄과 천사가

동족이라니, 위험한 사상이다. 나는 사탄이 그저 귀여운 갓삐[2]라고 생각하지는 않는다.

사탄은 신과 싸워도 좀처럼 지지 않을 정도로 꽤 힘이 센 대마왕이다. 내가 사탄이라니, 말도 안 되는 소리다. 이무라 군에게 그 이야기를 들은 지 벌써 한 달이 지났는데, 아직도 신경이 쓰여서 사탄에 관한 여러 전문가의 설을 이리저리 뒤져보았다. 내가 결코 사탄이 아니라는 확실한 증거를 찾아내고 싶었다.

사탄은 보통 악마라고 번역하는데, 어원은 히브리어의 사탄, 혹은 아랍어의 사탄, 사타나에서 왔다고 한다. 나는 히브리어, 아랍어는 물론, 영어도 제대로 읽을 줄 모를 정도로 공부를 안 하는 사람이어서, 이런 학술적인 이야기를 하자니 쑥스럽기 그지없지만, 그리스어로는 디아볼로스라고 한다. 확실하지는 않지만, 본래 사탄의 뜻은 '밀고자' '반항자'라고 한다. 디아볼로스는 그 말을 그리스어로 번역한 것이다. 사전을 펼쳐보고 방금 안 사실을 마치 내 지식인 양 자신만만하게 떠벌이는 것도 참 괴로운 일이다. 짜증이 난다. 하지만 내가 사탄이 아니라는 사실을 증명하기 위해서는 싫더라도 조금 더 이야기해야 할 것 같다. 사탄이라는 말의 최초 의미는 신과 인간 사이에 찬물을 끼얹어 서로 기분을 상하게 만든 뒤, 그 둘 사이를 갈라놓으려는 존재라는 데 있다고 한다. 구약시대에는 사탄이 신과 대적할 만큼 힘이 세지는 않았다. 구약에서는 사탄이 신의 일부라고 할 정도였다. 어느 외국 신학자는 구약 이후 사탄에 대해 다음과 같이 기록하고 있다.

'유대인들은 오랜 기간 페르시아에 살면서 새로운 종교 조직을 알게

2_ 河童. 전설 속 동물로, 어린아이 체구에 거북이 등, 개구리 손을 가졌으며 물가에 산다.

되었다. 페르시아인들은 자라투스트라, 혹은 조로아스터라고 하는 위대한 교주를 믿고 있었다. 자라투스트라는 모든 인생을 선과 악 사이에 일어나는 끝없는 투쟁이라고 믿었다. 유대인들에게는 이것이 대단히 새로운 사상이었다. 그때까지 유대인들은 여호와라 불리는 만물의 유일한 왕만을 인정하고 있었다. 그들은 매사가 잘 안 풀리거나, 싸움에서 패하거나, 병에 걸리는 등 불행이 닥치면, 그것이 모두 자기들의 신앙이 부족했기 때문이라고 믿고 있었다. 오직 여호와만을 두려워했다. 일찍이 그들에게 죄가 악령 혼자 단독으로 저지른 유혹의 결과물이라는 생각은 없었다. 그들이 보기에는 에덴동산의 뱀이나 제멋대로 신의 명령을 어긴 아담과 이브가 나쁘기는 매한가지였다. 유대인들은 자라투스트라의 교리에 영향을 받아, 여호와에 의해 완성된 그 모든 선善을 뒤집으려는 또 하나의 영적 존재를 믿기 시작했다. 그들은 그것을 여호와의 적, 다시 말해 사탄이라고 이름 붙였다.'

정말 간단명료한 설이다. 사탄이 서서히 강력한 혼으로 등장할 준비를 갖추고 있다는 것을 알 수 있다. 신약시대에 이르러, 사탄은 당당히 신과 대립하고 종횡무진 미쳐 날뛰었다. 사탄은 신약성서의 각 페이지에서 다음과 같은 다양한 이름으로 불리고 있다. 일본 가부키에서는 본명 외에 다른 이름이 있다는 것이 악당을 의미하는 말로 쓰이지만, 사탄의 별명은 두세 개가 아니다. 디아볼로스, 빌리얼, 베르제블, 악귀의 머리, 이승의 군주, 이승의 신, 호소하는 자, 시험하는 자, 나쁜 놈, 살인자, 거짓의 아버지, 망자, 적, 거대한 용, 늙은 뱀 등등. 다음은 일본에서 유일하게 믿을 만한 신학자, 쓰카모토 도라지³ 씨의 설이다.

. . . .
3_ 塚本虎二(1885~1973). 교회를 배제한 채 오직 성서를 읽고 믿으며 신앙을 가졌던 기독교 무교회파의 전도자.

'명칭에서 어느 정도 추측할 수 있듯이 신약의 사탄은 어떤 의미에서는 신과 대립하고 있다. 즉, 하나의 왕국을 가지고 그것을 지배하며 신이 그러하듯 종을 두고 있다. 악귀들이 그의 신하다. 그 나라가 어디에 있는지는 확실하지 않다. 하늘과 땅 사이(에페소서 2장 2절)인 듯도 하고, 하늘(에페소서 6장 12절)인 듯도 하며, 혹은 땅 밑(요한묵시록 9장 11절, 20장 1절 이하)인 듯도 하다. 어찌 되었든 그는 지상을 지배하면서, 사람들에게 가능한 한 많은 악을 전하려 한다. 그는 인간을 지배하고, 인간은 태어나면서부터 그의 권력 아래에 있다. 그러므로 '이승의 군주'이자, '이승의 신'이며, 각국의 모든 권력과 영화를 누리고 있다.'

이로써 낙제생 이무라 군의 설은 논리적으로 완전히 무너졌다. 이무라의 설은 완벽한 오류였다는 것이 입증되었다. 거짓말이었던 것이다. 나는 사탄이 아니었다. 좀 이상한 말이지만, 사탄이 될 정도로 훌륭하지 않다. 이승의 군주이자, 이승의 신이고, 세상 모든 권위와 영화를 누리고 있는 듯 보이는 사탄을 나와 비교하다니, 말도 안 된다. 나는 미타카에 있는 지저분한 꼬치 집에서도 경멸을 당하고, 권위가 있기는커녕 꼬치 집 여종업원에게 구박을 당해 안절부절못한다. 나는 사탄에 견줄 만한 거물이 못 된다.

이렇게 안도의 한숨을 내쉰 순간, 또 다른 불안감이 나를 휘감았다. 이무라 군은 왜 나를 사탄이라고 불렀던 것일까? 설마하니 내가 무척 착한 사람이라고 말하고 싶어서 '당신이 사탄이다'라는 말을 꺼내지는 않았을 것이다. 내가 나쁜 사람이라고 말하고 싶었던 것이다. 하지만 나는 결코 사탄이 아니다. 이승에서 권위와 영화를 누리고 있지도 않다. 이무라 군은 틀렸다. 그는 낙제생인 데다 공부도 하지 않는 놈이라, 사탄이라는 말의 진짜 의미도 모른 채 그저 나쁜 사람이라는 의미로 그 단어를 쓴 것이다. 나는 나쁜 사람일까? 내게는 그것을 확실히 부정할 수 있을 만큼의 자신도 없었다. 사탄은 아니더라도 그 밑에 악귀라는 놈들도 있다. 이무라 군은 나를 사탄의 머슴인 악귀라고 하려다가, 모르는 게 죄라고 사탄이라 말해버린 것인지도 모른다. 성서 사전에 의하면, "악귀란 사탄을 추종하며 함께 타락하는 영물로, 사람을 원망하고 있어서 그들을 더럽히려는 마음이 강한데, 그 수는 상당히 많다."라고 되어 있다. 상당히 불쾌한 존재다. '제 이름은 레기온[4]입니다. 수가 많기 때문입니다.' 하고 딴전을 피우다가 예수께 혼이 나서, 서둘러 이천 마리의 돼지 무리에 혼이 옮겨가서 걸음아 날 살려라 하고 도주하다가 절벽에서 굴러떨어져 바다에 빠진 것도 이놈들이다. 형편없는 녀석들이다. 아무래도 닮았다. 닮은 것 같다. 사탄을 추종하는 부분이 나하고 꼭 닮았다. 나의 불안은 극에 달했다. 나는 내 삼십삼 년 생애를 구구절절 돌이켜보았다. 안타깝게도, 있었다. 사탄에게 넘어간 시기가 있었다. 생각이 거기까지 미치자, 나는 견딜 수가 없어져서 곧장 한 선배의 집으로 달려갔다.

"갑작스레 죄송합니다만, 제가 오륙 년 전쯤 돈 좀 빌려달라고 편지를 보냈는데, 그 편지 아직 가지고 계십니까?"

선배가 즉시 대답했다.

"가지고 있네." 선배는 내 얼굴을 똑바로 쳐다보며 웃었다. "슬슬 그런 편지들이 신경 쓰이기 시작했나보군. 나는 자네가 부자가 되면

4_ 군대, 연대라는 뜻을 가진 악령들의 집합체. 「마르코복음」 제5장에 한 광인이 등장하는데, 그는 밤낮으로 묘지와 산을 돌아다니며 소리 지르고 돌로 제 몸을 찧었다. 그와 마주친 예수가 "네 이름이 무엇이냐?" 하고 묻자, "제 이름은 군대(레기온)입니다. 수가 많기 때문입니다." 하고 답한다. 그러자 광인의 몸속에 있던 악령들이 근처에 있던 돼지들 몸속으로 들어가더니 절벽에서 뛰어내려 물에 빠져 죽는다.

그 편지를 자네에게 가져가서 협박을 할 작정이었지. 끔찍한 편지였어. 거짓말투성이였네."

"알고 있습니다. 그 거짓말이 얼마나 교묘했는지, 그걸 확인해보고 싶습니다. 잠깐만 보여주십시오. 잠깐이면 됩니다. 걱정 마십시오. 몰래 가지고 달아나지는 않겠습니다. 잠깐만 보고 금방 돌려드릴 테니까요."

선배는 웃으면서 작은 상자를 가져오더니, 한동안 뒤져본 후 편지 한 통을 꺼내어 나에게 내밀었다.

"협박을 하겠다는 건 농담이었네. 앞으로는 조심하게."

"알고 있습니다."

이하, 그 편지의 전문이다.

—○○형. 제 생애 처음이자 마지막으로 드리는 부탁입니다. 사방팔 방으로 힘을 써봐도 좋은 방법이 떠오르지 않더군요. 대여섯 번이나 편지지를 넣다 빼다 하다가 겨우 편지를 씁니다. 제 마음을 이해해주시기 바랍니다. 이달 말까지 반드시 갚을 테니까, ○○댁 근처로 가서 이십 엔, 어려우시다면 십 엔이라도 좀 빌려달라고 부탁해주시겠습니까? 형에게 폐를 끼치는 일은 절대 없을 것입니다. "다자이가 실수를 해서 형편이 조금 어려운 모양이니, ……" 하고 말씀을 드리면서 빌려달라고 해주십시오. 3월 말까지는 반드시 갚겠습니다. 돈도 보내실 겸 놀러도 오실 겸 해서, 돈을 갖고 이쪽으로 와주신다면 그보다 더 기쁜 일은 없을 것입니다. 뻔뻔하네, 버릇없네. 제멋대로네, 건방지네, 한심하네, 등등 어떤 질책을 하셔도 달게 받을 각오가 되어 있습니다. 지금 일은 하고 있습니다. 이 일이 끝나면 돈이 들어옵니다. 하루라도 빨리 돈이 마련되면 좋겠는데요. 20일에 필요한 돈이지만요. 늦어지실 것 같으면

제가 어떻게든 해보겠습니다. 부디 잘 좀 봐주셔서, 꼭 도와주시기를 부탁드리겠습니다. 더 이상 말씀드릴 힘이 없습니다. 자세한 내용은 만나서 이야기하지요. 3월 19일. 오사무 드림.'

뜻밖에도 이 편지에는 선배의 평이 군데군데 붉은 글씨로 적혀 있었다. 괄호 안에 쓴 것이 선배의 평이다.

—○○형. 제 생애 처음이자 마지막으로 드리는(인간이 저지르는 모든 행위는 생애에 단 한 번 있는 일이지.) 부탁입니다. 사방팔방으로 힘을 써봐도(우선, 서너 명이라도 만나보기나 했는가?) 좋은 방법이 떠오르지 않더군요. 대여섯 번이나 편지지를 넣다 빼다 하다가(이 부분은 사실이 아니야.) 겨우 편지를 씁니다. 이런 제 마음을 이해해주시기 바랍니다.(이해는 가지만 조금 수상쩍군.) 이달 말까지 반드시 갚을 테니까, ○○댁 근처(근처라는 말은 말이 안 되는데?)로 가서 이십 엔, 어려우시다면 십 엔이라도 좀 빌려달라고 부탁해주시겠습니까? 형에게 폐를 끼치는 일은 절대 없을 것입니다.(이 또한 진실이 아니며 믿음도 안 간다.) "다자이가 실수를 해서 형편이 조금 어려운 모양이니, ……." 하고 말씀을 드리면서(말씀을 드리면서 라니 웃기는군, 무례하기 그지없어.) 빌려달라고 해주십시오. 3월 말까지는 반드시 갚겠습니다. 돈도 보내실 겸 놀러도 오실 겸 해서, 돈을 갖고 이쪽으로 와주신다면(자기는 움직일 마음도 없으면서, 정말 무례하네.) 그보다 더 기쁜 일(기쁘다는 건 사실이겠지만 이놈도 완전히 끝났군.)은 없을 것입니다. 뻔뻔하네, 버릇없네. 제멋대로네, 건방지네, 한심하네, 등등 어떤 질책을 하셔도 달게 받을 각오가 되어 있습니다.(각오하는 건 좋지. 자기 처지는 제대로

알고 있군. 하지만 알고만 있을 뿐.) 지금 일은 하고 있습니다. 이 일이 끝나면(이 부분은 동정이 가기도.) 돈이 들어옵니다. 하루라도 빨리 돈이 마련되면 좋겠는데요. 20일에 필요한 돈이지만요.(일수는 과장된 듯, 요주의.) 늦어지실 것 같으면 제가 어떻게든 해보겠습니다.(허세일 뿐. 사람을 우롱하는 데도 정도가 있지.) 부디 잘 좀 봐주셔서, 꼭 도와주시기를 부탁드리겠습니다. 더 이상 말씀드릴 힘이 없습니다.(신파 비극의 대사 같군. 날 바보로 아나?) 자세한 내용은 만나서 하지요.

3월 19일. 오사무 드림.(돈 빌려달라는 편지가 이보다 더 졸렬할 수는 없다. 눈곱만큼의 성의도 없다. 모든 문장이 다 거짓말.)'

"이건 좀 너무하네요." 나도 모르게 탄식을 내질렀다.

"너무했지? 정말 못 말린다니까."

"아니요, 선배님이 쓴 빨간 글씨가 너무하다고요. 제 문장은 생각했던 것보다는 괜찮은데요. 교활함이 극에 달한 편지였을 거라고 생각했었는데, 지금 읽어보니 의외로 제대로 된 내용이라 맥이 빠질 정도예요. 그나저나 선배님이 이토록 저를 꿰뚫어 보고 계셨다니, 이토록, 이렇게나." 얼간이 같은 악귀가 있을 리가 없어, 하고 말하려 했지만 말할 수 없었다. 한편으로는 내가 아직 이 선배를 속이고 있을지도 모른다는 생각이 들었기 때문이다. 내가 말을 잇지 못하자 선배는, "어디 봐, 어디." 하며 내 손에서 편지를 가져가서는,

"옛날 일이라 뭐라고 썼는지도 잊어버리고 있었어." 하고 중얼거리면서 편지를 읽다가 폭소를 터뜨렸다. 그러면서 "자네도 바보로군." 하고 말했다.

바보. 이 말에 위로를 받았다. 나는 사탄이 아니었다. 악귀도 아니었다.

바보였다. 바보 같은 녀석이었다. 생각해보니, 나는 악행을 저지르는 족족 모두에게 들켜버려서, 다들 어이없어하면서 나를 비웃어왔던 것이다. 어떻게 해도 사람들을 완벽하게 기만할 수가 없었다. 늘 꼬리가 잡혔다.

"한 학생이 저한테 말이죠, 사탄이라고 했습니다." 나는 편안히 앉아 속사정을 털어 놓았다. "부아가 치밀어 올라 참을 수가 없어서, 이런저런 궁리를 해보고 있어요. 과연 세상에는 악마나 악귀가 있을까요? 제 눈에는 사람들이 다들 선하고 약하게만 보입니다. 저는 사람들의 잘못을 비난할 수가 없어요. 그 사람이 그런 행동을 하는 것도 다 그럴 만한 사연이 있다는 기분이 듭니다. 저는 뿌리부터 나쁜 인간을 본 적이 없어요. 다들 비슷한 사람들 아니겠습니까?"

"자네에게는 악마의 기질이 있어서 보통 악에는 놀라지도 않는 걸세." 선배는 아무렇지도 않은 얼굴로 말했다. "거물 악당이 보기엔 세상 사람 모두가 물렁하고 겁쟁이 같겠지."

나는 다시 암담한 기분이 들었다. 너무하다. '바보'라는 말에 위로를 받고 기분이 좋아졌었는데, 다시 구렁텅이에 빠졌다.

"그런 것입니까?" 선배가 원망스러웠다. "그렇다면 당신도 저를 신용하지 않으시는군요. 그런 거였어요."

선배가 웃기 시작했다.

"화내지 말게. 자네는 너무 쉽게 화를 내서 탈이야. 자네가 사람들 잘못을 비난할 수가 없네 어쩌네, 예수처럼 훌륭한 말을 해대니까 슬쩍 못된 말을 해본 걸세. 뿌리부터 나쁜 인간을 본 적이 없다고 했는가? 나는 본 적이 있네. 이삼 년 전 신문에서 읽은 적이 있어. 우체통 속에 성냥불을 집어넣고, 우체통 안에 우편물이 다 타버린 것을 기뻐하던 남자가 있었지. 미친 사람이 아니었어. 목적 없는 놀이였지. 매일 여기저기 우체통 속 우편물에 불을 지르고 다녔다네."

"그것 참 끔찍하군요." 녀석은 악마다. 동정의 여지가 없다. 뿌리부터 나쁜 놈이다. 그런 놈을 본다면 나라도 엉망이 되도록 패주겠다. 사형 이상의 형벌을 내려야지. 녀석은 악마다. 그에 비하면 나는 역시 그저 '바보'일 뿐이다. 이미 여기서 결론이 났다. 나는 세상의 악마를 보았다. 녀석은 나와는 전혀 종류가 다른 인간이다. 나는 악마도 아니고 악귀도 아니다. 아아, 선배는 썩 훌륭한 것을 알려주었다. 감사하다. 그렇게 너댓새 동안은 가슴속이 탁 트인 기분이었는데, 또 일이 틀어졌다. 불과 며칠 전에 나는 또 악마! 라는 소리를 들었다. 평생 나를 따라다닐 말일까?

내 소설에는 여성 독자가 거의 없었는데, 올 9월 무렵부터 한 여성이 매일같이 편지를 보내왔다. 그 사람은 환자였다. 오랫동안 병원 생활을 해온 듯했다. 심심풀이로 일기라도 쓴다는 기분으로 매일 나에게 편지를 쓰고 있었다. 결국에는 쓸 말이 없어졌는지 이번에는 나를 만나고 싶다고 했다. 병원에 와달라는 것이었다. 나는 고민했다. 나는 내 용모와 행동을 여자들에게 보여주는 것을 그다지 좋아하지 않았다. 경멸을 당할 게 뻔했다. 거기다 화술도 형편없어서 나조차 혀를 내두를 지경이다. 만나지 않는 편이 낫다. 나는 답변을 보류하고 있었다. 그러자 그 여자가 이번에는 우리 집사람에게 편지를 띄웠다. 상대가 환자인지라 집사람도 관대했다. 언제 한번 다녀오라고 했다. 나는 이삼일 더 고민했다. 그 여자는 분명 환상을 품고 있을 것이다. 이상하고 검붉은 내 얼굴을 보고 나면, 너무 못생겨서 기절해버릴지도 모른다. 기절까지는 안 하더라도, 병세가 한층 더 깊어질 게 뻔하다. 가능하면 나는 마스크라도 쓰고서 만나고 싶었다.

여자는 계속해서 편지를 보냈다. 솔직히 말하면, 나는 언제부터인가 이 사람에게 애정을 느끼게 되었다. 드디어 며칠 전, 나는 제일 좋은 옷을 입고 병원을 찾았다. 죽을 만큼 긴장했다. 병실 문 앞에 서서, 몸조리 잘 하십시오, 그 한마디를 남기고 밝게 웃으며 곧장 나오는 거다. 그게 가장 아름다운 모습일 것이다. 나는 그대로 실천에 옮겼다. 병실에는 국화꽃이 세 송이 있었다. 여자는 어이쿠 싶을 정도로 예뻤다. 보풀보풀한 파란색 무명천으로 된 잠옷 위에 겉옷을 걸쳐 입고 있었다. 여자는 침대 위에 걸터앉아 웃고 있었다. 환자 티가 전혀 나지 않았다.

"빨리 나으십시오."라고 한마디 하고는 최선을 다해 환한 미소를 지어 보였다. 이걸로 됐다. 오래 우물쭈물하고 있으면, 상대방에게 무참히 상처만 주게 된다. 나는 재빨리 헤어졌다. 집으로 돌아오면서 마음이 안 좋았다. 상대의 꿈을 달래주는 것은 쓸쓸한 일이라는 생각이 들었다.

다음날 편지가 왔다.

"태어나서 이십삼 년이 지났지만, 오늘만큼 치욕적인 날은 없었습니다. 제가 어떤 기분으로 당신을 기다렸는지 아세요? 당신은 제 얼굴을 보자마자 휙 하고 등을 돌려서 가버리시더군요. 제 초라한 병실과 더럽고 못생긴 환자의 얼굴에 환멸을 느끼고는, 아무 말도 하지 않고 가버리셨습니다. 당신은 저를 행주 보듯 경멸하셨어요. (중략) 당신은 악마입니다."

그것이 마지막이었다.

다자이 오사무와 패러디, 그리고 로맨티시즘

정수윤

1

전집 제4권에는 저자가 1940년(31세) 11월부터 1941년 12월까지 약 일 년 사이에 발표한 작품 열두 편을 실었다. 삼십 대로 접어든 다자이가 '청춘에 결별'을 고하고 '애교도 뭣도 없는 어른들의 세상'에서 '원고 생활자'로서 글쓰기에 매진한 시기다. 이즈음 다자이는 문단에서 작가로서 대우를 받기 시작했는데, 그는 이런 상황을 다음과 같이 받아들이고 있었다.

아직 조마조마하고 불안한 여유이기는 했지만 진심으로 기뻤다. 적어도 한 달 정도는 돈 걱정하지 않고 쓰고 싶은 것을 마음껏 쓸 수 있었다. 지금 내 상황이 거짓말처럼 느껴졌다. 황홀과 불안이 교차하는 야릇한 떨림 때문에 오히려 일이 손에 잡히지 않아서 어쩔 줄 몰랐다.

―「동경 팔경」

『만년』의 「잎」에 인용된 베를렌의 '선택되었다는 황홀과 불안'이, 초기에는 '생에 대한 숙명'에 초점이 맞춰져 있었다면, 중기로 접어든 무렵부터 '작가로서의 숙명'으로 옮아가는 것을 확인할 수 있다. 그동안 실제 자신의 추억과 사건, 일기와 편지들을 소재로 많은 단편을 써냈던 다자이는, 이즈음 보다 새로운 창작 기법과 소재를 모색하고 있었다. 그의 여러 가지 시도들 가운데 이 시기 가장 두드러진 것은, 고전 작품들의 '패러디'였다.

2. 나는 햄릿이다

다자이 문학을 '패러디'라는 차원에서 읽는 것은 아마도 다자이 소설을 가장 풍부하고도 다양하게 음미할 수 있는 길일 것이다. '패러디'라는 장치를 통하여, 다자이 소설 세계의 표층에 존재하는 '이야기'뿐만 아니라, 그 배후에 생성된 허구의 공간, 더 나아가서는 '이야기' 전체를 지탱하는 구조까지도 투시해보는 독서 행위를 즐길 수 있기 때문이다.

-『다자이 오사무 사전』, 「패러디」 중에서

일본근대문학 연구자 가쿠타 료진은 다자이 문학에 있어서 '패러디'의 중요성을 이렇게 지적하면서, 다자이의 패러디 작품은 곧 '다자이 문학의 핵심으로 들어갈 수 있는 한 측면'이라고 주장했다.

다자이가 차용했던 작품들은 장르와 시대, 언어를 초월한 다양한 것들이었지만, 한 가지 공통된 것은 그것들이 한 지역에 국한되지 않고 세계적으로 막대한 영향력을 미쳤던 '이야기'라는 점이다. 서양의 고전으로는 『성서』를 비롯해, 셰익스피어, 실러, 푸시킨 등 대가들의 문학 작품과 안데르센, 그림 형제 이야기 등 동화에 이르기까지, 동양의 고전으로는 『요재지이』 등 중국의 전설 및 『만엽집』 등 일본의 고전과 하이쿠에 이르기까지, 그는 수많은 '세기의 이야기'들을 패러디하거나 번안하거나 인용했다. 언젠가는 세계 문학사에 길이 남을 위대한 작품을 쓰겠다는 '걸작에의 환영'을 품고 있었던 다자이는, 오랫동안 세계에서 사랑 받아온 작품들에 관심을 갖고 연구를 거듭했던 것으로 보인다. 이는 작가로서의 새로운 길을 모색했던 중기에 패러디 작품들이 집중되어 있었다는 것으로도 확인할 수 있다. (참고로 도서출판 b판 『다자이 오사무 전집』에서는 전집 구성상 일본 고전 패러디 작품인 『옛날이야기』, 『나의 사이카쿠』, 『우대신 사네토모』를 각각 제7권, 제8권, 제9권에 배치하였지만, 시기적으로는 중기의 작품이었음을 밝혀둔다.)

낭만주의가 성행했던 18세기 유럽에서 활발히 선보였던 패러디 문학은, 일반적으로 '풍자와 익살을 위해 저명한 작품이나 타인의 문체를 자신만의 방식으로 바꿔 새로운 의미를 부여하는 문학 장르'로 정의할 수 있지만, 다자이의 패러디는 풍자와 익살을 위한 변주곡으로서의 고전적인 패러디와는 차이가 있었다. 이를 확인해보기 위해 먼저 제4권의 표제작인 『신햄릿』을 들여다보자.

햄릿을 '행동과 사색 사이에서 오는 극심한 불균형으로 병든 사나이'라고 말한 19세기 영국의 비평가 사무엘 콜리지는 자신에게 햄릿의 기미가 있다면서 햄릿과 자신을 동일시했는데, 이러한 경향은 20세기 일본의 작가 다자이 오사무에게서도 찾아볼 수 있다. 다자이는 『신햄릿』 탈고 후 스승이었던 이부세 마스지에게 다음과 같은 내용의 편지를 보낸다.

[이 작품을 통해-옮긴이] 저의 과거를 제대로 정리해두고 싶다는 마음도 있었습니다. 그런 의미에서는 사소설私小說이라고도 볼 수 있겠습니다.

『신햄릿』 속에 자신의 과거가 녹아들어 있다는 고백이다. 우리가 『신햄릿』을 읽으면서 작품 자체의 재미는 물론이요, 작중 햄릿에게서 저자 다자이의 모습을 발견할 수 있는 이유이기도 하다. 작가가 자신의 이야기를 소설화시키는 사소설 작풍은 일본근대문학의 뿌리라고 할 수 있을 정도로 메이지시대 이후 가장 중요한 문예 형식이었다. 그간 다양한 실험적 기법을 통하여 자신의 이야기를 소설화시켜온 다자이는 『햄릿』 역시 자기 자신의 이야기로 내면화시켰는데, 이러한 기법은 1920년대 사소설을 확립시킨 시라카바 파의 중심인물, 시가 나오야志賀直哉의 단편 「클로디어스의 일기」[1](1912)와도 무관하지 않을 것이다. 당대 사소설의 흐름 속에서 '생활이 곧 작품'이라고 생각해왔던 다자이는, 『햄릿』의 패러디를 통해서도 '내가 곧 햄릿'이라는 구조를 만들어내고 있었다.

사느냐 죽느냐, 그것이 문제로다. 포악한 운명의 화살이 꽂혀도 죽은 듯 참는 것이 장한 일인가. 아니면 창칼을 들고 노도처럼 밀려드는

. . . .
1_ 연극 <햄릿>을 보고 난 시가 나오야가 햄릿의 역할에 반감을 품고 삼촌인 클로디어스의 입장을 대변한 작품. 실제로 '반항아 아들'이었던 시가는 클로디어스를 '억압하는 아버지'의 입장에서 고찰했다.

재앙과 싸워 물리치는 것이 옳은 일인가. 죽는 건 잠자는 것—그뿐이
아닌가.

—셰익스피어, 『햄릿』(신정옥 역)

무엇 하나 분명하게 옳은 것도 그른 것도 없으며, 심지어 삶과 죽음에
대한 판단조차도 확실하지 않은 극도의 허무주의. 다자이의 초기작을
읽어보면, 이러한 셰익스피어의 햄릿과 청년 시절의 다자이 사이에
이와 매우 유사한 고민의 양상을 발견할 수 있다. 일찍이 다자이 문학연구
가 오쿠노 다케오가 『만년』을 분석하면서 '햄릿 식 나르시시즘'이라고
분석했던 것과 같은 맥락이다. '선택되었다는 황홀과 불안 속에서 자신
의 숙명을 어떻게 받아들일까 고민하며 살기와 죽기를 반복했던 다자이
의 삶 속에서, 우리는 고뇌하는 햄릿의 허무를 발견할 수 있다.

참고 견디느냐, 도망가느냐, 정정당당하게 싸우느냐, 혹은 거짓부렁
타협을 하느냐, 기만하느냐, 회유하느냐, to be, or not to be, 무엇이
좋을지, 나도 모르겠어. 모르겠으니 괴로운 거야.

—다자이, 『신햄릿』

다소 소극적이면서도 무언가에 억눌린 마음을 어찌해야 할지 갈피를
잡지 못하는 청년 시절 다자이의 모습이 엿보이는 대목이다. 레어티스가
햄릿을 향해 퍼붓는 '니힐리스트, 난봉꾼, 겁쟁이, 울보'라는 말들도
세상이 다자이에게 퍼붓는 욕설을 연상시킨다. 다자이에게 있어 패러디
는 사회 풍자나 비판적 기능을 갖고 있었다기보다는, 누구나 알고 있는
대작 속에 자기 자신을 투영시켜 새로운 자기 탐구의 방편으로 삼고자

했던 새로운 스타일의 '창조적 유희'였다.

3. 고전의 수용과 로맨티시즘

그런가 하면 일본근대문학 연구가 쓰가고시 가즈오는 '다자이가 「어복기」, 「달려라 메로스」, 『신햄릿』, 『우대신 사네토모』, 『나의 사이카쿠』, 『옛날이야기』 등 고전이나 민속적인 작품 세계로 몰두하게 된 것은 단순히 패러디를 통한 자기 고찰이라는 문제에 그치는 것이 아니라, '현재'에 대한 부정적인 자세가 반영되어 있다'고 주장했다.

여기서 말하는 '현재'란, 다자이 오사무가 고전 작품을 활발히 수용하던 1940년대 전후를 이르는데, 이 시기 일본의 국제 정세로 말할 것 같으면 중일전쟁은 끝없이 계속되고 있었고, 영미와의 전면 전쟁도 피할 수 없게 된 상황이었다.

이 시대는 언론이나 문학이 국가 권력에 의해 크게 통제 받던 시기였을 뿐만 아니라, 대다수의 국민 의식이나 감정도 매우 광신적인 애국주의에 빠져 있던 때였다. 전쟁을 반대하는 글을 발표하기라도 하면 당국보다도 국민들이 먼저 화를 냈을 것이다. 이와 같은 국민감정이 많은 문학자들에게 커다란 압력으로 다가오고 있었다는 시대 상황을 인식하지 못한 채 이 시대 문학작품을 접한다면, 잘못된 해석을 하게 될지도 모른다. 문학자들에게 있어 진심으로 두려운 것은 권력에 의한 탄압보다도 열광하던 시민들에게서 비난을 받고 고립되는 것이었다. 거기에 더하여 언론통제, 종이 등 물자부족으로 인한 잡지들의 통폐합, 출판물

허가제 제정 등, 문학자들이 작품을 발표할 무대도 좁아지게 되어, 창작 활동이 대단히 어려운 상황에 몰리게 되었다. 물론 일상생활도 궁핍해졌다.

－오쿠노 다케오, 『낭만 등롱』 신초문고 해설 중에서

이러한 '현재'는 다자이에게도 큰 압박으로 다가왔으며, 그러한 현재 속의 '생활'은 다자이에게 아무런 감동도 주지 못했다.

요즘 주변에 감동할 만한 일이 하나도 없다보니 한 자도 쓰지 못하고 있었습니다.

－「바람의 소식」

국가는 통제와 압박으로, 국민은 광적인 내셔널리즘으로 무섭도록 빠르게 하나가 되면서, 다자이가 현실 세계에서 느끼는 허무함은 짙어져 갔다. 근대문학연구가 나카마루 노부아키의 말을 빌리자면, 이즈음 다자이 오사무에게는 '로맨틱한 것을 빼앗겼다는 체념과 로맨틱한 것을 계속해서 찾아나가려는 정신'이 공존하고 있었다.

다자이가 고전으로 손을 뻗었던 것도 빼앗긴 휴머니즘적 낭만을 되찾기 위함이었다고도 해석할 수 있다. '현재'에 존재하지 않는 '낭만'과 '로맨스'를 '과거'에서 찾아내고자 했던 시도는, 오랜 고전인 안데르센과 그림 형제 이야기, 『요재지이』, 바쇼와 기카쿠의 시, 치요조, 요시쓰네 전설 등등이 작품 곳곳에 흩뿌려져 있는 것을 통해서도 확인할 수 있다.

「낭만 등롱」에서는 '로맨틱한 분위기'의 이리에 집안이 등장하는데,

첫 번째 이야기 주자인 막내가 안데르센과 그림형제 이야기 등을 표절한다. 로맨틱한 라푼젤과 왕자님의 사랑이 시작되고, 아이들은 저마다 자기가 갖고 있는 사랑에 대한 생각을 담아 이야기를 엮어낸다. 할아버지는 로맨스는 술이 있어야 제격이라며 술을 마시고 가족들도 저마다 장단을 맞춰가며 이야기를 듣는다.

그러나 이러한 '로맨스의 표상'과 같은 이리에 가족의 모습은 당시 일반적인 가정과는 달랐다. 작품 속에서 다자이는 '어쩌면 의외로 그렇게 사는 것이 옳고, 우리 같은 일반 가정이 더 이상한 것인지도 모른다'며 에둘러 말하고 있는데, 이는 광신적인 애국주의에 빠져 있는 일반 가정보다는 온 가족이 모여 앉아 로맨틱한 동화를 지어내며 새해 연휴를 보내는 것이 보다 인간적이고 아름다운 것은 아닌가 하는 생각이 저변에 깔려 있었던 것으로 볼 수 있다.

「청빈담」은 중국의 옛 괴담을 엮어낸 청나라시대의 이야기집 『요재지이』 가운데 「황영」을 번안한 작품이었는데, 그 첫머리에는 다음과 같은 구절이 있다.

나의 신체제도 로맨티시즘의 발굴, 그 이상도 이하도 아닌 듯하다.

신체제는 「청빈담」이 발표되기 반 년 전 무렵부터 일본 전역에 퍼져 전쟁이 끝날 때까지 크게 유행했던 정치 운동으로, 천황을 중심으로 국민의 힘을 하나로 모으는 '새로운 체제'를 만들어 일본이 세계 권력의 중심에 서자는 파시즘 성격의 선동 운동이었다. 일본의 제국주의를 대중적으로 체제화시킨 운동이라고도 볼 수 있다. 이러한 '신체제'의 소용돌이 속에서 다자이에게 필요했던 '새로운 체제'는 오직 생활 속

감동을 가져다주는 잔잔한 로맨티시즘의 발굴이었다.

『요재지이』는 에도시대 이후 다양한 형태로 번역, 번안되었고, 아쿠타가와 류노스케도 「황영」을 「술벌레」(1920)라는 제목으로 번안해 발표했을 만큼 일본에서는 익숙한 작품이었다. 도모토 사부로와 그의 누이 기에는 국화 요정이라는 정체를 숨기고 마야마 사이노스케의 집에서 함께 국화를 기르며 살아간다. 국화 기르기가 지겨워진 사부로는 술을 마시고 사라져 한 송이 국화가 되고, 그 국화에서는 국화 향기 대신 술 냄새가 난다. 국화를 팔아 돈으로 삼거나 하는 일을 천박하게 여긴 사이노스케는 평생을 청빈하게 살아왔지만, 결국 기에 남매를 받아들이고 유유자적 살아간다.

어느 연구자는 이 작품을 두고, 누구를 위해 국화를 기르는가 하는 고민이 누구를 위해 예술을 하는가 하는 고민과 같다면서 '예술의 모순에 대한 고민'을 나타낸 작품이라고 했고, 다른 연구자는 사이노스케가 청빈을 포기하고 실생활과 타협했다고 지적하면서 「청빈담」이 '순수성의 패배'라고 비판하기도 했다. 이런 주장은 옳을 수도 있고 그를 수도 있지만, 분명한 사실은 다자이가 책상 앞에 앉아 『요재지이』의 원문을 펼쳐놓고 꼼꼼히 들여다보고 있었다는 점이다. 한 손에 사전을 들고 『햄릿』의 원문을 읽어나갔을 때처럼 말이다. 이 시기 다자이는 고전 읽기 속에서 생활의 기쁨을 발견하고, 이를 패러디하거나 번안하는 데 열중했다. 이는 감동이 없는 세상을 살면서 '로맨티시즘을 save'(「봄의 도적」, 도서출판 b판 전집 제3권) 해두기 위한 다자이 나름의 방식이었는지도 모른다.

전쟁으로 소란스러운 격변의 시기에 마치 국화 요정이 되어 사라지기라도 하려는 듯이 술을 마시기 시작하는 다자이의 모습에서도, 개인적이고 소소한 감동을 찾아나서는 로맨티스트로서의 면모가 드러난다.

술을 마시면 공상도 풍부해지고 마음이 즐거워집니다. 술이 이렇게
고마운 존재인 줄 몰랐어요. 술을 마시면 불결하게 타락할 것만 같아서
이 나이 먹도록 술을 입에 댄 적이 없었는데, 국내에 술이 조금씩 부족해
지는 시기에 허둥지둥 술을 배우기 시작했다니, 참으로 놀랄 만한 지각
생입니다. 저는 항상 지각만 했습니다. 차라리 한 바퀴 뒤져서 선두로라
도 나서볼까요? 선생을 구해서 연애 수업이라도 받고 싶은 심정입니다.
역사 공부를 해볼까요? 철학은 어떨까요? 어학도 좋고.

― 「바람의 소식」

저자 자신의 모습이 투영되어 있는 이 소설 속에도 어찌할 바를
모르고 답답해하고 있는 다자이의 모습이 엿보인다. 「청빈담」을 집필하
기 몇 개월 전에 발표한 「봄의 도적」에는 '이 세상에 더 이상 낭만은
없다. 나 혼자만 정신이상자다.'라고 호소하면서 '야망과 헌신이 넘쳐나
는 로맨스의 지옥 속으로 뛰어들어 그대로 죽어버리고 싶다!'고 외치는
장면이 나오는데, 이를 통해서도 당시 그가 얼마나 로맨스와 낭만에
굶주리고 있었는지 알 수 있다. 이 시기에 다자이가 빈번하게 고전을
패러디하고 번안했던 것은, 이러한 욕구를 향한 소박한 탈출이자, 그의
마음속 공백을 채우기 위한 행위로서도 이해할 수 있을 것이다.

4. 다자이와 일본낭만파

그렇다면 다자이의 로맨티시즘은 동시대 문예 집단이었던 일본낭만파의 로맨티시즘과 어떤 관련이 있을까. 18세기 유럽의 로맨티시즘이 권위와 이성을 강조했던 신고전주의나 계몽주의에 대한 반발로 일어났다면, 20세기 초 일본의 작가 다자이의 로맨티시즘은 프롤레타리아 문학과 전쟁으로 인한 경직된 사회 분위기에 대한 반발로 빚어졌다고 볼 수 있다. 그리고 이와 엇비슷한 반발심을 가진 작가들이 모여 『일본낭만파』라는 동인지를 만드는데, 그들 가운데 대표적인 작가가 야스다 요주로와 가메이 가쓰이치로였다.

1930년대 초까지만 해도 프롤레타리아 문학은 일본 젊은이들 사이에서 정의 구현의 중심에 있었고, 다자이를 포함해 야스다와 가메이 등 대부분의 젊은이들이 프롤레타리아 운동에 가담했다. 그러나 정부의 강력한 억압으로 프롤레타리아 작가들이 전향, 즉 자신의 생각을 버리게 되고, 이후 그들 대부분이 정치적 운동과는 관계없이 과거에 대한 회상이나 자기 성찰의 글들을 쓰게 되자, 이에 반발하는 작가들이 생겨났다.

> 작가동맹 선배들은 싸움을 포기하고 오로지 관조적인 리얼리즘의 완성을 목표로 창작 기술을 향상시키는 데만 집중하고 있었다. 거기에는 분명 정치 문제를 공공연히 입에 담을 수 없는 <시대적 제약>이 있었다. 하지만 그렇다면 왜 이 <제약>의 근본에 있는 자신의 고난을 파헤치지 못하는 것인가.
>
> ─가메이의 주장에서, 이즈 도시히코, 「『일본낭만파』와 나프」

이러한 고민 속에서 야스다와 가메이를 중심으로 탄생한 잡지 『일본낭만파』 제3호에는 자기 고난을 고스란히 표현한 다자이 오사무의

「어릿광대의 꽃」(b판 전집 제1권)이 실린다. 다자이가 제작에 직접 참여한 동인지 『푸른 꽃』의 멤버들도 잡지가 폐간되자 『일본낭만파』로 합류한다. 다자이는 「교겐의 신」(b판 전집 제1권)에서 '야스다 요주로는 눈물을 머금으며, 몇 번이나 고개를 끄덕여주리라.' 하고 그의 실명을 언급하며 친근감을 드러내기도 했고, 가메이는 다자이의 미타카 시절 이웃에 살면서 함께 낚시와 산책을 즐기던 동료 작가였다. 이러한 정황상의 접점으로 볼 때 다자이의 로맨티시즘이 초창기 『일본낭만파』의 멤버들과 맞닿은 지점은 분명 있었다. 그렇다고는 해도 이 시기 다자이의 로맨티시즘과 『일본낭만파』의 로맨티시즘은 근본적으로 다른 성질의 것이었다. 평론가이자 정치사상가인 하시카와 분소는 평론 「일본낭만파와 다자이 오사무」에서 다음과 같이 지적했다.

　　본래 일본낭만파 자체가 문학상의 집단으로서는 상당히 느슨한 존재였다는 것은 누차 언급된 바 있다. 가메이 가쓰이치로의 저술 속에서도 일본낭만파라는 집단이 서로 잘 모르는 사람들의 모임이었다는 것을 발견할 수 있고, 다자이가 곤 간이치에게 보낸 편지에 실려 있듯이 다자이 자신 또한 '나는 아직 동인 모임에 참석한 적이 한 번도 없고 동인들도 잘 모른다'고 밝히고 있다. 그러므로 「교겐의 신」 속에 일본낭만파의 '화신'인 야스다의 이름이 나오기는 하나, 이렇다 할 것 없는 문인 교제, 그 이상의 다자이와 일본낭만파의 정신을 연결시킬 만한 의미는 찾을 수 없다고 보는 편이 타당할 것이다. 적어도 일본낭만파의 본질이 광신적인 아이러니를 이용한 고답적 국수주의에 있다고 한다면, 다자이는 자질 면에서나 생활 면에서 큰 공통점이 없었다는 것이 분명해 보인다.

전쟁이 심화되면서 『일본낭만파』의 로맨티시즘은 대중을 잘못된 환상 속으로 몰아넣고 나라를 위한 희생을 강요하는 '거대 로망'으로 청년들을 물들게 했다. 그에 반해, 다자이의 로맨티시즘은 그보다는 훨씬 더 개인적이고 생활적인 면에 밀착해 있었으며, 자신의 내부에서 느껴지는 감동과 감각을 중심으로 자기 성찰을 발견해내는 '소소한 로망'에 가까웠다. 사람 사이의 관계 속에서 느껴지는 사랑과 휴머니티, 혹은 자아 내부의 고뇌와 환희, 중기로 접어든 작가로서의 개인적인 갈등과 기쁨 등이 작품의 기저에 흐르는 낭만의 중심이었다. 야스다와 가메이, 그리고 다자이는 프롤레타리아 문학이라는 같은 뿌리를 거쳐, 점차 각기 다른 면모의 로맨티시즘을 구가하며 '현실'의 '무감동'을 타개하고 있었다고 볼 수 있다.

다자이가 그러했듯이 『일본낭만파』도 고전문학에 많은 관심을 갖고 있었지만 기본적인 성격은 매우 달랐다. 가메이는 『일본낭만파』 제18호의 편집후기에서 '우리 젊은 세대들은 현대 일본의 비문화적인 조치에 맞서 무엇을 해야 할 것인가를 탐구'해야 한다면서 '동서고금을 불문하고 다양한 고전에 흐르는 혈통의 미를 현대에 어떻게 지켜내고 다시금 새롭게 구가할 것인지에 대한 의무가 있다'고 밝히고 있다. 가메이의 고전에 대한 생각에서는 '고전에 흐르는 혈통의 미'를 지켜내자는 '힘의 단결'을 위한 목적의식이 뚜렷이 드러나고 있는 데 반해, 다자이가 생각했던 고전과 낭만은 감성적 소통의 장이었다. 다자이의 수필 「하루의 고뇌」 속에서 그들과의 낭만에 대한 인식의 차이를 느낄 수 있다.

무성격, 좋다. 비굴, 괜찮아. 여성적, 그래. 복수심, 좋아. 누가 좀

띄워주면 우쭐하는 사람, 그것도 좋다. 태만, 좋아. 이상한 사람, 좋아. 귀신, 좋다. 고전적 질서를 향한 동경이든, 결별이든, 뭐든 다 몽땅그려 짊어지고 간다. 그것이 오래 사는 길이다. 그곳에 발전이 있다. 이름 하여 낭만적 완성, 낭만적 질서. 이것은 완전히 새로운 것. 사슬에 묶였다면 사슬에 묶인 채 걸어간다. 십자가를 졌다면 십자가를 진 채 걸어간다. 감옥에 갇혔다면 감옥을 부수지 않고 감옥 안을 그대로 걷는 다. 웃으면 안 된다. 우리에게는 이것 외에 다른 살 길이 없다.

―『신조』, 1938년 3월

5

이상으로 중기의 다자이 작품에서 자주 찾아볼 수 있는 패러디와 고전의 의미, 다자이에게 있어서의 로맨티시즘과 일본낭만파와의 차이 점 등을 알아보았다. 이러한 배경지식들은 다자이를 알아가는 데 도움이 될 수 있을지 몰라도 크게 중요한 것은 아니다. '결론. 예술은 나다.'라는 「동경 팔경」 속 그의 말처럼, 다자이의 작품들은 그의 생활 자체였고, 그가 곧 작품 그 자체였다. 자신이 느낀 감동을 어떻게 예술화시키느냐가 그에게 있어 가장 중요한 문제였고, 옛사람들의 고전 또한 어떻게 적절히 내면화 시키느냐가 당면한 과제였다. 그의 작품들을 읽다보면, 다자이가 자신의 내면적인 문제에 근접하면 할수록 독자에게 더욱 큰 공감을 불러일으킨다는 것을 느낄 수 있다. 그것은 성서를 패러디한 전집 제4권 의 마지막 작품 「누구」 속 다음 구절이 즐겁고 유쾌한 이유이기도 하다.

어느 가을 밤, 그분께서 학생들과 함께 이노카시라 공원을 향해 길을 떠나시면서, 학생들에게 물으셨다. "사람들이 나를 누구라고 하느냐?" 학생들이 대답하였다. "가짜, 혹은 거짓말쟁이, 혹은 덜렁이, 혹은 주정뱅이 가운데 한 사람이라고 합니다." 그분께서 다시 물으셨다. "너희는 나를 누구라고 하느냐?" 낙제생 한 명이 대답하였다. "스승님은 사탄, 악의 아들이십니다." 그분께서 놀라 말씀하셨다. "잘 가게, 이쯤에서 헤어지지."

무슨 '주의' 무슨 '학파' 등 특정한 사상을 못 견디게 싫어했던 다자이였기에, 우리가 그를 규정짓고 설명하려 하는 순간 그는 이렇게 말할지도 모른다. "잘 가게, 이쯤에서 헤어지지."

* 참고문헌 *

· 橋川文三, 『日本浪曼派批判序説』, 未来社, 1965.
· 亀井勝一郎, 『無頼派の祈り』, 審美社, 1976.
· 饗庭孝男, 『太宰治論』, 講談社, 1976.
· 奥野健男, 『太宰治論』, 新潮社, 1984.
· 東郷克美編, 『太宰治事典』, 学燈社, 1995.
· 細谷博, 『太宰治』, 岩波新書, 1998.
· 川津誠, 「日本浪曼派と日本の古典文学」, 『国文学解釈と鑑賞』 2002年 5月号.
· 伊豆利彦, 「日本浪漫派とナルプ」, 『国文学解釈と鑑賞』, 2002年 5月号.
· 『太宰治研究』, 和泉書院, 1994~2010.

옮긴이 후기

    도쿄는 다자이에게 있어 화려한 청춘의 무대였다. 친구들과 문예지를 만들고, 존경하던 작가를 찾아가고, 좌익 운동을 하고, 사랑을 하고, 실패를 하고, 술을 마시고, 약에 취하고, 세상을 원망하고, 가족을 미워하고, 세상에 애원하고, 가족에 매달리고, 하늘을 바라보고, 옛 노래를 흥얼거리다가, 이래서는 안 되지, 이건 인간의 생활이 아니지, 하나라도, 무엇 하나라도 인간다운 생활을 해야지, 마음을 다잡으며, 크게 심호흡 한 번, 뚜벅뚜벅, 그렇게 글을 쓰러 갔다. 유서를 쓰는 기분으로 『만년』을 엮어내고, 거기 싣지 않은 작품들은 모조리 불태웠다. 언어들이 연기가 되어 하늘로 날아올랐다. 그 하늘도 도쿄의 하늘이다. 그 풍경 속에 서 있는 다자이가, 내게는 가장 인상 깊은 도쿄의 한 장면이다.

    「동경 팔경」에는 도쿄로 상경한 다자이가 쑥스러워하며 서점에서 도쿄 지도를 한 장 사는 장면이 나온다. 서점에 들어가서 지도를 사는 일이 왜 그렇게 부끄럽고 창피했을까 싶지만, 그는 그런 사람이다. 나는 시골 촌놈이야. 도쿄가 낯선 촌놈이 아니고서야 누가 도쿄 지도를 사겠어? 그는 빼앗듯 지도를 낚아채 와서, 한밤중에 하숙집 방문을 걸어 잠그고, 몰래 지도를 펼쳤다.

나는 그 부분을 읽으며 미소 짓지 않을 수 없었다. 내가 도쿄로 와서 제일 처음 산 것도 도쿄 지도였다. 도쿄에 도착한 다음날, 밖으로 나가 노란색 전차를 타보았다. 이리저리 돌아다니다보니 벌써 밤이었다. 그런데 아무리 돌아보아도 어디가 어디인지 알 수가 없었다. 덜컥 겁이 났다. 그때 문득 불빛이 보였다. 작은 서점이었다. 당장 들어가서 도쿄 지도를 들고 내가 지금 어디쯤 있는지를 확인했다. 그것을 알고 나서야 비로소 마음이 놓였다. 무사히 집으로 돌아온 나는, 책상 앞에 앉아 하염없이 도쿄 지도를 들여다보았다. 말로만 듣던 시부야, 록본기, 시모 기타자와, 고엔지, 기치조지. 다 있었다. 마음만 먹으면 어디든 갈 수 있었다.

지난여름에는 미타카에 다녀왔다. 주오선 특급열차를 타면 신주쿠에서 이십 분 정도밖에 걸리지 않는 곳이다. 최근 십 년 동안 도쿄의 젊은 부부들이 가장 살고 싶어 하는 곳 1위로 꼽히고 있다는 기치조지에서 한 정거장만 더 가면 된다. 다자이는 이곳에서 부인과 신혼집을 차렸고, 중기의 많은 작품들을 구상하고 집필했으며, 즐겨 입던 구루메 가스리 기모노를 입고 이노카시라 공원을 걷다가, 석양을 바라보고, 마지막에는 이곳 강으로 뛰어들었다. 그는 지금도 이곳에 묻혀 있다.

다자이가 뛰어든 강이 다마강 상수원이라는 것은 알고 있었지만, 막상 가보니 한적한 미타카 주택가를 흐르는 작은 시내였다. 이 아저씨는 죽어서까지 허풍을 떠는구나. 그때는 어땠는지 몰라도 지금은 물이 발목도 차지 않을 것처럼 보였다. 하지만 녹음만큼은 정글처럼 우거져 있었다. 나무와 수풀들이 얼마나 무성하게 자라 있는지 물 흐르는 것이 제대로 보이지도 않을 정도여서 목을 쭉 빼고 이리저리 살펴야 했다. 시내를 따라 난 길은 '바람의 산책길'이라고 했다. 과연 녹음이 우거진

길이 끝없이 직선으로 나있다보니 줄곧 시원한 바람이 불어왔다. 어쩐지 이런 곳이라면, 살기에도 죽기에도 딱 좋을 것 같았다.

'바람의 산책길'을 따라 걷다보니, 주변의 세련된 주택이나 가로수와는 어울리지 않는 투박한 바위 하나가 나타났다. 다자이의 고향인 쓰가루 가나기 마을에서 나는 '옥록석玉鹿石'이라는 돌이었다. 이곳이, 뛰어든 장소였다. 그 바위로 비석을 대신한다고 했다. 바위 옆에 놓인 벤치에 앉아 냇가 쪽을 바라보았다. 문득 바람이 불어와 싸아아아아아 하고 나뭇잎 재잘대는 소리가 났다. 이곳을 나만의 도쿄의 한 장면으로 넣고 싶었다. 이 배경이 아니라, 가나기 마을에서 가져온 투박한 바위 옆에 앉아 있는 풍경 속의 나를 말이다.

산책길을 따라 끝까지 걸어가니, 아까까지와는 또 다른 힘이 느껴지는 거대한 나무들이 빽빽이 들어찬 곳이 나왔다. 이노카시라 공원이었다. 그런 거였구나. 다자이 아저씨는 자기가 좋아하는 산책로 중간 지점에서 생을 마감하고 싶었던 거구나. 늘 가던, 자기가 좋아하던 풍경 속으로. 나는 숲속처럼 울창한 공원 안으로 걸어 들어가면서, 반세기 전쯤 구부정하게 허리를 구부리고 앞머리를 쓸어 넘기며 이곳을 걸었을 한 남자에 대한 연민으로 가슴이 먹먹해졌다.

「동경 팔경」의 패러디 아닌 패러디로 써본 '미타카 기행문'으로 역자 후기를 대신한다. 다자이는 '창작에 있어서 무엇보다 열심히 해야 하는 작업은 정확을 기하는 일'(「바람의 소식」)이라고 했는데, 번역에 있어서도 마찬가지로 그 일이 가장 중요하고도 어려운 일인 것 같다. 어찌 되었든 『다자이 오사무 전집』 번역은 나의 삼십 대에서 가장 '중대한 임무'가 되고 있다.

2012년 가을, 한밤중에

정수윤

다자이 오사무 연표

1909년 출생	• 6월 19일, 아오모리현 북쓰가루군 가나기에서 아버지 쓰시마 겐에몬^{津島源}^{右衛門}과 어머니 다네^{夕ネ}의 열 번째 아이이자, 여섯 번째 아들로 태어났다. 호적상 이름은 쓰시마 슈지^{津島修治}.

(표 형식)

다자이 오사무 연표

1909년
출생
- 6월 19일, 아오모리현 북쓰가루군 가나기에서 아버지 쓰시마 겐에몬津島源右衛門과 어머니 다네夕ネ의 열 번째 아이이자, 여섯 번째 아들로 태어났다. 호적상 이름은 쓰시마 슈지津島修治.

1916년
7세
1월, 함께 살던 이모이자 숙모인 기에キエ 가족이 고쇼가와라로 이사하면서, 슈지도 2개월가량 그곳에서 함께 산다.
4월, 가나기 제1소학교에 입학한다.

1922년
13세
3월, 가나기 제1소학교 졸업.
4월, 메이지고등소학교 입학. 아버지가 귀족원의원에 당선된다.

1923년
14세
3월, 아버지 사망.
4월, 아오모리중학교 입학. 아쿠타가와 류노스케, 기쿠치 간 등의 소설을 탐독. 이부세 마스지井伏鱒二의 「도롱뇽」을 읽고, '가만히 앉아서 읽을 수 없을 만큼 흥분'한다.

1925년
16세
8월, 친구들과 함께 잡지 『성좌星座』를 창간하나 1호만 발행하고 폐간. 그해 「추억」의 등장인물인 미요의 모델이 된 미야기 도키宮城トキ가 쓰시마 집안에 하녀로 들어온다.
11월, 동인지 『신기루』 창간한다.

1926년
17세
9월, 동인지 『아온보青시ぼ』를 창간하나 2호까지 발행하고 폐간. 도키에게 함께 도쿄로 가서 살자고 제안하지만 도키는 신분의 차이가 너무 많이 난다면서 쓰시마 집안을 떠난다.

1927년
18세
2월, 동인지 『신기루』 12호까지 발행하고 폐간.
3월, 아오모리중학교 졸업.
4월, 히로사키고등학교 문과 입학.
7월, 아쿠타가와 류노스케의 자살에 충격을 받는다.

1928년
19세
5월, 동인지 『세포문예』 창간, 9월, 4호까지 발행하고 폐간.
12월, 히로사키고교 신문잡지부 위원에 임명된다.

1929년
20세
• 창작 활동을 하는 한편, 게이샤 오야마 하쓰요小山初代를 만난다.
12월, 수면제 과다복용으로 의식불명 상태에 빠진다.

1930년	3월, 히로사키고등학교 졸업.
21세	4월, 도쿄제국대학교 불문과 입학.
	5월, 이부세 마스지를 찾아가 이후 오랫동안 스승으로 삼는다. 적극적으로
	사회주의 운동에 가담한다.
	10월, 고향에서 하쓰요가 다자이를 만나기 위해 상경.
	11월, 하쓰요의 일로 큰형 분지^{文治}와 다투다가 호적에서 제적당한다.
	11월 26일, 긴자의 술집 여종업원 다나베 시메코^{田部シメ子}를 만나 이틀 동안
	함께 지내다가, 28일 밤 가마쿠라 고유루기미사키^{小動岬} 절벽에서 함께
	자살을 시도한다. 시메코는 죽고 슈지는 요양원 게이후엔^{惠風園}에서 치료
	를 받는다.
	12월, 자살방조죄로 기소유예. 아오모리 이카리가세키^{碇ヶ関} 온천에서 하쓰요
	와 혼례를 올린다.

1930년 3월, 히로사키고등학교 졸업.
21세 4월, 도쿄제국대학교 불문과 입학.
5월, 이부세 마스지를 찾아가 이후 오랫동안 스승으로 삼는다. 적극적으로 사회주의 운동에 가담한다.
10월, 고향에서 하쓰요가 다자이를 만나기 위해 상경.
11월, 하쓰요의 일로 큰형 분지^{文治}와 다투다가 호적에서 제적당한다.
11월 26일, 긴자의 술집 여종업원 다나베 시메코^{田部シメ子}를 만나 이틀 동안 함께 지내다가, 28일 밤 가마쿠라 고유루기미사키^{小動岬} 절벽에서 함께 자살을 시도한다. 시메코는 죽고 슈지는 요양원 게이후엔^{惠風園}에서 치료를 받는다.
12월, 자살방조죄로 기소유예. 아오모리 이카리가세키^{碇ヶ関} 온천에서 하쓰요와 혼례를 올린다.

1931년 12월, 동료의 하숙집에서 마르크스의 『자본론』 스터디를 시작한다.

1932년 7월, 큰형과 함께 아오모리 경찰서에 출두하여 좌익운동에서 손을 뗄 것을
23세 맹세한다. 창작에 전념하면서 낭독 모임을 갖는다.

1935년 3월, 대학 졸업시험에 낙제. 미야코 신문사 입사시험에도 떨어진다. 가마쿠라
26세 에서 목을 매지만 자살미수에 그친다.
4월, 급성맹장염으로 입원, 진통제 파비날에 중독된다.
5월, 잡지 『일본낭만파』에 합류.
8월, 「역행」이 제1회 아쿠타가와 상 후보에 오르나 차석에 그친다. 사토
하루오^{佐藤春夫}를 찾아가 가르침을 받는다. 크리스트교 무교회파 학자
쓰카모토 도라지^{塚本虎二}와 접촉, 잡지 『성서 지식』을 구독한다.
9월, 수업료 미납으로 학교에서 제적당한다.

1936년 2월, 파비날 중독 치료를 위해 병원에 입원했다가 10일 후 퇴원.
27세 6월, 첫 창작집 『만년』을 출간한다.
8월, 제3회 아쿠타가와 상 낙선.
10월, 중독증세가 심해져 도쿄 무사시노병원에 입원했다가 한 달 뒤 퇴원한다.

1937년 ● 다자이와 사돈 관계이자 가족과 다름없이 지냈던 화가 고다테 젠시로^{小舘善}
28세 ^{四郎}와 부인 하쓰요의 간통 사실을 알고 분노.
3월, 다니가와다케^{谷川岳}산에서 하쓰요와 둘이서 수면제를 먹고 동반자살을
시도하나 미수에 그친 후 이별한다.
6월, 작품집 『허구의 방황』, 7월, 단편집 『이십세기 기수』를 출간한다.

1938년 29세	9월, 후지산 근처에 있는 여관 덴카차야^{天下茶屋}에서 창작 활동을 하던 중, 이부세 마스지의 소개로 이시하라 미치코^{石原美知子}를 만난다.
1939년 30세	1월, 미치코와 혼례를 올린 후 안정적으로 작품 활동에 전념한다. 7월, 『여학생』을 출간한다.
1940년 31세	5월, 「달려라 메로스」 발표. 6월, 작품집 『여자의 결투』 출간. 12월, 『여학생』으로 기타무라 도코쿠 상 부상을 수상한다.
1941년 32세	5월, 『동경 팔경』 출간. 6월, 장녀 소노코^{園子}가 태어난다. 8월, 10년 만에 쓰가루로 귀향한다.
1942년 33세	1월, 사비로 『유다의 고백』 출간. 6월, 『정의와 미소』 출간. 어머니가 위독하다는 소식에 귀향. 12월, 어머니 사망.
1943년	1월, 『후지산 백경』, 9월 『우대신 사네토모』를 출간한다.
1944년	5월, 고야마서방에서 소설 『쓰가루』를 의뢰하여 쓰가루 여행, 11월 출간한다.
1947년 38세	1월, 옛 연인이었던 작가 오타 시즈코^{太田静子}를 찾아가 소설 『사양』의 소재가 될 일기장을 넘겨받는다. 4월, 큰형이 아오모리 지사로 당선. 12월, 『사양』 출간. 몰락한 귀족을 그린 이 작품이 패전 후 혼란에 빠진 젊은이들 사이에서 '사양족'이라는 유행어를 낳을 정도로 큰 호응을 얻으면서 인기작가가 된다.
1948년 39세	6월 13일 밤, 연인인 야마자키 도미에^{山崎富栄}와 함께 무사시노 다마가와 상수원^{玉川上水}에 몸을 던진다. 6월 19일, 만 서른아홉 번째 생일에 사체가 발견된다. 7월, 『인간 실격』, 『앵두』 출간.
1949년	• 6월 19일, 다자이의 친구들이 그의 무덤을 찾아(미타카 젠린지^{禅林寺}) 기일을 앵두기^{桜桃忌}라고 이름 짓고 애도한다. 앵두기는 그를 사랑하는 독자들에 의해 현재까지 매년 행해지고 있다.

『다자이 오사무 전집』 한국어판 목록

제1권 만년
잎 | 추억 | 어복기 | 열차 | 지구도 | 원숭이 섬 | 참새새끼 | 어릿광대의 꽃 | 원숭이를 닮은 젊은이 | 역행 | 그는 예전의 그가 아니다 | 로마네스크 | 완구 | 도깨비불 | 장님 이야기 | 다스 게마이네 | 암컷에 대하여 | 허구의 봄 | 교겐의 신

제2권 사랑과 미에 대하여
창생기 | 갈채 | 이십세기 기수 | 한심한 사람들 | HUMAN LOST | 등롱 | 만원 | 오바스테 | I can speak | 후지산 백경 | 황금 풍경 | 여학생 | 게으름뱅이 카드놀이 | 추풍기 | 푸른 나무의 말 | 화촉 | 사랑과 미에 대하여 | 불새 | 벚나무 잎과 마술 휘파람

제3권 유다의 고백
팔십팔야 | 농담이 아니다 | 미소녀 | 개 이야기 | 아, 가을 | 데카당 항의 | 멋쟁이 어린이 | 피부와 마음 | 봄의 도적 | 세속의 천사 | 형 | 갈매기 | 여인 훈계 | 여자의 결투 | 유다의 고백 | 늙은 하이델베르크 | 아무도 모른다 | 젠조를 그리며 | 달려라 메로스 | 고전풍 | 거지 학생 | 실패한 정원 | 등불 하나 | 리즈

제4권 신햄릿
귀뚜라미 | 낭만 등롱 | 동경 팔경 | 부엉이 통신 | 사도 | 청빈담 | 복장에 대하여 | 은어 아가씨 | 치요조 | 신햄릿 | 바람의 소식 | 누구

제5권 정의와 미소
부끄러움 | 신랑 | 12월 8일 | 리쓰코와 사다코 | 기다리다 | 수선화 | 정의와 미소 | 작은 앨범 | 불꽃놀이 | 귀거래 | 고향 | 금주의 마음 | 오손 선생 언행록 | 꽃보라 | 수상한 암자

제6권 쓰가루
작가수첩 | 길일 | 산화 | 눈 내리던 밤 | 동경 소식 | 쓰가루 | 지쿠세이 | 석별 | 맹인독소

『다자이 오사무 전집』을 펴내며

한 작가를 온전히 이해하기 위해서는 대표작 몇 권을 읽는 것에 그치지 않고 전집을 읽는 것이 필요하다. 일본의 대문호 오에 겐자부로는 평생 2~3년마다 한 작가의 전집을 온전히 읽어왔다고 고백한 바 있는데, 이는 라블레 번역자로 유명한 스승 와타나베 가즈오의 충고 때문이었다고 한다. 한 작가가 쓴 모든 글을 읽는다는 것은 그 작가의 핵심을 들여다보는 작업으로, 이만큼 공부가 되는 것도 없다는 이유에서다.

하지만 이런 이야기는 어디까지나 외국의 이야기일 뿐, 우리는 그렇게 하고 싶어도 그렇게 할 수 있는 형편이 아니다. 우리의 경우 국내 유명작가들조차 변변한 전집을 가지고 있지 못하다. 사정이 이러하니 외국작가는 굳이 말할 필요도 없을 것이다. 물론 몇몇 외국작가의 경우 전집이 나와 있기는 하지만, 대부분 창작물만 싣고 있어서 엄밀한 의미에서 '전집'이라고 보기 어렵다.

이에 도서출판 b는 한 작가의 전모를 만날 수 있는 전집출판에 뛰어들면서 그 첫 결과물로 『다자이 오사무 전집』을 펴낸다. 이 전집은 작가가 쓴 모든 소설은 물론 100여 편에 달하는 주요에세이까지 빼곡히 수록하여 그야말로 '전집'이라는 이름에 걸맞은 형태를 갖추고 있다.

다자이 오사무는 그동안 우울하고 염세적인 작가나 청춘의 작가 정도로만 알려져 왔다. 하지만 이 전집을 읽으면 때로는 유쾌하고 때로는 전투적인 작가의 모습을 발견할 수 있을 뿐만 아니라, 왜 그가 오늘날까지 그토록 많이 연구되는지, 작고한 지 60년이나 흐른 지금도 매년 독자들이 참여하는 앵두기※※라는 추모제가 열리는지 알 수 있다.

『다자이 오사무 전집』을 성서로까지 표현한 작가 유미리의 표현을 빌리자면, 이 전집을 읽는 독자들은 매일 작고 아름다운 기적과 만나게 될 것이다.

마지막으로 『다자이 오사무 전집』을 양장본으로 다시 펴내면서 기존의 부족한 점을 모두 수정·보완했음을 덧붙이고 싶다.

  　　　　　　　　　　　　　　　 - <다자이 오사무 전집> 편집위원회

한국어판 ⓒ 도서출판 b, 2013, 2019

■ 다자이 오사무 太宰治
1909년 일본 아오모리현 북쓰가루에서 태어났다. 본명은 쓰시마 슈지(津島修治). 1936년 창작집『만년』으로 문단에 등장하여 많은 주옥같은 작품을 남겼다. 특히『사양』은 전후 사상적 공허함에 빠진 젊은이들 사이에서 '사양족'이라는 유행어를 낳을 만큼 화제를 모았다. 1948년 다자이 문학의 결정체라 할 수 있는『인간 실격』을 완성하고, 그해 서른아홉의 나이에 연인과 함께 강에 뛰어들어 생을 마감했다. 일본에서는 지금도 그의 작품들이 베스트셀러에 오르거나 영화화되는 등 시간을 뛰어넘어 많은 사랑을 받고 있다.

■ 정수윤
경희대를 졸업하고 와세다대 문학연구과에서 석사 학위를 받았다. 지은 책으로『모기 소녀』, 옮긴 책으로 다자이 오사무 전집 1권『만년』, 7권『판도라의 상자』, 9권『인간 실격』, 아쿠타가와 류노스케『문예적인, 너무나 문예적인』, 미야자와 겐지『봄과 아수라』, 오에 겐자부로『읽는 인간』, 이노우에 히사시『아버지와 살면』, 이바라기 노리코『처음 가는 마을』등이 있다.

다자이 오사무 전집 4

신햄릿

초판 1쇄 발행 2013년 1월 25일
재판 1쇄 발행 2019년 6월 25일

지은이 다자이 오사무
옮긴이 정수윤
펴낸이 조기조
인 쇄 주)상지사P&B
펴낸곳 도서출판 b | 등록 2006년 7월 3일 제2006-000054호
주 소 08772 서울특별시 관악구 난곡로 288 남진빌딩 302호 | 전화 02-6293-7070(대)
팩시밀리 02-6293-8080 | 홈페이지 b-book.co.kr | 이메일 bbooks@naver.com

ISBN 979-11-87036-37-1(세트)
ISBN 979-11-87036-41-8   04830

값 22,000원